SVEVA CASATI MODIGNANI

Anna mit den grünen Augen

Buch

Ungewöhnliche Sicherheitsvorkehrungen herrschen im Zentrum von Mailand: Straßensperren und Panzerspähwagen blockieren den frühen Kirchgängern den Weg. Von zwei Polizeiautos eskortiert, schiebt sich endlich ein großer Leichenwagen durch die Straßen der Innenstadt, dem ein langer Zug feudaler Limousinen folgt.

Der Tote ist kein anderer als Cesare Boldrani. An der Spitze des Trauerzugs Anna, seine Tochter und Alleinerbin des Imperiums, an dem weder Politiker noch Parteien vorbei können. An diesem Tag sind es aber ganz andere Dinge, die der Erbin mit den smaragdgrünen Augen durch den Kopf gehen.

Denn während einige Leute angstvoll über ihre Schulden nachdenken, die sie bei den Boldranis haben, erinnert sich Anna an Cesare, an ihre Kindheit und ihre Mutter. Und immer wieder fragt sie sich, ob Cesare wirklich ihr Vater ist…

Autorin

Sveva Casati Modignanis Romane standen alle auf den italienischen Bestsellerlisten. Die Autorin erhielt zahlreiche Literaturpreise. Außer dem vorliegenden Band sind von ihr als Goldmann-Taschenbücher erschienen:

Der letzte Baron. Roman (41312)
Der schwarze Schwan. Roman (42674)

SVEVA CASATI MODIGNANI

Anna mit den grünen Augen

Roman

Aus dem Italienischen
von Claudia Schmitt
und Sabine Brändle

GOLDMANN

Ungekürzte Ausgabe

Titel der Originalausgabe: Anna dagli Occhi verdi
Originalverlag: Sperling & Kupfer, Mailand

Umwelthinweis:
Alle bedruckten Materialien dieses Taschenbuches
sind chlorfrei und umweltschonend.
Das Papier enthält Recycling-Anteile.

Der Goldmann Verlag
ist ein Unternehmen der Verlagsgruppe Bertelsmann

Genehmigte Taschenbuchausgabe 2/97

Umschlagentwurf: Design Team München
Umschlagfoto: Elke Hesser, Paris
Satz: IBV Satz- und Datentechnik GmbH, Berlin
Druck: Elsnerdruck, Berlin
Verlagsnummer: 41313
MV · Herstellung: Sebastian Strohmaier
Made in Germany
ISBN 3-442-41313-3

1 3 5 7 9 10 8 6 4 2

Anna 1980

Die Piazza San Babila wurde von Autos und Panzerspähwagen der Polizei belagert, aber daran war an sich nichts Ungewöhnliches. Ungewöhnlich war nur, daß man diese Sicherheitsvorkehrungen im Morgengrauen angeordnet hatte, während die Stadt noch schlief. Die Fahrzeuge glichen riesigen, in Vergessenheit geratenen Spielzeugautos.

Die alte Frau begriff, daß hier etwas nicht stimmte. Ein Polizeibeamter in Zivil versperrte ihr den Weg: »Tut mir leid, Signora«, sagte er. Sein Bedauern wirkte echt.

»Warum?« fragte die Alte mit dem besonnenen Lächeln und dem milden Blick, die etwas altmodisch gekleidet war und den leichten, beherrschten Gang von Menschen hatte, die reserviert waren und Wert darauf legten, daß man ihre Reserviertheit respektierte. »Ich bin immer hier langgegangen«, fügte sie hinzu. »Was ist los?«

»Heute darf man hier nicht durch«, erwiderte der Polizist in Zivil. Die Dunkelheit der Nacht ging langsam in Grau über, und der Löwe von San Babila, das mittelalterliche Wahrzeichen der Porta Orientale, hockte wie ein müder Wächter auf seiner Säule aus dem achtzehnten Jahrhundert. Der Himmel hing tief und weich über der Stadt und versprach Schnee.

»Aber ich muß in die Kirche«, sagte die Frau und schlug ihren warmen Fuchskragen hoch. Sie starrte den unbekannten jungen Mann ratlos an, gerade so, als wäre sie unversehens in eine Nebelbank geraten.

»Das ist heute nicht möglich.« Der Beamte hatte strikte Anweisung, sie von ihrem Vorhaben abzubringen, und er tat es mit einem Lächeln, höflich und diskret.

»Verstehe«, murmelte die Alte, obwohl sie dieses besorgniserregende Verbot in Wirklichkeit überhaupt nicht verstand. Sie betrachtete die wiederaufgebaute romanische Basilika, die Straßen, die aus allen Richtungen auf dem Platz zusammenliefen, das rote U-Bahnschild mit der weißen Schrift, richtete ihren milden Blick dann auf den Hüter des Gesetzes, drehte sich um und machte sich gedemütigt von dannen.

Der Beamte kehrte in den warmen, verrauchten Einsatzwagen zurück. »Was wollte die?« fragte ihn sein Kollege, der in bläulichen Dunst gehüllt war.

»In die Messe gehen.« Er zündete eine Zigarette an, die ohne den gewohnten Morgenkaffee einen scheußlich bitteren Geschmack hatte. »Sie wollte nur in die Messe gehen.«

»Um diese Uhrzeit.« Der andere schnitt eine Grimasse und zuckte mit der Schulter.

»Mir war die Frau sympathisch«, entgegnete der erste überzeugt. Sie erinnerte ihn an die alten Frauen in seinem entlegenen Heimatdorf, die mit Anbruch der Morgendämmerung aufstanden, um in die Kirche zu gehen. Als Kind war auch er manchmal hingegangen, vor allem im Mai.

»Über Geschmack läßt sich streiten«, grinste sein Kollege. Das Funkgerät krächzte Anweisungen, die sie nicht betrafen. Es klang, als kämen sie von einem anderen Planeten.

»Findest du es richtig, daß man heutzutage wegen einer Beerdigung das Stadtzentrum von Mailand blockiert, eine Kirche belagert und ein ganzes Heer auf die Beine stellt?« schimpfte er und bekam einen Hustenanfall, weil er sich am Rauch seiner Zigarette verschluckte.

»Die Torheit kennt bekanntlich keine Grenzen«, erwiderte der andere mit unverkennbar sizilianischem Akzent. Auf seinem müden Gesicht stand die Weisheit ganzer Generationen geschrieben.

Die Polizisten waren beide noch junge Burschen, dunkelhäutig wie Tunesier, mit schwarzen Haaren, buschigen Augenbrauen, herunterhängenden Schnurrbärten und mürrischen, verschlafenen Gesichtern.

Aus dem Corso Europa, der eigentlich eine Einbahnstraße war

und nur in entgegengesetzter Richtung hätte befahren werden dürfen, kam ein Leichenwagen auf sie zu, den zwei Polizeiautos eskortierten. Ihm folgte ein langer Zug rauschender Limousinen, die von livrierten Chauffeuren gelenkt wurden. In jedem Fahrzeug saßen ein oder zwei elegant gekleidete Männer, denen man jedoch eindeutig ansah, daß es sich um Leibwächter handelte. Sie hatten viel von den Schauspielern gewisser Modefilme gelernt.

»Die Vorstellung geht ihrem Ende zu«, meinte der Beamte mit dem sizilianischen Akzent und seufzte erleichtert.

»Begräbnisfeier mit abschließender Muskelprotz-Schau«, entgegnete sein Kollege, überzeugt, einen gelungenen Witz gemacht zu haben.

Die Straßenlaternen erloschen, und im traurigen Licht des Morgengrauens begannen Schneeflocken durch die Luft zu wirbeln.

In Annas grünen Augen spiegelte sich das fließende Licht der Kerzen, die zu Hunderten brannten und die Heiligengemälde mit einem Flammenschleier umgaben; ihre smaragdenen Tiefen nahmen Bilder auf, die jede Zeitung mit barem Geld bezahlt hätte. Annas grüne Augen, an denen alle schönen und alle häßlichen Seiten des Lebens vorübergezogen waren, blickten, ohne zu sehen. Das Mosaik war komplett. Auch das letzte Steinchen war an seinem Platz.

Die Kirche quoll förmlich über von Nelken, Rosen und zarten Feldblumen. Der Innenarchitekt Mauro Sabelli Contini, der neben der Orgel stand, hatte die Basilika in ein Theater verwandelt und betrachtete in diesem Augenblick zufrieden sein Meisterwerk. Jener Teil der Gesellschaft, den der Mann auf der Straße die vornehme Gesellschaft nennt, um sie vom Rest der Gesellschaft zu unterscheiden, war dabei, einem ihrer reichsten und mächtigsten Vertreter das letzte Geleit zu geben. Der raffinierte Dekorateur hatte die namhaftesten Gärtnereien und Treibhäuser geplündert und im eisigen Winter Blume für Blume persönlich ausgewählt.

Ein ätherisch wirkender, blonder Seminarist mit strahlenden Augen und entrücktem Gesichtsausdruck orgelte das dritte Tempo des Totenmarsches von Chopin. Die tragischen Klänge hatten etwas Triumphales. Es war alles perfekt: die Dekoration, die Leute, die Musik, die aus den zarten Fingern des jungen Organisten floß, die bedächtigen Bewegungen des Priesters vor dem Katafalk. Der Seminarist beobachtete den Innenarchitekten aus den Augenwinkeln und war beeindruckt von der leicht verblühten Schönheit des eleganten Mannes, der ein Hauch von Verderbtheit anhaftete.

Die strengen, harmonischen Töne der Orgel verhallten, ohne sich ganz zu verlieren, und hinterließen im Kirchenschiff die warme Behaglichkeit eines Feuers, das unter der Asche schwelt. Die Begräbnisfeier Cesare Boldranis, der im Alter von achtzig Jahren trotz der liebevollen Behandlung eines hervorragenden Ärzteteams in der Privatklinik Mater Divinae Gratiae gestorben war, schritt mit der gebührenden Feierlichkeit voran. Anna Boldrani Valli di Tavernengo kniete in der ersten Bank, zwischen ihrem Gatten Arrigo und dem Vertrauensmann des großen Alten, Rechtsanwalt Domenico Scaglia, den die Kinder vertraulich Onkel Mimmo nannten, obwohl ihm aus seiner Jugend noch der Spitzname Pazienza (Geduld) geblieben war.

Die Kinder der Familie Valli di Tavernengo, Filippo, genannt Lippy, und Maria befanden sich rechts von ihrer Mutter. Lippy war am Tag zuvor aus den Vereinigten Staaten eingetroffen, Maria aus Genf. Die anderen Bänke wurden von Freunden und Verwandten belegt, von Politikern, einem ehemaligen Premierminister, einem Vertreter Kuwaits, Industriemagnaten, Bankiers, einem Angehörigen der chinesischen Botschaft in Rom und von Pat Watson, einem Beamten des Weißen Hauses.

»Dauert es noch lange?« fragte Lippy seine Schwester flüsternd. Er war ein schlanker, junger Mann mit dem typisch gelangweilten Gesichtsausdruck reich Geborener und den hellblauen Augen der Boldranis, obwohl seinem Blick nicht die schneidende Sicherheit abzulesen war, die aus dem Blick des Alten geblitzt hatte. Der Junge hatte nie Zuneigung für den berühmten Großvater empfunden, vor dem die Welt erzitterte, und die Anteilnahme an seinem Verscheiden war beinahe die eines Außenstehenden. Dieser Tod ging ihn so wenig an wie das Problem des Todes im allgemeinen.

Lippy befand sich in dem Alter, in dem die Jugend und die Liebe einem das Gefühl geben, unsterblich zu sein, und er hoffte nur, der ganze Zirkus würde bald ein Ende haben, damit er diesem Land der Terroristen, Chaoten, korrupten und provinziellen Wichtigtuer wieder entfliehen konnte. Er sehnte sich nach Hause in die Vereinigten Staaten zurück.

Seine Schwester warf ihm einen bitterbösen Blick zu. »Still!« zischte sie. Maria war sechzehn Jahre alt, zwei Jahre jünger als ihr Bruder; sie liebte den alten Brummbär und litt sehr, auch wenn sie darauf verzichtet hatte, ihn ein letztes Mal zu sehen, da ihr der Anblick des Todes im Gegensatz zu Lippy sehr ans Herz ging.

Ganz hinten in der Basilika, in der Nähe der Eingangstür, stand Aldo Robbiati, genannt Riccio. Er war zweiundachtzig Jahre alt, groß, kräftig und aufrecht wie ein Baumstamm. Seine Augen glänzten feucht, aber sein dunkles Gesicht mit der markanten Adlernase und den unzähligen Falten wurde von einem jugendlichen Lächeln erhellt. Er war der letzte noch lebende Kindheitsfreund Cesare Boldranis, stammte wie er vom einfachen Volk ab und teilte mit ihm die lebhafte Erinnerung an das verrufene Verbrecher-, Huren- und Halunkenviertel, das wie eine Zitadelle um die Piazza Vetra herum errichtet und strukturiert worden war. Auch Riccio hatte es zu einem für seine Verhältnisse ansehnlichen Vermögen gebracht. Er war Weinhändler und exportierte mittlerweile in die ganze Welt.

»Das ist nur ein Adieu«, murmelte er. »Irgendwo gibt es bestimmt ein nettes Plätzchen, wo wir uns wiedersehen.« Diese Gewißheit entlockte ihm ein Lächeln, wie sehr ihn der Tod seines Freundes auch schmerzte. Dann wandte er sich im Geiste an die kleine, erlesene Schar von Trauergästen, die die Basilika etwa zur Hälfte füllte, und knurrte: »Jetzt seht zu, wie ihr aus der Scheiße kommt.«

Niemandem war es je gelungen, die Ausmaße von Cesare Boldranis Finanzimperium auch nur annähernd abzuschätzen. Als die Nachricht von seinem Tod bekannt geworden war, hatte eine Gruppe von amtierenden Ministern sich mitten in der Nacht heimlich in einer Villa an der Via Appia Antica getroffen, und die

Sekretariate der Parteien waren in Aufruhr geraten. Am nächsten Tag hatte sich die Schreckensbotschaft auch in die Börse eingeschlichen, woraufhin gewisse Aktien rapide an Wert verloren und die Makler illustrer Persönlichkeiten das Gültigkeitsdatum ihrer Pässe überprüften, da sie eine längere Reise nicht ausschließen konnten.

In diesem Moment waren die Augen aller auf den schwarzen Schleier geheftet, der das Haupt Anna Boldranis bedeckte, Universalerbin des Reichtums und der Macht, und auf die einst rabenschwarze, jetzt jedoch weiße Mähne Rechtsanwalt Domenico Scaglias, genannt Pazienza, den Vertrauensmann und Rechtsberater des Alten sowie Hüter von Geheimnissen, die nach Meinung vieler das wirtschaftliche und politische Gleichgewicht des Landes besorgniserregend beeinträchtigen konnten.

Die Kirche war überheizt, der Duft der Blumen mischte sich mit dem Geruch des Weihrauchs, der in eleganten Schnörkeln aus dem geschwenkten Kessel aufstieg. Der mit einem prächtigen Meßgewand bekleidete Priester näherte sich einem hohen Lesepult, das auf dem Leichengerüst neben dem glänzenden Sarg aus dunklem Holz stand, und sprach von dem guten Menschen, der allen ewig unvergessen bleiben würde, von der makellosen Seele, die sich im Lichte des Herrn mit dem Chor der Engel vereint hatte. Der Architekt Mauro Sabelli Contini kannte sie gut, die Stimme, die vom Tonnengewölbe der Kirche widerhallte, eine kräftige, männliche Stimme, die nur dann und wann ein wenig zur Kantilene abglitt: Er hatte sie oft genug aus den mondän-profanen Gesprächen herausgehört, die in den vornehmen Salons der Stadt geführt wurden.

»Deine Hände verstreuen Blumen«, deklamierte der Priester. »Deine Augen leuchten vor Freude, denn sie haben die Überwindung des Todes geschaut.« Dann las er einen Abschnitt aus dem ersten Brief des Apostels Paulus an die Korinther: »Die Liebe ist langmütig und freundlich, die Liebe eifert nicht, die Liebe treibt nicht Mutwillen, sie bläht sich nicht auf, sie verhält sich nicht ungehörig, sie sucht nicht das Ihre, sie läßt sich nicht erbittern, sie rechnet das Böse nicht zu, sie freut sich nicht über die Ungerechtigkeit, sie freut sich aber an der Wahrheit; sie erträgt alles, sie glaubt alles, sie hofft alles, sie duldet alles.«

Der ehemalige Premierminister ließ sich nicht erweichen von diesen Worten über die Liebe, eine Liebe, die er selbst auf den verschlungenen Pfaden der Politik niemals geübt hatte. Er dachte an den Mann, dessen Leben im Augenblick seines Todes gefeiert wurde: Er hatte nie Blumen in seinen Händen gesehen noch Engelschöre im Umkreis seiner weltlichen Domäne singen hören. Aus der Stille erhob sich das Knarren der Bänke, langes unterdrücktes Hüsteln und das Aufatmen der Versammelten.

Anna stand als erste auf, und alle folgten ihrem Beispiel. Die Männer trugen maßgeschneiderte Anzüge aus Rom, London oder Mailand, die Damen hatten den frivolen Stil Valentinos gegen die nüchternen Linien Mila Schöns eingetauscht. Die wenigen, dafür aber um so wertvolleren Schmuckstücke stammten von Bulgari und Winston. Die Schuhe und Taschen waren von Ferragamo oder Hermes entworfen. Sie alle zogen mit gemessener Trauer an Anna vorbei. Das milchige Licht, das durch die Fenster flutete, verklärte ihr Gesicht wie auf einem Gemälde aus dem Seicento.

Sie war eine phantastisch aussehende Frau von vierzig Jahren, mit schlanker Figur, aristokratischem Auftreten und stolzem, strahlendem Blick. Anna hatte etwas von der üppigen Pracht des Hochsommers, obwohl auch die Vorboten des Herbstes sich bereits ankündigten: in ihrem reifen Gesichtsausdruck, in den Schatten unter ihren berühmten grünen Augen und in den ersten Anzeichen von Müdigkeit ihrer Haut, die ein wenig Schminke brauchte, um die trügerische Frische einer voll erblühten Rose zu bewahren. Mit der schlichten Würde einer echten Königin ließ sie die gut gemeinten Aggressionen der Anwesenden über sich ergehen, die ihr mit kurzen Worten und flüchtigen Umarmungen ihr Beileid zum Ausdruck brachten.

»Kopf hoch, Mama!« sagte Lippy und küßte sie auf die Wange. Der Junge sehnte sich nach der kalten Morgenluft. Hier drin glaubte er ersticken zu müssen.

Maria dagegen drückte sich fest an ihre Mutter. »O Mama«, sagte sie schluchzend.

Anna streichelte sie. »Hör auf, Kind«, bat sie und schob sie von sich weg.

Die offizielle Feier war nach dem letzten Willen des Verstorbenen hier zu Ende. Nur Anna würde den Sarg bis zum Friedhof von Caravaggio begleiten, wo er in der Familienkapelle beigesetzt werden sollte. Die Königin schüttelte noch ein paar Hände, nahm weitere Beileidsbekundungen entgegen und zog sich dann zurück. Sie war nicht auf Worte angewiesen, um verstanden zu werden. Ihr genügte ein Wink, ein kaum wahrnehmbares Blinzeln, ein leises Kräuseln der Lippen, eine leichte Veränderung der Miene.

Der Innenarchitekt Mauro Sabelli Contini, der große Zeremonienmeister und Ästhet, freute sich über dieses Finale, das Visconti nicht besser hätte inszenieren können.

Die Liturgie der guten Manieren war immer wieder ein packendes Schauspiel. Der Abgang dieser Männer und Frauen, von denen jeder in seiner eigenen Umgebung ein Protagonist war, erinnerte ihn ans Ende einer Theateraufführung, wenn die Komparsen sich lautlos hinter die Kulissen zurückziehen und den Hauptdarsteller alleine im Rampenlicht stehen lassen. Die Luft knisterte vor Spannung wie in dem bangen Augenblick, der dem Urteilsspruch des Publikums unmittelbar vorausgeht.

Die kleine Schar von Trauergästen fädelte sich in den Mittelgang ein, der zum Kirchenportal führte, und Mauro Sabelli schickte sich ebenfalls zum Gehen an, überzeugt, der letzte Untertan zu sein, der sich symbolisch vor der Königin niedergekniet hatte. Aber eine Gestalt, die er aus den Augenwinkeln wahrnahm, ließ ihn verblüfft innehalten. Hinter einem Bündelpfeiler des linken Seitenschiffs trat eine Frau hervor und steuerte durch die menschenleere Kirche auf Anna zu, die auf die Sargträger wartete. Die neu Angekommene hatte den unsicheren Gang eines Kleinkindes, das seine ersten Schritte tut und nur mit Mühe das Gleichgewicht halten kann.

»Anna«, sagte sie, als sie vor der Königin stand, »vergib mir.« Anna sah sie an. Die Frau mochte um die Fünfzig sein und war mit ausgesuchter Eleganz gekleidet. Aus ihren Augen sprach die Angst des in Ungnade gefallenen Höflings, der seine Seele dem Teufel verschreiben würde, nur um wieder dem magischen Zirkel angehören zu dürfen, in dem Ränke geschmiedet und geheime Bündnisse geschlossen wurden, aber doch stets ein verschwörerisches Einvernehmen vorherrschte.

Anna betrachtete die Frau, die sich eben mit ihrem Bedürfnis nach Vergebung und Erlösung vor ihr gedemütigt hatte. Sie standen dicht beieinander, die eine vor der anderen, und im Hintergrund der Katafalk, der sich im Flackerlicht der unzähligen Kerzen auszuweiten schien. Die Luft wurde von einem feinen, schwindelerregenden Duft durchwebt, aber Unbehagen schien nur die zuletzt Gekommene zu empfinden, auf deren schönem, leicht verblühtem Gesicht das letzte Feuer des Abendrots erloschen und der Nacht gewichen war.

»Es tut mir wirklich sehr leid für dich«, sagte sie. Ihre Stimme klang unberaten, hilflos. Anna nahm ihre Umarmung als Zeichen der Unterwerfung entgegen.

»Das hoffe ich«, erwiderte sie.

»Ich bitte dich vor ihm um Verzeihung«, flehte die Frau. Licht und Schatten wechselten auf ihrem Gesicht ab.

»Dir ist vergeben«, sagte Anna nach einer Pause von wenigen Sekunden, die der Frau wie eine Ewigkeit vorkamen.

»Wirklich?« Sie glaubte zu träumen. Mit einem Mal war ein Sonnenstrahl in die Finsternis gedrungen.

»Du kannst wieder in der Stadt leben.« Obwohl Anna kaum die Lippen bewegte, war ihre Stimme voll und melodisch und ließ jene exotischen Untertöne anklingen, die einer Stimme Persönlichkeit verleihen.

Die Frau hätte Anna am liebsten noch einmal umarmt, aber diese gab ihr mit einem Blick zu verstehen, daß ihre Begegnung hier zu Ende war.

»Danke«, sagte sie und ging.

Jetzt war nur noch Mauro Sabelli übriggeblieben: Er hatte alles gesehen, und das war genauso, als hätte die ganze Stadt diesen Akt der Buße mitbekommen. Auch Anna bemerkte seine Anwesenheit und schloß daraus, daß sich das Ereignis nun auf den konzentrischen Wellen einer Klatschgeschichte bald bis an die entferntesten Ufer ausgebreitet haben würde. Doch das war es, was sie im Grunde wollte.

Sabelli verließ als letzter die Kirche. Die Königin hat Gnade vor Recht ergehen lassen, dachte er.

Anna kniete auf dem mit Atlasseide bezogenen Kissen des antiken Betstuhls in der Familienkapelle und suchte in ihren konfusen Gedanken nach einem Gebet. Sie betrachtete den leidenden Christus, der in mystischer Perspektive über dem Altar hing, und suchte in der strengen Darstellung des Retters nach einem Ewigkeitsversprechen. Jetzt, wo sie der Majestät des Todes alleine gegenüberstand, brauchte sie sich nicht mehr zu verstellen. Aber sie trug ihren Schmerz und ihre Ratlosigkeit mit königlicher Würde. Draußen stampften die Totengräber mit den Füßen im Schnee, der die Wege des Friedhofs von Caravaggio bedeckte.

War das also das Ende aller Mühen, aller Kämpfe, aller Ängste, aller Sorgen? Was erwartete einen jenseits der Dunkelheit dieser Grabnische, in der man das glänzende Holz und die goldenen Griffe des Sarges erkennen konnte? Sie suchte nach einem Licht in dem schwarzen Loch, obwohl sie wußte, daß dies sinnlos war, denn wenn ein Licht anging, so im anderen Leben, nicht hier. Anna hatte gelernt, daß man einen Menschen, um ihn wirklich beurteilen zu können, in seinem letzten Akt erleben mußte, bevor der große Intendant ihn endgültig von der Bühne abruft. Sie hatte dem Schlußakt der Vorstellung beigewohnt, Moment für Moment, und sie hatte den Alten bis zu seinem letzten Atemzug lächeln sehen, während er versuchte, sie auf den Abschied vorzubereiten. Die Ärzte waren verwundert darüber gewesen, daß seine Agonie so langsam und bei völliger Geistesklarheit vonstatten gegangen war. Das hatte er ihnen an den Augen abgelesen. »Wer sein Leben zu gestalten weiß«, hatte er gesagt, »tritt immer einen Augenblick später ab.« Was Anna an diesem gefürchteten, verehrten und gehaßten Mann mehr als alles andere bewunderte, war seine Würde im Anblick des Todes gewesen. Sie erinnerte sich daran, wie er sich – dem Ende nahe – mit einem Lächeln an sie gewandt hatte: »Ich gehe, Anna.« Es war das erste Mal, daß sie ihn Abschiedsworte aussprechen hörte. Vorher hatte er das nie nötig gehabt, einfach weil er nie verreist war.

»Was redest du denn da?« sagte Anna, nur um irgend etwas zu sagen.

Der Alte widersprach ihr nicht; er haßte die Verstellung.

»Ich bin froh, eine Tochter wie dich zu haben. Du bist eine gute Tochter.« Er hatte alle seine Hoffnungen auf sie gesetzt.

Anna biß sich auf die Unterlippe, um nicht zu weinen. Der Alte rang keuchend nach Luft. Professore Giuseppe Conti, eine Art Hohepriester der Medizin, betrat von zwei Assistenten gefolgt das Zimmer, um ihm mit tröstenden Worten Mut zu machen. Aber Cesare Boldrani wollte nicht getröstet werden und schloß die Augen. Der Arzt fühlte seinen Puls und schüttelte den Kopf.

»Ich will einen Pfarrer«, befahl der Alte seiner Tochter unerwartet.

»Monsignore Pasini?« fragte Anna.

»Nein. Irgendeinen Pfarrer. Den Erstbesten.«

Das waren seine letzten Worte gewesen.

»Eine gute Tochter«, wiederholte Anna leise vor dem stockfinsteren Grab. Sie hatte keine Träne vergossen, als der Alte gestorben war, und auch jetzt, wo sie die Erinnerung an ihn wachrief, gelang es ihr nicht zu weinen. Statt dessen überkam sie das Heimweh nach dem Sommer von Rio de Janeiro, den sie gegen den Winter in Mailand hatte eintauschen müssen. Eine gute Tochter. Anna starrte lächelnd in das dunkle Loch vor ihr. »Warum hast du nur so viel Wert auf unsere verwandtschaftliche Beziehung gelegt?« Sie dachte ans Meer, sehnte sich nach der heißen Sonne, die sie auf der anderen Seite der Weltkugel erwartete, und redete, als könne der Alte sie hören und sei in der Lage, sie schuldig oder freizusprechen.

»Warum? Warum? Warum?« fragte sie in flehendem Ton. »Ob du mich wohl auch geliebt hättest, wenn ich dir schon früher gesagt hätte, daß du nicht mein Vater bist?« Anna vergrub ihr Gesicht in den Händen und beugte den Kopf über das Pult des Betstuhls, als warte sie auf ein Zeichen. Am Ende hob sie die Augen und blickte wieder in die Sargnische. Sie fühlte sich erleichtert. »Ich bin nicht deine Tochter«, murmelte sie. »Ich bin nicht deine Tochter, und ich kann nicht weinen, aber Gott ist mein Zeuge, daß ich dich geliebt habe, wie kein Kind seinen Vater liebt.«

Sie verließ die Kapelle in der Hoffnung, er habe ihr Geständnis vernommen und ihr verziehen – ihr und ihrer Mutter, die auf diesem Betrug Annas Zukunft aufgebaut hatte.

Der dunkelblaue Mercedes mit den Panzerglasscheiben und dem Funktelefon glitt geräuschlos durch die Lindenallee und hinterließ zwei parallele Spuren im frischen Schnee. Am Ende der Allee tauchten, verschwommen wie in einem impressionistischen Gemälde, die Umrisse einer Villa aus dem neunzehnten Jahrhundert auf. Anna dachte beinahe fröhlich an den Alten, und es schien ihr, als könne sie die Brandung des Ozeans am Strand von Ipanema hören.

Am Steuer des gediegenen Wagens saß ein blonder junger Kerl mit kalten blauen Augen, starren Gesichtszügen und athletischer Figur. Der Bursche auf dem Beifahrersitz hätte sein Zwillingsbruder sein können: Er wirkte genauso beherrscht, muskulös und drahtig. Die zwei waren Annas Leibwächter, beide Deutsche, die eine strenge Ausbildung in Nahkampf und Personenschutz absolviert hatten. Sie hießen Hermann Seebar und Kurt Stein, wechselten sich am Steuer des Mercedes ab und begleiteten Anna auf Schritt und Tritt. Conte Arrigo Valli di Tavernengo hatte sie aus Berlin kommen lassen, als in Italien die Ära der Entführungen angebrochen war, um seine Frau von ihnen bewachen zu lassen. Seither folgten sie ihr wie zwei Schatten.

Anna hatte sich um des lieben Friedens willen in ihr Schicksal gefügt, und der Alte hatte den Beschluß seines Schwiegersohns mit einem gutmütigen Lächeln quittiert. »Mit Gorillas ist Entführern nicht beizukommen«, war alles, was er dazu gesagt hatte. Cesare Boldrani, der sich eine Privatarmee hätte leisten können, war immer gegen eine Leibgarde gewesen. Alten Gewohnheiten gehorchend, hatte er stets einen präzisen, bis ins kleinste Detail vorauskalkulierbaren Tagesablauf eingehalten. Trotzdem war ihm nie etwas passiert, beinahe, als wäre er unverwundbar, und das hatte ihm so manche üble Nachrede eingebracht.

Anna war so in den Sog ihrer Erinnerungen geraten, daß sie die Gegenwart völlig vergessen hatte. Es schneite unaufhörlich, und das Land, das an den blaugetönten Scheiben des Wagens vorüberflog, war eine einzige weiße Decke. Es gehörte ihr, so weit das Auge reichte. Anna betrachtete die dicken Flocken, die träge vom Himmel trudelten, und erkannte in ihnen den Schnee ihrer Kindheit wieder.

»Hermann, halten Sie hier an«, befahl sie dem Fahrer auf deutsch und begann sich mit neuem Interesse umzusehen.

Der Mann gehorchte, obwohl ihre ausgefallene Bitte ihn einen Moment lang stutzig machte. Sie befanden sich auf freiem Feld, mitten im Winter und bei Schnee, und es gab keinerlei ersichtlichen Anlaß für diesen Halt. Aber der Deutsche wurde nicht dafür bezahlt, über die Launen seiner Chefin nachzudenken, sondern ausschließlich dafür, zu gehorchen und sie zu beschützen.

Als Anna ausstieg, stand Kurt bereits vor dem geöffneten Wagenschlag, blickte prüfend um sich und hatte die Hand in der Nähe seiner *Smith & Wesson,* die er unter der Jacke in einem Schulterhalfter trug. Hermann kontrollierte die andere Seite der Allee, die zur Villa führte. Inmitten der weißen Stille wirkten diese Vorsichtsmaßnahmen geradezu grotesk.

Anna ging, von den Blicken ihrer Leibwächter und ihren kleinen Fußstapfen gefolgt, langsam ein Stück in die Felder hinaus, dann hielt sie inne und schlug den weiten Schalkragen ihres Nerzmantels hoch, während ihr dichtes schwarzes Haar sich wie durch einen Kino-Spezialeffekt weiß verfärbte. Sie blieb reglos stehen und genoß es, die Schneeflocken, die wie weiße Schmetterlinge um sie herumflatterten, auf ihrem Gesicht zu spüren. Sie schloß die Augen und zog den Geruch des ländlichen Winters ein, der sie an lang vergangene Zeiten erinnerte, an einen Neujahrstag während ihrer Kindheit, als sie zum ersten Mal die Lindenallee der Villa aus dem neunzehnten Jahrhundert entlanggegangen war.

Damals hatte der Krieg das Leben bestimmt. In der Stadt waren ganze Straßenfluchten von den Bomben in Trümmer gelegt worden. Mit fünf Jahren hatte sie bereits gelernt, die Männer an ihren Uniformen zu erkennen: Faschisten, Deutsche, Partisanen. Die Leute trugen abgenutzte Kleider, zerschlissene Mäntel, Lumpen.

Auch ihre Mutter, Maria, die große Maria mit dem statuenhaften Körper und den riesigen haselnußbraunen Augen, trug schäbige Kleider, die sie aus Fetzen zusammengestückelt hatte. Sie, Anna, war in einen dicken Mantel eingepackt, der aus einer braungefärbten Armeedecke genäht war. Kopf und Hals waren mit einem gestreiften Wollschal umwickelt, den ihre Mutter aus alten Resten gestrickt hatte.

Die Kleine zitterte vor Kälte. »Mama, bitte, laß uns nach Hause gehen«, flehte sie.

Die große Maria drückte mit ihrer an harte Arbeit gewöhnten Hand das kleine Händchen des Kindes, als wolle sie Anna damit etwas von ihrer eigenen Kraft und Entschlossenheit einflößen.

»Nur noch ein paar Minuten«, erwiderte sie, indem sie ihren Worten den Ton eines warmen Versprechens gab.

Das Mädchen, das den Charakter seiner Mutter kannte, folgte der kräftigen Hand, obwohl sie sich nicht im geringsten für das Ziel ihres Ausfluges interessierte, denn sie war ausgefroren und am Rande der Erschöpfung.

Die große Maria blieb erst auf dem weitläufigen Vorplatz der Villa stehen: »Schau!« Ihre großen Augen funkelten siegesgewiß.

Anna, die sich dem unbeugsamen Willen ihrer Mutter nicht widersetzen konnte, betrachtete die elegante, blaßgelbe Fassade. Das Haus war umwerfend schön in seiner schlichten Einfalt, aber dafür hatte die Kleine natürlich kein Gespür. »Ich schaue«, sagte sie, einzig ihrer Mutter zuliebe.

Die große Maria nahm ihre Tochter auf den Arm und deutete mit einem Finger auf das Gebäude: »Siehst du es gut?« fragte sie mit geradezu zwanghafter Insistenz.

»Ja, ich sehe es, Mama.« Das Mädchen stand kurz davor, in Tränen auszubrechen.

»Glaub mir, es ist wunderschön.« Maria lächelte verzückt.

»Ja, Mama.« Anna konnte an nichts anderes denken als an ein warmes Zimmer mit Kaminfeuer.

»Es ist viele Millionen Lire wert. Und eines Tages wird es dir gehören.« Sie sprach mehr zu sich selbst als zu dem Kind.

Anna starrte ihre Mutter mit tränengefüllten Augen an. »Ich will die Villa da nicht«, sagte sie.

»Du willst sie nicht?« rief ihre Mutter entsetzt aus.

»Ich will heim«, klagte Anna. »Mama«, flehte sie, »bring mich nach Hause zurück.«

Der Blick ihrer Mutter war streng und ihre Stimme schneidend geworden. »Du mußt dieses Haus aber wollen«, drang sie erbarmungslos in sie. »Es steht dir nämlich zu. Du wirst nicht im Elend leben«, fügte sie hinzu. »Deine Mutter, dieses Arbeitstier, wird eine Königin aus dir machen.«

»Ja, Mama.« Anna war resigniert, todmüde und litt unter der Kälte. »Aber laß uns jetzt heimgehen. Mama, bitte, ich will nach Hause.«

An einem der Fenster im Erdgeschoß war ein Mann mit freundlichem Gesicht erschienen. Es war der Pförtner, der sich wunderte, daß eine Frau und ein Kind bei dieser Eiseskälte den beschwerlichen Weg bis zur Villa auf sich genommen hatten.

»Braucht ihr irgend etwas?« schrie er beinahe, aber nicht aus Arroganz, sondern nur um gehört zu werden.

»Wir nicht«, erwiderte Annas Mutter in bestimmtem Ton. »Und du?«

So war sie, die große Maria, die bei herrschaftlichen Familien in Mailand als Dienstmädchen arbeitete, die kräftige, beschützende Mutter, die Anna mit den Augen der Erinnerung in einer vom Schnee heraufbeschworenen Bildersequenz wiedergesehen hatte.

Contessa Anna Boldrani Valli di Tavernengo rieb sich die Augen wie nach dem Aufwachen und kehrte zu dem dunkelblauen Mercedes zurück. Kurt öffnete ihr die Wagentür, und sie nahm wieder Platz. »Sie können weiterfahren«, sagte sie zu Hermann.

Das Gemälde war eine Synthese des von Düften durchwebten, strahlenden Frühlings, den die Verliebten empfinden, ohne es ausdrücken zu können: ein heiteres Fest zart abschattierter Farben, wenige Bäume mit knospenden Blüten auf einer jungen Wiese, die luftige Gestalt einer flüchtig umrissenen, aber gut erkennbaren Frau, die in einem durchscheinenden Schleiergewand auf den Betrachter zukommt und einen Strauß frisch gepflückter Narzissen in den Armen hält. In der Impression des Künstlers hatte Cesare seine schöne Maria gesehen, wie sie selig mit Anna schwanger ging und im Park von Caravaggio glücklich auf ihn zugelaufen kam, um ihm mit ihrem honigsüßen Lächeln frisch gepflückte Blumen darzubringen.

Aber wenn ihr Vater sich wirklich gefreut hätte und ihre Mutter tatsächlich glücklich gewesen wäre, warum hatte sie, die kleine Anna, dann das Schicksal eines verstoßenen Kindes erleiden müssen? Und obwohl sie mittlerweile ein reiche und bewunderte Frau war, kehrte, wenn sie vor dem Kaminfeuer der Villa von Caravaggio saß, immer wieder die lebhafte und grausame Erinnerung an ihre Kindheit zurück, an die langen Winter, wenn sie mit ihrem Bruder Giulio bei der Großmutter war, die als Büglerin arbeitete und in einem alten Haus im Corso Vercelli zwei Zimmer mit vergitterten Fenstern und Etagenklo am Ende des Korridors bewohnte. Sie dachte an das Elend zurück, an die Lebensgier, an all die Stimmen und Geschichten, die von Tür zu Tür wanderten und auf den Innenhof hinausgeschrien wurden, in dem es drunter und drüber ging.

Annas Füße waren geschwollen und mit schmerzhaften Frostbeulen übersät, und die Großmutter ließ sie, bevor sie ins Bett geschickt wurde, in einen bauchigen weißen Emaillenachttopf mit blauem Rand Pipi machen. »Bist du fertig?« fragte die Alte. »Ja, Großmutter.« Dann setzte sie die Kleine auf einen Hocker vor den Nachttopf und sagte zu ihr: »Rasch, stell die Füßchen rein, bevor es kalt wird.« Anna gehorchte ihr, folgsam, wie die Kinder früher waren. »Jetzt brennen sie noch mehr«, jammerte sie, während dicke Tränen über ihre Wangen kullerten. »Das ist ein gutes Zeichen«, munterte die Großmutter sie auf. »Das bringt dein Blut zum Zirkulieren. Morgen ist alles vorbei.« Anna ließ ihre Füße im Nachttopf, bis das Pipi kalt war, worauf die Großmutter sie mit einem feuchten, heißen Lappen abtrocknete und ihr rauhe Wollsokken anzog. Dann ging es ab unter die Decke in das breite Bett, das mit einer Wärmflasche geheizt worden war.

Das Kind ließ sich von der Wärme einlullen, während seine Augen an einem Bild hingen, auf dem die Muttergottes mit dem

Jesuskind dargestellt war, und ein niedlicher Distelfink, der sie neugierig betrachtete und ihnen Gesellschaft leistete. Das Bild brachte sie zum Lächeln und tröstete sie. Sie sah es auch noch kurz vor dem Einschlafen in der Dunkelheit vor sich, wenn die Großmutter die matte Glühbirne ausschaltete, die von der Decke hing, und sich neben sie legte, um in den leichten Schlaf der alten Leute zu fallen.

Anna suchte die milde Unschuld der Madonna, aber statt dessen ging vor ihren strahlenden, tiefgrünen Augen die Pracht eines großen Ölgemäldes von Corot auf, das über dem Kamin hing. Auf ihm war das Ufer eines Flusses zu sehen, ein Kahn, der an einem hohen Baum vertäut war, eine Brücke und im Hintergrund die Po-Ebene in herbstlichen Farben.

»Also, nun trink schon«, sagte Ausonia in mütterlich strengem Ton und reichte ihr eine Tasse aus Limoges-Porzellan mit dampfendem Kamillentee.

»Ich habe mir das Bild angeschaut.« Anna dankte ihr mit einem Kopfnicken und nahm die Tasse entgegen. Sie war Ausonia dankbar für ihre rührenden Bemühungen, vor allem jedoch, weil sie nicht über den Tod des Alten gesprochen hatte.

»Das ist wirklich ein schönes Bild«, gab die Haushälterin zu. »Dein Vater hat es sehr gemocht«, erzählte sie. »Er hat es vor vielen Jahren gekauft, weil es ihn an die Uferlandschaft des Naviglios hinter der Porta Ticinese erinnerte, der zu unserer Zeit noch träge durch die Felder floß. Aber jetzt ruh dich aus, Kind«, riet sie ihr.

Anna begann langsam ihren Lieblingstee zu schlürfen, während in ihrem Blickfeld zum ersten Mal das große Silbertablett auftauchte, das vor Beileidstelegrammen förmlich überquoll. Sie hatte nicht die geringste Lust, sie zu öffnen und zu lesen, auch weil sie schon im voraus wußte, was die Presseabteilungen der AGs und die Sekretäre der Politiker ihr schrieben. Ebenso kannte sie die naiv abgefaßten, oft fast schon witzig anmutenden Beileidsbekundungen der bescheideneren Mitarbeiter, die »lebhaft« ihren tiefen Schmerz über den unverwindlichen Verlust zum Ausdruck brachten. Aber die ungeschriebenen Gesetze der Welt, in der sie als Protagonistin lebte, zwangen sie, präzise Regeln zu respektieren. Anna begann also die sorgfältig ausgewählten Worte von Verwandten, Freunden, Bankiers und Finanziers zu lesen: auf englisch, auf französisch, auf deutsch. Die persönliche Briefkarte eines ehemaligen Ministerpräsidenten, die in schöner Handschrift beschrieben war, erregte ihre Aufmerksamkeit. Der Schein des Feuers glänzte in ihrem Blick, der hart wie Smaragd war: »Den ersten Schritt mußt du tun«, sagte sie, während sie die Karte vor sich hielt und ihre wohlgeformte, gerade Nase ein wenig rümpfte.

Die Nacht war hereingebrochen, und das große Wohnzimmer wurde nur vom Kaminfeuer erhellt, dessen züngelnde Flammen ihren rötlichen Schein auf die wertvollen Tapeten, Möbel und Gemälde warfen. Anna stieß sich mit einem Fuß auf dem kostbaren Teppich ab und drehte ihren Sessel, bis sie einer breiten Wand gegenübersaß, die völlig von einem Vorhang aus hellblauem Leinensamt verdeckt wurde, demselben Stoff, mit dem auch das Sofa und die Sessel bezogen waren. Sie betätigte den Knopf eines kleinen elektronischen Geräts, kaum größer als die Fernbedienung eines Fernsehapparates, worauf der Vorhang mit leisem Rauschen zurückglitt und eine riesige Panzerglasscheibe zum Vorschein kam, die von einer eigens aus Belgien bestellten Firma für Sicherheitsgläser angepaßt worden war. Mit einem Male ging wie durch ein Wunder eine künstliche Sonne auf: eine Art Bühnenscheinwerfer, der stufenlos heller wurde und eine von uralten Bäumen umgebene Lichtung des verschneiten Parks beleuchtete.

Auf der makellos weißen Fläche begannen vier sehnige, schlanke Dobermänner, schwarzen Teufeln gleich, herumzutollen, wie berauscht von dem neuen Tag, den Anna für sie herbeigezaubert hatte – für sie und für sich selbst, oder besser, um ihre weibliche Eitelkeit zu befriedigen, die Eitelkeit einer reichen und viel bewunderten Frau, die unbewußt danach strebte, Dinge zu besitzen, von denen andere nicht einmal zu träumen wagten.

Ausonia öffnete die Tür des Wohnzimmers und sah, daß Anna in eines ihrer Lieblingsspiele vertieft war. Sie näherte sich ihr lächelnd.

»Anna, mein Kind«, sagte sie leise. »Du sitzt jetzt schon stundenlang alleine hier herum. Soll ich dir nicht etwas zu essen bringen?«

Anna hob ihren Kopf zu der Alten auf, und ihr gewelltes, schwarzes Haar schimmerte im Licht, das von außen einfiel.

»Wie du möchtest«, erwiderte sie gleichgültig und ließ die Sonne über ihrer wundervollen Spiellandschaft per elektronischer Fernsteuerung untergehen. Während der riesige Vorhang wieder vor die gläserne Wand glitt, zündete Ausonia eine Tiffany-Lampe mit Spinnwebenmuster und Mosaikfuß an, die Freunde aus Amerika mitgebracht hatten.

Anna schickte sich an, vom mütterlichen Blick der Haushälterin gefolgt, das Wohnzimmer zu verlassen, blieb unterwegs aber noch einmal vor dem Frauenporträt stehen.

»Sie ist Maria wie aus dem Gesicht geschnitten«, bemerkte Ausonia.

»Ja, wie aus dem Gesicht geschnitten«, wiederholte Anna.

»So war dein Vater, wenn er ein Bild kaufte: Es mußte ihn an Menschen und Dinge erinnern, die ihm am Herzen lagen.«

Anna setzte ihren Weg fort, und Ausonia lächelte, denn sie kannte bereits die nächste Etappe ihres Kindes. Anna ging einen hellblauen Korridor entlang, an dessen Ende sich eine Tür befand. Sie berührte sie nur leicht mit der Hand, worauf sich ihre Flügel langsam öffneten und sie von feierlicher, melodischer Orgelmusik umfangen wurde. Ein Schwall von Gefühlen überflutete sie, während sie die von ihrem Vater eingerichtete Kapelle betrat, die nichts als ein schlichter Betstuhl und ein hölzerner Christus an der hinteren Wand schmückte.

Anna hörte hinter ihrem Rücken die leichten Schritte Ausonias.

»Der Mann aus den Fernsehnachrichten ist gekommen«, verkündete sie alles andere als begeistert. Sie wußte, daß der Gast Ministerpräsident gewesen war und augenblicklich ein Ministeramt bekleidete, sie kannte seinen Namen, ahnte seine geheimen Machenschaften, aber sie empfand von jeher eine instinktive Abneigung gegen ihn und nannte ihn deshalb immer nur »den Mann aus den Fernsehnachrichten«.

»Bitte ihn herein«, sagte Anna, die ihn erwartet hatte, wenn auch nicht so früh. Auf ihrem aristokratischen Gesicht war nichts als ein Schatten von Müdigkeit zurückgeblieben. Ihre Augen hatten die ruhige Tiefe des Meeres nach einem Sturm. »Bitte ihn herein«, wiederholte sie. »Und bringe uns auch etwas zu essen. Ich sterbe vor Hunger.«

Ihre letzte Begegnung mit dem ehemaligen Premierminister hatte an Heiligabend hier in der Villa von Caravaggio stattgefunden. Außer ihnen beiden war auch Cesare Boldrani anwesend gewesen, der trotz seiner einundachtzig Jahre in blendender Form war. Keiner hätte vermuten können, daß er zwei Wochen später bereits sterben sollte. Dem Besuch des Ministers war ein Geschenk für Anna vorausgegangen, das er und seine Parteifreunde ihr zu Weihnachten machten. Es handelte sich um eine Tischuhr von Van Cleef & Arpels in Gold und Emaille, die aus dem letzten Jahrhundert stammte und bei Sotheby in London ersteigert worden war. Dieses Geschenk war ein schlauer Zug gewesen, mit dem der Politiker Annas Eitelkeit befriedigt und sich die Dankbarkeit Cesare Boldranis gesichert hatte, der nicht mit Wohlwollen sparte, wenn jemand seine Tochter zum Lächeln brachte.

Der Alte und der Minister hatten sich etwa fünfzehn Minuten lang in Annas Gegenwart unterhalten, als der Gast mit einem Seitenblick auf sie ein gewisses Mißbehagen zum Ausdruck brachte. Aber Cesare Boldrani ließ sich nicht beirren: »Sie müssen sich an ihre Anwesenheit gewöhnen. Wenn ich eines Tages nicht mehr bin, wird Anna Ihre einzige Gesprächspartnerin sein«, sagte er mit Nachdruck.

Wenn es dem Minister, einem kaltblütigen Menschen mit undurchdringlicher Miene, an etwas nicht fehlte, so war es Redegewandtheit, und er hatte sich auch bei dieser Gelegenheit geschickt aus der Affäre zu ziehen gewußt.

»Nichts als Worte«, erwiderte der Alte und brachte mit einer geringfügigen Geste seiner kräftigen, knotigen Hand das ganze elegante Wortgebäude des Ministers zum Einsturz.

Sie sprachen über Goldreserven, Aktienanteile, internationale Beziehungen, kurzfristige Finanzierungen und über die Notwendigkeit, einen Ausweg aus der Erdölkrise zu finden, denn davon hing die Stabilität der Regierung und die Glaubwürdigkeit der politischen Strömung ab, der der Minister angehörte.

Der Alte hatte sich wie gewöhnlich knapp gefaßt: »Wir werden einen Vermittler einschalten und genügend Erdöl bekommen. Die Finanzierung wird auf dem üblichen Weg pünktlich erfolgen.« Der Minister nickte mit der Bedächtigkeit eines Diplomaten, aber innerlich jubelte er vor Freude. Er senkte kaum merklich den Kopf: »Ich wußte, daß wir auf Sie rechnen können«, sagte er an den Alten und an seine Tochter gewandt.

Anna erfüllte es mit Stolz, offiziell in die Verhandlungen einbezogen zu werden.

Aus den Augen des Alten blitzte jugendliche Ironie: »Aber bis Ende des Jahres präsentiere ich Ihnen die Rechnung.«

»Bis Ende des Jahres«, wiederholte der Minister, ohne die Fassung zu verlieren, mit einem schiefen Lächeln, aber die Ankündigung des Alten hatte seiner heimlichen Freude einen schweren Dämpfer versetzt.

Mit diesen Worten war die Begegnung abgeschlossen, und Cesare Boldrani blieb, an die Rückenlehne des hellblauen Samtsessels gelehnt, alleine im Wohnzimmer zurück.

»Diese Leute wollen einfach nicht aus ihren Irrtümern lernen«, murmelte er. »Sie sind und bleiben unseriös; und dann wundern sie sich darüber, daß das Volk diese schwere Krise nicht ernst nimmt. Zu viel Leichtfertigkeit, zu viele Schulden, zu viele offenstehende Rechnungen.«

Er, der Alte, hatte Rechnungen stets prompt beglichen, solange er lebte. Das war eines seiner Erfolgsrezepte. Mit einer langsamen, rituellen Handbewegung zog er aus dem Täschchen seiner Weste eine silberne Uhr, auf deren emailliertem Zifferblatt die Stunden in römischen Zahlen angezeigt wurden. Auf ihrem Deckel war die Gestalt einer tunikabekleideten Frau mit wallendem Haar und verbundenen Augen eingraviert: Fortuna, die Göttin des Glücks. Wenn er auf einen Knopf drückte, sprang der Deckel auf, worauf ein Spielwerk den *Türkischen Marsch* von Mozart erklingen ließ und die Inschrift »Genève – 1880« sichtbar wurde. Diese silberne Taschenuhr mit dem emaillierten Zifferblatt, den römischen Zahlen, der Glücksgöttin und dem Spielwerk erinnerte ihn an die erste Rechnung, die er in seinem Leben beglichen hatte; er war damals gerade fünfzehn gewesen und hatte sie mit dem Tod eines Mannes besiegelt.

Cesare 1914

1

Das Licht der Morgendämmerung drang durch die Ritzen der Fensterläden, ohne jedoch die Dunkelheit ganz aus der großen Küche zu vertreiben. Cesare Boldrani sah im Dämmerlicht seine Mutter, die unter dem Türrahmen der angrenzenden Kammer stand, wo sie mit seinen jüngsten Geschwistern schlief: dem achtjährigen Augusto, dem vierjährigen Anacleto und Serafina, die gerade ein Jahr alt war. Cesare blieb reglos auf seiner Matratze aus getrockneten Maisblättern unter der rauhen, blaßgrünen Tuchdecke liegen und betrachtete seine Mutter voller Zärtlichkeit.

Elvira Colombo, verwitwete Boldrani, hatte nur kurz geschlafen, dafür aber tief wie ein Stein; ihr junges Gesicht war noch ganz verquollen. Sie trug einen knöchellangen, in der Taille gerafften Rock aus dunkler Baumwolle, eine blaugeblümte Bluse mit aufgerollten Puffärmeln, unter der ihre mageren, aber muskulösen Waschfrauen-Arme zum Vorschein kamen, schwarze Makostrümpfe und Holzpantinen mit Stoffoberteil. Elvira zupfte sich mit einem Anflug von Koketterie das weiche, kastanienbraune Haar zurecht, das sie zu einem Nest aufgedreht hatte. Ihre derben, rissigen Hände wirkten liebevoll und freundlich.

»Mamm«, sagte Cesare. Alle ihre Kinder nannten sie so, wie schon sie nach alter lombardischer Sitte ihre eigene Mutter genannt hatte.

»Leise, sonst weckst du deine Schwester auf«, ermahnte Elvira ihn flüsternd. Giuseppina war vierzehn Jahre alt, ein Mädchen von zarter Schönheit und zerbrechlicher Statur. Sie und Cesare schliefen in der Küche. Ihre Betten bestanden aus zwei Holzbökken, über die stabile Bretter gelegt waren und auf diese ein Sack mit trockenen Maisblättern, der »Strohsack« der Armen.

»Mamm«, murmelte Cesare, »soll ich dir helfen?« Er setzte sich in den knisternden Blättern auf.

»Schlaf noch ein bißchen.« Elvira dachte daran, daß ihr Sohn gerade erst fünfzehn war und sich um halb sechs auf den langen Fußmarsch in die Fabrik machen wußte, wo er um sieben Uhr mit der Arbeit begann.

»Jetzt bin ich sowieso schon wach.« Der Junge schlug die kratzige Decke zurück und stellte die Füße auf den Boden aus gestampfter Erde, während das Maisstroh unter ihm raschelte. Cesare war ein magerer, für sein Alter jedoch ungewöhnlich kräftig gebauter Bursche mit entschlossenem Gesichtsausdruck, der markanten, wohlgeformten Nase seines Vaters, den weich geschwungenen Lippen seiner Mutter und den tiefgründigen blauen Augen der Boldranis. Er ging zum Fenster, um es zu öffnen. Das vertraute Szenarium der Tenne, der Wiesen und Bäume jenseits der abgeblätterten grünen Fensterläden des alten Bauernhauses hatte etwas Aufregendes und Geheimnisvolles für ihn. Ihm war, als könne sich dort von einem Tag zum andern überraschend ein Wunder ereignen.

»Laß den Laden zu.« Seine Mutter stand vor der offenen Feuerstelle und schichtete trockene Zweige und Holzscheite aufeinander, die sie am Abend zuvor hereingeholt hatte. Sie zog ein Streichholz aus seiner gelben Schachtel, rieb es an der Sandpapierfläche und wartete, nachdem es Feuer gefangen hatte, daß der Schwefel verbrannte; dann hielt sie es an einen Fetzen Papier, der sofort in Flammen aufging, und zündete damit den Holzstoß an. Die dürren Zweige begannen fröhlich zu knistern und steckten schnell die dickeren Scheite an, bis die Flammen hoch aufloderten und an dem Kupferkessel für die Polenta zu lecken begannen, der an einer rußigen, schwarzen Kette hing. Bald war die ganze Küche vom Duft des Holzfeuers erfüllt.

»Mamm, heute ist dein Fest.« Der Junge stand am Fenster und spähte durch die Spalte der wurmstichigen, morschen Läden.

»Mein Fest?« Für die Frau war es ein Fest, wenn sie abends ihre

Kinder gesättigt hatte und sich – in der Gewißheit, auch für den nächsten Tag genügend Polenta und Speck zu haben – mit den Jüngsten in die kleine Kammer zum Schlafen zurückziehen konnte.

»Ja, dein Geburtstag.« Cesare war inzwischen ans Bett seiner Schwester Giuseppina herangetreten, über dessen Kopfende eine Titelseite der Mailänder Zeitung *Domenica del Corriere* hing. Auf ihr waren verschiedene Abbildungen des Zeichners Beltrame zu sehen: der Untergang der *Titanic*, ein Almanach in Mailänder Mundart sowie ein Plakat der Weltfirma Stucchi & Co., mit dem für die Nähmaschine »Labor« geworben wurde, ein Familienmodell, das in sechzehn Monatsraten zu je sechs Lire fünfzig abbezahlt werden konnte.

»Dann haben wir schon den sechzehnten Juni«, sagte die Frau gedankenversunken, während sie mit der rechten Hand gelbes Maismehl in das kochende Wasser einstreute, das sie mit einem glatt geschmirgelten Stock umrührte. Elvira war 1877 geboren und jetzt siebenunddreißig Jahre alt. Sie erinnerte sich an das Ende des Jahrhunderts, weil Cesare zur Welt gekommen und das Heilige Jahr ausgerufen worden war. Im Jahr 1900, als sie mit Giuseppina schwanger ging, hatte sie gerade auf den Steinstufen des Waschplatzes gekniet, als ein paar Frauen die Nachricht mitbrachten, König Umberto I. sei in Monza von einem Anarchisten mit drei Pistolenschüssen ermordet worden.

Einmal hatte Angelo, ihr Mann, eine Seite der *Domenica della Sera* nach Hause mitgebracht, auf der die wundersamsten Dinge abgebildet gewesen waren: Nähmaschinen, die mit elektrischer Energie »alleine« funktionierten, ein Gerät zum Haaretrocknen, ja sogar eine kurbelbetriebene Spülmaschine. Dann war ihr Mann an Lungenentzündung gestorben. Jetzt gelangten nur noch selten einzelne Seiten alter Zeitungen in das Bauernhaus bei der Porta Ticinese, in dem die Boldranis wohnten, und Giuseppina heftete die raren Exemplare säuberlich an die Wand über ihrem Bett. Elvira, die nur ein schäbiges, schwarzes Schultertuch besaß, träumte von einem richtigen Wolljäckchen, wie die Signoras sie trugen, aber sie wagte es nicht, diesen Wunsch laut auszusprechen. Man schrieb das Jahr 1914, und ihre Röcke waren allesamt fast so alt wie das Jahrhundert.

»Heute abend bringe ich dir Blumen mit, Mamm«, versprach Cesare, während er seine knielange Unterhose aus Tuch anzog, die er im Bund mit einer roten Kordel zusammenzog, und in seine Hose aus grobem Flanell stieg. Er war noch ein Junge, aber er kleidete sich wie ein erwachsener Mann, und auch das rot-weiß gestreifte Hemd, das er über dem mehrfach geflickten Wollunterhemd trug, stammte ursprünglich von seinem Vater. »Ich will keine Blumen«, erwiderte Elvira mürrisch, obwohl sie sich insgeheim riesig darüber gefreut hätte.

Es war inzwischen hell geworden, aber die Sonne stand noch nicht am Himmel. Von Osten her sandte sie ihre ersten rötlichen Strahlen durch die Ritzen des Fensterladens. Cesare trat neben seine Mutter, atmete ihren guten Geruch ein und den vertrauten Duft des Feuers und der Polenta. Er verspürte den unbezähmbaren Drang, die Frau zu umarmen, auf deren Stirn winzige Schweißtropfen perlten, die sie sich von Zeit zu Zeit mit dem Handrücken abwischte. Er fand aber nicht den Mut dazu, denn er wußte, daß Elvira ihn abgewiesen hätte. Ihr strenges, reserviertes und von bäuerlichen Gepflogenheiten geprägtes Wesen hinderte sie daran, mit ihren älteren Kindern, die noch nicht erwachsen, aber auch keine Kleinkinder mehr waren, Zärtlichkeiten auszutauschen, obwohl sie sich innig mit ihnen verbunden fühlte und keines von ihnen den geringsten Anlaß hatte, an ihrer Zuneigung zu zweifeln. Cesare waren die Umarmungen seiner Mutter, so lange sie auch zurücklagen, eine unvergeßliche Erinnerung geblieben, die er mit ihrer weichen hellen Haut verband, mit ihren rosigen Wangen und ihren samtigen Lippen, die nach Pfefferminze rochen.

Vom Glockenturm der Kirche von San Lorenzo schlug es gemächlich und melodisch halb fünf. Elvira packte den Kupferkessel mit einem Topflappen an seinem Henkel, hob ihn vom Haken der Eisenkette und kippte die dampfende Polenta auf ein Hackbrett.

»Wie schön«, sagte Cesare und betrachtete entzückt die Masse, die sich wie flüssiges Gold aus dem Kessel ergoß.

»Die reicht für den ganzen Tag«, stellte Elvira zufrieden fest.

Dann verschnürte sie ihre Sachen in einem großen Taschentuch und machte sich auf den Weg zum Waschplatz, einen blauen Schubkarren vor sich herschiebend, auf den sie die schmutzige Wäsche der Herrschaften geladen hatte, mit der sie für sich und ihre Kinder das tägliche Brot verdiente. Im Winter ging sie bei Dunkelheit aus dem Haus und wusch die ersten Stunden bei Kerzenlicht, aber jetzt war es Gott sei Dank Sommer, und die Arbeit ging leichter von der Hand.

Cesare half ihr, die Karre über den holprigen Weg vor dem Haus zu schieben und sah ihr nach, wie sie sich auf der verlassenen Straße entfernte. Danach ging er zur Wasserpumpe, füllte einen Zinkeimer und wusch sich laut prustend Gesicht, Hals und Hände. Mittlerweile waren auch die anderen Bewohner des Bauernhauses aufgewacht; helle Stimmen hallten aus dem Hof und von den Fenstern herunter. Ein paar Männer waren dabei, zwei Ochsen vor einen schweren Wagen zu spannen, der mit einer langen Deichsel versehen war. Eine Schar Schnitter marschierte an einer langen Pappelbaumreihe entlang, die sich schnurgerade durch die Landschaft zog und gegen den rot gefärbten Morgenhimmel abhob. Sie würden an der Breitseite der Wiese, einer neben dem andern, mit dem Mähen beginnen und sich langsam und feierlich vorarbeiten, indem sie ihre Sensen im Takt über das hohe Gras gleiten ließen, das erste Gras des Sommers, das die Luft bald mit seinem herrlichen Duft erfüllen würde.

Cesare trocknete sich mit einem rauhen Handtuch ab und kehrte ins Haus zurück. Giuseppina schlief noch und hustete dann und wann im Schlaf, trocken, wie der Vater gehustet hatte, bevor er an Lungenentzündung gestorben war. Aus einer Schublade der Kredenz zog er eine Speckschwarte hervor, deren Ränder sich wegen der Hitze gelblich verfärbt hatten. Wenn er aber ein Würfelchen davon abschnitt, so verschwand der ranzige Geruch augenblicklich, und zum Vorschein kam herrliches weißes Fleisch, das von feinen rosaroten Adern durchzogen wurde und einen köstlichen Duft verströmte. Er holte vom Abtropfgitter auf dem Spülstein eine Eisenpfanne, warf den Speckwürfel hinein und stellte das Ganze auf das glühende Holzfeuer. Als der Speck zu brutzeln begann und zerlief, schnitt er mit Hilfe eines weißen Fadens eine Scheibe Polenta ab, legte sie in die Pfanne und schwenkte diese sorgfältig, damit das geschmolzene Fett gut aufgesogen wurde. Zum Schluß ging er mit der Pfanne in den Hof hinaus, setzte sich auf eine Bank neben der Haustür, griff nach einem Brett, das an der Mauer lehnte, legte es sich quer über die Knie und stellte die heiße Pfanne darauf. Er sog den Geruch des Grases ein, das sich rauschend unter den langen Klingen der Sensen bog, und mit ihm den Duft der Polenta und des gebratenen Specks. Als er sich den ersten großen Löffeln in den Mund schob, überkam ihn eine unbeschreibliche Wonne, ein Gefühl, das dem Glück sehr nahekam.

Sein knurrender Bauch und sein unbändiger Heißhunger brachten ihn jedoch schnell von dem Vorsatz ab, diesen Genuß so lange wie möglich auszukosten. Als sein Vater noch am Leben gewesen war, hatte es hin und wieder ein gutes Glas verdünnten Wein zum Essen gegeben, aber inzwischen war Wein längst ein unerschwinglicher Luxus, und so versetzte er ein Glas Brunnenwasser, wie seine Mutter es ihm beigebracht hatte, mit ein paar Tropfen Essig, trank es in einem Zug leer und fühlte sich danach satt und zufrieden.

Die Kirchturmglocke schlug fünf, als Cesare ins Haus zurückging, ans Bett seiner Schwester Giuseppina trat und sie sanft an der Schulter rüttelte: »Ich gehe«, sagte er.

Das Mädchen, das die warmen dunklen Augen seiner Mutter geerbt hatte, sah ihn erschrocken an, während sie sich mit den Ellbogen auf der Matratze abstützte und aufsetzte. Das lange schwarze Haar umrahmte ihr Gesicht, und ihre weich geschwungenen Lippen lächelten, als wolle sie sich dafür entschuldigen, so lange geschlafen zu haben. »Bis heute abend«, sagte sie mit schlaftrunkener Stimme.

Dieses zerbrechliche, hilflose Geschöpf gab ihm das Gefühl, stark zu sein und gebraucht zu werden wie ein richtiger Mann. Er hätte sie gerne in die Arme geschlossen, um ihr ein wenig von seiner Sicherheit einzuflößen, aber das hätte sie wahrscheinlich nicht verstanden, weil die Umarmung zwischen einem Mann und einer Frau, auch wenn sie Bruder und Schwester waren, immer etwas seltsam anmutete. Cesare und Giuseppina waren einander in geschwisterlicher Liebe zugetan, und das wußten sie auch so, ohne es mit Gesten oder Worten zum Ausdruck zu bringen.

Während das Mädchen sich anschickte aufzustehen, schloß Cesare die Küchentür hinter sich. Er ging um das Bauernhaus herum und auf eine niedrige Holunderhecke zu, die einen Gemüsegarten voll großer reifer Tomaten begrenzte. Unmittelbar vor der Hecke befand sich eine morsche Bretterbude, aus der es übel roch. Er betrat das Gemeinschaftsklo, um sein Geschäft zu verrichten. Schillernde, fette Schmeißfliegen machten sich den grün bemoosten Steinboden streitig und summten in der Luft, deren Gestank einem beinahe den Atem verschlug, obwohl die Bewohner des Bauernhauses längst daran gewöhnt waren und sich nichts daraus machten.

Cesare gelang es, mit herabgelassenen Hosen grandiose Gedanken zu formulieren: Er stellte sich vor, reich und mächtig zu sein, und sah sich in der Phantasie als den Besitzer des Bauernhofes, der umliegenden Ländereien, des Gemüsegartens und der Bretterbude – dies alles kaufen zu können, hätte für ihn den Gipfel der Macht bedeutet. Giuseppina wäre von der schweren Hausarbeit und der Erziehung der jüngeren Geschwister von ihm erlöst worden, und seine Mutter hätte er von ihrer Sklavenarbeit auf dem Waschplatz befreit. Eine dicke, große Fliege ließ sich auf dem Rücken seiner linken Hand nieder; blitzschnell hatte er sie mit der rechten Hand gefangen und auf den grünen Steinboden geschleudert, wo sie mausetot liegen blieb. Das war ein gutes Omen, eine Art gelungenes Zauberkunststück. Er zog seine Hose wieder hoch und ging in die laue Morgenluft hinaus, die ihm jetzt noch herrlicher zu duften schien.

Die Sonne war höher gestiegen, und die umliegenden Felder und Wiesen flimmerten in ihrer ganzen Pracht. Cesare zog im Hof seine derben Lederschuhe aus, band die Schnürsenkel zusammen und hängte sich die Schuhe über die Schulter. Um Punkt sieben Uhr bei der Arbeit zu sein, mußte er von der Porta Ticinese ab zwei Stunden lang querfeldein nach Opera marschieren, wo sich eine der ersten Grammophon-Fabriken befand. Er bekam eine Lira und zwanzig Centesimi pro Tag und konnte sich glücklich schätzen, denn andere Jungen in seinem Alter verdienten nur eine Lira. Aber Cesare war flink und tüchtig und ließ seinen Hammer nie zur Ruhe kommen. Er versicherte sich noch einmal, daß er seine Schuhe fest zusammengebunden hatte; sie waren von guter Qualität, und er wollte sie nicht auf dem langen Weg zur Arbeit ruinieren; dann ging er schon lieber barfuß, denn die eigenen Sohlen liefen sich nie durch.

Cesare bog die Holunderbüsche auseinander, schlüpfte in den Gemüsegarten, pflückte drei pralle, rote Tomaten, ließ sie in seinem Hemd verschwinden und kehrte auf die staubige Straße zurück, die sich zwischen den letzten Häusern am Stadtrand hindurchschlängelte und aufs Land hinausführte. Unterwegs machte er beim Bäcker halt und kaufte für fünf Centesimi gelbes Fladenbrot, das frisch aus dem Ofen kam. Danach stellte er sich an den Straßenrand, zog ein großes blau-rot kariertes Sacktuch aus der Hosentasche, legte die Tomaten und das Brot hinein und verknüpfte dann die Zipfel miteinander.

»Du bist früh dran«, sagte ein Junge mit dichtem Lockenschopf, indem er sich zu ihm gesellte.

Cesare sah ihn erfreut an und begrüßte ihn mit einem Kopfnikken: Es war sein bester Freund, sein Weg- und Arbeitskamerad. Auch Riccio hatte ein Taschentuchsäckchen dabei und die Schuhe genau wie er an den Senkeln über die Schulter gehängt. Er war ein Jahr älter als Cesare, was jedoch überhaupt nicht auffiel, da Elviras Junge für sein Alter ungewöhnlich groß und kräftig war. Über seiner Oberlippe sproß bereits ein dunkler Flaum, und er hatte schon ein Auge auf das *Puma*-Rasiermesser seines Vaters geworfen, das er demnächst zu benützen gedachte.

Die beiden Freunde schlenderten Seite an Seite die Straße entlang, die zur Stadt hinausführte, während ihnen die Sonne im Nacken brannte. Cesare prüfte den Himmel mit seinen lebhaften, azurblauen Augen, die große Intelligenz verrieten. »Verdammt noch mal, heute kommt es wieder nicht zum Regnen«, fluchte er und gestikulierte dabei wie die alten Männer, die sich in der Osteria trafen.

»Was schert dich der Regen?« fragte Riccio und setzte das spöttisch nüchterne Gesicht eines Menschen auf, der über den Dingen steht. Er packte mit den Zehen einen Kieselstein und schleuderte ihn in hohem Bogen über den Straßengraben.

»Ein richtig schönes Gewitter, das würde mir jetzt gefallen.« Die beiden Jungen redeten miteinander, aber es war, aber spreche jeder nur zu sich selbst.

»Damit das Getreide auf deinen Landgütern besser wächst.« Riccio wollte ihn foppen, aber Cesare ließ sich nicht provozieren.

»Worüber würdest du dich denn freuen?« fragte er ihn. »Oder willst du mir weismachen, daß du wunschlos glücklich bist?«

»Genau, und das hat seinen Grund.« Die Augen des Kameraden leuchteten. Ihm lag ein Geheimnis auf Herz und Magen, das er zu gerne losgeworden wäre.

»Was kann das schon für ein Grund sein?« stichelte Cesare ihn, der genau wußte, daß Riccio früher oder später mit der Wahrheit herausrücken würde.

Sie kamen an der *Osteria della Noce* vorbei, in deren Küche offensichtlich bereits gearbeitet wurde, denn es roch herrlich nach gerösteten Zwiebeln und Bratenfleisch. Ein Bursche fegte den Boden aus gestampfter Erde unter der Pergola, während Schwalben pfeilschnell durch die Luft schwirrten. Cesare betrachtete wehmütig die kleinen Marmortische mit den schmiedeeisernen Gestellen: Hier hatte er einmal mit seinem Vater gesessen, ein Mann so mächtig und stark wie eine Eiche, und Wein mit Sodawasser getrunken, das aus einer Siphonflasche ins Glas gespritzt wurde.

In diesem Augenblick kam ein Fuhrmann mit einer Karrenladung Sand an ihnen vorbei. Das Pferd trottete langsam und resigniert die Straße entlang, die es auswendig kannte, und der Mann, der an den Kasten gelehnt auf dem Deichselarm saß, döste unter seinem breitkrempigen Strohhut vor sich hin. Im linken Ohrläppchen trug er einen silbernen Ohrring wie die Zigeuner, aber er war kein Zigeuner. Auch Cesares Großvater Colombo hatte einen solchen Ring im Ohr getragen. Er diente angeblich als Talisman gegen bestimmte Krankheiten, und Cesare hatte ihn sehr darum beneidet.

Riccio sagte: »Gestern bin ich zum Mann geworden. Ich habe mir die Miranda genommen.« Er warf den Kopf zurück, blinzelte mit den Augen und setzte eine schelmische Miene auf. Dann schwieg er.

Cesare wußte nicht genau, was es bedeutete, eine Frau »zu nehmen«, aber er ahnte, daß sich hinter diesem Wort etwas Beunruhigendes verbarg, etwas, das sein Blut zum Kochen brachte und ihn an die frenetischen Begattungen der Tiere auf der Tenne und in den Feldern erinnerte.

Miranda war ein Mädchen aus der Via Vetraschi, die Tochter des Wirts der Osteria *Ca' di Can*, ein Geschöpf, das mit seinen weiblichen Reizen nicht geizte. In einem Wirtshaus in der Via Vetraschi, der verrufensten Straße des ganzen Viertels, hatten die beiden Jungen schon oft Männer und Frauen dabei beobachtet, wie sie einander anfaßten und sich dabei einer seltsamen, deftigen Sprache bedienten, die eigenartige Gefühle in ihnen heraufbeschwor und ihre Sinne entfachte. Miranda war die frechste unter allen Weibern aus der Via Vetraschi, sie setzte sich den Gästen auf die Knie und führte einen teuflischen Tanz auf, einen sogenannten Can-Can, bei dem sie ihre roten oder schwarzen Strümpfe zeigte, ihre wohlgeformten langen Schenkel mit den bunten Strumpfbändern, mitunter sogar ihre weißen Spitzenschlüpfer. All dies gab Anlaß zu keuchenden Seufzern, heiseren Lauten der Begeisterung, ausgelassenem, tobendem Beifallsklatschen.

»Als würde sich die Miranda von dir nehmen lassen«, erwiderte Cesare in zweifelndem Ton, um seinen Freund, der erfahrener war als er, herauszufordern und aus seiner Reaktion entnehmen zu können, was es genau bedeutete, eine Frau »zu nehmen«.

»Glaubst du mir etwa nicht?« fragte Riccio, bereit, sich in Einzelheiten zu ergehen.

»Nicht einmal im Traum«, sagte Cesare, seiner Taktik getreu.

»Das stimmt aber.« Riccio machte ein ernstes Gesicht und legte sich zum Zeichen des Schwures die überkreuzten Zeigefinger auf die Lippen. »Ich schwöre es!« verkündete er feierlich. »Sie hat mich zu sich nach Hause mitgenommen, und dort hat sie mich gewaschen und ausgezogen; von da an habe ich überhaupt nichts mehr begriffen; sie war nämlich auch nackt. Ich habe das Gesicht in ihre großen weichen Titten gedrückt und zwischen den Beinen auf einmal einen harten Prügel gespürt; den hat sie in sich reingesteckt, in ein heißes, feuchtes Nest; ich dachte, mir brennt der ganze Kopf. Dann hat sie zu mir gesagt: ›Los, vögle mich, es ist nie mehr so schön wie das erste Mal.‹ «

»Und du?« Cesare war hochrot und hatte das Gefühl, platzen zu müssen, so heiß war ihm von der Sonne und von der Erzählung seines Freundes geworden, den er in diesem Augenblick als eine Art übernatürliches Wesen betrachtete.

»Ich bin sofort gekommen«, gestand Riccio, genau so überstürzt, wie er gestern zum Orgasmus gelangt war.

»War es schön?« Cesare wußte ungefähr, was sein Freund meinte, denn in der Phantasie hatte er etwas Ähnliches schon erlebt, natürlich immer alleine. Aber die Vorstellung, es zwischen den Beinen Mirandas, des Mädchens des Viertels, zu treiben, wühlte ihn zutiefst auf.

»Es ist, als stirbst du und wirst danach neu geboren«, entgegnete Riccio. »Aber du bist noch zu jung, um das zu verstehen.« Er hob den Kopf und begann wie ein Gockel einherzustolzieren.

Cesare dagegen verstand ihn sehr wohl und spürte, wie es in seiner Hose zu pulsieren begann, als müsse im nächsten Augenblick etwas explodieren.

Über dem klaren Wasser des Kanals schwirrten Libellen hintereinander her und paarten sich, während die Felder im gleißenden Sonnenlicht vibrierten. Der Junge hatte glänzende Augen und war schweißgebadet. »Und dann?« fragte er, begierig, mehr zu erfahren. Von einer Taktik war jetzt keine Rede mehr.

»Dann hat sie mich überall geküßt«, legte Riccio von neuem los. »Und sie hat mir gesagt, daß sie es noch nie mit einem Mann getrieben hat. Daß sie noch nie jemandem einen geblasen hat. Daß wir unsere ersten beiden Male nie vergessen würden.« Riccios Miene wirkte jetzt überhaupt nicht mehr schelmisch, und sein wilder Blick verriet kindliches Staunen. Er dachte an die Worte, die er einmal in einem billigen Fortsetzungsroman gelesen hatte. Er dachte: Ich liebe sie, und er sagte: »Ich hab' sie gern.«

Cesare warf Riccio sein Säckchen mit dem Fladenbrot und den Tomaten hin, setzte in großen Sprüngen über die staubige Straße und flüchtete hinter einen Strauch. Er mußte dieses Unbehagen los werden, sich von dem Druck in seiner Hose befreien. Kaum hatte er seinen Hosenladen aufgeknöpft, als sein steifes Glied wie ein Fahnenmast in die Höhe schoß. Seine Eichel war mit einer eigenartigen, heißen Flüssigkeit befeuchtet; er zog die Vorhaut zurück, wie morgens, nach dem Aufwachen, wenn er pinkeln wollte und sein Ding hart war wie ein Kieselstein. Diesmal ging die Sache jedoch anders aus: ein Knoten löste sich, das Verlangen explodierte in seinem nun reifen Glied, und der weiße Samen spritzte heraus, während er eine Wonne empfand, die er bisher nur im Traum erlebt hatte. Wellen der Lust durchrannen ihn und ließen ihn wie in einem magischen Zauberspiegel bald die Augen, bald die langen Schenkel Mirandas sehen, bald ihr verführerisches Lächeln, bald ihre honigsüßen Brüste, bald ihr heißes, taubenetztes Geschlecht. Danach fühlte er sich leer, erloschen, traurig und beschämt.

»Was hast du gemacht?« fragte Riccio, als er ihn mit hochrotem Gesicht, verschwitzt und mit einem Anflug von Scham in den tiefgründigen blauen Augen zurückkommen sah.

»Nichts«, brummte er. »Was macht man schon hinter einem Strauch?« log er aggressiv und schuldbewußt.

»Du hast an Miranda gedacht.« Aus Riccios Stimme sprach Eifersucht und Wut. »Du hast an sie gedacht, und an das, was wir zusammen gemacht haben.«

»Der Teufel soll dich holen, daran habe ich gedacht«, erwiderte Cesare aufbrausend und vehement. »Ich glaube dir kein einziges Wort von dem, was du mir erzählt hast.«

Riccio wußte, daß es unnütz gewesen wäre, weiter in den geheimen Gedanken seines Freundes herumzuwühlen. Cesare hatte trotz seines jungen Alters einen entschlossenen Charakter und einen unbeugsamen Willen. »Komm, laß uns gehen«, sagte er, und dann machten sie sich wieder auf den Weg.

Unterwegs gesellten sich weitere Jungen und Männer jeden Alters zu ihnen. Sie alle arbeiteten in der Fabrik für Walzen-Phonographen mit Trichter in Opera, einem Dorf südlich von Mailand.

Cesare und Riccio paßten sich dem Schrittempo ihrer neuen Weggenossen an, die mehr marschierten als gingen, mit gesenktem Kopf, als gebe es keinen Himmel und keinen Horizont über und vor ihnen. Alle waren barfuß und trugen die Schuhe über der Schulter.

Auf einmal erscholl das Dröhnen eines Motors, und kurz darauf tauchte hinter ihnen ein Wagen auf der Landstraße auf, der eine große Staubwolke hinter sich herzog. Das war das viersitzige Fiat Labor Kabriolett des Fabrikbesitzers, Ingenieur Mario Galbiati. Das Auto überholte sie hupend, und dieses lärmende Manöver erweckte die Bewunderung der Arbeiter, die sich an den Straßenrand drängten, mehr aus Respekt als aus Angst, überfahren zu werden. Keinem von ihnen wäre es eingefallen, Neid oder Groll zu empfinden: Für sie war es ganz normal, daß der Padrone in einem Automobil fuhr und die Arbeiter zu Fuß gingen. Nur Cesare Boldrani träumte einen seiner verbotenen Träume und sah sich mit einem hellen Staubmantel, Lederkappe und Sonnenbrille am Steuer eines solchen Wagens sitzen.

Mittlerweile war die Gruppe beinahe bei der Fabrik angelangt, einem niederen, langgestreckten Ziegelgebäude mit opaken Fensterscheiben, das von einer traurigen grauen Mauer umgeben wurde. Ein unterwürfiger Pförtner beeilte sich, das Tor zu öffnen und den Wagen des Fabrikbesitzers einzulassen. Dann schloß sich das Tor wieder und blieb, auch als die Arbeiter ankamen, unerklärlicherweise geschlossen.

»Was sind denn das für neue Sitten?« meinte einer der älteren Arbeiter, während sich eine gewisse Besorgtheit in der Gruppe einschlich.

»Das verheißt meiner Meinung nach nichts Gutes«, bemerkte ein anderer und schüttelte den Kopf.

»Jetzt frage ich«, sagte ein Riese mit gezwirbeltem Schnurrbart, der in der Gruppe den Ton angab, und trat einen Schritt vor. Er war der Vorarbeiter. Auf sein Klopfen hin wurde ihm vom Pförtner die kleine Tür geöffnet, die in das große Eisentor eingelassen war. Die anderen blieben zurück und harrten besorgt der Dinge. Wenige Minuten später traten der Fabrikbesitzer und der Vorarbeiter aus der kleinen Tür. Als Ingenieur Galbiati endlich zu sprechen begann, waren die Augen aller auf ihn geheftet.

»Ich habe leider keine guten Nachrichten für euch«, hob er an. »Die Geschäfte gehen schlecht«, fügte er hinzu. »Aber ihr wißt ja selbst, daß wir seit Monaten kaum noch Aufträge bekommen.« Er war ein gut aussehender, elegant gekleideter Mann um die dreißig und trug ein weißes Hemd mit gestärktem Kragen und eine dunkelblaue Krawatte. Seine knappe, mit klarer Stimme gemachte Mitteilung stellte weder die Einleitung zu einer Verhandlung dar noch den Beginn einer Diskussion. Es handelte sich um eine Kommunikation, die keinerlei Widerrede vorsah oder zuließ.

»Der eine oder andere von euch«, fuhr der Padrone fort, um eine Frage zu beantworten, die allen auf den Lippen lag, »wird sich fragen, ob unsere Krise damit zu tun hat, daß die Kunden heute keine Grammophone mehr kaufen möchten, sondern Plattenspieler. Die Firma Pathé stellt Phonographen ohne Trichter her, die keine Walzen benutzen, sondern ebene Schallplatten. Damit hat sie im Augenblick Erfolg, weil die Leute nach der Mode gehen und noch nicht gemerkt haben, daß unsere Walzen den Ton viel wirklichkeitsgetreuer wiedergeben als die Platten. Außerdem kosten unsere Apparate weniger. Ich garantiere euch, daß schon in einem Jahr keiner mehr einen Plattenspieler kauft. Die Schallplatte hat keine Zukunft. Aber einstweilen muß ich leider zehn von euch entlassen.«

Ein erschrockenes Murmeln ging durch die wartende Schar.

»Wenn wir unsere Kosten nicht eindämmen, muß die Fabrik schließen, und dann ist es für uns alle aus. Diese Maßnahme fällt mir schwer, aber ich habe keine andere Wahl. Ich kann euch nur versichern, daß die Situation, so wie sie ist, nicht lange andauert. Im Herbst, wenn neue Bestellungen eingehen, bekommt ihr eure Arbeitsstelle zurück.« Mit diesen Worten zog sich der Padrone in die Fabrik zurück.

Der Vorarbeiter hatte einen Zettel in der Hand. »Ich lese euch jetzt die Namen der Entlassenen vor. Diese Liste ist nicht von mir gemacht. Und wen es trifft, der muß sich eben damit abfinden«, erklärte er, jede Verantwortung von sich weisend.

Die Arbeiter standen da wie ein Gruppe von Kriegsgefangenen, die auf ihre Hinrichtung warten.

»Brambilla, Giovanni«, las der Vorarbeiter. Ein Mann um die fünfzig trat einen Schritt vor. Er hatte zehn Kinder, von denen nur die beiden ältesten sich als Tagelöhner verdingten. »Banfi, Arturo.« Das war der Name eines schmächtigen Burschen mit krummen Beinen; er war seit zwei Jahren verheiratet, und seine Frau erwartete gerade das zweite Kind. Auch er trat resigniert einen Schritt nach vorn. Der Vorarbeiter brauchte nicht von seinem Blatt aufzusehen, um die Männer zu identifizieren; er kannte jeden einzelnen von ihnen und wußte bestens, in welchen Verhältnissen sie lebten. »Boldrani, Cesare«, rief er.

Der Junge schoß wie ein Bluthund auf ihn zu. »Das ist eine Schweinerei!« schrie er, während er sein Vespersäckchen auf den Boden schleuderte und sich mit gespreizten Beinen und kämpferischer Miene vor dem Vorarbeiter aufpflanzte.

»Der Padrone hat zugunsten der Fabrik so entschieden«, erwiderte der Mann und sah ihm mit väterlicher Gutmütigkeit in die Augen. »Keiner von uns protestiert, nicht einmal der, der eine Familie zu unterhalten hat.«

»Und ich sage, das ist eine Schweinerei!« brüllte Cesare unnachgiebig, ohne hinzuzufügen, daß auch er eine Familie zu unterhalten hatte, obwohl er noch ein Junge und nur Lehrling war.

»Verschwinde«, sagte der Riese und schob ihn beiseite, um mit seiner Aufzählung fortzufahren.

Cesare hob sein Säckchen vom Boden auf und zog ab. Während er sich entfernte, hörte er den Namen Robbiati, Aldo rufen, Riccio war also auch entlassen.

»Komm, laß uns nach Hause gehen«, versuchte Riccio ihn zu besänftigen, als er ihn eingeholt hatte.

»Geh du, und vögle deine Miranda«, schrie Cesare ihn an und rannte wutentbrannt in die Felder hinaus. Erst als seine Beine ihm den Dienst versagten, blieb er stehen und drehte sich nach den anderen Entlassenen um, die darauf warteten, daß der Buchhalter sie ausbezahlte.

Aus der Ferne betrachtet konnte er sie im einzelnen gar nicht erkennen; er sah nur einen unförmigen, dunklen Fleck auf dem staubigen Vorplatz der Fabrik. Cesare blieb nicht einmal der Trost dieses letzten Lohnes, da er Anfang der Woche sechs Lire Vorschuß bekommen hatte. Er begann wieder zu rennen, solange ihm der Atem reichte, dann ließ er sich erschöpft in eine duftende Wiese fallen. Die Sonne stach heiß vom Junihimmel. Er benützte seine Schuhe als Kopfkissen und schlief augenblicklich ein.

Als er wieder erwachte, mußte es, dem Stand der Sonne und seinem Hunger nach zu schließen, ungefähr Mittag sein. Er setzte sich auf, löste die Knoten seines blau-rot karierten Taschentuchs und öffnete es vorsichtig. Die Tomaten waren geplatzt und hatten das Fladenbrot aufgeweicht, aber das spielte angesichts seines knurrenden Magens keine Rolle. Im Nu hatte er sein ganzes Vesper gierig verschlungen. Erst als sein Bauch voll war, ertappte er sich dabei, daß er an seine Mutter dachte und an ihre Verzweiflung wegen seiner Kündigung. Aber so wichtig und gegenwärtig seine Mutter und seine Geschwister ihm auch waren, im Augenblick wurde er völlig von dem Bewußtsein beherrscht, einer himmelschreienden Ungerechtigkeit zum Opfer gefallen zu sein. Obwohl seine Wut inzwischen verraucht war, wollte es ihm beim besten Willen nicht gelingen, eine überzeugende Rechtfertigung für die Entscheidung seines Arbeitgebers zu finden.

Wie war es möglich, daß ein Mensch von einem Moment zum andern seine Stelle und seinen Lebensunterhalt verlor? Diese Frage schwirrte ihm unablässig im Kopf herum, während er die Schuhe anzog, die ihm als Kopfkissen gedient hatten, und dann zur Fabrik zurückmarschierte. Er ging um das niedere Ziegelsteingebäude herum und vernahm die rhythmischen Hammerschläge seiner Kollegen, die das Metall für die Trichter formten. Er dachte an die Freunde, die sich hinter den Fabriktoren abrackerten, aber dafür wenigstens einen Lohn nach Hause brachten, während er zum erstenmal die schreckliche Pein einer Kündigung empfand und die Angst vor der völligen Verarmung, die sich in ohnmächtige Wut verwandelte. Er hatte seiner Mutter versprochen, Brot heimzubringen, aber in seiner Hosentasche war kein einziger Centesimo übrig geblieben.

Der Pförtner sah ihn und sprach ihn an: »Hoffst du etwa, er nimmt dich wieder, wenn du dich hier herumtreibst?« fragte er, auf den Padrone anspielend. Er stand unter der kleinen Tür des Fabriktors und teilte die Wut des Jungen nicht.

»Ich hoffe überhaupt nichts.« Cesare wanderte auf und ab wie ein Tiger im Käfig.

»Dann geh nach Hause.« Das war ein kluger und richtiger Rat: Hier zu bleiben änderte nichts an der Sache.

»Ich gehe, wohin ich will und wann ich will«, erwiderte Cesare gereizt, »die Straße gehört allen.« Besser als nichts, wollte er ein Recht beanspruchen, das ihm keinerlei Vorteil einbrachte.

»Glaub nicht, hier sei schon das letzte Wort gesprochen.« Der Pförtner näherte sich ihm in freundlicher Absicht, aber Cesare war auf Abstand bedacht und wich scheu ein paar Schritte zurück.

»Für mich ist das letzte Wort gesprochen«, sagte er.

»Du bist wenigstens noch ein Junge und hast nicht für eine Familie zu sorgen«, wollte der Pförtner ihn trösten. »Heute abend setzt der Padrone weitere zehn Arbeiter vor die Tür. Und die haben Frau und Kinder.«

Cesare erwiderte nichts. Mit seinen derben Lederschuhen, die ihm jetzt völlig egal waren, kickte er einen Kieselstein so heftig davon, daß eine Staubwolke vom Boden aufstieg. Dann drehte er der Fabrik den Rücken und entfernte sich in Richtung Stadt.

2

Gegen den Abendhimmel hob sich die Gestalt eines Mannes ab, der ihm auf der staubigen Landstraße entgegenkam. Er war barfuß und schlenkerte mit den Armen, während er so mühsam einherstapfte, als gehe er bergauf. Die durchgelaufenen Schuhe schlugen ihm gegen die Brust, und sein gestreiftes Hemd war schweißgetränkt.

Cesare rannte ihm entgegen. Sein Hemd war vollgestopft mit Sachen und wölbte sich. Der Mann blieb stehen und wartete auf ihn.

»Was hast du gestohlen?« Die schwielige Hand des Mannes deutete auf Cesares Hemd.

»Nichts habe ich gestohlen«, erwiderte Cesare und zeigte ihm eine Handvoll Rupfsalat. »Die Wiesen sind voll davon.« Er sagte ihm nicht, daß er auch Brennesselspitzen gesammelt hatte: mit Reis gekocht, ließ sich daraus eine köstliche Mahlzeit zubereiten.

Der Mann dachte einen Augenblick nach, bevor er seinen Kommentar abgab: »Brot braucht der Mensch. Und Speck. Grünzeug ist für die Ochsen gut.«

»Und das Geld?« fragte der Junge. »Wo nehme ich das Geld dafür her?«

»Stimmt. Du bist ja entlassen worden.« Der Mann machte eine resignierte Handbewegung und setzte seinen Weg fort.

Cesare wollte ihn nach seinen Arbeitskameraden fragen, denen ebenfalls gekündigt worden war, deshalb trottete er ein gutes Stück neben ihm her, ohne sich jedoch zum Sprechen entschließen zu können. Als sie dann bei den ersten Bauernhäusern anlangten, vor denen Kinder spielten, vergaß Cesare seine traurigen Gedanken und ließ sich vom fröhlichen Geschrei der Lausbuben ablenken, die abwechselnd mit einem Stock auf ein kleines Stück Holz schlugen: Sieger war, wem es gelang, das Holz in eine Blechdose auf dem Boden zu befördern.

Der Junge blieb stehen und schaute ihnen zu, wie sie in ihren verwaschenen und geflickten Kattunkittelchen barfuß umherrannten. Er hätte große Lust gehabt, ein wenig mit ihnen zu spielen, aber die Sonne war untergegangen, und er durfte sich nicht länger aufhalten, zu Hause wartete man auf ihn.

Er passierte die Porta Ticinese und kam an der *Osteria della Noce* vorbei. Die kleinen Marmortische unter der Pergola waren noch leer. Die Kunden würden erst später kommen; wenige zum Abendessen, viele zum Kartenspielen und Weintrinken – ein Gläschen, ein Viertel, und wer es sich leisten konnte, einen halben Liter. Auf der Türschwelle stand ein kleines Mädchen, das höchstens acht Jahre alt war, ein wohlgenährtes Kind mit rundem, von der Sonne gebräuntem Gesicht, kurzem, schwarzem Haar und Ponyfransen.

Sie trug mit der Selbstverständlichkeit eines wohlhabenden Mädchens eine hübsche schwarz-weiß karierte Schürze zur Schau. Ihre Füße mit den kräftigen Knöcheln steckten in schwarzen Lackstiefelchen, die zwei Reihen glänzender Knöpfe zierten. Das Kind drückte eine große Puppe an sich, mit der es sprach, als wären sie beide alleine auf der Welt.

Cesare betrachtete das Mädchen, seine schönen Kleider, die teure Puppe und blieb stehen.

»Ciao«, sagte er, um ein Gespräch zu beginnen, denn er hätte sie gerne ein bißchen näher kennengelernt.

Die Kleine richtete ihre dunklen Augen auf ihn und musterte ihn neugierig, ohne etwas zu sagen.

»Dir geht es gut, nicht?« Er empfand große Sympathie für dieses unbekannte, glücklich wirkende Geschöpf, das bestimmt weder Armut noch Entbehrungen kannte.

Sie fuhr fort, ihn schweigend zu betrachten, und drückte nur ihre Puppe noch etwas fester an sich, fast als fürchte sie, der Junge könne sie ihr wegnehmen.

Langsam wurde es Nacht. Am Himmel schwirrten Schwalben, und etwas tiefer schossen kleine Fledermäuse, die aus einem Loch im Dachgestühl des Hauses flatterten, durch die Luft.

»Heute morgen haben sie mir das Fabriktor vor der Nase zugeschlagen.« Was für einen Sinn hatte es, einem unbekannten kleinen Mädchen von seinem Mißgeschick zu berichten? Das hatte natürlich überhaupt keinen Sinn, aber Cesares Drang, sich mitzuteilen, war so groß, daß er fortfuhr zu erzählen: »Und außer mir haben sie noch vielen anderen gekündigt.«

Das Mädchen hielt ihm seine Puppe hin, als wäre sie das Jesuskind und wolle genau betrachtet sein. »Sie heißt Gisella.«

»Das ist ein hübscher Name«, gab Cesare zu, der noch nie eine so schöne Puppe gesehen hatte.

»Ich muß sie wiegen, sonst weint sie«, erklärte die Kleine ihm.

»Das machst du gut. Und wie heißt du?« fragte er sie.

»Memore.« Dieser Name gefiel ihm noch besser als der der Puppe. »Möchtest du mit mir spielen?« fragte das Mädchen, als wäre Cesare ein Altersgenosse.

»Ich muß nach Hause.« Er sprach mit der Kleinen, als wäre sie eine Erwachsene und könne ihn verstehen. »Meine Geschwister warten auf mich. Für heute abend haben wir noch Polenta, aber morgen muß ich zusehen, wie ich das Geld für ein bißchen Brot zusammenbekomme.«

Das Mädchen drehte sich auf dem Absatz um und ließ ihn ohne ein Wort des Grußes einfach stehen, um hinter dem verwaschenen, roten Vorhang der Osteria zu verschwinden.

Cesare nahm es ihr nicht übel – verwöhnte, reiche Kinder waren eben etwas launisch, aber das sympathische Gesicht der Kleinen, der freche Pony, ihre forschenden, dunklen Augen hatten es ihm angetan. Er machte sich langsam und nachdenklich auf den Weg, aber nach wenigen Metern spürte er, wie ihn jemand am Hemd zupfte: Es war Memore.

»Da, nimm«, sagte sie und reichte ihm einen großen Laib duftendes Brot.

»Danke«, murmelte er gerührt und nahm das Brot entgegen. »Das ist wirklich ein schönes Geschenk.«

Das Mädchen lächelte. »Ich hab' genug davon«, erklärte sie ihm, als sei das alles nicht der Rede wert.

»Wenn ich eine Arbeit finde, zahle ich es dir zurück«, versprach Cesare errötend.

»Nein, das schenke ich dir«, bekräftigte die Kleine und schickte sich an zu gehen.

Der Junge hielt sie am Arm zurück. »Ich heiße Cesare. Und ich werde mich immer an dich erinnern«, gelobte er feierlich. Dann machte er sich auf den Heimweg, völlig überwältigt von der rührenden Geste eines kleinen Mädchens, das er nicht kannte.

Elvira hatte in einer kleinen Pfanne ein wenig Speck ausgelassen, um den Salat anzumachen, und mit den Brennesselspitzen hatte sie eine schmackhafte Suppe zubereitet. Die Kleinsten waren, jedes mit seinem Schüsselchen, zum Essen in den Hof hinausgegangen. Elvira, Cesare und Giuseppina saßen um den großen Küchentisch, über dem eine weiße Porzellan-Öllampe hing. Der Docht war ganz niedrig eingestellt, und nach dem Essen würde die Lampe sofort wieder gelöscht werden. Elvira trug ein schwarzes Kopftuch, das im Nacken verknotet war. Ihre klaren braunen Augen strahlten aus dem blassen Gesicht, das von der schweren Arbeit und den vielen Schwangerschaften abgezehrt war. Sie leerte ihren Teller bedächtig bis auf den letzten Löffel Suppe, denn Essen war wichtig, wischte sich mit einem Zipfel ihrer Schürze den Mund ab, stützte die Ellbogen auf den Tisch und verschränkte die Hände ineinander, die vom Gelenkrheumatismus entstellt waren und schrundig vom ständigen Kontakt mit Wasser und Aschenlauge.

»Mach dir nichts draus, daß sie dir gekündigt haben«, sagte sie zu Cesare. »Gott ist ein gütiger Hirte, der für seine Schafe sorgt.« Sie hätte ihm noch viel sagen können, aber dies schien ihr im Augenblick das Wichtigste.

»Hoffen wir, daß er uns wirklich hilft«, erwiderte Cesare in hartem Ton.

»Der Herr wird uns strafen, wenn du ihn lästerst.« Elvira bekreuzigte sich rasch. »Giuseppina fängt nächste Woche an, bei Castelli zu arbeiten. Die stellen Seifen und Medikamente her.«

»Giuseppina und arbeiten?« Damit hätte Cesare niemals gerechnet, denn seine Schwester war ein zerbrechliches Geschöpf und hatte trotz ihres schönen, fraulichen Gesichts noch den unreifen Körper einer Heranwachsenden. »Wer hat dir diese Stelle verschafft?« fragte er sie.

»Der Pfarrer«, erwiderte Giuseppina. »Don Oreste hat sich immer für uns eingesetzt. Im Grunde bin ich jetzt doch vierzehn und kann mir mein Brot gut alleine verdienen«, sagte sie voller Stolz.

»Mir wäre es lieber gewesen, du bleibst zu Hause.« Cesare hätte gerne mit der Faust auf den Tisch geschlagen, wie sein Vater es getan hatte, wenn er seine Meinung durchsetzen wollte, aber welchen Gegenvorschlag konnte er schon machen?

»Sie bezahlen ihr eine Lira zwanzig pro Tag«, sagte Elvira.

Das war genau so viel, wie Cesare in der Fabrik bekommen hatte.

»Und was ist mit den Kleinen?« fragte er, sich an einen letzten Vorwand klammernd.

»Augusto ist jetzt acht und vernünftig genug, um sich um seine beiden kleinen Geschwister zu kümmern«, entgegnete Elvira bestimmt.

Die Mutter hatte recht. Auch Memore war erst acht Jahre alt und hatte ihm mit ihrer großzügigen Geste bewiesen, das Herz am rechten Fleck zu haben.

»Ich gehe ins Bett«, sagte Cesare. Er war so lange über die Felder gelaufen und so mitgenommen von dem aufregenden Tag, daß er sich, auch ohne gearbeitet zu haben, völlig erschöpft fühlte. Er nahm sich vor, am nächsten Tag eine neue Arbeit zu suchen, und war sicher, etwas zu finden. Mit diesem Gedanken schlief er ein.

3

Eine Sternschnuppe mit langem, goldenem Schweif verglühte zwischen dem Großen Bären und dem Tierkreiszeichen des Löwen. Aber war das wirklich eine Sternschnuppe gewesen? Elvira Boldrani, geborene Colombo, konnte sich nicht erinnern, im Monat Juni, während noch die Glühwürmchen auf den Wiesen funkelten, je eine Sternschnuppe gesehen zu haben. Der Mond beschien das Foto an der Wand neben ihrem Bett, das sie am Tag ihrer Hochzeit im Brautkleid zeigte. Das war vor knapp siebzehn Jahren, im August, gewesen. Die Sterne hatten das Firmament mit Goldstaub gepudert, und die Mondsichel hing wie ein Lampion am Himmel und spionierte neugierig in ihrer geheimsten Intimität herum, denn Elvira war gerade zwanzig Jahre alt und noch nie mit einem Mann zusammengewesen. Derselbe Mond, der damals ihr Jungfernhäutchen reißen gesehen hatte, beschwor jetzt, während sie die leicht vergilbte Photographie betrachtete, eine Flut von Erinnerungen herauf.

Es war eine bescheidenen Feier unter einfachen, gottesfürchtigen Leuten gewesen, die ihre Armut mit großer Würde ertrugen. Don Oreste hatte sie und Angelo Boldrani in der Kirche von San Lorenzo getraut, und Elvira hatte erst gar nicht versucht, ihre Tränen zurückzuhalten, während sie vor Gott das Jawort sprach, das sie auf ewig an Angelo binden sollte, an den kräftigen Burschen, den sie zärtlich liebte, obwohl sie auch nicht ein einziges Mal »ich liebe dich« zu ihm gesagt hatte, wie die Helden der Fortsetzungsromane, die dann und wann mit losen Zeitungsblättern zu ihr gelangt waren. In der Umgebung, in der sie aufgewachsen war, konnte keiner das Verb »lieben« konjugieren; die Leute liebten sich wohl hingebungsvoll, sie brachten Opfer für die Liebe, sie verziehen im Namen der Liebe, aber sie verfügten über kein Wort, um diesem Gefühl Ausdruck zu verleihen.

Als Angelo, der im Ruf stand, ein tüchtiger Kerl und guter Christ zu sein, bei den Colombos vorstellig geworden war und ihre Eltern sie gefragt hatten, ob sie diesen Mann denn auch möge, hatte sie errötend erwidert: »Wenn ihr ihn mir zum Mann geben wollt, dann nehme ich ihn gerne.« Mit dieser Antwort hatte sie zugleich die Wahrheit gesagt und gelogen, denn sie begehrte wirklich diesen Burschen, sie begehrte ihn mehr als alles auf der Welt, aber sie wollte dieses Gefühl nicht preisgeben und versteckte es deshalb unter dem Schleier der Sittsamkeit. Die Liebe ging nur sie selbst etwas an und den Bräutigam, den das Schicksal ihr zugedacht hatte.

Hübsch war sie und jung auf dem Foto, in ihrem neuen perlgrauen Brautkleid mit den langen, eng anliegenden Ärmeln und der goldenen Brosche am Kragen, die Angelo ihr geschenkt hatte. Unter dem Saum des knöchellangen Glockenrocks spickten schwarze Kalbslederstiefelchen mit zwei Reihen glänzender Knöpfe hervor. Der Schleier, der ihr vom Kopf auf die Schultern herabfiel, bestand aus schwarzem Spitzentüll, in den kleine Röschen eingewoben waren. Ihre Mutter hatte sie sorgfältig frisiert, indem sie ihr langes Haar zuerst ausgiebig gebürstet und dann zu einem schweren Zopf geflochten hatte, der im Nacken zu einem kompakten, glänzenden Nest aufgedreht und mit großen Schildpattnadeln festgesteckt worden war.

Es war das dritte Mal, daß ihre Mutter sie mit besonnenen, sicheren Handbewegungen für eine Feierlichkeit herrichtete: zuerst für die Erstkommunion, dann für die Firmung und jetzt für ihre Hochzeit. Die anderen beiden Male hatte sie ihr hundert freundliche Ratschläge mit auf den Weg gegeben, diesmal jedoch nur eine strenge Ermahnung: »Heute abend, wenn du dich mit deinem

Mann zum Schlafen begibst, schlägst du ein Kreuz und bittest Gott um Vergebung für eure Sünden.« Es war ganz selbstverständlich, daß sie, die Frau, um Vergebung für die Sünde bitten mußte, die er, ihr Mann, an ihr begehen würde. Aber worin bestand diese Sünde wohl?

Als sie einmal von Angelo heimbegleitet worden war, hatte sie unter der Haustür seine brennenden Lippen auf ihrer Wange gespürt; sie war puterrot angelaufen, während ihr Herz raste und das Blut in ihren Schläfen pochte. War das die Sünde gewesen? Sie erinnerte sich unverständlicher, heimlich zugeflüsterter Worte, abgerissener Sätze, rätselhafter Andeutungen von Freundinnen, die mehr Erfahrung hatten: »Du wirst schon sehen, Kleine.«

Angelo trug stolz eine schwarze Jacke aus glänzender Makobaumwolle zur Schau, eine Weste aus demselben Material und ein rotgestreiftes Hemd mit gestärkten weißen Manschetten und Kragen. Mit seiner aufrechten Haltung, dem säuberlich gestutzten Schnurrbart und dem dichten blonden Haar, das mit Pomade in Form gekämmt war, sah er aus wie ein richtiger Signore.

Nach der Trauung hatte sich das Brautpaar mit den Trauzeugen, den Eltern und den engsten Freunden auf einen Umtrunk in die *Osteria zur Eiche* begeben. Unter der Pergola war ein langer Tisch mit blütenweißer Decke für sie vorbereitet worden. Dort hatte Angelo den Augenblick des Anstoßens dazu ausgenützt, sie brüsk, aber zärtlich um die Taille zu fassen, und da alle lachten, sei es, weil sie bereits ein wenig beschwipst waren, sei es wegen Angelos vielversprechender Geste, wurde er noch kühner und gab ihr einen Kuß. Es war ein kräftiger, ein schmatzender Kuß auf ihre seidige Wange gewesen, ein unschuldiger Kuß, der aber doch ein tiefes Verlangen verriet, eine große Erregung, die sie deutlich von ihm ausstrahlen fühlte. Und obwohl sie immer noch glücklich war, Angelos Frau zu sein, hatte sie ab diesem Augenblick die gefaßte Heiterkeit verloren, die sie vor dem Altar empfunden hatte. Sie war beunruhigt, verwirrt und sah etwas erschrocken dem unmittelbar bevorstehenden sündigen Ereignis entgegen, für das sie Gott um Vergebung bitten mußte, obwohl er selbst es gesegnet hatte.

»Los, schöne Braut, gib ihm auch einen Kuß.« Lachende Stimmen riefen ihr gewagte Aufforderungen zu, die sie erröten ließen. Wie oft hatte sie den Wunsch verspürt, ihren Angelo zu küssen, und dies in Gedanken auch getan, aber hier, in aller Öffentlichkeit, hätte sie ihn niemals geküßt.

Sie wandte sich leise an ihren Mann: »Du weißt, daß ich dich gern habe, aber muß ich das denn unbedingt vor allen Leuten zeigen?«

Genau wie an jenem Augusttag, den der Junimond ihr ins Gedächtnis gerufen hatte, drehte Elvira jetzt an dem breiten, gewölbten Ehering aus Rotgold, den Angelo ihr an den Finger gesteckt hatte und in den er vom Goldschmied in schöner Kursivschrift eine Widmung hatte eingravieren lassen: *Elvira von Angelo – 1897*.

An ihrem Hochzeitstag hatte ihre Mutter ihr – wenigstens vorübergehend – aus der Verlegenheit geholfen, indem sie ihr eine ovale Schale aus versilberter Bronze mit fein ziseliertem Blumenmuster in die Hand drückte, die mit Mandeldragées gefüllt war.

»Jetzt machst du die Runde und gibst jedem davon«, sagte sie lächelnd.

Elvira gehorchte und ließ jeden Gast eine Hand in die Dragées tauchen, die wie Kieselsteine durch die Finger rieselten und einen verlockenden Vanilleduft verströmten. Den gierigen Blicken war abzulesen, daß alle gerne Mund und Taschen mit diesen Leckereien vollgestopft hätten, aber wie es unter den armen Leute üblich war, nahm jeder nicht mehr als drei Mandeln: zwei gleich zum Essen und eine dritte als Andenken und Glücksbringer.

Angelo hatte für den schönsten Tag seines Lebens alles in großem Stil geplant, und so war auch ein Abstecher ins Atelier des Photographen Vincenzo Ramelli im Corso di Porta Ticinese vorgesehen. Er wollte, daß dieser unwiederbringliche Moment von einem Objektiv festgehalten wurde, damit seine Kinder später einmal sehen konnten, wie hübsch ihre Mutter als Braut und wie stolz er als Bräutigam gewesen war. Für Elvira, die nichts davon gewußt hatte, war es eine Überraschung, aber Angelo hatte bereits viele Wochen vorher mit dem Besitzer des preisgekrönten Ateliers den

Termin abgemacht und lange mit ihm über die Art und den Preis der Vergrößerungen verhandelt.

Elvira betrachtete lächelnd das vom Mond beschienene Bild und erinnerte sich an ihre Ankunft im Atelier des Photographen, an ihr verlegenes Warten, während der Künstler die Szenerie vorbereitete und seine Regieanweisungen gab. Als erstes hatte er eine Leinwand heruntergelassen, auf der ein See und eine Steinbalustrade dargestellt waren; auf dem letzten Säulchen des Geländers thronte ein riesiger Farn. Nach vielen Proben war Elvira schließlich in ein mit Damast bezogenes Sesselchen gesetzt worden, dessen Bezug völlig abgewetzt war. Angelo hatte sichergehen wollen, daß dieser schäbige Eindruck nicht an seine Nachfahren weitergegeben würde. Ramelli legte sich eine Hand aufs Herz: »Die abgewetzten Stellen kommen nicht aufs Bild«, beteuerte er.

Mit diesem Satz erhöhte er die Verwirrung des Brautpaares noch, aber sein Ton und sein Gesichtsausdruck überzeugten Angelo trotzdem, der stocksteif hinter Elvira stand, eine Hand angelegt und die andere auf ihrer linken Schulter. Sie saß mit angespanntem Gesicht, den Blick zur Decke gerichtet, kerzengerade und verkrampft in dem kleinen Sessel, während sich Schweiß auf ihrer Stirn und unter ihren Achseln ausbreitete. Ramelli schnappte jedesmal keuchend nach Luft, wenn er unter dem schwarzen Vorhang auftauchte, der sich wie eine Schleppe hinter dem Photoapparat blähte, und seine Gesichtszüge wurden immer verzerrter. Am Ende sah er vor lauter Hitze und Sauerstoffmangel gar so komisch aus, daß selbst Elvira die Verlegenheit überwand, in die sie dieses ganze Durcheinander gestürzt hatte, und in fröhliches Gelächter ausbrach. Ramelli nützte den Augenblick aus und verewigte sie – eine entzückende lombardische Braut mit frischem Lächeln – auf einer großen Photoplatte, noch bevor sie wieder ernst werden konnte. Später sollte sie in ihrem Leben nicht mehr viel Gelegenheit zum Lachen haben.

Nach dem Termin beim Photographen hatte Angelo sie in die Grünanlagen bei der Porta Venezia geführt, um ein Eis zu essen. Elvira war verwirrt von all dem Luxus und erschrocken über so viel Verschwendung, aber Angelo lächelte und freute sich darüber, wenigstens einen Tag lang in ihren Augen als Herr der Welt dazustehen.

»Für mich bist du eine Königin«, sagte er stolz zu ihr.

Elvira dankte mit einem gerührten Blick dem spendierfreudigen, ein wenig verrückten jungen Mann mit dem blonden Haar, der vierzehn Stunden am Tag in einer Ziegelbrennerei arbeitete, Hände wie Schaufeln hatte – außen von der Sonne verbrannt und innen mit gelben Schwielen bedeckt –, und der sich sonntags wie ein Signore zu kleiden wußte und ihr märchenhafte Geschenke mitbrachte, wenn er sie zu Hause besuchte: eine Schachtel französische Lavendelseifchen, ein Haarband aus schillernder blauer Seide, goldene und silberne Ohrstecker. Ihr Hochzeitsgeschenk hatte ihn gar fünfundsechzig Lire gekostet: eine Brosche in Form eines Körbchens, das mit Blumen aus Gold, kleinen Perlen und rosa Korallen gefüllt war und das er bei dem bekannten Goldschmied Moggi im Corso Vittorio Emanuele erstanden hatte. Das waren Ausgaben, die ein Arbeiter sich normalerweise nicht leisten konnte, aber er führte ja auch nicht das Leben eines Arbeiters, sondern das eines Sklaven und hielt sich überhaupt nur dank seiner immensen Widerstandskraft und Zähigkeit über Wasser. Er hatte eine Arbeit und die Frau, die er sich immer gewünscht hatte, und damit war sein Glück vollkommen.

Bedeutende Männer, die allerdings mehr an die Zukunft des Bürgertums dachten als an die realen Bedürfnisse der Arbeiterschaft, begannen nach englischem und amerikanischem Vorbild den Achtstundentag zu fordern, den die Arbeiterklasse in den fortgeschrittenen Ländern bereits für sich erkämpft hatte. Angelo kannte sich mit diesen Problemen aus, aber er wußte auch, daß jede Forderung mit riskanten Verhandlungen verbunden war, mit Versammlungen, Auseinandersetzungen, Kämpfen. Er hatte irgendwo gelesen, daß berühmte Leute gegen die niedrigen Löhne und die langen Arbeitstage protestierten, die die Arbeiter und ihre Vereinigungen schwächten. Angelo dachte an sich selbst, und wenn er konnte, half er Freunden in der Not, aber mit diesen neumodischen Ideen wollte er nichts zu tun haben. Er hatte genügend Kraft, um die ganze Welt auf die Schulter zu nehmen, und wußte eins: Je mehr er arbeitete, desto mehr verdiente er. Alles andere war ihm egal.

Elvira hatte sich inzwischen völlig vom Strudel der Ereignisse mitreißen lassen, die sich seit dem frühen Morgen wahrlich überstürzten. Ein piekfeiner Kellner im Frack hatte ihr mit einer Gewohnheitsgeste einen Stuhl angeboten, damit sie sich an eines der vielen Tischchen setzen konnte, an denen angeregt geplaudert wurde. Die vornehmen Leute der wohlhabenden Schicht tauschten Komplimente aus, lächelten und ließen sich von den Klängen der *Schönen blauen Donau* berieseln.

Gott, was für eine schöne Musik! dachte sie, bereute es jedoch sofort wieder, den Namen des Herrn unnütz ausgesprochen zu haben.

Eine Umgebung wie diese hatte sie sich nicht einmal in ihren kühnsten Phantasien ausgemalt. Ihr wurde schwindelig, als sehe sie von einer hohen Leiter herab, als hänge sie über einem Abgrund oder habe einen Alptraum. Wenn irgend jemand zu ihr gesagt hätte: »Junge Dame, Sie haben hier nichts verloren«, so hätte sie sich entschuldigt und wäre augenblicklich gegangen. Statt dessen machte der Kellner beinahe eine Verbeugung vor ihr, während er einen Becher dicke Eiscreme vor sie stellte, die hübsch gefärbt war und lecker duftete. Angelo lächelte ihr zu, und sie fand endlich den Mut, sich umzusehen, und entdeckte junge Signoras mit unendlich zartem Teint und einem Hauch Reispuder auf den Wangen. Da erinnerte sie sich wieder, daß sie einmal einen Zeitungsausschnitt versteckt hatte, als müsse sie sich dafür schämen, in dem eine gewisse Contessa Lara ihren Leserinnen den Rat gab, die Haut mit Milch und Zitronensaft zu reinigen und danach mit Essigwasser zu tonisieren.

Ihre weich geschwungenen Lippen begannen schüchtern zu lächeln. Angelo war glücklich, denn aus seiner Sicht stand ihnen das Schönste ja noch bevor. Sie sahen sich zärtlich in die Augen und hätten sich gerne an den Händen gefaßt, aber sie taten es nicht: Elvira wäre vor Scham gestorben.

Eine Freundin hatte ihr einmal anvertraut, daß die richtigen Signoras in einer »Schaukelwanne« badeten und nicht in einem

Holzbottich wie die armen Frauen. Auf einer Zeichnung hatte sie eine solche Wanne abgebildet gesehen. Sie war wie ein Schaukelstuhl gebaut, und man konnte sich darin von Wellen anschwappen lassen, ohne daß auch nur ein Tropfen Wasser überlief. Die vornehm gekleideten, schmuckbehangenen Damen an den anderen Tischchen, die sich mit schildpattgeränderten Nickelbrillen umsahen und mit zierlichen Sonnenschirmchen spielten, die von silbernen Ringen zusammengehalten wurden, besaßen bestimmt alle eine solche »Schaukelwanne«. Elvira hatte in wenigen Stunden mehr gesehen als in ihrem ganzen Leben, aber sie war klug genug, die Zauberlaterne auszulöschen, bevor sie in Versuchung kam, der märchenhaften Welt, die sie da erlebte, angehören zu wollen. Ja, sie war eigentlich schon so zu weit gegangen und bat Gott dafür im Geiste um Vergebung.

Angelo und sie waren zu Fuß nach Hause gegangen, ohne ein Wort zu wechseln, während die Schatten des heißen Augustabends langsam länger wurden. Angelo hatte die Tür der Wohnung geöffnet, in der sie heute noch mit ihren Kindern lebte, aber damals war alles anders gewesen, damals hatte sie über das Lebensnotwendigste verfügt: Sicherheit und Hoffnungen. Der Mietpreis war von Angelo mit Signor Pessina ausgehandelt worden.

Elviras Augen waren auf einen Reklamezettel gefallen, auf dem Kochtöpfe aus Aluminium angeboten wurden, dem Metall der Zukunft: Die Töpfe hatten eine wunderschöne silbrige Farbe, waren widerstandsfähig, hygienisch und viel sparsamer im Verbrauch von Brennholz als die herkömmlichen Kupferkessel. Elvira war einmal mit ihrer Mutter in den Corso Vittorio Emanuele, zum Geschäft von Claudio Zecchini gegangen, um sich die Aluminiumtöpfe anzusehen und sich nach ihrem Preis zu erkundigen. Sie hatten lange die Schaufensterauslagen bestaunt, dann aber nicht einmal den Mut gefunden, das Geschäft zu betreten, um nach dem Preis zu fragen. Wie hätte man auch nach dem Preis eines Wunders fragen können?

Dafür besaß sie jetzt aber ein nagelneues Ehebett aus dunklem Nußbaumholz, mit hohem Kopfteil und großen Knäufen auf den Bettpfosten, wie sie es sich immer gewünscht hatte. Die Federroste waren das Hochzeitsgeschenk eines Freundes von Angelo, und die Roßhaarmatratzen mit dem dicken, braun-weiß gestreiften Stoffüberzug, hatten sie von den Trauzeugen bekommen.

Mitten in der großen Küche, durch die man ins angrenzende Schlafzimmer gelangte, war das Ritual des Tages plötzlich ins Stocken gekommen. Elvira blieb wie angewurzelt stehen, und Angelo mußte sie mit seinem kräftigen Arm um die Taille fassen und mit Gewalt zum Weitergehen bewegen. Heute schien es ihr, als hätten selbst die unangenehmsten Seiten der Wirklichkeit ihr nie so viel Angst eingeflößt wie das Geheimnis, das sie an jenem Abend in der neuen Wohnung erwartete. Sie hatte sich so auf diesen Tag gefreut, aber nun war sie beunruhigt, verängstigt und hätte sich nicht im geringsten gewundert, wenn sich die Stille der herannahenden Nacht auf einmal in einen Schrei der Verzweiflung verwandelt hätte.

Es war seltsam, aber die Sichel des Junimondes und die Glühwürmchen vor dem Fenster fuhren fort, sie an jene Augustnacht zu erinnern: an das Surren der Stechmücken, an das Zirpen der Grillen, an das Quaken der Frösche, an das Bellen eines Hundes, an den Gesang eines jungen Burschen auf dem Heimweg.

Endlich hatte sie das breite Bett gesehen. Die makellose Decke aus hellem Cretonne und die blütenweißen Leintücher, die ihre Mutter gewoben und sie selbst mit einem Hohlsaum versehen und mit weißen Blütenmotiven bestickt hatte, bildeten einen prächtigen Kontrast zu dem dunklen Holz. In die Kissenbezüge waren zwei fliegende Tauben eingestickt, die ein Band mit der Aufschrift »Gute Nacht« im Schnabel trugen.

»Du wirst müde sein«, sagte Angelo zu ihr. »Sollen wir nicht ins Bett gehen?«

Sie fühlte einen kräftigen Arm, der sich um ihre Schulter legte, und eine Hand, von der sie so heftig an der Taille gepackt wurde, daß die Fischbeinstäbchen ihres Korsetts knackten.

Ich habe Angst, dachte sie, behielt dieses Geständnis jedoch für sich und sagte: »Es ist dunkel geworden.« Ihre anderen Gedanken hätte der Mann nicht verstanden.

Die Mondsichel, die am Himmel hing, warf einen bläulichen

Schimmer auf das große weiße Ehebett. Angelo hatte sich von ihr gelöst und begonnen sich auszuziehen, wobei er seine Kleider sorgfältig zusammenfaltete und eins nach dem andern auf einen Stuhl am Fußende des Bettes legte. Sie hörte, wie er ein Streichholz anzündete, und kurz darauf wurde die Kammer von einer Petroleumlampe erhellt. Angelo schloß Läden und Fenster, trat von hinten an sie heran, faßte sie an der Schulter, drehte sie zu sich um und sah ihr tief in die Augen. Dann umarmte er sie leidenschaftlich.

»Willst du nicht ins Bett kommen?« fragte er beinahe vorwurfsvoll.

»Ich will meine Pflicht als Ehefrau erfüllen«, erwiderte sie ängstlich, aber entschlossen.

»Aber ich möchte, daß dir diese Pflicht auch Vergnügen bereitet.« Er lächelte sie an und entblößte dabei zwei Reihen gesunder, strahlend weißer Zähne, die das Licht reflektierten.

»Ich habe dich geheiratet, weil ich in deiner Nähe sein möchte«, sagte sie. Aber das Bett war ein ungewohnter Ort, um sich nahe zu sein.

»Dann komm«, forderte Angelo sie etwas ungeduldig auf.

Elvira drückte ihr Gesicht in die Einbuchtung unter seinem Schulterblatt, sei es, um ihn ihre Nähe spüren zu lassen, sei es, weil sie ihre glühenden Wangen vor ihm verbergen wollte. Dann begann sie langsam die lange Reihe winziger Knöpfe ihres Mieders zu öffnen und senkte die Augen, als Angelo nackt unter die Decke schlüpfte und sie mit gierigem Blick im Bett erwartete.

»Bitte, dreh dich um«, flehte sie ihn an.

»Du bist wunderschön.« Seine Stimme klang jetzt tiefer, sein Atem ging schneller.

»Ich schäme mich so«, sagte sie, von einem Gefühl überkommen, das stärker war als die Angst.

»Vor deinem Mann?« Angelo glaubte, sich zu Recht wundern zu dürfen.

»Mach doch die Lampe aus«, bat sie ihn, in der Hoffnung, die Dunkelheit komme ihr zu Hilfe.

Angelo gehorchte ihr, denn er begriff, daß er sie nur so über die Peinlichkeit des Augenblicks hinwegtrösten konnte. Elvira schlüpfte ins Bett, aber so vorsichtig, als handle es sich um einen Dornbusch. Der Mann streckte eine Hand nach ihr aus, um sie zu streicheln, und schrie diesmal beinahe auf. »Himmel noch mal, Frau, zieh dir diesen Liebestöter aus!«

Elvira stand auf, um auch die letzte Barriere fallen zu fallen, aber in den wenigen Minuten, die ihm wie eine Ewigkeit vorkamen und für sie wie im Flug vergingen, erinnerte sie sich an die Worte ihrer Mutter: »Die Männer sind Tiere. Sie kennen weder Rücksicht noch Vernunft, und uns armen Frauen bleibt nichts anderes übrig, als ihre Bestialitäten über uns ergehen zu lassen und Gott um Vergebung zu bitten.« Andere verheiratete Frauen behaupteten das gleiche. Aber warum mußte auch die Beziehung zwischen ihr und ihrem Mann so sein: eine schmerzhafte Unterwerfung, ein Verhängnis, etwas Schmutziges und Sündiges? Es gab Mädchen, die in ihrem Alter an Typhus, an einer Geburt oder an einer Infektion starben, das gehörte zum menschlichen Leben; aber warum sollte ihr dieses Gefühl, das man Liebe nannte, verwehrt bleiben? Denn auch das gehörte doch zum Leben.

»Also, kommst du nun ins Bett?« Seine Stimme klang dunkel und zitterte vor Verlangen.

»Hier bin ich«, erwiderte sie resigniert und fragte sich voller Bangen, was sich wohl als nächstes ereignen würde.

»Komm«, sagte Angelo, indem er sie an sich riß und unter sich begrub.

»Nein... nicht so...«, versuchte sie sich zu wehren, aber sie kam nicht gegen seine Kraft an.

Was dann folgte, waren keine freundlichen Worte, keine geflüsterten Sätze, keine zärtlichen Küsse und auch keine versteckten Liebesaufforderungen, wie jene, die sie in Verwirrung gestürzt und zum Erröten gebracht hatten, nein, was folgte, war nichts als eine lange, brutale Penetration, ihr Blut und der Samen des Mannes, der sich mit kurzen, heftigen Zuckungen entlud und ihr seinen Stempel aufdrückte.

Auf den Lippen blieb ihr ein süßlicher Geschmack nach Tabak und Wein, zwischen den Beinen ein heftiger Schmerz, in der Seele ein Gefühl tiefster Demütigung und über ihr der schwere Körper eines Unbekannten, der sie vergewaltigt und brutal aus ihrer Schläfrigkeit gerissen hatte.

Sie stand auf und öffnete das Fenster, um die Scherben ihres zerbrochenen Traums hinauszuwerfen. Die Sichel des Mondes am Himmel und die Sternschnuppen, die ihren Goldpuder zwischen den Tierkreiszeichen verstäubten, trösteten sie nicht über ihren Kummer und ihre Verzweiflung hinweg.

Sie ging in die Küche, goß aus einem Zinkeimer Wasser in die Spülschüssel aus weißem Emaille und wusch sich sorgfältig, ohne einen Laut von sich zu geben, wusch sich die Zeichen der erlittenen Gewalt vom Körper, aber nicht von der Seele ab. War das also die Liebe? Dieser ekelhafte Schleim, den ihr Blut rot gefärbt hatte? Sie ging ins Schlafzimmer zurück, das jetzt einen Großteil seiner früheren Bedeutung für sie verloren hatte, setzte sich vor den holzgerahmten Spiegel an der Wand und kämmte sich im Mondschein lange das Haar. In der bläulich schimmernden Nachtstimmung fand sie sich schön und sanft und mütterlich, mit ihren langen, fein gezeichneten Augenbrauen, dem Näschen einer Dame, den weich geschwungenen Lippen, auf denen die Erinnerung an ein vages Beben zurückgeblieben war, den großen, dunklen Augen, aus denen jetzt wieder Liebe und Verständnis leuchteten.

Sie faßte das füllige braune Haar zusammen, das ihr offen auf die Schulter fiel, und flocht es zu einem dicken Zopf, bevor sie sich wieder neben den Mann legte, der auf der rechten Seite des Bettes tief und fest schlief, mit völlig ruhigem Gewissen und ohne daß ihm auch nur entfernt der Verdacht gekommen wäre, er könne seiner Gefährtin weh getan haben. Im Schein des Mondes, der am Augusthimmel aufging, glaubte sie, auf seinem Gesicht den Seelenfrieden eines schlummernden Kindes wahrzunehmen, den ruhigen Atem der Unschuld. Wie anders war doch der Mann gewesen, der brutal in das Geheimnis ihrer Jungfräulichkeit eingedrungen war, anstatt es mit zärtlichen Worten und tausend kleinen Aufmerksamkeiten behutsam zu enthüllen. Aber nun war es einmal geschehen. Die Tränen auf ihren seidigen Wangen waren getrocknet, und sie lauschte dem gleichmäßigen Atem des Mannes, der mit dem entspannten, leicht schmollenden Gesichtsausdruck eines Kindes neben ihr ruhte, den schönen Kopf auf das Kissen gebettet, das sie liebevoll bestickt hatte. Sie streckte zögernd eine Hand nach ihm aus, um seine glatte Stirn, sein ebenmäßiges Gesicht zu streicheln, und fühlte sich von mütterlichen Gefühlen überflutet. Wo war jetzt die Brutalität, mit der er so barbarisch über sie hergefallen war? In diesem Augenblick glaubte sie, etwas Grundlegendes begriffen zu haben: Sie mußte diesen starken Mann an der Hand nehmen und ihn Schritt für Schritt ins Leben einführen, sie, die selbst so wenig vom Leben wußte.

Das alles war vor vielen Jahren gewesen, in einer Augustnacht, ihrer Hochzeitsnacht, an die sie sich heute, in einer lauen Juninacht, wehmütig erinnerte. Elvira weinte, weinte, bis die Tränen ihr den Blick verschleierten. Der bärenstarke Mann, der die ganze Welt auf die Schulter packen konnte, war von einem unsichtbaren Feind namens Lungenentzündung wie ein Baum gefällt worden. Und sie, die sanfte, geduldige Elvira, die in der Ehe die einzig mögliche und dauerhafte Form der Liebe gesehen hatte, war alleine zurückgeblieben, dem bittersten Elend preisgegeben und mit fünf Kindern, die sie großziehen mußte.

Sie war jung, schön und glücklich gewesen. Jetzt war sie nichts mehr, nur noch eine resignierte, abgearbeitete, früh gealterte Kreatur, die an ein miserables Dasein ohne Träume, ohne Hoffnungen und ohne Sicherheiten gekettet war. Ein armes Weib, das den Himmel betrachtete und sich dabei an eine weit zurückliegende Augustnacht erinnerte, in der ihre Mädchenträume zu sterben begonnen hatten. Die Kirchenuhr von San Lorenzo schlug Mitternacht, als sie endlich einschlief.

4

Als Cesare die Kirchenuhr von San Lorenzo fünf Uhr schlagen hörte, wachte er aus Gewohnheit auf und rieb sich die Augen, während er die Füße auf den Boden stellte. Elvira war bereits zur Arbeit gegangen, und Giuseppina schlief noch. Was an Brot und Polenta vom Vortag übrig geblieben war, stand auf dem Tisch.

Der Junge wurde gerade wach genug, um seine Gedanken zu ordnen. Er erinnerte sich wieder, daß er heute nicht in die Fabrik gehen mußte, und anstatt sich deshalb zu grämen, was sowieso nichts genützt hätte, legte er sich noch einmal ins Bett und schlief tief und ruhig weiter.

Er wurde von Riccio geweckt, der im Hof nach ihm rief. Cesare sprang aus dem Bett und öffnete barfuß und nur mit seiner Unterhose bekleidet die Tür der Küche. Im sonnenüberfluteten Hof liefen Kinder und Hühner durcheinander. Die Erwachsenen waren schon bei der Arbeit.

»Es gibt Neuigkeiten.« Riccio klang fröhlich, und sein wilder Lockenschopf unterstrich noch den pfiffigen Ausdruck seines Lausbubengesichts.

»Deine Neuigkeiten kenne ich schon.« Cesare hatte einen anderen Charakter. Er behielt alles für sich, auch weil er von der Wirklichkeit fast immer enttäuscht worden war, wenn er sich aus Versehen einmal mit Optimismus hatte anstecken lassen.

»Mach schnell«, spornte Riccio ihn an, »wir müssen wichtige Entscheidungen treffen.«

»In zwei Minuten bin ich fertig«, sagte Cesare und schloß die Tür.

Er schlüpfte in Hemd und Hose, steckte das Brot ein, das Elvira ihm neben sein Schüsselchen auf den Tisch gelegt hatte, und ging zu seinem Freund in den Hof hinaus. Er wirkte wie jemand, der auf frischer Tat ertappt worden ist, so überrascht war er, den Hof in gleißendes Sonnenlicht getaucht und voll lärmender Kinder anzutreffen, ein Spektakel, wie er es nicht mehr erlebt hatte, seit er in der Fabrik arbeitete. Das Licht war so hell, daß er die Augen geblendet zusammenkniff.

»Also, was sind das für wichtige Entscheidungen, die wir treffen müssen?« fragte er Riccio.

»Das erzähle ich dir unterwegs. Los, komm.« Sie machten sich in Richtung Stadtzentrum auf, wobei sie dicht am Straßenrand gingen, um Karren, Pferde und das eine oder andere Auto vorbeizulassen.

»In Crescenzago«, begann Riccio zu erzählen, »ist eine Wäscherei aufgemacht worden. *Die moderne Wäscherei*, so heißt sie. Ich habe gehört, daß dort Jungs zum Arbeiten gesucht werden.«

»Das ist doch Frauensache«, wandte Cesare mit vollem Mund ein. »Waschen«, fuhr er fort, »ist Frauensache.«

»Das sagst du, weil du an einen Waschplatz denkst wie den unten am Naviglio«, erklärte Riccio. »Dort können natürlich nur Frauen arbeiten. Aber *Die moderne Wäscherei* ist etwas ganz anderes. Dort gibt es Maschinen. Es ist wie in einer Fabrik, nur daß dort riesige Berge Wäsche gewaschen werden.«

»Der Sache traue ich nicht.« Wenn die Firma Pathé mit ihren trichterlosen Schallplattenspielern die Industrie der Walzenphonographen ruiniert hatte, dann war wohl zu erwarten, daß eine moderne Wäscherei die Waschfrauen um ihren Lebensunterhalt bringen würde. Cesare dachte an seine Mutter. »Die neuen Maschinen stehlen den armen Leuten das Brot«, stellte er fest.

»Was redest du denn da?« Riccio klopfte ihm lächelnd auf die Schulter und schüttelte mitleidig den Kopf: »Du bist ein richtiger Bauerntrottel. *Die moderne Wäscherei* gibt sich nicht mit Kleinkram ab. Dort wird die Wäsche sämtlicher Kasernen von ganz Mailand gewaschen: Decken, Uniformen, Mäntel, Strümpfe, Leintücher, Kissenbezüge...«

»Als schliefen die Soldaten mit Leintüchern und bezogenen Kissen«, entgegnete Cesare spöttisch.

»Die Soldaten nicht, aber die Offiziere und die Unteroffiziere. Die höheren Ränge führen ein vornehmes Leben.«

»Schon möglich.« Die Argumente seines älteren Freundes überzeugten Cesare, obwohl er das nicht offen zugeben wollte. Er bückte sich am Straßenrand nieder und riß ein Büschel Gras aus.

»Wenn ich dir sage: Das ist *die* Gelegenheit für uns!« Riccio war enthusiastisch und wollte ihn unbedingt überzeugen.

»Wo ist diese Wäscherei?« Die Tatsache, daß Cesare weitere Informationen wollte, war ein gutes Zeichen.

»Das habe ich dir schon gesagt: in Crescenzago, in der Nähe der Cascina Gobba.« Riccio grüßte zerstreut einen Passanten.

»Das ist ja eine Weltreise!« Um nach Crescenzago zu gelangen, mußte man in der Tat die ganze Stadt durchqueren.

»Warum? War es nach Opera vielleicht keine Weltreise?« gab Riccio zurück.

»Nach Crescenzago brauchen wir mindestens eine halbe Stunde länger.« Sie maßen den Weg nicht in Kilometern, sondern in Stunden.

Das ist doch nicht der Rede wert.« Langsam steckte Riccio ihn mit seiner Begeisterung an.

Bevor die beiden Jungen auf den Domplatz kamen, zogen sie ihre Schuhe an, die sie um den Hals hängen hatten, und schlugen dann nicht den Corso Venezia ein, der sie hinter der Porta Orientale auf den Corso Buenos Aires geführt hätte, sondern den Corso Manforte, der auf die Porta Vittoria zulief. So würden sie, Hin- und Rückweg gerechnet, fast eine Stunde länger unterwegs sein, dafür aber endlich einmal die neue, hochmoderne Markthalle zu Gesicht bekommen, von der alles sprach. Es war Sommer, die Sonne schien, sie waren jung und hatten einen ganzen Tag zu ihrer freien Verfügung.

»War das die Mühe nicht wert?« Riccio blieb vor dem »Weltwunder« stehen und betrachtete es so stolz, als habe er selbst daran mitgebaut. Nicht jeder konnte behaupten, in einer Stadt zu leben, in der solche grandiosen Bauwerke errichtet wurden.

»Sagenhaft«, pflichtete Cesare ihm bei. Auf der breiten Straße vor der Stahl-Glas-Konstruktion wimmelte es von Fuhrwerken und Karren, Laufburschen, Hausfrauen, Käufern und Händlern, die wie fleißige Ameisen kamen und gingen und die große Stadt mit Obst und Gemüse aus der Markthalle versorgten, deren riesige Lagerräume kontinuierlich neu aufgefüllt wurden.

Die beiden Jungen kamen aus dem Staunen gar nicht mehr heraus und bewunderten lange das geschäftige Treiben, ständig versucht, sich Hemd und Taschen mit Pfirsichen, Birnen und Äpfeln vollzustopfen, wie sie es manchmal in den Obstgärten taten, wenn kein Bauer in Sicht war. Als die Sonne jedoch dem Zenit entgegenging, rissen sie sich gewaltsam los, denn sie hatten noch einen weiten Weg vor sich.

»Ihr beide wollt also hier arbeiten.« Die Frau maß die beiden Jungen mit dem sicheren Blick eines Menschen, der ans Befehlen gewöhnt ist.

»Ja, das wollen wir«, entgegnete Riccio in entschlossenem Ton. Cesare dagegen betrachtete die Frau schweigend. Sie war hübsch, um die fünfunddreißig, hatte ein breites, weiches Gesicht und ein ansteckendes, freimütiges, wenn auch etwas ordinäres Lachen. Cesare warf verstohlene Blicke auf ihren üppigen Busen, die ausladenden Hüften, die schmale Taille, ihre sinnlichen Lippen, die großen Goldohrringe und das samtige Muttermal auf ihrem Kinn, das sie vergeblich mit einer dicken Schicht Puder zu vertuschen suchte. Ihr feines blondes Haar hatte einen kupferfarbenen Schimmer und war im Nacken zu einem dicken Nest aufgedreht. Die Angestellten nannten sie Padrona, und sie kannte jeden einzelnen von ihnen mit Namen. Ihre mürrische Freundlichkeit zeichnete sie ebenso aus wie die Sicherheit, die sie als erfolggewohnte Frau ausstrahlte. Die Padrona trug ihre Witwenschaft in Form eines Medaillons zur Schau, das mit einer winzigen Photographie des verstorbenen Gatten versehen war und bei jeder Bewegung auf ihrem riesigen Busen hüpfte. Ab und zu faßte sie beim Sprechen mechanisch an den Anhänger, als wolle sie sich vergewissern, daß er noch da war. »Kommt mit«, sagte sie und betrat ihnen voraus die eigentliche Wäscherei.

Es handelte sich um eine riesige Halle, die an einer Seite offen war und auf eine ausgedehnte Wiese hinausging, auf der Decken, Leintücher und Uniformen zum Trocknen ausgebreitet waren. Über die ganze Halle waren mächtige Öfen verteilt, auf denen in gigantischen Kesseln die Wäsche brodelte.

Frauen auf hohen Hockern rührten sie unablässig mit langen Holzstöcken um. Der Geruch nach Seifenlauge kratzte im Hals, und der Dampf, der aus den Waschkesseln aufstieg, machte die Hitze unerträglich.

»Ich würde sagen«, begann die Padrona an Riccio gewandt, »daß du dich um die Öfen kümmerst. Du brauchst nur Holz zu hacken, die Öfen am Morgen anzuheizen und den ganzen Tag über Scheite nachzulegen, damit das Feuer nie ausgeht.«

Riccio sah sie verblüfft an. »Nur?« fragte er ohne jede Ironie.

»Das ist harte Arbeit, ich weiß, aber du bist ein kräftiger und aufgeweckter Bursche, und ich bezahle dich gut: eine Lira fünfzig pro Tag. Außerdem ist die Beschäftigung sicher. Bei uns wird die Wäsche aller Kasernen von ganz Mailand gewaschen. Und da es sehr viele Soldaten gibt und wohl auch immer geben wird, geht uns die Arbeit bestimmt nie aus.« Dann wandte sie sich Cesare zu, der sie mißtrauisch ansah, und sagte: »Und du, Kindchen?« Sie wirkte sanft, mütterlich und ein klein wenig maliziös.

Cesare errötete über dieses »Kindchen«, das die Padrona in halb mürrischem, halb herzlichem Ton einfach so hingesagt hatte. »Ich kann alles«, erwiderte er mit fester Stimme, obwohl ihn die üppige Schönheit der Frau ein bißchen verlegen machte.

»Das kann ich mir gut vorstellen«, lächelte die Witwe mit dem weichen Gesicht zufrieden. »Dann bist du also für die Wäsche auf der Wiese zuständig. Du paßt auf, daß nichts gestohlen wird, und sammelst nach und nach die trockenen Stücke ein. Und zweimal die Woche begleitest du mich auf dem Fuhrwerk und hilfst mir dabei, die saubere Wäsche in den Kasernen abzuliefern und die schmutzige einzusammeln. Einverstanden?« Ihre Frage ließ eine einzige Antwort zu.

»Einverstanden«, sagte Cesare. »Und die Bezahlung?« fragte er, seine Befangenheit überwindend.

»Eine Lira pro Tag«, verkündete die Padrona und sah ihn belustigt an.

»Aber er...«, protestierte Cesare schwach und deutete auf Riccio.

»Er macht die Arbeit eines Erwachsenen«, entgegnete die Padrona kurz angebunden, indem sie ihn offen als Kind behandelte.

»In Ordnung.« Da gab es wenig zu diskutieren – annehmen oder ablehnen.

»Du arbeitest aber auch sonntags und bekommst dafür eine Lira mehr«, sagte die Frau, während sie sich mit koketten Handbewegungen das Haar ordnete.

»Wann fangen wir an?« fragte Riccio, der endlich konkret werden wollte.

»Sofort«, erwiderte die Frau, um ihn zufriedenzustellen.

»Aber wir haben noch gar nicht zu Mittag gegessen«, fuhr Cesare auf, dessen Magen bereits vor Hunger knurrte.

»Dem will ich abhelfen«, sagte die Padrona lächelnd, »damit du endlich aufhörst zu meckern.«

Cesare und Riccio machten, den Rücken an die Mauer der Waschhalle gelehnt, eine halbe Stunde Pause und aßen das Brot und den Käse, den die Padrona ihnen gegeben hatte. Dann nahmen sie ihre neue Arbeit auf.

5

Elvira und Giuseppina saßen, obwohl sie sich in der eigenen Wohnung befanden, so knapp auf ihren Stühlen, als wären sie bei einem gefürchteten, fremden Herrscher zu Gast.

»Also, was ist?« Enrico Pessinas Stimme klang unangenehm heiser und überschlug sich immer wieder. »Wollt ihr mir die Miete nun bezahlen oder nicht?«

»Natürlich wollen wir Ihnen die Miete bezahlen, Signor Pessina.« Elvira war eingeschüchtert von der Anwesenheit des Vermieters, aber entschlossen, ihm die Stirn zu bieten. »Wir haben immer bezahlt«, sagte sie und faßte sich instinktiv an ihre Ohrläppchen, wo die Löcher waren, die eine Gevatterin ihr als Kind gemacht hatte. Die goldenen Ohrringe, die von ihrer Großmutter auf ihre Mutter und schließlich auf sie übergegangen waren, hatten dazu gedient, die letzten beiden Mieten zu begleichen.

»Ich weiß, daß ihr immer bezahlt habt, aber mittlerweile sind es schon wieder drei Monate, daß ich euch auf reines Vertrauen hin die Miete stunde«, wandte Pessina mit zuckersüßer, schleimiger Stimme ein. Mit seiner langen, dünnen Nase und den kleinen schwarzen Augen, die dann und wann unversehens aufblitzten, ähnelte er auch sitzend – den unförmigen Körper nach vorn gebeugt und die Ellbogen auf den Tisch aufgestützt – einer Krähe.

»Wir sind ehrliche Leute.« Elvira sprach die uralten Worte mit tiefem Gefühl aus.

»Andernfalls wäre ich ja nicht hier, um gemeinsam nach einer Lösung zu suchen.« Er redete mit der Frau und suchte währenddessen im verstörten Blick des Mädchens mit dem langen, seidigen Haar nach einem Zeichen der Niederlage, das er aber nicht entdeckte. Daraufhin begann er mit den Augen unter Giuseppinas Kleid zu kriechen, unter dem sich die ersten Ansätze ihrer Weiblichkeit abzeichneten.

»Uns reichen zwei Wochen, um das Geld zusammenzubekommen. Giuseppina arbeitet ab nächster Woche.« Elvira hätte ihn am liebsten brüsk verabschiedet, um seinem widerlichen Interesse für Giuseppina ein Ende zu setzen. Das Mädchen saß mit gesenktem Blick reglos da, von nichts als seiner Unschuld geschützt, und die war bei Gott ein schwaches Bollwerk.

»Eine Woche ist viel Zeit.« Pessina schob seinen schmierigen Hut zurück, zog die fleischigen Lippen breit und fletschte seine blitzenden Wolfszähne.

»Aber Sie sind doch reich«, fand Elvira den Mut zu sagen. »Es hängt nur von Ihnen ab.« Zum Küchenfenster spickten Leute herein, die den Hof überquerten.

»Wenn es wirklich von mir abhinge...« Pessina machte eine vielsagende Geste mit seiner langen, knochigen Hand und stand auf. Sein Anzug aus schwarzem Barchent war ebenso fettig wie der abgewetzte Filzhut, den er sommers wie winters auf dem Kopf hatte. »... dann würde ich euch gerne helfen«, beendete er seinen Satz, ohne Giuseppina aus den Augen zu verlieren.

»Aber Sie sind der Padrone.« Elvira wußte, daß er alles konnte, wenn er nur wollte.

»Es ist nicht alles Gold, was glänzt.« Der Mann breitete seine langen Arme aus. »Arm bin ich nicht, das stimmt, aber der eine will, daß ich ihm die Miete stunde, der andere, daß ich ihm etwas leihe. Und so rinnt mir das Geld durch die Finger, und was zurückbleibt, sind meine Verpflichtungen. Mir gibt keiner Kredit.«

»Wieviel Zeit lassen Sie uns?« fragte die Frau in flehentlichem Ton.

»Zwei Tage, ab heute«, erwiderte er hart. Die Nachbarinnen riefen ihre Kinder zum Essen.

»Und wenn wir es so schnell nicht schaffen?« fragte Elvira, um das Gespräch in die Länge zu ziehen, als könne sie so das Schreckgespenst der Kündigung bannen.

»Dann schalte ich die Polizei ein«, erwiderte der Mann und machte ihre letzte Hoffnung zunichte.

Elvira schlug sich die Hände vors Gesicht und murmelte: »O mein Gott! O mein Gott!« Eine Kündigung bedeutete nicht nur, das Dach über dem Kopf zu verlieren, sie war vor allem eine entsetzliche Schande.

Giuseppina machte einen Vorschlag, der sie unsägliche Überwindung kostete: »Ich wäre bereit, für Sie zu arbeiten. Ich arbeite für Sie, und Sie ziehen mir die Miete vom Lohn ab.«

Die Schamröte des Mädchens ließ Pessinas Augen aufleuchten und brachte sein Blut zum Wallen. »Darüber ließe sich diskutieren«, erwiderte er.

Elvira fuhr auf wie eine Löwenmutter, die ihr Junges verteidigt: »Kommt nicht in Frage!« rief sie in so entschlossenem Ton aus, daß selbst Giuseppina sie kaum wiedererkannte.

»Dann will ich das Geld«, schloß der Mann lächelnd.

»Wir werden unser Möglichstes tun.« Jedes weitere Wort wäre reine Zeitverschwendung gewesen.

»Seht zu, daß ihr es in zwei Tagen zusammenbekommt.« Der Vermieter gebärdete sich mit der Arroganz eines reichen Mannes, obwohl er aussah wie ein Bettler. »Wenn ihr bezüglich des Mädchens eure Meinung ändern solltet...« Er führte seinen Satz nicht zu Ende und verschwand, ohne eine Antwort abzuwarten, indem er mit der Hand an seinen schmierigen Hut tippte.

Elvira trat auf ihre Tochter zu, überwand ihre Scheu vor Zuneigungsbekundungen und umarmte Giuseppina, wie um sie zu beschützen.

»Warum nicht, Mama?« Eine Frau streckte den Kopf zur Küchentür herein, grüßte und ging weiter.

»Weil deine Füße für bestimmte Wege nicht taugen«, erwiderte Elvira.

Keiner wußte etwas Genaueres über Enrico Pessina, der alleine lebte und scheinbar weder Freunde noch Verwandte hatte, aber die Leute munkelten, er vergreife sich an Frauen und besonders an jungen Mädchen. Wenn abends in den Ställen Wache gehalten wurde, erzählten die Erwachsenen hinter vorgehaltener Hand Geschichten von Müttern, die ein Auge zudrückten, und von anderen, die gleich beide zudrückten und ihre Miete oder Schuld erlassen bekamen, nachdem ihre Töchter Pessina einen Besuch abgestattet hatten. Elvira war diesen Gerüchten nie auf den Grund gegangen, aber sie hatte trotzdem Angst.

In diesem Moment kam Cesare zur Tür herein, freudestrahlend, als habe er in der Lotterie gewonnen.

»Mamm!« schrie er. »Ich habe eine Arbeit gefunden!« Er ging zu dem Eimer neben dem Spülbecken und trank eine Kelle Wasser.

»Gott ist ein gütiger Hirte, der für seine Schafe sorgt«, war Elviras einziger Kommentar.

»Ich bin Signor Pessina begegnet. Er ist nicht zufällig hier vorbeigekommen?« Der Junge hatte sich an seinen Platz gesetzt und kaute bereits Speck und Polenta.

»Doch, er war bei uns.« Elvira und Giuseppina hatten begonnen, die Küche aufzuräumen.

»Wegen der Miete?« fragte Cesare mit vollem Mund.

»Wir sind drei Monate hinterher«, stellte seine Mutter fest. »Eigentlich können wir ihm keinen Vorwurf machen.«

»In zwei Wochen hat er sein Geld«, sagte Cesare optimistisch.

»Er läßt uns aber nur zwei Tage Zeit.« Elviras Worte nahmen ihm den Wind aus den Segeln.

»Zwei Tage?« Cesare legte seinen Löffel in den nahezu leeren Teller zurück und starrte seine Mutter sprachlos an.

»Und wenn wir nicht bezahlen, wendet er sich an die Polizei«, erwiderte Elvira mit einer resignierten Handbewegung.

»Aber das kann er nicht!« sagte Cesare entrüstet und schob seinen Teller von sich weg. »Wo sollen wir hin?« Er fühlte sich schutzlos und nackt, wenn er sich vorstellte, kein Zuhause mehr zu haben.

Elvira wollte schon ihren Spruch von Gott, dem gütigen Hirten, wiederholen, der für seine Schafe sorgt, aber sie merkte noch rechtzeitig, daß eine Frist von zwei Tagen selbst den Allmächtigen überfordert hätte. Deshalb schwieg sie.

»Ich gehe und spreche mit ihm«, sagte Cesare entschlossen.

»Du?« Elvira war überrascht, denn sie betrachtete ihn immer noch als Jungen.

»Ja, ich.« Cesare wirkte bestimmt und entschieden, wie er seine Fäuste auf den Tisch stemmte, und erinnerte in dieser resoluten Haltung an seinen Vater.

Giuseppina sah ihn voller Bewunderung an und fühlte sich beschützt.

»Ja, im Grunde bist du jetzt das Familienoberhaupt«, gab Elvira zu. Nach dem Tod des Vaters hatte der Junge es verstanden, die Zügel in die Hand zu nehmen und den Karren weiterzuführen. Elvira war von seiner Entschlossenheit beeindruckt und erkannte ihm gerne das Recht zu, sich um ein existentielles Problem zu kümmern, das die ganze Familie betraf. »Wann willst du zu ihm gehen?«

»Jetzt, sofort.« Cesare stand auf und verließ die Wohnung.

Mutter und Tochter sahen sich an und fühlten sich auf einmal weniger verlassen. Elvira machte sich an der Petroleumlampe zu schaffen, beschloß dann aber, sie nicht anzuzünden und lieber zu sparen. Um ins Bett zu gehen, brauchte man eigentlich sowieso kein Licht.

6

»Komm rein.« Enrico Pessina saß am Tisch vor dem Fenster und verschlang eine Schüssel Bohneneintopf mit Speckschwarten. Auch der Padrone wohnte in einem Bauernhaus, in einem der beiden Bauernhäuser, die er gleich hinter der Porta Ticinese besaß. Hier hatte er sein bescheidenes Quartier eingerichtet.

»Störe ich?« Cesare fühlte sich jetzt gar nicht mehr so sicher und drehte nervös seine Mütze in den Händen.

»Mich stört so leicht keiner«, erwiderte Pessina geradeheraus und aß gierig weiter. »Ich habe selten Gesellschaft beim Essen. Die

Leute behaupten, ich schlinge wie ein hungriger Wolf. Aber das schert mich einen Dreck. Ich esse dreimal am Tag, wie und soviel ich will. Sie dagegen... Möchtest du auch etwas?« Das war ein konkretes Angebot, keine leere Floskel.

»Nein, Signor Pessina, danke. Ich habe schon gegessen.« Cesare wäre in jeder anderen Situation das Wasser im Munde zusammengelaufen beim Anblick des köstlichen Gerichts, aber in diesem Moment hatte er das Gefühl, als klebe ihm die Zunge am Gaumen.

»Aber nicht Bohneneintopf mit Speck, wie ich vermute.« Von draußen drangen Stimmen und andere Geräusche herein.

»Nein. Polenta«, gestand Cesare und blieb stehen wie ein Untertan.

»Das habe ich auch lange genug gegessen. Manchmal lasse ich mir heute noch welche zubereiten, um mich an die alten Zeiten zu erinnern.« Er legte einen Augenblick den Löffel aus der Hand, schenkte sich aus einer staubigen Korbflasche ein großes Glas Rotwein ein, trank es in einem Zug leer und schnalzte mit der Zunge, worauf er sich mit dem Handrücken den Mund abwischte und dröhnend rülpste. »Komm schon näher. Hol dir ein Glas vom Spülstein: Ich lade dich zum Trinken ein.«

Der Junge gehorchte. Er trat ans Spülbecken und nahm sich ein Glas, auf dessen Rand ein paar Fliegen hockten. »Danke, Signor Pessina«, sagte er und ging zu dem Tisch, an dem der Padrone aß.

Pessina schenkte ihm einen Finger breit Wein ein, betrachtete das Glas und richtete seine stechenden Augen dann auf den Jungen. »Aber ja, doch. Zum Teufel mit dem Geiz!« sagte er und schenkte noch etwas ein. »Setz dich. Und trink.«

Cesare nahm Platz und führte das Glas an die Lippen. Der Wein schmeckte schön vollmundig, und er fühlte sich schon nach dem ersten Schluck wohler.

»Gut, was?« Der Mann sah ihn voller Genugtuung an, wie jemand, der ein gutes Werk vollbracht hat und sich dafür Dank erwartet.

»Ja, der Wein schmeckt gut«, gab Cesare zu, aber er hatte keine Lust, den Begnadeten zu mimen.

»Eben«, erwiderte Pessina unbefriedigt. Er hatte mit Jubelstürmen und Dankbarkeit gerechnet. »Und jetzt erzählst du mir, was dich hierher führt«, setzte er hinzu, obwohl er den Grund für Cesare Besuch natürlich kannte.

»Es ist wegen der Miete«, erwiderte der Junge und verschluckte sich beinahe an seinem Wein.

»Hast du das Geld aufgetrieben?« Pessinas Direktheit war geradezu unverschämt.

»Ich bin gekommen, um Ihnen zu sagen, daß wir das Geld nicht haben«, begann Cesare.

»Das hat mir deine Mutter schon gesagt.« Der Padrone fuhr fort, gierig seine Bohnen zu verschlingen.

»Ich weiß.« Der Junge haßte ihn, nicht wegen der Art und Weise, *wie* er aß, sondern *weil* er aß, sich den Bauch vollschlug, während ihm und seiner Familie die Kündigung drohte.

»Aber ich habe euch zwei Tage Zeit eingeräumt.« Pessina spielte mit ihm wie die Katze mit der Maus.

»Wir haben das Geld auch in zwei Tagen nicht.« Gegen die eisige Gefühlskälte des Mannes gab es nicht viele Argumente.

»Was kann ich daran ändern?« Pessina kniff seine kleinen Raubvogelaugen zusammen und strich sich über den grau-weißen Schnurrbart.

»Wenn Sie vielleicht eine Woche warten, oder höchstens zwei...« Cesare fand, das sei nicht zuviel verlangt.

»Meinst du, das würde ich nicht tun, wenn ich könnte?« Der Padrone fuhr sich mit dem Jackenärmel über den Mund.

»Ich weiß nicht.« Cesare war überzeugt davon, daß der Mann, wenn er wollte, ein ganzes Jahr oder auch zwei hätte warten können. »Ihr Hausbesitzer seid doch reiche Leute«, sagte er, indem er von der Höflichkeitsform abkam und seinen Gesprächspartner damit unbewußt vom hohen Roß herabholte.

Enrico Pessina lehnte sich schwer in seinen Rohrstuhl zurück, zog eine halbe Zigarre heraus, roch an ihr, befeuchtete sie zwischen den Lippen, zündete sie endlich an und genoß ihren kräftigen, herben Geschmack. »Reich... das ist leicht gesagt.« Er wirkte dünkelhaft und unnahbar. »Die Leute behaupten, ich verstecke säckeweise Gold«, begann er zu erzählen und sog wollüstig an seiner halben Zigarre, von der stinkende Rauchwolken aufstiegen, »aber gesehen hat die keiner. Gott würde mich strafen, wenn ich mich über mein Leben beklagte. Und ich beklage mich auch nicht. Die Leute behaupten, ich treibe Wucher; sie spucken aus und sehen weg, wenn sie mir begegnen. Und später kommen sie zu mir und heulen mir etwas vor, um gegen ein Pfand Geld geliehen zu bekommen. Ich für meinen Teil stehe zu meinem Wort und gebe die verpfändeten Sachen pünktlich zurück, wenn man mich darum bittet. Was kann ich mehr tun? Soll ich umsonst Geld verleihen und riskieren, daß ich es nie wieder zurückbekomme?« Das war logisch gesprochen.

Pessina zog aus seinem Westentäschchen eine silberne Uhr mit emailliertem Zifferblatt, auf dem die Stunden in römischen Zahlen angezeigt waren. In den Deckel war eine tunikabekleidete Frauengestalt mit wallendem Haar und verbundenen Augen eingraviert. Er ließ den Deckel aufspringen und setzte damit ein Spielwerk in Gang, das eine hübsche Melodie erklingen ließ. Pessina betrachtete das emaillierte Zifferblatt und dann den Jungen, als erwarte er einen Ausruf des Erstaunens.

Aber Cesare konnte seine Verwunderung verbergen und tat gleichgültig. »Wenn einer nicht kann, dann kann er nicht«, stellte er fest. Er wußte, was das Elend für die Leute bedeutete, und war mit der Argumentation des Hausbesitzers nicht einverstanden.

»Da hast du allerdings recht«, nickte der Mann und steckte seine Taschenuhr enttäuscht wieder ein. »Der ehrlichste Mann auf der Welt kann seine Schulden nicht bezahlen, wenn er kein Geld hat.« Er paffte genüßlich seine halbe Zigarre weiter. »Im Himmel herrschen andere Gesetze als hier auf der Erde, das mußt du dir gut hinter die Ohren schreiben. Vor Gott sind alle gleich, aber unter uns Menschen gilt die Regel: Wer nichts geben kann, der bekommt nichts.«

»Wir wollen ja bezahlen.« Cesare war der Zynismus des Mannes zuwider, aber er spürte, daß sich das Böse nicht alleine in ihm konzentrierte und erkannte in seinen Worten den Lauf der Welt. »Wir bitten Sie, in zwei Wochen bezahlen zu dürfen, anstatt in zwei Tagen. Was macht das für einen Unterschied?«

»Es ist immer dieselbe alte Leier«, schrie der Padrone und schlug mit der Faust auf den Tisch. »Aus zwei Wochen werden zwei Monate, aus zwei Monaten ein Jahr, und am Ende sehe ich mein Geld überhaupt nicht wieder. Es ist jetzt ein Vierteljahr, daß ich euch die Miete stunde. Auf ein bloßes Versprechen hin ist noch keiner zu etwas gekommen. Ich mache meine Geschäfte. Wer sie nicht mit mir machen will, dem steht es frei, sich an einen anderen zu wenden. Meine Häuser müssen Profit abwerfen. Mein Geld muß Zinsen einbringen.« Er blies auf die Asche seiner Zigarre, damit sie gleichmäßig abbrannte, und trank Wein. »Wenn du ein Wolf bist, haßt man dich, aber du wirst respektiert. So ist das nun einmal. Wenn du den Heiligen spielst, wirst du zuerst verehrt und später zerrissen. Wenn ein Reicher alles, was er hat, den Armen schenkt, dann kommt nicht mehr dabei heraus, als daß es am Ende einen Hungerleider mehr auf der Welt gibt.«

»Nur eine Woche.« Cesare hatte sich erhoben und wartete steif auf eine Antwort.

»Ich wiederhole dir noch einmal, was ich deiner Mutter schon gesagt habe: Entweder ihr bezahlt mich innerhalb von zwei Tagen, oder ich lasse die Wohnung von der Polizei räumen.«

Cesare errötete bis in die Haarwurzeln. »Wieviel schulden wir Ihnen genau?« fragte er.

»Drei Monatsmieten zu je acht Lire, das macht genau vierundzwanzig Lire.«

»Sie sollen Ihr Geld bekommen«, erwiderte Cesare mit fester Stimme.

»Das ist das Wort eines Mannes.« Pessinas Scherz war gemein, denn er wußte, daß das Geld nicht auf der Straße herumlag, wenngleich die klaren, azurblauen Augen des Jungen in diesem Moment die Wahrheit sagten.

Cesare trat in die sternenklare Nacht hinaus, die voller Geräusche und gedämpfter Stimmen war. In der Ferne, in Richtung des Stadtzentrums, war das Rasseln und Bimmeln einer elektrischen Straßenbahn zu vernehmen. Weihnachten vor einem Jahr hatte sein Vater mit ihm einen Ausflug durch die Stadt gemacht und zehn Centesimi dafür ausgegeben. Cesare war ungeheuer beeindruckt gewesen. Der Himmel leuchtete im Glanz der Lichter des Zentrums mit seinen Theatern, Restaurants, Vergnügungen und Abenteuern; dort gab es reiche Herrschaften, die vierundzwanzig Lire in einer einzigen Nacht ausgeben konnten. Durch erleuchtete Fenster sah Cesare in behagliche Wohnungen, deren heitere Atmosphäre mit dem Aufruhr in seinem Herzen kraß kontrastierte. Ihm schien, als müsse die ganze Welt vor Empörung zittern angesichts der Tatsache, daß ihm und seiner Familie die Kündigung drohte. Aber wie oft hatte er selbst Umzugskarren vorüberfahren sehen, mit nichts als Elend bepackt, und ihnen nicht mehr als einen zerstreuten Blick nachgesandt?

Cesare mußte also in zwei Tagen vierundzwanzig Lire auftreiben, nur wo? Und wie? Sie von irgend jemandem geborgt zu bekommen, darauf konnte er nicht einmal im Traume hoffen. Um sie zu ersparen, war keine Zeit. Vom Ende der Straße her trug ihm der Wind melancholische Leierkastenmusik zu, die immer lauter wurde, während sich zuerst ein Licht in der Dunkelheit abzeichnete und dann ein langsam trottendes Pferd, das vor einen Zigeunerwagen gespannt war. Die Drehorgel zog Schaulustige und Kinder an, die scharenweise auf die sommerabendliche Straße strömten.

Auch Cesare näherte sich und sah auf dem »Balkon« des Wohnwagens ein zierliches kleines Mädchen mit schwarzem Haar, das einen riesigen Bären an einem Strick führte. Der Bär trug einen Maulkorb aus geflochtenen Lederriemen und taumelte hinter dem Wagen her, oder besser hinter dem schwarzhaarigen Mädchen, das ihm zulächelte und mit ihm sprach. Auf einmal trat ein hünenhafter Mann mit schwarzem Vollbart und langem Haar auf den »Balkon« des Wagens hinaus, um dem verehrten Publikum bekanntzugeben, daß die göttliche Salome und ihr dressierter Bär heute abend die Bürgerschaft von Mailand mit einer spektakulären Vorführung auf dem Piazzale della Vetra ergötzen würden. Salome sprach mit dem Bären, und der verbeugte sich und schüttelte den großen Kopf zum Gruße. Die Glöckchen an seinem Halsband klingelten fröhlich, die Kinder klatschten Beifall, und die Erwachsenen tauschten verwunderte Blicke aus.

Das Mädchen, der Bär und die Drehorgel stellten eine angenehme Abwechslung dar, und Cesare ließ sich vom Strom der Schaulustigen mitreißen, die dem Zigeunerwagen folgten. Was sollte er sich noch länger den Kopf zerbrechen? Sein Problem würde er heute abend sowieso nicht mehr lösen.

7

Die kleine Zigeunerin mit dem seidigen Haar und den Samtaugen kam ihm mit ihrem Tanzbär entgegen, der jetzt nicht mehr brummte, sondern mit schöner Baritonstimme einen bekannten Schlager sang. Um sie herum wimmelte es von vornehmen Herrschaften, die plötzlich alle anfingen, Goldtaler zu Füßen des Mädchens und seines Tieres zu werfen. Cesare betrachtete das viele Geld, hatte aber nicht den Mut, danach zu greifen, bis das Mädchen ihn mit einer niedlichen Kopfbewegung dazu aufforderte, es einzusammeln. Er ging in die Hocke, um die wertvollen Münzen aufzuheben, und als er die erste in der Hand hatte, ertönte ein Glockenschlag, ebenso bei der zweiten, der dritten...

Als Cesare erwachte, umklammerte seine Hand noch immer einen Wunsch, der nicht in Erfüllung gegangen war, und das machte den Beginn des neuen Tages um so bitterer. Er stand leise auf, frühstückte und schickte sich mit düsterer Miene an, die Wohnung zu verlassen, bevor Riccio ihn von draußen rufen konnte, um zusammen nach Crescenzago in die Wäscherei zu gehen. Das Licht, das durch die Ritzen der Fensterläden drang, war gedämpft und ließ auf einen wolkigen Himmel schließen, der Regen versprach. Dann hatte sich also auch das Wetter auf seine triste Gemütslage eingestimmt.

»Mach dir keine Sorgen, Cesare.« Giuseppinas flüsternde Stimme ließ ihn herumfahren.

»Ich dachte, du schläfst«, sagte er, indem er an ihr Bett trat und sie anlächelte.

»Du hast im Schlaf gesprochen und dich im Bett herumgeworfen«, murmelte sie, während sie sich aufsetzte.

»Vielleicht habe ich geträumt«, erwiderte der Junge knapp.

»Was hast du denn geträumt?« erkundigte seine Schwester sich neugierig.

»Ich weiß nicht mehr. Aber schlaf noch ein bißchen. Es ist noch früh.«

»Und du mach dir keine Sorgen«, sagte Giuseppina in mütterlichem Ton.

»Wegen was?« fragte Cesare, obwohl er die Antwort gut kannte.

»Wegen der Miete.« Das Mädchen hatte die ganze Nacht an nichts anderes gedacht.

»Und warum soll ich mir keine Sorgen machen?« Cesare nutzte die Gelegenheit, um seiner schlechten Laune mit dieser verärgerten Frage Luft zu machen.

»Weil wir es irgendwie schon schaffen.« Giuseppina sprach, als habe sie den Schlüssel zur Lösung des Problems in der Hand.

»Du redest wie Mamm.« Cesare räumte den Tisch auf. »Gott sorgt für seine Schafe, aber wenn wir uns nicht selbst helfen... Und jetzt schlaf noch einmal. Ich muß gehen.«

Der Himmel war düster und ein Gewitterwind blies bedrohliche schwarze Wolken gen Süden.

Riccio kam ihm entgegen, fröhlich von einer Straßenseite auf die andere hüpfend. »Ist dir eine Laus über die Leber gekrochen?« scherzte er, denn er merkte wie gewöhnlich, daß etwas in der Luft lag.

»Ja.« Mehr sagte Cesare nicht, während er sich seinem Freund anschloß.

»Launischer Kerl.« Riccio machte ein beleidigtes Gesicht und fragte sich, wie er es bloß schaffte, den starrköpfigen Charakter dieses griesgrämigen, verschlossenen Jungen auszuhalten.

»Ich kehre um«, sagte Cesare plötzlich, als sie bereits auf halber Strecke waren.

»Bist du verrückt geworden?« Riccio sah ihm ins Gesicht, als suche er nach den Spuren eines Anfalls von Wahnsinn.

»Ja, ich bin verrückt, aber ich muß umkehren«, wiederholte Cesare und ließ seinen Worten die Tat folgen.

»Aber so riskierst du deine Arbeitsstelle.« Riccio verlor keine Zeit damit, ihn nach dem Grund für seinen Beschluß zu fragen, denn damit wäre dieser Dickkopf von Cesare sowieso nicht herausgerückt.

»Ich riskiere überhaupt nichts, wenn du eine gute Ausrede erfindest«, erwiderte Cesare und ließ ihn einfach stehen.

»Was für eine Ausrede, zum Teufel?« schrie Riccio ihm nach, während Cesare mit seinen langen Beinen bereits die Straße zurückrannte.

»Erfinde, was du willst. Und natürlich nur, wenn du willst.« Cesare haßte es, jemanden um einen Gefallen bitten zu müssen.

»Verdamm dich Gott! Dich und mich, weil ich so blöd bin und dir zuhöre.« Riccio blieb rot vor Wut stehen und schleuderte zornig seine Mütze in den Staub.

Cesare ließ sich, entschlossen wie er war, nicht von seinem Vorhaben abbringen und drehte sich kein einziges Mal nach seinem Freund um. Er machte einen großen Umweg um sein eigenes Wohnviertel, weil er Bekannten aus dem Weg gehen wollte, und schlug sich durch ein Labyrinth verrufener Gäßchen zur Kirche von San Lorenzo durch. Er kannte das Gotteshaus und die Gewohnheiten Don Orestes in- und auswendig, da er viele Jahre Ministrant gewesen war und an den Kreuzwegprozessionen teilgenommen hatte. Er wußte, daß im linken Seitenschiff der Kirche, unter dem Bild des Heiligen, ein Opferstock aufgestellt war, der Spenden für die Mission enthielt und einmal pro Jahr, im Juli, geleert wurde. Im vorigen Jahr hatte Don Oreste ganze einhundertfünfzig Lire gezählt, und da es mittlerweile Juni war, mußte die Büchse schon ziemlich voll sein. Er hatte hinter vorgehaltener Hand wohl schon über frevlerische Diebstähle reden gehört, aber er befand sich in einer absoluten Notlage und verfolgte keine bösen Absichten, und wenn Gott allwissend war, dann wußte er bestimmt auch über seine Lage Bescheid und konnte nicht wollen, daß er, seine Mutter und seine Geschwister auf der Straße landeten.

Als er die Kirche durch die kleine Seitenpforte betrat, war er entschlossener denn je, wenn auch nicht mehr ganz so sicher. Aber wenn von Sünde überhaupt die Rede sein konnte, so hatte er sie bereits im Augenblick seines Entschlusses begangen, der bestimmt nicht der tugendhafteste, wohl aber der einzig mögliche war. Die Kirche war verlassen, und das Licht, das durch die bunten Mosaikfenster flutete, schuf eine feierliche Atmosphäre. In der Luft schwebte ein leiser Duft nach Weihrauch, Kerzenwachs und Blumen, aber der gute Geruch, der ihn normalerweise friedlich stimmte, flößte ihm heute tiefe Unruhe ein.

Cesare kniete vor dem Bild des Heiligen, neben der Missionskasse, nieder.

Zuerst wollte er zum heiligen Lorenzo beten, aber nach kurzer Überlegung beschloß er, sich direkt an Gott zu wenden. »Vielleicht begehe ich eine böse Tat, aber hier, in dem Opferstock, ist das Geld, mit dem wir unsere Miete bezahlen könnten. Du, Herr, brauchst es im Augenblick nicht, aber wir haben es bitter nötig. Herr, ich habe nie etwas gestohlen und will auch jetzt nicht damit anfangen. Ich bitte dich nur um eine Leihgabe. Wenn du mir das Geld für die Miete borgst, dann zahle ich es dir eines Tages mit Zins und Zinseszins zurück. Einverstanden?« Cesare verharrte eine Zeitlang schweigend und wartete auf eine Antwort. Wer schweigt, stimmt zu, dachte er.

In der stillen, menschenleeren Kirche beging der Junge seine frevlerische Tat. Mit Hilfe seines Taschenmessers erbrach er mühelos das Schloß der Opferbüchse, zählte die vierundzwanzig Lire ab, die er für die Miete benötigte, und verließ dann ruhigen Gewissens die Kirche, überzeugt einen Pakt geschlossen zu haben, den er pflichtbewußt einhalten würde.

Mit Fußmarsch, Nachdenken und Handeln war die Zeit verflogen; als er ins Freie hinaustrat, zeigte die Kirchenuhr zehn Uhr an, und er wäre am liebsten losgerannt, um bestimmt pünktlich zu sein, obwohl die Zahlungsfrist für die Miete erst in vierundzwanzig Stunden ablief. Er schritt kräftig aus, widerstand jedoch dem Versuch, in Galopp zu verfallen, um keinen Verdacht zu erregen, und kam kurz vor elf zu Hause an. Augusto paßte auf seine kleinen Geschwister auf, die neugierig waren wie kleine Welpen und ihm ständig aus dem Blickfeld zu entwischen drohten. Er war ein liebes

Kind, Augusto, und übte die Rolle des älteren Bruders mit großer Gewissenhaftigkeit aus.

»Solltest du nicht in der Schule sein?« fragte Cesare, dem nichts Gutes schwante.

»Giuseppina hat gesagt, ich soll auf sie aufpassen.« Augusto deutete auf Anacleto und Serafina, die im Matsch bei der Wasserpumpe herumpantschten.

»Und wo ist Giuseppina?«

»Weggegangen?«

»Wohin?« In Cesare simpler Frage nahm ein Drama Gestalt an.

»Ich weiß nicht.« Der Junge betrachtete das gespannte Gesicht seines Bruders und fürchtete, er werde auf ihn losgehen.

»In welche Richtung ist sie gegangen?«

»Dorthin«, erwiderte der Kleine und wies mit seinem Händchen nach Osten.

In dieser Richtung lag das Haus, in dem Enrico Pessina wohnte, der Padrone. Cesares Besorgtheit verwandelte sich in Panik, und er scheute sich diesmal nicht, den Weg zur Höhle des Wolfes rennend zurückzulegen.

Auf halber Strecke stieß er auf Giuseppina, die zusammengekauert unter einer großen Eiche hockte. Sie wirkte noch schöner, noch zerbrechlicher, noch hilfloser als gewöhnlich, und man sah ihr an, daß sie geweint hatte, obwohl ihre Augen jetzt trocken waren, ja fast ausgedörrt. Ihr Gesicht war gerötet und aufgeschürft, als habe sie es an der Rinde des Baumes gerieben, ihr hübsches Kattunkleid zerknittert und ihr Haar zerzaust.

»Du warst bei ihm, nicht?« Cesare setzte sich neben sie und ordnete ihr liebevoll das Haar.

»Ja.« Ihrem Bruder gegenüber konnte sie nicht lügen.

»Warum?« Er litt wie ein wildes Tier, das an die Kette gelegt wird, und hatte das Gefühl, die ganze Welt drehe sich um ihn, wie vor ein paar Jahren, als er einmal hingefallen und mit dem Kopf auf einen Stein aufgeschlagen war.

»Ich dachte, das ist unsere einzige Möglichkeit.« Giuseppina erkannte ihre eigene Stimme nicht wider, so unpersönlich klang sie.

»Du hättest mit mir reden können.« Er wollte ihr keine Vorwürfe machen, auch weil es sinnlos gewesen wäre, Schmerz zum Schmerz hinzuzufügen, Scham zur Scham, Schmähung zur Schmähung.

»Ich dachte, das ist die einzige Möglichkeit«, wiederholte das Mädchen. »Er hat gesagt, daß wir jetzt quitt sind.«

»Laß uns nach Hause gehen.« Cesare half ihr aufstehen, und dann machten sie sich langsam auf den Weg.

»Könnt ihr mir das je verzeihen?« fragte Giuseppina mit niedergeschlagenen Augen und gesenktem Kopf.

»Da gibt es nichts zu verzeihen.« In Cesares Augen, die starr vor sich hinsahen, funkelte abgrundtiefer Haß.

»Ich dachte, das ist unsere einzige Möglichkeit.« Sie brachte nichts anderes heraus, als immer wieder denselben Satz.

»Du mußt alles vergessen.« Ein Sonnenstrahl durchbrach die Wolkendecke und fiel auf die Straße.

»Ich gehe ins Kloster.« Giuseppina wirkte sanft, pathetisch, verzweifelt.

»Darüber sprechen wir noch. Aber jetzt mußt du mir versprechen, daß das, was passiert ist, ein Geheimnis zwischen uns beiden bleibt.«

»Ja, es soll ein Geheimnis zwischen uns bleiben.« Giuseppina hob endlich den Kopf und sah ihn mit ihren verzweifelten Augen an.

»Hat dich irgend jemand gesehen?«

»Nein, niemand.«

Cesare begleitete sie nach Hause und legte sie ins Bett.

»Mir ist kalt.« Sie zitterte, als habe sie hohes Fieber.

»Das geht vorbei, du wirst sehen. Wichtig ist nur, daß Mama nichts davon erfährt«, ermahnte er sie.

»Ich stehe auf, bevor sie heimkommt«, versprach Giuseppina.

Cesare deckte sie fest zu und küßte sie auf die Stirn.

Die Welt kam ihm auf einmal anders vor – düster, trostlos. Er trottete langsam zur Kirche von San Lorenzo zurück, kniete vor dem Opferstock nieder und legte das Geld bis zum letzten Centesimo wieder hinein.

Sein Herz klopfte vor Verzweiflung und Empörung. »Mit dir,

Herr«, sagte er, »bin ich quitt. Jetzt habe ich mit dem Teufel eine Rechnung zu begleichen.«

»Das fängt ja gut an, junger Mann!« fuhr die Padrona ihn mit schriller Stimme an.

»Soll nicht wieder vorkommen.« Cesare trat mit der Entschlossenheit eines erwachsenen Mannes auf.

»Das hoffe ich für dich.« Die Witwe der Wäscherei sprach unnötig laut, als müsse sie sich gegen die Kraft zur Wehr setzen, die von dem rätselhaften Jungen ausstrahlte.

»Darf ich an meinen Platz zurück?« fragte Cesare in resolutem Ton. Er wollte weiteren Fragen aus dem Weg gehen, um nicht lügen zu müssen.

»Erledige deine Pflicht und verdiene dir den Lohn, den ich dir bezahle.« Sie empfand ungewöhnliche Zuneigung zu dem Jungen.

»Ich mache, was ich machen muß. Sie werden keinen Grund mehr haben, sich über mich zu beklagen.« Die Padrona mußte aufhören, ihn wie ein kleines Kind zu behandeln!

Cesare begab sich auf die Trockenwiese hinaus und schuftete den ganzen Tag, indem er Schubkarren voller Wäsche hin- und herschob und die schweißtreibende Plackerei als Medizin betrachtete, aber er fand nicht einmal am Abend Frieden, als er todmüde in sein Bett fiel. Die ganze Nacht wurde er von Alpträumen geplagt und schreckte immer wieder aus dem Schlaf auf, um dem leisen Atem Giuseppinas zu lauschen, die vielleicht nur tat, als schliefe sie, und sich weiter mit ihrer Verzweiflung herumschlug.

Es wurde eine lange Nacht voll schrecklicher Träume und düsteren Grübeleien, aber als der neue Tag anbrach, war von Cesares Gesicht selbst die letzte Spur des scheußlichen Ereignisses verschwunden. Nur in seiner Seele blieb ein schmerzhafter Stachel zurück, und das war gut so, denn dieses Mißbehagen erinnerte ihn ständig daran, daß er mit dem Teufel in Person eine Rechnung offenstehen hatte.

8

Die Zeitungen sprachen von Krieg, von einem Krieg, der die ganze Welt verheerte, aber Giuseppina las keine Zeitungen; sie wußte nur, daß der Krieg von den Reichen erklärt und von den Armen geführt wurde. So muß es auch vor ein paar Jahren mit dem Libyen-Krieg gewesen sein, wenn sie ihren Vater richtig verstanden hatte, der ab und zu eine Zeitung heimgebracht und kommentiert hatte. Giuseppina fragte sich, was für einen Sinn es hatte, über ein Ereignis zu diskutieren, das wenige beschlossen hatten, aber alle zu akzeptieren gezwungen waren.

Aus der Kaserne in der Via Lamarmora kamen vier Offiziere. Sie redeten über die Koordination der Marine, über eine Dreier-Allianz, über die Perfektionierung militärischer Abkommen, über den unmittelbar bevorstehenden Kriegseintritt Englands. Sie waren schön, elegant, jung, aber als sie auf dem Gehweg zur Seite traten, um sie vorbeizulassen, merkte Giuseppina, daß sie wie alle Männer waren und sie aufdringlich angafften. Sie bekam mit halbem Ohr mit, daß einer von ihnen Bemerkungen über den Krieg und die Liebe machte, über Schlachten, die auf dem Feld verloren und im Bett gewonnen wurden. Giuseppina beschleunigte ihren Schritt, hatte bald die Via Commenda erreicht und bog dort in die Via Guastalla ab, wo der Unternehmer Achille Castelli, der mit vielen Neuigkeiten und großem Enthusiasmus aus Amerika zurückgekehrt war, die erste pharmazeutische Fabrik Mailands gegründet hatte. Dort wurden weibliche Arbeitskräfte für die Herstellung und Verpackung seiner Produkte gesucht.

Als Giuseppina dem respektgebietenden Pförtner gegenüberstand, wurde sie unsicher und verwirrt. Er war ein großer, dicker Kerl mit funkelnden Augen, aufgezwirbeltem Schnurrbart, glattrasierten Wangen und roter Hakennase.

»Was willst du?« fragte er sie mit grimmigem Blick.

»Ich habe einen Brief.« Giuseppina reichte ihm den Umschlag, den sie an einer Ecke festhielt, wie der Pfarrer die Hostie.

»Gib her.« der Pförtner griff nach dem Umschlag, der offen

war, zog den Brief heraus und las ihn, während das Mädchen am liebsten im Erdboden versunken wäre.

»Verpackungsabteilung«, sagte er endlich und gab ihr das Empfehlungsschreiben Don Orestes zurück, das von einem Angestellten der Firma abgezeichnet war.

»Wo ist die?« Giuseppina kam es vor, als stehe sie vor dem Eingang eines Labyrinths.

»Im Keller«, brummte der Riese und deutete auf eine Treppe am Ende des Korridors.

Giuseppina ging die Stufen hinunter und blickte in einen schlauchförmigen Keller mit gewölbter Ziegeldecke, der früher als Weinkeller gedient hatte und jetzt die Verpackungsabteilung beherbergte. Er war feucht und kalt. Vor der Tür erkannte sie Signor Paolo Frontini, den Vorarbeiter, der Don Orestes Gemeinde angehörte und ihr zu dieser Arbeitsstelle verholfen hatte. Er empfing sie mit dem gutmütigen Lächeln eines Dorfpfarrers, was er vermutlich auch geworden wäre, wenn er seiner Berufung folgen und das Priesterseminar hätte besuchen können. Während Don Oreste, mager wie er war, einem Graureiher ähnelte, war Paolo Frontini geschwätzig wie ein Spatz und munter wie ein kleines Ferkel.

»Bleib immer auf deinem Platz«, predigte er ihr, »nimm keine schlechten Ratschläge an und mische dich nicht in die Zankereien der andern ein.«

»Ja. Ich meine, nein.« Giuseppina war an Gehorsam gewöhnt.

»Laß dich mal ansehen«, fuhr Frontini fort und drehte sie im Kreis. »Ja, du hast ein hübsches Kleid. Und die Schürze ist auch in Ordnung.«

Das Mädchen trug über seinem schlichten, knöchellangen Hängerchen in blauem Schottenkaro eine weiße Schürze, die ihre Mutter ihr aus den unversehrten Stücken eines zerschlissenen Leintuchs genäht hatte. »Wann fange ich an?« Giuseppina war neugierig auf ihre Arbeit.

»Sobald deine Kolleginnen ankommen. Es dauert nur noch ein paar Minuten.« Der Vorarbeiter reichte ihr eine weiße Haube. »Damit bedeckst du dir die Haare.«

»Ja.« Giuseppina sollte nie erfahren, ob die Haube mehr der

Hygiene der Produkte oder der Hygiene ihres Haares diente, aber sie hielt sich immer genau an die Anweisungen ihres Vorgesetzten.

»Kannst du lesen?« Diese Frage war durchaus begründet, denn es gab sehr viele Analphabeten.

»Ja«, erwiderte sie, nicht ohne einen gewissen Stolz.

Frontini führte sie zu einer Tafel mit den Betriebsvorschriften, die neben dem Eingang der Abteilung hing. »Lies das genau«, befahl er ihr, »und vergiß es nie.« Das Mädchen zögerte, den Blick nicht auf die Tafel, sondern auf seine wäßrigen Kuhaugen gerichtet. »Lies«, forderte er sie deshalb noch einmal auf.

»Laut oder leise?« fragte sie.

»Laut, leise, das ist völlig egal«, entgegnete der Mann, indem er auf die Tafel deutete.

Giuseppina las leise. Die erste Vorschrift lautete: »Es ist untersagt, zu rauchen, ungebührliche Reden zu führen, zu fluchen und seinen Arbeitsplatz ohne Erlaubnis des Vorgesetzten zu verlassen. Für nicht beendete Arbeiten und angefangene Wochen wird keine Vergütung bezahlt.« Eine andere Vorschrift enthielt das strikte Verbot, Gruppen oder Organisationen anzugehören, die Haß statt Nächstenliebe predigten. Die letzte Verordnung ließ sie erröten und zittern: »Arbeiterinnen, von denen bekannt wird, daß sie sich außerhalb des Fabrikbereiches unmoralisch oder unanständig benehmen, droht die fristlose Entlassung.«

»Aber das sind Dinge, die dich nicht betreffen«, meinte Signor Frontini.

»Ja«, sagte Giuseppina, die immer verstörter wurde. Unterdessen kamen die anderen Arbeiterinnen in der Abteilung an und gingen nach kurzer, ehrfurchtsvoller Begrüßung des Vorarbeiters in den Keller. Als alle Platz genommen hatten, stellte Signor Frontini sie ihren Kolleginnen vor.

»Das ist Giuseppina«, hob er an. »Sie ist ein anständiges Mädchen, seht also zu, daß ihr sie nicht mit schmutzigem Gerede erschreckt. Giuseppina ist wie eine leere Flasche, füllt sie mit eurem guten Beispiel.« Mit diesen Worten verschwand er und ließ Giuseppina verwirrt in der fremden Umgebung zurück, unter lauten Frauen, die sie nicht kannte.

»Komm her, kleine Flasche«, scherzte eine ältere Arbeiterin und wies auf einen Stuhl neben sich.

Leises Kichern war zu vernehmen.

»Wenn hier jemand einer Flasche ähnelt, dann er«, bemerkte eine andere, auf Frontinis rundes Gesicht anspielend.

»Hört schon auf«, sagte die ältere Arbeiterin, eine hübsche, gut gebaute Frau um die dreißig, die vor ein paar Jahren den Mann verloren hatte und sich nicht wieder verheiraten wollte, obwohl sie keine Kinder und viele Verehrer hatte. »Steh nicht da wie ein Gendarm«, sagte sie an Giuseppina gewandt. »Komm zu mir.« Um sie herum erhob sich angeregtes Stimmengewirr.

Das Mädchen nahm auf dem Rohrstuhl Platz und sah sich verschüchtert um. Sie war die einzige mit langem Haar, das zu zwei Zöpfen geflochten und im Nacken aufgesteckt war. Die anderen Arbeiterinnen hatten gewellte Kurzhaarfrisuren mit Seitenscheitel.

»Was muß ich machen« Giuseppina hätte sich gerne so zwanglos wie ihre Kolleginnen verhalten und wäre zu jedem Opfer bereit gewesen, um sich auf ihrer Ebene zu bewegen.

»Die Augen lernen besser als die Ohren«, erklärte ihr die ältere Arbeiterin und lächelte sie freundlich an. »Schau zu, was ich mache, und dann machst du es mir einfach nach.«

Die Ziegelsteine waren nicht verputzt und ließen das ausgeklügelte architektonische Spiel von Bögen und Pilastern erkennen, auf denen das ganze Gebäude ruhte. Das Licht, das durch die schmalen, mit Gittern versehenen Schlitze in der Wand drang, die von der Betriebsleitung als Fenster ausgegeben wurden, reichte nicht aus, um das alte Gewölbe zu erhellen, und so hatte man zur Beleuchtung des langen Tischs, an dem die rund zwanzig Frauen arbeiteten, drei elektrische Glühbirnen an der Decke aufgehängt.

Die Arbeiterinnen saßen auf Hockern, deren Sitzflächen aus Bast geflochten waren, und stützten die Füße auf Holzplanken, die an die Beine des langen Tisches genagelt waren, um den Kontakt mit dem feuchten Lehmboden zu vermeiden. In einer Ecke des Raumes thronte ein riesiger deutscher Ofen aus Gußeisen, mit dem im Winter die hochmoderne Heizanlage der Firma betrieben und gleichzeitig auch das Kellergewölbe gewärmt wurde. An der hinteren Wand hing ein Kruzifix, unter dem ein kleines Lämpchen brannte. An den Seitenwänden standen derbe Holzregale, in denen das Verpackungsmaterial aufbewahrt wurde.

Die Luft war mit einem Geruch geschwängert, der Giuseppina an den Tod erinnerte, an den Tod ihres Vaters. Sie erblaßte, und ihre erschreckten Rehaugen wurden noch größer.

»Fühlst du dich nicht wohl?« fragte die Arbeiterin.

»Es ist nur... dieser Geruch«, entschuldigte sie sich.

»Nenne es ruhig Gestank.« Die Frau war aufrichtig und freundlich und machte Giuseppina Mut zum Sprechen.

»Woher kommt der?« wollte sie wissen.

»Von den Teerpillen. Wir verpacken heute Teerpillen. Deshalb stinkt es so. Wenn wir Seifen einpacken, herrscht ein ganz anderer Duft.« Ein paar Mädchen lachten.

Giuseppina kannte die Caselli-Seifen aus den Schaufensterauslagen: *Extrait Rose, Extrait Violette*; die eleganten Verpackungen waren mit hübschen, ovalen Bildchen verziert, die romantische Damen mit entzückenden Gesichtern, wallendem Haar, Federhüten und samtigem Teint zeigten und von zarten, pastellfarbenen Blüten umrankt wurden. Diese Schächtelchen stellten den Inbegriff des Wohlstandes, der guten Manieren, der Selbstachtung dar; sie hatte sie brennend begehrt und im Traum vom Himmel herabschweben sehen: statt dessen kamen sie aus einem feuchten Keller, der nach Teer und Arbeitsschweiß stank.

Auf dem langen Tisch sah Giuseppina Tüten aus grobem Papier, Schachteln, Etiketten, Leimtöpfe, Fläschchen in jeder Größe. »Ich kenne die Teerpillen«, sagte sie.

»Wie kommt das?« Jetzt war es ihre erfahrenere Kollegin, die etwas von ihr wissen wollte.

»Wir haben sie für meinen Vater gekauft«, erwiderte das Mädchen mit traurigem Gesicht.

»Haben sie ihm genützt?« Man hörte, wie die Schachteln gefüllt und verschlossen wurden.

»Nein. Er ist gestorben.« Giuseppina mußte sich zusammenreißen, um nicht in Tränen auszubrechen.

»Ja, dieses Zeug nützt nur denen da oben, die es herstellen«, sagte die Arbeiterin voller Wut. »Sie verkaufen es und machen Geld damit. Überall erzählen sie herum, das sei ein Allheilmittel, eine amerikanische Wundermedizin, die der Bruder des Padrone aus Kalifornien importiert hat. Aber sie selbst nehmen keine Pillen, weil sie nämlich keinen Husten haben. Der Husten ist eine Armeleutekrankheit.«

»Meinem Vater haben sie aber gut getan«, widersprach Giuseppina ihr. »Sein Husten wurde besser, wenn er die Teerpillen genommen hat.«

»Warum ist er dann gestorben, wenn sie ihm so gut getan haben?« wandte die ältere Arbeiterin ein.

»Weil der Pfarrer von Rattanà es prophezeit hat.« In dem Raum trat plötzlich Stille ein, und neugierige Gesichter wandten sich dem Mädchen zu.

»Der Pfarrer von Rattanà ist gezeichnet«, bestätigte eine Kollegin auf der andern Seite des Tischs.

»Was heißt das?« wollte jemand wissen.

»Das heißt, daß er weiß, was du hast, ohne dich auch nur anzusehen. Er kennt das Schicksal der Leute.«

Giuseppina stand auf einmal im Mittelpunkt.

»Märchen«, sagte die ältere Arbeiterin, aber sie fühlte, wie ihr ein Schauer über den Rücken lief.

Eine schmächtige, unterernährte Blondine erzählte: »Ich hatte einen Knoten im Rücken, der immer größer wurde. Meine Mutter hat mich zu ihm gebracht. Er hat mir in die Augen gesehen und gesagt: ›Das ist eine Fettgeschwulst. Dagegen hilft nur das ›Schneidekraut‹. Damit meinte er das Messer. Ich bin also ins Krankenhaus gegangen, und dort haben sie es mir aufgeschnitten: es war wirklich eine Fettgeschwulst.«

In diesem Augenblick kam der Vorarbeiter herein. »Macht mit eurer Arbeit weiter und zwingt mich nicht, euch Strafen aufzuerlegen. Es ist sinnlos, mir später etwas vorzujammern.« Mit diesen Worten verschwand er ebenso schnell, wie er gekommen war.

Eine Zeitlang war Ruhe: man hörte den Atem der Frauen und das Rascheln des Packpapiers in ihren Händen, die das Tempo beschleunigt hatten. Giuseppina dachte an die schreckliche Nacht, in der ihr Vater blau angelaufen war, weil er keine Luft bekam, und keuchend versucht hatte, das Leben zurückzuhalten, das ihm entfloh. Elvira hatte sich ihren schwarzen Schal über den Kopf geworfen und zu ihr gesagt: »Paß auf die Kleinen auf. Ich gehe den Pfarrer von Rattanà holen. Vielleicht macht der ihn mir gesund.«

Dieser aus dem Priesterstand verwiesene Geistliche war eine unheimliche Gestalt und in Mailand berühmter als der legendäre Rasputin. Wenige verehrten ihn, viele haßten ihn, alle fürchteten ihn wegen seiner okkulten Fähigkeiten. Er lebte wie ein Eremit in einem alten Haus an der Piazza Fontana, aber er besaß viele Häuser in der Stadt, ja sogar Villen, die vornehme Herrschaften ihm zum Dank für ihre Heilung geschenkt hatten. Giuseppina sah ihn vom Fenster aus mit riesigen Schritten durch die eisige Winternacht stapfen, während ihre Mutter selbst rennend kaum Schritt mit ihm halten konnte. Er war ein muskulöser, vierschrötiger Mann mit dunkler Haut und schwarzen Augen und trug immer denselben abgewetzten Talar, wenn auch ohne weißen Kragen, da der Bischof ihm die Meßerlaubnis entzogen hatte. Er behandelte alle schlecht, hauptsächlich jedoch die einfachen Frauen aus dem Volk, die er aufs übelste beschimpfte und mit schrecklichen Verwünschungen bedachte.

Trotzdem hatte er sich, ohne einen einzigen Fluch auszustoßen, zu Angelo begleiten lassen und auch kein Honorar verlangt, aber als er ihn sah, sagte er: »Finde dich ab, dein Mann ist nicht zu retten. Gib ihm Teerpillen, um den Husten zu lindern.« Elvira begann zu weinen, aber er kümmerte sich nicht um sie. Der Pfarrer von Rattanà war ans Elend gewöhnt und konnte nicht den Schmerz eines jeden teilen. Statt dessen trat er mit einem mitleidigen Lächeln auf Giuseppina zu, die von seiner seltsamen Erscheinung wie hypnotisiert war und ihn mit ihren scheuen Rehaugen anstarrte. Er strich ihr mit der Hand übers Haar und sagte: »Dein Leben wird nicht einfach sein, Kleine. Du wirst die Farbe deines Blutes vor der Zeit kennenlernen und deine Angehörigen verlieren. Aber einer wird dich rächen und retten, einer wird dich beschützen. Und du wirst deine Augen im Wohlstand schließen.«

Giuseppina war sehr beeindruckt gewesen von den Worten des Mannes, obwohl sie ihren Sinn damals nicht verstanden hatte. Inzwischen war ein Teil seiner Prophezeiung in Erfüllung gegangen. Sie hatte die Farbe ihres Blutes vor der Zeit kennengelernt, aber gerächt war sie noch nicht.

9

Cesare fühlte sich beobachtet, er wußte auch, wer ihn nicht aus den Augen ließ, aber er rührte sich nicht vom Fleck und blieb völlig ruhig. Er fuhr fort, das hübsche Gesicht der Zigeunerin zu betrachten, ihre schwarzen Andalusierinnenaugen, ihre schön geschwungenen Brauen, die langen reglosen Wimpern über ihrem heiteren Blick, die kleine wohlgeformte Nase, die samtigen Wangen, ihre kindlichen Ohren, an denen zwei Trauben hauchdünne Goldmünzen klimperten, ihre Stirn mit den Ponyfransen, die im Schein einer Laterne kupferfarben schimmerten. Der Bär tapste um sie herum und geiferte in seinem ledernen Maulkorb, der ihn nicht daran hinderte, immer wieder seine riesige, feuchte Zunge herauszustrecken. Er war einfach grandios anzusehen, größer als der größte Mann, mit seinem mächtigen, gedrungenen Rumpf.

Der Bär schnupperte in der Luft und schien seine Zufriedenheit ausdrücken zu wollen, indem er den großen Kopf schüttelte und in Erwartung der Abendvorstellungen die Glöckchen an seinem Halsband klingeln ließ. Es war Samstag, und man erhoffte sich mehr Publikum als gewöhnlich, aber im Augenblick waren nur das Mädchen, Cesare, der Bär und ein paar vereinzelte Leute auf dem alten Platz, darunter der Mann, der Cesare mit einer Mischung aus Gefühlen, aber jedenfalls gespannt beobachtete. Er betrachtete Cesare wie ein Hindernis zwischen sich und der Zigeunerin, die gerade erst dem Kindesalter entwachsen war, immer noch die Hände eines kleinen Mädchens hatte und unreife Brüste, mit winzigen rosa Brustwarzen, die bei ihren naiven Bewegungen immer wieder unter dem Blüschen aus durchscheinendem Baumwollbatist zum Vorschein kamen. Und genau diese Andeutung einer unverdorbenen Sexualität war es, die der Mann gierig begaffte, ohne dabei die breiten Schultern Cesares aus den Augen zu verlieren. Der Junge kannte den Mann, seinen Namen, seine perverse Natur, aber er verhielt sich, als wäre er völlig ahnungslos.

»Dieser Platz ist groß«, meinte die Zigeunerin. Sie hatte eine frische, melodische Stimme.

»Er ist traurig«, sagte Cesare, »aber«, fügte er lächelnd hinzu, »er ist schön.«

»Er ist groß«, wiederholte das Zigeunermädchen. Es war das erstemal, daß sie in eine Weltstadt wie Mailand kam, und sie hatte noch nie einen so großen Platz erlebt.

Der Junge und das Mädchen sahen sich seit vielen Abenden und kannten sich gut. Sie hieß Dolores, hatte vor vierzehn Jahren in diesem Wohnwagen das Licht der Welt erblickt, und ihre Mutter war bei ihrer Geburt gestorben. Sie hatte nie Gelegenheit gehabt, ihr nachzuweinen, während sie unter der Obhut des riesigen Mannes mit den schwarzen Lockenhaaren aufgewachsen war, der Violine und Ziehharmonika spielte, ihr Vater.

Der Bär stellte sich auf die Hinterbeine und neigte leicht den Kopf, um Dolores mit seinen kleinen, kurzsichtigen Augen besser sehen zu können.

»Man könnte meinen, er lächelt dir zu«, sagte Cesare. Ein paar Leute spazierten auf dem Platz umher, aber sie hielten sich auf Distanz.

»Er lächelt mir auch zu«, bestätigte das Mädchen.

»Hast du keine Angst?«

»Vor Grizzly?« Grizzly liebte Dolores wie ein Hund seinen Herrn.

»Heißt er so?« fragte Cesare, dem der exotisch klingende Name gut gefiel.

»Ja. Und es ist, als wäre er mein Bruder. Es ist, als wäre er mein Vater und meine Mutter«, erklärte Dolores mit einem zärtlichen Blick auf das Tier. »Versuch mal, mich anzufassen«, forderte sie Cesare auf.

»So?« Cesare streckte vorsichtig eine Hand nach dem braungebrannten, runden Arm der Zigeunerin aus.

Grizzlys kleine Augen durchbohrten ihn wie Messer, während er einen wütenden Schrei, eine Art Kriegsgeheul, ausstieß. Das friedliche, verspielte Tier hatte sich mit einem Mal in eine argwöhnische, aggressive Bestie verwandelt. Seine gebogenen Krallen, die eisernen Haken glichen, zitterten in den mächtigen Vorderpfoten, die bereit waren, jeden Augenblick zuzuschlagen.

»Brav, Grizzly«, besänftigte Dolores ihn mit ihrer schönen Stimme.

Der Bär beruhigte sich, gab ein dumpfes Brummen von sich und begann wieder mit seinem Kopf zu schaukeln und die Glöckchen klingeln zu lassen, während sich nach und nach der Platz mit Menschen füllte.

»Ich bin ganz schön erschrocken«, gestand Cesare bleich und mit weichen Knien.

»Du brauchst dich nicht vor Grizzly zu fürchten, wenn ich dabei bin«, versicherte Dolores ihm. »Wenn du mir nichts tust, brauchst du keine Angst vor ihm zu haben.«

Es herrschte eine geradezu tropische Hitze, und kleine Schweißtropfen perlten auf den Handrücken, den Armen und der Nasenwurzel Dolores', die sich ab und zu mit einem Taschentuch über die Stirn fuhr. Der Bär verströmte einen bestialischen Geruch, die Leute stanken nach Arbeit und Schweiß. Die reglose, rötliche Abendluft war drückend; man konnte kaum atmen und hatte das Gefühl, als brenne einem die Haut. Grizzly ächzte und brummte in der Schwüle, die wie eine Glocke über der Stadt hing und allen ungewöhnlich vorkam, obwohl man hier an heiße Sommer gewöhnt war.

Cesare litt weniger unter der Hitze, sein Blick war ruhig, und seine Haut völlig trocken. Er dachte an das Gerede der alten Leute, die schaurige Geschichten von Hinrichtungen im Namen der Justiz erzählten, denn hier, auf der Piazza Vetra, gleich neben der Statue des heiligen Lazzaro, hatte einst das Schafott gestanden. Nur daß diese »Justiz«, die er selbst lediglich aus Erzählungen kannte, stets den Herrschenden hörig gewesen und mit Gesetzesbrechern ihres Standes milde verfahren war, während sie auf der andern Seite nicht gezögert hatte, dem Mailänder Barbier Gian

Giacomo Mora die Knochen zu zerschlagen, »weil er die Pest an die Häuserwände geschmiert und sie so in der Stadt verbreitet« hatte.

Die Basilika von San Lorenzo und die schmalen alten Häuschen, in denen früher die Wohnungen und Werkstätten von Färbern und Gerbern untergebracht gewesen waren und die heute der Mailänder Unterwelt sichere Zuflucht boten, nahmen sich in der glühenden Hitze wie weiche Wachsgebilde aus, die jeden Augenblick zu schmelzen drohten.

»Ich glaube, daß wir heute nicht viel Publikum haben«, meinte das Zigeunermädchen etwas niedergeschlagen.

»Doch, die Leute kommen bestimmt noch«, versicherte Cesare ihr. »Ein Tanzbär gehört zu den wenigen Vergnügungen, die ein Armer sich heute noch leisten kann.«

»Dann besteht ja noch Hoffnung.« Das Mädchen lächelte, wobei seine blitzenden kleinen Zähne zum Vorschein kamen, und ließ sich auf einem achteckigen, arabischen Tischchen nieder, das schmal und hoch war, mit verschiedenfarbigen Holzsorten und mit Blättern aus Perlmutt eingelegt, die schöne maurische Ornamente bildeten. Dann stützte sie die Arme auf das bunte Holzgeländer, das den kleinen »Balkon« des Zigeunerwagens umgab. Der Bär tappte ein wenig umher, wandte sich aber immer wieder seiner Herrin zu und hob die Schnauze wie in staunender Bewunderung zu ihr empor. Dolores gab ihm eine kleine Birne, die er geräuschvoll kauend im Nu gefressen hatte. Der Mangel an Alternativen, die schwüle Hitze und die Zigeuner mit ihrem Tanzbären lockten immer mehr Leute auf den Platz, wo sie die glühende Abendluft einatmeten und sehnsüchtig auf Regen warteten.

»Wenn dann nachher bloß nicht die Hölle ausbricht«, meinte ein Bauer, während er mit den Augen den sternenlosen Himmel prüfte, von dem nichts als Hitze herabtroff.

»Wenn die Luft stillsteht und brennt«, entgegnete ein anderer, »bildet sich später leicht eine Windhose.«

»Vor einem Jahr«, schaltete sich ein Dritter ein, »hat ein Gewittersturm in Piemonte Bäume entwurzelt und Häuser abgedeckt.«

Eine Alte, die zwei Kinder an der Hand hatte, bekreuzigte sich.

»Und bei uns«, erzählte ein Mann, »hat es so gehagelt, daß wir die Wege mit Schaufeln räumen mußten.«

Das Wetter war, solange Cesare sich erinnern konnte, stets ein fruchtbarer Nährboden für Unterhaltungen gewesen, die mit friedlichen Betrachtungen begannen und mit apokalyptischen Vorhersagen endeten. Die einfachen Menschen betrachteten Unwetter als Strafe Gottes für die Sünden der Welt.

»Das ist erst der Anfang«, sagte die alte Frau mit den Kindern und schlug rasch ein Kreuz.

»Das ist der Anfang des Endes«, erwiderte eine andere und machte ebenfalls das Kreuzeszeichen.

»Glaubst du das?« fragte Dolores, deren ironisches Zigeunerlächeln ihre eigene Antwort auf diese Frage vorwegnahm. Sie trug ein weites Kleid aus gelber Seide, unter dem ihre kleinen, hübsch geformten Füße hervorspickten, und einen breiten Gürtel aus glänzender brauner Seide, der im Rücken verknotet war. Über der dünnen, weißen Bluse hatte sie ein ärmelloses Westchen an, das sie offen trug.

»Das Gerede der alten Leute hat immer einen wahren Kern«, erwiderte Cesare, »auch wenn sie meistens ein bißchen übertreiben.«

»Die Alten reden gern von Dingen, die einem angst machen.« Aus Dolores' Stimme klang ein Anflug von Vorwurf und Furcht.

»Das Leben und die Geschichte sind voll von Angst«, entgegnete Cesare, der begierig alles las, was ihm unter die Finger kam.

»Du scheinst viel zu wissen.« Der neugierige Blick der Zigeunerin war eine Aufforderung zum Weitersprechen.

»Wenn die Welt schön gewesen wäre, würden die alten Leute keine angstmachenden Geschichten erzählen«, bemerkte Cesare, der anderen Gedanken nachhing.

Der Platz war inzwischen ziemlich bevölkert, und in Kürze würde Dolores' Vater mit der Musik beginnen und das Mädchen den Bären tanzen lassen. Cesare hatte das Gefühl, als rücke ihm der Mann, der ihn vorher beobachtet hatte, immer näher auf die Pelle. Er drehte sich langsam um, bis er das Gesicht Signor Pessinas vor sich hatte. Sein sinnlicher Mund saugte wie immer an einer halben Zigarre und stieß beißende Rauchwolken aus, die nach Wein, Knoblauch und Zwiebeln stanken.

»Tag, Padrone«, begrüßte Cesare ihn.

»Tag«, erwiderte der Mann zunächst etwas mißtrauisch, gelangte dann aber zu der Überzeugung, daß die Geschichte mit Giuseppina ausgegangen war, wie alle seine Geschichten mit Mädchen, denen er für ihre »Gunstbeweise« Geld geborgt oder die Miete erlassen hatte. Er setzte ein triumphierendes Lächeln auf, bei dem er seine weißen Wolfszähne entblößte. Darauf zog er seine Taschenuhr mit dem emaillierten Zifferblatt heraus, ließ den Deckel aufschnappen und setzte die Spieluhr in Gang. Die süße Melodie drang bis an die Ohren des Zigeunermädchens, das unerklärlicherweise Angst verspürte und sie nie vergessen sollte.

»Dolores«, rief ihr Vater. Das Mädchen kletterte von dem »Balkon« herunter und ging, von Grizzly gefolgt, zum hinteren Teil des Wohnwagens. Sie war barfuß und schritt so leicht einher, als schwebe sie über dem Boden: ihre Schultern und ihr Oberkörper waren reglos wie die Luft. Als sie an dem Mann und dem Jungen vorbeikam, lächelte sie Cesare zu, der ihr mit der Hand nachwinkte.

»Ist das deine Geliebte?« fragte Pessina und kaute auf seiner Zigarre herum, von der die Asche abfiel.

»Sie ist eine«, erwiderte Cesare in gleichgültigem Ton.

»Eine was?« hakte der Mann nach.

»Eine Zigeunerin«, erwiderte Cesare so gelassen, wie es ihm nur irgend möglich war.

»Aber sie gefällt dir doch, oder?« insistierte Pessina.

»Mir gefällt, was ich nicht habe.« Ein Monat war seit Giuseppinas Vergewaltigung vergangen, und es war das erste Mal, daß Cesare dem Mann, der sie geschändet hatte, von Angesicht zu Angesicht gegenüberstand. Eine zufällige Begegnung, sicher, aber wenn du willst, daß der Zufall dir hilft, in der Lotterie zu gewinnen, dachte er, mußt du so viele Lose wie möglich kaufen. Ja, so dachte Cesare, der, um den großen Preis zu gewinnen, der ihm vorschwebte, haufenweise Lose gekauft hatte, alle Lose, die er entlang des Weges gefunden hatte, und nicht nur entlang des eigenen.

»Was hast du nicht?« fragte Pessina.
»Das große Los in der Lotterie«, entgegnete der Junge.
»Dazu kann ich dir schwerlich verhelfen«, sagte der Mann und begann Hoffnung zu schöpfen.
»Zu den Dingen, die ich nicht habe, gehört Geld. Ich trage kaum einen Groschen in der Tasche, um nicht zu sagen keinen.«
Fensterläden schlugen an die abgebröckelten Wände der alten Häuser auf der östlichen Seite des Platzes, aufgestoßen von Händen, die verzweifelt nach einem Hauch Wind suchten. Leute lehnten sich aus den Fenstern.
»Du bist auf Geld aus, stimmt's?« sagte Pessina ihm auf den Kopf zu.
»Wer wäre das nicht? Sind Sie vielleicht nicht darauf aus?« entgegnete Cesare mit spitzbübischer Miene.
»Ich hätte nicht gedacht, daß du...«
»Daß ich was?« fragte der Junge, um ihn aus der Reserve zu lokken.
»Daß du so schlau bist«, erwiderte der Padrone, ohne Verdacht zu schöpfen.
»Wenn Sie es sagen...« Cesare betrachtete ihn mit Respekt – wie man einen Toten betrachtet.
»Ja, das sage ich.« Die Zigarre brannte zwischen seinen Lippen ab.
»Ich muß mich arrangieren.« Der Junge redete ihm absichtlich nach dem Munde.
»Tja, wir müssen uns alle arrangieren.« Auf Pessinas Raubvogelgesicht breitete sich die Verachtung aus, die perverse Naturen Leuten gegenüber empfinden, die ihrer Meinung nach noch niederträchtigere Geschäfte machen als sie selbst.
Cesare bewies stoische Gelassenheit. »Sie heißt Dolores«, sagte er, sicher, den schwachen Punkt seines Gegenübers getroffen zu haben.
»Die Zigeunerin?« fragte der Mann.
»Die Zigeunerin«, bestätigte der Junge.
Pessina spie den zu einem schwärzlichen Brei zerkauten Stummel seiner Zigarre aus, fischte eine neue aus der Jackentasche, die

einem Basar glich, und zündete sie mit einem Streichholz an. Der Spieler, der Vergewaltiger und der Exhibitionist sind ihrem heimlichen Laster gegenüber hilflos ausgeliefert, sie verlieren jedes Maß und sind zu allem bereit, nur um ihre verzehrende Sucht zu befriedigen, auch wenn diese sie in den Abgrund reißt.

»Wieviel kostet die Zigeunerin?« fragte der Mann.

»Viel.« Cesare konnte es kaum für möglich halten, daß er so schnell angebissen hatte.

Die Ziehharmonika des Zigeuners verbreitete die melancholische Melodie eines alten ungarischen Liedes, während das Mädchen seinen Bären im Kreis führte, den die Zuschauer bildeten. Alles klatschte der zarten Schönen und ihrem schrecklichen Tier begeistert Beifall.

»Wieviel?« bohrte Pessina weiter.

»Fünfzig Lire«, erwiderte Cesare mit unveränderter Miene.

»Bastard!« zischte der Mann.

»Dann eben nicht.« Der Junge zuckte mit der Schulter und schickte sich an zu gehen.

»Wann?« fragte Pessina und hielt ihn am Arm zurück.

»Jetzt, hier, sofort.« Er sprach die drei Worte langsam aus, eines nach dem andern, als handle es sich um die drei göttlichen Tugenden.

»Wer sagt mir, daß sie einverstanden ist?« Ohne Garantie machte er keine Geschäfte.

»Ich und sonst keiner. Annehmen oder ablehnen, Padrone.«

»Und ihr Vater?« Die Sicherheit des Jungen war verblüffend.

»Die Sache ist völlig risikolos«, erwiderte er. »Mit fünfzig Lire kaufen Sie alles.«

»Wo würde ich sie treffen?«

»Hier in der Nähe, wo die Zigeuner heute ihr Nachtlager aufschlagen.«

»Wo?« Er war erregt und zu keinem vernünftigen Gedanken fähig.

»Das Geld«, sagte Cesare mit ausgestreckter Hand und fixierte ihn.

»Du bist wirklich ein Hurensohn«, rief Pessina aus, überzeugt,

Cesare als Verkäufer verbotener Ware moralisch in der Hand zu haben, wenngleich er selbst der Abnehmer dieser Ware war.

»Das Geld«, wiederholte der Junge unnachgiebig und kalt.

Pessina zog ein schmutziges Taschentuch aus der Hose und fuhr sich damit über die Stirn. »Gehen wir da rüber«, sagte er schließlich und deutete auf ein Mäuerchen hinter den Zuschauern, die im Kreis um das Mädchen und seinen Bären standen.

Der Mann und der Junge begaben sich hinter das Mäuerchen, das einen schmalen Schotterweg mit zwei gepflasterten Wagenspuren begrenzte.

Pessina begann aus einer ledernen Brieftasche, die mit einem Kettchen an seiner Weste festgemacht war, vorsichtig einen Zehn-Lire-Schein nach dem andern herauszufischen; er blätterte fünf davon auf Cesares Handteller und legte sie so ordentlich aufeinander, daß sie am Ende aussahen wie ein einziger Schein.

»Wo?« fragte er, bevor der Junge die Hand zurückziehen konnte, um das Geld in die Tasche zu stecken.

»Auf der ›Galgenwiese‹.«

»Und wie komme ich zu diesem fröhlichen Ort?«

»Ich begleite Sie hin.«

»Ist das weit weg?«

»Nein, das ist zwischen der Porta Vigentina und der Porta Ludovico. Die Zigeuner übernachten dort. Aber wie gesagt, ich begleite Sie; Sie können also gar nicht falsch gehen.«

»Und keine Scherze!«

»Mit einem Mann wie Ihnen würde ich mir niemals einen Scherz erlauben.«

Pessina schien beruhigt.

10

Die großen Blätter der Roßkastanien entlang der Landstraße waren reglos wie der Himmel über der Stadt, wie die Schwüle, wie der Straßenstaub, der genau dort stehen blieb, wo die Füße ihn aufwirbelten.

»Ich kann mich nicht erinnern, je eine solche Hitze erlebt zu haben«, stöhnte Pessina.

»Das sagen alle«, erwiderte der Junge.

Sie begegneten einem Hund, der einen großen Bogen um sie herum machte, um keine Fußtritte abzubekommen.

»Ist es noch weit?« wollte der Mann wissen.

»Nein, nicht besonders«, entgegnete der Junge, »aber nah oder weit, unsere Verabredung ist um Mitternacht. Wie spät ist es jetzt?«

Pessina zog seine silberne Uhr aus dem Westentäschchen und zündete ein Streichholz an. Diesmal betrachtete Cesare voller Neugier die Taschenuhr mit dem emaillierten Zifferblatt und den römischen Stundenzahlen.

»Es ist zwanzig vor zwölf«, sagte der Mann.

»Dann können wir auch langsamer gehen«, meinte der Junge. »Hübsch, die Taschenuhr«, fügte er hinzu.

»Mit dem Beruf, den du da ausübst, kannst du dir bald auch so eine kaufen.«

»Das glaube ich auch«, stimmte der Junge ihm zu, ohne sich aus der Ruhe bringen zu lassen. Die Frauengestalt, die in den silbernen Deckel eingraviert war, hatte es ihm angetan.

»Wenn du auf einen Knopf drückst, spielt sie«, sagte Pessina stolz.

»Wie kommt das?« fragte Cesare interessiert.

»Die Uhr ist mit einem Mechanismus ausgestattet, den man Spielwerk nennt«, erklärte der Padrone ihm geduldig. »Wenn du sie aufziehst und dann auf den Knopf drückst, spielt die Uhr.«

Cesare glaubte am Horizont einen Blitz aufleuchten zu sehen und vernahm in der Tat wenige Sekunden später das Grollen eines Donners. Es folgten weitere Blitze und weitere Donner, die immer näher klangen; ein Windstoß fuhr durch die dichten Blätter der Roßkastanien und blies dem Jungen und dem Mann glühend heiße Luft ins Gesicht. Der Wind wurde stärker, der Himmel färbte sich bleiern, und bald bogen sich die Bäume im Sturm, der bereits die ersten schweren Regentropfen brachte. Ein Wagen holperte an ihnen vorbei; seine Sicherheitslaterne schaukelte quietschend an ihrem Haken, und der Karren glich einem Kahn, der im aufgewühlten Meer hin- und hergeworfen wird.

»Wir haben es gleich geschafft.« Cesare mußte schreien, um Donner und Wind zu übertönen, während Bäume, Felder und Häuser gespenstisch im Blitz aufleuchteten. »Da unten, sehen Sie?« Etwas abseits von der Landstraße ragte inmitten einer Wiese eine große Eiche empor.

Heftige Erregung befiel den Mann beim Gedanken an das unmittelbar bevorstehende Abenteuer. Im Licht der Blitze, die über den Himmel zuckten, glaubte er, das schöne Gesicht der Zigeunerin zu erkennen, ihre schwarzen Andalusierinnenaugen, ihren biegsamen, kindlichen Körper. »Erwartet sie uns?« fragte er.

»Dolores erwartet *Sie*«, präzisierte der Junge.

»Wenn alles gut geht, können wir in Zukunft noch mehr Geschäfte miteinander machen.«

»Es geht bestimmt alles gut, Padrone.«

Die beiden waren mittlerweile auf der Lichtung angelangt und sahen den Zigeunerwagen, das angepflockte Pferd und eine Hütte aus dürren Ästen mit Wellblechdach.

»Sie ist da drin«, sagte Cesare.

Der Mann stand bereits unter der Tür der Hütte, als der Junge ihn mit fester, klarer Stimme anrief: »Enrico Pessina.« Der Mann drehte sich um, und Cesare schlug ihm, so fest er konnte, mit einem knotigen Eschenzweig auf den Kopf und sagte dabei: »Das ist für meine Schwester.« Er hörte Pessinas Schädel krachen und sah, wie der Mann mit weit aufgerissenen Augen und ausgebreiteten Armen nach hinten stürzte und reglos wie ein Sack am Boden liegen blieb. Unter größter Anstrengung und mit ungeahnter Kraft hob Cesare seinen Körper hoch und schleuderte ihn förmlich auf den Bären, der alleine in dieser Hütte wohnte. Wie sich das Tier inmitten des nächtlichen Höllenspektakels angegriffen fühlte, begann es wild zu grölen und zerfetzte mit seinen mörderischen Krallen den leblosen Körper des Mannes, der kaum noch zu erkennen war, als der Zigeuner und seine Tochter mit einer Laterne angerannt kamen.

Dolores gelang es, den Bären zu beruhigen und durch den rauschenden Regen zum Wohnwagen zu zerren. Der Junge, das Mädchen und der Zigeuner flüchteten ins Innere des Wagens und setzten sich auf die Bänke, die um einen Tisch herum aufgestellt waren. Die Betten von Vater und Tochter befanden sich im hinteren Teil des Wagens.

»Wie konnte das nur passieren?« jammerte der Zigeuner.

»Der Mann war betrunken«, log Cesare. »Er hat den Bären gereizt. Ich selbst dachte, er macht nur Spaß.«

»Grizzly hat noch nie jemanden angefallen«, weinte Dolores.

»Was machen wir jetzt bloß?« fragte der Zigeuner verzweifelt.

»Man müßte die Carabinieri benachrichtigen.« Das war mehr ein Kommentar als ein Ratschlag, ein Satz, der in den Raum gestellt war, um negiert zu werden.

»Aber sie töten Grizzly, selbst wenn sie uns glauben, daß es ein Unfall war«, sagte Dolores.

»Und ich lande im Gefängnis«, schloß der Zigeuner.

»Ich könnte als Zeuge aussagen«, erbot sich der Junge.

»Zwei Zigeunern und einem Bären nützt kein Zeuge auf der Welt, wenn es um den Tod eines Menschen geht«, erwiderte der Vater. Der Regen trommelte ohne Unterlaß auf das Dach und gegen die Wände des Wohnwagens, während am Himmel Blitze aufzuckten, denen scharfes Krachen und düsteres Donnergrollen folgte. Das heftige Sommergewitter war auf seinem Höhepunkt und würde sicher bald nachlassen.

Cesare blieb wenig Zeit, um den Zigeuner zu überzeugen. »Tot ist tot«, sagte er. »Die Carabinieri rufen ihn auch nicht ins Leben zurück. Selbst wenn sie den Bären erschießen und euch ins Gefängnis sperren, machen sie den nicht wieder lebendig.«

»Ja, und?« Sie dachten alle dasselbe.

»Dann begraben wir ihn eben«, schlug Cesare vor. »Aber schnell. Von euch hat keiner Schuld an dem Unglück«, fuhr er fort, ohne zu lügen.

»Aber seine Kinder und seine Frau werden ihn suchen«, warf der Zigeuner ein.

»Der hat weder Frau noch Kinder. Dem weint keiner nach, wenn ihr nicht weint.« Cesare war ruhig, aber er hatte es eilig.

Dolores und ihr Vater sahen sich schweigend an.

»Was soll ich allein auf der Welt machen«, schluchzte das Mädchen, »ohne dich und ohne Grizzly?«

»Dann begraben wir ihn«, entschied der Zigeuner.

Sie wickelten den Leichnam Pessinas in ein Leintuch und schleppten ihn darin in ein kleines Pappelwäldchen. Dort hoben sie mit Spaten eine tiefe Grube aus, legten den Toten mit all seinen Habseligkeiten hinein und scharrten das Loch wieder zu. Die übrig gebliebene Erde schaufelten sie in einen Wassergraben. Dann ebneten sie sorgfältig den Boden und verstreuten Blätter. Sie hatten inmitten des tosenden Gewitters gearbeitet, das sich nun langsam verzog, während zwischen den Wolken die ersten Sterne hervoräugten.

Die Luft war jetzt klar, frisch und leicht wie Cesares Herz, das von einer Schmähung gereinigt war. Kein Gesetz darf, wenn es von Menschenhand geschrieben ist, zulassen, daß ungestraft bleibt, wer sich am Körper und an der Seele eines Schwächeren vergangen hat. Cesare wußte nicht, ob irgend jemand diese Dinge geschrieben hatte, die ihm da durch den Kopf gingen, er wußte nur, daß er im Namen *seines* Gesetzes Gerechtigkeit geübt hatte.

»Hier, nimm«, sagte er zu dem Zigeuner und drückte ihm ein Bündel Geldnoten in die Hand. Er hatte sich nicht einmal die Mühe gemacht, das Geld zu zählen, aber es mußte sich um eine beträchtliche Summe handeln.

»Warum?« Sie waren in der Nähe des Wohnwagens angelangt, und der Wind trieb die Wolken gen Westen. Grizzly brummte friedlich, als er den Zigeuner erkannte.

»Sollte ich die etwa mit ihm begraben?« Cesares Einwand klang überzeugend.

»Warum ich und nicht du?«

»Ich habe mir meinen Teil schon genommen.«

Der Zigeuner dankte ihm.

»Sag Dolores nichts von dem Geld«, riet Cesare ihm, bevor er sich verabschiedete.

Er ging noch einmal bei der Hütte vorbei, wo er Giuseppinas Vergewaltiger erschlagen hatte. Regen und Wind hatten alle Spuren des Verbrechens verwischt. Danach trat er den Heimweg an; er trottete langsam die Straße zurück, und als die Sterne heller schienen, zog er die silberne Taschenuhr mit dem emaillierten Zifferblatt und den römischen Stundenzahlen aus der Hose. In ihren Deckel war eine tunikabekleidete Frau mit wallendem Haar und verbundenen Augen eingraviert: die Glücksgöttin Fortuna. Er suchte den Knopf, drückte darauf, der Deckel öffnete sich, und das unsichtbare Spielwerk begann eine fröhliche und schwungvolle Musik zu verbreiten. Viele Jahre später sollte Cesare erfahren, daß es sich um den *Türkischen Marsch* von Mozart handelte. In diesem Augenblick war die Melodie der Taschenuhr jedoch nur das Siegel unter der ersten Rechnung, die er in seinem Leben beglichen hatte. Eine Rache oder ein Akt der Gerechtigkeit, das hängt davon ab, aus welchem Blickwinkel man die Sache betrachtet.

11

Gras war über das Verschwinden Enrico Pessinas gewachsen, des Besitzers zweier Bauernhäuser gleich hinter der Porta Ticinese, wo sich die »grauen Zonen« ausweiteten, in denen einerseits noch Landwirtschaft betrieben wurde und andererseits Wohnsiedlungen für die Arbeiter der Fabriken entstanden, die in den neuen Industriegebieten wie Pilze aus dem Boden schossen. Selbst die Zeitungen hatten über seinen rätselhaften Verbleib berichtet. Aber der Mann, den viele haßten, wenige mochten und alle fürchteten, war spurlos verschwunden geblieben. Auch die Mädchen der Verpackungsabteilung von Achille Castellis pharmazeutischem Betrieb hatten darüber gesprochen, in dem niederen, schlauchförmigen Kellergewölbe, dessen Feuchtigkeit für die Lagerung von Wein wie geschaffen war, den Arbeiterinnen, die hier die eigene Gesundheit zum Wohl der Gemeinschaft riskierten, jedoch denkbar schlecht bekam.

Giuseppina war beinahe in Ohnmacht gefallen, als sie die Nachricht vernahm, aber sie hatte sich sofort wieder gefangen und eine Erklärung gefunden, die ihr logisch erschien und sie beruhigte:

der Pfarrer von Rattanà. Der vierschrötige Mann mit den blitzenden Augen, der dunklen Haut und den schwarzen Haaren, der immer denselben abgewetzten Talar trug, hatte sie gerächt. Jeder, dem sie ihre Geschichte erzählt hätte, würde ihr geglaubt haben.

Ganz Mailand kannte die Geschichten über den exkommunizierten Pfarrer. Einmal hatte ein Straßenbahnschaffner sich geweigert, ihm eine Fahrkarte zu verkaufen und ihn zum Aussteigen aufgefordert. »Ich steige aus«, hatte er gesagt, »aber du bewegst deine Straßenbahn keinen Zentimeter von hier weg.« Die Bahn war in der Tat nicht wieder angefahren und hatte in die Werkstatt abgeschleppt werden müssen. Ein anderes Mal hatte ein Dieb auf einem Grundstück, das der Pfarrer von Rattanà hinter dem Piazzale Loreto besaß, ein paar Bäume abgesägt, um Brennholz daraus zu machen, und sich so gerechtfertigt: »Er ist reich genug und fängt damit sowieso nichts an.« Irgend jemand hatte dem Pfarrer von dem Vorfall berichtet, und der hatte ausgerufen: »Richtet ihm aus, daß er sich mit den Bäumen, die er mir gestohlen hat, seinen Sarg zimmern kann.« Tatsächlich war der Dieb kurz darauf an einem bösartigen Fieber gestorben.

Was hatte der Pfarrer von Rattanà noch zu Giuseppina gesagt? »Du wirst kein einfaches Leben haben. Du wirst die Farbe deines Blutes vor der Zeit kennenlernen und deine Angehörigen verlieren. Aber einer wird dich rächen und retten.«

Cesare war der einzige, der überhaupt nicht mehr an Enrico Pessina dachte; für ihn hatte der Vergewaltiger seiner Schwester nie existiert – wie eine lästige Stechmücke, die man mit der Hand zerquetscht, nachdem sie einem Blut abgezapft hat.

Es war Sonntag, ein herrlicher warmer Julisonntag mit einer leichten Brise aus Nord, die einem kühlend über die Haut strich. Es war genau die Art von Sommer, die einem in den Augen und in der Erinnerung bleibt, ein Sommer, nach dem man sich zurücksehnt, wenn Nebelschwaden übers Land ziehen: Scharen von Tauben, die in der kristallklaren Luft die Farbe wechseln, schwirrende Schwalben, das Geläut von Kirchenglocken, in das sich fröhliche Kinderstimmen mischen, Leute in Festtagskleidern mit heiteren Gesichtern, verlockende Düfte, auch aus den armen Häusern.

Die am frühen Morgen auf der Wiese der Wäscherei ausgebreitete Wäsche war getrocknet und roch nach Sauberkeit. Cesare sammelte Stück für Stück ein, faltete sie sorgfältig zusammen und legte alles ordentlich in die Regale des Lagerraums. Er arbeitete mit nacktem Oberkörper und war ausgesprochen heiterer Stimmung. Die Sonne brannte auf seinen Rücken und der frische Wind brachte Kühlung. Seine Muskeln zuckten unter der bronzefarben gebräunten Haut. Bienen summten, ohne sich von ihm stören zu lassen, um die bunten Wiesenblumen herum, und wenn sie den richtigen Blütenkelch gefunden hatten, ließen sie sich seelenruhig darauf nieder. Ab und zu fiel ihm eine Locke seines dichten, schwarzen Haars in die Stirn, die er sich mit den Fingern zurückkämmte. Cesare fühlte sich rundherum glücklich und zufrieden.

Als er mit seiner Arbeit fertig war, drehte er viermal den Schlüssel im Schloß des schweren Wäschereitores um, überquerte die Straße und ging auf ein schmuckes Häuschen zu, das etwas hundert Meter entfernt lag und der Padrona gehörte. Ihr mußte er den Schlüssel abliefern.

Cesare klopfte zweimal, da er aber keine Antwort bekam, drückte er auf die Klinke der Haustür. Sie öffnete sich auf einen schattigen, kleinen Gang, von dem eine Tür ins Wohnzimmer und eine in die Küche abging. Das Halbdunkel des Korridors, das seine blauen Augen zu erforschen suchten, strahlte etwas Friedliches und Heiteres aus, ein Gefühl der Sicherheit und des Wohlstandes, einen Geruch nach Gewürzen und Vorräten, der ihn mit einem bislang ungekannten Wohlbehagen erfüllte. Am Ende des Korridors befand sich eine Treppe, die ins obere Stockwerk hinaufführte.

Der Junge nahm sich ein Herz: »Signora«, rief er, »ich bin es, Cesare.«

Er hörte Schritte, und kurz darauf beugte sich die Padrona über das schmiedeeiserne Geländer des Treppenabsatzes, das mit einem Handlauf aus poliertem dunklem Holz abschloß.

»Was gibt's?« fragte die Frau.

»Hier ist der Schlüssel«, erwiderte der Junge, während er nach oben sah und die Hand mit dem Schlüssel nach ihr ausstreckte.

Die Frau brach in helles Gelächter aus: »Und du meinst, ich kann ihn so entgegennehmen?«

»Nein, aber…« Er war verwirrt, wie betört von ihrem Anblick, dem Anblick einer echten und begehrenswerten Frau, die für ihn ein unerreichbares Ziel darstellte.

»Hast du gut abgeschlossen?« wollte sie wissen.

»Ich habe den Schlüssel hier«, erwiderte er und zeigte ihn wie zum Beweis vor.

Die Padrona lächelte über sein Zittern und seine Verlegenheit. »Ich habe dich nicht gefragt, ob du den Schlüssel mitgebracht hast«, schimpfte sie ihn freundlich, »ich habe dich gefragt, ob du gut abgeschlossen hast.« Sie hatte eine warme, musikalische Stimme, voller Leben.

»Ja«, erwiderte Cesare gekränkt und mußte sich räuspern, denn seine Kehle war wie ausgedörrt.

»Komm schon rauf.« Cesares staunende Bewunderung für sie schmeichelte ihr, und sie genoß es, mit ihm zu spielen, obwohl die Überlegenheit, die ihre Stellung als Padrona ihr gab, sehr relativ war, denn sie empfand sich gleichzeitig als Sklavin seiner Kraft und seiner feurigen Jugend, die sich hinter der rührenden Unbeholfenheit des kindlichen Gesichtsausdrucks verbarg.

»Ich?« fragte er verdattert.

»Wer denn sonst? Los, und danach ist auch für dich Sonntag«, sagte sie, ohne jeden Hintersinn.

Cesare begann die Treppe hinaufzusteigen, die ihn von der Padrona trennte. Auf der vierten Stufe stolperte er. Sie brach in schallendes Gelächter aus, und er schämte sich, wie wenn er träumte, nackt vor den Leuten zu stehen.

»Hier«, sagte er, nachdem er sich wieder aufgerappelt hatte. Er haßte diese Frau im Unterrock, die sich über ihn lustig machte.

»Komm, Kindchen«, forderte sie ihn noch einmal auf. Der weiße Battistunterrock verriet mehr, als er zu verstecken vorgab. Ihre Armen waren nackt, ebenso der Hals bis zum Brustansatz, ihre weiße Haut leuchtete im Halbdunkel. Cesare atmete ihren weiblichen Duft ein. Sie roch wie das Haus, ein Geruch, den er mit Spezereien, Vorräten und Glyzinien im Frühling verband.

Als sie sich gegenüberstanden, nahm die Padrona ihm den Schlüssel ab und hängte ihn neben andere Schlüssel an einen Nagel.

»Komm, Kindchen«, wiederholte sie und lächelte ihn an, als wolle sie ihm damit sagen, daß sie ihn ernst nahm.

Cesare folgte ihr ins Schlafzimmer, das mit strengen, massiven Möbeln eingerichtet war und von der Sonne erhellt wurde, die durch die Fensterläden drang. Ihre großen schwarzen Augen strahlten, während Cesare wie gebannt auf die kleinen Schweißperlen starrte, die sich im großzügigen Ausschnitt ihres Unterrocks bildeten.

Sie lächelte maliziös. »Guckst du meinen Peppino so an, oder was?«

Cesare fiel erst jetzt auf, daß genau in der Mitte zwischen ihren üppigen Brüsten ein kleines Foto des verstorbenen Ehegatten prangte.

»Ich gucke gar nichts an«, erwiderte er, immer noch wie versteinert, während seine Hose unter dem Druck einer ungeahnten Männlichkeit anschwoll.

»Den Peppino legen wir jetzt in die Schublade.« Mit der respektvollen und völlig natürlich wirkenden Geste eines kleinen Mädchens, das vor dem Schlafengehen sein Firmungsmedaillon ablegt, verstaute die Witwe ihre Reliquie im Nachtkästchen. »Ist dir unwohl?« fragte sie dann.

»Warum sollte mir unwohl sein?« erwiderte Cesare und lief hochrot an.

»Du bist schön.« Sie nahm sein Gesicht in die Hände, die weich und heiß waren. »Und nett bist du sicher auch.«

»Ich weiß nicht.« Es hatte noch nie jemand zu ihm gesagt, er sei schön oder nett. Vielleicht als Kind einmal, aber das war so lange her, daß er sich nicht einmal mehr daran erinnerte. Und außerdem: was kümmerte es einen Mann, ob er schön oder nett war? Ein Mann war ein Mann.

»Glaubst du mir, wenn ich es dir sage?« Sie zog sich zwei Schildpattnadeln aus dem Nest in ihrem Nacken, worauf ihr das feine blonde Haar offen auf die Schulter flutete und ihr Gesicht umrahmte, das so noch jünger, noch verführerischer, noch weiblicher wirkte.

»Wenn es Ihnen gefällt.« Egal, was sie sagte oder dachte, ihm war alles recht.

»Du kannst mich duzen.« Sie küßte ihn sachte auf die Mundwinkel, auf die Augen, liebkoste mit den Lippen seine Augenbrauen, seine Ohren, seinen Hals und spannte ihn mit diesen Zärtlichkeiten wie einen Bogen, bis er überhaupt nicht mehr wußte, wo ihm der Kopf stand.

»Wie Sie wollen.« Cesare blieb reglos stehen, innerlich betend, daß keiner ihn aus diesem Traum weckte, in dem er vom Jungen zum Mann wurde.

»Mamma mia!« rief sie überrascht aus, als sie ihm mit der Hand über die Hose fuhr. »Gehört das wirklich alles dir?«

»Aber ich...« Er wußte nicht, was er sagen sollte.

»Laß mal sehen, ob du mir da nicht etwas vorschwindelst.« Mit dem gespielt neugierigen Blick einer Mutter, die ihrem Kind nicht glaubt, begann sie langsam seinen Hosenladen aufzuknöpfen. Sie öffnete einen Knopf nach dem andern, bis das Glied des Jungen endlich befreit war und kraftvoll, beinahe vibrierend in die Höhe schnellte. Die Schweißperlen auf ihrem Brustansatz hatten sich vermehrt. »Santa Madonna!« rief sie. »An Gesundheit fehlt es dir ja nicht.« Sie zog ihn aus und legte ihrerseits den weißen Unterrock ab. Zwischen den Beinen empfand sie ein angenehm feuchtes Gefühl, an das sie sich nicht erinnern konnte. Ob das an den langen Jahren der Einsamkeit lag? Nein, was sie da spürte, war zweifellos ein völlig neues Gefühl. Sie fuhr fort, das erregte, mächtige Geschlecht des Jungen zu liebkosen, als entdecke sie erst in diesem Augenblick die Liebe. Dann legte sie sich aufs Bett und zog den Jungen auf sich, der auch jetzt völlig starr war.

»Du mußt stoßen, Kindchen.« Sie fühlte seine geschwollene Eichel in ihrer nassen Scheide.

»Aber tue ich dir damit nicht weh?« fragte Cesare mit naiver Besorgtheit.

»Stoße, Kindchen. Ich versuche, nicht zu sterben.« Die vorsichtige Behutsamkeit des Jungen rührte sie fast zu Tränen. Ihr Mann war grundsätzlich mit der Tür ins Haus gefallen und hatte sie nie gefragt, ob ihr das, was er machte, gefiel, nicht einmal in ihrer Hochzeitsnacht.

»So?« Obwohl sie die erste Frau seines Lebens war, drang Cesare so langsam in sie ein, als wäre er der erfahrenste Liebhaber.

»O ja, Kindchen, so.« Sie weinte vor Rührung, Zärtlichkeit und vor Genuß, wie sie ihn noch nie erlebt hatte, während der Junge ihre Tränen trank, an ihren Lippen sog, ihre erregten Brustwarzen suchte, ihre Schultern, ihre Taille, die Innenseiten ihrer Schenkel streichelte und dabei sein eigenes Geschlecht in der Frau entdeckte, die er besaß und deren Gefangener er gleichzeitig war.

»Soll ich weitermachen?« Er war sanft und rücksichtsvoll und zügelte seine feurige Sexualität aus Respekt vor der Person, die seinen Bewußtseinshorizont erweiterte.

»Solange du willst, Kindchen.« Sie ließ ihm freie Hand bei seinem ersten Ritt, und er war die ganze Zeit über behutsam, liebevoll und zurückhaltend, auch als er im Kopf und im Bauch eine gewaltige Explosion verspürte, die ihn im Kern seines Daseins traf.

»Ist es das?« fragte er.

»Was, Kindchen?«

»Die Liebe.« Er war noch immer in ihr, stützte sich mit den Unterarmen auf dem Bett ab, um nicht zu schwer auf ihr zu liegen, und streichelte ihr schönes, tränen- und schweißüberströmtes Gesicht, das vor Genuß strahlte.

»Das würde ich auch gerne wissen, Kindchen.«

Während er sich anzog, hätte die Frau ihn gerne gefragt, ob es für ihn wirklich das erste Mal gewesen war. Vor wenigen Minuten noch war sie dessen sicher gewesen, jetzt nicht mehr. Dieser Junge mit seiner Sanftheit, seiner Kraft und Entschlossenheit war ihr fast nicht geheuer und machte sie befangen. Sie hatte gar das Gefühl, sich vor ihm rechtfertigen zu müssen: »Es war das erste Mal, seit ich Witwe bin.« Aus lauter Verlegenheit begann sie, mit den Schildpattnadeln herumzuhantieren, in dem Versuch, ihr Haar aufzustecken, was ihr aber nicht recht gelingen wollte.

»Tut es Ihnen leid?« Cesare wirkte wie ein junger Offiziersanwärter, der alles getan hätte, um ihre Ehre wieder herzustellen.

»Nein«, lächelte sie, »warum sollte es mir leid tun?«

»Ich weiß nicht. Für mich... für mich war es auch das erste Mal.« Er war jetzt wieder angezogen und seinerseits sehr verlegen.

»Besser mit mir als mit einer Hure«, bemerkte sie bitter.

Cesare begriff nicht, was das eine mit dem andern zu tun hatte. »Es gefällt mir nicht, daß Sie so reden.«

»Ich könnte deine Mutter sein.« Sie stieß einen Seufzer aus, der wie ein Schluchzer klang.

»Nein«, widersprach er, »alles, aber das nicht.« Und es war nicht klar, ob er wegen seiner Mutter, wegen der Witwe oder wegen beiden so energisch protestierte.

»Laß es gut sein.«

»Muß ich Sie um Entschuldigung bitten?«

»Jetzt?« Die Frau war auf einmal wieder fröhlich und jovial und drückte ihm einen dicken Kuß auf die Backe. »Du hättest der Sache aus dem Weg gehen können, und damit wäre jede Entschuldigung überflüssig gewesen. Aber wofür willst du dich schon entschuldigen«, fügte sie im selben Ton hinzu, »schließlich habe doch ich alles gemacht. Nur, eins muß klar sein«, sagte sie abschließend und nahm wieder einen ernsten, autoritären Tonfall an, »diese Geschichte ist hier zu Ende. Einverstanden?« Sie war um so entschlossener, als sie am liebsten losgeheult, ihm die Arme um den Hals geschlungen und auf der Stelle noch einmal von vorn begonnen hätte.

»Einverstanden, Signora«, erwiderte Cesare gehorsam.

»Geh jetzt nach Hause. Und sieh zu, daß du morgen pünktlich zur Arbeit kommst.«

Der Junge verließ das Zimmer, und die Frau umarmte das Bett, das noch nach ihm roch und die Erinnerung an seine männliche Zärtlichkeit bewahrte.

12

An diesem Julisonntag fühlte Cesare sich glücklich wie noch nie. Er hatte weder Hunger noch Durst und war auch nicht auf Vergnügungen aus; er genügte sich selbst. Die Erinnerung an seine erste Liebeserfahrung erfüllte ihn völlig. Er kickte fröhlich eine Blechbüchse vor sich her, die er am Rand der verlassenen Straße gefunden hatte, und ließ sie liegen, als er in der Ferne ein paar Passanten auftauchen sah, um nicht kindisch zu erscheinen.

Vor der *Osteria de la Frasca* sah er Riccio im Festtagsanzug rittlings auf einem Rohrstuhl sitzen, die Arme auf der Stuhllehne überkreuzt und eine Schildkappe auf dem Kopf. Er schien zu schlafen. Cesare, der keine Lust auf Gesellschaft hatte, wollte wortlos an ihm vorbeigehen, aber Riccio hatte ihn bereits aus den Augenwinkeln wahrgenommen und hielt ihn überraschend an. »Ich muß mit dir sprechen«, sagte er, indem er den Kopf hob und Cesare musterte, als sehe er ihn zum ersten Mal. »Was hast du gemacht?« fragte er ihn.

»Nichts, wieso?« Cesare befühlte sich das Gesicht, um festzustellen, was sein Freund darauf entdeckt haben könnte.

»Du siehst aus, als hättest du in der Lotterie gewonnen«, erklärte Riccio.

»Wie kommst du denn darauf?«

»Das lese ich dir am Gesicht ab.«

»Du bist ein alter Schlauberger, Riccio.« Offensichtlich hatte er seine Gefühle verraten, und das ärgerte ihn. Gewisse Dinge vertraute man nicht einmal seinem besten Freund an, das spürte Cesare instinktiv, obwohl niemand es ihm beigebracht hatte. »Was willst du?« fragte er.

»Mit dir sprechen«, entgegnete der Junge trocken.

»Dann sprich doch«, forderte Cesare ihn auf.

»Nicht hier«, sagte Riccio in verschwörerischem Ton.

»Seit wann bist du so umständlich?« Die Osteria war seit jeher der geeignete Ort für geheime Unterredungen.

»Komm.« Riccio stand auf und begann die Via Vetraschi hinunterzugehen, gefolgt von Cesare, der keine Diskussion anfangen wollte, um zu erklären, daß er das Bedürfnis hatte, alleine zu sein. Als sie am Ende der Straße angelangt waren, schlugen sie einen Feldweg ein, der hinter den letzten Bauernhäusern am Stadtrand aufs offene Land hinausführte. Hier dehnten sich, so weit das Auge reichte, saftig grüne Wiesen aus, die mit gelben und blauen Blumen gesprenkelt waren. Cesare war so leicht ums Herz, daß er sich am liebsten wie ein Vogel in die Luft geschwungen hätte und sogar überzeugt war, dies wäre ihm gelungen, wenn er es nur versucht hätte.

Riccio riß einen Grashalm aus und genoß kauend seinen süßlichen Geschmack. »Ein Bekannter von mir sucht zwei gewiefte Burschen für eine Arbeit.«

»Und um mir das zu sagen, läßt du mich kilometerweit laufen?« Cesare lächelte. Nichts auf der Welt hätte ihm in diesem Augenblick seine gute Laune verderben können.

»Das ist aber eine besondere Arbeit«, präzisierte Riccio mit betont schelmischer Miene, während er aus einem blaßroten Päckchen eine Zigarette der Marke *Popolare* herausfischte. Mit dem Glimmstengel im Mundwinkel kam er sich überzeugender vor.

Der Gedanke, von seiner himmelblauen Wolke herabsteigen zu müssen, irritierte Cesare ein wenig, aber er brauchte sich ja zu nichts zwingen zu lassen.

»Es gibt keine besonderen Arbeiten«, erwiderte er, »es gibt nur saubere oder schmutzige Arbeiten.« Die Sonne war im Untergehen, und das Gespräch der beiden Jungen mischte sich ins das friedliche Summen der Wiesen. Cesare ließ sich am Rand eines Grabens nieder, in dem sauberes Wasser floß. Ab und zu kam auf dem Weg jemand vorbei, vor allem Männer mit schief sitzendem Hut, die Hände in den Taschen vergraben, die den Sonntag in der Osteria verbracht hatten und nun gemächlich nach Hause schlenderten. In den Zweigen der Maulbeerbäume zwitscherten Spatzen.

»Das ist eine gute Arbeit, glaub mir«, insistierte Riccio. Er sog den beißenden Rauch der Zigarette ein, die ihm Mut machte.

»Warum sagst du mir nicht einfach, um was es sich handelt?« meinte Cesare, der ein krummes Geschäft witterte.

Riccio hustete, räusperte sich und nahm noch einmal einen Zug. »Es geht darum, einen kleinen und ziemlich wertvollen Gegenstand aufzutreiben.«

»Aufzutreiben?« fragte Cesare gelassen.

»Ja, aufzutreiben und abzuliefern. Bezahlung bei Lieferung. In bar. Fünfhundert Lire pro Kopf.« Jetzt war es endlich heraus.

»Fünfhundert Lire sind eine Menge Geld«, bemerkte Cesare, noch bevor er weitere Fragen stellte. Die Rechnung war schnell gemacht: Fünfhundert Lire entsprachen sechs Monaten Arbeit, vielleicht sogar einem ganzen Jahr. Mit fünfhundert Lire ließ sich viel machen. Damit konnte sich seine Mutter eine Zeitlang ausruhen und seine Schwester die Arbeit in dem feuchten Keller in der Via Guastalla an den Nagel hängen. Er konnte sich damit einen Anzug und ein neues Paar Schuhe kaufen, möglicherweise sogar ein gebrauchtes Fahrrad, mit dem er bis nach Monza fahren konnte. Mit fünfhundert Lire hätte er einen Augenblick verschnaufen, durchatmen, sich ein wenig umschauen können. »Keiner«, sagte er zu Riccio, »gibt dir fünfhundert Lire für eine gewöhnliche Arbeit.«

»Das ist auch keine gewöhnliche Arbeit«, wandte Riccio ein.

»Dann drücken wir es doch deutlich aus«, erwiderte Cesare, »was gibt es zu stehlen?«

»Also... Die Grafen Spada veranstalten nächsten Samstag im Corso Venezia ein großes Fest. Abendessen und Tanz. Alles hält sich im Erdgeschoß auf. Hörst du mir zu?«

»Und ob!« Cesare war in der Tat ganz Ohr.

»Wir müssen über das Parktor klettern. Ein Kinderspiel. Dann müssen wir den Garten durchqueren, ins erste Stockwerk hinaufklettern, auf eine Fensterbank springen und ins Arbeitszimmer des Grafen einsteigen. Dort hängt ein kleines Gemälde, das wir mitnehmen müssen.«

»Stehlen wolltest du sagen.« Cesare war es gewöhnt, die Dinge beim Namen zu nennen. Nein, ein Diebstahl gehörte nicht zu den vielen Arbeiten, die er in seinem jungen Leben bereits in Betracht gezogen hatte, aber er schloß diese Möglichkeit nicht grundsätzlich aus. Sein Moralkodex war klar und simpel, und er scheute das Risiko nicht. Erst vor kurzem hatte er sich einer noch viel größeren

Gefahr ausgesetzt. Die Frage, die sich stellte, war eine andere: Lohnte es sich? Fünfhundert Lire würden den Lauf seines Lebens kaum ändern, und genau das war der springende Punkt.

»Jawohl, stehlen«, bestätigte Riccio und hielt dem Blick seines Freundes stand. »Hast du Angst?«

»Ich habe vor nichts Angst«, entgegnete Cesare bestimmt.

»Na dann?« Warum war dieser Kerl bloß immer so rätselhaft.

»Laß mich darüber nachdenken. Du bekommst eine Antwort«, erwiderte Cesare und machte sich auf den Heimweg.

13

Zu Hause angekommen, fand Cesare die Küche verlassen vor. Der Tisch war leer, das Feuer im Herd erloschen, und seine kleinen Geschwister spielten im Hof, obwohl es Zeit fürs Abendbrot war. Cesare ging in die angrenzende Kammer und entdeckte seine Mutter, die in dem großen Ehebett lag. Die Frau löste den Blick von ihrer Hochzeitsphotographie, sah ihn an und lächelte. Ihr Atem ging schwer. Cesare gab sich Mühe, nicht erschrocken zu wirken, und trat auf sie zu. Er hatte sie tagsüber noch nie im Bett erlebt.

»Fühlst du dich nicht wohl?« fragte er in fürsorglichem Ton.

»Es ist nichts.« Elvira streckte ihren Arm nach ihm aus, um sein Gesicht zu streicheln, fand aber nicht die Kraft, ihn zu halten.

»Sollen wir vielleicht irgend jemanden zu Rate ziehen?« Cesare wollte das Wort Doktor noch nicht aussprechen, da ein Arzt nur im äußersten Notfall gerufen wurde und überdies eine Ausgabe darstellte, die sie sich eigentlich nicht leisten konnten.

»Kommt gar nicht in Frage«, erwiderte Elvira entrüstet, denn sie hatte in den Gedanken ihres Sohnes gelesen.

»Morgen geht es dir bestimmt wieder besser.« Seit einiger Zeit war seine Mutter nicht mehr dieselbe. Cesare hatte sie schon in den vergangenen Tagen beobachtet, während sie das Abendessen zubereitete: Ihr Gesicht wirkte angespannt, ihre Bewegungen langsam und gequält, ihre Lippen waren in hartnäckigem Schweigen verschlossen und ihre glanzlosen Augen dunkel umflort.

»Ja, morgen geht es mir wieder gut«, erwiderte die Frau, um ihn zu beruhigen. »Mit dem Essen mußt du warten, bis Giuseppina heimkommt. Ich habe heute abend keine Lust zum Kochen.«

»Das kann ich doch machen, auch für die Kleinen«, schlug Cesare vor.

Der Blick seiner Mutter wurde streng: »Das ist Frauenarbeit«, ermahnte sie ihn, »du bist ein Mann. Und du mußt eine Zukunft als Mann haben. Dein Vater war so stark, daß er Ziegelsteine mit der Faust entzweischlagen konnte. Wenn diese scheußliche Krankheit nicht gewesen wäre...« Elvira fuhr sich mit dem Handrücken über die Augen, wie um sich die Tränen abzuwischen, die ihr längst ausgegangen waren.

»Was ist passiert?« fragte der Junge.

»Ich bin müde, sonst nichts.«

»Aber außer der Müdigkeit«, drang Cesare in sie, »was macht dir außer der Müdigkeit noch zu schaffen?«

Seine Mutter schenkte ihm ein mattes Lächeln. »Du weißt immer noch ein bißchen mehr als der Teufel. Vor dir kann ich nichts verbergen. Du hast Augen, die weit sehen, mein Junge.«

»Was ist passiert, Mamm?«

»Ich wollte Signora Martelli heute die gewaschene Wäsche zurückbringen.« Sie sprach langsam, als käme ihre Stimme von weit weg. »Du kennst sie doch, die Frau des Goldschmieds aus der Via Carrobbio. Also, genau die. Bei der schönen Sonne und dem frischen Wind, der heute ging, habe ich es geschafft, alles an einem Tag zu waschen und zu trocknen. Ich war froh, denn ich dachte, so bezahlt sie mir gleich die Wäsche für den ganzen Monat. Aber sie hat tausend Kleinigkeiten auszusetzen gefunden und mir die Wäsche brüllend nachgeschmissen. Bezahlt hat sie mich natürlich auch nicht. Und jetzt muß ich alles noch einmal waschen.«

»Das ist nicht nötig, Mamm.« Cesare fuhr ihr über die Stirn und lächelte. Er hätte die Lage nur noch verschlimmert, wenn er die Wut, die in ihm brodelte, herausgelassen hätte. Cesare kannte sie gut, die Signora Martelli, ein gemeines, hochnäsiges Weib, das sich sadistisch daran ergötzte, auf wehrlosen Menschen herumzuhacken; er kannte den verächtlichen Tonfall, mit dem sie seine

Mutter herunterputzte, und ihre boshafte Genugtuung, wenn sie es wieder einmal geschafft hatte, die abgemachte Bezahlung um ein paar Centesimi zu kürzen oder hinauszuzögern.

»Wie, das ist nicht nötig?« fragte Elvira.

»Riccio und ich haben eine Arbeit angeboten bekommen, die deine Schufterei überflüssig macht.« Jetzt, wo er einen triftigen Grund hatte, war Cesare zu allem bereit.

»Du bist ein tüchtiger Junge«, murmelte seine Mutter. »Und du wirst ein tüchtiger Mann sein, genau wie dein Vater.«

Cesare wollte ihr nicht widersprechen. Sie war zu müde und niedergeschlagen, ja möglicherweise krank; er gab ihr recht, obwohl er in Wirklichkeit nicht einverstanden war. Auf seine Art war er vielleicht das, was sie einen tüchtigen Jungen nannte, aber zu den Zielen, die er sich gesteckt hatte, gehörte es wahrhaftig nicht, ein tüchtiger Mann wie sein Vater zu werden.

14

Als Cesare um fünf Uhr früh aufstand, um in die Wäscherei zu gehen, war das Bett seiner Mutter leer und sorgfältig gemacht. Der Junge deutete dies instinktiv als ein positives Zeichen. Wenn Elvira noch vor Tagesanbruch mit ihrer Kerze zum Waschplatz gegangen war, so hatte sie das Schlimmste überstanden, und ihr alarmierendes Aussehen am gestrigen Abend war wohl doch nur auf ihre Müdigkeit und die erlittene Demütigung zurückzuführen. Die Möglichkeit, daß seine Mutter sich krank zur Arbeit begeben hatte, wollte er lieber gar nicht in Erwägung ziehen.

Während er mit Riccio nach Crescenzago unterwegs war, verlor er kein Wort über den Vorschlag, den der Freund ihm am Vortag gemacht hatte, und auch Riccio selbst schnitt das Thema nicht noch einmal an: Er wußte, daß Cesare ihm seinen Entschluß mitteilen würde, sobald er ihn gefaßt hatte.

Die Witwe verhielt sich bei der Arbeit, als wäre nichts zwischen ihnen geschehen, genau wie sie es angekündigt hatte. Der Junge benahm sich als Mann, und nichts in seinem Gesichtsausdruck oder Betragen deutete irgendwie auf Gefühle oder Stimmungen hin, die hier im Betrieb aufgefallen wären.

Bei Einbruch der Dämmerung, als er die letzten Wäschestücke versorgte und sich dann zu Riccio gesellte, der vor dem Eingang auf ihn wartete, hatte die Witwe hinter dem Fenster ihres Häuschens bereits ein Licht angezündet, aber Cesare sah es nicht, denn unter der Woche war es Aufgabe der ältesten Arbeiterin, den Schlüssel bei der Padrona abzuliefern.

Im Hof des Bauernhauses kam er alleine an; Riccio hatte seinen Weg fortsetzen und nicht einmal auf ein Glas Wasser reinkommen wollen. Augusto, sein achtjähriger Bruder, der vor der Haustür auf ihn wartete, rannte ihm entgegen.

»Die Mama!« schrie er atemlos.

»Was ist mit der Mama?« Mit einem Mal stiegen alle seine Zweifel, seine Ängste und Gewissensbisse in ihm hoch.

»Die Mama ist im Krankenhaus, und Giuseppina ist bei ihr«, berichtete Augusto, knapp und präzise, wie Kinder sind.

»Wie, im Krankenhaus?« fragte Cesare völlig verdattert.

»Eben im Krankenhaus«, erwiderte der Kleine und hob verwirrt die Schulter.

»Und die Kinder?« Cesare meinte ihre jüngeren Geschwister.

»Die sind im Haus. Sie essen. Danach bringe ich sie ins Bett.« Die Stechmücken surrten ohne Unterlaß.

Eine Nachbarin, die ein großes Bündel im Arm trug, trat auf Cesare zu. »Deine Mutter hatte hohes Fieber«, erklärte sie ihm. »Sie hat getobt«, fuhr die Frau fort, »sie hat komisches Zeug gefaselt und manchmal richtig deliriert. Den Doktor, das weißt du ja selbst, kann man nicht rufen, wenn man das nicht hat«, sagte sie, Daumen und Zeigefinger aneinander reibend. »Also ist Tonino zur Porta Venezia gegangen und hat den öffentlichen Rettungsdienst geholt.«

»Was, die Krankenträger sind hierher gekommen?« In Mailänder Mundart hießen diese Männer *galoppini*: Sie schoben zu Fuß eine Bahre, die auf gummibezogenen Eisenrädern montiert war. Sie gehörten zur städtischen Rettungswacht für die armen Leute, und Cesare war ihnen schon oft begegnet, diesen Leidenskurieren, die sich das Äußerste abverlangten, um die Patienten so schnell wie möglich ins Krankenhaus zu transportieren. Er dachte an das unheilvolle Gefährt, auf dem die Leute lagen, die an schlimmen Krankheiten litten, einen Unfall oder Herzinfarkt gehabt hatten und in Leintücher eingewickelt waren, deren Zipfel wie Banner der Verzweiflung im Wind flatterten.

»Nein, es ist unten am Waschplatz passiert«, erwiderte die Frau.

»Was ist passiert?«

»Sie ist ohnmächtig geworden. Später ist sie wieder zu sich gekommen, aber wir Frauen dachten, es sei besser, sie ins *Ca' Granda* bringen zu lassen.« Das *Ca' Granda* war das bekannteste Mailänder Hospital, und die Kranken, die sich noch nicht mit dem Gedanken an die Unsterblichkeit abfinden wollten, setzten großes Vertrauen in diese Institution, wo man durchaus geheilt werden konnte, in einem Bett mit sauberen Leintüchern schlief, dreimal am Tag zu essen bekam und in Frieden mit Gott war, weil dauernd gebetet wurde.

»Danke. Das habt ihr gut gemacht. Paßt ein wenig auf die Kinder auf, wenn ihr könnt«, sagte er, obwohl er wußte, daß ständig mindestens eine Frau aus dem Bauernhaus bei seinen Geschwistern bleiben würde, bis er oder Giuseppina wieder nach Hause kamen.

»Sei beruhigt«, erwiderte die Frau und reichte ihm das große Bündel. »Hier, das ist die Wäsche von Signora Martelli, der Frau des Goldschmieds aus der Via Carrobbio. Deine Mutter wollte unbedingt, daß du sie ablieferst, bevor du zu ihr kommst. Sie läßt dir ausrichten, du sollst dir keine Sorgen machen, weil man sie im *Ca' Granda* bestimmt wieder auf die Beine bringt.«

»Natürlich.« Cesares erster Gedanke war der, das Bündel aufzureißen und die Wäsche über den staubigen Hof zu verstreuen, aber er ließ sich nicht von seinem Zorn verleiten. »Ich bringe es ihr sofort.« Sein schönes Gesicht, das glatt wie ein Spiegel war, verriet nichts von den Rachegedanken, die in ihm kochten. »Ich kümmere mich um alles«, sagte er.

Cesare ging die Uferstraße des Naviglio entlang, die viel von

Fuhrmännern benützt wurde, und sammelte mit kalkulierter Grausamkeit alle Pferdeäpfel ein, die er unterwegs fand. Mit bloßen Händen beschmierte er Leintücher, Kissenbezüge und bestickte Tischtücher mit dem Mist, mit dessen Geruch und Umgang er bestens vertraut war, da er ihn mehr als einmal für das Gemüsegärtchen eingesammelt hatte, das von seinem Vater in der Nähe des Bauernhauses angelegt worden war.

Cesare betätigte den bronzenen Klingelzug des vornehmen, soliden Patrizierhauses und hörte es im ersten Stockwerk läuten.

An einem der Fenster erschien eine Frau, bei der es sich um ein Dienstmädchen handeln mußte. »Wir hören Sie, auch ohne daß Sie die Klingel gleich kaputt machen«, schimpfte sie.

Cesare hatte in der Tat recht energisch an dem Klingelzug gerissen. »Tut mir leid, ich wollte nicht so kräftig ziehen.«

»Passen Sie eben das nächste Mal besser auf. Was wollen Sie?«

»Ich bin der Sohn von Elvira. Ich habe hier die Wäsche, die meine Mutter für die Signora gewaschen hat.«

»Ich komme sie abholen. Die Signora hat schon darauf gewartet«, sagte das Dienstmädchen.

»Bemühen Sie sich nicht. Wenn Sie mir die Tür aufmachen, bringe ich sie Ihnen hoch. Meine Mutter hat mir aufgetragen, sie persönlich bei der Signora abzugeben.«

Die Frau schwieg einen Augenblick verwundert, bevor sie ihm eine Antwort gab. »In Ordnung«, sagte sie dann und betätigte einen Mechanismus, der das Haustor aufspringen ließ.

Auf dem Treppenabsatz im ersten Stock erwartete Cesare dieselbe Frau, die aus der Nähe betrachtet eher wie ein Wachhund denn wie ein Dienstmädchen aussah. »Geben Sie her«, befahl sie ihm fast.

»Ich habe Ihnen doch gesagt, daß ich die Wäsche persönlich bei der Signora abliefern soll«, entgegnete der Junge mit fester Stimme.

»Und die Signora hat gesagt, daß sie keine Zeit mit Ihnen verschwenden will.«

Die Wohnungstür stand weit genug offen, um hinter dem Vestibül kostbare Teppiche, Couchtische, Nippsachen, aufwendig drapierte Vorhänge und Zierpflanzen erkennen zu lassen.

Der Junge schob die Frau mit einer einzigen Handbewegung zur Seite, fuhr wie ein Gewittersturm in die Wohnung, öffnete das Wäschebündel und riß es an zwei Zipfeln in die Höhe, so daß die Roßäpfel bis in die letzte Ecke des Wohnzimmers geschleudert wurden. Im Nu war alles voll mit Kot, der weiße Marmorfußboden, die Orientteppiche, die Couchtischchen, die Vitrinen, die Vorhänge. Das Dienstmädchen brüllte wie eine Wahnsinnige, und die Padrona, die erschrocken herbeieilte, um zu sehen, was passiert war, fand gerade Zeit, die Augen aufzureißen. Dann fiel sie in Ohnmacht.

»Ich habe meine Pflicht getan«, lächelte Cesare und verbeugte sich.

Die Hausangestellte überlegte sich verzweifelt, was sie zuerst tun sollte, das Fläschchen mit dem Riechsalz holen oder die »königliche Leibgarde« alarmieren. Aber während sie noch ratlos mir ihren Kuhaugen rollte, war Cesare Boldrani bereits verschwunden.

15

Es schien ihm, als höre der lange Schlauch mit dem hohen Tonnengewölbe überhaupt nicht mehr auf. An gezwirbelten Kabeln baumelten vereinzelt breite, weiße Emaillelampenschirme, deren schwache Glühbirnen den endlosen Korridor voller Betten in Dämmerlicht tauchten. Es stank nach Urin, Medikamenten, Chloroform, aber dieser Geruch wurde vom undefinierbaren Brodem der Krankheit überlagert. Die Bogenfenster waren mit schwarzen Tüchern verhängt.

Schwester Teottima kam ihm vom Ende des Korridors entgegen. Sie hatte den Schritt eines Menschen, der von Geburt an hinkt, im Lauf der Jahre aber gelernt hat, sein Gebrechen zu überspielen. Trotzdem durfte mehr noch dieser Irrtum der Natur als die göttliche Berufung sie dazu bewogen haben, ins Kloster einzutreten. Denn der Wunsch, Nonne zu werden, hatte plötzlich und übermächtig von ihr Besitz ergriffen, nachdem mindestens drei rechtschaffene junge Männer, die unter ihrem Fenster vorbeigekommen waren, sich in sie verliebt, später jedoch kein Wort über die Lippen gebracht hatten, als sie ihr auf der Straße begegnet waren. Diesen Umstand hatte Teottima freilich nicht einmal ihrem Beichtvater gestanden. Wie hätte sie auch eine Sünde bekennen können, von der sie gar nicht wußte, daß sie sie begangen hatte? Es war ein vages Gefühl der inneren Unruhe, nicht mehr. Mittlerweile hatte ihr Hinken beinahe etwas Elegantes, ja Cesare nahm es kaum wahr, während sie in ihrem weiten, weißen Ordensgewand, das intensiv nach Kampfer roch, auf ihn zurauschte. Vor ihrer Brust hing ein schwarzes Bakelitkreuz mit einem silbernen Christus.

»Gelobt sei Jesus Christus«, betete sie leise.

»Von nun an bis in Ewigkeit«, erwiderte der Junge.

»Hier darf man sich nicht aufhalten, weißt du das?«

»Ich suche meine Mutter«, entgegnete Cesare mit fester Stimme.

»Du mußt dich an die Besuchszeiten halten«, sagte die Nonne freundlich. »Jetzt ist es Nacht.« Die weiße Haube umrahmte ihr Gesicht, das mit einem dichten Netz winziger Falten überzogen war. Ihre kleinen runden Augen sahen ihn ausdruckslos an.

»Sie heißt Elvira«, fuhr Cesare fort. »Elvira Colombo, verwitwete Boldrani. Die Krankenträger müssen sie heute nachmittag hierher gebracht haben. Vielleicht auch gegen Abend«, präzisierte er, während er im Kopf rasch überschlug, wie lange die Männer von der Porta Venezia zum Waschplatz bei der Porta Ticinese und von dort ins *Ca' Granda* gebraucht haben konnten.

»Jetzt ist es zu spät«, wies Teottima ihn noch einmal sanft zurecht.

»Ich muß sie sehen.« Er sprach weder laut noch flehentlich, aber es war klar, daß er sich von niemandem auf der Welt daran hindern lassen würde, seine Mutter zu besuchen.

Die Nonne, die sich mit Gewalt oder durch Bitten nicht hätte erweichen lassen, trat zur Seite, um ihn vorbeizulassen. »Deine Schwester ist bei ihr«, sagte sie.

Mit diesen wenigen Worten war die Situation gelöst, ohne daß der Junge direkt etwas gefordert und ohne daß die Klosterfrau ausdrücklich etwas gestattet hätte.

Cesare marschierte entschlossenen Schritts den Korridor entlang, wobei er rechts und links jedes Bett in Augenschein nahm. Klagelaute drangen an sein Ohr, Hilferufe, dumpfe Verwünschungen, vielleicht auch Flüche.

Schwester Teottima holte ihn ein und sagte: »Ich begleite dich zu deiner Mutter.«

Endlich sah er sie. Elvira lag mit geschlossenen Augen da, den Kopf auf ein weißes Kissen gebettet und ein mit Essigwasser getränktes Läppchen auf der Stirn. Ihr Atem ging keuchend.

Giuseppina saß auf einem Schemel neben ihrem Bett und merkte, daß sich jemand näherte. Sie hob den Kopf, und als sie ihren Bruder erkannte, rannen stille Tränen über ihre Wangen.

»Vor kurzem war der Pfarrer hier«, flüsterte sie.

»Der Pfarrer? Warum?« fragte Cesare, obwohl er die Antwort gut kannte.

»Er hat ihr die letzte Ölung gegeben.«

Cesare wandte sich der Nonne zu, die mit einer Schüssel auf dem Nachttisch herumhantierte, auf dem ein paar Medizinfläschchen standen.

»Kann man in diesem Krankenhaus außer dem Pfarrer nicht auch einen Arzt rufen?« fuhr er sie an.

Schwester Teottimas Gesicht schien noch runzeliger zu werden und beinahe in der viel zu weiten Haube zu verschwinden. Ihre kleinen Augen drückten unendliches Mitleid aus. »Doktor Baisini war mehrmals bei ihr.« Sie machte nicht den Eindruck, sich rechtfertigen oder entschuldigen zu wollen, aber dieser Junge mußte wissen, daß der beste Arzt des *Ca' Granda* – einer der besten Ärzte überhaupt, da er den Menschen nicht nur die Krankheit heilte – auch für seine Mutter getan hatte, was in seiner Macht stand.

»Und was hat dieser Doktor Baisini gesagt?«

»Er hat sein Möglichstes getan.«

»Und ihr habt gedacht, jetzt ist der Pfarrer dran.«

»Das habe ich gedacht und Don Filippo geholt.«

»Einen Pfarrer holt man für Leute, die nicht mehr gesund werden.« Cesare hatte trockene Augen und einen ausgedörrten Mund, aber seine Stirn war schweißbedeckt.

»Keiner kann sagen: Dieser Mensch wird wieder gesund. Und keiner kann sagen: Dieser Mensch wird sterben. Gott hat uns das Leben geschenkt, und er kann es uns wieder nehmen. Er kann es uns aber auch kurz vor dem Tod noch einmal zurückgeben, wenn unser Augenblick noch nicht gekommen ist. Der Herr ist barmherzig, und seine Wege sind unergründlich.«

»Dann kann also nur ein Wunder sie retten«, murmelte Cesare, als sei Elviras Todesurteil bereits gefällt. »Für uns arme Leute tut der Herr selten Wunder.«

»Fluche nicht«, ermahnte Schwester Teottima ihn. »Schon alleine, daß wir hier sind und atmen, ist das vielleicht kein Wunder?« Sie wirkte auf einmal stark, entschlossen, selbstsicher.

»Aber meine Mutter stirbt.« Cesare ahnte das Ende seiner über alles geliebten Mutter, obwohl ihr Gesicht keinerlei Schmerzen verriet. »Sie ist krank und stirbt.«

»Auch ich werde sterben, aber nicht weil ich krank bin, weil ich lebe. Wenn der barmherzige Gott eines Tages meine Seele zu sich ruft, auf daß sie ewig im himmlischen Frieden lebe, so ist auch das ein Wunder. Deiner Mutter können wir nur mit Gebeten beistehen, und die braucht sie, egal, ob der Herr beschließt, sie noch unter uns zu lassen oder ob er sie vom Elend dieser Welt erlösen und heimrufen will.« Teottima sprach wie eine zutiefst gläubige Frau, nicht wie eine fanatische Nonne. Sie streckte ihre magere Hand mit den dünnen, knotigen Fingern aus, um die Bettdecke glatt zu streichen, und fuhr fort: »Was konkret für sie getan werden konnte, habe ich getan. Ich habe dieses Bett für sie alleine freigemacht. Die Kranke, die hier lag, habe ich zu einer anderen gelegt. Wir haben hier so viele Leidende und viel zu wenig Betten. Sieh dich um, in manchen Betten liegen zwei Patienten.« Es stimmte; hier und da ruhten zwei Köpfe auf einem Kissen, und die Patientinnen lagen auf der Seite, um weniger Platz einzunehmen.

»Entschuldigen Sie meine Unhöflichkeit«, sagte Cesare.

»Natürlich ist es ungerecht, zwei Kranke in ein Bett zu legen«, fuhr Schwester Teottima fort, ohne auf ihn einzugehen, »aber wie könnte ich Hilfsbedürftige abweisen?« fragte sie ihn. »So, und jetzt gehe ich und tue, als wüßte ich nicht, daß ihr hier seid, weil das verboten ist. Nützt das aber nicht aus.« Mit diesen Worten verschwand sie.

Cesare wandte sich an Giuseppina. »Du mußt zu unseren Geschwistern heim. Ich kümmere mich um Mama.«

Giuseppina beugte sich über ihre Mutter und berührte ihre eingefallene Wange mit den Lippen. »Wechsle alle zehn Minuten das Läppchen. Das tut ihr gut«, sagte sie zu ihrem Bruder.

»In Ordnung.« Cesare nahm den Platz seiner Schwester ein.

»Es geht ihr bestimmt bald besser, du wirst sehen«, sagte Giuseppina, als müsse sie ihn trösten.

»Ich komme schon zurecht. Du paß auf die Kleinen auf.«

Giuseppina machte sich mit müdem, resigniertem Schritt davon und drehte sich unterwegs noch ein paarmal um, bevor sie am Ende des Ganges verschwand.

Cesare sah sich betreten um; alles hier drinnen kündete von Krankheit und Leiden: die Gesichter, das Stöhnen, der Geruch, das weißliche Licht. Seit zweihundert Jahren existierte das Verbot, zwei Patienten in ein Bett zu legen, aber in Notfällen wurde immer noch gegen diesen Erlaß verstoßen, um Platz für das Leiden zu schaffen. Das *Ca' Granda,* das Hospital der Mailänder, war vierhundertfünfzig Jahre alt. Francesco Sforza und seine Gemahlin Bianca Maria Visconti hatten es für die Armen gestiftet und dem berühmten Architekten Filarete den sagenhaften Lohn von zwanzig Gulden pro Monat für seine Planung und Erbauung bezahlt. Im Lauf der Jahrhunderte waren Pest- und Syphiliskranke hier untergebracht worden, Patienten mit Grind und Nierensteinen, aber das war nicht alles. Während der spanischen Vorherrschaft waren in dem großen Innenhof Turniere zu Ehren Marianne von Österreichs und Ballspiele veranstaltet worden; mehrere Jahre lang hatte im *Ca' Granda* die öffentliche Ziehung der Lottozahlen stattgefunden, und in den Korridoren war bei Festbeleuchtung und Musik ausgelassen Karneval gefeiert worden, während zwischen den Betten Hühner scharrten.

Inzwischen war vieles anders geworden. Der Fortschritt hatte auch hier mit Siebenmeilenstiefeln Einzug gehalten, und es gab Ärzte wie den Armendoktor Carlo Baisini, die Moral, Hygiene und den Geist der Nächstenliebe in das Hospital gebracht hatten. Wunder blieben jedoch nach wie vor dem lieben Gott überlassen und waren, sofern man Schwester Teottimas Philosophie nicht teilte, äußerst schwierig zu deuten und zu beurteilen.

Cesare streichelte die rauhe Hand seiner Mutter und fühlte sich verzweifelt einsam. Wenn jemand von den Krankenträgern auf ihrer Räderbahre ins *Ca' Granda* gerollt wurde, wenn der Instinkt der einfachen Leute zu dieser äußersten Notfallmaßnahme riet, dann bestand wenig Hoffnung. Trotz allem, trotz der Worte Schwester Teottimas, die sich blind der göttlichen Vorsehung anvertraute und vom Tod wie von einem unvermeidlichen, aber zum Leben gehörenden Ereignis sprach, wehrte der Junge sich weiterhin gegen den Gedanken, seine Mutter verlieren zu können. Er betrachtete das Symbol des Krankenhauses, das in den Kissenbezug eingestickt und ihm auch schon an der Eingangspforte aufgefallen war: eine Taube, die ein Spruchband mit dem Motto »Ave gratia plena« im Schnabel trug. Eine Taube, eine *colomba.* Colombo war der Nachname, den man Säuglingen unbekannter Eltern gab, die hier im Hospital aufgenommen und abgestillt wurden. Und Colombo war auch der Name seiner Mutter und seines Großvaters.

»Colombo«, dachte er laut.

»Cesare«, rief ihn seine Mutter mit klarer Stimme an.

»Mamm. Wie geht es dir?« Eine idiotische Frage, das wußte er, aber ihm kam nichts Besseres in den Sinn.

»Warum hast du Colombo gesagt?« Es schien, als nehme sie den Faden eines Gesprächs wieder auf, in dem sie viel zu früh unterbrochen worden war.

»Weil ich die Taube auf dem Kopfkissen gesehen habe.«

»Und weil ich Colombo heiße.«

»Nein, es war nicht deshalb. Du darfst dich nicht anstrengen«, meinte er besorgt.

»Sprechen strengt nicht an. Ich heiße Colombo«, flüsterte Elvira, als wolle sie ihm ein Geheimnis anvertrauen, »wie die Hospitalkinder.«

»Das ist ein Zufall, Mamm.« Cesare war neugierig geworden, aber er wollte seine Mutter nicht ermüden.

»Nein, das ist kein Zufall«, begann Elvira so natürlich zu erzählen, als liege sie nicht sterbenskrank in einem Hospitalbett und habe genügend Zeit, ihm alles bis in die kleinsten Einzelheiten zu erklären. »Dein Großvater«, fuhr sie mit ungeahnter Energie fort, »war ein Hospitalkind. Er, dein Großvater, hat seinen Namen von der Taube des *Ca' Granda.*«

»Das ist doch unwichtig, Mamm. Du strengst dich zu sehr an.«

»Nein, das ist wichtig, sehr wichtig«, widersprach Elvira ihm, »und wenn ich müde bin, höre ich schon auf. Seine Mutter, also deine Urgroßmutter – Gott hab sie selig –, war ein Bauernmädchen aus Caravaggio. Sie hat in den Maulbeerplantagen des Grafen Casati gearbeitet, der eine große Seidenraupenzucht besaß.«

»Soll ich das Läppchen auf deiner Stirn wechseln?« unterbrach Cesare seine Mutter, um sie abzulenken.

»Mach, was du willst, aber laß mich weiterreden. Der Graf Casati hatte einen Sohn im heiratsfähigen Alter. Der junge Mann war in allem völlig normal, bis auf einen Makel: Eines seiner Augen war so groß wie das eines Ochsen, weshalb er von den Leuten auch ›Ochsenauge‹ genannt wurde. Der junge Casati versuchte sein Gebrechen mit einem großen schwarzen Hut zu vertuschen, dessen breite Krempe sein Gesicht zur Hälfte verdeckte. Er war ein guter Mensch, obwohl ihn wegen seines Auges keine Marchesa, keine Contessa und keine Signorina haben wollte.«

»Willst du nicht ein wenig ausruhen?« Cesare griff nach einem Aluminiumbecher, der auf dem eisernen Nachttisch stand. »Möchtest du trinken?«

»Ja, einen Schluck Wasser.« Elvira hatte das Gefühl, es gehe ihr besser. Cesare führte ihr den Becher an die Lippen und ließ sie trinken. »Und jetzt ruhst du dich aus«, ermahnte er sie liebevoll.

»Dazu werde ich noch so viel Zeit haben, mein Junge.« Auf einmal ging das Licht aus; nur ein paar bläuliche Lämpchen blieben in dem langen Korridor brennen. »Siehst du mich, Cesare?«

»Ja, Mamm.«

»Dann beug dich zu mir herunter; so hörst du mich, auch wenn ich leise spreche.« Elvira erzählte ihm die wahre Geschichte ihrer Familie. »Dieser arme Graf, der ein ebenso guter wie unglücklicher Mensch war, kam oft nach Caravaggio, wo seine Familie eine Villa besaß. Er hat den Gassenkindern immer Münzen zugeworfen. Die Mädchen drehten den Kopf weg, wenn sie ihm begegneten. Nur deine Urgroßmutter hatte Mitleid mit ihm und lächelte ihm aus christlicher Nächstenliebe zu. Wenn er sie grüßte oder ansprach, tat sie, als sehe sie sein Ochsenauge nicht. Und so kam es, daß der Conte Casati sich in sie verliebt hat und sie in ihn. Und sie waren wie Mann und Frau, ohne miteinander verheiratet zu sein. Er hat deine Urgroßmutter vergöttert und wollte sie unbedingt heiraten, aber seine Familie hat das nicht zugelassen. Als dein Großvater zur Welt kam, fanden die Casatis einen Weg, um ihn im *Ca' Granda* unterzubringen. Sie wurde als Dienstmagd ins Kloster gesteckt. Und der Graf mit dem Ochsenauge starb kurze Zeit später in der Villa, in die er verbannt worden war, an gebrochenem Herzen.«

»Was hat es für einen Sinn, an diese Ungerechtigkeiten zurückzudenken?« sagte Cesare.

»Auch das Leid hat einen Sinn, wenn es dir hilft zu begreifen, wer du bist. Du hättest der Enkel des Grafen Casati sein können. Das war nicht möglich, aber kein Graf Casati auf der ganzen Welt kann verhindern, daß zu einem Viertel sein Blut in deinen Adern fließt.«

Das Geständnis seiner Mutter machte Cesares Empörung noch größer, denn damit gesellte sich ein Element mehr zu der langen Reihe von Ungerechtigkeiten, die schuld daran waren, daß Elvira nach einem Leben voller Mühen und Entbehrungen hier, in diesem langen Korridor des Armenhospitals, im Sterben lag. »Manchmal«, sagte Cesare, »erdichten Findelkinder sich Geschichten, um sich nicht so verlassen zu fühlen.«

»Dein Großvater hatte es nicht nötig, Märchen zu erfinden, um sich weniger verlassen zu fühlen. Und außerdem habe ich diese Geschichte nicht nur von ihm, sondern auch von seinen Kusinen erzählt bekommen. Auch von der Kusine, die Nonne in dem Kloster in Caravaggio war, in dem deine Urgroßmutter als Magd gearbeitet hat.«

»Ruh dich ein bißchen aus. Wie fühlst du dich?«

»Müde, als hätte ich bis jetzt gearbeitet. Ich habe Kopfschmerzen, und meine Knochen tun auch alle weh.«

»Vorher ging es dir schlechter«, sagte der Junge, der unbewußt nach Vergleichen suchte, um sich zu beruhigen. »Vorher hast du nicht einmal gemerkt, daß ich hier war.«

»Mir ist, als komme ich von weit her, von einem stillen, friedlichen Ort, wo ich mich wohl gefühlt habe. Es hat mich große Mühe gekostet, noch einmal umzukehren. Als du angekommen bist, war ich schon ein gutes Stück auf der Straße in die Stille gegangen.«

Cesare war überzeugt, daß sie wieder phantasierte. »Was sagst du denn da?«

»Nur, daß ich den weiten Weg noch einmal zurückgegangen bin, um mit dir zu sprechen. Ich mußte dir meine Schuld, meine Sünden bekennen.«

»Du? Mir?« Cesares Herz pochte wild.

»Ich hätte nicht so viele Kinder im Elend auf die Welt setzen dürfen«, klagte sie sich an.

»Denk nur daran, gesund zu werden. Das Elend überwinden wir schon.«

»Das Elend macht einen zum Sklaven. Dein Vater war überzeugt, er könne alleine das kleine Stück Welt verändern, das ihm vom Schicksal zugedacht worden ist. Aber das war ein Irrtum. Alleine kann ein Mensch überhaupt nichts ändern. Und das Elend ist und bleibt die Mutter allen Unglücks. Dein Vater ist gestorben, weil wir arm sind. Ich sterbe, weil wir arm sind.«

»Du wirst gesund«, sagte Cesare.

»Ich? Das, was noch von mir übrig geblieben ist. Aber was ist schon übrig geblieben von mir und von meinem Leben? Ich kannte ein glückliches Kind, das es nicht mehr gibt. Dann kam ein fröhliches Mädchen, das für immer gegangen ist. Ihr kanntet mich damals nicht, aber ich war einen Tag lang eine glückliche Frau. Wo ist das lächelnde Mädchen mit seinem schönen neuen Brautkleid geblieben?« Sie dachte an die Hochzeitsphotographie neben ihrem Bett. »Erinnerst du dich an das Bild?«

»Ja, Mamm.« Cesare dachte an das vergilbte Photo, das er so oft betrachtet hatte.

»Den hübschen jungen Mann und das Mädchen gibt es nicht mehr. Husten, Fieber, Bronchitis, Armut und der Lauf der Zeit haben sie umgebracht. Was sich nun auf den Weg in die Stille macht, ist nicht mein Leben, sondern das, was das Elend von meinem Leben übrig gelassen hat. Das... E... lend.«

»Ich werde genug für uns alle verdienen«, versprach Cesare.

Die Frau tastete mit fiebriger Hand nach dem Läppchen auf ihrer Stirn. »Ja, du schaffst es vielleicht. Deine blauen Augen zeugen von Intelligenz, und du hast keine Angst vor der Angst. Du verlierst auch im Dunkeln nicht die Orientierung. Aber auch das konnte nicht verhindern, daß deine Schwester von einem Halunken geschändet worden ist, weil wir arm sind.«

»Das ist nicht wahr«, log Cesare.

»Doch, das ist wahr. Was wäre ich für eine Mutter, wenn ich nicht mitbekäme, was in meinen Kindern vorgeht? Dachtest du im Ernst, ich hätte nicht gemerkt, was deiner Schwester passiert ist?« fragte Elvira. »Aber inzwischen hat Gott ihn ja bestraft.«

»Das glaube ich auch, Mamm«, beeilte Cesare ihr beizupflichten. »Aber jetzt denkst du nur daran, daß du schnell wieder gesund wirst«, fuhr er fort. »Ich verspreche dir, daß unser Leben sich ab sofort ändert. Du sollst eine Signora werden, und Giuseppina wird auch eine Zukunft haben. Deinen Kindern wird es an nichts fehlen, und alle werden sie respektieren. Glaub mir, Mamm.«

»Ich glaube dir, Cesare. Du bist ein Junge, der sein Wort halten kann. Aber ich bin an der Endstation angelangt. Ich folge euch aus der Ferne. Jetzt ruft mich mein Angelo zu sich.« Seine schwache, verletzliche, kranke Mutter, die bescheidene, geduldige, von der Welt isolierte Frau zeigte ihm, wie man starb, brachte ihm bei, wie wichtig es ist, sich mit diesem Ereignis vertraut zu machen, obwohl es uns nur ein einziges Mal im Leben zustößt. »Dein Vater erwartet mich.«

Er weinte nicht, er fluchte nicht, und er versuchte auch nicht länger, sie mit Worten zurückzuhalten. Er küßte sie mit unendlicher Liebe und drückte sanft ihre Hand.

Elvira lächelte, und es war ihr letztes Lächeln. Cesare merkte nicht, daß seine Mutter lächelte, ohne ihn anzulächeln, daß sie ihn anschaute, ohne ihn zu sehen. Elvira war nämlich tot.

Schwester Teottima kam, um ihr die Augen zu schließen und ihr Gesicht mit dem Leintuch zu bedecken, während sie das *Requiem aeternam* betete. Dann legte sie dem Jungen eine Hand auf die Schulter. »Sie ist ins Reich Gottes eingegangen und braucht uns nicht mehr. Aber du brauchst eine Tasse heißen Milchkaffee. Komm mit mir in die Küche.«

Cesare brach im Morgengrauen auf. Er überquerte den großen Innenhof des Armenhospitals und verließ es durch die majestätische Hauptpforte, die auf die Via Francesco Sforza führte. Kaum war er auf der Straße, stützte er sich mit der Hand an die Mauer und erbrach die Milch, die ihm von der guten Nonne verabreicht worden war. In dem frischen Morgenwind fühlte er sich gleich wohler. Er schritt auf die Säulen von San Lorenzo zu, ging an der Basilika vorbei und schlug dort den kürzesten Weg nach Hause ein.

16

Cesare starrte auf den Sarg aus hellem Tannenholz neben dem Altar der schmucklosen Krankenhauskapelle: Er enthielt die sterblichen Überreste seiner Mutter. Die Nachbarinnen hatten Elvira ihr Brautkleid angezogen, wie es ihr letzter Wunsch gewesen war. Don Filippo, der ein guter Mensch, ein pflichtbewußter Pfarrer und deshalb arm war, hatte den Leichnam, wie das kanonische Recht es vorschrieb, persönlich in die Begräbniskapelle überführt und zelebrierte die Totenmesse *(exequias persolvere)* mit großer Andacht, aber ohne sie unnötig in die Länge zu ziehen: In dieser Nacht waren im *Ca' Granda* außer Elvira noch drei Christen gestorben, die Anspruch auf dieselbe Behandlung hatten, die die Beichte, das Sterbesakrament, die letzte Ölung und die Empfehlung ihrer armen Seele einschloß.

Der Pfarrer segnete die Leiche und fuhr dann fort zu beten und das Weihrauchfaß zu schwenken, aus dem duftende Dunstschwaden emporstiegen. Die Liturgie ging vorschriftsgemäß vonstatten, obwohl sie für Elvira und die anderen Verstorbenen des *Ca' Granda* als Angehörige der armen Schicht kostenlos war. Nur wenige nahmen an der Begräbnisfeier teil, ihre Kinder, ein paar Waschfrauen und Riccio.

Wenn Cesare reich gewesen wäre, so hätte er die Totenmesse in der Basilika von San Babila zelebrieren lassen, in der er mit seiner Familie einmal den Sonntagsgottesdienst besucht hatte und die ihm als die schönste Kirche der Welt in Erinnerung geblieben war. Er hätte sie mit Blumen in allen Farben ausschmücken lassen und einen Organisten dafür bezahlt, daß er die ganze Zeit über orgelte. Aber er wußte, daß es selbst, um dorthin zu gelangen, wo angeblich alle Menschen gleich sind, zwei Pforten gab – eine herrschaftliche Pforte für die Reichen und einen Dienstboteneingang für die Armen. Wie konnte er glauben, daß der Tod für alle gleich war, wenn selbst die Gebete, die Meßgewänder, die Totenandachten und die Feierlichkeit der Messen einen Preis hatten? Wenn der Mensch sich im Angesicht Gottes mit Demut bekleiden sollte, warum warfen die Reichen sich dann in Staat, bevor sie der Majestät des Todes gegenübertraten? Er dachte an die Erst- und Dritteklaßabteile in den Zügen; alle Fahrgäste kamen im selben Bahnhof an, nur die einen auf weichen Samtpolstern mit bestickten weißen Deckchen auf den Kopfstützen und die andern auf harten Holzbänken.

Giuseppina waren die Tränen ausgegangen, und auch die Waschfrauen weinten nicht; sie waren damit beschäftigt, die Kinder zu bewachen, die an diesem seltsamen Spiel teilnahmen, das die Großen so fürchterlich ernst nahmen. Nur Augusto, der sich bemühte, die Erwachsenen nachzuahmen, legte eine Spur von Trauer an den Tag.

Schwester Teottima schaute wenige Minuten, die sie ihren Patienten stahl, herein, um ein *Requiem* zu beten und sich zu bekreuzigen. »Ich kann euch leider nicht zum Friedhof begleiten«, sagte sie, »aber ich bete für ihre gute Seele.«

Giuseppina küßte der Nonne die Hand, und Cesare dankte ihr;

die jüngeren Geschwister starrten die Klosterfrau mit großen Augen an, denn sie gehörte zu den vielen Neuigkeiten, die sie an diesem Tag erlebten.

Die Krankenträger des Hospitals halfen den Sarg auf ein fahrbares Gestell zu hieven, ähnlich der Räderbahre, nur noch schauriger und trister. Die Totengräber schoben das Gefährt die Straße an der Stadtmauer entlang auf die Porta Romana zu, wo im Depot der Straßenbahngesellschaft ein Sonderwagen für den Transport der im *Ca' Granda* Verstorbenen bereitstand; wenn vier bis fünf Särge geladen waren, rasselte die Bahn zum Musocco-Friedhof, wo die toten Armen bestattet wurden, während die armen Toten im Friedhof »Monumentale« die letzte Ruhe fanden.

Sie waren die ersten im Depot; danach kamen weitere drei Särge in Begleitung ihrer kurzen, schweigenden Trauerzüge an. Die schwarz uniformierten Gemeindeangestellten brachten Namensschilder auf den Sargdeckeln an, bevor sie auf den »Leichenwagen« verfrachtet wurden. Den Männern sah man an ihren Nasen und den roten Äderchen in ihren Augenwinkeln an, daß sie ihre freie Zeit in der Osteria verbrachten, aber sie bewiesen würdevollen Respekt vor der Trauer der anderen und ehrfürchtige Scheu vor dem Tod.

»Die Angehörigen«, verkündete ihr Anführer mit getragenem Ernst, »können in der nachfolgenden Bahn Platz nehmen.«

Sie stiegen einer nach dem andern, Gruppe um Gruppe, ein – verlegen, aber auch etwas neugierig die Erwachsenen, mit verhaltener Begeisterung die Kinder. Für sie war eine Fahrt in der elektrischen Straßenbahn das erste und vielleicht letzte Abenteuer ihres Lebens.

Die Trauergesellschaften ließen sich auf den Holzbänken nieder. Die Männer hielten mit den Händen ihre Hüte fest, die sie auf den Knien liegen hatten, die schwarz gekleideten Frauen ließen die Perlen ihrer Rosenkränze durch die Finger gleiten und murmelten radebrechend lateinische Gebete, die sie in der Kirche auswendig gelernt hatten. Die Kinder waren aufgeregt und konnten kaum erwarten, daß der Anführer der Trauerexpedition dem Straßenbahnfahrer das Zeichen zur Abfahrt gab.

Der Wagen mit den Toten fuhr nach dreimaligem Bimmeln los, und der zweite mit den Angehörigen folgte ihm in einem Abstand von etwa zehn Metern mit geringer Geschwindigkeit.

Cesare fiel die gefaßte Schicksalsergebenheit auf, mit der die armen Leute ihren Schmerz trugen. Ihm selbst wollte es in diesem Augenblick beim besten Willen nicht gelingen, an seine tote Mutter zu denken. Die Passanten, an denen sie vorüberfuhren, zogen respektvoll den Hut und bekreuzigten sich. Es war, als bestehe zwischen ihnen und den Fahrgästen der Straßenbahn eine stille, aber deutlich fühlbare Verbundenheit. Sie gehörten alle derselben Schicht an und erkannten sich.

Für Cesare war es das zweite Mal, daß er in einer elektrischen Straßenbahn fuhr. Das erste Mal war der unvergeßliche Ausflug mit seinem Vater gewesen, bei dem sie zehn Centesimi ausgegeben hatten.

Riccio sah ihn an, und Cesare gab ihm durch ein Kopfnicken zu verstehen, daß er eine Entscheidung gefällt hatte und mit seinem Vorschlag einverstanden war. Seine Mutter sollte nicht lange in dem winzigen Fleck schwarzer Erde bleiben, den die Gemeinde ihr im Friedhof von Musocco zugeteilt hatte.

17

Cesare verspürte ein lästiges Kratzen im Hals und konnte nur mühsam einen Hustenanfall unterdrücken, der ihn verraten hätte. Er war soeben über das Gartentor des Grafen Spada geklettert und hatte sich im Schutz einer dichten Myrtenhecke unter einem großen Magnolienbaum versteckt. Mond und Sterne schienen, aber die Lichter aus dem Erdgeschoß, wo das Fest in vollem Gange war, machten die Nacht noch heller. Wenn das Orchester spielte, übertönte die Musik das Stimmengewirr; während der Pausen jedoch war angeregtes Geplauder zu hören, in das sich Gelächter, Ausrufe und spitze Frauenschreie mischten. Auch in die Innenseite des großen Tors, das in vergoldete Lanzen auslief – ein Meisterwerk der berühmtesten Mailänder Kunstschmiede –, war das goldene S des Grafen Spada eingearbeitet. Das Hauptportal des Palazzos ging auf den Corso Venezia hinaus, wo Diener in Galauniformen die verspäteten Gäste empfingen, die gleichzeitig auch die illustersten waren.

Nachdem der Plan mit Riccio einmal abgemacht gewesen war, hatte Cesare sich programmgemäß und ohne Zaudern über das Tor geschwungen, und zwar genau in dem Moment, in dem die Wachpatrouille um die Ecke der Villa gebogen war, um nicht vor einer Stunde wieder zu erscheinen. Er war völlig ruhig, während er auf das vereinbarte Zeichen wartete, atmete die Düfte des Gartens ein und versuchte sich anhand des wenigen, das er durch die Fenster sehen und hören konnte, den festlichen Empfang auszumalen. Aber bei aller Vorstellungskraft blieben seine Rekonstruktionen phantastisch und ungenau, denn die Reichen und Adligen lebten in einem Märchen, das ihm bislang fremd war. Er hatte gerade einen flüchtigen Blick in die Wohnung Signora Martellis geworfen, der Frau des Goldschmieds aus der Via Carrobbio, an der er sich für seine Mutter gerächt hatte. Aber die gehörte einer anderen Klasse an. Er dachte mit gemischten Gefühlen an die Farben, an die Teppiche, das Silber, die Düfte.

Mit Riccio war er einmal ins Kino *Centrale* unter den Arkaden im nördlichen Teil des Domplatzes gegangen, um sich einen amerikanischen Film anzusehen. Die hinreißendste Szene war für ihn das Fest im Hause eines Millionärs gewesen, aber so etwas gab es nur in Amerika, und das lag auf der andern Seite der Welt.

Cesare hörte, wie sich über ihm ein Laden öffnete. Das war das Signal. Jetzt mußte er auf eine Glyzinie klettern, die so alt war wie der Palazzo selbst, bis er sich in Höhe des Fensters befand, das Riccio im Arbeitszimmer des Grafen für ihn geöffnet hatte.

Der schlichte, aber alles andere als einfache Plan war bis ins kleinste Detail vom Inspirator des Diebstahls ausgearbeitet worden, der keinesfalls ein Tölpel war, sondern als Abenteurer und Weltenbummler in dem verrufenen Stadtviertel Vetra großes Ansehen genoß. Er hieß Alfredo Brina, aber die Leute hatten ihm aufgrund seiner vielen Bekanntschaften mit Malern und Bildhauern den Spitznamen »der Künstler« gegeben. Man munkelte, er sei in

Frankreich in eine Frauen- und Glücksspielaffäre verwickelt gewesen und deshalb des Landes verwiesen worden. »Der Künstler« hatte Riccio eine Kellneruniform besorgt, damit er sich unauffällig unter die vielen Bediensteten des Restaurants *Savini* mischen konnte, die das Bankett servierten, und unter die Kellner der Konditorei *Marchesi,* die Torten und Liköre reichten. Er hatte für Riccio auch einen Plan des Hauses skizziert, damit er mühelos zum Arbeitszimmer des Grafen finden und Cesare das Fenster öffnen konnte, der seinerseits über die Glyzinie und eine Regenrinne bis ins erste Stockwerk hinaufklettern und das kleine Gemälde über dem Kamin abnehmen mußte, um dann mit dem Diebesgut auf demselben Weg zu flüchten. Das war alles, was die beiden Burschen für zehn Einhundertlirescheine tun mußten, aber es war nicht wenig.

Die Klettertour an sich bereitete Cesare keine großen Schwierigkeiten. Er hatte schon ganz andere Risiken auf sich genommen und war psychisch nicht übermäßig angespannt. Er erklomm die Fassade des Palazzos bis in die erste Etage hinauf so mühelos, als steige er auf einen Baum, um Obst zu pflücken oder ein Vogelnest zu plündern. Wovor hätte er auch Angst haben sollen? Daß er erwischt wurde? Darüber konnte er sich den Kopf zerbrechen, wenn es so weit kam. Er gehörte nicht zu denjenigen, die sich das Knie verbanden, bevor sie hinfielen.

Leise und entschlossen kletterte er die Glyzinie und dann die Regenrinne hinauf, schwang sich auf das Fensterbrett und von dort ins Arbeitszimmer des Grafen Spada. Seine Augen, die an das Mondlicht gewöhnt waren, überflogen rasch den Raum und hatten sofort das kleine Bild über dem Kamin entdeckt. Über den Duft der Glyzinie, die im August zum zweiten Mal blühte, legte sich der angenehme Geruch nach antiken Möbeln, gebürstetem Samt, gewachstem Parkett, nach in Pergament gebundenen Büchern, Leder und teurem Tabak. Diesen Geruch, der von Vornehmheit und gutem Geschmack kündete, sollte er fortan in allen besseren Häusern antreffen.

Cesare huschte leise zu dem kleinen Gemälde, nahm es ab und löste, wie Riccio ihm aufgetragen hatte, mit Hilfe seines Taschenmessers die Leinwand aus dem Rahmen, ohne sie zu beschädigen, worauf er sie unter sein Hemd steckte wie das Zeitungspapier an besonders kalten Wintertagen, wenn er sich gegen den Wind schützen wollte. Die fröhlichen Festgeräusche, die Musik, die Unterhaltungen, das Gelächter drangen gedämpft bis an die Tür des Arbeitszimmers. Und wenn plötzlich jemand hereingekommen wäre? Diese Eventualität ließ ihn völlig kalt, und er überraschte sich zum ersten Mal bei dem Gedanken, daß seine Gelassenheit der Gefahr, der Autorität, ja selbst dem Tode gegenüber genau jener Charakterzug war, der am meisten Eindruck auf die andern machte und ihnen tiefen Respekt einflößte. Denn alles ist berechenbar, maßlose Kraft und außergewöhnliche Intelligenz, alles bis auf einen Menschen, der nichts zu verlieren hat. Cesare liebte seine Geschwister, seine Freunde, das Leben, aber er verhielt sich, als hätte er nichts zu verlieren, als wäre er jeden Augenblick bereit, das Leben und die Zuneigung zurückzugeben, die ihm vorübergehend geliehen worden waren.

Er war drauf und dran, den Rückzug anzutreten, als er den Bruchteil einer Sekunde lang auf dem Kaminsims etwas aufblitzen sah. Dieses unerwartete Glitzern hielt ihn zurück und zog ihn an wie eine diebische Elster. Mit sinnlichem Genuß ließ er seine Fingerkuppen über einen kleinen Glasbehälter gleiten, der ein Döschen enthielt, und genau diesem entlockte der Mondschein das helle Funkeln. Cesare hatte noch nie etwas so Schönes und Begehrenswertes gesehen. Er wollte den Glasschrein öffnen, aber er war abgeschlossen, also zog er sein Taschenmesser heraus, fuhr mit der Klinge in das Schloß und sprengte es. Jetzt konnte er den kleinen Schrein öffnen und sich der leuchtenden Zauberdose bemächtigen, die er ein paar Sekunden fest in seiner Faust drückte, bevor er sie in seiner Tasche verschwinden ließ.

Eine Wolke schob sich vor den Mond, als der Junge sich auf das Fensterbrett schwang, um von dort über die Regenrinne und den Glyzinienbaum wieder in den Garten zu gelangen. Das war ein günstiges Zeichen. Cesare kletterte über das Gartentor und ging ruhigen Schritts in Richtung der Brücke von San Babila, wo er mit Riccio verabredet war.

Sein Freund zitterte vor Aufregung. »Du hast ja ewig gebraucht«, murmelte er mit einem Seufzer der Erleichterung. »Darf man fragen, was zum Teufel du so lange getrieben hast?«

»Die Wachpatrouille kommt doch erst in einer Viertelstunde wieder vorbei«, sagte Cesare.

»Wo ist das Bild?« Riccio hatte sich wieder beruhigt.

»Hier«, sagte Cesare und tippte sich mit dem Zeigefinger auf die Brust.

»Laß uns abhauen, bevor wir noch entdeckt werden.«

Sie schlugen den Corso Vittorio Emanuele ein, überquerten den Domplatz und bogen in die Via Torino ab. Dann schlugen sie sich durch ein Labyrinth elender Gäßchen, die von dicht aneinander gerückten, baufälligen Häusern gesäumt wurden und durch unzählige, unterirdische Gänge miteinander verbunden waren, in denen die Unterwelt ihre krummen Geschäfte abwickelte.

Als sie in Sicherheit waren, hielt Cesare seinen Freund am Ärmel fest und brachte ihn zum Stehen. »Nimm dein Bild«, sagte er, während er das Gemälde unter seinem Hemd hervorzog.

Riccio nahm das Bild entgegen, ohne es zu betrachten. Das dürftige Dämmerlicht einer Laterne, die in einiger Entfernung stand, hätte nicht ausgereicht, und abgesehen davon kannte er sich mit Malerei sowieso nicht aus. Man hatte von ihm für tausend Lire ein Gemälde verlangt, und das hatte er beschafft.

»Kommst du nicht mit?« fragte er Cesare.

»Wohin?«

»Zum ›Künstler‹.«

»Nein, ich habe meine Arbeit erledigt. Zu Hause warten sie auf mich. Das weißt du ja.« Alles bestimmte er, dieser starrköpfige, unberechenbare Kerl. Und er gab einem nie Gelegenheit, etwas zu erwidern.

»Ich bringe dir morgen deinen Teil«, meinte Riccio mürrisch.

»Das hat keine Eile«, entgegnete Cesare. Dann fiel ihm plötzlich wieder etwas ein, das er beinahe vergessen hätte. »Ich habe auch noch etwas anderes mitgenommen, das mir gefallen hat«, sagte er und reichte Riccio das gestohlene Döschen.

»Was ist das denn?« fragte der Freund und ließ die kleine Dose auf seinem Handteller hüpfen, als wolle er sie jeden Augenblick in die Gosse werfen.

»Das weiß ich auch nicht«, gestand Cesare, »aber ich glaube, der ›Künstler‹ würde viel Geld dafür bezahlen, wenn du es ihm anbietest.«

Riccio war einem Wutanfall nahe. »Der ›Künstler‹ hat ein Bild von mir verlangt, nicht ein Bild und eine Dose«, knurrte er.

»Und du, versuch trotzdem, sie ihm zu geben. Möglich, daß er dir gutes Geld dafür bezahlt.«

»Ich frage mich, was ich noch hier herumstehe und dir zuhöre. Weißt du, wieviel der für etwas bezahlt, das er im Traum nicht will? Was sollte er uns denn deiner Meinung nach für diesen Plunder geben?« Riccio war wie von der Tarantel gestochen.

»Ich behaupte, daß die Dose sechstausend Lire wert ist. Und ich sage dir, daß der ›Künstler‹ dir sechstausend Lire dafür gibt.«

»Bist du übergeschnappt?« Aus Riccios Stimme klang nur ein Bruchteil der Wut, die er gerne ausgelassen hätte. »Niemand bezahlt so viel Geld für eine Dose, die zwei Gassenjungen gestohlen haben.«

»Was weißt du schon?« erwiderte Cesare bissig. »Ich habe einen wertvollen Gegenstand gestohlen. Und ich will sechstausend Lire dafür.«

»Fahr zur Hölle«, schnauzte Riccio. Er war hin- und hergerissen zwischen der Notwendigkeit, sich so schnell wie möglich aus dem Staub zu machen, und dem Wunsch, endlich herauszufinden, was seinen Freund dazu trieb, ständig Initiativen zu ergreifen, die nicht abgemacht waren. Und ihm war schleierhaft, weshalb er selbst am Ende immer klein beigab, obwohl er der Ältere und Stärkere war. Cesare hob die Stimme nicht und gestikulierte nicht mit den Händen, wenn es nicht absolut notwendig war, aber sein Blick und seine Entschlossenheit zwangen zur Distanz. Er tat nichts, um sich wichtig zu machen, aber er flößte Respekt ein.

»Und wenn der ›Künstler‹ die Dose nicht will?« fragte Riccio, um seine letzte Karte auszuspielen. »Wenn er sie nicht will, was fangen wir dann damit an? Willst du sie vielleicht bei dir in der Küche aufstellen?«

»Ich bin sicher, daß er sie will«, entgegnete der Junge unerschütterlich.

»Und wenn er weniger dafür bietet?«

»Nicht einen Centesimo! Wenn er dir auch nur einen Centesimo weniger als sechstausend Lire anbietet, dann bekommt er sie nicht. Aber ich bin überzeugt, daß er dir gibt, was du verlangst.«

Riccio drehte sich um, ohne ihm eine Antwort zu geben, ging etwa fünfzig Meter die Straße hinunter und verschwand dann im Torbogen eines alten Hauses.

18

Die Schlagzeile des *Corriere* auf der Seite mit den Lokalnachrichten las sich wie eine öffentliche Ehrenauszeichnung. Cesare hatte Riccio dazu gebracht, mit ihm zum Bahnhof zu gehen, um eine Zeitung zu kaufen.

»Bist du jetzt überzeugt?« fragte er ihn, ohne ihm Vorhaltungen machen zu wollen.

»Klar bin ich jetzt überzeugt.« Riccio staunte über die Voraussicht und den Spürsinn seines Freundes.

Die Schlagzeile sprach für sich: *Arsène Lupin im Palazzo Spada.*

»Wer ist dieser Arsene Lupin?« fragte Riccio verwundert.

»Ein legendärer Dieb von vornehmer Herkunft«, erwiderte Cesare, der, wo immer es ging, seinen Horizont zu erweitern suchte.

»Ein vornehmer Herr kann kein Dieb sein«, stellte Riccio mit volkstümlichem Realismus fest.

»Das meinst du«, spöttelte Cesare und vertiefte sich in den Artikel.

Der Zeitungsschreiber ließ sich mit einer solchen Wollust über das Thema aus, als handle es sich um die Nachricht, von der er sein Leben lang geträumt hatte. Er trat das rauschende Fest bis in die kleinste Einzelheit breit, schilderte Aussehen, Vermögen und Toilette der Geladenen und behandelte ausführlich die Figur des Einbrechers, bei dem es sich »höchstwahrscheinlich« um ein großes Talent seiner Branche handelte, um einen Dieb mit weißen Handschuhen, einen Nacheiferer Arsène Lupins. Der »Kavaliersverbrecher« hatte es nach Meinung des Artikelverfassers nämlich in der Tat geschafft, sich unauffällig unter die Gäste zu mischen, zu denen die edelsten Vertreter des lombardischen Adels gehörten. Mehrere Damen waren angeblich von einem Unbekannten mit mysteriösem Blick in Bann geschlagen worden, der das Fest so urplötzlich verlassen hatte, wie er gekommen war. »Der Übeltäter muß sich jedenfalls bestens in dem Palazzo ausgekannt und genau gewußt haben, was er suchte«, präzisierte der Schreiber.

»Aus dem Arbeitszimmer des Mailänder Adligen sind nämlich die beiden kleinsten und zugleich wertvollsten Gegenstände entwendet worden: ein venezianisches Gemälde aus dem achtzehnten Jahrhundert, das dem Maler Longhi zugeschrieben wird und den Titel *Mittagsruhe einer Dame* trägt, sowie eine kostbare goldene Tabaksdose, die mit Emailleintarsien und Diamanten von höchster Reinheit verziert ist und ein Meisterwerk des berühmten französischen Juweliers Charles Ouzille darstellt. Die Dose ist mit der Signatur des Künstlers und dem Datum 1760 versehen und das wertvollste Element einer Sammlung von vierzig Stücken, die Napoleon Bonaparte seinem Sohn vermacht hat. Graf Spada hatte das Juwel der französischen Goldschmiedekunst, dessen Wert sich auf mindestens sechzigtausend Lire beläuft, vor ein paar Jahren in einem Londoner Auktionshaus ersteigert...«

»Jetzt verstehe ich, warum ›der Künstler‹ nicht einmal mit der Wimper gezuckt hat, als ich sechstausend Lire von ihm verlangt habe.« Riccio war fröhlich gelaunt und zu allem bereit. »Eigentlich könnten wir auch noch etwas mehr von ihm verlangen, findest du nicht?«

»Wir haben gefordert, was wir für richtig hielten. Und selbst wenn wir weniger als das verlangt hätten, müßten wir zu unserer Forderung stehen. Andernfalls stünden wir da wie Scharlatane. In Wahrheit sind wir aber nur zwei Gelegenheitsdiebe.«

»Dafür, daß wir Anfänger sind, haben wir unsere Sache aber ganz gut gemacht«, erwiderte Riccio, der es grandios fand, mit einem Dieb von internationalem Rufe verwechselt zu werden.

Die beiden hatten den ganzen Tag in der Wäscherei gearbeitet, aber sie waren keine Spur müde. Cesare war ein paarmal der Witwe begegnet, hatte ihren brennenden Blick auf seiner Haut gespürt, aber keinerlei Initiative ergriffen, ja nicht einmal das Wort an sie gerichtet. Er hatte nicht vergessen, was sie nach ihrer Liebesstunde zu ihm gesagt hatte: »Die Geschichte ist hier zu Ende.« Wenn sie es sich anders überlegt hatte, würde sie ihm dies schon zu verstehen geben. Mittlerweile war es beinahe Mitte August, und seit jenem wunderschönen Julisonntag hatte die Witwe sich nur ein einziges Mal an ihn gewandt – nach dem Tod seiner Mutter, um ihm ihr Beileid auszudrücken. In kürzester Zeit hatte er hintereinander die Freuden der Liebe und den Schmerz des Todes kennengelernt, und so sehr er sich auch bemühte, seine Trauer aufrecht zu erhalten, fühlte er, daß sie ihm entfloh, während die Erinnerung an die Liebe, die er gerne verdrängt hätte, von Tag zu Tag mehr Besitz von ihm ergriff und sein Verlangen schürte.

»Gehen wir in ein Cafe?« schlug Riccio vor und ließ die Münzen in seiner Hosentasche klimpern.

»Kommt nicht in Frage«, entgegnete Cesare schroff. »Kein Café, kein Geld, keinerlei ungewöhnliche Ausgaben. Behalte fünfzig Centesimi in der Tasche und bring den Rest in Sicherheit. Nicht einmal deine Mutter darf erfahren, daß wir so viel Geld haben.«

»Ich habe doch nur die fünfhundert Lire von dem Gemälde. Die kann ich ja in Sicherheit bringen. Ich glaube, ich kenne da ein gutes Versteck«, erwiderte Riccio mit einem resignierten Lächeln.

»Dort bringst du auch die Hälfte unseres Erlöses aus der Tabaksdose unter, wenn ›der Künstler‹ uns bezahlt hat.«

»Die Idee war doch von dir. Ich hätte die Dose ja beinahe weggeworfen. Nein, die Tabaksdose geht mich nichts an.«

Cesare sah ihn aufrichtig an. »Ein anderes Mal hast du vielleicht die zündende Idee«, sagte er. »Und dann werde ich die Hälfte dessen akzeptieren, was du mir anbietest. Also laß uns auch heute teilen.«

»Du meinst, wir sollen noch mehr solche Aufträge annehmen? Sicher, inzwischen haben wir ja Erfahrung.« Der Artikel des *Corriere* hatte ihn zu der Überzeugung gebracht, unfehlbar zu sein.

»Ich habe von Ideen gesprochen, nicht von Diebstählen«, widersprach Cesare. »Ich habe einmal gestohlen und das sogar mit Spaß – schließlich haben wir nicht einen Maurer um seine Kelle gebracht. Aber ich stehle nie wieder. Wir sind heil davongekommen, weil wir Glück hatten. Aber das Glück lächelt einem nur selten.«

Riccio schüttelte seinen Lockenkopf. »Ich begreife dich wirklich nicht«, gestand er offen, »du redest, machst und hältst Predigten. Vielleicht hast du ja recht«, fuhr er mit einem Anflug von Respekt fort, »aber ich verstehe dich trotzdem nicht. Warum sollen wir mit dem Stehlen aufhören, wenn es so einfach ist und man obendrein berühmt dabei wird?«

»Wenn wir weiter stehlen, landen wir früher oder später im Gefängnis. Ich will aber reich werden. Das Geld für den Anfang haben wir jetzt. Vielleicht haben alle Reichen am Anfang einmal gestohlen, aber dann haben sie andere Sachen gemacht. Was, weiß ich nicht, aber ich bringe es bestimmt noch in Erfahrung. Fest steht nur, daß unser Geld Gewinn bringen muß.«

Riccio hatte den Gesichtsausdruck eines glücklichen Lausbuben. »Das einzige, was ich mit Geld anfangen kann«, sagte er, »ist es ausgeben. Oder bestenfalls unter einem Stein verstecken.«

»Ich sage dir schon, wie du es anlegen kannst.« Cesare streckte eine Hand nach ihm aus. »Gib mir auch deine fünfhundert Lire. Ich bewahre sie bei mir im Bauernhaus für dich auf.«

Riccios lustige Miene verwandelte sich in eine tragische Maske. »Und warum soll ich sie dir geben?« fragte er erschrocken. »Daß du mich nicht falsch verstehst«, beeilte er sich hinzuzufügen, »ich vertraue dir natürlich, nur würde ich gerne verstehen, was das soll. Und das bringe ich nicht fertig.«

»Dann will ich mich besser erklären.« Sie waren in der Nähe der Porta Venezia, und die Dämmerung schickte ihre ersten Schatten voraus. »Der Diebstahl ist im Morgengrauen angezeigt worden. Wenn du heute abend ins Stadtviertel Vetra zurückkommst, wird es dort von Gendarmen wimmeln, die Häuser durchsuchen, Leute verhören, Verdächtige und Vorbestrafte festnehmen.«

»Wer käme schon auf die Idee, daß ein vornehmer Einbrecher

sich im verrufensten Viertel der Stadt herumtreibt?« Das war ein guter Einwand, und Riccio äußerte ihn mit einem gewissen Stolz.

»Die Gendarmen lesen keine Zeitung«, erwiderte Cesare. »Zuerst durchkämmen sie das Viertel, machen Hausdurchsuchungen und bringen die vier, fünf Vorbestraften hinter Gitter, dann überlegen sie. Und ich muß sagen, damit beweisen sie mehr gesunden Menschenverstand als die Zeitungsschreiber. Komm, gib mir das Geld«, wiederholte er in brüderlichem Ton.

Sie suchten einen dunklen Winkel im Schutz der spanischen Mauer auf. »Hier«, sagte Riccio und reichte seinem Freund das Geld.

»Tu, als hättest du es selbst in der Tasche«, sagte Cesare, während er das Geld rasch in seiner Hosentasche verschwinden ließ.

»Heute abend erwartet mich ›der Künstler‹ um neun Uhr bei sich, um mir das Geld für die Tabaksdose zu geben«, berichtete Riccio freudig.

»Du bleibst heute abend zu Hause.« Das war ein Befehl.

»Wie, ich bleibe zu Hause?« fragte Riccio und war schon wieder verblüfft.

»Wenn sie dich mit dem vielen Geld erwischen, was erzählst du ihnen dann?« mahnte Cesare ihn.

»Tja«, erwiderte der Junge und kratzte sich am Kopf, »das ist auch wieder wahr. Was sollen wir also tun?«

»Warten, bis sich der Sturm gelegt hat. Wenn alles vergessen und vorbei ist, gehst du das Geld abholen.«

»Und wenn er uns dann nicht mehr bezahlen will?«

Cesare sah ihm mit seinen klaren Augen ins Gesicht und lächelte, wobei er sich auf die Unterlippe biß. »Ich bin sicher, daß er zahlen wird«, sagte er.

Auch er, Riccio, war davon überzeugt, daß »der Künstler« mit dem Geld herausrücken würde, selbst wenn Monate und Jahre vergehen sollten. Denn dieser Junge mit dem Körper eines Mannes und dem Lächeln eines Kindes stellte seine Forderungen wie einer, der nichts zu verlieren hat. Und in dieser gegenseitigen Gewißheit verabschiedeten die beiden sich.

19

Punkt acht Uhr saßen die Geschwister Boldrani wie jeden Abend am Tisch. Cesare hatte den Platz des Vaters eingenommen, Giuseppina den der Mutter. Ihr Leben ging, einem präzisen Tagesablauf folgend, im gewohnten Rhythmus weiter. Nichts hatte sich geändert, nicht einmal die immer gleiche Gemüsesuppe.

»Gelobt sei Jesus Christus«, sagte Don Oreste.

»Von nun an bis in Ewigkeit«, erwiderten zuerst Giuseppina und Cesare und dann auch Augusto und die beiden Jüngsten.

»Dürfen wir Ihnen etwas anbieten?« fragte Cesare, während der Pfarrer ihnen von der Tür aus seinen Segen erteilte.

»Ein Glas Wasser vielleicht«, erwiderte der Geistliche und ließ sich auf dem Schemel nieder, den Giuseppina eilends für ihn geholt hatte. Sein Talar war staubig und seine Schuhe vom vielen Gehen durchgelaufen. Um den Hals trug er ein blau-rot kariertes Taschentuch, das schweißgetränkt war.

»Was können wir für Sie tun?« Cesares ernst formulierte und aufrichtig gemeinte Frage entlockte Don Oreste ein Lächeln.

»Eigentlich bin ich gekommen, um euch dasselbe zu fragen«, entgegnete der Pfarrer. Er war achtundfünfzig Jahre alt, aber sein langer Bart, die tiefen Geheimratsecken, seine faltenzerfurchte Stirn und die von Müdigkeit gezeichneten Augen ließen ihn älter erscheinen.

»Aber wir brauchen nichts«, versicherte Cesare ihm, während er sich den Löffel zum Mund führte.

»Und die Kleinen?« Er hatte vor Einbruch der Nacht noch andere Dinge zu erledigen und wußte, daß es bei diesem Jungen sinnlos war, lange herumzureden.

»Die Kleinen essen, trinken, schlafen«, stellte Cesare fest, »und sind nicht schmutziger als wir in ihrem Alter. Und wenn die Zeit dafür gekommen ist, gehen die beiden Älteren zur Schule.«

»Sie sind schmächtig, unterernährt«, sagte der Pfarrer.

»Sie sind eben Kinder«, erwiderte der Junge in entschlossenem Ton. »Alle Kinder sind schmächtig. Auch ich war schmächtig, und später bin ich kräftig geworden. Alle Kinder sind anfänglich schmächtig und werden später stark.«

»Was für ein Dickschädel du doch bist«, brummte Don Oreste und biß die Zähne zusammen. »Wenn du dir etwas in den Kopf gesetzt hast, dann bringt dich keiner davon ab. Was meinst du, wie lange eure Nachbarinnen noch auf deine Geschwister aufpassen können? Sie haben selbst Kinder, die sie großziehen müssen. Das Leben ist hart, Cesare, die Zukunft ungewiß. Wir alle teilen hier das Brot miteinander, das kaum für einen reicht. Mensch, Junge!« Er zog sich das blau-rot karierte Taschentuch aus dem Kragen, tupfte sich damit den Schweiß von der Stirn und verstaute es dann in einer der riesigen Taschen seines weiten Talars. Die Kinder fuhren fort, geräuschvoll ihre Minestrone zu schlürfen, und neckten sich hin und wieder ein bißchen, aber ohne die Erwachsenen in ihrer Unterhaltung zu stören.

Cesare wies mit größter Gelassenheit alle Einwände des Gemeindepfarrers zurück; er war ruhig, sicher und selbstbewußt. Er sagte: »Die Freundinnen meiner Mutter helfen uns gerne, aber wenn sie eines Tages nicht mehr dazu in der Lage sein sollten, dann kommen wir auch alleine zurecht.«

»Diese Kinder brauchen Beistand und eine Führung«, erwiderte der Pfarrer, bemüht, sich nicht von seinem Vorsatz abbringen zu lassen.

»Lassen Sie uns doch deutlich miteinander reden«, sagte Cesare lächelnd und im Ton eines reifen Menschen, der versucht, die verworrenen Gedankengänge eines Kindes zu verstehen, »was haben Sie mit meinen Geschwistern im Sinn?«

»Sie müssen untergebracht werden. Das habe ich mit ihnen im Sinn.« Im Klartext bedeutete dies, daß er sie ins Waisenhaus stekken wollte.

»Wo? Im *Martinitt*?« Das war der Name des stadtbekannten Waisenhauses, das Heim für die sogenannten Kinder des Volkes.

»Im *Martinitt* ist für ihre Verpflegung gesorgt. Außerdem gibt es dort Lehrer, die sich um ihre Erziehung kümmern und ihnen einen Beruf beibringen.«

Cesare hatte sie gesehen, die traurigen Kinder mit ihren langen

Hosen, den Capes und Schildkappen, die Jäckchen bis zum Hals zugeknöpft, die Köpfe immer kahl geschoren; ihre Hände waren im Winter blau vor Kälte, und ihr verzweifelter Blick glich dem von Tierjungen, die sich gegen alles und jeden verteidigen müssen – gegen ihre Artgenossen ebenso wie gegen den Sperber. Er hatte sie gesehen, Mädchen und Jungen, die mit soldatischer Disziplin an den Erst- und Zweitklaßbegräbnissen teilnahmen, um für die Seelen von Unbekannten zu beten, deren Angehörige dem Waisenhilfswerk ihren Obolus entrichtet hatten. Sie mußten beten und danksagen. Gott dafür, daß er sie auf die Welt gesetzt hatte, ihren Wohltätern, die ihnen zu einem Schüsselchen Minestrone verhalfen, dem Heimdirektor, der ihr Leben regelte, ihren Erziehern, die sie sommers wie winters auf Beerdigungen begleiteten. Die Mädchen lernten von klein auf, den Blick zu senken, wie es sich für ehrbare Frauen gehörte, und den Jungen wurde Respekt vor der Autorität eingebläut. Sie alle stauten Groll und Wut an, die entweder in einen Aufstand der Rechtlosen mündeten oder in die Resignation der Masse. Nur dem einen oder andern gelang es, sich hervorzutun.

All diese Überlegungen gingen Cesare in wenigen Sekunden durch den Kopf, ohne daß er deshalb an den guten Absichten des Pfarrers gezweifelt hätte. Don Oreste war wegen seiner Güte im ganzen Viertel beliebt, und auch Elvira hatte ihn sehr geschätzt. Aber seine Geschwister waren an die Freiheit auf dem Land gewöhnt und hätten sich im Waisenhaus wie in einem Käfig gefühlt. Der Junge versprach sich nicht viel von langen Reden und war überzeugt, daß selbst die stichhaltigsten Argumente selten jemanden dazu veranlaßten, seine Meinung zu ändern. Der Pfarrer würde nie mit ihm übereinstimmen, und so brachte Cesare, rasch wie er gedacht hatte, das Ergebnis seiner Überlegungen auf den Punkt.

»Meine Geschwister kommen nicht ins Waisenhaus«, sagte er mit fester und deutlicher Stimme.

Der Geistliche faßte sich mit der rechten Hand ans Kinn und begann so nervös daran herumzufingern, als wolle er es sich herausschrauben. »Ich bin gekommen, um dir einen guten Rat zu geben.« Er versuchte, seinen Verdruß in freundliche Worte zu kleiden. »Ich habe gehofft, du würdest ein Einsehen haben. Ich habe auf deine Klugheit vertraut.«

»Auch meine Mutter hat sich immer dagegen gewehrt, die Kleinen unterbringen zu lassen«, erinnerte Cesare ihn.

»Stimmt. Nach dem Tod deines armen Vaters habe ich ihr denselben Vorschlag gemacht. Aber sie sagte: ›Besser zusammen sterben.‹ Genau das waren ihre Worte.«

»Und ich sage Ihnen, daß es besser ist, zusammen zu leben«, entgegnete der Junge unerschrocken.

»Das Gesetz schreibt vor, daß Kinder nicht sich selbst überlassen bleiben dürfen«, erwiderte der Pfarrer streng. »Vorher hatten sie eine Mutter, die nach ihnen schaute.«

»Jetzt haben sie mich und Giuseppina. Ich werde dieses Jahr sechzehn, sie fünfzehn.«

»Aber ihr arbeitet beide«, wandte Don Oreste ein.

»Gott sei Dank«, entgegnete Cesare schlagfertig.

»Und ihr seid den ganzen Tag außer Hauses.« Der Pfarrer nahm einen Schluck Wasser.

Cesare legte die Hände flach auf den Tisch und tat es damit instinktiv seinem Vater nach. »Giuseppina geht ab morgen nicht mehr zur Arbeit und kümmert sich um ihre Geschwister.«

Don Oreste sah den Jungen mißtrauisch an: Wie konnte er so etwas sagen, wo seine Familie doch am Hungertuch nagte? »Wovon wollt ihr leben?« fragte er ihn.

»Ich verdiene alleine genug für alle. Ich habe meiner Mutter versprochen, daß ich für die Familie sorge, und ich halte mein Wort. Koste es, was es wolle.«

»Mit einer Lira zwanzig pro Tag kann man keine Familie unterhalten«, wandte der Geistliche ein.

»Ich habe ja nicht gesagt, daß ich mein ganzes Leben lang für diesen Hungerlohn in der Wäscherei arbeite. Ich habe nur gesagt, daß ich arbeite und genug für alle verdienen werde.«

»Daß du mir keine krummen Dinger drehst und letzten Endes noch unredlich wirst«, warnte Don Oreste ihn mit erhobenem Zeigefinger.

Cesare fixierte mit seinen klaren, azurblauen Augen die funkelnden, schwarzen Augen des Pfarrers. Er hätte ihm sagen können, daß es unredlich war, die Armen zu Sklaven des Elends zu machen, Schwache und Wehrlose zu demütigen, Kinder von Sonnenaufgang bis Sonnenuntergang für ein paar lausige Kröten schuften zu lassen, Mädchen mit Mietforderungen zur Prostitution zu zwingen. Aber Cesare holte nie weit aus, wenn er sich auch knapp fassen konnte, und so sagte er: »Die Unredlichkeit ist fast immer eine Sünde der Reichen. Und wenn wir doch irgendwann einmal in Versuchung geraten sollten, so wird uns Gott in seiner unendlichen Barmherzigkeit bestimmt vergeben.«

»Amen«, sagte Don Oreste, wobei er den Kopf senkte und sich bekreuzigte. Wie eigenartig dieser Junge doch war. Sein Gesichtsausdruck, sein Blick, sein ganzes Verhalten hatten etwas Seltsames. Er dachte an das Märchen von dem häßlichen Entlein, aber dieser Vergleich paßte nicht, obwohl er sicher war, daß sich der Sohn der guten Elvira eines Tages in einen prächtigen Schwan verwandeln würde. Das Problem war nur, daß es weiße und schwarze Schwäne gab, und der arme Pfarrer hätte nicht zu sagen gewußt, auf welche der beiden Farben sich die Persönlichkeit und Zukunft dieses Jungen entwickeln würde. Daß er sich aber in einen Schwan verwandeln würde, daran hegte er nicht den geringsten Zweifel. »Kann ich sonst etwas für euch tun?« fragte er, während er sich zum Gehen anschickte.

»Ja, Sie könnten uns helfen, für einen Tag ein Pferd und eine Kutsche aufzutreiben.«

Cesares Bitte war in so natürlichem Ton geäußert, als gehe es darum, ein Glas Brunnenwasser zu bekommen.

Don Oreste ließ sich auf seinen Schemel zurückfallen. »Ein Pferd?« fragte er. »Eine Kutsche? Wofür?«

»Morgen ist Mariä Himmelfahrt.« Das schien Cesare bereits ein guter Grund, aber es war nicht der einzige.

»Und du brauchst ein Pferd und eine Kutsche, bloß weil morgen Mariä Himmelfahrt ist?« fragte der Pfarrer und griff sich mit den Händen an den Kopf.

»Ich würde mit meinen Geschwistern gerne einen Ausflug zur

Wallfahrtskirche der Madonna von Caravaggio machen. Meine Mutter hat sie besonders verehrt. Jeder von uns möchte sie um eine Gnade bitten, und es kann uns auch nicht schaden, wenn wir ein bißchen von dem Heilwasser trinken, das dort entspringt.«

»Davon bin ich auch überzeugt«, gab der Priester zu, »aber woher weißt du, daß ich dir zu einem Pferd und einer Kutsche verhelfen kann?«

»Neuigkeiten sprechen sich schnell herum, vor allem, wenn sie in der Gemeinde passieren.«

»Dann hast du also erfahren...«

»Daß Tito Sozzini... entschuldigen Sie«, korrigierte er sich, »daß Signor Tito Sozzini Ihnen ein Pferd und eine Kutsche geschenkt hat.«

»Das Pferd«, erklärte der Pfarrer ihm lächelnd, »ist eher ein Akkergaul, und die Kutsche ähnelt mehr einem Fuhrwerk. Aber das weißt du selbst ja besser als ich. Schließlich hast du ein paar Wochen bei Sozzini gearbeitet, als sein Kutscher krank war.«

»Ich liebe Pferde«, gestand Cesare mit kindlicher Freude.

»Und du kannst mir bestimmt auch einen Grund dafür nennen, weshalb ich dir das Pferd leihen sollte, das mich bisher nur Hafer und Stroh gekostet hat, wobei ich noch kein einziges Mal das Vergnügen hatte, es einzuspannen, oder?«

»Weil Sie unser Pfarrer sind. Weil Sie ein guter Pfarrer sind. Weil Sie uns gern haben.«

Don Oreste erhob sich endgültig. »Komm morgen früh zu mir. Eine kleine Ausfahrt kann auch dem Pferd nur gut tun. Und Gott sei mit euch.«

Die Augen der Kleinen wanderten von Don Oreste zu ihrem Bruder und glänzten wie die Porzellanaugen der Zelluloidpuppen. Was sie da soeben mit angehört hatten, überstieg selbst ihre kindliche Phantasie.

20

Giuseppina strahlte vor Glück, und es kostete sie einige Mühe, ihre Aufregung über die Spazierfahrt zu verbergen, indem sie zurückhaltend lächelte und einen demütigen Blick aufsetzte, während sie den Wunsch verspürte, stolz das schwarze Kleid aus Perkal vorzuzeigen, das ihrer Mutter gehört hatte und an diesem Tag – nach ein paar kleinen Abänderungen – perfekt an ihrem jungen Körper anlag. Sie saß kerzengerade auf dem Brett, das quer über den Karren gelegt war, und senkte die Augen, wenn sie anderen Pferden begegneten und fröhliche Leute lächelten, als wollten sie ihnen jeden Moment zuwinken. Die Kinder sprühten vor Freude – sie waren frisch, sauber und glücklich. Etwas so Spannendes war ihnen noch nie widerfahren, nicht einmal, als ihre Eltern noch gelebt hatten – ein herrlicher Sommermorgen und sie in einer Kutsche, die von einem Pferd in fröhlichem Trab zu einer Wallfahrtskirche gezogen wurde; noch gestern wäre ihnen all dies wie der Anfang eines Märchens vorgekommen. Giuseppina hatte ihre kleinen Geschwister gewaschen und gestriegelt, ohne daß diese auch nur aufgemuckt hätten. Für dieses unverhoffte Abenteuer hätten sie jedes Martyrium auf sich genommen.

Cesare hatte seine Schildkappe keck in den Nacken geschoben und trug ein gestreiftes Hemd mit weißem Kragen, eine Weste und die gute Barchenthose seines Vaters, die Hose seines Hochzeitsanzugs. Er führte mit erfahrener Hand die Zügel, die er bald locker durchhängen ließ, so daß sie die glänzende Kruppe des Pferdes streiften, bald straff anzog, wenn sie einem Automobil begegneten und die Fahrt verlangsamt werden mußte, um den Wagen an den äußersten Straßenrand zu lenken und das dröhnende Monstrum vorbeizulassen, an dessen Steuer – außerirdischen Wesen gleich – Männer mit Lederkappen, langen Staubmänteln und großen Sonnenbrillen saßen. Die Kinder brachen in Jubelgeschrei aus, hüpften und winkten, ohne sich um den Staub zu kümmern, den die Automobile von der Straße aufwirbelten, während Giuseppina sie milde zurechtwies.

Cesare sprach wenig und hing seinen Gedanken nach, aber auch er genoß wie seine Geschwister die ausgelassene Ferienstimmung, die Sonne, die blühenden Wiesen. Männer und Frauen mit breitkrempigen Strohhüten waren über die goldenen Stoppelfelder gebeugt und lasen die Ähren auf, die den Schnittern entgangen waren. Unter ihnen waren auch Kinder. Staunend sahen sie den Boldrani-Geschwistern nach, die in dieser schönen grünen Kutsche (eigentlich mehr ein Fuhrwerk als eine Kutsche) einen Ausflug zur Wallfahrtskirche von Caravaggio machten und sich von einem stämmigen Pferd ziehen ließen, das unermüdlich schien.

Sie waren früh am Morgen aufgebrochen und kamen gegen zehn Uhr in Caravaggio an. Cesare verhandelte mit einem Bauern, der für ein paar Groschen Wagen und Pferd einen schattigen Unterstand bot und auch für Wasser und Heu sorgen wollte.

Unter Cesares Führung kamen sie wie eine kleine Schulklasse mit ihrem Lehrer auf dem großen Kirchplatz an, wo sich bereits eine beträchtliche Schar von Pilgern um die Stände drängte, an denen Andenken aller Art verkauft wurden: kleine Medaillons, Nachbildungen der Wallfahrtskirche und Glaskugeln mit einem Figürchen der Madonna, auf die Schnee niederrieselte, wenn man die Kugel schüttelte. Und das war für die Kinder und für Giuseppina, die wie gebannt auf dieses Wunder starrten, der höchste Ausdruck von Kunst und Schönheit.

Caravaggio war berühmt für den Anbau von Melonen, und die Leute vertrieben sich die Zeit damit, mit den Melonenhändlern zu feilschen, die große Körbe voll süßer und duftender Früchte am Arm trugen und auf dem Platz herumspazierten. Es gab auch einen Kaffeeverkäufer mit knielanger weißer Schürze, der eine große Kanne bei sich hatte, vor der er sich niederkniete, um kleine Zinnbecher mit dem aromatischen Getränk zu füllen. Der Süßwarenverkäufer bot seine Waren auf einem rechteckigen Holztablett feil, das er an einem Lederriemen um den Hals trug. Eine Schar Kinder schwärmte um ihn herum und stellte sich auf die Zehenspitzen, um für fünf Centesimi kleine Schächtelchen mit Kugeln aus gefärbtem Zucker zu erwerben.

»Bring sie in die Kirche«, sagte Cesare zu seiner Schwester.

»Danach kaufst du ihnen etwas zu essen. Wir treffen uns gegen Mittag hier auf dem Platz wieder.«

»Gegen Mittag«, erwiderte Giuseppina gehorsam nickend. Im Grunde war es das erste Mal, daß sie sich alleine an einem fremden Ort befand, obendrein als Alleinverantwortliche für ihre jüngeren Geschwister. Sie hatte nicht damit gerechnet, daß Cesare sich von ihnen trennen würde, aber wenn er es so befahl, dann war sie damit einverstanden.

Über dem Torbogen des großen Gebäudes war eine Inschrift in den Stein gemeißelt: STIFT DES HEILIGEN HERZ JESU. Die Fassade war lange nicht so imposant und auch nicht so streng, wie Cesare sie sich vorgestellt hatte. Das Stift war als katholisches Internat für Töchter aus vornehmem Hause Mitte des achtzehnten Jahrhunderts entstanden, und seine verspielte Architektur spiegelte den Geschmack dieser frivolen Epoche. Die Nonnen des Heiligen Herz Jesu leiteten die Schule seit mehr als hundert Jahren und betrachteten es als Segen des Himmels, wenn sie die eine oder andere Schülerin dazu bewegen konnten, dem weltlichen Leben zu entsagen und ihrem Orden beizutreten. Leider geschah es jedoch immer seltener, daß die Mädchen aus adligen und wohlhabenden Familien, die dem Stift zu Ansehen und Reichtum verhalfen, sich zu diesem Schritt entschlossen.

Cesare blieb auf dem riesigen Vorplatz des Gebäudes stehen, dessen blendend weißer Kies in der Sonne strahlte. Der Griff des Klingelzuges, der sich in einer muschelförmigen Nische aus polierter Bronze befand, glänzte wie Gold. Als Cesare vorsichtig daran zog, hörte er zuerst das Rasseln der dünnen Eisenkette, die zu einem entlegenen Glöckchen führte, und dann festliches Läuten. Es verging ein wenig Zeit, gerade so viel, wie eine alte Nonne brauchte, um sich vom Pförtnerhäuschen zum Eingangstor zu schleppen. In dem großen Holzportal öffnete sich ein winziges Türchen, in dem das Gesicht einer Klosterfrau in ehrwürdigem Alter erschien.

»Gelobt sei Jesus Christus.« Cesare sprach mit größter Selbstverständlichkeit die Formel aus, die man ihm für den Umgang mit

Angehörigen des geistlichen Standes beigebracht hatte. Seine Mütze hatte er abgenommen.

»Was willst du, Junge?« fragte ihn eine altersschwache Stimme.

Cesare war in der Tat nicht grundlos bis hierher vorgedrungen, aber er konnte unmöglich anfangen, durch dieses winzige Türchen hindurch die Geschichte seines Lebens zu erzählen oder gar eine Zusammenfassung der Gedanken zu liefern, die ihn seit einiger Zeit beschäftigten.

»Ich möchte mit der ehrwürdigen Mutter Oberin sprechen«, gab er zur Antwort.

»So, so«, erwiderte die Alte mit einem ironischen Lächeln, bei dem sich in ihren äußeren Augenwinkeln ein Strahlenkranz von Runzeln bildete. »Du bist mir ja ein nettes Früchtchen. Du möchtest also mit der Mutter Oberin sprechen. Weißt du, wie viele Leute gerne mit der Mutter Oberin sprechen würden? Hast du eine Vorstellung davon?« Das Gesicht der alten Nonne verriet weibliche Neugier und zugleich den Respekt eines Menschen, der sich auf der untersten Ebene der Klosterhierarchie bewegt. »Kennst du die Mutter Oberin?« Sie redete, fragte den Jungen aus, konnte sich aber nicht dazu entschließen, ihm das Tor zu öffnen.

»Nein, Schwester«, gab Cesare zu, ohne sich an der Pingeligkeit der Nonne zu stoßen, »ich kenne die Mutter Oberin nicht.«

»Siehst du?« erwiderte die Alte, deren Mimik sich in dem kleinen Türchen, das einem Puppentheater glich, alle paar Sekunden änderte. »Hatte ich doch recht. Und warum möchtest du mit ihr sprechen?«

»Ich hätte gerne ein paar Auskünfte von ihr.« Einfach war es nicht, die Alte zu überzeugen.

»Was, du willst die Mutter Oberin wegen ein paar Auskünften stören? Was für Auskünfte?« fragte sie ihn mit ganz unklösterlicher Indiskretion.

»Ich habe schon meine Gründe, Schwester«, entgegnete Cesare fest und entschlossen, »aber die kann ich Ihnen nicht erzählen.«

»Na, das ist ja die Höhe! Vorlaut und frech obendrein«, schimpfte die alte Nonne und schüttelte mißbilligend den Kopf. »Warte!« rief sie unversehens aus und schlug das Türchen zu.

Minuten vergingen, die Cesare wie eine Ewigkeit erschienen, ohne daß sich etwas rührte, während er in der Sonne vor dem mächtigen Portal wartete. Vom Kirchplatz drangen Stimmen und fröhlicher Lärm zu ihm. Endlich öffnete sich ein Flügel des Eingangstors, und die geschwätzige, sympathische Klosterfrau ließ ihn ein.

»Du bist mir ein hübsches Bürschchen«, brummte sie, während sie langsam um Cesare herumging und ihn neugierig in Augenschein nahm. Sie war winzig klein und wirkte wie ausgedörrt. »Du möchtest nicht nur zur Oberin vorgelassen werden, um Auskünfte von ihr zu bekommen, du verlangst auch noch, sofort zu ihr vorgelassen zu werden. Ohne Voranmeldung.« Sie wollte ihn nicht ausschimpfen, sie wollte mit ihrem Gerede nur Zeit gewinnen, um ihn eingehender betrachten zu können, als suche sie in dem Gesicht, in der Stimme, in der Gestalt dieses Jungen nach einer Erinnerung, die in der Galerie ihres Gedächtnisses langsam Gestalt anzunehmen begann.

Die Tatsache, überhaupt eingelassen worden zu sein, war für Cesare bereits ein großer Fortschritt. »Meinen Sie, die Mutter Oberin kann mich empfangen?« fragte er.

»Wir werden sehen«, sagte die Nonne und fuhr fort, ihn aufmerksam zu mustern, vor allem sein Gesicht. »Diese Augen...«, murmelte sie, plötzlich das Thema wechselnd.

»Welche Augen?« fragte der Junge verwundert.

»Deine Augen«, erwiderte die Klosterschwester. »Diese azurblauen Augen habe ich schon einmal gesehen.«

Cesare schrieb ihr Gefasel dem hohen Alter zu und dem Hang greiser Personen, Erinnerungen durcheinander zu bringen. »Kann sie mich empfangen?«

»Wer?« Die alte Nonne klopfte sich unsichtbare Staubkörnchen von ihrem Gewand.

»Die Mutter Oberin«, entgegnete Cesare geduldig.

»Du warte hier, bis ich dir Bescheid gebe«, sagte die Alte.

Cesare blieb alleine in dem kleinen, viereckigen Innenhof zurück, um den ein hübscher Kreuzgang mit schlanken Säulchen führte. Auf seiner Brüstung waren Blumentöpfe mit Geranien in allen Farben aneinander gereiht. Der Klosterhof war mit Beeten angelegt, die von weißen Kieswegen gesäumt wurden.

Eine hohe Granitsäule in der Mitte trug ein schalenförmiges Brunnenbecken, auf dessen Rand vier wasserspeiende Täubchen aus weißem Marmor hockten. Das leise Plätschern des Brunnens in der Stille, die nach Gras und Blumen duftete, vermittelte Cesare ein Gefühl des Friedens, wie er es noch nie erlebt hatte.

Da kam aus dem Dunkel des Bogengangs – als entsteige sie einem Gemälde oder einer Phantasievorstellung – eine zierliche, schwarz gekleidete Frauengestalt auf ihn zu, die Hände in den weiten Ärmeln ihres Nonnengewandes verborgen. Je mehr sie sich ihm näherte, desto deutlicher konnte er ihre Gesichtszüge erkennen, ihren offenen, gebieterischen Blick, ihre scharf geschnittene, aber wohlgeformte Nase, ihre schmalen Lippen. Sie hatte den beschwingten Schritt der Jugend und einen makellosen Teint; ein schneeweißes, gestärktes Tuch bedeckte ihre Stirn und einen Teil ihrer Wangen, und von ihrem Kopf fiel ein schwarzer Schleier. Sie roch gut, nach Frieden, nach Sauberkeit, nach ewig währenden Dingen, die Sicherheit ausstrahlten, wie die vom Murmeln des Wassers durchwobene Stille, wie der Duft nach Gras und Blumen.

»Folgen Sie mir«, sagte sie zu Cesare, ohne stehen zu bleiben. Ihre weiche, musikalisch klingende Stimme versetzte ihn in Entzücken; es war eine reine Stimme, ohne die geringste Dialektfärbung, ohne einen Anflug von Akzent.

Sie durchquerten den Bogengang, stiegen eine Treppe ins erste Stockwerk hinauf und betraten einen kühlen Korridor. Dort öffnete die Nonne eine niedere Tür aus massivem Holz, durch die sie über zwei abfallende Marmorstufen in einen weitläufigen, schattigen Raum gelangten. Ein vager Geruch nach Ähren und antikem Holz hing in der Luft. Die Wände waren weiß, die Einrichtung karg, ein Tisch aus dunklem Nußbaumholz und zwei Stühle mit hohen Lehnen. Hinter dem Tisch hing ein hölzernes Kreuz an der Wand. Die Mutter Oberin nahm mit geradezu ätherischer Anmut ihren Platz hinter dem Tisch ein, ohne daß ihr weites Gewand auch nur eine Falte geworfen hätte, mit aufrechtem Oberkörper und die Hände aus Gewohnheit wie zum Gebet gefaltet.

»Ich höre«, sagte sie.

Cesare war eingeschüchtert von der Umgebung und der achtunggebietenden Erscheinung der jungen Ordensschwester, die ihm mit weltlicher Aggressivität in die Augen sah und mit einem höflichen, aber unmißverständlichen Lächeln die Lichtjahre messende Distanz zwischen ihnen unterstrich.

»Sind Sie wirklich die Mutter Oberin?« fragte er ungläubig.

»Ja, das bin, und ich bin hier, um Sie anzuhören.« Es war das erste Mal, daß Cesare von jemandem gesiezt wurde. »Ich hoffe nur, daß Sie sich kurz fassen; ich habe nämlich viel zu tun.«

»Es geht um eine etwas seltsame Geschichte, ehrwürdige Mutter.« Komisch, die alte, leicht verwirrte Nonne, der diese Begegnung zu verdanken war, hatte er Schwester genannt, und diese junge Frau nannte er Mutter. »Aber ich will Sie nicht lange damit aufhalten«, fuhr er fort, »auch weil ich nicht glaube, daß Sie von großem Interesse für Sie ist. Eigentlich möchte ich Ihnen nur eine Frage stellen. Sie bewahren hier sicherlich alte Unterlagen auf. Ich würde gerne wissen, ob vor vielen Jahren eine Magd namens Isolina hier im Stift gearbeitet hat.«

Die Oberin sah ihn fragend an: »Warum möchten Sie das wissen?«

»Weil sie meine Urgroßmutter war.« Cesare versuchte, sich zur Ruhe zu zwingen, aber es gelang ihm nicht.

»Und sie soll in diesem Stift gearbeitet haben?« Die Stimme der Nonne klang jetzt schneidend.

»So wurde mir berichtet.« Cesares Worte verhallten in der Stille.

Die Nonne war so reglos, daß sie wie gemalt wirkte; der weiße Hintergrund und das hölzerne Kruzifix trugen zusätzlich dazu bei, der Szene die Tiefe und den Reiz eines Gemäldes zu verleihen. »Das müßte also vor sehr langer Zeit gewesen sein«, überlegte die Mutter Oberin und schien im Kopfe nachzurechnen, »vermutlich noch im letzten Jahrhundert. In welchen Jahren soll diese Isolina ihrer Meinung nach denn bei uns gearbeitet haben?«

»Genau kann ich das nicht sagen«, erwiderte Cesare, »aber meine Mutter ist 1877 geboren und ihr Vater um das Jahr 1850.

Demnach müßte meine Urgroßmutter um diese Zeit herum hier im Stift gewesen sein.«

Das Gesicht der Klosterfrau lief mit einem Mal hochrot an, und ihre Augen funkelten vor Empörung. »In diesem Hause hat noch keine Frau ein Kind zur Welt gebracht«, sagte sie. Ihre frische, sanfte, gleichbleibend ruhige Stimme stand in krassem Widerspruch zu ihrem wutverzerrten Gesicht.

»Das könnte ja geschehen sein, bevor sie hierher kam«, wagte der Junge einzuwenden, dem es nur darum ging, die Wahrheit über seine Herkunft aufzudecken.

»Wir wissen gut, wer sich im Hause des Herrn aufhält«, präzisierte die Oberin mit strenger Stimme.

»Wenn ich Ihnen die Geschichte meiner Familie ausführlich erzählen würde«, entgegnete Cesare, »dann wäre Ihnen vieles vielleicht klarer.«

»Ich bin nicht hier, um mir irgendwelche Geschichten anzuhören«, fiel die Nonne ihm ins Wort, während sie sich erhob. In Wirklichkeit vermittelte sie ihm den Eindruck, diese Geschichte sehr gut zu kennen und nicht darüber reden zu wollen.

»Dann betrachten Sie es als eine Beichte«, insistierte Cesare, der die Flinte nicht so schnell ins Korn werfen wollte.

»Für die Beichte gibt es einen Pfarrer«, erwiderte die Oberin kurz angebunden. »Ich vermute, Sie finden alleine wieder hinaus«, sagte sie dann, indem sie auf die Tür wies.

»Ich habe verstanden«, murmelte der Junge geknickt. »Haben Sie trotzdem Dank.«

Cesare erhob sich ebenfalls, verließ das Zimmer, ohne sich noch einmal umzudrehen, und hörte, wie die schwere Tür hinter ihm geschlossen wurde. Jetzt befand er sich alleine in dem Korridor im ersten Stockwerk des alten Internats, von dem aus man durch eine lange Reihe ovaler Fenster Ausblick auf rote Ziegeldächer und auf den Klosterhof hatte. Die brütende Augusthitze drang nicht durch die mächtigen Mauern des Gebäudes, in dem eine kühle, heitere Atmosphäre und ein geradezu himmlischer Friede herrschten. Cesare vernahm den leisen melodischen Klang eines im Chor gesprochenen Gebetes: »Salve Regina, mater misericordiae, vita, dulcedo, spes nostra, salve...« Während der Gebetspausen drang kaum wahrnehmbar das Plätschern des Brunnens an sein Ohr.

»Siehst du, daß ich recht hatte?« fuhr ihn völlig unerwartet eine Stimme an. Sie gehörte der alten Nonne, die ihm das Eingangsportal geöffnet hatte und so unversehens vor ihn trat, als habe sie ihn abgepaßt.

»Ich wollte nur eine Auskunft«, erwiderte Cesare, der sie einen Augenblick lang überrascht angestarrt hatte.

»Natürlich«, sagte die Klosterfrau mit dem neugierigen, runzeligen Gesicht in ironischem Ton. »Du, mit deinen azurblauen Augen, die ich schon einmal gesehen habe. Das sind die Augen Isolinas.«

»Dann wissen Sie also...?« Offensichtlich war er der Wahrheit über seine Herkunft näher als geahnt.

»Komm, Junge«, forderte die alte Nonne ihn auf, während sie ihm voraus auf den Ausgang zuging.

21

»Du möchtest etwas über Isolina erfahren, stimmt's?« Die greise Nonne hatte eine Stimme, die ihm wohlbekannt vorkam, eine dialektgefärbte Stimme, die nach Dorfplatz oder Tenne klang und den unverwechselbaren Akzent eines Menschen verriet, der an den Umgang mit dem Volk gewöhnt war und seine Freuden und Leiden teilte. Ihr Alter verbrachte sie hier, im Frieden dieses Klosters, aber aufgewachsen war sie dort, wo uralte Sitten und Bräuche das Leben bestimmten, wo man einen Teller Minestrone und ein Stück Brot als Segen des Himmels betrachtete.

»Ja, das möchte ich«, erwiderte Cesare, der ihr gespannt zuhörte.

»Ich erinnere mich an Isolina«, sagte die Klosterfrau. »Ich sehe sie vor mir, als wäre sie hier bei uns. Ich habe sie nämlich gut gekannt. Sie hatte dieselben Augen wie du und dieselbe Wißbegierde, aber sie war lange nicht so frech wie du.« Ihre rotgeäderten, dunklen Augen betrachteten das überraschte Gesicht des Jungen. »Ich habe das Gedächtnis der alten Leute, die immer ›gestern‹ sagen, wenn sie etwas erzählen. Ich erinnere mich an die Vergangenheit, an das, was wir einmal waren.« In dem breiten Sessel, in dem sie sich zusammengekauert hatte, wirkte sie noch kleiner und zerbrechlicher. »Von heute erinnere ich mich an fast nichts. Nur an deine Augen, weil ich durch sie die Augen Isolinas wiedergesehen habe und meine Jugend. Aber wer bist du eigentlich? Ihr Enkel? Ihr Urenkel?«

»Ich bin der Urenkel, Schwester«, erwiderte Cesare. Sie befanden sich in der Zelle der alten Nonne – der ältesten der ganzen Klostergemeinschaft –, einer peinlich sauberen Zelle, die im Gegensatz zur großen, mysteriösen Zelle der Oberin klein und hell war. Die Einrichtung bestand aus einem Stuhl, einem Sessel, einem Bett, einem Kreuz und einem Tischchen, auf dem ein Wasserkrug und ein Kerzenleuchter standen. Durch ein großes Fenster, vor das zum Schutz gegen Stechmücken ein feinmaschiges Netz gespannt war, flutete das Sonnenlicht herein. Cesare saß der Nonne gegenüber auf einem Rohrstuhl.

»Der Urenkel«, wiederholte die Alte. »Arme Isolina.« Sie stützte einen Ellbogen auf die Armlehne ihres Sessels, drückte sich mit dem Daumen auf die Schläfe und begann sich mit den andern Fingern die Stirn zu massieren. Sie hatte ein hageres, faltenzerfurchtes Gesicht, tief liegende Augen und eine dünne, fast durchscheinende Nase. »Sie war unsere Magd«, fuhr sie fort. »Sie war eine Magd Gottes und eine gute Seele.« Die greise Nonne sprach an Cesare gewandt, aber es war, als rede sie zu sich selbst. »Ich hatte vor kurzem das Gelübde der Armut abgelegt und war noch ein Mädchen. Isolina dagegen war bereits eine Frau. Einmal im Jahr bekam sie die Erlaubnis, nach Mailand zu fahren und ein Kind zu besuchen, das dort im Waisenhaus untergebracht war, im *Martinitt.* Aber sie ist nie alleine gefahren. Es war immer eine Schwester bei ihr.

Einmal habe ich sie begleitet, und bei dieser Gelegenheit hat sie mir ihre Sünde gestanden. Eine schwere Sünde«, sagte die Alte und schüttelte leicht den Kopf. »Sie hat sich von einem jungen Mann entehren lassen, und die Grafen Casati, die vermögende Leute und große Wohltäter unseres Ordens waren, haben sie hier einschließen lassen, damit sie ihre schwere Sünde abbüßen und ihre Seele retten konnte.«

»Ich kenne eine andere Version«, wandte Cesare ein, indem er sich nach vorn beugte.

»Schweig stille, Antichrist!« fuhr die Klosterschwester ihn an. »Isolina hat alle ihre Sünden abgebüßt. Sie hat von morgens bis abends gearbeitet und von Sonnenuntergang bis Sonnenaufgang gebetet. Manchmal hat sie geweint. Auch an dem Tag, an dem wir nach Mailand unterwegs waren. Ich habe sie gefragt: ›Warum weinst du, Isolina? Freust du dich denn nicht, daß wir mit dem Schiff nach Mailand fahren und so viel Neues erleben werden?‹ Damals, mein Junge, ist man noch mit dem Schiff nach Mailand gereist. Jedenfalls hat Isolina mir auf meine Frage hin ihr großes Geheimnis anvertraut. Sie hat mir gesagt, daß sie nach Mailand fahre, um ein Kind zu besuchen, aber nicht irgendein Kind. Das Traurigste an der ganzen Geschichte war, daß der Junge im *Martinitt* nicht wissen durfte, daß die Frau, die ihn einmal im Jahr besuchen kam, seine Mutter war. Wenn es auch kaum die Mühe lohnte, so hat sie ihm doch jedes Jahr ein paar Birnen, eine Tüte getrocknete Kastanien und ein Schächtelchen Kekse mitgebracht. Aber davon abgesehen waren diese Besuche eine herzzerreißende Angelegenheit.«

»Wer war der Vater des Kindes?« fragte Cesare, um seine Informationen mit der Antwort der Nonne vergleichen zu können.

»Isolina hat mir gesagt, daß es der junge Graf Casati war, der an gebrochenem Herzen gestorben ist, nachdem er sich in seine Villa zurückgezogen hatte. Siehst du dort unten?« Die alte Klosterschwester hob ihre Hand mit den langen, knotigen Fingern, die in flache, breite Nägel ausliefen, und deutete auf das Fenster mit dem Mückennetz. »Das schöne Haus dort unten im Tal, da hat er gewohnt.« Es handelte sich um eine elegante Villa, die am Ende einer langen Allee lag. Cesare spähte zum Fenster hinaus, konnte aufgrund der blendenden Sonne aber nur die verschwommenen Umrisse eines Gebäudes im Gegenlicht erkennen.

»Das Haus heißt Villa Carlotta«, fuhr die alte Schwester fort,

»nach der Gräfinmutter, die es erbauen ließ. Aber seit der Graf Cesare sich in der Villa eingeschlossen hat, um seine Tage dort zu beschließen, wird sie von den Leuten ›Die Stille‹ genannt. Und der Name ist geblieben. Ich mußte der armen Isolina versprechen, daß ich diese Geschichte niemals weitererzählen würde, und daran habe ich mich bis heute gehalten. Wenn ich jetzt mit dir darüber spreche, so nur wegen deiner Augen, die auch ihre Augen waren.

Trotzdem war mir schon damals klar, mein lieber Junge, daß diese Geschichte zu einer Legende geworden und längst in aller Munde war. Die Frauen erzählten sie im Beichtstuhl und die Männer während der Nachtwache in den Ställen. Im Lauf der Zeit wurde sie mit Phantasien und Halbwahrheiten ausgeschmückt. So habe ich sagen hören, daß der Graf jede Nacht eine brennende Kerze in das Fenster gestellt habe, das auf unser Stift hinausgeht, und daß Isolina in der Dunkelheit aufs Dach hinaufgestiegen sei, um zu sehen, ob die Flamme ihrer einzigen Liebe, ihrer einzigen großen Sünde noch brannte. Sie blieb stundenlang dort oben, betete, weinte, flehte um Barmherzigkeit. Es hieß, der junge Graf habe ein entstelltes Gesicht gehabt, ein Ochsenauge, aber sein Herz war gut.

Ein Engel war er natürlich nicht, sonst hätte er dieses arme Geschöpf nicht ins Unglück gestürzt«, fuhr die Alte fort. »Eines Nachts wurde die Kerze nicht angezündet und dann nie wieder. Der Graf war tot. Wenige Monate später starb auch Isolina. Die Leute munkeln, daß die beiden in stürmischen Nächten einander rufen und weinen und Gott um Vergebung anflehen. Aber das ist nur törichter Aberglaube. Siehst du, wieviel Trauriges im Leben passiert? Die Auswirkungen des menschlichen Leids dringen selbst durch diese dicken Mauern, hinter denen wir im Frieden des Herrn leben. War er dein Vater, der Junge, der nie erfahren hat, wer sein eigener war?«

»Nein, mein Großvater«, präzisierte Cesare, »aber ich glaube, daß er etwas geahnt hat. Ich heiße nämlich Cesare. Wie der junge Graf Casati.«

»Ach, was hat das schon zu bedeuten, wenn wir doch alle Kinder Gottes sind?« Die Nonne hob mühsam einen Arm.

Cesare beugte sich über sie, küßte ihre Hand mit den knotigen Fingern und sagte: »Danke, Schwester.« Am liebsten hätte er sie umarmt wie eine Großmutter.

»Ich glaube, ich habe sehr wenig für dich getan, und hoffe nur, nicht wieder alten Groll heraufbeschworen zu haben.«

»Schon die Wahrheit alleine hilft«, philosophierte der Junge, aus einem kürzlich gelesenen Buch zitierend.

»Geh jetzt, mein Sohn, und Gott sei mit dir«, sagte die alte Schwester zum Abschied. »Denk daran, daß du von gutem Blut bist, und gerate nicht auf Irrwege.«

Es war fast Mittag, als Cesare bei dem kleinen Friedhof in Caravaggio anlangte, aber wenn die Glocke zwölf Uhr schlug, würde er bei seinen Geschwistern auf dem Kirchplatz sein, wie er es versprochen hatte. Der Friedhof war geschlossen und menschenleer. Durch ein schmiedeeisernes Gitter hindurch betrachtete Cesare eine zypressengesäumte Allee, die sich auf eine elegante Grabkapelle zu perspektivisch verjüngte. In den Marmorgiebel der Begräbnisstätte waren in leuchtenden goldenen Lettern zwei Wörter eingegraben: FAMIGLIA CASATI. Die Kapelle wirkte erhaben und schön inmitten der vielen Gräber, die mit schlichten eisernen Kreuzen, vereinzelt auch mit einem Grabstein aus Marmor, geschmückt oder nur an einem Erdhügel zu erkennen waren.

Er dachte an seine Mutter, an den Vater seiner Mutter und an seine arme Urgroßmutter Isolina. Sie ruhten nicht in dieser Grabkapelle, weil sie den Namen der Findlinge trugen, der Niemandskinder – Colombo. Aber Cesare würde auch seiner Mutter zu einem würdigen Grab auf diesem Friedhof verhelfen. Auch er würde für seine Verstorbenen ein großartiges Monument errichten lassen, und während er in solcherlei Gedanken versunken die Grabkapelle betrachtete, löste sich vor seinen Augen die Inschrift FAMIGLIA CASATI auf und wich einer anderen: FAMIGLIA BOLDRANI.

22

Der Herbst hielt mit Gerüchten, Parolen und Schlachtenlärm Einzug. Der Schatten des Todes breitete sich über dem alten Europa aus. Wie ein unglückverheißender Komet war die Nachricht vom Attentat in Sarajewo über die Gassen des Vetra-Viertels und über die Tennen der Bauernhöfe am Stadtrand hinweggezogen. Die Ermordung des österreichischen Thronfolgers Franz Ferdinand und seiner Gemahlin Sophie hatte längst weitere grausame Massaker nach sich gezogen, die ebenso hirnverbrannt wie unabwendbar waren. Halb Europa war in das fürchterliche Gemetzel verwikkelt. Gavrilo Princip, ein serbischer Gymnasiast, hatte mit zwei Revolverschüssen die Welt in ein Schlachtfeld verwandelt.

»Hättest du das je für möglich gehalten?« fragte Riccio.

»Was?« entgegnete Cesare, der Unterhaltungen, wie sie im Wirtshaus geführt wurden, haßte.

»Daß zwei Revolverschüsse genügen, um das Universum aus den Angeln zu heben.«

»Das kommt darauf an, wer den Hahn abzieht und ob er den richtigen Moment dabei erwischt.« Diese Antwort war unbefriedigend, aber typisch für Cesare. Die beiden Burschen zogen in dieser kühlen Oktobernacht mit einem Fuhrwerk über die Straßen jenseits des Pos. Sie hatten begonnen, mit Wein zu handeln, um die Tausendlirescheine zu vermehren, die sie sich mit dem Einbruch in die Villa des Grafen Spada verdient hatten.

Die Idee stammte von Riccio, dem Gassenjungen, der bei den Großeltern schlief und in der Osteria wohnte. Ihm gefiel das Gelächter, die Streitereien, der Lärm in den Schenken und die mehr oder weniger legalen Geschäfte, die dort abgewickelt wurden.

»Aber was soll's, wir müssen ja sowieso nicht in den Krieg«, tröstete Riccio sich.

»Das glaubst *du*«, wandte Cesare ein und rückte ein wenig auf dem Bock des Karrens herum, bis er eine bequemere Position gefunden hatte.

»Italien hat sich doch neutral erklärt«, erwiderte Riccio.

»Als wären die Jas und Neins der Regierungen für bare Münze zu nehmen«, brummte Cesare und dachte an die krakeelenden Horden von Interventionisten, die auf den Straßen und Plätzen nach Krieg schrien, ihrer Meinung nach die einzig mögliche Alternative. Zu Tausenden brüllten sie fahnenschwenkend ihre unsinnigen Parolen: Radikale, Reformisten, Gewerkschaftler, Sozialisten, Garibaldiner und Intellektuelle, Dichter und Literaten.

»Hei, Gigia, bleib nicht stehen!« spornte Riccio den Gaul an, der immer langsamer wurde. »Nett von Matilde«, meinte er dann, »daß sie uns Pferd und Karren borgt.« Matilde war die Padrona der Wäscherei.

»Ja, das ist nett von ihr«, pflichtete Cesare ihm bei, während er sich an den Körper der Frau erinnerte, ihren Geruch, ihre Küsse, die kleinen Schweißperlen auf ihrer Brust, die vor Liebe zu ihm geschwollen war, an ihre gerührten Tränen, an ihre Lippen, an die Lust, die wie ein Feuer in ihm aufgelodert war.

»Ich glaube, sie hätte das Pferd und den Karren niemand anderem gegeben«, sagte Riccio mit einem spitzbübischen Augenzwinkern und wartete auf eine Reaktion seines Freundes.

»Wohl kaum«, erwiderte Cesare lakonisch und enttäuschte seine Neugier.

Dünne Wolken zogen über den Himmel und verschleierten die Sterne. Die Stechmücken trudelten taub vor Kälte durch die Luft. Ein paar Nachtfalter flatterten um die Petroleumlampe, die hinten an dem Fuhrwerk schaukelte. Die Pappeln zu beiden Seiten der Allee zogen wie ein träger Strom an ihnen vorbei. In der Ferne ertönte der Pfiff eines Zuges, dem das Jaulen eines Hundes folgte. Riccio versuchte ein Lied zu singen, aber Kälte, Schlaf und Zigarettenrauch hatten ihm die Stimme verschlagen.

»Hättest du nicht Lust, etwas zu essen?« fragte er Cesare. Die Antwort kannte er bereits, aber mehr als einen Vorschlag hatte er den Versuch unternehmen wollen, ihre Unterhaltung aufrecht zu erhalten.

»Nein«, entgegnete Cesare, dem überhaupt nicht nach Reden war.

»Ich glaube, wir haben gut daran getan, uns auf dieses Geschäft einzulassen«, meinte Riccio, der für seine Idee gelobt werden wollte.

»Für den Anfang taugt es«, stimmte Cesare ihm zu, obwohl er in Gedanken versunken war und lieber geschwiegen hätte. Ja, am liebsten hätte er bis nach Broni und Stradella geschwiegen und von dort bis nach Mailand zurück.

Riccio standen Wein und Wirtshäuser ins Schicksal geschrieben. Wenn er gefragt wurde, was er einmal werden wollte, so antwortete er: »Wirt«, wie andere sagten: »Dieb, wie mein Vater.« Er fühlte sich zu dieser Beschäftigung berufen, seit er sich in Miranda verliebt hatte, die unter allen Weibern aus der Via Vetraschi das frechste war, aber auch das lauterste, ganz im Gegensatz zu dem Wein, den ihr Vater in seiner Osteria panschte, im *Ca' di can,* wo das Mädchen sang, tanzte, die Gäste unterhielt und sich mit Riccio zu köstlichen Schäferstündchen zurückzog.

Das ziemlich heruntergekommene *Ca' di can* stellte für Riccio kein Vorbild dar. Ihm schwebte ein erstklassiger »Laden« vor, »funkelnagelneu« und schön, mit angegliederter Trattoria. Dort würde Miranda in adretten Kleidern hinter der Kasse thronen und den wohlhabenden, zufriedenen Gästen die Rechnung präsentieren.

»Jetzt, wo wir endlich etwas auf die Beine gestellt haben, wäre ein Krieg das Letzte, was wir brauchen können«, sagte er.

»Mit solchen Gedanken machst du dich nur verrückt.« Cesare schien drauf und dran einzunicken.

»Hör dir den an«, schnaubte Riccio. »Die Welt bricht zusammen, und er bleibt völlig kalt.«

»Schlaf lieber. Das Pferd kennt den Weg«, riet Cesare ihm.

»Vielleicht hast du recht«, seufzte Riccio resigniert. Er war felsenfest davon überzeugt, daß sie mit dem Weinhandel reich werden würden. Er hatte in den Osterien mitbekommen, wie die Sache funktionierte. Er hatte begriffen, daß eine Korbflasche guten Weins zu fünfzig Lire bei der nachfolgenden Umfüllung in Flaschen und Gläser hundert Prozent Gewinn abwarf. Außerdem wußte er, daß eine Korbflasche, die der Wirt für fünfzig Lire verkaufte, beim Getränkehändler für fünfundzwanzig Lire und beim

Hersteller für fünfzehn Lire zu haben war. Er hatte die Idee gehabt, den Zwischenhändler zu überspringen, vom Winzer direkt an den Wirt zu verkaufen und so fünfunddreißig Lire pro Korbflasche zu verdienen. Warum sollten sie damit keinen Erfolg haben, wo er doch sämtliche Osterien des Viertels, wenn nicht der ganzen Stadt kannte?

Die beiden Jungen begannen mit Matildes Karren und Pferd am Samstagabend zu arbeiten und hörten erst am Montagfrüh wieder auf. So hervorragend Riccio als Verkäufer war, so geschickt stellte Cesare sich als Einkäufer an. Er schaffte es, den besten Wein zum günstigsten Preis zu bekommen. Innerhalb von wenigen Monaten war es den beiden Freunden gelungen, auch Osterien außerhalb ihres Stadtviertels als Kunden zu gewinnen. Miranda führte die Rechnungsbücher und verzeichnete die Ein- und Ausgänge des Lagers, das die beiden auf Initiative Cesare Boldranis und gegen den Willen Riccios für einen geradezu lächerlichen Preis in einem alten Haus in der Via Piopette gekauft hatten. Das Gebäude selbst war verlottert, aber das Kellergewölbe war geräumig und kühl und für die Lagerung von Wein wie geschaffen. Riccio, der sein Geld lieber für die neue Osteria auf die Seite gelegt hätte, weinte seinem Traum ein wenig nach, aber als die Immobilienpreise dann zu steigen begannen, begriff er, daß Cesare ihnen beiden mit seinem Spürsinn wieder einmal zu einem glänzenden Geschäft verholfen hatte.

»Mit all der Arbeit, die wir haben«, knurrte Riccio wütend, »würde ein Krieg uns gerade noch fehlen.«

»Es kann vorkommen, daß einer mit seinem Kahn in einen Sturm gerät«, philosophierte Cesare, »Schiffbruch erleidet, erschöpft auf einer Insel landet und dort einen Schatz findet. Und genauso gut kann es passieren, daß einer ruhig zu Hause sitzt, vom Schlag getroffen wird und stirbt.«

»Du liest zu viele Romane«, meinte Riccio mit einem Schulterzucken. Er erinnerte sich, daß Ende August die Truppen eines gewissen Generals von Moltke das französische Heer bei Charleroy geschlagen hatten und gen Paris vorrückten. »Glaubst du, die Deutschen gewinnen?« bohrte er unermüdlich weiter.

»Meiner Meinung nach gibt es in Kriegen keinen Sieger«, gab Cesare weise zur Antwort.

»Der *Corriere* schreibt, daß die Franzosen verlieren.« Riccio ließ ihm keinen Frieden.

»Schlaf, Riccio. Wir haben zwei Nächte und zwei Tage Arbeit vor uns.«

»Wenn mir der Krieg das Geschäft vermasselt, richte ich ein Massaker an«, drohte Riccio. »Nicht möglich, daß es Leute gibt, die den Krieg wollen. In Mailand haben wir Arbeit und Brot. Filippo Turati hat gesagt, daß Mailand das England Italiens sei.«

»Du weißt ja nicht einmal, wo England liegt«, erwiderte Cesare und traf damit ins Schwarze.

»Na und? Hauptsache, Turati weiß es«, verteidigte Riccio sich würdevoll.

Das war typisches Osteria-Geschwätz. Cesare lächelte. Er jedenfalls würde Tag für Tag, ohne zu rasten, den Weg weitergehen, den er sich vorgenommen hatte. Das Ziel war noch nicht zu sehen, aber er ahnte es und wußte, daß kein Krieg der Welt seine Pläne ändern würde und daß er seine Tage keinen Augenblick früher beschließen würde, als im Buch des Schicksals geschrieben stand. Er las genug, um zu wissen, daß sein Land der Breite und der Quere nach zerrissen war und seine aufkommende Industrialisierung damit finanzierte, daß es Millionen von Arbeitskräften exportierte, die die begehrten Devisen heimschickten, mit denen das gigantische Karussell am Laufen gehalten wurde. Ein Krieg würde das Kapital nur noch vermehren, die Großen riesig machen, die Mittleren groß und selbst die Kleinen in die Lage versetzen, zu etwas Wohlstand zu kommen.

Für viele mochte die Emigration in die Vereinigten Staaten einen Ausweg darstellen, für ihn, der er weder Europa noch Amerika kannte, wäre sie niemals in Frage gekommen. Er verspürte nicht die geringste Reiselust und hegte keinerlei Ambitionen in dieser Richtung. Seine Welt war hier, sein Haus, das Viertel, die Stadt. Eines Tages würde jeder, der seiner Hilfe bedurfte, wissen, wo er zu finden war, denn der Name Cesare Boldranis würde allen Personen bekannt sein, die etwas zu sagen hatten. Von überallher würden sie kommen, aus Frankreich, aus England und aus Amerika, um sich wegen eines Rates oder Gefallens respektvoll an ihn zu wenden, und ihm ihre sagenhaften Schätze zu Füßen legen. Sein Vater würde voller Bewunderung aus dem Himmel auf ihn herniedersehen, und seine Mutter würde ihm zulächeln und sagen: »Wußte ich es doch, Cesare. Du bist ein Junge, der sein Wort hält. Dank dir, jetzt sind wir alle glücklich. Deine Geschwister brauchen nicht mehr im Elend zu leben, und selbst für Giuseppina gibt es jetzt eine Zukunft.«

»Komm, Cesare, wir sind da«, sagte Riccio und rüttelte ihn aus seinem Traum. »Spring ab.«

Cesare stieg von dem Karren und rieb sich die Augen. Die erste Morgenröte färbte den Himmel, und es war kalt. Das Pferd war auf der Tenne eines großen Gehöfts stehengeblieben. Ein Hund sprang schwanzwedelnd auf ihn zu und rieb zutraulich die Schnauze an seiner Hose. Ein hünenhafter Mann mit tief in die Stirn gezogenem Strohhut begrüßte sie, während Cesare über ein grundlegendes Problem nachdachte, das ihn bis ans Ende seines Lebens beschäftigen sollte. Warum ist der Mensch nicht imstande, sich an den Augenblick unmittelbar vor dem Einschlafen zu erinnern? Warum hat noch keiner es fertig gebracht, den Übergang vom Wachzustand in den Schlaf zu beschreiben?

Dann begann er mit dem Winzer über den Preis des Weines zu verhandeln, während die Knechte das Fuhrwerk mit Korbflaschen beluden.

23

Cesare hatte sich noch nicht entschlossen, die Arbeit in Matildes Wäscherei aufzugeben, wo er mittlerweile für die unterschiedlichsten Aufgaben zuständig war – von der Überprüfung und Auslieferung der gewaschenen Wäsche über die Arbeitseinteilung bis hin zur Verwaltung. Es gab immer mehr Truppen, die Manöver wurden intensiviert, und die Rekruten lernten zu singen: »Addio, mia bella, addio, die Soldaten brechen auf. Und ich wäre feige, zöge ich nicht mit ihnen.«

Obwohl sie mit ihrem Weinhandel immer mehr verdienten, konnten weder er noch Riccio sich dazu entschließen, die alte Arbeit aufzugeben. Herbst und Winter waren vergangen, und die Frühlingssonne schien auf die blühenden Wiesen. Schwalben schwirrten am Himmel, und die Luft war erfüllt vom Summen der Insekten.

Warum sollten sie in den Krieg? dachte Matilde und sog den Duft des Morgens ein.

Die Witwe betrat die Wäscherei und sah ihn mit nichts als einer weißen Leinenhose bekleidet und nacktem Oberkörper. Er hantierte an einem Heizkessel herum, der nicht richtig funktionieren wollte. Die Frau verschlang ihn mit ihren Augen. Er glänzte vor Schweiß, und die Tropfen, die ihm den Rücken hinunterliefen, betonten die zuckenden Muskeln seiner breiten Schultern.

»Was ist los mit dem Kessel?« fragte sie ihn.

Der Junge hob sein schönes Gesicht und lächelte sie mit den Lippen und seinen azurblauen Augen an. »Da ist so eine verdammte Schraube, die nicht mehr richtig hält«, erwiderte er.

»Ich lasse noch heute einen Mechaniker kommen«, sagte Matilde. Sie redete über die Maschine, aber sie wandte sich an ihn, an den Mann, dessen derber Geruch sie beinahe um den Verstand brachte.

»Das kann ich doch auch machen«, erbot Cesare sich. »Das ist ein Kinderspiel.«

Es war Pausenzeit, und in der großen, dampfigen Halle befanden sich nur sie beide. Er in krampfhafter Erwartung, sie hin- und hergerissen zwischen dem unbezähmbaren Verlangen nach ihm und dem Vorsatz, sich nicht gehen zu lassen. Sie hatte sich hundertmal gesagt: »Frau, du bist keine Hure. Du bist eine achtbare Witwe. Und du mußt dich verhalten wie eine achtbare Witwe.« Und wie um diesen Vorsatz zu bekräftigen, umklammerte sie das Bild des verstorbenen Gatten, das vor ihrer Brust pendelte, als könne sie es als Gegengift gegen die verzehrende Leidenschaft einsetzen, an der sie krankte. Morgen entlasse ich ihn, nahm sie sich vor, ich zahle ihm eine Abfindung, aber er muß gehen. So kann ich nicht weiterleben.

»Nachher gehe ich die Schraube kaufen«, sagte Cesare, während er in ihre Augen sah, die immer sanfter schimmerten.

Wie von einem unsichtbaren Magneten angezogen, näherten sie sich einander. Er lächelte, sie war drauf und dran, in Tränen auszubrechen, und schüttelte verneinend den Kopf, aber ihre Augen glühten vor Begehren, und ihr fester, runder Busen hob und senkte sich im Rhythmus der Atmung.

Sie sanken in die Knie, ließen sich auf die noch feuchte und nach Seifenlauge riechende Wäsche fallen und liebten sich, betrunken, berauscht, in Ekstase, unfähig, auch nur den Gedanken zu fassen, daß jeden Augenblick jemand hereinkommen und sie entdecken konnte. Sie liebten sich, als wären sie alleine auf der Welt, und als tatsächlich jemand in die Halle kam, war dieser dermaßen aufgelöst, daß er die Verwirrung der beiden Liebenden überhaupt nicht bemerkte, die hastig versuchten, ihre Kleider in Ordnung zu bringen. Eine Frau war mit Tränen in den Augen hereingestürzt und schrie: »Padrona, der Krieg ist ausgebrochen. Wir werden alle sterben. Unsere Männer müssen alle zum Sterben an die Front.«

»Wer hat gesagt, daß der Krieg ausgebrochen ist?« fragte die Witwe, die mittlerweile dem Strudel der Leidenschaft entkommen war und sich mehr Sorgen um einen persönlichen Skandal machte als um einen internationalen Konflikt, der ja sowieso schon im Gange war.

»Der Hauptmann aus der Kaserne ist gekommen«, schluchzte die Frau.

»Wo ist er?«

»Er wartet draußen auf Sie.«

Cesare mußte an die Kundgebungen der Interventionisten denken, rasende Horden, die Parolen schrien und Fahnen schwenkten; Vaterland und Trikolore, Furor und Wimpel. Der Junge war überzeugt, daß viele der Helden, die er auf den Plätzen gesehen hatte, niemals die Schützengräben an der Front aus der Nähe erleben würden. Es gehörte nicht viel dazu, die vornehmen Muttersöhnchen in Jackett und Sonnenhut auszumachen, aufgeblasene, streitsüchtige Literaten, Künstler auf der Suche nach Emotionen, nichtsnutzige Versager, hysterische Weibsbilder, die sich in den göttlichen D'Annunzio verliebt hatten, die Romane Pittigrillis verschlangen und getrieben wurden von der Lust zu sündigen, ohne jedoch den Mut zu haben, es zu tun.

»Ich hab dich gern«, sagte er mit ernster, fester Stimme und sah Matilde an.

»Warum, Kindchen?« fragte sie ihn gerührt.

»Wegen deiner Großherzigkeit und wegen deines Mutes.«

Die Frau, die ihnen die Nachricht vom Kriegsausbruch gebracht hatte, sah sie verständnislos an. »Was soll ich machen, Padrona?« fragte sie.

»Sag dem Hauptmann, daß ich sofort komme. Geh«, befahl Matilde ihr.

»Ich bin nicht sehr mutig, Kindchen«, sagte sie dann zu Cesare.

»Wenn du willst, bleibe ich für immer bei dir«, versprach er.

Matilde lächelte unter Tränen. Sie weinte lachend und lachte weinend. »Der Krieg ist ausgebrochen, und ich weine und lache, weil ein kleiner Junge mir gesagt hat, daß er mich gern hat.«

24

Junge Burschen und Familienväter, einer nach dem anderen zogen sie in den Krieg und ließen Frauen und Kinder mit der Verzweiflung über ein Ereignis zurück, das alle hinnahmen wie ein Erdbeben oder eine Überschwemmung, obwohl nur wenige es zu verstehen glaubten und dementsprechend rechtfertigten oder verurteilten. Die Verehrerinnen des Dichters und leidenschaftlichen Patrioten D'Annunzio und die Leserinnen Pittigrillis strickten Socken für die Soldaten an der Front, die ebenso mißraten wie unnütz waren, und delegierten ihre Lust zu vögeln an die Heldinnen seichter Romane.

Auch für Riccio kam der Augenblick des Aufbruchs.

»Dann hast du es also nicht geschafft, dich zu drücken?« scherzte Cesare mit einem Lächeln.

»Geschafft hätte ich es schon, aber mir war der Preis dafür zu hoch«, erwiderte Riccio.

Die beiden hatten sich in eine Ecke der Osteria zurückgezogen, die vor Stimmen und Rauch bald barst. Die Luft war zum Erstikken und stank nach den Alkoholfahnen der Männer, die Flüche ausstießen oder grölend lachten, je nachdem, ob sie eine Karte schlecht gespielt oder einen Punkt gemacht hatten. Cesare und Riccio tranken schweren Piemonteser Rotwein und rauchten *Indigene,* die stärksten und zugleich billigsten Zigaretten. Die Zeit verrann, während sie sich leise miteinander unterhielten und es bedauerten, so jäh aus ihrem Alltag gerissen zu werden.

»Jammern hilft uns auch nicht weiter.« Cesare war fatalistisch eingestellt und hatte sehr konkrete Vorstellungen.

»In den Schützengräben auf dem Karst soll es zugehen wie im Schlachthof.« Riccio, der in Gedanken bereits an der Front war, betrachtete den Krieg als ein heroisches Unternehmen, so sehr er dies nach außen auch bestritt.

»Wenn deine Stunde geschlagen hat, stirbst du überall.«

»Du hast leicht reden. Du mußt ja nicht in den Krieg.« Riccio sprach im gewichtigen Ton eines Erwachsenen, der einem Kind seine Überlegenheit demonstrieren will.

»Wer sagt das?« erwiderte Cesare ironisch.

»Mit siebzehn Jahren wird man nicht an die Front geschickt.«

»Aber vielleicht habe ich das richtige Alter, bevor der Krieg zu Ende ist.«

»Quatsch, wenn du volljährig bist, ist alles vorbei.« Riccio trank einen Schluck Wein, sog an seiner stinkenden Zigarette und spuckte dann in hohem Bogen und sehr zielsicher in einen wenige Meter entfernten Spucknapf. Er war ungeschlagener Meister in diesem Sport, den er praktizierte, solange er in Osterien verkehrte. »Ich hätte besser auf Miranda gehört und wäre vor zwei Jahren nach Amerika emigriert. Als Auswanderer müßte ich jetzt nicht in diesen blöden Krieg, der mich nichts angeht.«

»Der geht alle etwas an«, widersprach Cesare ihm. »Der geht die etwas an, die ihn wollten, aber noch viel mehr uns, die wir ihn nicht wollten und über uns ergehen lassen müssen. Der geht die Gewinner und die Verlierer etwas an, diejenigen, die fett damit werden, und diejenigen, die krepieren.«

Riccio klopfte abergläubisch auf den Holztisch. »Der Teufel soll krepieren«, fluchte er.

»Du krepierst bestimmt nicht.« Cesare war sich seiner Sache sicher.

»Du wirst lachen, aber ich hätte es wirklich geschafft, mich zu drücken. Miranda hat nämlich einen gefunden, irgendso ein hohes Tier, der mich als Arbeiter bei Marelli unterbringen wollte, in der Rüstungsindustrie. Ich hätte bloß ja zu sagen brauchen, und die Sache wäre gelaufen.«

»Erzähl mir nicht, du hast aus Vaterlandsliebe abgelehnt.«

»Ach was, das Vaterland schert mich einen Dreck. Mein Vaterland ist dort, wo es Lire gibt, und an der Front gibt es keine Lire.«

»Das bleibt abzuwarten«, unterbrach Cesare ihn.

»Außerdem bin ich feige. Die Osterreicher und die Deutschen sind mir völlig egal, aber Miranda ist es nicht. Die ist vielleicht ein verrücktes Huhn, aber sie hat ein gutes Herz. Und der Kerl, dieses hohe Tier, hätte mich bestimmt nicht meiner schönen Augen wegen bei Marelli untergebracht. Dafür hätte er sich mit meinem Mädchen vergnügen wollen. Und das ertrage ich bei aller Feigheit nicht«, meinte Riccio. »Deiner Meinung nach kommt es ja sowieso, wie es kommen muß, und wen es erwischt, den erwischt es eben.«

»Wann rückst du ein?« Cesare zog die silberne Uhr mit dem emaillierten Zifferblatt und den römischen Stundenzahlen aus seinem Westentäschchen. Er drehte sie um und betrachtete die in den Deckel eingravierte Figur der tunikabekleideten Glücksgöttin Fortuna mit wallendem Haar und verbundenen Augen.

»Ich rücke morgen ein, das weißt du doch.« Ja, das wußte Cesare, und im Grunde war angesichts dieser unabänderlichen Tatsache jedes weitere Gerede sinnlos, aber er wußte auch, daß die entscheidenden Worte zwischen ihnen noch nicht gefallen waren. Riccio hatte noch etwas auf dem Herzen, aber er holte nach alter Sitte immer sehr weit aus, bevor er zum Kern der Sache kam.

»Dann laß uns Abschied nehmen«, sagte Cesare.

»Du mußt mir einen Gefallen tun.« Endlich rückte Riccio mit der Sprache heraus.

»Auch zwei, wenn du willst.«

»Paß ein bißchen auf Miranda auf. Du kennst mein Mädchen gut.«

»Klar kenne ich sie.«

»Sie kann nicht alleine sein.« Eigentlich wollte Riccio sagen: Sie kann nicht alleine schlafen, aber das dachte er nur. »Sie fürchtet sich vor dem Alleinsein wie die Spatzen vor dem Schnee.«

»Wenn es nicht anders geht, will ich sie schon trösten«, versprach Cesare ihm, »aber das wird kaum nötig sein. Sie mag dich.«

»Ich weiß.« Riccios Gesicht war auf einmal traurig und düster geworden.

»Sie weiß, daß du in den Krieg ziehst und leidet zu sehr darunter, als daß sie an etwas anderes denken könnte.«

Leute kamen und gingen, die Tür der Osteria quietschte in den Angeln, und ein Stoß frischen Abendwinds fegte in die stickige, verrauchte Schenke. Die Spieler schlugen mit den Fäusten auf den Tisch, wenn sie eine Trumpfkarte ausspielten.

Riccio schien überzeugt und ließ das Thema der Eifersucht fallen. Die Worte seines Freundes beruhigten ihn. »Vernachlässige auch unsere Geschäfte nicht«, sagte er. »Miranda ist auf dem laufenden. Sie weiß, wieviel Korbflaschen wir im Lager haben, an wen sie geliefert werden müssen, wer uns etwas schuldet und bei wem wir noch Schulden haben. Ich fürchte nur, daß der eine oder andere versucht, sie übers Ohr zu hauen, wenn sich herumgesprochen hat, daß ich weg bin.«

»Das dürfte schwierig sein.« Bisher war es noch keinem gelungen, Miranda zu bemogeln. »Auf alle Fälle bin ich ja auch noch da.«

»Du hast in der Wäscherei genug zu tun.« Riccio trank einen Schluck Wein, zog an seiner Zigarette und beugte sich dann vertraulich zu seinem Freund vor, überzeugt, daß ihm der heikle Moment das Recht gab, in ein Geheimnis eingeweiht zu werden. »Apropos«, begann er, »hast du mit Matilde eigentlich etwas gehabt?«

»Ich verdiene mir in der Wäscherei meinen Lebensunterhalt«,

erwiderte Cesare, indem er seinem Freund in die Augen sah und ihm damit unmißverständlich klar machte, daß mehr nicht aus ihm herauszubekommen war.

»Weißt du, daß du mir noch nie gesagt hast, was du machen willst, wenn wir unser Kapital einmal verdoppelt oder gar verdreifacht haben?« meinte Riccio, um das Thema zu wechseln.

»Jedenfalls werde ich weder Wirt noch Wäschereibesitzer.«

»Was dann?«

»Bauunternehmer«, erwiderte Cesare bestimmt.

»Und was willst du bauen, wenn ich fragen darf?«

»Häuser. Schöne, große, stattliche Häuser.«

»Das soll wohl ein Witz sein! Ist dir eigentlich klar, daß man Hunderttausende von Lire braucht, um Häuser zu bauen?«

»Wir reden noch mal darüber, wenn der Krieg vorbei ist.«

»Du Glücklicher, du mußt ja gar nicht in den Krieg«, sagte Riccio etwas neidisch.

»Wer weiß!« rief Cesare aus.

»Wer weiß was?«

»Wer weiß?« wiederholte er lächelnd.

Riccio schüttelte den Kopf wie immer, wenn Cesares Verhalten, seine Äußerungen oder Anspielungen ihm unverständlich waren. Die beiden Jungen verabschiedeten sich wie gewohnt vor der Tür, aber sie wußten, daß dieser Abschied anders war. Denn am nächsten Tag würde es kein Wiedersehen geben.

25

Cesare zog aus Instinkt, Aberglauben und Fatalismus in den Krieg. Die Sybille, eine Hellseherin, Hexe und Verrückte aus dem Viertel, die orakelte und die Karten legte, hatte zu ihm gesagt: »Ich sehe eine Muskete, und du bist es, der sie trägt. Aber sie bringt dir Glück. Überlege dir deshalb gut, ob du sie wegwerfen willst, denn mit ihr würdest du dein Glück wegwerfen.« Ja, das hatte sie gesagt, die Sybille, die alte Kartenlegerin mit der abenteuerlichen und vielleicht zum größten Teil erfundenen Vergangenheit. Sie behauptete, lange im Harem eines arabischen Sultans gelebt zu haben, bevor sie mit einem englischen Forscher geflohen sei, der ihr zuerst sechs Kinder angehängt und sie dann in Kairo sitzengelassen habe; Sybille, die steinalte Seherin, die im Gefolge eines Beduinen mit »knackigen, runden Arschbacken« nach Europa zurückgekehrt war, nachdem sie gelernt hatte zu zaubern, mit Blumen zu kochen, Liebes- und Todestränke zu brauen und den Leuten ihr Schicksal aus den Karten zu lesen.

Alle kannten die Legende der Sybille mit den vielen Leben, aber keiner wußte, woher sie kam und wie sie im verrufensten Stadtviertel Mailands gelandet war. Hier hatte Cesare sie zum ersten Mal gesehen, als er noch ein Kind und sie bereits eine Frau in biblischem Alter gewesen war. Sie lebte in einem großen Zimmer voller Katzen und Dreck, in dem sich der Gestank tierischer Exkremente mit dem Duft orientalischer Essenzen, dem Rauch der Wasserpfeife, an der sie unablässig nuckelte, und dem Geruch des Weihrauchs, der aus einem bronzenen Stövchen aufstieg, zu einem unbeschreiblichen Brodem vermengte. Sie ernährte sich von Kräuteraufgüssen, deren Zusammensetzung nur sie kannte, und Milch.

Cesare hatte sich von der geheimnisvollen Atmosphäre des Raumes anziehen lassen, in dem die unsterbliche Sybille, von ihren Katzen umgeben, mit untergeschlagenen Beinen auf zwei Kissen aus verblichener Seide vor einem arabischen Tischchen hockte. Auf dem Kopf trug sie einen Spitzenschleier, der unerklärlicherweise strahlend weiß und duftig war.

Die alte Sybille war damit beschäftigt, ihre bunten Tarockkarten vor sich auf dem kleinen Tisch auszulegen und hob nicht einmal die Augen, um den Jungen anzusehen, der aufrecht vor ihr stand und sie freundlich anlächelte.

»Du willst aufbrechen und weißt nicht, warum«, sagte sie zu ihm.

»Ich weiß überhaupt noch nicht, was ich will.« Das stimmte, denn Cesare war wirklich ziemlich durcheinander.

»Nimm dir ein Kissen und setz dich.«

Cesare griff nach einem Kissen, und die Katze, die darauf gelegen hatte, huschte davon und verkroch sich in einer dunklen Ecke.

»Ich bin nur gekommen, um mich ein bißchen mit dir zu unterhalten, nicht um mir weissagen zu lassen«, erklärte er.

Die greise Hellseherin hob ihre beinahe blinden Augen zu ihm auf, während die Kuppen ihrer dürren Finger sachte über die Tarockkarten strichen. »Ich weissage dir trotzdem, weil du ein Mensch bist, der sein Leben in die Hand nimmt und nicht bis morgen wartet, um zu handeln. Du ahnst, daß unser Leben vergeht, als gehöre es uns gar nicht, und daß wir bereits bei unserer Geburt zu sterben beginnen.«

»Was soll ich tun?« fragte Cesare sie mit entschlossener Stimme.

»Du wirst Pirat oder König von Borneo im eigenen Land, denn du wirst lernen, zwei Dinge zu unterscheiden, die nach außen hin als etwas anderes getarnt sind. Du wirst das Böse hinter der Maske des Guten erkennen und das Gute hinter der Maske des Bösen. Aber vorher... vorher ziehst du in den Krieg. Ich sehe eine Muskete in deiner Zukunft, und du bist es, der sie trägt. Aber sie bringt dir Glück. Überlege dir deshalb gut, ob du sie wegwerfen willst, denn mit ihr würdest du dein Glück wegwerfen.«

26

In einer Ecke des Schützengrabens verrichteten die Veteranen vor den Augen aller ihr Geschäft, mit einem Exhibitionismus, wie er in seiner Perversion nur unter Menschen möglich ist. Cesare drehte angewidert den Kopf weg. Wie harmlos waren dagegen doch die Tiere in ihrer Natürlichkeit. Es war kalt, feucht und dreckig. Die Gamaschen an den Füßen der Soldaten verfaulten, die Mullbinden lösten sich in Fetzen auf, die Uniformen waren schlammverschmiert und mit Wasser, Urin und Blut getränkt.

»Milano, gib mir noch eine Zigarette; du kriegst sie später zurück«, sagte ein junger Mann, der an die Lehmwand des Schützengrabens gekauert auf dem Boden hockte. Sein Gesicht war mit einer blutigen Binde umwickelt, weil er sich im Stacheldraht ein Ohr abgerissen hatte.

»Ich gebe dir eine halbe«, erwiderte Cesare, während er eine *Indigena* auseinanderbrach und seinem Kameraden die eine Hälfte reichte.

»Du bist ein echter Freund«, dankte ihm der Verwundete, ein dreißig Jahre alter Bergamasker, der immer eine Photographie seiner Frau und seiner Kinder bei sich trug, die vom vielen Vorzeigen schon ganz abgegriffen war. »Diese Kacker rauchen ja nur Stumpen. Aber wenn wir noch länger hier bleiben, müssen sie bald ihre eigene Scheiße rauchen.«

In der Ferne donnerten die Kanonen. Von Zeit zu Zeit war ein Gewehrschuß zu hören. Die Heckenschützen schossen auf alles, auf Blätter, die sich im Wind bewegten, auf Papierfetzen, auf die Schatten ihrer Einbildung.

Als der »Jahrgang '99« einberufen worden war, um die riesigen Lücken nach der Schlacht von Caporetto aufzufüllen, hatte Cesare keinen Finger gerührt, um vom Militärdienst befreit zu werden, obwohl er alle Voraussetzungen dafür erfüllt hätte. Er war Waise, Familienältester und hatte vier Geschwister zu unterhalten. Nach vier Wochen oberflächlicher Grundausbildung hatte man ihn geradewegs an die Front geschickt.

»Glaubst du, daß wir aus dieser Kloake noch mal rauskommen?« fragte der Bergamasker und sog gierig am Stummel seiner halben Zigarette.

»Das mußt du ausgerechnet mich fragen«, protestierte Cesare. Er hatte wohl eine Meinung, aber keine Lust, darüber zu sprechen.

»Du scheinst dich doch ziemlich gut auszukennen«, erwiderte der Bergamasker respektvoll.

»Schlaf, wenn du kannst.« Das war ein freundschaftlich gemeinter Rat.

»Ich kann aber nicht. Dieses verdammte Ohr tut so weh. Wenn der Sanitäter vorbeikommt, lasse ich mir eine Schlaftablette geben. Meinst du, das gibt eine Entzündung?« fragte er, während er die blutige Binde befühlte.

»Was soll sich da schon entzünden?« erwiderte Cesare, mehr um seine Ruhe zu haben. »Aber jetzt laß wenigstens mich schlafen«, sagte er dann und schlug seinen Jackenkragen hoch.

Er war in einem Infanterieregiment gelandet, in dem es mehr Läuse als Munition gab. Die Vorgesetzten waren unfähig und arrogant, die Truppe schlecht organisiert, die Stimmung auf dem Tiefpunkt. Abgesehen von ein paar Gaunern waren seine Kameraden anständige junge Burschen wie er. Sie hielten zusammen, obwohl ein jeder von ihnen seinen höchstpersönlichen Krieg ausfocht, indem er ausschließlich danach trachtete, die eigene Haut zu retten. Aber auch das war eine Illusion, denn jeder für sich genommen waren sie niemand, und alle zusammen gaben sie nur das Kanonenfutter in Schlachten ab, für die sich ihre zynischen und inkompetenten Offiziere Medaillen an die Brust heften ließen.

Ihr Leben war dem Zufall und der Dummheit ihres Oberkommandos anvertraut. Den Weihnachtstag hatte Cesare im Schützengraben verbracht, bis zu den Knöcheln in eiskaltem Schlamm stehend, während die Veteranen ungeniert vor allen kackten und pißten, dabei abstoßende Geschichten über General Cadorna erzählten und andere das Läusespiel spielten: Wer die meisten hatte, gewann. Cesare hatte miterlebt, wie der König an der Seite seines Schwiegervaters, »Onkel Nicola« aus Montenegro, einen völlig zerlumpten Haufen musterte, zu dem auch er gehörte. Und er hatte sich geschämt – für sich, für die Leute, die starben, ohne nach dem Grund zu fragen, für diesen kleinen, unscheinbaren König, in dessen Namen sich Hunderttausende von Männern abschlachten ließen.

Er versuchte, einzelne Abschnitte eines verblichenen Briefes noch einmal zu lesen, den Matilde ihm in eine Kaserne nach Udine geschickt hatte: »Mein Leben ist leer, seitdem du nicht mehr hier bist, mein geliebter kleiner Junge…« Diese tonlosen Worte irritierten ihn, denn ihnen fehlte Matildes Wärme, ihre mütterliche Fürsorglichkeit, ihr weiblicher Geruch. Es waren verkrampfte, konventionelle Floskeln auf einem linierten Blatt Papier, die etwas anderes ausdrückten als das, was er fühlte, die nichts von der Bitterkeit des Lebens hatten, aber auch nichts von der Süße der Liebe, von der Gänsehaut, die einen Mann überrinnt, wenn der Blick einer Frau ihn streichelt.

In seinem Herzen und vor seinem inneren Auge war ihre letzte

Begegnung am Hauptbahnhof lebendig geblieben, vor einem Zug, der mit Tränen, Rucksäcken und Gewehren beladen war und mit Männern, die bereits tot waren. Auf dem Bahnsteig wurden Fahnen geschwenkt, und großherzige, gute Signoras verschenkten mißratene Socken an Soldaten, denen der Kopf vor Parolen und Rhetorik dröhnte und die Angst vor dem Ungewissen in den Knochen saß. Einige von ihnen sangen, um sich Mut zu machen: »Addio, mia bella, addio.« Wer aber eine Frau vor sich hatte, murmelte aus Mangel an Liebesworten ein paar letzte Aufmunterungen, und das war vielleicht die beste Art, um zu sagen: »Ich hab dich lieb.«

Matilde und Cesare standen sich gegenüber und begriffen, daß Worte eine Erfindung derjenigen sind, deren Beruf es ist, zu den Leuten zu sprechen oder Bücher zu schreiben. Ihnen nützten sie nicht, sie mußten sich ansehen, berühren, atmend die Seele des andern in sich aufnehmen.

»Ich komme bald zurück.«

»Wer weiß.«

»Und es wird alles wie früher sein.«

»Hoffen wir es.«

»Wir haben eine schöne Zeit miteinander gehabt.«

»Wenn du zurückkommst, schaust du den jungen Mädchen nach, weil ich bis dahin alt geworden bin.«

»Das stimmt nicht.«

»Das sagst du jetzt, um mich zu trösten.«

Sie hatten sich wehmütig der Vergangenheit erinnert, sich dann vom Strudel der Zukunft mitreißen lassen und darüber die Gegenwart vergessen, die möglicherweise die letzte »Gegenwart« ihres gemeinsamen Lebens war.

27

Ein Befehl – absurd und sinnlos wie die meisten Befehle, die in diesem idiotischen Krieg erteilt wurden – hatte ihn auf diesem gottverdammten Posten am Fuße des Monte Faiti festgenagelt. Es war

Januar, es war kalt, und es regnete. Der Wind peitschte ihm winzige Regentropfen ins Gesicht, die ihn stachen wie die Spitzen von Eiszapfen. Cesare zitterte vor Kälte und Fieber, und seine Augen waren von der Müdigkeit und vom Wind gereizt. Seit dreißig Stunden starrte er unablässig in den verräterischen, heimtückischen Nebel hinaus, aus dem jeden Moment geräuschlos und unerwartet ein Feind auftauchen konnte. Er hatte von alleine begriffen, daß hier zwischen einer Schlacht und der nächsten ein Nervenkrieg geführt wurde.

Zwischen der Piave-Linie, wo die Deutschen in ihrem eigenen Blut versumpft waren, und der Verteidigungsstellung auf dem Monte Grappa gab es nichts als nervenzermürbendes Warten, trostlose Angst vor Nebelgespenstern, klirrende Kälte, Hunger, Dreck und Vorgesetzte, die in blindem Befehlswahn nutzlose Anweisungen erteilten.

Und dieser Krieg, der Nervenkrieg, war der langwierigste und schlimmste. Denn mit dem Tod kann man sich abfinden, an Schmerzen gewöhnen, aber diese Art von Folter hält auf die Dauer keiner aus. Die Feinde, die vielleicht irgendwo auf der Lauer lagen, mit Sicherheit jedoch nicht in dem Nebel, den Cesare seit Stunden durchforschte, nützten ihren psychologischen Vorteil aus und verfügten wahrscheinlich deshalb über stärkere Nerven.

Er hätte schon mindestens dreimal von einem Kameraden abgelöst werden sollen, aber bestimmt war wieder einmal ein Schützengraben durch einen Erdrutsch verschüttet oder überschwemmt worden oder sonst eine Katastrophe passiert. Möglich auch, daß vom Kommando verpaßt worden war, die Wachablösung anzuordnen oder daß man ihn, den Infanteristen Cesare Boldrani aus Mailand, Lombardei, Jahrgang 1899, schlicht vergessen hatte.

Seine Hände waren steif vor Kälte, sein Gesicht seit über einem Monat unrasiert und sein ganzer Körper mit Läusen übersät. Die Füße, die in eisigem Schlamm staken, fühlte er schon gar nicht mehr. Er dachte an diese Hure von Sybille und ihre Scheißvorhersagen und war stinkwütend auf sich selbst. Hätte er sich nicht von seinem blöden Aberglauben verleiten lassen, dann wäre er jetzt in der Wäscherei in Crescenzago gewesen und hätte sich mit Matilde vergnügt oder Wein ausgefahren und sein und Riccios Geld vermehrt, das in Mirandas Obhut zurückgeblieben war. Statt dessen steckte er hier, alleine, im stinkenden Schlamm eines gottverdammten Postens, auf den er durch einen zerstreuten und sofort wieder vergessenen Befehl abkommandiert worden war, um im Nebel nach einem Feind Ausschau zu halten, den es nicht mehr gab.

»Du hast stur auf deinem Posten zu bleiben!« Das war ein Befehl gewesen, und Befehle wurden nicht diskutiert.

»Wann werde ich abgelöst?« Eine törichte Frage aus dem Mund eines Infanteristen, der weniger wert war als ein Maultier.

»Wir sind im Krieg, Soldat!« Eine leere Floskel, fünf Wörter, die alles und nichts bedeuteten, ein Satz, der sinnvoll gewesen wäre, wenn er einen direkten Bezug zu Giuseppina gehabt hätte, zu seinen Geschwistern, zu Matilde, zu Riccio, zu Miranda. Cesare gelang es nicht, fürs Vaterland zu leiden, wie er für seine Mutter gelitten hatte, und er fühlte sich an der Front nicht als der Verteidiger seiner Familie, sondern eher wie ein Stück jenes aus Tränen und Blut, aus Schweiß und Tod errichteten Schutzwalls, hinter dem die Befehlshaber ihr Unvermögen versteckten und die Interessen, die sie vertraten.

Er dachte an Giuseppinas letzten Brief, der voller Wehmut war und voller Sätze, die man beim Sprechen nie sagte. Über die Wollunterhemden, die Matilde ihm geschickt hatte, war er sehr froh gewesen. Er hatte sie alle für sich behalten; die Salamis und den Rührkuchen dagegen hatte er mit seinen Kameraden geteilt. Das Geld, das ihm von Miranda überwiesen worden war, hatte er in Patronenhülsen versteckt, und die trug er bald in seiner rechten, bald in seiner linken Uniformtasche bei sich, wenn es die Umstände erforderten auch in den Stiefeln.

Sein Kopf war voll von Befehlen und Gegenbefehlen, von Läusen und Erinnerungen: Angriff, Rückzug, Streifzüge, Scharmützel, Schützengraben; schmutzige, unterernährte, von Gott und der Welt verlassene Soldaten mit mieser Ausrüstung; Matilde, Giuseppina, Riccio. Die verdammte Sybille. Matildes weißer Unterrock im Nebel; der schattige Flur ihres Hauses, der Duft nach Gewürzen, die Farbe der Glyzinie. Und über allem eine Eiseskälte. Dann die Stille, die gedämpfte Stille des Nichts.

Ein harter Rippenstoß holte ihn in die Wirklichkeit des Krieges zurück, in den Schlamm seiner Stellung am Fuß des Monte Faiti.

»Hältst du so Wache?« Er war sich nur einer Sache sicher; die verschwommene Gestalt, die vor ihm stand und ihn einen Drückeberger ohne jedes Pflichtgefühl nannte, verkörperte die Autorität. Die Stimme klang leise, aber fest und entschlossen.

Cesare rappelte sich aus Gewohnheit auf und stand aus Gewohnheit stramm.

»Was hast du zu sagen?« Mehr als eine Frage war das ein Peitschenhieb.

Er befand sich an der Grenze zwischen Wirklichkeit und Alptraum, die einander in jedem Fall erschreckend ähnelten. »Nichts«, erwiderte Cesare und schwieg dann. Was hätte er auch sagen sollen? Daß er erschöpft war? Daß er seit Monaten nicht mehr als zwei oder drei Stunden am Tag schlief? Daß er dreißig Stunden lang kein Auge zugetan hatte? Daß er der Macht des Schlafes zuletzt nicht hatte widerstehen können? Cesare fürchtete nicht den Mann, der vor ihm stand – mit ihm hätte er sich jederzeit messen können – er fürchtete instinktiv das, was dieser Mann repräsentierte, wie die Tauben den Sperber fürchten, ohne ihn je gesehen zu haben.

»Weißt du wenigstens, was dich erwartet?« fragte der Offizier, dessen Gesichtszüge langsam deutlicher wurden.

Cesare gab keine Antwort, aber auf seine Lippen trat der Anflug eines Lächelns, als er den angenehmen Geruch nach Lavendel wahrnahm, nach frischen, sauberen Kleidern, nach Leder und Minze. Das war der Geruch der vornehmen Herrschaften, den er im Palazzo des Grafen Spada gerochen hatte, der Geruch einer Welt, in die er gerade nur hineingespickt hatte, und er nahm diesen Geruch um so intensiver wahr, als er den ekligen Gestank überlagerte, den sein eigener Körper verströmte, der graugrüne Stoff seiner Uniform, die nach nassem Hund stank. Der Mann vor ihm war eine wichtige Persönlichkeit, und das nicht nur, weil er den Rang eines Hauptmanns innehatte, sondern weil er einer von denen sein mußte, die bereits mit einem hohen Rang zur Welt kamen und weder im bürgerlichen noch im militärischen Leben irgendwelche Kompromisse einzugehen brauchten, um sich ihren Rang zu verdienen.

»Ich muß dich vors Kriegsgericht stellen.« Worte wie die Gewehrsalven eines Exekutionskommandos. Nach der Niederlage von Caporetto hatten die Kriegsgerichte, die aus Offizieren zusammenberufen wurden, deren Uniformen aus feinem Tuch waren und nach Leder und Lavendel dufteten, unzählige junge Burschen zur standrechtlichen Erschießung verurteilt. Hochverrat. Feigheit vor dem Feinde. Gehorsamsverweigerung im Kriegsgebiet. »Weißt du, was das heißt?« Wollte er ihn tot sehen, oder spielte er mit ihm wie die Katze mit der Maus?

Cesare war klar, daß er sich in einer schrecklich brenzligen Lage befand. Im Geiste sah er sich bereits mit verbundenen Augen vor einem Exekutionskommando stehen. Er stellte sich die Stille vor, die den Gewehrsalven folgen würde. Einmal hatte er vom Sterben geträumt, aber dann hatte er gemerkt, daß er nur träumte, und war aufgewacht.

Er war schmutzig, naß und völlig ausgefroren. Seine Hände schmerzten. Der Himmel begann sich im Licht der Morgendämmerung weiß zu färben. Der Regen hatte sich in anhaltenden Nieselregen verwandelt.

»Antworte«, befahl ihm der Offizier, »weißt du, was dich erwartet?«

Ja, das wußte er, aber er gab keine Antwort. Er erinnerte sich daran, wie er einmal mit anderen Kindern zusammen eine Katze gejagt und in die Ecke eines Heuschobers getrieben hatte: ein schmutziges, mageres Kätzchen, verängstigt, vielleicht krank und bereits sehr angegriffen von den üblen Scherzen und Quälereien der Kinder. In dem Augenblick jedoch, in dem die Katze sich ausweglos verloren fühlte, war sie mit ausgestreckten Krallen auf einen ihrer Verfolger losgegangen. Wahrscheinlich hätte sie ihm die Augen ausgekratzt oder ihn gar getötet, wenn die anderen Kinder sie nicht von ihm losgerissen und auf die Tenne hinausgeschleudert hätten. Cesare fühlte sich wie diese malträtierte Katze: durch die Brutalität eines absurden Befehls um seine Menschenwürde gebracht und verstümmelt, unschuldig zum Tode verurteilt – ein wehrloses Opfer, das im Augenblick der Resignation mit der instinktiven, verzweifelten Aggressivität eines in die Enge getriebenen Tieres reagiert. Der Offizier, der mit einem solchen Blitzangriff nicht gerechnet hatte, begriff erst, was los war, als er im Schlamm des Schützengrabens lag, Cesares Bajonettspitze an der Kehle.

»Du bist verrückt«, röchelte er.

»Ich bin tot«, erwiderte Cesare, »aber du springst mit mir über die Klinge.«

»Wir können uns beide noch retten. Es ist noch nicht zu spät«, erwiderte der Offizier, der selbst in dieser dramatischen Situation ungewöhnliche Würde bewahrte.

»Wenn ich dich nicht umbringe, stellst du mich vors Standgericht.« Ihre Worte verwandelten sich in Dunstschwaden.

»Ich wollte dich nur erschrecken«, sagte der Offizier, und seine Stimme klang ehrlich. »Glaub mir, wir können uns beide noch retten.«

»Wer garantiert mir das?«

»Niemand. Mein Wort gegen deins.«

»Das Wort eines Offiziers«, schnaubte Cesare verächtlich, die Spitze seines Bajonetts noch immer auf die Kehle des Hauptmanns gerichtet.

»Das Wort eines Ehrenmanns«, sagte der andere, als unterhalte er sich mit einem Mann seines Standes im Salon eines vornehmen Palazzos und nicht mit einem stinkenden und verzweifelten Soldaten im Schlamm eines Schützengrabens. »Andernfalls bring zuerst mich und dann dich um. Hier taucht nämlich jeden Moment ein Trupp auf, der mich sucht.«

Cesare zog sein Gewehr zurück, stand auf, und während er sein Bajonett wieder verstaute, richtete sich auch der Offizier auf. Wie sie einander so im Schützengraben gegenüberstanden, beider Uniformen braun von Schlamm und mit unkenntlich gewordenen Rangabzeichen, ähnelten sie sich.

»Wie heißt du?« fragte der Hauptmann.

»Boldrani, Cesare. Achtes Infanterieregiment.«

»Nach der Wachablösung präsentierst du dich beim Kommando und fragst nach Hauptmann Casati. Benedetto Casati. Dein Oberleutnant wird von mir benachrichtigt.«

»Zu Befehl!« Zuerst hatte er ihn vor lauter Schlaf nicht richtig gesehen, dann war er zu aufgeregt gewesen, um die Züge des Mannes, der vor ihm stand, zu entziffern, und jetzt, wo er es endlich hätte tun können, war sein Gesicht eine einzige Maske aus Schlamm. Aber diese jungen, blitzenden schwarzen Augen würde er ebenso wenig vergessen wie seinen Namen: Casati. Benedetto Casati.

»Wir beide sind quitt, Soldat«, sagte er zum Abschied, »aber davor haben wir uns gegenseitig das Leben gerettet.«

»Jawohl, Hauptmann«, erwiderte Cesare, während der Offizier sich entfernte. Er fragte sich, ob er gut oder schlecht daran getan habe, ihm Glauben zu schenken, aber da es nun einmal geschehen war, hatte es keinen Sinn, sich darüber den Kopf zu zerbrechen.

Es hatte aufgehört zu regnen, und der kalte Nordwind trieb die dicken Wolken auseinander, so daß ein wenig die Sonne zum Vorschein kam. Cesare lehnte sein Gewehr, Kaliber 91, an die Lehmwand des Schützengrabens, zündete sich eine seiner stinkenden Zigaretten an, blies auf ihre knisternde Glut und sog gierig ihren Rauch ein. Dann zog er seine Uhr aus der Jackentasche. Es hatte etwas Tröstendes, diese kleine, runde Dose in der Hand zu drükken, aus der ein lebhaftes Ticken drang, gerade so, als habe das Herz der Zeit wieder in seinem normalen Rhythmus zu schlagen begonnen. Er zog die Spieluhr auf, und die Melodie des *Türkischen Marschs* von Mozart verbreitete sich auf konzentrischen Wellen in der Stille der Morgendämmerung und hüllte ihn in einen Mantel des Wohlbefindens. Seine Stärke, sein tiefer Gerechtigkeitssinn und das Bewußtsein seiner Menschenwürde klangen in dieser Melodie an. Cesare hauchte auf seine Finger, um sie zu erwärmen, und fuhr mit den Fingerkuppen die Umrisse der eingravierten Gestalt nach, der Göttin Fortuna. Er bat die alte Sybille um Verzeihung und verstaute die Uhr sorgfältig wieder in seiner Tasche. Vielleicht hatte das Glück ihn doch noch nicht verlassen.

28

Hauptmann Benedetto Casati saß in einem ledernen Bürosessel hinter seinem mächtigen Schreibtisch, auf dem sich Blätter, Akten und Bücher häuften. Das Zimmer – eines der zwölf Zimmer des Oberkommandos, das seinen Sitz in einer kleinen Villa im Zentrum von Cormons hatte, wenige Kilometer von Udine entfernt – war geheizt und angenehm warm. Auf einem Tisch mit vergoldeten Zierleisten standen Cognac- und Likörflaschen, deren Namen Cesare zum größten Teil fremd waren.

»Ich hätte dich kaum wiedererkannt«, sagte der Offizier. »Jetzt siehst du aus wie ein Mensch.«

»Weil man mir Gelegenheit dazu gegeben hat«, erwiderte Cesare mit ironischem Unterton, obwohl er eigentlich gerne einen Kommentar zu dem mit Stempeln und Unterschriften übersäten Passierschein abgegeben hätte, der Wunder gewirkt und das Unvorstellbare möglich gemacht hatte. Er hatte die Erlaubnis bekommen, sich zu waschen und umzukleiden, seine schmutzige, zerrissene Uniform gegen eine neue einzutauschen und auch Unterwäsche, Stiefel und Gamaschen zu wechseln. Um hierher zu kommen, hatte man ihm sogar einen Platz neben dem Chauffeur eines Lastwagens vom Typ FIAT 18-BL beschafft.

»Setz dich«, forderte der Hauptmann ihn auf, indem er auf einen der beiden Stühle vor seinem Schreibtisch deutete.

Cesare gehorchte, wenn auch mit leichtem Unbehagen.

»Siehst du, daß du gut daran getan hast, dich auf mein Wort zu verlassen?«

»Jawohl, Herr Hauptmann.« Er hatte sich vorgenommen, höfliche und knappe Antworten zu geben.

»Zigarette?« fragte der Offizier und hielt ihm eine elegante Kristalldose hin.

»Wenn Sie nichts dagegen haben, Signor Capitano«, wagte Cesare zu erwidern, »würde ich lieber eine von meinen rauchen.« In diesem Zimmer herrschte ein Friede, wie Cesare ihn bereits vergessen zu haben glaubte.

Sie rauchten.

»Bist du in der Lage einzuschenken, ohne die Gläser kaputtzumachen?« fragte der Offizier lächelnd.

»Mit Gläsern, Getränken und Osterien kenne ich mich bestens aus, Capitano«, versicherte Cesare ihm.

»Dann schenk dir ein, was du willst, und mir einen Cognac«, befahl der Hauptmann.

Cesare kam seiner Aufforderung nach. Sie tranken und unterhielten sich, als wären sie alte Bekannte, aber Cesare hörte vor allem zu. Ihm gefiel, wie sein Vorgesetzter sprach, der entschlossene, männliche Ton seiner nüchtern und trotzdem melodisch klingenden Stimme, seine angenehme Art, das »r« zu rollen, seine vornehmen Hände mit den gepflegten Nägeln, die sich bewegten, ohne zu gestikulieren. Er trank aus einem kostbaren Kristallschwenker, als handle es sich um Massenware, aber in seinen Händen hätte wahrscheinlich selbst ein billiges Glas gewirkt, als wäre es aus kostbarem Kristall. Casati hatte glattes, kastanienbraunes Haar, das ordentlich gekämmt war und seine blasse Stirn betonte. Der Blick seiner blitzenden schwarzen Augen war jetzt nicht mehr so entschlossen wie in dem Moment, in dem Cesare ihn zum ersten Mal gesehen hatte, sondern milde und verträumt. Seine schmale, leicht gebogene Nase, der rotblonde Schnurrbart und die weich geschwungenen Lippen gaben seinem ganzen Gesicht etwas Freundliches. Cesare fiel auf, daß Hauptmann Casati am kleinen Finger der rechten Hand einen goldenen Ring trug, in den ein Wappen eingeprägt war.

»Ich habe deine Personalakte gelesen«, teilte der Offizier ihm mit. »Dort steht, daß du Vollwaise bist und als Familienältester für vier Geschwister sorgen mußt. Trotzdem bist du eingerückt. Fühlst du dich zum Helden berufen?«

»Ich bin Jahrgang '99, und als ich einberufen wurde, habe ich nichts dagegen unternommen. Das ist alles.«

»Du erzählst mir nur die halbe Wahrheit«, erwiderte der Offizier und sah ihn forschend und ironisch an.

»Jedenfalls fühle ich mich nicht… zum Helden berufen, wie Sie es genannt haben.«

»Aber das Zeug dazu hast du.« Es war etwas Außergewöhnliches an dem Jungen, der da vor ihm saß, etwas, das ihn vom Rudel abhob, irgendein Merkmal, das er früher oder später schon noch herausbekommen würde. »Und ich«, fuhr Casati fort, »kann nicht einen Achtzehnjährigen vors Kriegsgericht stellen, der Waise und Familienoberhaupt ist und außerdem das Zeug zum Helden hat.«

»Das werde ich Ihnen nie vergessen«, sagte Cesare.

Der Hauptmann nickte und fragte: »Was hast du gemacht, bevor du Soldat geworden bist?«

»Ich habe in einer Großwäscherei gearbeitet.«

»Was genau hast du dort gemacht?«

»Alles.«

»Alles ist nichts, Soldat.«

»Ich habe mich um die Arbeitseinteilung gekümmert, ums Personal, ich habe die Maschinen gewartet und die Wäsche ausgeliefert.«

»Du hast also den ganzen Laden geschmissen?«

»Ich habe mein Bestes getan.«

»Schulbildung?«

»Sechste Volksschulklasse«, erwiderte Cesare stolz. Viele seiner Altersgenossen waren Analphabeten, andere hatten nur mit Ach und Krach die ersten Schuljahre bestanden und konnten kaum lesen und schreiben.

»Du bist eingestellt«, sagte der Hauptmann und stand auf.

»Wie eingestellt?« Cesare starrte ihn an, als wäre er ein mittelalterlicher Herrscher, der einen tüchtigen Untertan zum Ritter schlagen will.

»Ab sofort bist du mein Bursche«, verkündete Casati.

»An der Front haben sie mir befohlen, so schnell wie möglich zurückzukommen«, entgegnete Cesare besorgt.

»Deine Versetzung ist bereits beantragt und abgezeichnet worden.«

Mit einem Mal war Cesare Offiziersbursche des Hauptmanns Benedetto Casati in der Villa des Oberkommandos, weit weg vom Krieg, von den Läusen, vom Schlamm, von der Kälte, vom Blut, vom Tod, vom Gestank der Schützengräben. »Ist das Ihr Ernst, Capitano?«

»Mir scheint nicht, daß ich dir Anlaß gegeben habe, mich für einen Possenreißer zu halten.« Jetzt war er wieder der strenge Offizier, den Cesare im Schützengraben kennengelernt hatte.

»Dann schulde ich Ihnen meinen Dank.« Cesare hatte sich ebenfalls erhoben, denn er begriff, daß die Vertraulichkeiten hiermit zu Ende waren.

»Du schuldest mir überhaupt nichts. Wir beide sind quitt. Du bist hier, weil ich den Eindruck habe, daß du mir nützlich sein kannst. Dankbarkeit hat damit nichts zu tun. Ich schulde dir nichts.«

Das Auftreten des Offiziers, der die Distanz zwischen ihnen wiederherstellte, überraschte Cesare nicht; ihn hätte eher das Gegenteil überrascht. In seinem Herzen blieb jedoch eine Frage zurück, die er nicht zu stellen wagte: Gehörte dieser Offizier zur Familie der Grafen Casati, deren Grabkapelle sich auf dem Friedhof von Caravaggio befand? Bevor Cesare Boldrani in den Krieg gezogen war, hatte er die sterblichen Überreste seiner Mutter dorthin verlegen lassen, und so ruhte sie jetzt wenige Meter von der großen Kapelle entfernt.

29

Sie war ein dunkelhäutiges Mädchen mit kurzgewelltem schwarzem Haar. Eine Welle verdeckte ihr die halbe Stirn.

»Komm, kleiner Soldat«, forderte sie ihn mit einem unterdrückten Gähnen auf, während sie zum x-ten Male in dieser Nacht ihren seidenen Unterrock hob.

Cesare starrte gierig auf ihre schweren Brüste, die stämmigen, runden Schenkel. »Soll ich mich ausziehen?« fragte er etwas verschüchtert.

»Nein, komm lieber so; dann sind wir schneller fertig«, erwiderte die Frau, als bitte sie ihn um einen Gefallen. »Sonst brauchen wir bis morgen früh. Gamasche aus, Gamasche an; Hose aus, Hose an...«

Vor dem Bordell standen sie Schlange.

»Komm, kleiner Soldat«, wiederholte sie gelangweilt und müde. Sie hatte ein bleiches, pausbäckiges Gesicht, große, ausdruckslose Kuhaugen, fleischige Lippen und ein kindliches Näschen.

Als der Körper des Mädchens im Bett versank und sie eine Stellung einnahm, die erotisch wirken sollte, aber nur ein wenig obszön war, war sein großes Gerät sofort bereit. Er kletterte mit großer Rücksicht auf sie, ohne ihre Augen zu suchen, die resigniert in eine andere Richtung schauten. Dann liebte er sie, den Blick auf ein kleines Bild gerichtet, das eine Gondel auf dem Canale Grande zeigte.

Es war sein erster und letzter, trauriger Orgasmus in einem Kriegsbordell. Ja, er sollte sein ganzes Leben lang nie wieder mit einer Prostituierten schlafen. Die Vorstellung, sich am Körper eines anderen Menschen zu masturbieren, stieß ihn ab.

Später holte er Hauptmann Casati im Offiziersbordell ab, wo sich zwar die Qualität des Produktes und der Einrichtung unterschied, das Ritual als solches aber praktisch dasselbe war – nur daß man dort vielleicht die eine oder andere Lüge mehr erzählt bekam.

»Hast du dich vergnügt?« fragte der Offizier mit düsterer Stimme.

»Nein, Signor Capitano.« Er hatte ein schlechtes Gewissen und fürchtete obendrein, sich mit einer üblen Krankheit angesteckt zu haben.

»Kein Versteck nützt dem Sünder«, zitierte Casati mehr für sich selbst als für seinen Burschen, »denn sein Gewissen stöbert ihn auf und verurteilt ihn.«

»Ich glaube, daß ich nie wieder in ein Bordell gehe, Signor Capitano«, meinte Cesare.

»Das sage ich auch jedesmal«, gestand der Offizier, während er auf das Auto zuschritt, das wenige Meter entfernt geparkt war. Cesare öffnete ihm den Wagenschlag und schloß ihn wieder, betätigte die Anlasserkurbel und setzte sich dann ans Steuer, um das Automobil zur Villa des Hauptquartiers zu lenken.

Cesare war in einem Jahr Militärdienst um viele Erfahrungen reicher geworden, aber die Kenntnisse, die er sich während der letzten Monate erworben hatte, in denen er die sogenannte bürgerliche Gesellschaft sowohl aus der Sicht des Dieners als auch aus der des Herrn zu beurteilen gelernt hatte, und das in Kriegszeiten, hätte keine höhere Schulbildung ihm vermitteln können. Er wußte jetzt nicht nur, wie man bei Tisch bediente, sondern auch, wie man sich bei Tisch benahm, er verstand es ebenso, Gehorsam zu üben, wie Befehle zu erteilen, einen banalen von einem guten Brief, einen wertvollen Gegenstand von einem, der nur Aufsehen erregte, zu unterscheiden. Er wußte, wie sich ein echter Signore im Gegensatz zu einem Neureichen kleidete, er konnte Auto und Motorrad fahren, er hatte gelernt, in korrektem Italienisch zu schreiben, und er kannte jetzt die richtigen Kanäle und die Schlüsselwörter, die nötig waren, um etwas Bestimmtes zu erreichen.

»Die Nacht ist schön«, bemerkte der Offizier.

»Ja, Signor Capitano. Die Nacht ist wunderschön.« Es war Oktober, und die Luft war mit ländlichen Düften erfüllt und kalt. Die Sterne sahen blinzelnd auf die Missetaten der Menschen herab. Irgendwo grollte eine Kanone, am Horizont leuchteten Feuer auf.

»Nachrichten von daheim?« fragte Casati interessiert, nicht um die Zeit totzuschlagen.

Cesare tat sein Bestes, um den zahlreichen Schlaglöchern auszuweichen.

»Schlechte Nachrichten, Signor Capitano.« Giuseppina hatte ihm einen sehr traurigen Brief geschrieben.

»Finanzielle Probleme?« Wenn es nur das gewesen wäre, so hätte er gerne geholfen. Er hegte tiefe Bewunderung für den blitzgescheiten und außergewöhnlich regen Burschen.

»Nein, Signor Capitano, die spanische Grippe.« Diese heimtükkische Infektionskrankheit wütete im ganzen Land und hatte sich längst zu einer Epidemie ausgeweitet, gegen die die Wissenschaft machtlos war. Nur die Stärksten überlebten.

»Dann kann ich nichts für dich tun.«

»Nein, Signor Capitano.« Alte Leute und Kinder wurden zu Tausenden dahingerafft.

»Ich habe gehört, daß in Mailand bis zu einhundertfünfzig Tote pro Tag gezählt werden. Das ist wie ein zweiter Krieg.«

»Nur daß es keine Waffen gibt, mit denen man sich verteidigen könnte.« Giuseppina hatte ihm geschrieben, daß jede zweite Familie in Trauer war und daß der Bürgermeister das Verbot erlassen hatte, Leichenzüge zu veranstalten, um die Ansteckungsgefahr einzudämmen und die Bevölkerung nicht noch mehr zu deprimieren.

»Ist deine Familie auch betroffen?« Sie begegneten einem Lastwagen, der sie beinahe gestreift hätte.

»Ja, Signor Capitano«, erwiderte Cesare, die Augen starr auf die Straße gerichtet.

»Schwer?« Er mußte ihm jede Antwort aus der Nase ziehen.

»Meine beiden jüngsten Geschwister sind gestorben«, sagte Cesare, ohne das geringste Gefühl zu verraten. »Und mein zehnjähriger Bruder kämpft ums Leben.«

Hauptmann Casati wußte, wie sehr Cesare an seinen Geschwistern hing, und begriff daher, daß seine Kälte ein Ausdruck von Schicksalsergebenheit war und nicht von Gleichgültigkeit. »Und du hast mir nichts davon gesagt?« meinte er wütend.

»Hätte das etwas geändert?«

Was zum Teufel war dieser Kerl, ein Verrückter oder ein Philosoph? »Du bist mir ein komischer Mensch«, sagte er, weil er nichts anderes zu erwidern wußte. »Möchtest du nach Hause gehen?« Er hätte gerne etwas für ihn getan.

»Wenn ich meinen Bruder retten könnte, würde ich zu Fuß nach Mailand gehen.«

»Sicher«, brummte der Offizier. »So, wir sind hier.« Die Scheinwerfer des Wagens beleuchteten den Eingang des Hauptquartiers. Der Wachtposten präsentierte sein Gewehr.

»Order für morgen, Signor Capitano?«

»Um sieben Uhr wecken.« Er war verlegen angesichts der Gelassenheit seines Untergebenen, der das Unabwendbare, ja selbst den Tod mit dem getragenen Ernst eines Tieres oder Philosophen hinnahm. Er hatte ihn nichts zu fragen, er hatte ihm nichts zu befehlen. Nur verstanden, das hätte er ihn gerne.

30

Zu dem Tausendlireschein, den er als Talisman von zu Hause mitgenommen hatte und der unversehrt von seinen Gamaschen in den gegen eine Flasche Cognac eingetauschten Geldbeutel aus rotem Maroquin übergegangen war, hatte sich Matildes Geld gesellt, sowie fünf Einhundertlirescheine, die er sich mit den unterschiedlichsten Geschäftchen erworben hatte. Cesare hatte ein Talent dafür, die unmöglichsten Dinge aufzutreiben – vom Cognac über Medikamente und Uniformen bis hin zu Automobilen. Der Schein, den er von daheim mitgenommen hatte, und das Geld, das er dazuverdiente, leisteten ihm Gesellschaft, schützten ihn vor Rheumatismen und gaben ihm ein Gefühl grenzenloser Sicherheit. Lieber wäre er ohne Hose oder Schuhe auf die Straße gegangen, denn er war sicher, daß der Tag kommen würde, an dem er mit Hilfe dieser Ersparnisse den Handel seines Lebens abschließen würde. Freilich hatte er im Krieg, wenigstens bis zu diesem Augenblick, mehr Phantasie als Geld für seine Geschäfte benötigt.

»Wir fahren nach Padua«, befahl Hauptmann Casati.

»Wann, Signor Capitano?« fragte er und stand stramm.

»Sofort. Bereite den Wagen vor.« Er brauchte seinem Burschen nicht erst zu erklären, daß er für genügend Benzinvorrat zu sorgen und die günstigste Fahrtroute auszuwählen hatte. »Wir treffen uns in einer Stunde vor dem Hauptquartier.«

»Jawohl, Capitano«, erwiderte Cesare begeistert und schlug die Hacken zusammen. Padua war ein hervorragender Ort für neue Bekanntschaften, Tauschgeschäfte und Vergnügungen. Es war früh am Morgen, und er würde den ganzen Tag über holprige Straßen fahren müssen, aber Cesare war ein ausgezeichneter Chauffeur und wußte, wo man am besten Rast machen konnte.

Sie kamen mit Einbruch der Dunkelheit vor dem *Hotel Posta* an, dem bedeutendsten Hotel der Stadt, in dem neben anderen »hohen Tieren« auch Oberst Luigi Ferrari vom Industriemobilisierungs-Ausschuß logierte. Er führte die Oberaufsicht über die Betriebe, die das Heer mit ihren Erzeugnissen belieferten.

Die Firma Casati & Sohn stellte Fahrräder für die Armee her, und Oberst Luigi Ferrari war seinem Kontrollausschuß gegenüber für die Qualität und den Preis der Ware verantwortlich. Cesare wußte, daß Ferrari im bürgerlichen Leben oberster Bauingenieur der Gemeinde Mailand war, und das versetzte ihn in Entzücken, denn damit hatte er es mit einem Mann zu tun, der nicht nur aus derselben Stadt kam wie er, sondern obendrein darüber entschied, was in dieser Stadt gebaut werden durfte.

Der Offizier des Industriemobilisierungs-Ausschusses übte seine Tätigkeit zweifelsohne sehr gewissenhaft aus, aber das hinderte ihn nicht daran, Firmen zu bevorzugen, mit deren Besitzer er ein Verhältnis hatte, das übers rein Formale und Bürokratische hinausging und auch die eine oder andere »kleine Aufmerksamkeit« ihm gegenüber vorsah. Er war ein gut aussehender Mann, groß, aufrecht, um die Vierzig, vornehm und gebildet, mit aristokratischen Gesichtszügen und dem höflich bestimmten Auftreten eines Adligen, wenngleich sein Blick einen Anflug von Dekadenz verriet und er im übrigen die etwas infantil wirkende Großspurigkeit eines Genußmenschen und die gekünstelte Selbstsicherheit eines Glücksspielers an den Tag legte. Und Ferrari – letzter Abkömmling einer illustren und wohlhabenden Familie – war in der Tat in den Sog dieser bedauerlichen Leidenschaft geraten und hatte damit ein beträchtliches Vermögen durchgebracht. Seine Spielsucht machte ihn zur leichten Beute für jeden, der diese Schwäche auszunützen wußte. Aber er war immer noch ein wichtiger Mann, eine einflußreiche Persönlichkeit. Doch nur wer ihn gut kannte oder über seine dunklen Machenschaften und über sein Laster Bescheid wußte, das ihn zunehmend in Schwierigkeiten brachte, nahm in den Schatten unter seinen Augen die Anzeichen einer allgemeinen Müdigkeit wahr und in seinem Blick die Verzweiflung eines gehetzten Tieres, das sich immer mehr in die Enge getrieben fühlt.

Die Begrüßung zwischen Oberst Luigi Ferrari und Hauptmann Benedetto Casati war nach außen herzlich, in Wahrheit jedoch sehr kühl. Sie trafen sich in der Empfangshalle des Hotels, in dem es vor feschen Uniformen, hochmodischen Anzügen und raffinierten Abendkleidern nur so wimmelte. Sie schüttelten sich die Hand und lächelten einander an. Cesare kannte die Höflichkeitsrituale so gut wie die Personen, die sich an den neuralgischen Punkten der Stadt – Padua war Sitz der Obersten Heeresleitung – versammelten, und wußte genau, wer die Fäden zog und wer nur eine Marionette war, obwohl dies nicht unbedingt etwas mit dem Dienstgrad zu tun hatte.

»Freut mich, daß Sie meiner Einladung nachgekommen sind, Capitano«, sagte Oberst Ferrari.

»Ich bin den ganzen Tag gefahren, nur um pünktlich hier zu sein.« Hinter seinen freundlichen Worten verbarg sich ein strenger Vorwurf.

Cesare, der sich in Erwartung eines Befehls im Hintergrund hielt, überlegte sich bereits, wie er der Unterhaltung der beiden Offiziere folgen konnte, wenn sie nach den einleitenden Floskeln zu einem knallharten, geschäftlichen Gespräch übergehen würden, denn so viel war klar: Hier ging es um Geschäfte, nicht um patriotische Ergüsse oder die Ausarbeitung geheimer Strategien.

Der Konflikt, der nach Meinung weitsichtiger Politiker und ungeduldiger Generäle von kurzer Dauer hätte sein sollen, zog sich seit Jahren in Blut und Schlamm dahin und hatte sich in einen Stellungs- und Zermürbungskrieg verwandelt, in dem es zu jähen Überraschungsschlägen kam, die sehr viel Blut kosteten, ohne die Frontlinie wesentlich zu verschieben. Aber mittlerweile ging das große Massaker seinem Ende zu. Die Schlacht am Piave war in vollem Gange, und die Westfront wurde eisern von den alliierten Truppen kontrolliert.

Die beiden Offiziere sahen sich einen Augenblick an und begaben sich dann ins Lesezimmer mit seinen breiten Samtsesseln, den Jugendstil-Tapeten und den grün beschirmten Stehlampen. Cesare folgte ihnen in höflichem Abstand, gespannt auf die bevorstehende Unterhaltung und voller Erstaunen über den hell beleuchteten und luxuriösen Raum, den sie betraten.

Hier, in diesem feudalen Hotel, drängte sich ihm wider Willen der Vergleich mit den schlammigen, nach Kot stinkenden Schützengräben auf. Auch dort gab es Studenten und andere Vertreter des Kleinbürgertums, die im Mai 1915, in den Tagen der Euphorie, mit ihren Parolen, Fahnen und Strohhüten auf die Straße gegangen waren, aber sie fielen kaum auf unter den vielen Tagelöhnern und Bauern, die auf den Plätzen vergeblich gegen den Krieg demonstriert hatten. Dort, im Schützengraben, waren sie alle gleich, verbunden durch ihre Todesangst, das Grauen vor dem Blut, den Dreck und die Läuse. In den Empfangshallen der großen Hotels dagegen waren »Patriotismus« und »Defätismus« immer noch beliebte Themen in den Gesprächen zwischen Damen mit ausgefallenen Kleidern, Lackschuhen, hauchdünnen schwarzen Schleiern über den Haaren und den aufgeputzten Helden der Etappe, die D'Annunzio zitierten und heimlich *Mimí Bluette – Blume meines Gartens* lasen.

Hauptmann Casati winkte ihn zu sich.

»Warte auf mich«, sagte er, »egal wo, aber warte auf mich.« Er wollte ihn immer in Ruf- oder Sichtweite haben. »Mein Gepäck sollte auch noch aufs Zimmer gebracht werden.«

»Das habe ich bereits veranlaßt, Signor Capitano«, erwiderte Cesare.

»Um so besser.« Casati bedeutete ihm mit einer Geste, sich zurückzuziehen.

Cesare schlug die Hacken zusammen und verließ den Raum, nachdem er im Hintergrund eine Tür bemerkt hatte, die in ein angrenzendes, offensichtlich dunkles Zimmer führte. In der Eingangshalle angekommen, bog er einmal nach rechts ab, dann noch einmal und befand sich auch schon in dem dunklen Raum neben dem Lesezimmer. Er ließ sich in einem kleinen Sessel nieder, kalkulierte das Risiko, dachte sich für den Fall, entdeckt zu werden, die banale, aber glaubwürdige Ausrede aus, er sei hier eingeschlafen, und schickte sich an, dem Gespräch im Nebenzimmer zu lauschen, das schon jetzt die Form eines aufgeregten Dialogs angenommen hatte und deutlich vernehmbar war.

»Ich fürchte leider, daß ich nichts mehr für Sie tun kann, Oberst«, hörte er Hauptmann Casati sagen.

»Sie scheinen zu vergessen, wieviel ich für Ihre Familie getan habe. Und nicht nur für die Fahrradfabrik.«

»Mein Vater und ich haben Ihnen unsere Wertschätzung stets konkret zum Ausdruck gebracht«, wandte der Hauptmann ein.

»Und das wurde meinerseits stets konkret erwidert, Himmel noch mal! Ohne mein Zutun wäre die Firma Casati & Sohn heute lange nicht das, was sie ist.«

»Oberst Ferrari, Sie zwingen mich, Ihnen in Erinnerung zu rufen, daß meine Firma bis heute nicht weniger als fünfzigtausend Lire an Sie überwiesen hat.«

»Ich kenne mich in der Buchhaltung nicht besonders gut aus, aber gestatten Sie mir, die Vermutung zu äußern, daß ich zur Expansion Ihres Betriebs weit mehr beigetragen habe, als in Ihren Rechnungsbüchern verzeichnet sein dürfte.«

»Sie übertreiben, Oberst. Und ich glaube nicht, daß mein Vater von seinem Beschluß abweichen wird. Der Krieg geht seinem Ende zu, mit ihm die Aufträge und mit den Aufträgen unsere Zusammenarbeit.«

»Lieber Freund«, unterbrach ihn der Oberst, »mir scheint, daß Sie Ihre patrizische Herkunft aus den Augen verloren haben, ohne andererseits den Spürsinn eines aufgeklärten Unternehmers zu entwickeln. Ich bin ein Glücksspieler und als solcher Sklave von Kompromissen, auch von faulen und feigen Kompromissen. Ich würde selbst mit dem Teufel einen Pakt schließen, egal, in welcher Form er auftritt.«

»Meine Familie hat jahrelang Ihre Spielschulden bezahlt«, warf Hauptmann Casati ihm vor.

»Das habe ich nie abgestritten! Aber warum werden Sie wütend, bloß weil ich Ihnen zeige, daß auch Sie Ihre Schwächen haben? Ein richtiger Unternehmer sieht immer etwas weiter als die andern, weil er einen Riecher für die Zukunft hat. Er ist auch ein Spieler, nur daß er nicht der Sucht verfallen ist.«

Cesare spitzte in der Stille seines bequemen Verstecks die Ohren. Für ihn war die Unterhaltung zwischen den beiden Offizieren ein Quell des Wissens, aus dem er nicht tief genug schöpfen konnte. Er versuchte, die Worte und Sätze auswendig zu lernen, die in seinem Kopf durcheinanderwirbelten, ohne daß ihre Bedeutung ihm bereits völlig klar gewesen wäre.

»Und warum setzten Sie ihre brillanten Theorien nicht selbst in die Praxis um?« fragte Hauptmann Casati in eisigem Ton.

»Weil ich ein Spieler bin.« Ferraris Stimme deutete auf ein triumphierendes Lächeln. »Wir Spieler leben nur, wenn wir riskieren, und gewinnen, wenn wir verlieren. Aber ich fürchte, diese Logik ist für einen Nicht-Eingeweihten zu subtil. Sie haben ja keine Ahnung, was es bedeutet, sein Leben auf eine Karte zu setzen, seinen guten Ruf einer Nummer anzuvertrauen, einer Farbe, auf der ewigen Suche nach Bestätigung, Sicherheit, höheren Einsichten. Letztendlich läuft das natürlich auf nichts anderes hinaus als auf eine systematische Selbstzerstörung. Was uns treibt, ist die Suche nach dem Absoluten. Der Traum vom Stein des Weisen, mit dem sich gemeines Metall in edles Gold verwandeln läßt. Es ist die schlimmste aller Sünden: der Stolz auf die eigene Allmacht. Etwas ähnliches findet sich im Moralstreben der großen Mystiker. Auch in der sublimen, furchterfüllten Welt der Spieler gibt es das, was den Styliten ihre Säule und dem Einsiedler seine Wüste ist. Wir alle werden gleichermaßen vom Teufel in Versuchung geführt. Nur daß sich der eine in die Reinheit rettet und der andere im Sündenpfuhl versinkt. Vielleicht ist das der Grund, weshalb Ehrenmänner, die dem Spiel verfallen sind, ihr Leben oft mit einem Revolverschuß beenden.« Er war aufrichtig, aber der Hauptmann erkannte die Wahrheit, die in seinen Worten steckte, nicht.

»Sie verstehen es glänzend zu theoretisieren«, erwiderte Casati, »aber ich glaube, das reicht nicht aus, um meinen Vater dahin zu bringen, daß er Ihnen innerhalb von zwei Tagen eintausendfünfhundert Lire zukommen läßt. Nach allem, was Sie bereits von uns bekommen haben«, fuhr er erbarmungslos fort, »würde er das für eine Übertreibung halten, wie ich im übrigen auch.«

»Wenn ich mich recht entsinne, hegten Sie seinerzeit keinerlei Skrupel, einen Blick in die städtebaulichen Unterlagen für die geplante Ausweitung Mailands zu werfen, als ich Ihnen diese vorlegte. Im Gegenteil, Sie haben mir noch sehr viel großzügigere Gesten in Aussicht gestellt.«

»Aber jetzt sind wir im Krieg, Oberst. Und Sie sind wie ich ein praktisch denkender Mann.«

»Innerhalb von zwei Tagen muß ich eine Spielschuld von eintausendfünfhundert Lire bezahlen. Nicht zu bezahlen hieße meine Ehre zu verlieren, der Schande preisgegeben zu sein. Ohne diese Summe könnte ich wirklich dazu gezwungen sein, mich zu erschießen.« Jetzt war er wieder demütig, unterwürfig, zu allem bereit.

»Ich fürchte, ich habe mich immer noch nicht klar genug ausgedrückt«, erwiderte der Hauptmann streng. »Für mich und meine Familie ist dieses Thema abgeschlossen.« Er stand auf und grüßte, indem er die Hacken zusammenschlug und kaum merklich den Kopf neigte.

Cesare sprang von seinem Sessel auf und sah gerade noch, wie sein Vorgesetzter sich vom Portier den Zimmerschlüssel geben ließ und die Treppe hinaufging. Er würde rechtzeitig bei ihm sein, um ihm dabei zu helfen, sich für den obligatorischen Empfang im Offizierskasino und den anschließenden Abstecher ins Bordell herzurichten.

Oberst Ferrari hatte inzwischen ebenfalls das Lesezimmer verlassen. Er wirkte blaß, aber ruhig und offensichtlich entschlossen, seine kurz zuvor geäußerte Absicht in die Tat umzusetzen. Er ging auf den Hotelausgang zu, passierte die Drehtür und begab sich zu einem Automobil, vor dem sein Chauffeur ihn mit geöffnetem Wagenschlag erwartete.

Cesare rief ihn an.

»Was ist, Soldat?« fragte der Oberst ihn und blieb stehen.

»Sie haben das hier verloren, Signore«, erwiderte Cesare und reichte ihm ein Bündel Geldscheine – einen zu tausend und fünf zu hundert Lire.

»Verloren?« stammelte Ferrari, als träume er nur, einen Soldaten getroffen zu haben, der ihm genau die Summe in die Hand drückte, mit der er der Schmach einer Entehrung vorerst entgehen und möglicherweise sein Leben retten konnte.

»Sie sind Ihnen aus der Manteltasche gerutscht, Signore.«

Oberst Ferrari starrte auf die Banknoten, zählte sie, betrachtete den Jungen und dann wieder das Geld. »Alles... bis auf die letzte Lira«, sagte er.

»Freut mich für Sie«, antwortete Cesare, wobei er ihm mit seinen tiefgründigen blauen Augen fest ins Gesicht sah. »Was für ein Unglück, wenn ich das nicht gemerkt hätte.«

Der Oberst nickte. »Aber du hast es ja gemerkt«, sagte er und erkannte jetzt in Cesare den Offiziersburschen Hauptmann Casatis wieder. »Sag mir deinen Namen«, befahl er ihm, aber in höflichem Ton.

»Gefreiter Boldrani, Cesare. Mailand.«

»Jedes Ding hat seinen Augenblick, aber es gibt auch einen Augenblick, in dem man sich die Frage nach dem Grund dafür stellt.« Er reichte Cesare die Hand und fühlte im Händedruck des Jungen, so verhalten er auch war, eine ungeahnte Energie. »Danke, Soldat. Ich hoffe, daß du, wenn du eines Tages dein Geld verlieren solltest, auch jemanden findest, der es dir zurückgibt.«

»Ich glaube kaum, daß ich je in diese Lage kommen werde.«

»Kann ich irgend etwas für dich tun?« Der Oberst strahlte und hatte seinen Esprit und seine Selbstsicherheit zurückgewonnen.

»Ja, meinen Namen im Gedächtnis behalten: Ich heiße Cesare Boldrani und komme aus Mailand.« Er hatte sich wie ein Spieler verhalten und einen guten Teil seines Vermögens auf eine einzige Nummer gesetzt. Ob diese Nummer gewinnen würde, das wußte er erst, wenn das Rad des Rouletts zum Stillstand kam.

31

Als Cesare erfuhr, daß Hauptmann Benedetto Casati tatsächlich von jenem Grafengeschlecht Casati abstammte, dessen Familienkapelle sich auf dem Friedhof von Caravaggio befand, hatte er längst bei den Klassikern gelernt, sich nicht mehr über das Spiel des Zufalls zu wundern, das präzisen Regeln zu gehorchen schien. Vielleicht war ja selbst die Tatsache, daß wir atmen und leben, nur ein Zufall, der jeden noch so hartnäckigen Versuch des Menschen, sein vorgegebenes Schicksal zu verändern, von vorn herein vereitelte. Und daß Italien kurz davor stand, einen verloren geglaubten Krieg zu gewinnen, war das etwa kein Zufall?

»Wir haben durchgemacht, was durchzumachen war«, sagte Hauptmann Casati. »Jetzt geht es bald nach Hause.« Die alliierten Truppen rückten an der Westfront vor, in Rußland wütete ein blutiger Bürgerkrieg, Zar Nikolaus und seine Familie waren von Rebellen ermordet und Moskau zur Hauptstadt ausgerufen worden. Tod und Zerstörung hatten ihren Einzug in den Alltag gehalten und gehörten längst zur Gewohnheit.

»Ja, Signor Capitano.« Cesare hatte inzwischen den Gesichtsausdruck und die Züge eines Mannes, sein Blick wirkte ausdrucksvoll und männlich. Eine oberflächliche, weiße Narbe, die kaum auffiel, machte sein Gesicht noch attraktiver. Schuld daran war ein Streifschuß – als habe der Tod ihn nur eben einmal leicht berührt und auf seiner Wange das Mal einer Impfung hinterlassen, die ihn gegen alle Übel feite. Er erinnerte sich nicht genau daran, wann und wo er verwundet worden war, er erinnerte sich nur an das Pfeifen einer Kugel, an einen brennenden Schmerz und an seine Hand, die blutüberströmt war, nachdem er sich befühlt hatte.

»Was machst du, wenn der Krieg zu Ende ist?« fragte ihn der Offizier.

»Das weiß ich noch nicht genau.« Er war dabei, das Arbeitszimmer des Hauptmanns in Ordnung zu bringen und verlangsamte ein wenig die gewohnten Handgriffe, um das Gespräch in die Länge zu ziehen.

»Als erstes gönnen wir uns, glaube ich, einen schönen Urlaub«, meinte der Offizier lächelnd. Eine angenehm laue Wintersonne schien auf die Möbel und den Fußboden des Zimmers und schuf an den Wänden ein heiteres Licht- und Schattenspiel.

»Ja, Signor Capitano.« Cesare verstand es zu schweigen, ohne seine Gegenüber zu irritieren, ja im Gegenteil, er ließ mit seiner stillen Anteilnahme in den anderen das unwiderstehliche Bedürfnis aufkommen, sich mitzuteilen oder ihm gar ihre geheimsten Gedanken anzuvertrauen.

»Hast du immer noch deine Wäscherei im Kopf?« fragte Casati.

»Ja, manchmal denke ich daran«, entgegnete er. Matilde hatte nicht aufgehört, ihm zu schreiben und Pakete zu schicken, die er pünktlich erhielt, vor allem seit er im Hauptquartier arbeitete, wo die Post regelmäßig ankam. Sie hatte ihn wissen lassen, daß die Arbeit zunahm, daß an den Kauf neuer Maschinen gedacht werden mußte, und sie hatte ihm zu verstehen gegeben, daß ihr Herz voller Sehnsucht war und ihr Bett ohne Liebe.

»Manchmal denke ich daran.« Er dachte tatsächlich an die Wäscherei, er dachte an Matilde, an seine von der spanischen Grippe dahingerafften Geschwister, an Giuseppina, aber er hatte den Eindruck, als wäre in diesem Jahr oder wenig mehr eine ganze Ewigkeit vergangen. Er hatte sich verändert – er hatte dem Tod ins Angesicht gesehen und ihn weniger häßlich gefunden, als er ihn sich vorgestellt hatte – er ähnelte mehr einem ruhigen, endlosen Schlaf als einer unendlichen Tortur. Cesare hatte es nicht geschafft, den Augenblick festzuhalten, in dem uns das Bewußtsein verläßt, aber er war in den schlimmsten Situationen vorübergehend seines Bewußtseins beraubt worden, und jenseits der Grenze, auf der andern Seite, hatte er stets nur Ruhe und völlige Entspannung angetroffen. Er hatte den Tod auf den Gesichtern seiner verwundeten Kameraden gesucht, die kurz davorstanden, auf die große Reise zu gehen, und dort vor allem den Wunsch zu schlafen entdeckt, obwohl das Gegenteil logischer gewesen wäre. Er hatte begriffen, daß der Mensch keine Angst vor dem Schlaf hat, der das Nichts des Lebens bedeutet. Er hat Angst vor dem Nichts, das den Schlaf des Todes bedeutet. Was sein eigenes Sterben betraf, so hatte er sich bereits eine sehr genaue Vorstellung davon gebildet. Wenn der Moment gekommen war, so würde er, ohne ein Drama daraus zu machen, in die Stille zurückkehren, aus der er kam.

»Sind deine Geschwister wohlauf?« Das war eine schmerzliche Frage, die Casati sich vielleicht besser gespart hätte.

»Meiner Schwester geht es gut. Mein kleiner Bruder ist gestorben.« Cesare sprach, wie die einfachen Leute vom Unvermeidlichen sprechen, scheinbar unberührt. Aber das war im Grunde nichts anderes, als das synthetische Resultat langwieriger Diskurse über die prekäre Lage des Menschen und die Unsicherheit des Lebens.

»Wir beide kennen uns jetzt schon lange«, sagte der Offizier,

»aber ich bin sicher, daß ich lange nicht so viel über dich weiß wie du über mich. Ich glaube, du könntest meine Biographie schreiben, wenn du wolltest, aber ich weiß nicht mehr über dich als das, was ich in deiner Personalakte gelesen habe. Natürlich abgesehen von der Meinung, die ich mir aufgrund deines Verhaltens und Auftretens bilden konnte.«

»Ich habe noch nie viel geredet«, erwiderte Cesare, nicht etwa, um sich zu entschuldigen.

»Aber du wirst doch auch Pläne haben, Vorstellungen, Absichten.«

»Ich glaube, ich habe ein großes Durcheinander im Kopf.« Cesare war ehrlich. Er hatte sich lange überlegt, ob er das Verhältnis mit Matilde und seine Arbeit in der Wäscherei wieder aufnehmen sollte, aber je länger er über diese Dinge nachdachte, desto mehr kam ihm zu Bewußtsein, daß sie der Vergangenheit angehörten, wie die Tage, die hinter ihm lagen – sie stellten einen nützlichen Bezugspunkt dar, aber die Zukunft würde anders sein; ob schöner oder häßlicher als die Vergangenheit, das wußte er noch nicht, aber anders. Mit Sicherheit würde sein zukünftiges Leben nichts mit dem seiner Mutter und seines Vaters zu tun haben, und auch nichts mit dem der Leute aus seinem Stadtviertel. König von Borneo, wie die alte Sybille ihm prophezeit hatte, würde er vielleicht nicht werden, oder vielleicht doch... Es stand alles in den Sternen geschrieben, aus deren verlockendem Funkeln er mehr nicht ablesen konnte.

»Würdest du für mich arbeiten?« Hauptmann Casati war überzeugt, daß Cesare bestens über ihn Bescheid wußte, über sein Leben, seine Neigungen, seine gesellschaftliche Stellung, sein Vermögen.

»Ist das ein Vorschlag oder eine Frage?« wollte der Junge wissen, indem er mit größter Selbstverständlichkeit aus der Rolle des Offiziersburschen in die eines gleichrangigen Gesprächspartners schlüpfte.

»Wenn es dir an etwas nicht fehlt, so ist das Schlagfertigkeit«, erwiderte der Offizier lächelnd.

»Ich hatte eben einen großartigen Lehrer«, entgegnete Cesare.

»Und die Kunst des Schmeichelns hast du offensichtlich auch schon erlernt.« In Wahrheit hatte es Casati Spaß gemacht, seine Verhaltensweisen, sein Wissen, seine Bildung, seine Erfahrung auf diesen in vielerlei Hinsicht rätselhaften jungen Mann zu übertragen, der die Fähigkeit besaß, selbst die kompliziertesten und schwierigsten Zusammenhänge mühelos zu erfassen, Anspielungen zu deuten, aus Gesagtem und Nicht-Gesagtem seine Rückschlüsse zu ziehen, die Vielschichtigkeit der politischen Fachsprache ebenso zu durchschauen wie den himmelschreienden Blödsinn des Militärjargons; er hatte obendrein gelernt, daß die Wirtschaft wechselhaft war wie das Wetter und daß man ohne Beziehungen zu überhaupt nichts kam. Seine Fähigkeit, andere zu vertraulichen Geständnissen zu bewegen, war dagegen Veranlagung. »Also, willst du mir nun sagen, ob du gerne für mich arbeiten würdest?«

»Das wäre eine große Ehre für mich, und ich würde alles tun, damit Sie Ihren Beschluß nicht bereuen müßten«, erwiderte Cesare in sehr sicherem Ton.

»Fragst du mich denn nicht, was für eine Arbeit ich für dich im Sinn hätte?« stichelte Casati.

»Nein. Ich bin überzeugt, daß Sie eine Tätigkeit für mich gewählt haben, die meinen Möglichkeiten entspricht.«

»Ich habe ehrlich gesagt nur an meine eigenen Interessen gedacht.« Der Hauptmann musterte ihn neugierig.

»Das ist ein gutes Wahlkriterium, Signor Capitano. Wer seinem eigenen Interesse nachgeht, handelt oft auch im Interesse des anderen.«

»Schon möglich«, brummte der Offizier und massierte sich das Kinn. »Apropos«, fügte er dann hinzu, »in zehn Tagen hat General Parenti Geburtstag.«

»Der Text für das Glückwunschtelegramm ist schon vorbereitet«, beruhigte Cesare ihn.

»Ah. Gut.« Der Junge war quasi perfekt.

»Ihre Firma ist auch schon benachrichtigt. Ich habe veranlaßt, daß sie das Geschenk an die Adresse des Generals nach Rom schicken.«

»Wie ich sehe, hast du an alles gedacht«, erwiderte der Offizier.

»Ich tue mein Möglichstes«, erwiderte Cesare und schickte sich an zu gehen.

»Möchtest du dich vergnügen?« Casati dachte ans Bordell, denn das war für Offiziere und Soldaten gleichermaßen das oberste Vergnügen. Er wollte schon seine Geldbörse aus der Tasche ziehen, erinnerte sich dann aber daran, Cesare beigebracht zu haben, daß man mit Trinkgeldern einen Hausangestellten für seine Dienste, einen Butler für seine Ergebenheit, einen Kurier für seine Schnelligkeit belohnte. Cesare gehörte zu keiner dieser Kategorien.

»Danke, aber ich habe viel zu tun, Signor Capitano, und mit Ihrer Erlaubnis ziehe ich mich jetzt zurück«, entgegnete Cesare, während er eine Likörflasche an ihren Platz zurückstellte und ein letztes Buch aufräumte.

»Geh nur. Aber vergiß den Brief an meinen Vater nicht.« Casati öffnete mechanisch eine Schublade und schloß sie wieder.

»Den habe ich vor zwei Stunden dem Kurier übergeben.« Cesare verbeugte sich und schlug die Hacken zusammen, als wäre er der Offizier.

»Aber ja doch«, dachte Casati laut, »ich glaube, ich habe wirklich gut daran getan, dir vorzuschlagen, daß du für mich arbeitest.« Unglaublich, wie dieser Bursche sich gewandelt hatte. Cesare war aufmerksamer geworden, fleißiger, zugänglicher, einfühlsamer, vor allem jedoch unternehmungslustiger.

Er hatte seinen Mut und seine Entschlußkraft im Schlamm eines trostlosen, gottverlassenen Schützengrabens kennengelernt, als Cesare nicht gezögert hatte, Tod mit Tod zu rächen, aber insgeheim vielleicht geahnt hatte, an einem Wendepunkt seines Lebens zu stehen.

Ich frage mich, wie ich ohne diesen Bastard überhaupt noch zurechtkäme, dachte er, als er alleine war, und widerstand der Versuchung, Cesare noch einmal zurückzurufen, um ihm eine vergessene Erledigung aufzutragen.

Benedetto Casati war inzwischen vierunddreißig Jahre alt und gehörte einem alten Geschlecht des lombardischen Landadels an, das klug genug gewesen war, mit der modernen Entwicklung

Schritt zu halten, ihr teilweise sogar zuvorzukommen, indem es sein auf traditionelle Weise erworbenes Kapital in unternehmerische Abenteuer gesteckt und dazu geschichtlich und wirtschaftlich gesehen den richtigen Zeitpunkt gewählt hatte. Der Vater, Giovanni Casati, hatte sieben Jahre vor dem Krieg eine Fahrradfabrik gegründet, die von Anfang an ziemlich erfolgreich gewesen war, mit Ausbruch des Konflikts jedoch einen geradezu schwindelerregenden Aufschwung erlebt hatte. Die Armee hatte Riesenbestände dieses neuen Transportmittels aufgekauft. Es gab wohl noch andere Fahrradunternehmen in Mailand und in der Lombardei, aber nicht alle Fabrikbesitzer empfingen in ihren Villen und Jagdschlößchen die politischen Vertreter der Ausschüsse, die praktisch über die Einkäufe des Heeres entschieden.

Graf Benedetto Casati war von heiligem Eifer erfüllt in den Krieg gezogen, aber die Freunde seines Vaters hatten es nicht allzu schwer gehabt, ihn davon zu überzeugen, daß seine humanistische Bildung und sein organisatorisches Talent in einer militärischen Schlüsselposition, die es ihm erlaubte, über das Schicksal ganzer Heeresgruppen zu entscheiden, hundertmal nützlicher waren als im Schützengraben, wo er bestenfalls über ein einziges Bataillon verfügen konnte. Er war mit dem Grad eines Oberleutnants eingestellt und aufgrund familiärer Meriten sofort zum Hauptmann befördert worden. Er war Junggeselle, vermögend, einflußreich, aber er war auch gebildet und intelligent, was es ihm ermöglicht hatte, von Anfang an die Schwächen, die Inkompetenz und den Zynismus der Obersten Heeresleitung zu erkennen, zu denen sich erschwerend noch Korruption, Ignoranz und die Unfähigkeit hinzugesellten, die elementarsten Regeln der Kriegführung anzuwenden.

Bataillone, Regimenter und Divisionen wurden durch den schrecklichen Fleischwolf des Krieges gedreht, aber in den Räumlichkeiten der Kommandos roch es angenehm nach lange gealtertem Cognac, antikem Leder und Lavendel. Hauptmann Casatis einziger Ausflug an die Front war der gewesen, bei dem es zur Begegnung mit Cesare Boldrani gekommen war – eine Episode, in deren Verlauf Leben und Tod, Freundschaft und Interesse sich im

Zeichen des Zufalls zu einem schicksalsträchtigen Geflecht verwoben hatten.

Der Krieg verursachte Blutbäder, mähte ganze Heere nieder, brachte Hunderttausende von Familien um ihren Ernährer, während die Firma Casati & Sohn mehr denn je prosperierte und dabei war, eine neue Art von Motorrad zu entwickeln, das mit Sicherheit riesigen Erfolg haben würde. Zu Hause wartete also viel Arbeit. Glänzender Einfall, diesen Jungen anzuheuern, dachte Hauptmann Casati.

In diesem Augenblick kam Cesare mit einer Flasche Champagner herein.

»Gibt es etwas zu feiern?« fragte der Offizier ihn lächelnd.

»Allerdings«, erwiderte Cesare und begann, ohne seinen Befehl abzuwarten, das goldene Stanniolpapier vom Korken zu entfernen.

»Dürfte ich den Anlaß erfahren?« Hauptmann Casati war ein wenig irritiert, aber seine Neugier überwog.

»Unsere Truppen sind in Triest und Trient eingezogen«, verkündete Cesare.

»Was, wir haben den Krieg gewonnen... und du erfährst das noch vor mir?« Er wußte nicht, ob er sich über diese Nachricht freuen oder sich darüber ärgern sollte, daß er sie von seinem Burschen erhalten hatte.

»Das ist nur Zufall, Signor Capitano.« In Wahrheit war es kein Zufall, Cesare erfuhr immer alles einen Augenblick früher als die andern.

»Diesmal ist es wirklich aus«, murmelte Casati ergriffen. Er erhob sich, ging auf seinen Burschen zu und reichte ihm die Hand. »Wir können nach Hause, Cesare«, sagte er mit einem warmen Händedruck.

Am nächsten Tag weinten die Leute vor Freude und tanzten auf den Straßen, um das Ende eines Krieges zu feiern, der nahezu neun Millionen Todesopfer gefordert hatte.

32

Das Mädchen betrachtete ihn mißtrauisch und verwirrt, mit halb niedergeschlagenen Augen,wie man es ihr beigebracht hatte. Vor ihr stand ein eleganter Signore, der mit natürlicher Lässigkeit einen maßgeschneiderten Anzug und darüber einen Mantel trug, einen modischen, hellen Filzhut auf dem Kopf hatte und in der Hand einen Koffer aus echtem Leder. Als er unter der Haustür zum Gruß an die Krempe seines Hutes tippte, errötete sie und machte einen Knicks, wie sie es bei den Klosterschwestern gelernt hatte. Der junge Mann lächelte, wobei seine blitzend weißen Zähne zum Vorschein kamen und seine unvergeßlichen Gesichtszüge ihr wieder vertraut wurden; und in diesem Augenblick erkannte Giuseppina ihn.

»O Cesare«, murmelte sie, während Tränen über ihr bleiches Gesicht rannen, auf dem Trauer und Einsamkeit deutliche Spuren hinterlassen hatten, »wenn du wüßtest, was auch wir durchgemacht haben.« Sie sprach beinahe mit Scham von ihrem Leid und wagte nicht, es mit dem ihres Bruders zu vergleichen, der bestimmt noch viel mehr ausgestanden hatte.

»Wir beide müssen viel miteinander vergessen«, tröstete Cesare seine Schwester und umarmte sie.

»Die Kinder, Cesare... Es war entsetzlich, sie eins nach dem andern wegsterben zu sehen.« Sie weinte und suchte an der starken Brust des Mannes Zuflucht, der nach Sauberkeit und Lavendel roch. Die Tränen gaben Giuseppina ihre kleinen Geschwister nicht zurück, aber sie begannen den Knoten zu lösen, der ihr seit Monaten den Hals zuschnürte.

Cesare antwortete ihr mit einem einfachen Satz, dem einzigen, der ihr helfen konnte: »Gott hat sie zu sich gerufen; jetzt leben sie im Licht des Herrn.«

Giuseppina reagierte sofort auf seinen tröstenden Zuspruch. »Ich habe so viel für sie gebetet.« Ihr Gesicht war immer noch anziehend, aber die zarte Schönheit ihrer viel zu früh verflogenen Jugend wurde von der Resignation eines Menschen überlagert, der sich vom Leben ausgeschlossen fühlt. »Komm, bleib nicht unter der Tür stehen«, sagte sie und trat einen Schritt zurück.

Kaum in der Küche, machte Giuseppina sich sofort am Herd zu schaffen, legte neues Holz nach und fachte das Feuer an, das augenblicklich zu prasseln begann. Seine Flammen waren das einzig Lebendige in der großen, öden Küche.

Cesare war aus dem Krieg um viele Erfahrungen reicher und um einige Illusionen ärmer in das schäbige Bauernhaus zurückgekehrt, in dem er geboren worden war, in dem seine Geschwister zur Welt gekommen und gestorben waren, in dem seine Eltern sich voller Hoffnung an einen Fetzen Leben geklammert hatten und in dem seine Schwester Giuseppina ihren tristen Alltag fristete.

»Ich habe dich in Soldatenkleidern zurückerwartet«, sagte sie, während sie vom Herd zum Tisch und vom Tisch zum Herd ging und nicht wußte, ob sie lachen oder weinen sollte. »Bist das auch wirklich du?« fragte sie, versucht zu lächeln, ihn anzufassen und immer wieder seinen Namen zu nennen.

»Die Uniform habe ich weggeworfen«, erklärte Cesare ihr. »Wir müssen auch den Krieg vergessen.«

»Ich habe überhaupt nichts, was ich dir anbieten kann«, jammerte Giuseppina verzweifelt. »Du hast doch bestimmt Hunger und Durst. Was soll ich bloß machen?«

»Dich erst einmal beruhigen«, ermahnte er sie sanft. »Seit ich hier bin, wirtschaftest du ununterbrochen herum.«

»Hab Geduld mit mir«, entschuldigte sie sich. »Ich muß mich erst an den Gedanken gewöhnen, daß du wieder hier bist. Und so verändert! Ein Mann. Ein richtiger Signore. Du siehst aus wie einer dieser vornehmen Herren, die nur zufällig einmal in ein Bauernhaus geraten.«

»Du wirst dich an vieles gewöhnen müssen.« Cesare erhob sich von seinem Stuhl und stützte die Hände auf den Tisch. »Wir ziehen um, Giuseppina.«

»O gütiger Himmel, wo ziehen wir denn hin?« Sie war überrascht und aufgeregt.

»In eine Wohnung. In eine richtige Wohnung mit Bad und Klo, mit fließendem Wasser und einem Durchlauferhitzer, damit du nach Belieben warmes oder kaltes Wasser haben kannst, wann du möchtest.«

»Was, so eine Wohnung sagst du?« Giuseppina fiel aus allen Wolken. »Gibt es so eine Wohnung denn überhaupt für uns?«

»Ja, es gibt sie, und ich habe sie bereits gemietet. Zufrieden?«

»Aber wo ist diese Wohnung?« Giuseppina war weder zufrieden noch unzufrieden; sie war unfähig, irgendein Urteil abzugeben oder auch nur einen Gedanken zu formulieren. Sie war schlicht platt vor Verwunderung.

»In einem schönen neuen Haus im Corso Buenos Aires. Ein Mann, den ich an der Front kennengelernt habe, hat mir zu dem Mietvertrag verholfen. Jetzt gehen wir zusammen hin und schauen sie uns an.« Cesare zog seinen Geldbeutel aus der Tasche und fischte zwei riesige Tausendlirescheine heraus, die er auseinanderfaltete wie magische bunte Leintücher. »Und das hier ist für die Einrichtung. Darum mußt du dich in den nächsten Wochen kümmern.«

Das blasse Gesicht des Mädchens färbte sich purpurrot. »Du wirst doch nicht glauben, daß ich mit so viel Geld umgehen kann«, sagte sie, während sie mit dem Zeigefinger auf die beiden Papierscheine deutete, die ein Vermögen wert waren. »Meinst du etwa...«

»Ich habe keine Zeit für diese Dinge, Giuseppina.« Cesare war bereits zu einem neuen Hafen unterwegs, der noch unbekannt war, sich in der Ferne aber bereits abzuzeichnen begann. »Um das Haus mußt du dich kümmern. Jetzt sind nur wir beide geblieben.«

»Ich will tun, was ich kann.« Sie gehorchte ihrem Bruder gerne, und diese plötzliche, riesige Verantwortung versetzte sie zum erstenmal wieder in etwas fröhlichere Stimmung und verscheuchte ein wenig die Trauer aus ihrem resignierten Blick.

Cesare sah sich um und wurde von Wehmut überkommen. Er dachte an die Tage zurück, in denen seine Mutter aus dem Nebenzimmer getreten war, wo sie mit seinen jüngsten Geschwistern schlief: Augusto, Anacleto, Serafina. Der Herr hatte sie alle heimgerufen.

»Es wird alles anders, Giuseppina, du wirst sehen.« Abgesehen von der Freude des Wiedersehens und den wenigen Worten, die sie sich zu sagen hatten, begann Cesare sich unwohl zu fühlen. Der Anblick des Elends, der sich ihm nach zwei Jahren Abwesenheit unverändert darbot, war ihm lästig, ja unerträglich geworden. Und doch hatte er auf diesem mit Maisstroh gefüllten Sack, unter der blaßgrünen Tuchdecke die Nächte seiner Kindheit und Jugend verbracht, und das nicht einmal schlecht.

»Wie du dich verändert hast«, sagte Giuseppina voller Bewunderung. »Du siehst gar nicht mehr aus wie einer von uns.«

»Wir haben uns alle verändert, Giuseppina. Der Krieg ändert immer etwas in den Leuten.« Er dachte an seine Mutter. Ob sie wohl auch verändert gewesen wäre, wenn sie noch gelebt hätte? Cesare erinnerte sich voller Zärtlichkeit an Elvira, ihr noch junges, vom Schlafmangel gezeichnetes Gesicht, ihren dunklen Baumwollrock, der in der Taille gerafft war. Er sah sie vor sich, wie sie sich mit einem Anflug von Koketterie das weiche, kastanienbraune Haar zurechtzupfte, das zu einem Nest aufgedreht war. »Mamm«, sagte er leise, während ihn ein Augenblick lang heftige Rührung überkam.

»Und unsere Sachen?« fragte Giuseppina und deutete auf die wenigen, ärmlichen Einrichtungsgegenstände.

»Die kann haben, wer will«, erwiderte Cesare unbekümmert, während Giuseppina ihn erschrocken ansah.

»Aber dann sind wir ja wirklich reich«, murmelte sie.

Der junge Mann lächelte. »Reich nicht, aber wohlhabend.«

»Und Mamas Sachen?« Sie fühlte erneut einen Kloß im Hals und war drauf und dran, wieder in Tränen auszubrechen. »Was ist mit Mamas Sachen?« wiederholte sie, einen Schluchzer unterdrückend. Jedesmal wenn ihr Bruder etwas sagte oder tat, was sie das vergangene Leid vergessen ließ, suchte sie nach irgendeinem Vorwand, um ihre Gefühlsspannung aufrechtzuerhalten und befreiende Tränen vergießen zu können.

»Auch wenn du deinen Schmerz jetzt festhältst«, zitierte Cesare, »wird er dir entfliehen.«

»Wenn du das sagst, wird es schon stimmen. Dann lassen wir unsere Sachen eben den Nachbarn.« Endlich war sie überzeugt.

»Alles«, präzisierte Cesare, »bis auf die Hochzeitsphotographie.« Er ging in die angrenzende Kammer, um das Bild abzunehmen, das in seiner armen Mutter immer so viele Erinnerungen geweckt hatte. Cesare betrachtete die schöne, junge Elvira in ihrem perlgrauen Brautkleid mit dcn langen, eng anliegenden Ärmeln und der goldenen Brosche am Kragen, die Angelo ihr geschenkt hatte. Angelo war sein Vater, ein gutmütiger Riese mit Bärenkräften, eine Arbeitsmaschine. Es war das erste Mal, daß Cesare sich Gedanken über seinen Vater machte, und dazu hatte es dieses vergilbte Photo gebraucht.

»Wir geben es in einen silbernen Rahmen«, sagte er. Dann runzelte er die Stirn, betrachtete das Bild noch einmal genauer und überlegte es sich anders: »Nein, wir lassen es so. Mamm hätte diesen Rahmen nicht einmal gegen einen aus Gold getauscht.«

»Wie du möchtest«, sagte Giuseppina, deren Blick unwiderstehlich von den schönen bunten Geldscheinen angezogen wurde.

»Nimm sie an dich«, befahl ihr Cesare. »Ab diesem Augenblick stehst du dem Haushalt vor.«

»Ich will alle Ausgaben genau in einem Heft verzeichnen, damit du sie überprüfen kannst«, sagte Giuseppina, um Cesare ihre Tüchtigkeit und ihre bedingungslose Unterordnung zu beweisen.

»Sprich mit niemandem über die Neuigkeiten, die uns beide betreffen«, ermahnte Cesare sie. »Weder über die neue Wohnung noch über unsere Pläne. Was die Leute wissen sollen«, fügte er in strengem Ton hinzu, »das erfahren sie von mir. Und jetzt mach dich fertig, solange ich kurz unseren Pfarrer besuche. Ich möchte mich von Don Oreste verabschieden.«

33

»Du hast den Krieg also heil überstanden«, sagte der alte Pfarrer. »Und du bist zum Mann geworden. Wenn man dich so sieht, könnte man dich für den Sohn reicher Herrschaften halten. Und das da?« fragte er, den Zeigefinger nach der kleinen Narbe auf Cesares rechter Wange ausgestreckt.

»Das ist nur ein Kratzer«, winkte der junge Mann ab, auch um einem lästigen Gespräch über den Krieg aus dem Weg zu gehen.

»Es freut mich sehr, dich wiederzusehen«, meinte Don Oreste mit einem liebenswürdigen Lächeln. »Du hast dich verändert, aber deine Augen sind immer noch dieselben: stolz, azurblau, klar, hart.« Er wußte, daß sich der Sohn der guten Elvira, das häßliche Entlein aus dem Bauernhaus hinter der Porta Ticinese, in einen wunderschönen Schwan verwandeln würde, aber auf eine Frage hatte der arme Pfarrer noch immer keine Antwort gefunden. Würde Cesare sich in einen weißen oder in einen schwarzen Schwan verwandeln?

Der alte Mann und der Junge saßen im Dämmerlicht der Sakristei beieinander. Die Luft war von Weihrauch durchwoben und von jenem ganz eigenen, angenehmen Geruch, der aus den großen Eichenschränken drang, in denen die Priestergewänder und das Meßgerät aufbewahrt wurden. Don Oreste goß aus einer antiken Kristallflasche bernsteinfarbenen Wein in zwei Kelche.

»Ich bin kein großer Trinker«, entschuldigte sich Cesare.

»Ein Tropfen heiliger Meßwein wird dir nicht schaden.«

»Meine Schwester und ich ziehen fort, Don Oreste«, verkündete der Junge.

Dem Pfarrer drängten sich viele Frage auf, aber er wußte, daß Cesare nur ungern in Einzelheiten ging und nie weit ausholte, wenn er sich auch knapp fassen konnte. »Du verläßt also unser Stadtviertel«, sagte er deshalb nur. »Bist du sicher, daß du damit das Richtige tust?«

»Jeder kann sich irren, Don Oreste, auch ein Pfarrer, wenn er die Messe liest. Ich mache das, was mir am...« Er trank einen Schluck von dem Wein, der gut und kräftig schmeckte.

»Was dir am richtigsten erscheint«, vollendete der Pfarrer seinen Satz.

»Was mir am zweckmäßigsten erscheint«, präzisierte der junge Mann.

»Das Zweckmäßige und das Richtige gehen nicht immer denselben Weg.« Das waren deutliche Worte zu einem Mann gesprochen, der gelernt hatte, den Sinn der Worte zu verstehen.

»Fragen Sie mich nicht, was ich nicht weiß«, gab Cesare aufrichtig zur Antwort.

»Ich habe dich ja gar nichts gefragt. Du hast in den letzten zwei Jahren viel gelernt. Deine Worte haben jetzt einen ganz anderen Klang.« Es stimmte, Cesare hatte sich unglaublich verändert.

»Ich habe viele Bücher in der Hand gehabt, wenige gelesen und immer die Augen offen gehalten.« Er war mit nicht mehr als fünf Büchern, einer Flasche Cognac und ein paar Geschenken für seine Freunde von der Front zurückgekehrt.

Durch ein Fenster sah man den wolkenverhangenen Himmel. »Ich fürchte, wir bekommen dieses Jahr viel Schnee«, meinte der Pfarrer besorgt, »das allgemeine Elend bringt selbst den Himmel zum Weinen. Vorher hieß es: Wenn wir erst einmal den Krieg gewonnen haben... Und jetzt, wo wir ihn gewonnen haben, wird von den Leuten verlangt, daß sie den Gürtel noch enger schnallen, um die riesigen Verluste wiedergutzumachen. Wir haben kaum aufgehört, uns gegenseitig die Köpfe einzuschlagen, und sind schon wieder in Weiße und Rote geteilt. Man redet über Streiks und bolschewistische Revolutionen. Aus Rußland dringen große Verlockungen zu uns, mein Sohn, aber der Mensch wird nicht durch Umstürze und Blutvergießen vom Elend befreit. Die Liebe, nicht der Tod, rettet die Welt.« Der Pfarrer nahm seine Brille ab und begann mit einem großen, blaukarierten Sacktuch ihre Gläser zu putzen. »Aber wie dem auch sei«, fuhr er fort, »ein armer Pfarrer und ein Junge, der es unbedingt zu etwas bringen möchte, können den Lauf der Welt mit Sicherheit nicht beeinflussen. Der Krieg hat vieles verändert, aber leider zum Schlechten.«

»Für manche auch zum Guten«, widersprach Cesare ihm, »obwohl es wirklich nur wenige sind, die aus diesem Gemetzel einen Vorteil gezogen haben.«

»Die Probleme sind jedenfalls die gleichen geblieben – moralisches und materielles Elend. Was meine kleine Herde betrifft, so glaube ich allerdings, daß sie hauptsächlich vom materiellen Elend betroffen ist, was freilich ein schwacher Trost ist.« Wenigstens waren seine Gemeindemitglieder gute Christen.

»Ich vergesse nie, daß ich hier geboren wurde«, sagte Cesare,

»und ich vergesse auch nicht unsere Freunde und all diejenigen, die meinen Geschwistern zur Seite gestanden haben.«

»Was getan werden konnte, ist für sie getan worden: Gott hab sie selig.« Der Pfarrer hob die Augen und seine Hände zum Himmel.

»Ich weiß, Don Oreste.« Cesare zog einen Briefumschlag aus der Tasche. »Ich weiß nicht, wie ich diese guten Taten vergelten kann, aber Sie wissen es. Sie können auch besser beten als ich.« Mit diesen Worten reichte er Don Oreste entschlossen den Umschlag.

Der Pfarrer untersuchte aufmerksam seinen Inhalt; er enthielt Geld, und zwar eine beträchtliche Summe. »Kann ich dieses Geld annehmen?« fragte er als Aufforderung an Cesare, sich moralisch dafür zu verbürgen.

»Dieses Geld habe ich mir mit meinem Weinhandel verdient«, erwiderte Cesare wahrheitsgetreu.

»Dann will ich davon ausgehen, daß du es rechtmäßig erworben hast«, sagte Don Oreste, der gewisse Zweifel hegte.

Gibt es denn überhaupt rechtmäßig und sauber erworbenes Geld, abgesehen von dem, das mein Vater und meine Mutter sich erschuftet haben? dachte Cesare. War das Geld, das die Kriegsindustrie oder der pharmazeutische Betrieb Castelli verdient hatten, etwa sauberes Geld? Er hatte die Augen offen gehalten und neue Wörter gelernt, komplizierte Mechanismen, aber wie man es schaffte, reich zu werden, das würde ihm wohl keiner je beibringen können. Hinter jedem Vermögen verbarg sich ursprünglich ein mehr oder weniger schimpfliches Geheimnis. Für sein eigenes Geheimnis, das er für moralisch akzeptierbar hielt, hatte er Gott bereits um Vergebung gebeten.

»Ich gehe davon aus, daß du es rechtmäßig erworben hast«, wiederholte Don Oreste.

»Dafür garantiere ich Ihnen«, erwiderte der Junge, der seine Frage ehrlich beantwortet hatte.

»Bist du auch wirklich sicher, daß du mir so viel Geld geben möchtest?« fragte der Pfarrer, der immer noch nicht völlig überzeugt schien.

»Vor ein paar Jahren habe ich genau in dieser Kirche dem Allmächtigen gegenüber eine Schuld auf mich genommen. Die kann ich natürlich nicht mit dieser Summe tilgen, aber das soll auch nur der Anfang sein, um meinen guten Willen zu zeigen. Sie wissen, wie Sie dicscs Geld am besten verwenden können. Ich will redlich arbeiten, oder jedenfalls so redlich, wie das Gesetz der Menschen es vorschreibt, auch wenn dieses sich nicht immer mit dem Gesetz Gottes deckt. Vor Ihnen will ich noch einmal versprechen, mir nicht die Hände schmutzig zu machen und mich nicht auf unmoralische Geschäfte einzulassen. Ich habe gute Angebote bekommen, aber sie betreffen immer noch nicht das, was ich eigentlich will.«

»Ja, so sag mir doch um Himmels willen endlich einmal, was du genau willst!« Don Oreste war wirklich dabei, langsam die Geduld zu verlieren.

»Ich will Häuser bauen«, ereiferte Cesare sich. »Jedes gebaute Haus ist eine Hoffnung mehr und eine Misere weniger. Keiner kann allen ein Haus versprechen, aber ich lasse mich von niemandem daran hindern, so viele Häuser wie möglich zu bauen. Nehmen Sie das Geld. Solange ich dazu in der Lage bin, wird die Kirche jeden Monat eine Hilfe für die Armen von mir erhalten.«

Der Pfarrer sah ihm so tief in die Augen, als wolle er bis auf den Grund seiner Seele dringen und die dort verborgenen Geheimnisse lüften. »Geld ist nicht alles.«

»Aber es hilft, ein würdigeres Leben zu führen«, erwiderte der Junge.

»Glaubst du etwa, der liebe Gott ist auf deine Hilfe angewiesen?« fragte der gute Pfarrer, um ihm einen kleinen Dämpfer zu versetzen.

»Der liebe Gott nicht, aber die armen Leute. Gebt, und es wird euch gegeben werden.« Cesare fand immer einen Ausweg.

»Wenn du in diesem Geiste handelst, kann die Gemeinde deine Spende annehmen.«

»Don Oreste«, sagte Cesare zum Abschied, »auch ich habe Sünden begangen, für die ich Gott um Vergebung bitten muß, aber glauben Sie nicht, daß ich wegen dieser lächerlichen Summe auf einen Ablaß spekuliere. Ich habe nur einfach keine Zeit, so zu beten, wie Sie es mir beigebracht haben. Für mich ist diese Spende die einzige Möglichkeit, meinen Glauben zu beweisen.«

»Geh, mein Sohn, und der Herr sei mit dir.« Don Oreste sah in diesem Augenblick einen wunderschönen, weißen Schwan vor sich und hoffte inständig, diese Vision werde sich in der Wirklichkeit bestätigen.

34

Er kehrte in der Abenddämmerung eines grauen Wintertages in die Wäscherei und in das Haus zurück, die er in der Erinnerung mit einem jener herrlichen Sommertage verband, nach denen man sich zurücksehnt, wenn die Nebelschwaden übers Land ziehen. Er erinnerte sich an Scharen von Tauben, die in der kristallklaren Luft die Farbe wechselten, an schwirrende Schwalben, fröhliche Stimmen, das Geläut von Kirchenglocken und fand sich im eisigen lombardischen Winter wieder. Das Haus war noch dasselbe, aber ein trauriger Geruch überlagerte den Duft nach Gewürzen und Vorräten, der ihm damals Sicherheit eingeflößt hatte.

»Kindchen, du bist zurück.« Matilde erwartete ihn am Ende der Treppe, schwarz gekleidet, blaß und mit melancholischem Gesichtsausdruck.

Cesare umarmte sie, ohne etwas zu sagen. Er suchte ihr frisches Lachen, ihre fröhliche, musikalische, ein wenig heisere Stimme, ihren weiblichen Geruch, der ihn an die Glyzinien im Frühling erinnerte, ihre großen, glänzenden schwarzen Augen, die seine ungestüm hervorbrechende Jugend betrachteten, aber er fand einen traurigen, leidvollen Blick, einen völlig entkräfteten Körper und ein Gesicht, das noch schön, aber eingefallen war.

»Was ist los, Matilde?« Cesare stützte sie, indem er ihr den Arm um die Taille legte, führte sie zu dem Sofa im »guten Zimmer« und half ihr, sich hinzulegen.

»Siehst du, was für ein Bild des Jammers ich abgebe?« Es mußte sie ungeheure Anstrengung gekostet haben, sich einigermaßen präsentabel zu machen.

»Du bist nur ein bißchen erschöpft.« Er sagte, was ihm gerade in den Sinn kam, ohne davon überzeugt zu sein, und suchte sich einen Reim auf Matildes Zustand zu machen. »Ruh dich aus. Hol Atem.«

»Da gibt es wenig zu holen«, meinte sie mit einem düsteren Lächeln, »das ist aller Atem, der mir geblieben ist.« Sie atmete schnell, bemüht, ihre Atemnot zu überspielen.

»Aber was ist denn passiert, Matilde?« Er hatte sie noch nie so oft hintereinander beim Namen genannt.

»Erinnerst du dich noch?« Sie ging ihren eigenen Gedanken nach, die sie traurig stimmten und zugleich trösteten. »Unser erstes Mal. Vor fünf Jahren. Erinnerst du dich, Kindchen?«

»Werd erst mal wieder gesund, dann wirst du schon sehen«, erwiderte Cesare immer verwirrter. Nein, das war nicht die begehrenswerte Frau, die ihn in dem opulenten, strengen Schlafzimmer mit seinen Möbeln aus massivem Holz in die Liebe eingeführt hatte, während die Sonne zum Fenster hereinschien.

Matilde ignorierte seinen Optimismus. »Du bist schön geworden«, bemerkte sie, »du bist noch schöner als früher. Du bist ein Mann geworden und hast alle Erwartungen erfüllt.«

»Du bist auch schön.« Cesare log nicht, denn das Leiden verlieh ihr eine außerordentliche Sanftheit und unglaublich weiche Gesichtszüge.

»Schön wie ein Sonnenuntergang.« Sie dachte an Mimi, die fröhliche Blumenhändlerin aus Giacomo Puccinis *La Bohème*. Wie oft hatten sie zusammen das ergreifende Schlußduett der Oper angehört und sich vom tragischen Schicksal der Hauptfigur zu Tränen rühren lassen. Aber das waren Tränen gewesen, die ihre Sinne betört und schmachtende Leidenschaft heraufbeschworen hatten. In diesem Augenblick empfand sie nur eine dumpfe Trauer, aus der es keinen Ausweg gab.

»Was redest du denn da?« Cesare war der Agonie und dem Tod so oft begegnet, daß er sich daran gewöhnt hatte, aber jetzt, wo er einen Traum dahinschwinden sah, fühlte er, daß auch ein Teil seiner selbst starb.

»Das ist der letzte Akt, Kindchen.« Sie streichelte ihn mit ihrer schönen Hand, der man die Arbeit mittlerweile nicht mehr ansah: sie wirkte zerbrechlich, beinahe durchscheinend.

»Was hast du?« fragte er sie, entschlossen, der Sache auf den Grund zu gehen.

»Es hat mit einer Erkältung angefangen«, erklärte Matilde ihm, »dann eine Brustfellentzündung und danach die Lungen. Jetzt pfeife ich auf dem letzten Loch. Ich habe nur durchgehalten, weil ich dich noch einmal sehen wollte.«

»Und in deinen Briefen hast du mir nichts davon geschrieben?« Er küßte sie sachte auf die Augen und auf den Mund.

»Um dir Sorgen zu bereiten? Was hätte das geändert? Außerdem habe ich gespürt, daß du rechtzeitig heimkommen würdest.« Sie trank seinen Atem und sog seinen lebendigen Geruch in sich auf, seine taufrische Jugend.

»Aber wer hat denn gesagt, daß du so schlimm dran bist?« fragte er sie leise und fuhr fort, sie zu küssen und zu streicheln.

»Der Arzt ermutigt mich, aber ich weiß, daß nichts mehr zu machen ist. Es war schön, weißt du das? Und es ist immer noch schön, wenn du mich tröstest und bei mir bist. Es wäre sowieso ausgegangen zwischen uns, vielleicht sogar noch schlimmer, ohne Liebe, womöglich im Groll. Es hätte mir weh getan, dich mit einer andern weggehen zu sehen. Machen wir uns nichts vor, Kindchen; ich bin alt; ich könnte deine Mutter sein«, seufzte sie. »Du hast mir viel geschenkt, deine Jugend, deine Küsse, du warst nett und zärtlich zu mir.«

»Die Medizin hat große Fortschritte gemacht, Matilde. An Geld fehlt es uns nicht, und es gibt viele gute Ärzte. Ich suche den besten für dich aus. Dann bringe ich dich zu ihm, und er macht dich bestimmt wieder gesund.« Cesare hatte noch nie so viele Lügen hintereinander gesagt.

»Du bist mein Arzt, Kindchen.« Sie fuhr ihm mit der Hand übers Haar und lächelte ihn an. »Reg dich nicht auf, Cesare. Das nützt sowieso nichts. Sag mir lieber, ob dir die Wohnung gefällt, die ich für dich und deine Schwester gefunden habe.«

»Ich gehe sie morgen besichtigen.« Er hatte jetzt anderes im Kopf als Wohnungen.

»Sie gefällt dir, du wirst sehen. Ich glaube, ich habe eine gute Wahl getroffen. Die Miete ist günstig. Ich habe den Mietvertrag auf deinen Namen abgeschlossen und für ein Jahr im voraus bezahlt.«

»Ans Geld denken wir später.«

»Später…«, murmelte Matilde mit einem ironischen Lächeln. »Später ist ein Wort, das ich mir nicht mehr erlauben kann.«

»Laß mich doch wenigstens einen Versuch unternehmen«, unterbrach er sie.

»Unternimm Versuche, so viel du willst, aber jetzt hör mir zu.« Matilde wirkte inzwischen wieder ruhig und selbstsicher. Ihre Stimme klang mütterlich und herzlich. »Die Wäscherei, dieses Haus, das Geld auf meinem Postsparbuch – das alles gehört dir.«

»Ich brauche nichts«, erwiderte Cesare, um sie auf ein anderes Thema zu bringen.

»Bitte unterbrich mich nicht. Ich habe niemanden auf der Welt außer dir, und ich wüßte nicht, wem ich meine Sachen sonst hinterlassen könnte. Aber ich möchte nicht, daß die Leute reden. Deswegen habe ich beschlossen, deine Schwester Giuseppina als Erbin einzusetzen. Es ist schon alles schriftlich beim Notar hinterlegt. Um den Schein zu wahren, sollte sie allerdings die kurze Zeit, die mir noch bleibt, bei mir wohnen. Ich habe das Mädchen während deiner Abwesenheit gut kennengelernt. Sie ist anders als du, aber ihr ähnelt euch trotzdem. Ich habe sie sehr gern. Hier sind die Schlüssel«, schloß Matilde und reichte ihm ihren Schlüsselbund. »Um unsere Geschäfte mußt du dich kümmern. Um mich kümmert sich Giuseppina.«

»Aber jetzt bin erst einmal ich an der Reihe.« Cesare zwang sich zu einem fröhlichen Lächeln, öffnete ein Päckchen, das auf dem Couchtisch lag, und zauberte daraus – geschickt wie ein Jahrmarkthändler – eine wunderschöne Stola aus feiner Wolle mit langen, seidigen Fransen hervor. Die legte er ihr um die Schulter, machte sie hübsch zurecht und betrachtete dann zufrieden sein Werk. »Du siehst phantastisch aus«, sagte er voller Bewunderung.

»Wie liebt du bist, Kindchen. Und was für ein Trost du mir bist.«

»Und das ist erst der Anfang, Matilde. Warte ab, bis du wieder gesund bist.«

»Verdirb deine schöne Stimme nicht mit Lügen«, schimpfte sie ihn in mütterlichem Ton. »Ich habe gesündigt, aber ich habe auch viel gebetet. Ich habe Gott um Vergebung gebeten und bin vom Pfarrer von meinen Sünden freigesprochen worden. Wenn Gott die Menschen erhört, die geliebt haben, dann erhört er auch mich, weil ich dich über alles geliebt habe und noch immer liebe. Ich bitte dich nur um eins...«

»Verlange, was du willst, von mir.« Er beugte sich liebevoll über sie.

»Hilf mir sterben. Halte meine Hand, jetzt, wo es dunkel um mich wird.«

Cesare nahm sie in den Arm, hob sie hoch, als wäre sie eine Feder, und trug sie in ihr Zimmer. Dort entkleidete er sie, half ihr, sich ihr schönstes Nachthemd anzuziehen, legte sie ins Bett und deckte sie zu wie ein Kind. Dann heizte er den schweren, gußeisernen Ofen in der Diele ein, der augenblicklich eine angenehme Wärme zu verbreiten begann.

»Und jetzt«, schlug er vor, »tun wir, als wäre nichts geschehen.«

»So gefällst du mir besser«, sagte Matilde und erwiderte sein Lächeln.

»Ich gehe die neue Wohnung einrichten und schicke dir Giuseppina«, versprach Cesare.

»Komm du aber auch wieder.«

»Natürlich. Wer soll denn sonst den Laden werfen?«

Cesare trat ins Freie hinaus, ohne seinen Mantel zuzuknöpfen. Die frische Luft tat ihm gut und half ihm, die Traurigkeit zu vertreiben, die ihn völlig gefangengenommen hatte. Raschen Schritts ging er davon und spürte, wie trotz aller Widrigkeiten seine Lebensfreude zurückkehrte.

35

»Erzähl mir nicht, du seist bei einem Angriff verwundet worden«, rief Cesare aus.

»Nein, ich habe keine Minute lang angegriffen«, gestand Riccio. »Ich war immer mit dem Kopf auf dem Boden. Deswegen haben sie ja meinen Arsch getroffen.« Ein Granatsplitter hatte ihm die halbe Gesäßbacke weggerissen, und mit diesem großen, wenn auch wenig glorreichen Blutopfer war seine Teilnahme am Krieg entlang der Isonzo-Front zu Ende gewesen.

»Dann bist du also beinahe sofort wieder heimgekommen.« Cesare schenkte sich zu trinken ein.

»Ein Jahr vor dir. Ich habe eine Medaille und eine Invalidenrente bekommen, und die Weiber sind ganz verrückt danach, meinen Hintern zu begaffen. Aber du hast auch eine hübsche Bordüre im Gesicht«, sagte er und deutete auf die Narbe auf Cesares Backe.

»Ja, eine Bordüre, aber keine Medaille und keine Rente.« Er faßte sich an die Wange.

Die Augen der Leute leuchteten noch vom Anblick der geflügelten Siegesgöttin Victoria, die der Zeichner Beltrame für die *Domenica del Corriere* mit blumenverziertem Schoße dargestellt hatte, wie sie Lorbeerkränze über das siegreiche Heer regnen ließ, und die Kluft zwischen Patrioten und Demokraten, die ja bereits vor dem Konflikt Interventionisten und Pazifisten voneinander geschieden hatte, wurde immer tiefer.

Die Osteria war voll von Heimkehrern, die den Krieg gewonnen hatten und schlechter dran waren als vorher. Sechshunderttausend Soldaten waren im Karst, am Piave, am Isonzo, im Etschtal, auf der Hochebene von Asiago geblieben. Alle hatten sich trotz ihrer schlechten Ausrüstung und der unfähigen Befehlsstäbe vorbildlich verhalten. Sie hatten sich dem österreichisch-ungarischen Imperium widersetzt, wie sie sich der Armut widersetzten – mit unerhörtem Mut.

Die Leute tranken, spielten Karten und fluchten. Als es darum gegangen war, an der Front den Kopf hinzuhalten, hatte man sie als Bürger und nicht als Untertanen behandelt, und ein emphatischer Papierkamerad mit Gewehr, Helm, Patronentasche und Brotsack schien damals aus den Plakaten steigen zu wollen, die an jeder Straßenecke aufgehängt waren, um anklagend seinen Zeigefinger auf sie zu richten und sie an ihre Pflicht zu gemahnen.

»Jetzt, wo wir unsere Schuldigkeit getan haben«, sagte einer, der immer noch seine Uniform trug, »pfeifen sie auf uns.«

Viele erinnerten sich an die »rote Woche«, die 1914 von den Sozialisten Benito Mussolini und Pietro Nenni und von dem Anarchisten Enrico Malatesta organisiert worden war – eine hausgemachte Revolution, die in der Romagna und in den Marken aufgeflammt war und sich schnell übers ganze Land verbreitet hatte.

»Im Vergleich zu dem, was uns jetzt blüht, war das geradezu lächerlich«, meinte ein Alter. »Von wegen ›rote Woche‹!«

Jetzt sprach man nicht mehr einfach von Italien, sondern vom Caporetto-Italien, vom Italien Vittorio Venetos. Blut war geflossen, und Opfer waren gebracht worden, aber man sah in vielerlei Hinsicht klarer. Die großen Betriebe, die den Staat während des Krieges mit ihren Produkten beliefert hatten, hatten ihr Kapital verzehnfacht, während die von der Front heimgekehrten Bauern ärmer waren denn je. Arbeiter und Angestellte mußten machtlos mit ansehen, wie ihre Löhne und Gehälter von der Inflation verschlungen wurden.

»Was hältst du von der Sache?« fragte Riccio unter Anspielung auf die Proteste, die an den anderen Tischen laut wurden.

»Keiner darf sich zurückziehen«, erwiderte Cesare. »Jetzt, wo alle ihre Pflicht getan haben, müssen die Versprechen eingelöst werden.«

»Meinst du, die machen eine Revolution?«

»Revolutionen ändern die Verhältnisse, aber nicht immer zum Besseren.« Cesare zog eine Schachtel *Macedonia*-Zigaretten mit goldener Spitze heraus.

»Aber was glaubst du«, insistierte Riccio, »machen die eine Revolution?«

»Wenn sie sich dazu gezwungen sehen, werden sie es auf die eine oder andere Weise versuchen.«

»Und was würde das für uns bedeuten?« Riccio machte keinen Hehl daraus, daß es ihm nicht gelang, sich an das christliche Gebot zu halten, das da lautete: »Liebe deinen Nächsten wie dich selbst.«

»Wir werden davon nicht berührt, wenn du auf unsere Geschäfte anspielst; oder besser auf deine.«

»Entschuldige mal, was soll das denn heißen?« fragte sein Freund verblüfft. »Warum meine Geschäfte und nicht unsere?«

»Weil für mich die gemeinsame Reise hier zu Ende ist«, verkündete Cesare. »Ich nehme meinen Koffer und steige aus.«

Riccio tippte sich mit dem Zeigefinger an die Stirn. »Du bist ja völlig übergeschnappt.«

»Nein, ich steige wirklich aus und nehme ab hier einen anderen Zug.« Cesare sah sich um; er befand sich unter Leuten, mit denen er sich nicht mehr identifizieren konnte.

»Komm, sag mir, daß das ein Witz war.« Riccio biß sich auf die Unterlippe, dann auf die Oberlippe und schnitt dabei komische Grimassen.

»Das war kein Witz«, entgegnete sein Freund. »Du wußtest doch schon immer, daß sich unsere Wege früher oder später trennen würden.«

»Ja, das stimmt«, gab Riccio schweren Herzens zu. »Aber ich habe mir eingebildet, das würde noch lange dauern. Könnte ich nicht mit dir kommen?« Diese Frage war überflüssig.

»Wo immer ich hingehe, ist Platz für einen Freund wie dich«, erwiderte Cesare lächelnd.

»Das ist ein Wort.« Riccio trommelte mit den Fingern auf den Tisch.

»Aber dir liegen der Wein, die Osteria und Miranda im Blut«, erwiderte Cesare, ohne ihn abwimmeln zu wollen.

»Da hast du recht«, gab Riccio zu. »Ich gehe den alten Weg weiter. Und für den Fall, daß du es dir noch einmal anders überlegst, halte ich dir einen Platz warm«, schloß er und fühlte sich erleichtert.

In diesem Moment kam eine Frau aus der Wäscherei zur Tür herein und durchforschte den rauchigen Nebel in dem Lokal, bevor sie auf den Tisch der beiden Freunde zusteuerte und vor ihnen stehen blieb. Sie paßte überhaupt nicht in diese Umgebung.

»Ich soll Ihnen von Ihrer Schwester ausrichten, daß Signora Matilde im Sterben liegt«, teilte sie Cesare mit, drehte sich dann auf dem Absatz um und verließ die Osteria wieder, erleichtert wie eine junge Schauspielerin nach ihrem ersten Auftritt.

36

Giuseppina klopfte diskret an die Tür ihres Bruders. »Darf ich reinkommen?« fragte sie schüchtern.

»Warum zum Teufel solltest du nicht reinkommen dürfen?« erwiderte Cesare. »Los, komm schon.«

Er sah sie im hellen Ausschnitt des Türrahmens, wie sie ihm mit zitternder Hand einen gelben Umschlag entgegenstreckte.

»Ein Telegramm«, murmelte sie den Tränen nahe. Für die armen Leute war der Telegraph immer noch ein ungewohntes Kommunikationsmittel, ein Übermittler trauriger Nachrichten, wie die Hiobsbotschaften, die während des Krieges von den Carabinieri persönlich überbracht worden waren: ein Verwundeter, ein Gefallener, ein Vermißter.

Cesare setzte sich in seinem Bett auf. »Öffne das Fenster«, sagte er.

Das Licht des hellen Aprilmorgens flutete ins Zimmer.

»Ein Telegramm, Cesare«, stammelte Giuseppina, die in ihrem langen, fast nonnenhaft wirkenden Kleid aus leichter, grauer Wolle immer mehr das Aussehen einer treuen Haushälterin annahm. »Ein Telegramm für dich.« Die Sonne schien, und die Luft war erfüllt mit dem Geruch der Felder, die sich unmittelbar hinter den letzten Häusern des Corso Buenos Aires erstreckten.

Als das Mädchen endlich den Mut fand, sich ihm zu nähern, tätschelte Cesare freundlich ihre Wange. »Telegramme bringen nicht immer schlechte Nachrichten«, versuchte er sie zu beruhigen, während er ihr den gelben Umschlag abnahm und in der Tasche seines Pyjamas verschwinden ließ.

»Ja, willst du es denn nicht lesen?« fragte Giuseppina erschrokken.

»Das hat Zeit. Jetzt möchte ich erst einmal ein Bad nehmen, und du bereitest mir derweil ein schönes Frühstück zu. Kaffee, Brot, Butter, Marmelade«, zählte er auf, »aber um Himmels willen keine Polenta.«

Giuseppina kam mit ihrem neuen Leben noch nicht völlig zurecht, obwohl sie sich an vieles gewöhnt hatte und bestimmte Dinge ganz besonders schätzte, wie die aristokratische Gepflogenheit ihres Bruders, einen Pyjama zu tragen, aber auf ihre morgendliche Polenta konnte sie nicht verzichten – vielleicht war das eine Art, sich nicht gänzlich von den Traditionen ihrer ehemaligen, bäuerlichen Wohngegend zu lösen.

»Natürlich, Cesare, keine Polenta.« Sie stand mit aufgerissenen Augen da und wartete.

»Gibt es heißes Wasser?« fragte Cesare, bereit, sie für ihre Sparsamkeit auszuschimpfen.

»Ja, ja«, beeilte Giuseppina sich zu erwidern, »ich habe den Warmwasserspeicher schon vor zwei Stunden angeheizt.« Ihr schien, als habe sie geradezu fürstliche Einkäufe für die neue Wohnung getätigt, obwohl das Ergebnis eine Einrichtung von schlichter Bescheidenheit war. Aber es gab fließendes Wasser in der Wohnung, ein Bad mit holzbeheiztem Boiler und elektrisches Licht in allen Zimmern, was etwas ganz anderes war als der schummerige Schein einer Petroleumlampe. Giuseppina konnte immer noch nicht das Wunder fassen, das sich jedesmal ereignete, wenn sie den weißen Porzellanlichtschalter drehte, und sie vermochte sich nicht zu erklären, wie es möglich war, daß dieses gleißend helle Licht wie in einem unsichtbaren Wasserlauf durch die mit weißer Seide umhüllten Kabel floß, die mit kleinen milchfarbenen Isolatoren an der Wand befestigt waren.

»Bist du mit unserer neuen Wohnung zufrieden?« wollte Cesare wissen.

»Wer wäre das nicht?« gab sie zurück. »Ich führe hier das Leben einer Signora.« Sie war ehrlich, aber die komfortable Unterkunft, die in ihren Augen beinahe einem Schloß gleichkam, nahm ihr bestimmte Möglichkeiten der Kommunikation, ohne die sie sich verloren und einsam fühlte wie in einem goldenen Käfig. Wenn Cesare bei ihr war, kam sie sich weniger isoliert vor, aber wenn er unterwegs war, fehlten ihr die Stimmen und Gesichter des Bauernhauses hinter der Porta Ticinese sehr. Und die ländlichen Düfte, die der Frühlingswind mitbrachte, verstärkten ihr Heimweh noch. Mit den Bewohnern aus dem neuen Haus und den Besitzern der umliegenden Geschäfte wechselte man kaum ein Wort; »Guten Morgen« und »Guten Abend«, das war alles. »Ja, ich bin wirklich zufrieden«, bekräftigte sie, um auch den kleinsten Zweifel ihres Bruders zu zerstreuen.

Cesare trat ans Fenster. Auf der breiten Straße fuhren Kutschen, Fuhrwerke und das eine oder andere Automobil vorbei; Grüppchen von Leuten schlenderten vorbei. Grüße und scherzhafte Zurufe wechselten von Laden zu Laden. Ein Schmied klopfte mit seinem Hammer glühendes Eisen auf dem Amboß in Form, und die fröhlichen Hammerschläge drangen gedämpft zu Cesare herauf. »Mir gefällt es hier«, sagte er, »aber das ist noch immer nicht der Ort, an dem ich definitiv wohnen möchte.«

Giuseppina erwiderte nichts und beschränkte sich darauf, ihn voller Bewunderung zu betrachten, während er sich wie eine Katze streckte. Sie ging ins Bad, ließ dampfend heißes Wasser in die weiße Emaillebadewanne fließen, die auf vier Metallfüßen stand, und als ihr Bruder eintrat, senkte sie den Blick und huschte leise hinaus. Schließlich war auch er ein Mann.

Cesare ließ sich genüßlich ins heiße Wasser gleiten, griff nach einer duftenden gelben Seife, begann sich die Hände einzuseifen, überlegte es sich dann aber anders und legte die Seife wieder zurück. Er wollte sich erst noch ein paar Minuten entspannen. Im Zeitraum von wenigen Monaten hatte er seine erste große Jugendliebe beweint, die Verlobung zwischen Riccio und Miranda gefeiert und war in eine neue Wohnung umgezogen. Abgesehen davon kümmerte er sich auch noch um die Wäscherei in Crescenzago. Durch seinen Rückzug aus dem gemeinsamen Geschäft mit Riccio war er zu einem hübschen Sümmchen Geld gekommen, das zusammen mit Matildes Erbe ein durchaus respektables Kapital darstellte. Er war sich wohl bewußt, daß er für einen Augenblick, in dem das Land und die ganze Gesellschaft in einer tiefen Krise steckten, ausgesprochen viel besaß. Auf der Versailler Friedenskonferenz hatten die Alliierten der strahlenden, italienischen Siegesgöttin erheblich die Flügel gestutzt, und allerorts häuften sich die Streiks, die zwar Lohnverbesserungen und humanere Arbeitszeiten einbrachten, an den grundlegenden Problemen jedoch nichts änderten. Anmaßende Radikale und unentschlossene Reformisten lähmten die stärkste politische Bewegung des Augenblicks, die sozialistische Partei Italiens.

Cesare verfolgte in den Zeitungen aufmerksam die Entwicklung der Dinge und wartete mit fatalistischem Gleichmut auf ein Ereignis, das sein Leben ändern würde. Denn dessen war er sich sicher, irgend etwas mußte sich ereignen. Hauptmann Casati hatte ihm versprochen, daß er ihn – kaum von der Front zurückgekehrt – zu sich bestellen würde, und er war inzwischen sicher schon in Mailand. Daß er sich bisher noch nicht gemeldet hatte, war Cesare aber kein Anlaß zur Sorge. Er wiegte sich im Fatalismus eines realistisch eingestellten Menschen, der wußte, daß sich das Schicksal, das er zum Teil selbst programmiert hatte, früher oder später erfüllen würde.

Unterdessen genoß er den Frieden und den Wohlstand, zu dem er gelangt war. Er wusch sich sorgfältig, rubbelte sich dann kräftig mit einem Leinenhandtuch ab und betrachtete sich zum Schluß in dem großen Spiegel, der auf seinen Wunsch hin im Bad, genau der Wanne gegenüber, angebracht worden war. Sein mächtiger Oberkörper und die muskulösen Arme zeugten von außergewöhnlicher Kraft, während sein männlich schönes Gesicht mit der kleinen weißen Narbe eine beinahe unverschämte Sicherheit ausdrückte, die sein fröhliches Lächeln nur etwas lindern konnte. Seine klaren, azurblauen Augen, die sich im Zorn verfinsterten, flößten Achtung und Respekt ein. Er betrachtete sich und gefiel sich, mußte aber eingestehen, daß er keinesfalls das war, was die Leute einen sympathischen Menschen nennen.

Er zog sich saubere Unterwäsche an, die Giuseppina ihm aufs Bett gelegt hatte, wählte aus seinem mittlerweile gut bestückten

Schrank einen leichten, grauen Wollanzug aus, kämmte sich und erschien perfekt gekleidet in der Küche, wo das Frühstück bereits auf ihn wartete.

Giuseppina goß ihm Kaffee ein und hätte fast die Tasse zum Überlaufen gebracht, so fasziniert war sie von ihrem eleganten, respektgebietenden Bruder, der ihr so wenig ähnelte. Er sah ihrer Mutter gleich, und die Farbe seiner Augen, nicht der Blick, erinnerte sie an den Vater.

»Also, was meinst du dazu?« fragte Cesare im Hinblick auf ihre neuen Verhältnisse.

»Ich bin froh«, erwiderte sie, indem sie sich wie eine arme Verwandte zu ihm an den Tisch setzte, »du kannst dir nicht vorstellen, wie froh ich bin. Nach all dem Unglück«, fuhr sie mit trauriger Stimme fort, »bist nur du mir geblieben. Und du bietest mir das Leben einer richtigen Signora.«

»Glaub aber bloß nicht, daß ich den Rest meiner Tage mit dir verbringe«, erwiderte Cesare scherzend.

»O Cesare«, fuhr sie erschrocken auf, »mit wem soll ich denn leben, wenn nicht mit dir?«

»Du bist jung, du bist hübsch, eines Tages wirst du heiraten.« Cesare wußte, daß er schmerzliche Erinnerungen heraufbeschwor.

Das Mädchen biß sich auf die Unterlippe und senkte den Blick. »Cesare, darüber darfst du nie wieder sprechen«, sagte sie. »Ich werde nie einen Mann haben. Ich heirate nie.« Geschlechtsverkehr, Männer, Scham und Sünde waren in ihren Gedanken unentwirrbar ineinander verflochten.

»Komm, hab doch keine Angst.« Fünf Jahre waren vergangen, fünf lange Jahre seit der erlittenen Schmach, aber sie hatte nichts vergessen. »Dir wird nie wieder jemand etwas antun.«

»Ich weiß«, lächelte sie traurig, »aber mir wäre es lieber, nicht über diese Dinge zu reden.«

»Tu, was dir Spaß macht«, erwiderte Cesare, als wolle er nur scherzen. »Wenn du möchtest, kannst du auch ins Lichtspielhaus oder ins Theater gehen. Und in der nächsten Saison gehen wir einmal in die Scala und sehen uns die *Bohème* an.« Jetzt war er an der

Reihe, traurig zu werden, denn er mußte an Matilde denken und an die Puccini-Melodien, die ihre Liebesgeschichte untermalt hatten, aber er fing sich gleich wieder, stand vom Tisch auf, zog seine Schwester ebenfalls hoch, faßte sie um die Taille und drehte sie singend und pfeifend zu einem Walzer im Kreis. »Das werden wir machen«, meinte er fröhlich, »wir gehen auf einen Ball und tanzen die ganze Nacht.«

»Halt an, Cesare, mir wird ja schwindelig«, protestierte Giuseppina aufgeregt und glücklich und fühlte, wie in diesem Augenblick die heitere Seite des Lebens die Oberhand gewann. Cesare half ihr, sich zu setzen, und Giuseppina hielt sich den Kopf mit den Händen. »Mein Gott, was du alles mit mir anstellst. Du bist wirklich verrückt«, schimpfte sie ihn sanft. »Und das Telegramm?« fiel ihr auf einmal wieder ein, während sie von neuem ernst wurde.

Cesare ging es aus der Tasche seines Pyjamas holen und las es. Es lautete: »Bitte präsentieren. Montag, 10. Acht Uhr. Direktion Firma Casati & Sohn.«

»Um was geht es?« erkundigte Giuseppina sich besorgt.

»Möglicherweise um ein ausgezeichnetes Arbeitsangebot.«

37

In der Firma Casati & Sohn beeindruckte ihn die Stille, in der das Klappern der Schreibmaschinen verhallte, die knappen und bündigen Worte und Dialoge, die Schnelligkeit der Laufburschen, die würdevolle Naivität der Sekretärin, die weder jung noch alt, weder hübsch noch häßlich war, großen Arbeitseifer und völlige Hingabe an den Padrone des Unternehmens an den Tag legte, dessen Namen sie mit heiliger Scheu aussprach.

»Graf Rinaldo Casati bittet Sie zu warten«, sagte die Frau, die eine schwarze Kleiderschürze mit weißem Kragen trug.

Cesare nickte und erwiderte, es sei in Ordnung, er habe keine Eile. Seine angeborene Neugierde ließ Langeweile erst gar nicht aufkommen. Hier gab es viel zu sehen und zu entdecken. Unter einem Kruzifix an der Wand hingen die Porträts von König Vittorio Emanuele III. und Königin Elena.

Die Sekretärin war blond und freundlich, aber ihre Miene und ihr Verhalten änderten sich schlagartig, wenn sie am Telephon sprach. Ihre Stimme nahm einen herrisch aggressiven Ton an und wurde so laut, als befände sich ihr Gesprächspartner auf der andern Seite des Fabrikhofes. Wenn der Apparat schrillte, zuckte sie kaum merklich zusammen, fing sich aber sofort wieder, streckte mit der Geste eines großen Redners die Hand aus, griff nach dem Hörer, beschrieb damit einen eleganten Schnörkel in der Luft, legte ihn sich ans Ohr, setzte sich kerzengerade auf, hob den Kopf, sah sich um in der Hoffnung, bei der Ausübung ihres delikaten Auftrags einen Zuschauer zu haben, und schrie dann ein markerschütterndes »Prontoooo!« in die Sprechmuschel.

Ein Laufbursche in kurzärmeligem schwarzem Hemd, der dünn wie eine Bohnenstange war und gut in eine Sakristei gepaßt hätte, kam herein und wandte sich an Cesare: »Der Herr Graf erwartet Sie«, sagte er. »Wenn Sie mir bitte folgen.«

Das Büro des Grafen war sehr groß, aber Cesare kam es riesig wie ein Exerzierplatz vor. Die Wände waren mit einer hohen Leiste aus dunklem Holz verkleidet, und das Parkett knackte hier und da unter seinen Schritten. Der Schreibtisch, hinter dem der Fabrikbesitzer thronte, war quadratisch und bestand aus massivem Mahagoniholz. Er schien wie maßgezimmert für den stattlichen Mann um die Siebzig, der den mächtigen Kopf eines antiken Kriegers hatte, kahl und glänzend wie die glatte, völlig leere Schreibtischplatte. Seine stark hervorspringende, aber keineswegs häßliche Nase wurde von einem prächtigen Schnurrbart unterstrichen, der den Mund beinahe ganz verdeckte. Aus seinen grauen Augen blitzte jugendlicher Übermut. Er trug einen stahlfarbenen Anzug von erstklassigem Schnitt und ein makellos weißes Hemd, von dem eine schwarze Krawatte abstach.

»Nun?« Casati eröffnete das Gespräch mit einem einzigen Wort. Seine Gesichtszüge waren die eines Signore, aber sein militärischer Ton der eines Berufsoffiziers. Er zog aus der Innentasche seiner Jacke ein Lederetui, öffnete es und entnahm ihm eine Virginia-Zigarre, roch genüßlich daran, zündete sie an und freute sich an ihrem bläulichen Qualm, der sich in eleganten Spiralen um seinen Kopf kringelte. »Nun?« wiederholte er.

Cesare hatte genug Erfahrungen gesammelt, um sich von Leuten, die am Ruder saßen, keine vertraulichen Sympathiebezeugungen zu erwarten, er hätte sich eher über das Gegenteil gewundert. Das Verhalten des Alten überraschte ihn keineswegs. Er spielte den wichtigen Mann, der zwischen tausend Terminen noch einen Augenblick Zeit findet, um sich mit einem nebensächlichen Problem abzugeben. Cesare brachte ihn jedoch leicht in Verlegenheit, indem er ihm eines seiner unwiderstehlichen Lächeln schenkte, die jede Form von Scheu oder Unterwerfung ausschlossen und etwa folgendes zum Ausdruck brachten: »Wenn du sprechen willst, in Ordnung, wenn nicht, dann ist es mir auch egal.«

»Mein Sohn hat mir schmeichelhafte Dinge über Sie erzählt«, sagte der Alte und kürzte die Pause ab, mit der er den jungen Mann in Bedrängnis hatte bringen wollen.

»Ich habe große Hochachtung vor Hauptmann Casati«, sagte Cesare, sein Schweigen unterbrechend, und betrachtete eine wunderschön gemalte, zarte Landschaft, die in einem goldenen Rahmen an der Wand neben dem Schreibtisch hing. Die gegenüberliegende Wand war völlig von einem eleganten Bücherschrank verdeckt. Ich werde eines Tages einen noch schöneren haben, dachte er.

»Mein Sohn gilt allgemein als großer Menschenkenner, junger Mann.« Der Graf betrachtete die Zigarre in seiner Hand.

»Daran habe ich nie gezweifelt, und es täte mir leid, wenn ich den Eindruck erweckt hätte, diese vorzügliche Eigenschaft in Frage zu stellen.«

»An Dreistigkeit fehlt es Ihnen ja nicht«, erwiderte der Alte, um ihn augenblicklich wieder auf die Plätze zu verweisen. »Aber die Dreistigkeit ist auch ein Merkmal der Marodeure.« Er starrte einen Moment auf die weiße Asche vor der Glut seiner Zigarre und bohrte dann seinen stählernen, grauen Blick in Cesares tiefblaue Augen. »Der Marodeure und der Subversiven«, fügte er hinzu. »Subversion« und »Reaktion« waren dabei, zu festen Bestandteilen des politischen Jargons zu werden, wie während des Krieges die Begriffe »Defätismus« und »Patriotismus« populär geworden waren.

»Ich hasse Etiketten.« Cesare hatte es nicht auf eine Auseinandersetzung abgesehen, aber da es nun einmal dazu gekommen war, wollte er sich auf keinen Fall zurückziehen. Das hatte er nie getan, nicht einmal, als sein Leben auf dem Spiel gestanden hatte. »Und ich heule nicht mit den Wölfen«, schloß er.

»Kommen wir zur Sache«, erwiderte der Alte kühl. »Was können Sie?«

»Conte Benedetto Casati kennt meine wenigen Fähigkeiten und hat Sie vermutlich darüber unterrichtet. Ich glaube auch, daß Sie bereits etwas im Sinn haben, wie Sie mich auf die Probe stellen können. Wir wollen die Leute, die irgendwie von uns abhängen, immer auf die Probe stellen.«

»An Argumenten mangelt es Ihnen offensichtlich auch nicht.« Dieser junge Bursche verdiente wahrhaftig ein Lächeln.

»Ich möchte Ihnen nur meine Einsatzbereitschaft beweisen, Signor Conte«, sagte Cesare, die günstige Wende ihres Gesprächs ausnützend. In der warmen Luft, die von den Heizkörpern verbreitet wurde, nahm er den Geruch des Wohlstandes war, der mit der einen oder anderen kleinen Variante überall dort herrschte, wo Reiche verkehrten, im Palazzo des Grafen Spada wie in den Büroräumen des Grafen Casati. Es war der Geruch nach Sauberkeit, gutem Tabak, Lavendel, nach überkommenen Sicherheiten und dauerhafter Stabilität.

»Aber nehmen Sie doch Platz«, forderte der Alte ihn endlich auf und deutete auf einen der beiden lederbezogenen Stühle vor seinem Schreibtisch. »Ich habe gehört, daß Sie für alle Probleme eine Lösung wissen.«

Cesare machte ein paar Schritte auf dem weichen Orientteppich mit seinen warmen Farben und setzte sich. »Ich glaube, ich verstehe mich aufs Kaufen«, begann er, »und darauf, das Nützliche vom Unnützen zu unterscheiden.« Daß er vor allem die Fähigkeit besaß, Menschen »zu kaufen«, nachdem er die Käuflichen unter ihnen ausgemacht hatte, dachte er, sagte es aber nicht.

»Wir brauchen Leute, die verkaufen können«, erwiderte der Alte, dem es boshaftes Vergnügen bereitete, ihm zu widersprechen. »Die Fahrrad- und Motorradindustrie ist in Expansion begriffen. Herzustellen ist relativ einfach. Das wahre Problem ist, wie wir die Leute dazu bringen, unsere Produkte zu kaufen.«

»Vor allem jetzt, wo der Krieg zu Ende ist.« Dieser laut geäußerte Gedanke gefiel dem Alten nicht besonders.

»Mein Sohn dachte daran, Sie unserem Verkaufsleiter zur Seite zu stellen. Der Mann hat ein gewisses Alter erreicht und ist müde. Er würde dringend eine tüchtige Hilfe brauchen.«

»Möglich, daß Ihr Sohn recht hat«, erwiderte Cesare, »aber vielleicht bin ich meiner mangelnden Erfahrung wegen da nicht am richtigen Platz. Ich bin überzeugt, daß ich Ihnen im Einkauf nützlicher wäre. Ich könnte alles kaufen, Rohstoffe zu vorteilhaften Preisen, Patente, Ideen. Es ist einfacher zu verkaufen, wenn man ein besseres Produkt zu einem günstigeren Preis anbieten kann.« Ohne um Erlaubnis zu bitten, zog er eine seiner Macedonia-Zigaretten mit goldener Spitze heraus und zündete sie an.

Der Alte war so angetan von der Schlagfertigkeit des jungen Mannes, daß er beschloß, seine Impertinenz zu übergehen. Jetzt war Cesare für ihn kein x-beliebiger Mensch mehr, von dem er sich einen Augenblick seiner kostbaren Zeit stehlen ließ, sondern ein Mann, den es zu entdecken, dessen Talent es auszunützen und dessen Intelligenz es auf die Probe zu stellen galt. »Ich habe da ein Problem, bei dessen Lösung Sie mir vielleicht behilflich sein könnten«, sagte er, während er eine Schublade seines mächtigen Schreibtischs öffnete, eine große Landkarte herauszog und diese auseinanderfaltete. »Auf dieser Karte hier sind verschiedene Grundstücke eingezeichnet«, erklärte der Alte.

»Das ist die Gegend gleich hinter dem Corso Buenos Aires«, stellte Cesare sofort fest.

»Sie haben ein scharfes Auge«, erwiderte Casati angenehm überrascht.

»Ich wohne dort, und ein bißchen habe ich auch geraten.« Er wollte den Bogen nicht überspannen.

»Dann ist es überflüssig, daß ich Ihnen das Gelände ausführlich beschreibe. Sie sehen ja selbst, ausgedehnte Wiesenflächen, verlassene Bauernhöfe, alte Hütten. Hier möchten wir unsere neue Fahrrad- und Motorradfabrik bauen. Eine moderne Anlage, in der über fünfhundert Arbeiter beschäftigt sein werden. Eine Teststrecke für Probefahrten ist auch vorgesehen. Wir haben das Bauland fast vollständig aufgekauft«, sagte der Graf, während seine kräftige, breite Hand über die Karte fuhr. »Nur ein paar kleine Grundstücke fehlen uns noch. Sie gehören Privatleuten, die sich aus sentimentalen Gründen oder Familientradition nicht zum Verkauf entschließen wollen. Es würde mich wirklich interessieren, ob Sie in der Lage wären, sie umzustimmen.«

»Wenn das ein Vorschlag sein soll, dann nehme ich ihn gerne an und danke Ihnen dafür, Signor Conte.« Cesare begann den Lageplan genau zu studieren, seine Angaben zu entziffern und vertiefte sich in die Karte wie in einen Abenteuerroman, in dem er selbst die Hauptfigur war. Er war überzeugt, daß der Graf ihm Zutritt zu einem Terrain gewährt hatte, das normalerweise für einen »exklusiven Zirkel« von Großindustriellen und Finanziers reserviert war. Es war ihm auch klar, daß der Umfang des Projekts notwendigerweise eine Übereinkunft zwischen Banken und Industrie voraussetzte.

Diese Aussichten waren verlockend, aber es gab noch etwas, das ihn geradezu in Ekstase versetzte. Hier galt es, Grundstücke zu kaufen, auf denen Häuser, Siedlungen, Fabriken gebaut werden konnten. Erde, Kalk, Ziegelsteine, Zement, Mauern, hier war er in seinem Element.

Cesare heckte individuelle Taktiken und Generalstrategien aus, mischte die Karten jedoch so geschickt, daß es aussah, als läge die letzte Entscheidung bei dem Alten, während in Wirklichkeit er, der Junge, die geheime Nummernkombination kannte.

Und so kam es, daß Graf Rinaldo Casati – fasziniert von der weisen Voraussicht seines jungen Gesprächspartners – begann, sich in Cesare wiederzuerkennen, in seiner Klugheit, in seinen klaren Vorstellungen, in der ruhigen Art, wie er seine Gedanken formulierte. Das alte Rassepferd und das wilde, junge Fohlen galoppierten eine gute Weile nebeneinander her, aber die magische Atmosphäre wurde jäh von der Ankunft des Sohnes Benedetto unterbrochen, der zweimal kurz angeklopft hatte und nun hereinkam, ohne eine ausdrückliche Aufforderung seines Vaters abzuwarten.

»Guten Tag, Papà«, grüßte er gut gelaunt und fragte sich, wer wohl der junge Herr sein mochte, der über die Planimetrie gebeugt und so in sie vertieft war, daß er sein Eintreten gar nicht bemerkt hatte. Aber als Cesare den Kopf hob und ihm ein strahlendes Lächeln schenkte, erkannte er in dem schönen, eleganten Mann, der wie ein richtiger Signore aussah, seinen ehemaligen Burschen wieder.

»Guten Tag«, sagte Cesare. »Hauptmann oder Graf Casati?« fügte er in herzlichem Ton hinzu, während er ihm die Hand entgegenstreckte.

In diesem Augenblick sah Benedetto Casati, wie sich vor den Anblick des attraktiven Mannes in Zivilkleidung das Bild des schmutzigen und stinkenden Soldaten schob, der im Schlamm einer gottvergessenen Stellung über ihm stand und ihm die Spitze seines Bajonetts an die Kehle setzte. Und er verspürte plötzlich einen dumpfen, bösen Neid angesichts seiner Metamorphose, die ihn nun auch seinem Vater gegenüber auf den zweiten Platz zu verweisen drohte.

»Gibst du ihm denn nicht die Hand?« fragte der Alte verblüfft.

»Dieser Mann muß lernen aufzustehen, wenn ich hereinkomme.« Er war angespannt, und seine Lippen zitterten leicht.

»Hattest nicht du mich darum gebeten, ihn einzuladen?« warf der Alte ein. »Hast nicht du selbst ein Loblied auf ihn gesungen?«

»Das gibt ihm nicht das Recht, jedes Maß aus den Augen zu verlieren und sich wie ein Flegel zu benehmen.« Er haßte ihn, er verabscheute ihn zutiefst, weil er spürte, daß Cesare ihm in der Zukunft überlegen sein würde. Diesem Bastard gegenüber würde er immer – ein Messer an der Kehle – mit dem Rücken im Dreck liegen, auch weil es jetzt keine Dienstgrade und keine militärische Disziplin mehr gab, die ihn schützen konnten. Er mußte ihm eine Lektion erteilen, um ihm zu zeigen, wer hier den Ton angab, und um alle Vertraulichkeiten und Privilegien auszuräumen.

Cesare erblaßte, und die Narbe auf seiner rechten Wange trat stärker hervor, aber sein Lächeln blieb strahlend und freundlich. »Der Herr Graf hat sich vielleicht etwas übertrieben ausgedrückt«, sagte er, »dafür aber um so deutlicher.«

Am meisten von den dreien war der Alte überrascht. Er hatte diesen Jungen falsch eingeschätzt; er hätte geschworen, daß Cesare seinem Sohn an die Gurgel springen würde, wenn dieser ihn als Flegel bezeichnete. Aber offensichtlich war sein Urteilsvermögen nicht mehr das beste.

»Du warst mir ein tüchtiger Bursche«, sagte Benedetto Casati, um Cesares Rolle zu schmälern, »du hast mir fleißig gedient, aber das bedeutet nicht, daß du in einem Betrieb wie dem unseren wichtige Aufgaben übernehmen kannst. Ich schließe das zwar nicht von vornherein aus«, fuhr er großherzig fort, »aber es müßte das Resultat einer geduldig erworbenen Erfahrung sein.«

»Das scheint mir nur vernünftig«, erwiderte Cesare. Er war gelassen und stolz auf seine Selbstbeherrschung. Die Zeit der Schützengräben war vorbei, und jetzt ging es nicht mehr darum, Tod gegen Tod auszuspielen, sondern Leben gegen Leben.

»Dann würden Sie also bei uns arbeiten?« schaltete sich der Alte ein, der hin- und hergerissen war zwischen der Verachtung für diesen aufgeblasenen Frosch, dem so jäh die Luft ausgegangen war, und dem Bedauern über den Verlust seines intelligenten Gesprächspartners.

»Ich bin zu jung und habe zu wenig Berufserfahrung«, entgegnete Cesare, »um mir erlauben zu können, ein solches Angebot leichtfertig auszuschlagen.«

»Dann bitte ich Sie zu warten, bis Sie wieder von uns hören«, sagte der Alte, der sich verraten fühlte.

»Aber vernachlässige inzwischen deine eigene Tätigkeit nicht, wenn du noch eine hast«, riet ihm der junge Casati. »Es könnte einige Zeit dauern, bis wir uns wieder melden. Außerdem ist noch nicht gesagt, daß wir an deiner Mitarbeit interessiert sind.«

»Ich habe keine Eile, Signor Capitano. Meine Herren.« Cesare neigte nach Art eines Offiziers leicht den Kopf zum Gruße, lächelte, als wäre nichts geschehen, und ging.

38

»Wo hat dieser Hurensohn bloß so viel Geld herbekommen?« Benedetto Casati war grün und gelb vor Wut und richtete diese Frage mehr an sich selbst als an Ingenieur Luigi Ferrari, der ihn in seinem Büro im Rathaus empfangen hatte.

»Ich fürchte, daß ich wenig für Sie tun kann, lieber Graf.« Der leitende Bauingenieur wählte schlichte, freundliche Worte, fast als habe er Angst, die häßliche Erinnerung an ihre letzte Begegnung im *Hotel Posta* in Padua heraufzubeschwören, als er sich wegen einer Spielschuld mit der peinlichen Bitte um Geld an den Grafen gewandt hatte und von diesem mit einem abschlägigen Bescheid gedemütigt worden war.

»Dieser Schuft!« fluchte Casati. »Dieser Hurensohn!« Nun erlebte er mit dem Ingenieur bereits seine zweite Erniedrigung. Die erste war von seinem Vater gekommen, der ihn unumwunden als eingebildeten Schnösel und Niete bezeichnet hatte, weil er sich wie ein Anfänger hatte aufs Kreuz legen lassen.

»Die Papiere sind alle in Ordnung«, sagte Ferrari mit einem Blick in seine Unterlagen. »An den Verträgen ist rechtlich nicht das Geringste auszusetzen. Signor Cesare Boldrani hat im Viale Abruzzi regulär zwei Grundstücke zum Preis von zehntausend Lire erworben.«

»Ich werde mich niemals dazu herabwürdigen lassen, mit meinem ehemaligen Burschen zu verhandeln«, verkündete Benedetto Casati.

»Dabei hatte ich seinerzeit eigentlich den Eindruck, Sie kämen recht gut miteinander aus«, stichelte Ferrari.

»Das war ein zufriedenstellendes Abhängigkeitsverhältnis, mehr nicht«, präzisierte der Exoffizier, der sich gebärdete wie ein Tier in der Falle.

»Wie dem auch sei, lieber Graf, dieses Problem können nur Sie selbst lösen.« Der Ingenieur erhob sich, um seinen Gast zu verabschieden. »Sie müssen mich entschuldigen«, sagte er, »aber ich habe in zehn Minuten eine Besprechung mit dem Bürgermeister.«

»Dann gibt es also wirklich keinen Ausweg? Keine Möglichkeit, noch etwas hinzubiegen?« Er hätte seine Seele dem Teufel verschrieben, wenn damit etwas zu erreichen gewesen wäre.

»Nein«, erwiderte Ferrari. »Die einzige Möglichkeit besteht darin, die Grundstücke zu kaufen, und dazu muß Ihre Firma mit Signor Boldrani verhandeln, der ihr rechtmäßiger Besitzer ist. Vorausgesetzt natürlich, daß Boldrani bereit ist, sie zu veräußern«, stellte er fest.

»Aber deswegen hat er sie ja gekauft«, erwiderte Benedetto Casati, indem er Ferraris Aufforderung zum Gehen einfach ignorierte. »Er hat sich auf betrügerische Weise einer Information bemächtigt und dann gekauft, um uns zu erpressen. Aber sagen Sie mir doch selbst, Ingenieur Ferrari, was fängt einer mit drei oder vier Äckern inmitten eines Terrains an, das uns gehört?«

»Wenn die Sache so liegt, dann wäre es doch am gescheitesten, das kleinere Übel zu wählen.« Ein gut gemeinter Ratschlag.

»Sie empfehlen mir also zu verhandeln?« Diese Frage war überflüssig, aber Casati zögerte das Gespräch hinaus, um seine Selbstliebe zu befriedigen.

»Gestatten Sie mir, offen zu sein«, erwiderte Ingenieur Ferrari und breitete die Arme aus; er hatte sich sehr verändert seit ihrer letzten Begegnung, er hatte seine Würde und Selbstsicherheit wiedergewonnen. »Sie haben keine Alternative. Das Land hinter dem Corso Buenos Aires ist derzeit die einzige Gegend, die zum Bau einer Fabrik taugt.«

»Daran gibt es keinen Zweifel. Wir haben extra einen Architekten aus Frankfurt kommen lassen, um den günstigsten Standort zu bestimmen.«

»Da sehen Sie, daß wir leeres Stroh dreschen«, entgegnete Ferrari. »Die Verkehrsverbindungen könnten nicht besser sein, sowohl die Straße als auch die Bahnlinie verlaufen ganz in der Nähe. Ich würde nicht länger zögern, wenn Boldrani – wie Sie sagen – bereit ist zu verkaufen.«

»Warum? Zweifeln Sie etwa daran?« fragte Casati alarmiert. Ohne die Grundstücke, die in Cesares Besitz waren, verlor dieses Bauland zwei Drittel seines Wertes.

»Ich kenne den Eigentümer nicht«, log Ferrari, der Cesares Namen in Wahrheit mit einer lange zurückliegenden, angenehmen Erinnerung verband, »aber es wäre doch möglich, daß ein Dritter hinter ihm steht. Sie selbst haben sich ja gefragt, wo er so viel Geld herbekommen haben könnte.«

»Dieser Bastard!« zischte Casati, zu einem Schimpfwort greifend, das aus dem Munde eines Grafen besonders schlimm klang. »Er war schon immer ein Intrigant ersten Ranges.«

»So, ich muß jetzt aber wirklich zum Bürgermeister«, sagte der Bauingenieur. »Was Ihr Problem betrifft, so sehe ich keine andere Lösung. Und wenn ich Sie wäre«, schloß er, während sein Sekretär dem Gast die Tür öffnete, »dann würde ich mich nicht so anstellen.«

»Die größten Trottel«, er wollte sagen: »waren wir«, aber er korrigierte sich: »Der größte Trottel war ich.« Nun waren auch die letzten Stränge gerissen, Casati hatte den Nullpunkt erreicht.

»Eigensinnig bis zur Selbstzerstörung, nur um nicht die Überlegenheit des Gegners zugeben zu müssen.« Ferrari klopfte ihm freundschaftlich auf die Schulter.

»Ein ehemaliger Bursche... ein Hurensohn!« fluchte der Graf wie ein zorniges Kind.

»Conte Casati«, erwiderte Ferrari in strengem Ton, »Sie müssen diesen ehemaligen Burschen weder heiraten noch zu sich nach Hause einladen; Sie müssen lediglich ein Geschäft mit ihm abschließen. Und je früher Sie das tun, desto eher lösen Sie Ihr Problem.«

39

»Auf welcher Seite stehst du eigentlich?« Der Alte begann ihn zu duzen, aber nicht etwa, weil er auf ihn herabsah, sondern weil er ihn im Gegenteil als gleichrangigen Gesprächspartner betrachtete. »Ist dir klar«, fuhr er fort, »daß wir so arm wie vor dem Krieg sind und obendrein noch hoch verschuldet?« Er holte weit aus, begann mit der wirtschaftlichen Misere des Landes und hielt sich allgemein. Auch wenn sich die Unterhaltung zwischen Cesare und Graf Rinaldo Casati natürlich auf einer ganz anderen Ebene bewegte, lief sie letztendlich auf dieselben Probleme hinaus, über die auch die armen Leute in den Hinterhöfen und Osterien diskutierten. »Wir haben den Krieg mitgemacht, und wir haben ihn gewonnen. Und jetzt«, fuhr er fort, »höhlen uns die Subversiven den Boden unter den Füßen aus, schreiben sich zu Millionen in die Gewerkschaften ein und organisieren Streiks, gegen die die Aufstände von 1901 und 1902 noch gar nichts waren.«

Der Ernst der Lage konnte in der Tat keinem entgehen. Die ununterbrochene Kette von Arbeitsniederlegungen lähmte den gesamten Produktionsapparat.

Alles streikte, die öffentlichen Ämter, die Eisenbahner, die Postler, die Arbeiter und die Angestellten, aber Cesare hatte sich zu dem Alten begeben, um über den Verkauf seiner Grundstücke hinter dem Corso Buenos Aires zu verhandeln, und nicht, um über die allgemeine Lage des Landes zu diskutieren, die wahrhaftig nicht von ihm abhing.

»Ich stehe auf überhaupt keiner Seite«, sagte er, »und das wissen Sie genau.« Er sog gelassen an seiner Macedonia-Zigarette.

»Jetzt, wo die Sozialisten einhundertsechsundfünfzig Abgeordnete im Parlament haben, besetzen sie sogar die Fabriken«, bemerkte der Alte in vorwurfsvollem Ton, fast als wolle er Cesare für die Proteste verantwortlich machen.

»Was das betrifft, so haben sie noch viel mehr gemacht – Plätze besetzt, Aufstände organisiert«, entgegnete Cesare. »Die Teuerung ist ein Riesenproblem. Die Veteranen haben um Rom und im Süden ganze Landstriche besetzt. Aber warum? Weil die Preise unerschwinglich sind.«

»Nein, weil der Staat nicht durchgreift!« polterte Casati und schlug mit der Faust auf den Tisch. »Weil es an Autorität fehlt, weil Anarchie und Laxheit immer mehr um sich greifen.«

»Viele haben Hunger«, wandte Cesare ein.

»Auch wenn sie streiken, um ihre Solidarität mit Sowjetrußland zu bekunden?« ereiferte sich der Alte. »Und weißt du, was die Sozialisten neuerdings versprechen?« fragte er, als wolle er Cesare eine vertrauliche Mitteilung machen. »Daß die Revolution unmittelbar bevorsteht!«

»Die Sozialisten haben auch eine demokratische Reformpolitik versprochen«, entgegnete Cesare, »aber bisher habe ich weder Barrikaden gesehen noch ernsthafte Neuerungsvorschläge.«

»Wir sind in den Händen der Roten, Defätisten und Subversiven. D'Annunzio ist der einzige, der mit der Einnahme Rijekas männliche Entschlossenheit bewiesen hat.«

»Und dieser Benito Mussolini, der aus der sozialistischen Partei ausgetreten ist und jetzt die Zeitung *Popolo d'Italia* leitet, hat die faschistische Bewegung gegründet.«

»Verwechseln wir nicht den großen Soldatendichter mit dieser Horde von Abenteurern«, meinte der alte Casati. »Emotionen haben in Politik und Wirtschaft nichts verloren; damit läßt sich keine Geschichte machen. Die Faschisten«, fuhr er in verächtlichem Ton fort, »verfügen über lächerliche viertausend Stimmen in Mailand. Unsere wirkliche Gefahr sind die Subversiven. Und unsere Rettung ist die eiserne Faust.«

Selbst wenn die Menschheit sich grob in Gute und Böse unterteilen ließ, konnte man grundlegende Probleme nicht mit einer banalen Verallgemeinerung lösen. Die Verfechter der Intervention, die den Krieg um Trient, Triest und Istrien gewollt hatten, auch weil sie zu Unrecht von der kurzen Dauer des Konflikts überzeugt gewesen waren, prophezeiten den unmittelbar bevorstehenden Untergang des liberalen Staates und den Ausbruch der Revolution. Von dieser These ausgehend, hatten sie erst gar nicht an den Wahlen teilgenommen und damit indirekt den Sieg der Sozialisten begünstigt.

»Conte Casati«, sagte Cesare, »es steht wohl kaum in meiner Macht, die politische Krise unseres Landes zu lösen, von der ich mir abgesehen davon ein ganz persönliches Bild gemacht habe. Kommen wir doch lieber zu Ihrem Problem: die Grundstücke im Viale Abruzzi, gleich hinter dem Corso Buenos Aires.«

»Ich würde alle Roten aufhängen lassen«, knurrte der Graf und machte ein grimmiges Gesicht.

»Das ist eine uralte Methode, die noch nie viel gebracht hat.«

»Hältst du mich jetzt für einen Barbaren?« fragte der Graf und wartete gespannt auf das Urteil seines jungen Gegenübers.

»Ein berühmter römischer Geschichtsschreiber ist einmal dazu aufgefordert worden, über die Menschlichkeit Julius Caesars zu sprechen, und er hat den Imperator als ›milde in seiner Rache‹ bezeichnet, weil er eine Schar von Piraten, die ihm in die Hände gefallen waren, vor dem Tod am Kreuze hat strangulieren lassen. Und es wäre ja wirklich viel grausamer gewesen, sie bei lebendigem Leibe aufs Holz zu nageln. Wer die Todesstrafe für eine gerechte Strafe hält, ist kein Barbar, wenn er danach verlangt.«

»Du bist schlau wie ein Fuchs und flink wie ein Wiesel«, stellte Casati lächelnd fest. »Du brauchst deine Gedanken nicht mit komplizierten Exkursen zu tarnen. Was wirklich in deinem Kopf vorgeht, das errät sowieso keiner«, fügte er neidisch hinzu. »Du hast mich übers Ohr gehauen, stimmt's, Rebell?«

»Ich habe ein Geschäft abgewickelt«, erwiderte Cesare kalt.

»Und jetzt verhandeln wir«, sagte Conte Casati und legte endlich die Karten auf den Tisch. Er zog seine buschigen Augenbrauen zusammen und suchte nervös nach seinem ledernen Zigarrenetui, das ihm zweimal aus der Hand glitt. »Wir verhandeln«, wiederholte er, während er an seiner aromatisch duftenden Virginia sog, »aber du hast das Spiel in der Hand. Wieviel willst du?«

Cesare schlug die Beine übereinander, setzte unter dem aufmerksamen Blick des Alten, der wie ein Pokerspieler in seinen Gedanken zu lesen suchte, eine nachdenkliche Miene auf, fuhr sich mit dem Zeigefinger über die gerade Nase, massierte sich die Stirn und lächelte zu guter Letzt, offen und völlig unerwartet. »Ich trete sie Ihnen für zehntausend Lire ab. Das ist genau der Preis, den ich dafür bezahlt habe. Keine Lira mehr.«

Der Alte sprang auf, stützte sich mit den Handflächen auf seinem Schreibtisch ab und überragte so mit seiner mächtigen Gestalt den jungen Mann, der vor ihm saß. »Kannst du mir verraten«, donnerte er, »warum du dann dieses Affentheater veranstaltet hast?«

»Weil Sie mich vor die Tür gesetzt haben. Andernfalls hätte ich mir nie erlaubt, Ihr Vertrauen zu mißbrauchen.«

Der Alte betrachtete ihn voller Respekt, vielleicht mit Zuneigung. »Sag mir die Wahrheit«, versuchte er Cesare zu einem Geständnis zu bewegen, »du wolltest Benedetto eine Lektion erteilen, nicht? Du wolltest meinem Sohn einen Denkzettel verpassen.«

»Es gibt nur einen Fall, in dem der Mensch das Recht hat, einem anderen Menschen eine Lektion zu erteilen: wenn dieser andere seine Überlegenheit ausgenützt hat, um ihn zu verletzen. Aber dann besteht die Lektion nicht darin, ihm ein Geschäft wegzunehmen. Das ist jedenfalls meine Meinung.«

»Benedetto war der Überlegene«, sagte der Alte, »und er hat dich einen Flegel genannt, also verletzt.« Der Graf schürte die Glut, um ihn zu provozieren, aber ohne Erfolg.

»Erlauben Sie mir, da anderer Meinung zu sein.« In Wirklichkeit hatte Benedetto Casati sich als der Schwächere erwiesen, indem er aus der Fassung geraten war.

Der Alte begriff immer noch nicht. »Dann willst du also nur das Geld zurück, das du ausgegeben hast?«

»Nicht mehr und nicht weniger«, bestätigte Cesare.

»Gibt es einen Haken bei der Sache?« fragte der Graf verschmitzt.

»Natürlich«, erwiderte Cesare lächelnd. »Was wäre das denn sonst für ein Geschäft, wenn kein Haken dabei wäre?«

Der Optimismus des jungen Mannes steckte auch den Alten an. Ihm bereitete es Vergnügen, auf das heimtückische Terrain der Verhandlungen zurückzukehren, auf dem mit den traditionellen Waffen gekämpft wurde. »Also, was willst du?«

»Einen Bankkredit.« Diese Forderung kam völlig überraschend und war unerklärlich.

»Einen Bankkredit?« Der Alte hätte sich ganz andere Forderungen erwartet: eine Beteiligung an der Firma, eine riesige Summe Geld, eine Erpressung also, aber kein Darlehen.

»Einen Bankkredit für hunderttausend Lire«, präzisierte Cesare mit größter Gelassenheit.

»Und wenn ich ihn dir nicht beschaffe?«

»Dann verzichte ich auf meine Träume und Sie auf Ihre Fabrik.« Eine umwerfende Logik.

»Mit hunderttausend Lire kaufst du ganz Mailand«, stellte Casati übertrieben fest.

»Ganz Mailand nicht, aber eine gute Ecke davon«, entgegnete Cesare.

»Welche Garantien bietest du mir, Junge?« Er konnte nicht sofort nachgeben, auch wenn er keine Alternativen hatte.

»Einen großen Gefallen und mein Wort.« Cesare gab Schlag um Schlag zurück.

»Wie lange brauchst du das Geld?« Jetzt war der Handel beinahe perfekt.

»Ein Jahr. Nach einem Jahr ist unser Pakt abgelaufen«, präzisierte der junge Mann, »und dann geht jeder seinen eigenen Weg.«

»Wir gehen schon jetzt getrennte Wege«, bemerkte der Alte wehmütig. Er hätte Cesare gerne bei sich in der Firma gehabt, aber er wußte, daß es sinnlos gewesen wäre, ihm diesen Vorschlag noch einmal zu machen.

»Also dann?« drängte Cesare, während er der Elfenbeinkugel eines imaginären Rouletts zuschaute, das sich schwindelerregend drehte.

»Du sollst deinen Bankkredit bekommen.« Die Elfenbeinkugel war gefallen, und die Nummer gewann. »Aber das mache ich nicht nur, um einen Gefallen zu erwidern, sondern weil ich an dich glaube.«

»Gut.« Cesare erhob sich, ohne zu danken, und reichte dem alten Unternehmer als erster die Hand, die dieser ihm kräftig drückte.

»Ich würde dir gerne noch einen Rat auf den Weg mitgeben, Junge«, sagte er und hielt ihn zurück. »Du kannst damit anfangen, was du willst, aber ich möchte, daß du eins weißt. Die Zeiten der weißen Raben und einsamen Wölfe sind endgültig vorbei. Mit hunderttausend Lire kannst du es alleine zu etwas bringen, kannst du jemand werden. Aber ich weiß, daß du etwas anderes anstrebst. Du willst der einzige werden. Aber dazu mußt du die Dinge immer einen Augenblick früher wissen als die andern. Du mußt zum Beispiel wissen, wann dieses oder jenes Stück Bauland erschlossen wird, vor allem jedoch mußt du genügend Kraft besitzen, um die Leute zu beeinflussen, von denen die Gesetze gemacht werden. Und das, mein junger Freund, kann dir keiner beibringen.«

Cesare bog von der Via San Paolo in den Corso Vittorio Emanuele ab und begegnete auf dem Domplatz einem Zug von Demonstranten. Die Stadt war von Streiks gelähmt, die öffentlichen Transportmittel verkehrten nicht, die Streikwachen hinderten die Streikbrecher daran, ihre Arbeit wieder aufzunehmen. War es denn möglich, daß es außer leeren Parolen und den vagen Versprechungen von »Reaktionären« und »Revolutionären« überhaupt keinen Weg gab, um das Gleichgewicht wieder herzustellen und das Land dem Sog der perversen Spirale zu entreißen, die es unaufhaltsam in die Tiefe riß? Die Arbeiter streikten gegen die Fabrikbesitzer, mehr noch aber streikten sie gegen ihre eigenen Leidgenossen, die gezwungen waren, im Bahnhof zu biwakieren, wenn sie aus dem Umland kamen, oder tagelange Fußmärsche auf sich zu nehmen, wenn sie aus gänzlich entlegenen Gegenden stammten. Die öffentlichen Ämter funktionierten nicht. Die Schulen waren geschlossen. Die Leute hatten Hunger und Angst.

Es war nicht kalt; die Sonne schien, und es machte Cesare Spaß, durch die Stadt zu gehen. Natürlich würde er den wertvollen Rat des Alten nie vergessen und stets präsent haben, daß die Zeiten der weißen Raben und der einsamen Wölfe endgültig vorbei waren. Er unternahm gerade die allerersten Schritte auf der Straße, die dorthin führte, wo die Gesetze gemacht wurden, aber in Gedanken hatte er den Weg bereits deutlich vor Augen. Seine ersten politischen Kontakte hatten planmäßig funktioniert. Eine mehr oder weniger glückliche, mit Sicherheit jedoch nützliche Beziehung zur Politik sollte sein ganzes weiteres Leben prägen.

Anna 1980

Der ehemalige Ministerpräsident saß ihr gegenüber am Kamin, und nun, nach einem kleinen Imbiß, gelang es Anna, offen und ungehemmt mit ihm zu plaudern. Das lag freilich auch daran, daß noch immer nicht das Thema berührt worden war, das dem Politiker und der Erbin wirklich am Herzen lag. Sie unterhielten sich über dies und jenes, betrieben Smalltalk, wobei der Ex-Premier sich als angenehmer, wenn auch nicht gerade brillanter Gesprächspartner erwies. Er war ein Mann, der immer lächelte. Seine lebhaften, schwarzen Augen und die nur scheinbar gleichgültige Miene redeten eine eigene Sprache, deren Bedeutung einem aufmerksamen Beobachter jedoch nicht entgehen konnte. Und Anna war selten unaufmerksam.

»Ich könnte gut verstehen, wenn der Tod Ihres Herrn Vaters für Sie der letzte Anlaß gewesen wäre, unser chaotisches Land zu besuchen.« Der Minister hatte sich gut unter Kontrolle. »Haben Sie schon von dem kleinen Mädchen gelesen, das von einem Rauschgiftsüchtigen stranguliert wurde, als er versuchte, ihr ein Goldkettchen vom Hals zu reißen?« fragte er. »Wahrscheinlich wollte er sich so seine tägliche Dosis beschaffen. Eine entsetzliche Tragödie.«

Anna sah betroffen und verstimmt zu Boden. Ja, sie hatte es gelesen, aber es war nicht dieser dämonische Zug in der menschlichen Natur, der sie drängte, ihrem Heimatland den Rücken zu kehren. In den Vereinigten Staaten, wo sie sich oft aufhielt, waren Verbrechen dieser Art an der Tagesordnung. Auch dort lebte man mit dem Schrecken und mit der Angst. Nein, Anna wollte aus einem anderen Grund weggehen. Sie war angewidert von der Mittelmäßigkeit, die hier in Italien herrschte, von der Korruption, die sich immer mehr ausbreitete, und von den miesen Machtinteressen, die bis aufs Messer verteidigt wurden.

»Die Vorstellung, daß unsereins hierzulande nur noch in Begleitung von Bodyguards aus dem Haus gehen kann, widerstrebt mir zutiefst.« Anna dachte allmählich an andere Dinge als die, von denen sie sprach – ein Zeichen, daß das Gespräch an seinen Wendepunkt kam.

»Ja, das ist in der Tat eine lästige Erscheinung«, stimmte der Minister ihr zu. Sein Tonfall klang leicht ironisch. Er hatte einen schönen Kopf, wie ein Edelmann der Renaissance, mit hohen Bakkenknochen, schmalen Wangen und einem vorspringenden Kinn, unter dem Anna sich gut einen breiten Spitzenkragen vorstellen konnte.

»Aber glauben Sie nicht, daß ich den alten Zeiten nachtrauere«, stellte Anna richtig. »Früher wurde viel zu viel Staub um nichts aufgewirbelt.«

»Ich muß Ihnen gestehen, daß mir die Vorstellung, mit einem Gefolge numidischer Kundschafter und Vorreiter zu reisen, wie es die Mächtigen im alten Rom taten, durchaus nicht mißfällt«, erwiderte der Minister. »Ein Kollege von mir, ein Kommunist wohlgemerkt, würde sich am liebsten nur von Austern und Champagner ernähren. Und ich kenne einen Sozialisten, der eine ganze Infanterie vorausschickt, um die Fußgänger von den Straßen fernzuhalten und Staub aufzuwirbeln.«

»Leider haben Sie in Italien heute eher das Problem, Diebe von den Straßen fernzuhalten«, sagte Anna. »Um die Fußgänger kümmern sich schon die Autofahrer.«

Der Minister lachte leise. »Ich kann gut verstehen, daß Sie hier nichts mehr hält«, sagte er. »Aber als Politiker hat man seine Verpflichtungen.«

»Waren Sie schon einmal in New York, Herr Minister?« wollte Anna wissen.

»Nein«, entgegnete er, »nur in Washington, und das nicht zum Vergnügen.«

»Sie werden es kaum glauben, aber das verwirrende Labyrinth von New York ist noch betretbar«, ereiferte sie sich. »Man erlebt dort immer noch Augenblicke der Zärtlichkeit und Poesie. Mir bedeutet die hilfsbereite Verkäuferin im Kaufhaus viel, oder der Fahrkartenverkäufer, der das Restgeld mit einem Lächeln herausgibt.«

»Ich glaube, ich weiß, was Sie meinen«, entgegnete der Mann. »Das ist ein Gesamteindruck, eine Atmosphäre, die sich aus vielen Details zusammensetzt.«

Er betrachtete die phantastisch aussehende Frau von vierzig Jahren, ihre grünen Augen, ihre schlanke Gestalt, ihre aristokratische Haltung und versuchte den Augenblick zu erraten, in dem sie mit ihrem wahren Anliegen herausrücken würde. Cesare Boldrani war überdeutlich gewesen, als sie das letzte Mal miteinander gesprochen hatten: »Bis Ende des Jahres präsentiere ich Ihnen die Rechnung.« Der Minister hatte seine undurchdringliche Miene behalten und war kaltblütig wie immer geblieben.

»Nun, Herr Minister«, kam Anna langsam aus ihrer Deckung, »Sie werden mich an einem so scheußlichen Abend schwerlich aufgesucht haben, um mit mir über New York zu plaudern.« Aus ihrer Stimme klang eine gewisse Genugtuung.

»Ich muß gestehen, daß Sie recht haben«, erwiderte der Mann, »obwohl ich für den subtilen Reiz dieses Themas durchaus empfänglich bin.«

»Haben Sie gesehen, wie gut sie hierher paßt?« Anna zeigte auf die antike Tischuhr in Gold und Email von Van Cleef & Arpels, die der Minister und andere Freunde Cesare Boldranis ihr zu Weihnachten geschenkt hatten.

»Ja, das ist wirklich ein schönes Stück«, bemerkte er diskret.

»Aber das Totem des Hauses Boldrani ist das hier.« Mit einer langsamen, rituellen Handbewegung, die sie Hunderte von Malen bei ihrem Vater beobachtet hatte, griff Anna nach einer silbernen Taschenuhr mit Emailzifferblatt und römischen Zahlen, die auf dem Tisch vor ihr lag. Auf dem Gehäuse war die Göttin Fortuna abgebildet. Anna drückte einen kaum sichtbaren Knopf, der Deckel sprang auf, und eine Spieluhr ließ die ersten Töne von Mozarts *Türkischem Marsch* erklingen.

»Ich bin beeindruckt«, kommentierte der Ex-Premierminister.

»So, und jetzt reden wir miteinander«, sagte Anna und legte die Uhr vorsichtig zurück. »Womit sollen wir beginnen?« Damit war das Gefecht eröffnet.

»Sie bringen mich in echte Verlegenheit«, log er.

»Soll ich Ihnen etwas von Goldreserven erzählen? Von Aktienpaketen? Von internationalen Verflechtungen?« Anna war nun auf der Rennstrecke; sie hatte ein gutes Fahrzeug, hervorragende Reifen und eine perfekte Ausstattung. Ihre grünen Augen blitzten, während sie auf das Zeichen der Starterflagge wartete.

»Sprechen wir über den Fall Pennisi«, schlug der Minister vor.

»Über den Skandal Pennisi«, verbesserte Anna ihn.

»Völlig richtig; es ist produktiver, die Dinge beim Namen zu nennen.« Das opportunistische Lächeln des ehemaligen Ministerpräsidenten paßte zum ruhigen und freundlichen Ton seiner Worte.

»Papa hat lange mit mir über das Problem gesprochen. Die Sache lag ihm sehr am Herzen«, begann Anna.

»Dann wissen Sie ja, daß auch mein Name in diese für alle Seiten unerfreuliche Angelegenheit hineingezogen wurde«, gab er offen zu.

»Was, wie ich annehme, purer Zufall war.« Sie wurde jetzt aggressiver.

»Beinahe«, erwiderte er. »Wissen Sie, uns Politikern kann es gelegentlich passieren, daß wir aufgrund einer Reihe heikler Umstände in peinliche Situationen geraten.«

»Ich fürchte, ich verstehe nicht ganz, Herr Minister. Ich lebe in einer eher oberflächlichen Welt, und die Winkelzüge der Politik sind mir nicht geläufig.« Anna drehte scheinbar desinteressiert eine kleine Elfenbeinfigur zwischen den Fingern.

»Dann will ich versuchen, deutlicher zu sein«, sagte der Minister, als ginge es darum, ein Spiel zu erklären. »Ihr Vater besaß irgendwo – und es würde mich wundern, wenn Sie nicht wüßten, wo – Dokumente, die mir und meiner Partei sehr schaden könnten. Nun, ich wäre freilich in der Lage, Sie davon zu überzeugen, daß ich unverwundbar bin, daß mir und meiner Partei nichts angelastet werden kann und daß meine Macht unantastbar bleibt.

Aber Sie könnten trotzdem an dem Glauben festhalten, daß meine Partei mich über Bord werfen würde wie eine Flaschenpost ohne Inhalt, wenn gewisse Geheimnisse bekannt werden sollten.«

»Ich habe keinen Grund, an Ihren Worten zu zweifeln; dennoch halte ich nur einen einzigen Weg für gangbar.«

»Gestatten Sie mir eine Frage«, bat er mit einer gewissen Galanterie.

»Ich stehe noch dreißig Minuten zu Ihrer Verfügung, Sie können mich fragen, was Sie wollen«, parierte Anna. Ähnlich wie ihr Vater behielt sie – unabhängig von der Häufigkeit des Schlagabtauschs – das Timelimit der Partie stets im Auge.

»Haben Sie eine persönliche Abneigung gegen mich? Verzeihung«, kam er einer Antwort zuvor, »aber welche Vorteile hätten Sie von einem Skandal? Bei uns zu Hause sagt man: Wasch mir den Pelz, aber mach mich nicht naß. Es ist schwierig, Staub aufzuwirbeln wie die Vorreiter im alten Rom und dabei nicht selbst staubig zu werden.«

»Wollen Sie damit sagen, es sei riskant für mich, die Bombe platzen zu lassen?«

»Nein, Contessa«, beruhigte er sie, »aber wenn Sie sich dazu entschließen könnten, mir das komplette Dossier auszuhändigen, so würden Sie ausgesprochen klug handeln und hätten in mir einen zutiefst ergebenen Diener.«

»Sehen Sie, Herr Minister, ich weiß sehr wenig über die Dinge, von denen Sie da sprechen. Aber ich habe lange genug bei meinem Vater gelebt, um zu wissen, daß scheinbar saubere und legale Operationen manchmal dunkle Machenschaften ermöglichen.«

»Vergessen Sie nicht, daß Ihr Vater in seiner Eigenschaft als Präsident der *Finmida* ein Vertragspartner war, ein Beteiligter. Ein Komplize. Mit größter Wahrscheinlichkeit war er der Vermittler, wenn nicht sogar der Initiator dieser Allianz, die Sie als so negativ empfinden.« Er hatte immer noch sein Lächeln auf den Lippen.

Anna schlug mit den Augenlidern und gab sich kokett. »Tatsache ist, daß ich mich nie tiefergehend mit diesen Problemen beschäftigt habe. Meine Interessen, wie Sie wohl wissen, liegen woanders: Kleider, Schmuck, Reisen, Kinder, gesellschaftliches Leben. Banale Dinge, zweifellos, aber sie erfüllen das Leben einer Frau.« Sie versuchte, ihn noch etwas hinzuhalten, aber der Minister wollte endlich zur Sache kommen.

»Sie können mir persönlich mitteilen, was Sie wissen, oder es mir von einer Person Ihres Vertrauens übermitteln lassen, wenn Ihnen das lieber ist.«

»Ich weiß das, was mein Vater mir erzählt hat«, antwortete sie mit einem liebenswürdigen Lächeln, »und Sie werden es nicht glauben, aber ich habe ihm mehr aus Respekt und Pflichterfüllung zugehört als aus echtem Interesse.«

»Und Cesare Boldrani hat Ihnen sicherlich berichtet, daß er den Skandal Pennisi ausgelöst hat, weil er die Familie Pennisi auf dem Kieker hatte, und mich wahrscheinlich auch, wenn Sie mir diese Vertraulichkeit erlauben.«

»Sie sind mir eine große Hilfe beim Entwirren dieses Knäuels von Verwicklungen. Ja, Sie haben recht, er hatte Sie beide auf dem Kieker.«

»Sie sehen, daß ich im Rahmen meiner begrenzten Möglichkeiten recht gut informiert bin«, sagte er mit gespielter Bescheidenheit. »Aber sorry, Sie waren gerade dabei, die Fäden zu entwirren.«

»Richtig. Als der junge Pennisi Sie vor vier Jahren bat, meinem Vater vorgestellt zu werden, haben Sie sich sofort für ihn eingesetzt. Sie sagten: Signor Boldrani, helfen Sie diesem jungen Mann, der sich seine Sporen in der Bauwirtschaft verdienen möchte; damit würden Sie mir einen persönlichen Gefallen tun. Das waren Ihre Worte. Nun bin ich nicht sicher, ob ich mich an alle Gründe entsinne, die meinen Vater veranlaßt haben, auf Ihre Bitte einzugehen. Ein Grund ist mir jedoch sehr gut in Erinnerung geblieben. Mein Vater wußte, daß der sizilianische Bauunternehmer ein Wohnviertel am Stadtrand von Trapani plante, angeblich um die Obdachlosen aus den Slums der Stadt zu holen. Trapani ist Ihr Wahlbezirk, Herr Minister, ein enormes Potential an Wählerstimmen. Die Obdachlosen, die ein Dach über den Kopf bekommen haben, bringen Stimmen; die Arbeitsplätze im Baugewerbe bringen Stimmen; die Angehörigen derjenigen, die die Häuser bauen, und derjenigen, die sie bewohnen – sie alle bringen Wählerstimmen«, rechnete Anna ihm vor. »Darf ich Ihnen auch eine persönliche Frage stellen?« fuhr sie dann fort.

»Aber bitte.«

»Weshalb haben Sie das Projekt nicht mit Hilfe von staatlichen Banken finanziert, sondern sich an unsere Finanzierungsgesellschaft *Finmida* gewandt?«

»Da haben verschiedene Umstände zusammengewirkt«, erklärte er mit den typisch nichtssagenden Worten der Politiker.

»Das lag nicht zufällig daran, daß Sie individuell vorgehen wollten, ohne die Leitung Ihrer Partei einzubeziehen?« Anna legte endlich die kleine Elfenbeinfigur auf den Tisch.

»Wohl kaum.« Diese platte, banale Antwort war eindeutig ein Punkt für Anna. Das einzig Originelle an ihm war sein ewiges Lächeln.

»Andererseits hatte mein Vater sicher seine Gründe, wenn er mehrere Milliarden locker machte. Dazu gehört zum Beispiel die nicht unerhebliche Nebenwirkung, daß er die Pennisis mit dieser Finanzierung vom Markt im Norden des Landes fernhalten konnte. Sie kennen ja die Biographie dieser Herren und können sich denken, worauf ich anspiele: Drohungen, Nötigung, Erpressung, Schwarzarbeit. Im Norden wären die beiden Pennisis nicht willkommen gewesen und hätten auf jeden Fall Probleme bereitet. Ich möchte nicht, daß Sie mich für rassistisch halten, aber meiner Meinung nach ist es Männern wie meinem Vater zu verdanken, daß es in der Bauwirtschaft nördlich von Florenz noch einigermaßen sauber zugeht.«

»Da stimme ich völlig mit Ihnen überein«, gab der Minister zu. »Der alte Boldrani«, Anna sprach von ihrem Vater wie von einer großen Persönlichkeit der Wirtschaftsgeschichte, »verabscheute Gewalt; er zog der Repression die Prävention vor.«

»Aber erstere war ihm auch nicht ganz fremd«, bemerkte der Mann nachdrücklich.

»Wahrscheinlich. Ohne eine gewisse Härte kommt man nicht so weit nach oben. Jedenfalls war es ihm lieber, die Firma Pennisi im Süden finanziell zu unterstützen, als sie irgendwann später, womöglich mit öffentlichen Geldern im Hintergrund, in Mailand zu haben.«

»Lassen Sie uns annehmen, es sei so gelaufen«, stimmte der Minister ihr zu. »Was kam dann?«

»Hier möchte ich mich nun, wie es in jedem klassischen Kriminalroman üblich ist, ein wenig mit der Vorgeschichte befassen. Sie und die beiden Pennisis kannten sich gut. Die Baulöwen hatten Ihnen als Gegenleistung für den Gefallen, den Sie ihnen erweisen sollten, neben einer massiven Wahlunterstützung auch einen Scheck über achthundert Millionen Lire versprochen.«

»Die Partei...«, setzte er an und wurde sofort unterbrochen.

»Die Partei hat nichts damit zu tun. Korrigieren Sie mich nicht, das weiß ich genau. Nachdem die beiden Pennisis von einer der Banken meines Vaters viereinhalb Milliarden erhalten hatten, von denen sie neunhundert Millionen in die Baugesellschaft steckten, blieben ihnen dreieinhalb Milliarden. Sie investierten den Betrag in Grundbesitz, märchenhafte Geschenke, private Finanzierungen, Reisen um die halbe Welt und astronomische Einsätze in den Casinos der Côte d'Azur. Und alles mit den Geldern der Familie Boldrani.« Es war das erste Mal, daß sie sich mit dem Unternehmen identifizierte.

»Sie sollten Romane schreiben.« Annas Schilderung war in der Tat richtig spannend.

»Aber die Geschichte, die ich Ihnen gerade erzähle, hat den Vorteil, daß sie wahr ist und deshalb wie alle wahren Geschichten nicht unbedingt glaubhaft zu klingen braucht. Ich habe genug Dokumente zur Verfügung, die beweisen, daß meine Informationen richtig und meine Quellen verläßlich sind. Überrascht Sie das? Ich finde es äußerst amüsant. Für die Pennisis lief alles nach Plan. Bevor die Wohnblocks ganz fertiggestellt waren, hatten sie die einzelnen Wohnungen bereits verkauft und zahlten pünktlich ihre Zinsen bei der Bank. Sie reichten weitere Projekte ein und konnten mittlerweile sicher sein, daß sie nicht abgelehnt wurden – schließlich muß man seine Gläubiger zu immer neuen Aktivitäten animieren, besonders wenn sie einen heißen Draht zur Politik haben. Aber es gibt noch diverse andere Gründe, die einen dazu veranlassen, sowohl den Gläubigern als auch den Politikern unter die Arme zu greifen, um zu verhindern, daß sie gemeinsam Schiffbruch erleiden und dabei viele Unschuldige mit sich in den Abgrund reißen.«

»Wie Sie sehen, kommen wir immer wieder auf die möglichen Konsequenzen eines Skandals zurück.« Für den Minister war es Wasser auf seine Mühle.

»Nicht unbedingt. Aber ich mag mich irren, Herr Minister, denn ich berichte Dinge, die ich von meinem Vater erfahren habe, nicht aus der Zeitung oder anderen Quellen. Ich bin auch nicht sicher, ob alle Einzelheiten stimmen, so ein Durcheinander herrscht in meinem Kopf. Vater und Sohn Pennisi haben also Schulden in Höhe von etlichen Milliarden Lire bei meinem Vater, und damit bei mir. Apropos, ist eigentlich etwas Wahres an der Geschichte von einer Villa mit Swimmingpool an der toskanischen Küste, die Pennisi Ihnen geschenkt haben soll? Nein. Bitte antworten Sie nicht übereilt. Im übrigen können Sie beruhigt sein, niemand wird davon je etwas erfahren. So wie niemand je erfahren wird, daß die Reisebüros meines Vaters Ihnen und Ihrer ganzen Familie kostenlose Reisen rund um den Erdball ermöglicht haben.«

»Ich bewundere Ihr Gedächtnis, Signora.« Er schien weder beunruhigt noch gekränkt zu sein.

»Ach was, ich kann mir ja nicht einmal merken, was ich einkaufen muß, und brauche dazu eine Einkaufsliste«, erwiderte Anna, die naive Hausfrau mimend. »Aber ich bin gut informiert. Oder finden Sie das nicht?« fragte sie und sprach sofort weiter, ohne ihm Zeit für eine Antwort zu lassen: »Bitte glauben Sie mir, daß ich diese Sache nicht gewollt habe. Ich handle gezwungenermaßen.«

»Aber es hat immer alles bestens funktioniert«, entgegnete der Minister mit geheucheltem Erstaunen. »Aus welchem Grund muß jetzt soviel Staub aufgewirbelt werden?«

»Ich kann es Ihnen nicht verdenken, daß Sie mich nach dem Grund fragen«, sagte Anna. »Kannten Sie meinen Vater?«

»Das habe ich eigentlich angenommen«, antwortete er und ließ zum ersten Mal Rührung erkennen, aber auch die war nur gespielt. Dieselbe Rührseligkeit trug er im Parlament zur Schau, wenn er das Publikum gewinnen und die Journalisten überzeugen wollte.

»Ganz genau, Herr Minister, Sie haben es angenommen. Denn hätten Sie den Alten wirklich gekannt, so würden Sie niemals behördliche Untersuchungen in verschiedenen Bereichen seiner Gruppe angeordnet haben.«

»Ich?« Er flüchtete sich in scheinbare Verblüffung.

»Wenn Sie anfangen zu lügen, zwingen Sie mich, deutlicher zu werden. Ja, Sie haben diese Untersuchungen angeordnet – aus Rache? Zur Erpressung? Tut mir leid, aber das weiß ich im Moment nicht mehr so genau. Ich glaube, Rechtsanwalt Domenico Scaglia, unser Pazienza, hat es mir gesagt, aber ich muß es wohl vergessen haben. Das war eine Kränkung, die Sie dem Alten nicht hätten antun dürfen. Danach war es eine reine Formsache, die Forderungen gegenüber Pennisi einziehen zu lassen, der sich angesichts seiner Zahlungsunfähigkeit aus dem Staub machte, bevor die Polizei ankam. Das Komischste an der ganzen Sache ist jedoch, daß der Skandal eigentlich keine finanzielle Grundlage hat. Denn wie Sie wissen, hat die *Finmida* fast ihr ganzes Geld zurückerhalten. Ihr gehören die im Bau befindlichen Wohnblocks mit den noch nicht verkauften Wohnungen sowie die Bauplätze, die sehr günstig erworben wurden. Pennisi dagegen hat mit einem auf Lebenszeit ruinierten Ruf bezahlt. Man hat sogar die Pelzmäntel seiner Frau gepfändet. Sie ist überhaupt die tragischste Figur in dieser Geschichte, die Arme. Ich darf nicht vergessen, ihr einige von meinen Pelzen zu schicken.«

»Dann sehe ich eigentlich keinen Grund für so viel Aufruhr«, versuchte der Minister herunterzuspielen.

»Es gibt aber einen Grund, ja sogar zwei«, präzisierte Anna, »und ich will sie Ihnen nennen. Erstens, die Untersuchungen zum Zweck der Erpressung. Zweitens, der Sinn für Gerechtigkeit. Alle in dieser Geschichte haben mehr oder weniger zurückerstattet, was sie sich unrechtmäßig angeeignet hatten. Sie, Herr Minister, sind der einzige, der nichts zurückgegeben und nichts bezahlt hat. Finden Sie das in Ordnung? Das war für meinen Vater die Frage.

Anna, hat er zu mir gesagt, findest du es richtig, daß die Politiker ungeschoren davonkommen?«

»Und was haben Sie geantwortet?« wollte der ehemalige Vorsitzende des Ministerrats wissen und zeigte sein undurchdringliches Lächeln.

»Das wüßten Sie wohl gern!« fuhr Anna auf, aber sie erkannte sofort, daß sie damit zu weit gegangen war. Sie hatte ihr Opfer in eine Ecke gedrängt, wo es nur noch wild um sich schlagen konnte. Sie hatte einen Ratschlag ihres Vaters mißachtet: »Bring deinen Gegner nie soweit, daß er nichts mehr zu verlieren hat.« Sie mußte nun feststellen, daß sich der Minister in genau dieser Situation befand.

»Ihre Antwort, gnädige Frau, interessiert mich nicht die Bohne«, zischte er und offenbarte seinen ganzen Haß.

»Ich werde es Ihnen trotzdem sagen«, wollte sie wieder einlenken. »Meine Antwort war, daß ich darüber nachdenken würde. Das Problem ist vielschichtig, es läßt sich nicht auf die Schnelle lösen.«

»Das scheint mir ein weiser Entschluß«, bestätigte der Politiker, »und Sie sollten wirklich gründlich darüber nachdenken.« Entgegen jeder Etikette brach er das Gespräch ab und erhob sich mit einer Behendigkeit aus dem tiefen Sessel, die man ihm nicht zugetraut hätte. Er schaute auf die Frau vor ihm, die er im Grunde seines Herzens zutiefst verachtete, und seine blitzenden Augen verhießen nichts Gutes. »Ja, Contessa, überlegen Sie reiflich. Ich habe nie an Ihrer Aufrichtigkeit gezweifelt. Und ich bin überzeugt, daß Ihnen für Ihre Behauptungen unanfechtbare Beweismittel zur Verfügung stehen. Spielen Sie Schach?«

»Nur äußerst dilettantisch«, gab sie unumwunden zu.

»Das hätte ich mir denken können«, sagte der Mann jovial, »sonst wüßten Sie, daß das Schachbrett gespickt ist mit heimtückischen Fallen. Und jeder Zug kann sich als fatal erweisen. Ich bin aber sicher«, fuhr er fort, »daß Sie die Regeln des Pokerspiels kennen.« Er ließ sie nicht aus der Schußlinie.

»Zumindest kann ich ein Full House erkennen.«

»Nun«, entgegnete er und beugte sich über ihre zum Kuß gereichte Hand, »dann wissen Sie ja, daß man den Gewinner erst dann erkennt, wenn die Karten aufgedeckt worden sind. Ich halte mit. Meine Beweise gegen Ihre. Ich hatte die Untersuchungen nicht unüberlegt angeordnet«, erklärte er, »ich habe sie erst veranlaßt, als sich zwei Dokumente in meinem Besitz befanden, die es mir ermöglichen, Ihre Familie in ernsthafte Schwierigkeiten zu bringen. Ich weiß, daß Sie nicht die Tochter des alten Boldrani sind. Ich weiß, daß es Ihrer Mutter, der großen Maria – wie Sie sehen, bin ich über alle Einzelheiten informiert –, als einziger gelungen ist, den Alten übers Ohr zu hauen. Denken Sie gut darüber nach, ob Sie die Bombe platzen lassen wollen. Denn Sie, verehrte Contessa«, verabschiedete er sich mit seinem maliziösen Lächeln, »Sie sind die Tochter einer Bediensteten und eines Jahrmarktkomödianten. Das ist eine Meldung für die Schlagzeilen der Titelseiten, finden Sie nicht auch?«

Maria 1938

1

Als Maria Martelli zum ersten Mal Nemesio Milkovich begegnete, verliebte sie sich sofort in ihn. Maria war achtzehn und von atemraubender Schönheit. Sie war schlank und gut proportioniert, mit einer Fülle von schwarzglänzendem, lockigem Haar, das sie stolz offen trug. Ihre klaren Gesichtszüge verrieten die typisch lombardische Schönheit; große braune, mandelförmige Augen, hohe, weich modellierte Wangenknochen, eine gebieterische, gerade Nase, volle, geschwungene Lippen, strahlende Zähne und eine Haut wie Milch und Honig. Maria war stolz auf ihre Erscheinung, die das Ergebnis glücklicher Kreuzungen zwischen der Bevölkerung von Gallia Cisalpina und den Bewohnern der römischen Garnisonen war, in der Folge noch verstärkt durch den genetischen Beitrag der Barbarenhorden aus Mitteleuropa. Aus dieser Vermengung von Chromosomen, Blut und Gewohnheiten war die Bevölkerung der Lombardei entstanden, und Maria stellte, im Guten wie im Schlechten, eine ihrer klassischen Vertreterinnen dar. Sie war Lombardin in der Haltung, im Gefühl und in der Sprache; sie hatte das typische störrische Wesen ihrer Landsleute, die kurz angebundene Art, das Mißtrauen gegenüber Fremden, die Zurückhaltung bei Gefühlsäußerungen. Ihre Zahl war die Zwei, denn ihre Welt war zweigeteilt. Dem Guten stand das Böse gegenüber, dem Schönen das Häßliche, den Reichen die Armen und dem Süden der Norden. Als sie erfuhr, daß Nemesio Milkovich trotz seiner slawischen Abstammung in der Emilia-Romagna geboren war, sagte sie zu ihm: »Ich hab dich gern, aber du bist ein Hottentotte. Südlich vom Po fängt Afrika an.«

Maria war im Jahr 1920 zur Welt gekommen, als in Mailand die erste große Mustermesse auf der Bastion der Porta Venezia eröffnet wurde, und sie war sehr stolz auf diesen Umstand, den sie als Wink des Schicksals betrachtete. Ihren Vater hatte sie nicht kennengelernt. Er war von einem vorbeidonnernden Auto überfahren worden, just als er auf dem Bürgersteig vor dem Haus in der Zeitung die Meldung von der Ermordung des mexikanischen Revolutionärs Emilio Zapata in Cuernavaca las. Der Wagen, der in einer Kurve ins Schleudern geraten war, hatte ihn erfaßt und förmlich platt gewalzt. Seine Frau Vera Cajati, die gerade schwanger war, eilte mit den Nachbarn zu Hilfe, aber für den armen Mann war es zu spät. Er war, ohne es zu merken, vom Leben in den Tod übergegangen. Vera hatte das blutleere Gesicht gestreichelt und ihm die Augen geschlossen, in denen noch das Staunen stand über ein Ereignis, das er trotz seiner Überängstlichkeit nie in Betracht gezogen hatte.

Der Fahrer des Wagens, ein sehr distinguiert aussehender Herr, hinterließ seine Personalien und erklärte, er käme für alles auf. Vera hatte ihn nie mehr zu Gesicht bekommen. Seine Anwälte übernahmen den Fall und wickelten die Sache mit einer geringen Geldsumme ab sowie einer Anstellung der Frau als Dienstmädchen.

Marias Mutter war eine gute Büglerin, und das bewahrte sie vor dem Elend und Maria vor dem Waisenhaus. Anfangs halfen ihr die Nachbarinnen aus dem Haus im Corso Vercelli und gaben auf die Kleine acht, die trotz des Schocks der Mutter gesund und munter auf die Welt gekommen war. Später, als sich der Ruf von Veras Fähigkeiten weiter verbreitet hatte, war auch das nicht mehr nötig. Es kamen sogar zwei Tänzerinnen von der Scala und brachten Vera ihre Kostüme zum Aufbügeln.

Vera liebte ihre Arbeit so sehr, daß sie keine Müdigkeit kannte. Die Anerkennung ihrer Kunden hielt sie jung. Vielleicht hatte sie auch deshalb nicht wieder geheiratet und legte alles beiseite, was sie sparen konnte. Denn ihre Tochter sollte es einmal besser haben als sie selbst, sie sollte auch allein zurechtkommen, falls das einmal notwendig würde.

Maria war ohne besondere Probleme groß geworden; sie ging zuerst in den Kindergarten, dann in die Schule. Sie hatte lesen und schreiben gelernt, und mit zwölf Jahren wurde sie, nachdem sie kein Interesse am Bügeln zeigte, von ihrer Mutter als Lehrling in einen bedeutenden Hutsalon in der Via Torino geschickt. Sie war groß für ihr Alter, und ihre rabenschwarzen Haare flatterten, wenn sie durch die Straßen im Zentrum ging und Pakete austrug, die fast größer waren als sie selbst. Maria war lieber unterwegs als in der Werkstatt, wo sie die Reste von Filz, Borten, Bändern und Federn zusammenfegen mußte, die sich ständig auf dem Boden ansammelten. Draußen gab es Ablenkung durch die Schaufenster, die geschäftigen Menschen; drinnen lagen unter Umständen Hunderte von Pailletten unter dem Tisch, die sie einzeln auflesen mußte, wenn eine der Näherinnen eine Schachtel umgestoßen hatte.

Einmal mußte sie ein Paket zum neugebauten Bahnhof bringen, da die Kundin auf dem Weg nach Rom war. Um auf dem schnellsten Wege durch die Innenstadt zu gelangen, hatte man ihr erlaubt, ein Taxi zu nehmen. Also fuhr Maria zum ersten Mal in einem Automobil. Sie glaubte zu fliegen. Als sie gar den monumentalen Bahnhof mit seinen Wandbildern und Deckenfresken, mit seinen Stuckreliefs und Statuen sah, kam sie sich vor wie im Traum.

Als Maria 1938 Nemesio Milkovich kennenlernte, war sie auf dem besten Wege, eine vollendete Modistin zu werden. Zwei oder drei Jahre fehlten ihr noch. Es war eine gute Berufswahl gewesen, denn die Mode der Modellhüte verbreitete sich in Windeseile, und in den einschlägigen Zeitschriften erschienen ganze Abhandlungen zu diesem Thema. Auch sie hielt sich auf dem laufenden, aber entsprechend den Gewohnheiten der Epoche las sie hauptsächlich Kurzgeschichten und Romane. Das kriegerische Antlitz des faschistischen Italien stand keineswegs in Gegensatz zu weiblichen Zerstreuungen wie Literatur und Kino, sie wurden sogar gefördert.

Auf ihrem Weg von der Via Torino nach Hause in den Corso Vercelli spürte Maria jeden Tag die bewundernden Blicke der jungen Männer, die sich nach ihr umdrehten; ihr Aussehen blieb nicht unbeachtet, aber sie ließ sich nicht ansprechen. Zum einen war sie schüchtern und zurückhaltend, zum anderen fürchtete sie die Hand ihrer Mutter, von der sie grün und blau geschlagen worden wäre, wenn sie sich im Gespräch mit einem jungen Mann hätte erwischen lassen. Vera hatte kein Opfer gescheut, und es war ihr gelungen, eine genügend hohe Summe für eine ordentliche Mitgift auf die Seite zu legen. Den Bräutigam für die Tochter würde selbstverständlich sie aussuchen. Es mußte ein junger Mann aus guter Familie sein, ernsthaft, gesetzt und arbeitsam.

An einem Sommerabend tauchte auf einem freien Grundstück zwischen den Häusern hinter dem Corso Vercelli eine Truppe von Gauklern auf, die verschiedene Attraktionen präsentierte – die gefeierte Cabaretkünstlerin Nadina Nadette, gerade von ihren triumphalen Pariser Auftritten zurückgekehrt; den berühmten türkischen Fakir Mustafa Ali, der aus seinem glühenden Schlund Feuer spie und Rasierklingen schluckte; die bezaubernde Fatima, Königin des Orients, mit ihren Pythonschlangen; Kociss, den Schrekken der schwarzen Völker, der ein Huhn mitsamt seinen Federn verschlang; und schließlich Nemesio Milkovich, genannt Ursus, aufgewachsen in den Gebirgen Serbiens, der es im edlen Boxkampf mit jedem Gegner aufnahm, der sich zu ihm in den Ring wagte.

An diesem Abend hatte Marias Mutter ihre übliche Sparsamkeit überwunden und beschlossen, daß sie durchaus einmal fünfzig Centesimi pro Kopf ausgeben konnten, um dieses Schauspiel zu genießen. Sie setzten sich auf eine wacklige Bank in der ersten Reihe und folgten entrückt den wechselnden Darbietungen, mit dem unschuldigen Staunen der Kinder und einfachen Leute, denen eine grobe Illusion von Exotik genügt, um in Verzückung zu geraten.

Schließlich trat Ursus auf, der Mann aus den Gebirgen Serbiens. Maria, die eine Kreuzung aus Herkules und dem Schneemenschen erwartet hatte, war verblüfft, als sie einen außergewöhnlich gutaussehenden, jungen Mann vor dem Publikum herumhüpfen sah, der eher einem Kunstturner glich als einem Schwerathleten. Er war blond, hatte freche, grüne Augen und breite, wohlproportionierte Schultern. Um die Taille trug er einen glänzenden Gürtel, die schmalen Hüften und die langen Beine steckten in einem schwarzen Trikot.

Maria sah ihm mit großen Augen zu, er war schön wie ein Engel.

»Hochverehrtes Publikum«, begann er mit klangvoller Stimme, »bitte verzeihen Sie mir meinen schrecklichen fremdländischen Akzent, aber ich habe lange in den Gebirgen Serbiens gelebt.« Er hatte Schwierigkeiten mit den Konsonanten s und z; aber das verriet weniger seine slawische Abstammung als vielmehr seine Herkunft aus der Emilia-Romagna. Maria war noch nie über Mailand hinausgekommen, ihre Welt lag innerhalb der Grenzen der alten Stadttore: Porta Venezia, Porta Ticinese, Porta Ludovica und Porta Volta. Für sie konnte der Akzent des jungen Mannes serbisch oder sonst etwas sein, ein Mailänder Tonfall war es jedenfalls nicht. »Durch meine umfassenden gymnastisch-stilistischen Experimente«, fuhr der engelsgleiche Athlet fort, »und durch meine lehrreichen Wanderfahrten ist es mir gelungen, die Harmonie in der Psychodynamik zu verfeinern, nämlich das somatische Potential proportional zur Verringerung des Gravitationsprinzips zu erweitern. Werte Herren, schöne Frauen, und Sie, mein liebliches Fräulein«, sagte er direkt an Maria gewandt, die über und über errötete, »aufgrund dieser verschiedenen Studien, die auch tiefere Erkenntnisse der Trigonometrie enthalten, aber dennoch die Symbologie der astralen Konstellationen respektieren, aufgrund all dessen bin ich, Nemesio Milkovich, genannt Ursus, in der Lage, einen Magnetismus freizusetzen, der durch das Verstreichen der Lichtjahre entstand, und damit die stärksten Männer der Welt zu besiegen.«

Maria hatte seine Worte nicht verstanden, die so leicht waren wie die Luft dieser Sommernacht, in der ein feiner Duft von Lindenblüten schwebte; aber diese Worte hatten sie zärtlich angerührt wie noch kein Dialog in ihren Romanen.

»Was schwafelst du da, Großmaul!« Ein Riese von wahrhaft biblischen Ausmaßen hatte sich erhoben und drängte sich zwischen den Zuschauern zu dem runden Podium vor, auf dem das Spektakel stattfand. »Du willst also den Magnetismus der Lichtjahre haben«, tönte er und reckte eine Faust empor, die wie ein Amboß war. »Ich habe hier eine Glocke, die kann dir Sturm läuten!«

Ursus verneigte sich graziös und ironisch wie ein Harlekin oder Pulcinella. »Ich habe den Eindruck«, erwiderte er, »daß der Herr seinen Doppelzentner Bauchspeck an der megalithischen und nuragischen Phantasmagorie der Muskelmetamorphosen messen möchte.«

Sein Herausforderer lief rot an vor Wut. »Du Schlappschwanz«, brüllte er und zog sich beim Näherkommen die Jacke aus. »Was willst du eigentlich?«

»Die Achtung, die Anerkennung«, erwiderte er und blickte dabei unentwegt auf Maria, die wie festgenagelt auf ihrem Platz saß, »die geheimsten Gefühle des süßesten und bezauberndsten Mädchens der Welt.«

»Gleich kriegst du dein süßes Mädchen.« Langsam und kraftvoll holte der Mann zu einem Schlag aus, der den Jüngeren umwarf, ohne ihn ernsthaft zu treffen.

Nemesio Milkovich genannt Ursus rollte über den Boden, war aber wie ein Stehaufmännchen sofort wieder auf den Beinen. »Das war ein heimtückischer Angriff«, erklärte er dem Publikum mit entschuldigendem Lächeln.

»Wart nur, du Hanswurst, dir werde ich es zeigen.« Der Riese sah sich triumphierend um und kam unausweichlich auf ihn zu.

»Meine Lippen, geschätztes Publikum, kennen die Lüge nicht«, deklamierte Nemesio schwungvoll. »Dieses wundervolle Mädchen in der ersten Reihe soll meine Zeugin sein«, lenkte er die allgemeine Aufmerksamkeit auf Maria. Es gab Gelächter und Bemerkungen. »Mein Auge, gefangen von ihrer göttlichen Schönheit, war nicht auf die plumpe Pratze dieses Antagonisten gefaßt.«

»Bravo, weiter so«, rief jemand, während das Publikum gespannt auf den dramatischen Höhepunkt wartete.

»Zeig uns, daß du kein Schlappschwanz bist«, spornte ein anderer ihn an.

»Mach ihn fertig, Herkules«, kreischte ein Dritter durch seine trichterförmig zusammengelegten Hände.

Maria war glutrot und völlig aufgelöst; am liebsten wäre sie in den Erdboden versunken, um den Blicken der Leute zu entgehen. Mittlerweile hatte das Publikum begonnen zu applaudieren, um die Streithähne anzufeuern. Das Mädchen versank nicht, statt dessen wurde sie von Vera förmlich von ihrem Sitz gerissen und weggeschleppt, weg von diesem erbärmlichen Schauplatz, wo ein jämmerlicher Possenreißer, ein schamloser, dreister Lügner, sich über sie und ihre Tochter lustig machte.

»Mein berückendes Traumbild, du entschwindest im Nichts der lombardischen Nacht«, schickte ihr Nemesio Milkovich ein klagendes Madrigal hinterher, »laß mich nur erst in hartem Kampf diese Bestie der Hinterhöfe besiegen, dann will ich dir zu Füßen liegen im blühenden Garten von Poesie und Schönheit.«

»Die Polizei braucht man hier«, schimpfte Vera, »keine Poesie. Zu meiner Zeit hätte sich ein junger Mann niemals etwas Derartiges erlaubt.«

Sie legten das letzte Stück Weges fast im Laufschritt zurück, und als sie daheim ankamen, sagte Vera: »Von jetzt an bleiben wir abends zu Hause. Zwei alleinstehende Frauen, ohne einen Mann, der sie beschützt, kommen sehr schnell in Verruf.« Damit war der Fall für sie erledigt, sie ging zu Bett und schlief bis zum Morgen.

Maria dagegen tat die ganze Nacht kein Auge zu. Eine Kirchenglocke in der Ferne verkündete ihr das langsame Vergehen der Zeit. Sie hörte das Rattern der Straßenbahn, das Pfeifen eines Zuges, Stimmen von Leuten, die singend auf dem Heimweg von einer Osteria waren, aber es gelang ihr nicht, sich dem Schlaf zu überlassen. In dem Moment, als der junge Mann sie anschaute, war in ihrem Inneren ein Licht aufgeflammt, hatte sie einen Schauer im Nacken verspürt, während etwas Unbeschreibliches, ein schreckliches und süßes Gefühl, sie in schwindelnde Tiefen riß, ein Ruf, der sie anzog und gleichzeitig abschreckte. Es gelang ihr jedoch nicht, eine Verbindung herzustellen zwischen dem überirdisch schönen, jungen Mann und den Symptomen dieser unbekannten Krankheit, die sie erschauern ließ.

Als Maria am nächsten Morgen, nach einem schweigenden Frühstück mit der Mutter, das Haus verließ, spürte sie nichts von der schlaflosen Nacht. Sie hätte singen mögen, tanzen, fremde Leute umarmen, und beinahe hätte sie alle mit einer graziösen und ironischen Verbeugung begrüßt, wie sie es bei Nemesio Milkovich, genannt Ursus, gesehen hatte, dem Mann aus den Gebirgen Serbiens.

»Ist das also der Garten, wo die Poesie gedeiht und die Schönheit blüht?« Wie aus dem Nichts stand an der Ecke des Häuserblocks plötzlich Nemesio Milkovich vor ihr, zog den Hut und begrüßte sie mit einem strahlenden Lächeln. Seine großen grünen Augen glänzten voll zärtlicher Bewunderung.

»Aber Sie«, setzte Maria an, »Sie...« Es war ihr unmöglich, ihre Erregung in Worte zu fassen.

»Seit dem frühen Morgen warte ich hier«, erklärte er, »und wenn ich nicht um meine äußere Erscheinung gefürchtet hätte, wäre ich die ganze Nacht vor Ihrer Türe stehengeblieben.« Er war sehr elegant in seinem sportlichen Anzug aus Wollstoff. Dazu trug er weiche Lederschuhe.

Maria erwiderte sein Lächeln und ging an seiner Seite, als sei es das Natürlichste auf der Welt. Die nächtliche Spannung war einem angenehmen Wohlbefinden gewichen. »Ein vernünftiges Mädchen würde Sie jetzt bitten zu gehen.« Sie mußte sich beherrschen, um sich nicht einmal um sich selbst zu drehen und Kleid und Haare flattern zu lassen, wie sie es als Kind immer getan hatte. Sie trug ein leichtes Baumwollkleid mit breiten blauen und weißen Streifen, das in der Taille von einem Ledergürtel zusammengehalten wurde.

Sie gingen, ohne auf die Zeit zu achten; es war, als ob der Gehsteig vorbeiströmte wie ein Fluß, während sie selbst unbeweglich dastanden und sich verstohlene, sehnsüchtige Blicke zuwarfen.

»Sie wissen, daß Sie mich nicht wegschicken können«, sagte Nemesio.

»Übrigens«, fragte Maria, die plötzlich unerwartet mutig wurde, »woher wußten Sie, daß ich im Corso Vercelli wohne und daß ich auf dem Weg zur Arbeit hier vorbeikomme?«

»Das ist mein Geheimnis«, flüsterte er und legte einen Finger auf die Lippen.

»Und wo gehen wir überhaupt hin?« wunderte sich Maria, der auffiel, daß sie schon seit einer Weile von ihrem üblichen Weg zum Hutsalon abgewichen waren.

»Zu mir nach Hause.« Er war vertrauenerweckend und nett, gutaussehend und liebenswürdig.

»Na dann«, erwiderte sie. »Ich weiß doch, daß Sie nur Spaß machen. Wie ist es eigentlich gestern abend mit dem Riesen ausgegangen?«

»Ich denke, er schläft immer noch«, antwortete Nemesio sachlich und ohne viel Aufhebens von seinem Sieg zu machen.

»Aber er war dreimal so groß wie Sie«, bemerkte Maria überrascht.

»Auch der Riese Goliath war viel größer als der kleine David«, erklärte er. Im Weitergehen hakte er sich bei ihr unter.

Sonst hatte sie immer den richtigen Satz parat, um etwas zu begründen, aber dieses Mal gelang es ihr nicht, eine Rechtfertigung zu finden, warum sie dem falschen Weg folgte. »Ich muß umkehren, sonst komme ich zu spät«, entschuldigte sie sich bedauernd.

»Nein, Maria, du bist auf dem richtigen Weg.« Er hatte sie beim Namen genannt, und diese Vertrautheit auf den Lippen von Nemesio kam ihr vor wie eine zärtliche Geste. »Maria, die schöne, die große, die allerliebste Maria. Du konntest keinen anderen Namen haben. Maria, die ewige Definition für Schönheit und Anmut.« Er umschmeichelte sie mit seiner Stimme und seinen Augen.

»Aber wer bist du, Gaukler?« murmelte sie, während ihre Knie zitterten und sie ihm gegen alle Logik und Vernunft folgte.

»Ich bin der Mann, auf den du gewartet hast. Und du bist die Frau, die das Schicksal mir ausersehen hat.« Die Straßenbahnen, die Autos, die Menschen, die Schaufenster – sie waren ein bunter Hintergrund, vor dem sich ihre schönen Gesichter abzeichneten.

»Wohin bringst du mich, Nemesio?« Sie fragte nicht, um es zu erfahren; sie wollte ihre Stimme hören und die Stimme des Mannes, wenn er antwortete. Sie klammerte sich an seinen Arm und überließ sich dem überströmenden Glücksgefühl.

»Ich will dich heiraten, Maria«, sagte der Artist.

»Wann willst du mich heiraten?« fragte sie, obwohl sie die Antwort bereits wußte.

»Sofort.« Sie stiegen das Treppenhaus eines alten Hauses hinauf. Auf dem zweiten Absatz blieben sie vor einer halboffenen Türe stehen. Nemesio nahm Maria in den Arm, gab der Tür einen Stoß und führte sie in ein ärmlich möbliertes Zimmer. Maria nahm ihre Umgebung gar nicht wahr, denn sie war völlig im Bann dieser Situation, in der sie auf unerklärliche, doch glückselige Weise gefangen war.

»Ich will dir vertrauen«, sagte sie, während der Mann sie sanft auf das Bett zog.

»Du mußt mir vertrauen, denn ich bin dein Mann.« Er zog sie aus und kleidete sie in seine Worte.

»Ist das richtig, was wir tun?« fragte sie. Aber sie lag schon in seinen Armen.

»Die Liebe ist die Essenz des Lebens«, murmelte er leise, »und es steht geschrieben, daß die Liebe die Welt erlöst.« Er betrachtete ihren nackten Körper, die herrlichen Brüste mit den hochaufgerichteten Brustwarzen, die schmale Taille, den straffen bebenden Bauch, ihre glatten bernsteinfarbenen Schenkel, an deren Zusammentreffen dunkel und geheimnisvoll die Insel ihres Geschlechts lag. Sie war hinreißend schön mit ihrem glänzenden blauschwarzen Haar, das auf dem Kissen ausgebreitet lag, und den mandelförmigen braunen Augen.

»Warum läßt du mich allein?« flüsterte sie und streckte ihm die Arme entgegen. Niemand hatte sie in das intimste aller Geheimnisse eingeführt, niemand hatte je mit ihr über Männer gesprochen; dennoch betrachtete sie den nackten Gaukler ohne Scham. Er war vollkommen wie eine Statue, schön wie ein Engel, zart wie ein Seufzer und stark wie eine Eiche. Eine wilde und zugleich süße Aggressivität ging von ihm aus, die sie verwirrte; sie fühlte sich zu ihm hingezogen und hatte gleichzeitig Angst davor. Dieser Unbekannte durchbrach mit größter Natürlichkeit den Schutzwall einer jahrhundertealten Scheu vor den Mysterien der Sexualität.

»Komm her.« Er zog sie neben sich: Zwei nackte Körper ohne

Scham, die Erregung und Atmung miteinander teilten auf der keuchenden Suche nach Lust, trunken vor Liebe.

»Ist es das, was zwischen Mann und Frau passiert?« Sie konnte diesen unaufhörlichen Taumel nicht begreifen, in dem sich das Bedürfnis nach Liebe in Verlangen verwandelte, in eine quälende Jagd nach Lust, die dem unauslöschbaren Trieb der Geschlechtlichkeit entsprang.

»Das passiert zwischen Maria und Nemesio, zwischen diesem Mann und dieser Frau«, präzisierte er. »Die Liebe ist eine einzigartige Erfindung, die ihren Ursprung im Herzen und in der Intelligenz hat. Es ist ein Märchen nach Maß, das sich nur dieser Mann und diese Frau erzählen können.« Er war mit aller nur erdenklichen Vorsicht in sie eingedrungen, er hatte das uralte Mysterium in moderne Worte gehüllt und mit natürlicher Klugheit Schmerzen und Lust einander abwechseln lassen, bis die Lust überwog und das unbeschreibliche Phänomen des Orgasmus jede Faser ihres Körpers und jeden Winkel ihrer Seele erreicht hatte.

»Warum muß man wieder zurück?« fragte Maria. »Warum muß man aus diesem Paradies wieder zurück?«

»Wir haben noch jede Menge Fahrkarten dorthin, solange wir jung sind«, beruhigte er sie. Die Stunden waren vergangen, sie waren erschöpft, aber die Lust entzündete sich immer wieder, bis das Verlangen unbezähmbar wurde.

»Solange wir jung sind«, wiederholte Maria. Sie legte ihren schönen Kopf auf seine Brust, und er strich ihr über Haar und Schultern. Plötzlich fuhr sie hoch. »Ob es schon Mittag ist?« Die Sonne schien durch das halboffene Fenster, und man hörte das Rauschen des Verkehrs.

Der junge Mann nahm seine Uhr vom Nachttisch. »Es ist fünf nach zwölf«, antwortete er.

»Ich muß nach Hause«, sagte sie, »sonst macht sich meine Mutter Sorgen.« Veras heftige Reaktion war abzusehen und beunruhigte sie nicht sonderlich. »Ich muß ihr sagen, daß ich mit dir fortgehen will.«

Nemesio umarmte sie und liebte sie noch einmal voller Dankbarkeit.

»Mama, ich heirate diesen Mann«, erklärte Maria entschlossen.

Vera hielt sich an einer Stuhllehne fest, um nicht umzufallen. Sie waren in der Küche, die Sommersonne schien durch das weitgeöffnete Fenster herein, im Hof hörte man Stimmen, vor allem Kinderstimmen. Eine dicke, schillernde Fliege brummte vergeblich zwischen der Scheibe und den Spitzengardinen, um einen Weg ins Freie zu finden.

»Setz dich erst einmal hin, dann sprechen wir darüber«, schlug die Frau vor. Angesichts dieser bestürzenden Situation mußte sie ihre Ansichten über die Ehe im allgemeinen und die ihrer Tochter im besonderen revidieren. Sie hatte sich immer einen guten, arbeitsamen Schwiegersohn erträumt, der sich an Regeln und Gesetze hielt, und statt dessen mußte sie nun mit einem skrupellosen, redegewandten Raufbold aus dem Varieté diskutieren, einem als Mann verkleideten Nichts. Vermutlich würde er ohne nachzudenken im nächsten Stadtviertel oder im nächsten Dorf eine ähnlich dumme Gans wie ihre Tochter ködern.

»Du schlägst mich nicht?« wunderte sich Maria. »Keine Ohrfeigen?« Sie forderte sie geradezu heraus, ihrer Rolle als strenge Mutter gerecht zu werden.

»Nein, in so einem Fall führt eine Tracht Prügel zu gar nichts.« Vera wußte aus eigener Erfahrung, daß ab einem bestimmten Punkt auch keine Peitschenhiebe eine Person daran hindern können, ihren Willen durchzusetzen, zumal wenn sie vom Feuer der Leidenschaft gepackt ist. Ja, die große Liebe. Auch sie war darauf hereingefallen mit ihrem Alfredo, und ihr Vater hatte vergebens mit seiner Fuhrmannspeitsche dicke Striemen auf ihren Beinen hinterlassen. »Nein, Maria, es ist besser, wenn wir vernünftig darüber sprechen.«

»Ist das dein Ernst?« fragte Maria bedrückt. Sie war für eine heftige Auseinandersetzung gerüstet gewesen, aber das ruhige Gespräch machte sie hilflos.

»Wenn Sie gestatten«, mischte Nemesio sich ein, »möchte ich eine Erklärung versuchen.«

»Das ist eine Sache zwischen meiner Tochter und mir«, brachte Vera ihn zum Schweigen.

»Mama, ich weiß, wie du dich fühlst«, sagte Maria sanft, »aber du wirst sehen, wie sich mit der Zeit alles regelt. Ich weiß, was du für mich erhofft hast, was für einen Mann, was für ein Leben. Aber wenn du ihn erst einmal besser kennst, wirst du merken, daß Nem...« Sie verstummte, denn dieser seltsame Name würde noch mehr Verwirrung stiften. »Dieser junge Mann ist ganz anders, als du denkst.«

»Ich denke gar nichts, Maria«, erwiderte die Mutter und fuhr sich mit der Hand durch die Haare. Man sah ihrem noch jungen Gesicht die Aufregung an. »Ich weiß nur, daß du dabei bist, den größten Fehler deines Lebens zu begehen.«

»Ich liebe ihn doch.« Damit versuchte das Mädchen, ihre Gefühle für Nemesio auf den Nenner zu bringen.

»Wie kannst du so etwas behaupten!« warf ihr die Mutter vor. Sie sprach leise, damit die Nachbarn nichts hören konnten. Mit einer unmißverständlichen Geste griff sie sich an die Stirn. »Wie kannst du behaupten, du liebst ihn, wo du gestern um diese Zeit noch nicht einmal wußtest, daß er überhaupt existiert? Das stimmt doch, oder?« Veras Augen glänzten wie im Fieber.

Es stimmte, vor vierundzwanzig Stunden hatte sie ihn noch gar nicht gekannt; aber genauso stimmte es, daß sie ihn schon zeitlebens zu kennen und zu lieben glaubte. Sie war entschlossen, ihm bis ans Ende der Welt zu folgen. Sie konnte nur wiederholen: »Mama, ich liebe ihn.«

»Nun gut«, fand sich Vera zu einem Kompromiß bereit, »aber willst du nicht noch ein bißchen warten? Du kannst nicht einfach sagen, du heiratest jetzt. Man braucht Zeit, auch wenn alles dazu bereit ist. Nicht einmal der Papst kann dich von den Formalitäten befreien. Müßtet ihr euch nicht zuerst verloben?«

»Eigentlich sind wir schon verheiratet«, gestand das Mädchen.

»Was soll das heißen, Maria?« fragte Vera. »Man ist verheiratet, wenn man sich vor dem Priester das Jawort gegeben hat.«

»Aber zwischen uns ist das geschehen, was zwischen Mann und Frau geschieht«, wiederholte sie mit fester Stimme. Die nackte, brutale Wahrheit ersparte ihnen allen die schmerzlichen Folgen einer armseligen Lüge.

Die Frau sah die beiden abwechselnd an. »Willst du damit etwa sagen, daß du und er…?« Sie unterbrach sich, blickte starr vor sich hin und schüttelte traurig den Kopf. »Du bist doch kein Flittchen«, murmelte sie, »ich habe dich zu einem anständigen Mädchen erzogen, das auf seine Ehre hält. Und ich habe dich Selbstachtung gelehrt.«

»Signora«, versuchte Nemesio einzugreifen, »ich kann Ihnen nur versichern, daß ich sie heiraten werde.« Dann wurde er still. Seine Wortgewandtheit, seine lebhafte und sympathische Art konnten nichts ausrichten gegen das moralische Gesetz der Frau, das seit Jahrhunderten stand wie ein Fels in der Brandung.

»Du bist ein Dieb«, beschimpfte sie ihn, »ein Dieb und ein Betrüger. Du stiehlst mir die besten Jahre meines Lebens, alle Träume und Hoffnungen, die ich für dieses Mädchen hatte.«

»Ich werde alles tun, um sie glücklich zu machen.« Er beharrte auf seiner Position, wurde aber schon unsicher.

»Ein einziger Gedanke tröstet mich«, sagte Vera gehässig zu ihm, »nämlich daß sie über kurz oder lang begreifen wird, was sie für einen Fehler gemacht hat, und dann wirst du mit deinen besten Jahren, vielleicht auch nur Monaten oder Tagen, zurückzahlen müssen. Dann wirst du dich so alt fühlen wie das arme Weib, das vor dir sitzt.« Danach wandte sie sich an ihre Tochter: »Ich könnte ihn auch ins Gefängnis bringen, aber selbst dann wäre immer noch genug Zeit für eine Anstandsehe. Letztlich will er nichts anderes. Und jetzt verschwinde mit deinem Landstreicher. Pack dein bißchen Kram und verschwinde.« Das war nicht mehr die Mutter, die Maria so gut zu kennen glaubte.

»Mama«, sagte sie und wollte sie umarmen.

»Du kannst mich in den Arm nehmen, wenn du wieder nach Hause kommst. Aber ohne diesen Hanswurst. Für dich ist die Türe jederzeit offen.«

Auf den harten Bänken eines Waggons der dritten Klasse fuhren sie nachts über die eiserne Brücke, die den großen Fluß überspannte.

Nemesio sah hinaus. »Schau mal«, sagte er leise, »das ist der

Po.« Das Rattern des Zuges erinnerte ihn an andere Reisen in der Nacht.

Maria richtete sich auf, sie war todmüde und vollkommen durcheinander, und nun suchte sie draußen nach einem Anlaß für ihre Niedergeschlagenheit, während die Fahrt über die eiserne Gitterbrücke den durchdringenden Lärm des Zuges noch verstärkte. »Ich sehe gar nichts«, wunderte sie sich.

Nemesio half ihr auf und überließ ihr seinen Platz. »Du mußt ganz nah an die Scheibe«, erklärte er ihr. Es waren noch mehr Leute im Zug, einige schliefen mit hängendem Kopf, andere blickten in die Ferne, manche unterhielten sich. Über allem hing der penetrante Geruch der Armut. Auf dem Fensterplatz gegenüber saß eine vor sich hin dösende ältere Frau; um Kopf und Schultern hatte sie ein großes schwarzes Tuch gewickelt.

Das Mädchen schirmte mit den Händen die Augen ab, und als sie sich an die Dunkelheit gewöhnt hatte, stellte sie fest, daß auch die Nacht ein schwaches, aber eindrucksvolles Licht besitzt. »Das soll der Po sein?« fragte sie ungläubig, ohne sich von der Stelle zu rühren.

Nemesio legte eine Hand auf ihre Schulter. »Was hast du denn erwartet?« fragte er belustigt zurück. »Ein Fluß kann immer nur ein Fluß sein.«

In der Tat, was hatte sie denn erwartet? Posten hinter Stacheldraht? Wachsoldaten? Paßkontrollen? Maria wußte es auch nicht so genau, aber sie wollte, daß etwas passierte, daß sich die Landschaft änderte, daß Glocken läuteten, daß jemand die Reisenden zur Vorsicht mahnte und sie über die Sitten der Eingeborenen informierte. Statt dessen war es eine Nacht wie viele andere Nächte; ein Fluß, der wohl ein bißchen breiter war als die Adda oder der Ticino, aber nicht sehr; und er floß gemächlich durch eine Landschaft, die sich nicht besonders von der ihr vertrauten Umgebung Mailands unterschied. »Südlich vom Po fängt Afrika an«, sagte sie leise vor sich hin und schaute angestrengt, ob sie draußen eine Bestätigung für diese Behauptung fand.

Nemesio widersprach ihr nicht. »Bald erreichen wir Piacenza«, teilte er ihr mit, »dort kannst du dich mit eigenen Augen überzeugen. Dann kommen Fidenza, Parma, Reggio, Rubiera und schließlich Modena.«

Das Mädchen rührte sich nicht vom Fleck. Sie hörte Parma, Reggio, Modena, aber in ihren Ohren klang es wie Casablanca, Tanger, Marrakesch. »Modena ist deine Heimatstadt.« Das war eine Frage und eine Feststellung. Immer noch raste der Zug auf den Eisengittern quer über den Fluß, und in seinem Rattern trug er ihre Seele und ihre Wurzeln mit sich fort, entriß sie ihrem Land, um sie sonstwohin zu bringen. Sie konnte nun das andere Ufer erkennen, breite Schilfgürtel, hell leuchtende Pappelhaine, danach andere, dunklere Bäume, Wiesen und Weingärten, Kornfelder und ab und zu ein Licht auf der Straße oder in einem Haus.

»Modena ist meine Heimatstadt«, antwortete Nemesio, »und du wirst dich dort ganz bestimmt wohl fühlen.« Er wollte sie beruhigen, aber er selbst war durchaus nicht so sicher. Am Anfang hatte sie die Abenteuerlust gepackt, und außerdem waren sie von ihrer Verliebtheit getrieben worden, aber jetzt hatte ihre Zukunft noch gar nicht begonnen, und schon traten die ersten Schwierigkeiten auf, die ersten Zweifel.

Rumpelnd und kreischend hielt der Zug im Bahnhof von Piacenza an. »O mein Gott, wir sind in der Emilia«, sagte Maria und kam sich tatsächlich vor wie in Afrika. Tränen füllten ihre großen braunen Augen und rollten die Wangen hinunter, und sie weinte still wie ein kleines Kind, das sich verirrt hat.

Nemesio legte den Arm um ihre Schultern, zog sie an sich und trocknete ihre Tränen mit seinem Taschentuch. »Ich habe keine Erfahrung damit«, tröstete er sie, »aber ich glaube, das ist ganz normal. Ich glaube, es ist auch ganz normal, daß du lieber wieder umkehren würdest.«

Zum ersten Mal in ihrem Leben wurde sie nicht gefragt, warum sie weinte. Auch als Kind hatte sie immer jemand gefragt, und sie hatte immer eine Lüge erfunden. Nemesio hatte nicht nur verstanden, daß jede Frau einen Grund hat, wenn sie weint; er hatte diesen Grund sogar erraten. »Natürlich werde ich mich dort wohl fühlen«, lächelte sie ihn zuversichtlich an, hin- und hergerissen zwischen der unsicheren Zukunft, die bereits begonnen hatte, und der Sehnsucht nach der Vergangenheit, nach dem ausgeglichenen, friedlichen Leben ohne Erschütterungen.

»Mailand liegt nicht am Ende der Welt«, machte er ihr Mut, »du kannst jederzeit hinfahren. Von Modena aus sind es höchstens drei Stunden.«

Das war eine gute Nachricht, auch wenn sie es umgekehrt empfand.

Sie hatte den Mittelpunkt der Welt verlassen, um sich in die Wildnis zu begeben. »Du bleibst immer bei mir, nicht wahr?« fragte sie schutzsuchend.

»Deshalb nehme ich dich ja mit.« Er sah die ältere Frau an und vergewisserte sich, daß sie schlief; dann blickte er sich nach neugierigen Mitreisenden um, und als er sicher war, daß niemand zuschaute, küßte er sie lange auf den Mund. Der brennende Kuß erregte ihn heftig.

»Bist du verrückt geworden?« fragte Maria ihn, als sie die Ausbuchtung an seiner Hose bemerkte. »Das ist ja wie eine Krankheit.«

Er legte eine ihrer Hände auf seinen Bauch und zog sie fest an sich. »Mach mich gesund, Maria«, flüsterte er heiser.

Auch ihre Wangen glühten, und sie staunte über den jähen Übergang von den Tränen zur Begierde, von der schmerzlichen Betäubung der Seele zu den Verlockungen der Sinne. »Wir sollten versuchen zu schlafen«, schlug Maria vor. Wenn sie seinen Übermut nicht dämpfte, würde er seine Liebe auch noch hier, vor dieser älteren Frau, unter Beweis stellen.

Nemesio strich sich die Haare zurück, erhob sich, ging zur Toilette und brachte sein Äußeres notdürftig in Ordnung.

»Ich glaube, du hast recht, Maria«, sagte er, »wir sollten ein bißchen schlafen. Das heißt«, überlegte er dann, »nur du sollst schlafen, sonst verpassen wir noch Modena.«

»Wie du meinst«, stimmte das Mädchen zu. Aufregung, Erschöpfung und Müdigkeit hatten sie überwältigt.

Der Mann erzählte ihr leise von ihnen beiden und von ihrer gemeinsamen Zukunft, während sie in seinen Armen langsam einschlief.

2

»Du willst also tatsächlich dieses Kreuz auf dich nehmen?« tönte der Bäcker, und seine tiefe Stimme klang wie die des Bösewichts Sparafucile aus Verdis Rigoletto. Dabei war er ein zierlicher, kleiner Mann von ungefähr sechzig Jahren, mit klaren, unschuldigen Kinderaugen und einem glänzenden Kahlkopf, den ein zarter Kranz von weißen Haaren zierte. Er trug graue Segeltuchhosen und ein wollenes Unterhemd. Um seinen Hals hatte er ein weißes Tuch geknotet. Er sah aus, wie er tatsächlich war, nämlich ein rechtschaffener Mann.

»Laß doch, Perfédia«, bat Nemesio ihn lachend; Maria stand neben ihm. »Sie kennt dich nicht und glaubt dir womöglich. Du darfst ihr keinen Floh ins Ohr setzen; sie hat schon genug Sorgen.«

Maria hatte nicht Perfédia, sondern Perfidie verstanden und war überrascht, daß dieser sanftmütig aussehende Mann mit der Stimme von Sparafucile so perfide sein sollte, wie es sein Spitzname anzudeuten schien. »Ja«, erwiderte sie, die in einem Meer von Zweifeln schwamm, aber einer Sache ganz sicher war: »Ich stehe zu diesem Prachtexemplar von einem Kreuz.« Trotz der lähmenden Müdigkeit und trotz des Durcheinanders in ihrem Kopf, oder vielleicht gerade deshalb, ging sie auf Perfédias Spiel ein und konterte. Nun, wo das Eis einmal gebrochen und die moralischen Stränge gerissen waren, überließ sie sich traumwandlerisch ihrem neuen Leben, das sie im Überschwang der Gefühle und jedenfalls unüberlegt auf sich genommen hatte und mit einem Fremden namens Nemesio Milkovich teilen mußte, einem ungewöhnlichen Mann mit exotischem Namen, der sie innerhalb kürzester Zeit in einen Strudel von Abenteuern und Unsicherheiten gerissen hatte. Dazu kam die neue Umgebung, die sie fürchtete wie alles Unbekannte.

»Über Geschmack läßt sich nicht streiten«, lächelte Perfédia, der nicht etwa so genannt wurde, weil er einen heimtückischen Charakter besessen hätte, sondern weil er so flink und quirlig war wie ein Spielzeug namens *Perfédia*, das alle Kinder von Modena, selbst die ärmsten, am 31. Januar, dem Fest des Stadtpatrons San Geminiano, geschenkt bekamen. Es wurde aus einem Maiskolben geschnitzt und hatte die Form eines Kegels mit weißem Rumpf und einem roten Kopf, an dem ein Stück Metall befestigt war. Geschickte Spieler konnten diesen Kegel umeinanderhüpfen lassen wie ein Irrlicht. »Aber kommt mit herauf«, lud er sie zuvorkommend ein, »wir lassen uns von Bianca einen Kaffee machen.«

Nemesio und Maria waren im Morgengrauen auf dem Bahnhof von Modena angekommen. Inzwischen war die Sonne höher gestiegen, und als sie nun vor Perfédias Bäckerei auf den Corso Adriano hinaustraten, ließ ihr goldener Schein den Straßenbelag aus Flußkieseln erstrahlen, ja beinahe erglühen. In dieser Straße sollte Maria nun leben. Aus dem Laden drang der Duft des frischen Brotes, das ein Junge in Unterhemd und kurzen Hosen mit einem langen Schieber aus dem Ofen holte. Es war anders als das lombardische Brot, es hatte ein komische Form, die an zwei menschliche Fäuste mit aufgestellten Daumen erinnerte.

Perfédia lächelte die beiden jungen Leute mit seinen sanften, unschuldigen Augen an, besonders Maria, der er Zuversicht einflößen wollte, und sagte: »Bianca und ich nehmen euch mit offenen Armen auf.« Perfédia war zwar nur ein Freund, aber er liebte Nemesio mehr als einen Blutsverwandten. Er hatte den armen Jungen aufwachsen sehen und konnte sich seinem Charme nicht entziehen; er war ihm wie ein Sohn.

»Also gehen wir rauf«, trieb Nemesio sie an, der es auf einmal ziemlich eilig hatte. Bald würden auch die anderen Läden öffnen, die »Eisfabrik« und die Motorradwerkstatt vorne an dem kleinen Platz; der Schmied und der Tischler in dem alten, verwitterten Backsteinhaus mit den vielen Kaminen. Ihre Ladenschilder aus Holz hingen über den Türen, gekrönt von einer seit Jahren erloschenen, antiken Laterne. Der Mechaniker, der Eishersteller, der Schmied und der Tischler würden sich sofort auf Nemesio stürzen, mit ihren kindischen Verwünschungen und derben Sprüchen im lokalen Dialekt.

»Dann los«, sagte Maria. Sie gab sich Mühe, fröhlich zu wirken, aber im Innern blieb sie zutiefst niedergeschlagen. Da ertönte von einem der Häuser ein schriller Pfiff. Oben unter dem Dach war ein Taubenschlag, und daneben balancierte – einem Seiltänzer gleich – ein Mann in Hemdsärmeln, der gellend pfiff und eine lange Stange mit einem flatternden Tuch schwenkte. Ein Taubenschwarm ließ sich von den Bewegungen der Stange und seinen Pfiffen lenken wie ein Orchester von seinem Dirigenten und beschrieb ständig wechselnde, akrobatische Figuren in der Luft. Maria erkannte je nach Lichteinfall bald eine Flagge, bald einen Schirm, bald nur einen riesigen See aus grauen Federn.

»Da ist ja der erste *Triganiere*«, freute sich der Bäcker. Der Name kam von den Taubenschlägen, die hier *Triganini* genannt wurden.

»Das ist wunderschön«, sagte Maria, die von dem Schauspiel wie verzaubert war.

»Gleich wirst du auch die anderen sehen«, kündigte Nemesio an. Und schon hörte man weitere Pfiffe, noch mehr Stangen wurden geschwenkt, und immer neue Taubenschwärme flogen nach den geheimnisvollen Signalen ihrer Besitzer. Die Schwärme flatterten aufeinander zu, vereinigten sich, dann trennten sie sich wieder zu ihrer Ausgangsformation wie die Karten bei den Kunststükken der Taschenspieler. Aber jedesmal wurde eines der Taubenvölker größer, als hätte sich eine bestimmte Anzahl von Vögeln gefangen nehmen lassen oder beschlossen, zum Gegner überzulaufen. Das war jedenfalls Marias Eindruck.

»Habe ich das richtig gesehen?« fragte sie fasziniert.

»Darin besteht ja das Spiel«, antwortete Nemesio. »Der Schwarm gewinnt, der den anderen die meisten Tauben abgejagt hat.«

»Der Kaffee ist fertig«, rief Bianca, Perfédias Frau, von oben herunter.

»Wir kommen schon«, erwiderte der Bäcker mit seiner volltönenden Stimme.

Bianca begrüßte sie sehr freundlich, umarmte Maria und drückte Nemesio die Hand. Sie war ein bißchen redselig, aber herzensgut. Auf dem Tisch lag eine blütenweiße Decke, und darauf glänzten elegante Kaffeetassen aus feinem englischem Porzellan, die mit Goldrand und kleinen Rosen verziert waren. In der Mitte stand ein großer Teller mit frischem Fladenbrot. Es herrschte die wohltuende Atmosphäre eines sauberen, ordentlichen Haushalts, der nach festen Regeln abläuft.

Maria setzte sich, während Bianca ihr eine lange Geschichte erzählte, auf die sie jedoch nicht achtete. Der dampfende Kaffee und die Milch verströmten einen köstlichen Duft. Die Stimme der Frau, der gute Geruch dieser sauberen, ordentlichen Wohnung, die frische Tischdecke, das englische Porzellan – all das bewirkte bei der verwirrten Maria einen Tränenausbruch. Wie anders waren doch ihre eigenen Zukunftsaussichten.

»Weine nur, mein Kind«, sagte Bianca. Mit ihren fünfundvierzig Jahren hätte sie Marias Mutter sein können. Sie war gerührt, als ihr das klar wurde. Wer weiß, was diese kinderlose Frau dafür gegeben hätte, eine Tochter wie Maria zu haben. »Weine nur, das tut dir gut«, wiederholte sie und beugte sich über das Mädchen, während sich Nemesio und Perfédia irritiert ansahen.

»Das geht sicher vorbei«, meinte der Bäcker.

»Natürlich geht das vorbei«, gab Nemesio zurück. Von einem entfernten Kirchturm schlug es sechs. Als er klein war, hatte sein Vater ihm oft erzählt, daß früher, als es noch eine Stadtmauer gegeben hatte, um diese Zeit die vier Tore der Stadt geöffnet worden waren und die Zöllner den Weg freigegeben hatten. Dann kamen die Bauern und die verschiedenen Händler mit ihren Karren herein, und das Leben in der Stadt begann.

Sie befanden sich im obersten Stock des Hauses und hatten Ausblick über ein Meer von Dächern, aus denen sich hier und da ein Kirchturm erhob. Tauben schwirrten durch den tiefblauen Himmel, und die *Triganieri* vollführten die tollsten Verrenkungen, um ihre Schwärme zu vergrößern.

»Ich will mein Leben ändern, Maria«, versprach Nemesio. Er trat zu ihr und umarmte sie. »Du sollst auch so eine Wohnung haben. Und ein ruhiges Leben.«

Maria hob ihr schönes Gesicht mit den braunen Augen zu ihm empor und nickte, aber sie wußte, daß sie einander belogen.

3

»Laß dich nicht entmutigen«, sagte die alte Frau. »Wenn man gerade ein Kind bekommen hat, ist man oft niedergeschlagen.« Sie hatte kornblumenblaue, ungewöhnlich sanfte Augen und die zarten, unbeweglichen Gesichtszüge einer Puppe. Und sie war auch so klein, daß sie einer großen Puppe glich, dabei steckte in ihrer zerbrechlichen Gestalt eine außerordentliche Energie.

»Es geht schon wieder«, entgegnete Maria und legte ihr Kind in den Weidenkorb, der als Wiege diente. Der Kleine, erst wenige Monate alt, bewegte die Händchen und drehte den Kopf hin und her, dann fiel er in einen festen Schlaf.

»Kinder sind Geschenke des Herrn«, rezitierte die alte Frau mit ihrer melodischen Stimme. »Vielleicht haben die es einmal besser«, fuhr sie voll Überzeugung fort.

»Ja, Nonna.« Maria nannte sie Nonna, also Großmutter, oder Nonna Stella. Obwohl es Nemesios Mutter war, hatte sie nie den Wunsch verspürt, sie Mama zu nennen. Trotzdem empfand sie ehrlichen Respekt und Achtung für diese Frau. Das Kind war zart und weiß, mit einem rosafarbenen Hauch auf den Wangen. Es schien aus feinstem Porzellan, eine Vene pulsierte leicht an der Schläfe, und auf den Augenlidern schimmerten die blauen Äderchen durch.

»Ich habe zwanzig gehabt«, erzählte die Alte, während sie sich geschäftig in der Mansarde bewegte. Unter dem schrägen Dach sah man durch die kleinen Fenster auf die vielen anderen schneebedeckten Dächer. »Zwanzig. Kannst du dir vorstellen, was das heißt?« Sie sprach wie eine alte Frau im Märchen, aber sie erzählte vom wirklichen Leben, von einem mühseligen Alltag, erlitten und erkämpft, ohne Schwung, ohne Begeisterung, ohne Phantasie, dem Schicksal und dem Zufall überlassen.

»Das sind eine ganze Menge«, bemerkte Maria und ließ sich auf einem Hocker nieder, um ihr Haar zu ordnen. Draußen dämmerte es schon; das triste Grau des schneeverhangenen Himmels drang in die Mansarde und verstärkte die melancholische Stimmung.

»Kommt Nemesio bald zurück?« Es war eine sinnlose Frage, und die Alte kannte die Antwort nur zu gut. So lange sie denken konnte, hielten die Männer sich an keine Uhrzeiten. Sie nahmen sich dieselbe Freiheit wie die Katzen, die kommen und gehen, wie sie Lust haben; sie redeten und liebten, wenn ihnen danach war.

»Das hängt davon ab, was für eine Arbeit er gefunden hat.« Marias Augen blitzten stolz auf. »Aber warum soll ich eigentlich dauernd lügen?« rief sie und sprang auf. »Nemesio kommt, wann es ihm paßt. Wie immer.«

»Das ist unser Los.« Die alte Frau mit den kornblumenblauen Augen wollte sie damit trösten. Sie hielt einen eisernen Haken in der Hand und schürte den mit Silberbronze gestrichenen kleinen Ofen. Ein langes Rohr, das an einem ausgeklügelten Drahtgestell befestigt war, lief quer durch den Raum und beheizte ihn gleichmäßig. Es war die einzige funktionierende Vorrichtung in diesem ehemaligen Taubenschlag. »Zwanzig Kinder«, fing die Alte wieder an, während sie in der glühenden Asche kratzte. »Jedes Jahr starb eines, und ein neues kam auf die Welt.« Sie hob die blauen Augen zu ihrer Schwiegertochter. »Eine Taufe und eine Beerdigung. Neun Kreuze stehen auf dem Friedhof. Elf sind am Leben geblieben. Als der Jüngste, Nemesio, geboren wurde, machte der Älteste gerade seinen Militärdienst bei der Luftwaffe in Santa Maria Capua Vetere.« Trotz ihrer scheinbaren Resignation strahlte die schwarzgekleidete Gestalt mit den weißen Haaren unter dem dunklen Kopftuch eine gewisse Unbeugsamkeit aus.

Maria schaute sie an und verglich ihre eigenen Vorstellungen vom Leben und von der Zukunft mit dieser Entsagung und Schicksalsergebenheit. »Ich will nicht«, sagte sie.

»Was willst du nicht?« fragte die Alte.

»Ich will nicht in Armut und unter der Last vieler Kinder alt werden«, antwortete sie entschlossen. Sie legte die Hände vors Gesicht, um in den tiefen Schacht ihrer jüngsten Vergangenheit zu blicken.

»Das wird der Herr lenken«, gab die Alte zurück. Sie hatte gelernt zu leiden; der Charakter ihrer lombardischen Schwiegertochter blieb ihr fremd.

»Und wir?« sagte Maria, die sich über ihr Kind beugte, als wolle sie es beschützen.

»Wir, was?« fragte die Alte verwundert und mit einem sanften Vorwurf in der Stimme.

»Ach, nichts«, erwiderte Maria. Sie wollte einer sinnlosen Diskussion aus dem Weg gehen. Man hatte sie zwar gelehrt, daß alle Menschen sich in ihr Schicksal fügen müssen, aber sie war überzeugt, daß sie es bis zu einem gewissen Grad auch selbst in die Hand nehmen konnte.

»Es schneit.« Weiße Flocken trieben in der windstillen Luft. »Das ist ein gutes Zeichen«, freute sich die Alte, und ihre blauen Augen strahlten. Mit ihrer klaren Stimme fing sie an zu erzählen. »Einmal, als es am 31. Januar, dem Tag von San Geminiano, nicht schneite, ließ man Federn und Mehl vom Stadtturm herunterrieseln. Die Leute sollten wenigstens die Illusion haben, daß es schneite.« Das Feuer prasselte im Ofen, und die heiße Luft stieg zischend durch das Ofenrohr nach oben. »Sicher kommt er bald heim«, sagte die Alte besänftigend.

»Das ist mir gleichgültig«, gab Maria aufrichtig zurück.

»Mutterschaft und Kinder bringen Freude, aber auch Schwermut«, sprach die Alte nachdenklich vor sich hin. »Es ist schwierig zu erklären. Es kann so viele Gründe geben, aber es gelingt nicht, die passenden Worte zu finden. Wenn es dämmerig wird, kommt die Zeit des Wartens. Als ich jung war, begannen um diese Stunde die Lampenanzünder ihren Rundgang. Sie hatten ein langes Rohr, um die Gaslaternen anzuzünden.«

»Wir können jetzt auch Licht machen«, sagte Maria und sah erfreut zu der weißen Petroleumlampe auf der dunklen Anrichte hinüber. Ein Streichholz flammte in ihrer Hand auf und entzündete den Docht, den sie an einem Kupferrädchen regulierte. Die zunächst flackernde Flamme beruhigte sich, sobald sie den bauchigen Glaskolben darüberstülpte, und gab ein helles Licht. Als sie die Flamme etwas höher drehte, verbreitete sich ein penetranter Petroleumgeruch im Raum. »Es ist kein elektrisches Licht«, meinte Maria, »aber es ist besser als nichts.«

»Wir können vor uns nur so viel Licht sehen, wie wir in uns

selbst tragen«, äußerte die Alte. »Für zwei einzelne Frauen ist es allemal ausreichend. Heutzutage denkt freilich niemand mehr ans Sparen«, fügte sie ernst hinzu.

»Ich habe es gern ein bißchen heller«, wandte Maria ein, obwohl sie wußte, daß auch mit dieser guten Frau die Verständigung problematisch war. Sie lebten Lichtjahre voneinander entfernt. Diskussionen führten zu nichts, sie waren verschiedene Menschen, die in verschiedenen Sprachen redeten und verschieden dachten. Das Kind gab ein paar Laute von sich, und Maria trat besorgt an seinen Korb und wollte es herausheben.

»Er träumt nur«, hielt die Alte sie auf. »Du darfst dich nicht so leicht aufregen. Dich macht ja jeder Schatten nervös. Wenn du erst fünf oder sechs Kinder hast, wirst du dich anders benehmen.«

»Ich werde niemals fünf oder sechs Kinder haben«, begehrte Maria auf und warf ihren schönen Kopf zurück, daß die dichten, schwarzen Locken flogen. Ihre herrlichen, mandelförmigen Augen blitzten vor Entrüstung.

»Die Zeit entblättert jede Rose«, murmelte die Alte prophetisch vor sich hin. Von der Straße klang fröhlicher Lärm zu ihnen herauf. Hirtenpfeifen, Trompeten und Okarinen spielten durcheinander, und die kleinen Ballons der Sackpfeifen quäkten und heulten, wenn ihnen die Luft abgelassen wurde.

»Die sind aber vergnügt«, meinte Maria, um überhaupt etwas zu sagen.

»Sie berauschen sich«, gab die Alte traurig zurück, »mit Worten, mit Konfetti und mit Wein.« Sie rückte einen Kochtopf aus blauem Email auf dem Ofen zurecht. Er war über die Hälfte mit Pasta und Bohnen gefüllt, die sie für Nemesio und Maria von zu Hause mitgebracht hatte. »Du wirst sehen, daß er gleich kommt.« Sie sprach wieder von ihrem Sohn.

»Sicher.« Maria biß sich auf die Unterlippe und ging zum Fenster. Sie mußte sich zusammennehmen, um nicht zu weinen, zu schreien, alles um sich herum zu zerschlagen und die Bücher auf die Straße hinunterzuwerfen; diese Bücher, die ihrem Mann ein Alibi für sein unstetes Leben gaben.

Sie erinnerte sich an ihre Ankunft in der fremden Stadt, die sie trotz allem freundlich empfangen hatte. Nemesios Mansarde war ihr etwas eigenartig, aber romantisch erschienen. Nemesio hatte sie oben im Treppenhaus auf den Arm genommen, mit einem Fußtritt die Tür aufgestoßen, sie hineingetragen und sanft auf dem großen Bett abgesetzt. »Das ist ab jetzt dein Reich«, waren seine Worte gewesen. Maria hatte sich umgeschaut, angenehm überrascht von der sonderbaren, etwas unordentlichen Umgebung, die so anders war als ihr Zuhause. Außer dem Bett stand noch ein Tisch da, auf dem sich viele Bücher stapelten, und Bücher lagen überall verstreut: auf dem Boden, unter den Dachbalken, auf dem Spülstein und in der Anrichte zwischen Tellern und Tassen.

»Sag mal, liest du alle diese Bücher?« hatte Maria wissen wollen.

»Natürlich lese ich die.«

»Aber was bist du eigentlich?« fragte sie ein bißchen erschrokken. »Jahrmarktkünstler oder Buchhändler?«

Nemesio hatte ihr von den Kämpfen gegen die Faschisten im Jahr 1921 erzählt, wie er, noch ein halbes Kind, auf der Seite der Antifaschisten das Gewerkschaftshaus gegen den Angriff der Schwarzen verteidigt hatte und wie er daraufhin von seinem Vater, der beim Marchese Rangoni Gärtner war, verprügelt wurde. Dagegen war er schon erwachsen gewesen, als er 1937 am Spanischen Bürgerkrieg teilgenommen hatte. Dort war er auf viele andere Männer aus allen Teilen der Welt getroffen, von denen jedoch keiner militärische Erfahrungen besaß. Man hatte ihn einem Rekrutenlager der Ersten Internationalen Brigade zugewiesen, wo er eingekleidet, mit Nahrungsmitteln versorgt und ein paar Wochen notdürftig ausgebildet worden war. Er hatte die Schlacht von Guadalajara mitgemacht, dem berühmten Valentín Gonzales, alias »El Campesino«, die Hand geschüttelt und war auch Zeuge eines der brutalsten Verbrechen gegen die Menschheit geworden, der Zerstörung von Guernica durch die deutsche Luftwaffe unter Görings Kommando.

Maria lauschte in den Armen ihres Helden, wie er dem ungeheuren Massaker entkommen war, das die einhundertvierzig deutschen Flugzeuge in der alten baskischen Hauptstadt angerichtet hatten. Alleine und verwundet hatte er sich mit Hilfe einer Familie von Bergbauern über die Pyrenäen nach Frankreich durchschlagen können. In Paris hatte er sich dem großen Zirkus von Marcel Breton angeschlossen, und so war er in einem Viehwagen zwischen zwei Elefanten wieder nach Italien gelangt. Als der Zirkus zurückkehrte, war er dageblieben und zu den fahrenden Gauklern gestoßen. Dort hatte er Maria kennengelernt.

»Ich gehe jetzt«, sagte die Alte und legte ihren Schal um. Inzwischen war es dunkel geworden. »Ich will zum Opfergottesdienst nach San Geminiano.« Aus allen umliegenden Dörfern kamen die Menschen zu dieser uralten Zeremonie, deren Höhepunkt ein Kuß auf den Arm des Heiligen war.

»Gehen Sie nur, Nonna«, sagte Maria. Sie sah in den Kasten neben dem Ofen, der nur noch wenige Briketts enthielt.

»Wenn es geht, bringe ich morgen wieder neue«, versicherte ihr die Alte.

»Gehen Sie doch«, drängte Maria sie, »sonst kommen Sie noch zu spät.«

Der kleine Ofen strahlte behagliche Wärme aus, und das Kind lag da wie eine gemalte Putte.

»Auf Wiedersehen, Giulio«, verabschiedete sich die Alte mit einem Kuß, »du bist wirklich ein Segen des Herrn.«

Als Nonna Stella hinausging, schlug der Kirchturm von San Biagio gerade sechs Uhr. In dieser Kirche, die an der Piazza del Carmine lag, waren Maria und Nemesio getraut worden. Mit Hilfe einer bereitwilligen Schneiderin hatte sie sich zu einem erschwinglichen Preis ein anständiges Kleid besorgt. Als Trauzeugen hatten Bianca und Perfédia fungiert, außerdem waren einige von Nemesios Geschwistern gekommen und seine Mutter. Sein Vater Pompeo hatte nicht dabei sein können, denn er war zu Fuß nach Castelfranco Emilia gegangen, um den Garten des Marchese in Ordnung zu bringen.

In der Hochzeitsnacht, die nicht ihre erste Liebesnacht war, hatte Maria mit ihrer lebensnahen, lombardischen Art versucht, mehr über Nemesios schwer greifbare Persönlichkeit zu erfahren.

»Was bist du?« hatte sie ihn gefragt. »Ein Anarchist, ein Held, ein Gaukler?« Die Vorstellung, seinen scheinbar simplen Charakter nicht durchschauen zu können, machte sie ganz wahnsinnig. Sie hatte den Eindruck, mit ihm durch einen dichten Nebel zu laufen und zu spüren, wie sich der Griff seiner Hand lockerte. Aber war es nicht eher so, daß ihre eigene Hand woanders Halt suchte?

»Du stellst Fragen wie die alten Leute«, hatte er erwidert, »dabei bist du noch ein Kind.«

»Wir sind jetzt eine Familie«, beharrte sie.

»Das macht doch keinen Unterschied.«

»Aber was ist dein Beruf?« Sie wollte nicht lockerlassen.

Diese Frage stellte man bei ihr zu Hause einem Mann, um sich anhand seiner Auskunft ein Urteil über ihn bilden zu können.

Nemesio zog sie statt dessen in seine Arme, aber die Ekstase war nicht so tief wie sonst, und Maria begann schon, die engen Grenzen seiner Liebe zu ahnen.

Der Mann wußte schlicht deshalb nichts zu antworten, weil er alles und nichts tat. Auch in dem Kampf, den er für eine bessere Welt führte, war er alleine. Alle achteten ihn wegen seiner lauteren Absichten, aber niemand nahm ihn wirklich ernst, denn ihm fehlte jeder Realitätssinn. Als er fast noch ein Kind war, hatte er mit den Dachziegeln des Gewerkschaftshauses nach den Faschisten geworfen, und in Spanien hatte er mit derselben Naivität gekämpft, die ihn auch veranlaßte, sich auf der Straße in fremde Auseinandersetzungen einzumischen und dem vermeintlich Schwächeren beizustehen. Die Faschisten unternahmen nichts gegen ihn, weil er isoliert war; die organisierten Antifaschisten zählten nicht auf ihn, weil er sich nirgends einordnen konnte.

Dieser Ritter ohne Rüstung, der in einer Kleinstadt der Provinz viele Jahrhunderte zu spät auf die Welt gekommen war, dieser Mann, den sie doch von ganzem Herzen liebte, jagte ihr Angst ein. Dabei hatte sie weniger Angst vor dem, was er womöglich andern antat, als vor dem, was die anderen ihm und seinen Angehörigen zufügen konnten.

Seine Angewohnheit, abends lange unterwegs zu sein, konnte man korrigieren, und das war auch nicht so schlimm, aber gegen sein unergründliches Wesen, das zugleich seine Stärke und seine kindliche Schwäche war, dagegen würde sie nie ankommen. Er war völlig einer Illusion von Freiheit verfallen, an der er sich berauschte. Sein Leben bestand aus Träumen, und die Bücher halfen ihm beim Träumen. Maria fühlte, wie auch sie selbst langsam von dem ungreifbaren Stoff eingehüllt wurde, aus dem die Träume sind. Sie fand keine Ordnung in dieser Mansarde hoch über den Dächern und Kirchtürmen; die Taubenschwärme, die miteinander verschmolzen und sich wie durch Zauberhand wieder trennten, erschienen ihr unwirklich; und sie fand keine Ordnung in ihrem Leben. Mit Nemesio kam sie sich vor wie auf einer Bühne, durchbohrt von den schamlosen Blicken der Zuschauer. Auch Perfédia war ein solcher Zuschauer, obwohl er ein Freund war – alle Freunde waren Zuschauer. Denn er, Nemesio, war ein lebendes Schauspiel, angesiedelt zwischen Pulcinella und D'Artagnan, ob er sich nun im Namen eines Ideals schlug, ob er seine Kraft und Intelligenz für die Gauklertruppe einsetzte oder für den nächstbesten, der ihm auf der Straße begegnete. Diesen Mann zu lieben war wie den Wind zu lieben, der einen zuerst zärtlich streichelt und dann eine Lungenentzündung bringt.

»Was ist dein Beruf?« hatte Maria oft genug vergeblich wiederholt, wenn sie sah, wie er sich darin versuchte, Säcke abzuladen, Motoren zu reparieren, Hunde für die Jagd abzurichten oder mit jeder Art von mehr oder weniger sauberem Kleinhandel ein paar Centesimi zu verdienen.

Ja, er war Antifaschist, aber mittlerweile kümmerte es niemanden mehr, wenn er zur Mahnwache vor der Polizeikaserne aufmarschierte, solange irgendein hohes Tier der Partei in der Stadt weilte. Seine sympathische Art öffnete ihm viele Türen, aber er konnte die Routine einer geregelten Arbeit nicht ertragen. Statt dessen ließ er sich in Schlägereien verwickeln. Am Vorabend von Giulios Taufe war er schrecklich zugerichtet nach Hause gekommen und hatte sich am nächsten Tag mit einem blauen Auge und einer üblen Schramme auf der Backe am Taufbecken präsentiert.

Maria konnte sich noch gut an seine verzweifelten Versuche erinnern, trotz seiner verschwollenen Lippen zu lächeln, das Ergebnis war tragikomisch gewesen. Es hatte ihn erheitert, als der Pfarrer von San Biagio sich an Giulios Paten gewandt hatte mit der Frage: »Läßt du vom Satan ab, von seinem Pomp und seinen Werken?« Maria hatte Pumpe verstanden und angenommen, Satan sei ein Klempner, der am Stadttheater arbeitete, wo Werke wie La Traviata und La Bohème aufgeführt wurden. Nemesio war sehr amüsiert gewesen, und an diesem Abend hatten sie sich zärtlich und leidenschaftlich geliebt.

Nemesio kam wirklich auf die unmöglichsten Ideen. An Weihnachten war er über die Mauer eines Parks geklettert, hatte die höchste Tanne bestiegen und ihren Wipfel abgesägt, so daß Maria den schönsten Christbaum der ganzen Stadt bekam.

»Versprich mir, dich auf keine Raufereien mehr einzulassen«, hatte sie ihn angefleht.

»Ich verspreche es«, hatte er mit einem Lächeln à la Clark Gable geantwortet.

Seitdem war nichts mehr vorgekommen, aber es waren erst wenige Monate vergangen, und sie blieb abends immer häufiger allein. Sie saß dann neben dem Weidenkorb, der Giulio als Bettchen diente, und beugte ihr hübsches Gesicht sorgenvoll über ihn.

Maria hatte wohl versucht, ihrer Mißstimmung durch einen Brief an die Mutter Luft zu machen, aber da sie mit dem Schreiben noch nie sehr vertraut gewesen war, gab sie den Versuch gleich wieder auf. Was hätte sie Vera auch mitteilen können, das diese nicht schon wußte? Maria hatte sich nie richtig eingelebt in dieser Stadt, nach der sich die aus ihr Fortgezogenen so sehr zurücksehnten, obwohl sie nur selten wieder heimkehrten. In diesem großen Dorf, in dem jeder jeden kannte, herrschte ein unterschwelliges Unbehagen, und eine nicht näher definierbare Kraft sorgte für Unruhe und Spannungen. Denn in der Provinz ist nicht nur der Zusammenhalt unter den Menschen stärker ausgeprägt, sondern auch der Haß; die Gräben zwischen den Ideologien sind hier tiefer, und es kommt viel leichter zu handgreiflichen Auseinandersetzungen.

Wie alle alten Städte hatte jedoch auch Modena ein Herz. Für Maria war es der Dom und die *Ghirlandina*, der tausend Jahre alte

Stadtturm, der mit großen Marmorblöcken aus den Ruinen römischer Bauwerke errichtet worden war. Um den berühmten Turm zu besichtigen, hatte sie bei der Rathausverwaltung zwei Lire bezahlt – eine Unsumme. Enttäuscht war sie dann vor dem »gemeinen Holzeimer« gestanden, den die Modenesen den Bürgern von Bologna in der Schlacht von Zappolino abgenommen und der den Dichter Alessandro Tassoni zu seinem komischen Heldenepos inspiriert hatte.

Die klassische Erhabenheit des Doms dagegen flößte ihr ein Gefühl des Friedens und der Heiterkeit ein. Ihr aufgewühlter Geist besänftigte sich hier auf wundersame Weise. Was war es, das diese Seelenruhe in ihr hervorrief? Die herrliche Basilika, deren Bau von der Bevölkerung Modenas und der Herzogin Mathilde von Canossa in den letzten Jahren des 12. Jahrhunderts finanziert worden war, wirkte auf sie wie eine Medizin. Auch die prachtvolle Fassade, die wachenden Löwen aus rosa schimmerndem Marmor und die Reliefs des großen Wiligelmo beeindruckten sie jedesmal von neuem.

Kurz vor sieben kam Nemesio heim. Er trug einen Bauernhut aus Stroh, der die Kopfbedeckung eines mexikanischen Revolutionärs darstellen sollte, hatte eine Pappnase auf und blies in eine dieser bunten Kinderpfeifen, die sich bei jedem Ton aufrollen und dann wieder zusammenfahren. Er hielt eine Tüte mit Krokant, Bonbons, Schokolade, getrockneten Kastanien und Zuckerstäbchen in der Hand.

»Das festliche Füllhorn«, begann er zu deklamieren, »birgt meine Geschenke für die zärtlichste aller Gemahlinnen.«

»Du weckst das Kind noch auf«, schimpfte Maria ihn.

»Was macht das schon?« erwiderte er. »Dann feiern wir eben zu dritt.«

Er hatte einen frischen Luftzug von draußen hereingebracht mit dem Geruch des Neuschnees, der seit dem Morgen unaufhörlich fiel. Das Kind wachte auf und fing an zu schreien, als es die Grimassen sah, mit denen sein Vater es besänftigen wollte.

»Das hast du wieder einmal geschafft«, nörgelte Maria. Sie hob den Kleinen aus dem Korb und nahm ihn auf den Arm, wo er sich endlich beruhigte.

Nemesio legte Hut und Mantel ab und zog die falsche Nase vom Gesicht. Er hatte ein verschwollenes Auge und aufgeplatzte Lippen.

»Du hast dich schon wieder geprügelt«, rief Maria aus und schlug sich unwillkürlich die Hand vor die Augen, um das Elend nicht mitansehen zu müssen.

»Tja, gewissermaßen...«, antwortete Nemesio, um Zeit zu gewinnen, aber es fiel ihm keine passende Ausrede ein.

»Mein Kind soll eine Zukunft haben«, sagte sie hart und entschlossen.

»Bitte, Maria, übertreib nicht.« Er wollte eine Szene vermeiden.

»Ich gehe«, erwiderte sie unerbittlich.

»Laß uns morgen darüber sprechen«, schlug der Mann vor, obwohl ihm bewußt war, daß er ihren Argumenten nichts entgegensetzen konnte.

»Nein.« Maria beharrte auf ihrem Entschluß. »Wenn wir morgen darüber sprechen, dann stehen wir übermorgen vor demselben Problem, und wenn nicht übermorgen, dann in einer Woche oder in einem Monat.« Das Kind sah mit seinen großen, unschuldigen Augen zu ihr auf, wie gebannt von den Bewegungen ihrer Lippen und den klaren, entschiedenen Worten. In den Armen seiner Mutter konnte nichts es erschrecken.

»Findest du nicht, daß sein Gesicht ein bißchen geschwollen ist?« fragte Nemesio und betrachtete seinen Sohn besorgt.

»Von dir lasse ich mich nicht mehr an der Nase herumführen«, erwiderte Maria. Sie kannte alle seine Schliche, die er als geborener Komödiant immer wieder einsetzte, um unangenehmen Gesprächen eine andere Wendung zu geben.

»Vergiß jetzt einmal einen Augenblick mich«, sagte Nemesio ungewöhnlich streng, »und sieh dir das Kind an. Meiner Meinung nach ist sein Gesicht geschwollen.«

Maria betrachtete ihren Sohn aufmerksam. »Er sieht wirklich dick aus«, mußte sie zugeben.

»Was kann das sein?« fragte er aufgeregt.

»Bitte, Nemesio«, protestierte sie, »tu doch nicht so, als ob ich alles wissen müßte.« Sie nahm sich zusammen, während der Mann immer nervöser wurde.

»Hier muß dringend ein Arzt her«, sagte Nemesio und betrachtete bitter die Überreste des Festes, die vergessen auf dem Tisch lagen. Für sie hatte er sein letztes Kleingeld ausgegeben.

»Aber du hast keinen Centesimo mehr in der Tasche«, rief Maria seine Gedanken erratend aus.

»Das tut nichts zur Sache«, sagte er leichthin.

»Wenn du nicht ständig unterwegs wärst, sähe unsere Lage ganz anders aus.« Für Maria war die Situation eindeutig.

Von der Straße drangen fröhliche Klänge und Stimmen zu ihnen herauf.

»Ich habe doch gesagt, das tut nichts zur Sache.« Er schaute in den Brikettkasten, in dem ziemliche Leere herrschte. »War meine Mutter da?« fragte er, als er den blauen Emailtopf auf dem Ofen sah.

»Sie war da, aber das ist doch jetzt egal«, antwortete Maria. Besorgt sah sie ihren Sohn an. Sie hatte den Eindruck, sein niedliches Gesicht werde zusehends dicker.

»Ich gehe den Doktor holen.« Nemesio stürzte ohne Mantel hinaus und rannte wie besessen die Treppe hinunter.

Maria konnte sich denken, wo er das Geld für den Arzt beschaffen würde, nämlich bei seinem Freund Perfédia, dem Bäcker. Aber gerade dieses ständige Betteln um Almosen war es, was sie am meisten ärgerte.

Eine halbe Stunde später kam Nemesio mit einem Arzt zurück. Auch Perfédia und Bianca waren dabei, so daß sich Marias Vermutung bestätigte.

»Um diesen jungen Mann brauchen Sie sich keine Sorgen zu machen«, sagte der Arzt, nachdem er das Kind gründlich untersucht hatte. Er war um die fünfzig, mit noch dunklem Haar, und strahlte Zuversicht aus.

»Was hat er?« fragte Maria, die durch die Anwesenheit des Arztes und seine Worte schon wieder gelassener wurde.

»Mumps«, antwortete er lächelnd, »ganz banalen Mumps.«

»Und was muß ich machen?«

»Gar nichts. Sie sollten ihn warm halten, gut zudecken und die Salbe auftragen, die ich Ihnen verschreibe. Ansonsten können Sie nur abwarten, bis es vorbei ist.«

Er wusch sich die Hände am Spülbecken und trocknete sie an einem frischen Handtuch ab, das Maria extra für ihn aus dem Schrank geholt hatte. Er blieb noch auf ein Glas Wein da, und man redete über das Fest, den Schnee, das Wetter, aber als Nemesio das Gespräch auf die Zeiten und die Politik lenken wollte, verabschiedete sich der Doktor und ging.

Maria warf Perfédia einen fragenden Blick zu. »Das habe ich schon erledigt«, sagte der Bäcker.

»Ich werde Ihnen alles zurückzahlen« versprach Maria. Sie war rot vor Scham.

»Aber woher denn«, mischte sich Bianca wohlwollend ein.

»Heute dir, morgen mir«, zitierte Nemesio. Sowie die Gefahr vorüber war, konnte er nicht mehr ernst bleiben.

»Bei dir ist immer heute, und zwar immer für dich«, betonte Maria.

Als die Freunde fort waren und das Kind in seinem Weidenkorb schlief, nahm sie sich Nemesio vor.

»Sobald Giulio gesund ist, gehe ich«, sagte sie. Nebenbei räumte sie die Zuckerdose weg, die noch auf der Anrichte stand. Das tat sie nicht, um eine Verlegenheit zu überspielen, sondern aus ihrem angeborenen Ordnungssinn heraus.

»Laß uns noch mal darüber sprechen, wenn er gesund ist.« Nemesio nahm ein Brikett, schob die rotglühenden Ofenplatten zur Seite und ließ es hineinfallen.

Maria wartete, bis er den Ofen wieder geschlossen hatte, dann stellte sie sich vor ihn, sah ihm fest in die Augen und sagte: »Ich will keine Diskussion, ich will dir nur meine Absichten mitteilen.«

»Und das Kind?« fragte er wütend.

»Das Kind nehme ich mit.« Auf der Straße war ein Schneepflug zu hören.

»Und wie willst du euch durchbringen?« Der Mann suchte immer noch Einwände.

»Ich werde arbeiten.« Mit diesen Worten sagte sie alles, und Nemesio verstand.

»Das soll also heißen«, gab er zurück, »daß ich nicht in der Lage bin, dem Kind diese Sicherheit zu bieten.«

Maria nahm mütterlich sein Gesicht in ihre Hände. »Merkst du denn nicht, daß du selbst noch ein Kind bist?« Sie war ihm nicht böse, sondern sie wollte ihm zeigen, wie sich die Dinge verhielten.

»Also sprechen wir morgen noch mal darüber?« Die Stärke und die Gewandtheit, die er äußerlich zeigte, hatte Maria in sich, gepaart mit Standhaftigkeit und festem Willen. Und während seine Versuche, sich zu widersetzen, immer schwächer wurden, entdeckte er plötzlich in ihren Augen eine unwiderrufliche Entschlossenheit. Es war dieselbe wie damals, als sie sich gegen den Willen ihrer Mutter für ihn entschieden hatte.

»Es gibt nichts mehr zu besprechen«, schloß Maria. Sie strich über sein entstelltes Gesicht. »Ein verrückter Komödiant in der Familie genügt.«

Es stand nicht zu erwarten, daß Maria ihre Meinung noch einmal ändern würde; es war zu spät. »Und wo bleibt Giulio, während du arbeitest?« fragte er. Sie saßen sich am Tisch gegenüber, die Petroleumlampe stand zwischen ihnen.

»Bei meiner Mutter«, antwortete Maria. »Von dir will sie zwar nichts wissen, aber das Kind wird es bei ihr besser haben, als wenn es ihr eigenes wäre.«

»Und wenn ich ein seriöses Leben anfinge?« fragte er herausfordernd.

»Das mußt du zuerst beweisen, dann können wir weitersehen.« Sie begegnete ihm mit der realistischen Strenge, wie sie Eltern bei einem Kind anwenden, das intelligent, aber nicht fleißig ist und das deshalb die Schule niemals abschließen wird.

»Aber wenn ich eine feste Arbeit fände?« beharrte er.

»Ich bin nach wie vor deine Frau«, erwiderte sie, »und du weißt, wie sehr ich dich mag.«

»Würdest du zu mir zurückkommen?« lächelte er, obwohl ihm mehr nach Weinen zumute war.

»Zwischen uns hat sich etwas geändert«, bekannte sie ganz offen, »und es wäre unehrlich, so zu tun, als sei alles wie vorher. Das bedeutet aber nicht, daß sich das Gleichgewicht nicht wieder herstellen ließe.« Sie hatte inzwischen viele Bücher gelesen und ihre Ausdrucksfähigkeit erheblich verbessert.

»Dann sagen wir also, daß du zunächst nach Mailand zu deiner Mutter gehst«, willigte er in einen Kompromiß ein, »und sobald ich eine feste Anstellung habe, hole ich dich zurück.«

»Sobald du eine feste Anstellung hast, setzen wir uns zusammen und besprechen es noch einmal«, korrigierte sie ihn. Sie hatte nicht erwartet, daß er sich so leicht überzeugen ließe, und der Verdacht überkam sie, daß hinter seiner vernünftigen Zustimmung die unbewußte Sehnsucht nach völliger Freiheit steckte. In dieser Nacht schliefen sie im selben Bett, aber sie liebten sich nicht, obwohl Maria Verlangen nach ihm hatte. Es sollte jedoch nicht so aussehen, als wolle sie die entstandene Leere mit einer neuen Empfängnis füllen.

Am nächsten Tag hatte neben dem Kind auch Nemesio ein total verschwollenes Gesicht, was eindeutig nicht an der Schlägerei lag.

»Was ist los mit dir?« fragte Maria erschrocken.

Nemesio ging zum Spiegel.

»Ich sehe aus wie Benito Mussolini«, stellte er fest. Er stemmte die Arme in die Hüften und drehte den Kopf, wie es der Diktator bei seinen Reden im Regierungspalast zu tun pflegte. »Schau dir meine dicken Backen an.«

Marias Miene wechselte von Besorgnis zu Heiterkeit, und schließlich lachte sie hell heraus. »Du siehst wirklich so aus«, bestätigte sie mit Tränen in den Augen.

»Nur Gott allein kann den Willen der Faschisten brechen«, rezitierte Nemesio, dem nicht einmal im Angesicht des Todes das Lachen vergangen wäre, »nichts anderes wird uns aufhalten.«

»Außer Mumps«, ergänzte die Frau. Bei einer trotz allem so ungefährlichen Erkrankung konnte auch sie sich einen Scherz erlauben. »Ursus, der stärkste Mann der Welt, ging durch Mumps zu Boden.«

Sie war wieder umgänglich, nett und freundlich, und während der ganzen Zeit seiner Krankheit widmete sie sich ihrer Rolle als liebevolle Ehefrau und fürsorgliche Mutter, so daß Nemesio schon dachte, sie hätte ihr Vorhaben aufgegeben. Kaum hatte der Arzt jedoch die beiden für gesund erklärt, packte sie die Koffer.

»Morgen fahre ich«, verkündete sie. Und am nächsten Morgen fuhr sie ab.

»Wenn ich eine Stelle habe«, sagte er am Bahnhof zu ihr, »kommst du dann zurück?«

»Wenn du eine Stelle hast, reden wir darüber«, erwiderte sie unbeirrbar.

»Du bist gar keine Frau«, rief er ihr nach, »du bist ein Feldwebel der lombardischen Gendarmerie.«

4

In Mailand wehte ein anderer Wind, es herrschte ein anderer Rhythmus; Engstirnigkeit und Langeweile waren in der Weite der Großstadt weniger spürbar. Maria fand die Atmosphäre hier befreiend. Sie freute sich beim Anblick der Automobile, der Straßenbahnen, der Schaufenster, in denen sich ihre seit der Mutterschaft etwas fülligere Gestalt spiegelte.

Die Begegnung mit ihrer Mutter war kurz und erwartungsgemäß verlaufen. Vera empfand Freude und Genugtuung, aber sie hatte ihre Gefühle nicht gezeigt, nicht einmal dem Kind gegenüber, das sie jedoch gleich unter ihre Fittiche genommen hatte. Es war die Begegnung einer unglücklich verheirateten Tochter mit ihrer durch Enttäuschung und Einsamkeit verbitterten Mutter gewesen. Vera hatte Maria Vorhaltungen gemacht: »Da siehst du, in was für eine Situation du dich hineinmanövriert hast« und ähnliches, wo sie doch so viele Opfer gebracht hatte, um der Tochter eine anständige Zukunft zu ermöglichen. Aber das war alles vorhersehbar gewesen.

Nun schritt Maria wie beflügelt durch die Via Orefici zur Piazza Cordusio und verspürte den albernen Wunsch, alle Passanten anzulachen. Sie hatte noch nie Ferien gemacht, aber so stellte sie es sich vor. Sie war wieder ein junges Mädchen, sie hatte den Jahrmarktkünstler Nemesio nie kennengelernt, sie hatte alles nur geträumt. Die zarte Bindung an das Kind, das zu Hause unter der Obhut Veras geblieben war, schien gar nicht zu existieren.

An der Piazza Cordusio bewunderte sie die hochaufragenden Kathedralen der Wirtschaft, die vor Reichtum strotzenden Hochhäuser der Banken und Versicherungen. Dann bog sie in die Via Dante ein, wo sich hoch über dem Castello Sforza der *Filarete*-Turm erhob. In der Schule hatte sie gelernt, daß er das Symbol der *Signoria* war, der früheren Stadtherren. Sie überquerte die Piazza Cairoli und gelangte zum Foro Bonaparte.

Maria drückte den Klingelknopf aus glänzendem Messing, der in den Türrahmen eingelassen war. Die schwere Mahagonitüre duftete nach Holz, Wachs und frischer Farbe. Das Messingschild mit dem eingravierten Namen Lémonnier war so blank poliert, daß sie sich darin spiegeln konnte. Sie näherte sich, um ihre Frisur zu prüfen, aber ihr Atemhauch ließ das Messing sofort beschlagen, und diese Geste koketter Eitelkeit blieb vergeblich.

Die Tür ging auf. »Was wünschen sie?« fragte ein junges Dienstmädchen höflich. Sie trug ein Prinzeßkleid aus schwarzem Satin, eine weiße Schürze mit Spitzenbesatz und auf dem Kopf ein gestärktes Häubchen. Das Mädchen, das einen wachen Blick und eine leichte Stupsnase hatte, wirkte selbstsicher und zuverlässig.

»Ich möchte Signora Lémonnier sprechen«, antwortete Maria. Sie wußte, daß ihre Ausgangsposition nicht die beste war und daß sie vor einem ernstzunehmenden Hindernis stand.

»Werden Sie von der Signora erwartet?« Die Frage klang wie eine Kriegserklärung.

»Nein«, gab sie offen zu, »das werde ich nicht, aber die Signora würde sicher nicht gerne erfahren, daß ich hier war, ohne sie sehen zu können.« Nemesio fiel ihr ein mit seinen rhetorischen Finten und seinen gewitzten Ausflüchten. Sie hatte einiges von diesem romantischen Querkopf gelernt.

»Sind Sie der Signora bekannt?« Das Mädchen hatte seinen Widerstand noch nicht vollständig aufgegeben.

Maria kam das wie gerufen. Sie setzte ihr strahlendstes Lächeln auf. »Würde ich Sie sonst bitten, mich zu melden?«

Die letzte Bastion fiel, und Maria war erleichtert. »Bitte kommen Sie herein«, bat das Mädchen und trat zur Seite, »ich werde nachsehen, ob die Signora Sie empfangen kann.«

Maria folgte ihr gerne in die Wohnung, denn trotz der Februarsonne herrschte eine empfindliche Kälte.

Sie betrat eine geräumige Diele, deren Mittelpunkt ein runder Divan aus blauem Samt bildete. In farblich passenden Übertöpfen wucherten üppige Pflanzen. Zwei chinesische Porzellandrachen lagen wie stumme, exotische Wächter zu beiden Seiten der Tür. Diese Symphonie von Blau- und Grüntönen weckte in Maria die Vorstellung eines Vorzimmers zum Paradies.

Heute hatte sie zum ersten Mal das Haus durch den Haupteingang betreten. Als sie noch die Pakete für den Hutsalon austragen mußte, war sie, entsprechend den Anweisungen, immer über den Dienstboteneingang gekommen. Die Wahl des Haupteingangs war wohlüberlegt und kam einer Herausforderung gleich. Heute war sie weder als Bewerberin noch als Laufbotin gekommen. Sie war eine Frau, und sie besuchte eine andere Frau, die sich ihr gegenüber immer wohlwollend und freundlich gezeigt hatte.

»Würden Sie mir ihren Namen sagen, Signorina?« fragte das Mädchen.

»Signora«, verbesserte Maria sie, um keinen Vorteil ungenutzt zu lassen. »Sagen Sie Signora Lémonnier, daß Maria, die Modistin, gern mit ihr sprechen würde.«

Die Bedienstete änderte ihre Miene schlagartig. Ein heiliger Zorn stieg in ihr auf, wie immer, wenn sich jemand von einem anderen überflügelt fühlt, der eigentlich einen niedrigeren sozialen Rang einnimmt. »Die Modistin«, wiederholte sie und nickte, wobei sie Maria fest in die Augen sah. Dieser Blick sagte überdeutlich, welchen Eingang sie ihr zudachte.

»Die Modistin«, lächelte Maria mit unverhohlener Dreistigkeit zurück. Sie ließ sich würdevoll auf dem Divan aus blauem Samt nieder und erschwerte damit jede Sinnesänderung des Dienstmädchens.

»Ah ja«, sagte der weibliche Zerberus und sah abwechselnd zu Maria und zur Tür. Sie überlegte, ob sie einen höflichen Versuch wagen sollte, das Protokoll einzuhalten und Maria hinauszubefördern.

»Nun?« Maria hielt ihrem Blick mit eiserner Entschlossenheit stand. Sie steckte bis zum Hals in Schwierigkeiten, und auf ihrem Gesicht waren die Worte zu lesen, die sie nicht aussprach: »Wenn du versuchst, mich hinauszuwerfen, kratze ich dir die Augen aus.«

»Einen Moment, bitte«, wählte das Mädchen schließlich den Weg des geringsten Widerstandes.

Maria hatte gelernt, ihre Gefühle nicht zu zeigen, aber das Herz klopfte ihr bis zum Hals. Um sich von dem tobenden Sturm in ihrem Inneren abzulenken, schaute sie durch die breiten Doppelfenster auf den Verkehr hinaus. Das lautlose Hin und Her von Straßenbahnen, Autos und Passanten hatte etwas Magisches.

»Meine Liebe! Wie ich mich freue, dich wiederzusehen!« Sie erkannte sofort die fröhliche Stimme von Signora Lémonnier, und es war Balsam für ihre Seele. »Ich freue mich wirklich, daß du gekommen bist«, wiederholte die Hausherrin.

Maria drehte sich um. Vor ihr stand eine Frau, die sich durch ihre natürliche Eleganz auszeichnete, ihre aristokratische Haltung und ihre klassische Schönheit. Sie gehörte zu der immer kleiner werdenden Kategorie von Menschen, die es nicht nötig haben, ihren Reichtum und ihre Verhältnisse zur Schau zu stellen. Sie war als Dame geboren und eine Dame geblieben, fern und unerreichbar wie ein Traum. Maria hatte sie immer tief bewundert.

Mit der ihr eigenen stolzen Kopfbewegung warf Maria das dichte Haar zurück. Diese Geste betonte die anmutigen Gesichtszüge des Mädchens aus dem Volk, das stolz auf die eigene Abstammung war und echten Stil von eingeübter Herablassung unterscheiden konnte.

»Madame«, begann sie, »bitte halten Sie mich nicht für unverschämt, selbst wenn ich so erscheinen mag und es vielleicht auch bin.«

»Ich weiß noch nicht einmal, was mir das Vergnügen deines Besuches verschafft«, entgegnete die Signora lachend, »und du unterstellst mir schon eine solche Meinung. Bist du in Schwierigkeiten?«

»Ja«, antwortete Maria ohne Umschweife. »Seit meiner Heirat habe ich ziemliches Pech gehabt.«

»Ich hoffe, das läßt sich wieder gutmachen«, meinte die Signora.

»Dazu brauche ich Ihre Hilfe«, rückte Maria endlich heraus.

Elisabetta Lémonnier legte ihr liebevoll einen Arm um die Schulter.

Maria konnte den Hauch ihres Parfüms spüren, das nach Jasmin und Puder duftete. Die Signora trug ein sehr elegantes, leichtes Wollkleid mit einem schlichten Kragen, dessen Rock bis knapp unter das Knie reichte.

»Komm, meine Liebe«, sagte sie und schob sie sanft vorwärts, »wir gehen in den Salon und plaudern ein wenig.«

»Ich möchte Ihnen keine Umstände machen«, entschuldigte sich Maria überrascht.

»Dein Besuch ist eine nette Abwechslung für mich«, beruhigte sie die Signora. »Du tust also auch mir einen Gefallen damit. Und vorab will ich dir eines sagen, auch wenn du es vielleicht selbstverständlich oder sogar banal findest: für eine Frau, die so jung, gesund und hübsch ist wie du, gibt es fast immer einen Ausweg.« Sie ging mit ihr in einen entzückenden kleinen Salon, der mit Rosenholz vertäfelt war. Überall hingen Blumenbilder in zarten Pastelltönen. Sie nahmen nebeneinander Platz auf einem Sofa, dessen seidener Bezug farblich auf Bilder und Wände abgestimmt war.

»Genau das habe ich mir auf dem Weg zu Ihnen auch gedacht«, gestand Maria. »Schwierigkeiten sind nicht unüberwindlich, wenn einem jemand zur Seite steht...«

Das Dienstmädchen servierte untadelig und ohne erkennbaren Groll auf einem silbernen Tablett einen Café crème nach französischer Art. Elisabetta Lémonnier stammte aus Genf und war die getrennt lebende Gattin eines Züricher Bankiers. Auch in Italien hatte sie sich die Gewohnheiten ihrer Heimat bewahrt. Sie tranken Kaffee und unterhielten sich dabei wie alte Freundinnen, obwohl sie aus so unterschiedlichen Verhältnissen stammten. Maria erzählte der aufmerksam lauschenden Elisabetta von ihrer Flucht mit dem Gaukler, ihrer Ehe, der Geburt ihres Kindes.

»Ich muß arbeiten«, erklärte sie, »aber zur fertigen Modistin fehlen mir einige Jahre. Ich bin bald zwanzig, ich kann nicht mehr als Lehrmädchen anfangen. Im Grund habe ich keinen Beruf, und auch auf der Schule war ich nicht sehr lange. Die einzige Möglichkeit für mich ist, als Hausangestellte zu arbeiten«, fügte sie leise hinzu, für den Fall, daß das Dienstmädchen an der Tür lauschte.

»Das ist eine realistische Einschätzung«, stimmte die Hausherrin ihr zu, »aber die Löhne sind niedrig. Siebzig, höchstens achtzig Lire im Monat, mehr kannst du nicht verdienen.«

»Das ist aber besser als nichts.«

»Zweifellos.« Der Realitätssinn des Mädchens traf fast immer ins Schwarze. »Und das Kind?«

»Es bleibt bei meiner Mutter.« Richtig, das Kind. In diesem Raum mit seinen Pastellfarben und zarten Düften, in diesem kostbaren Schrein aus Rosenholz hatte sie es beinahe vergessen. Die Gewißheit, daß Giulio bei ihrer Mutter gut aufgehoben war, trug mit dazu bei, daß sie die Trennung kaum schmerzte. »Sie wird sich sogar freuen, wenn sie ihn ganz für sich hat. Ihrer Meinung nach bin ich zu leichtsinnig, um jemals eine gute Mutter zu sein.« Maria sprach eifrig und lebhaft, während Elisabetta, die kaum zehn Jahre älter war, sie beobachtete und ihre Stärke und Willenskraft ahnte. Sie spürte die Entschlossenheit des Vollblutes in ihr. Um diese Kraft freizusetzen, fehlte aber noch eine gute Ausbildung.

»Vielleicht habe ich eine passende Stelle für dich«, meinte sie und massierte sich nachdenklich die Schläfen. Warum war ihr das nicht früher eingefallen? Marias Mut und Offenheit gefielen ihr, und als das Mädchen von seinen Mißgeschicken erzählte, war ihr plötzlich die Lösung eingefallen.

»So rasch? Das wäre zu schön, um wahr zu sein«, rief Maria aus.

»Ein Herr«, sagte Elisabetta, »ein guter Freund von mir, ein seriöser und umgänglicher Mensch, braucht eine Haushälterin.«

»Ja?« Maria hielt den Atem an, um sich keine Silbe entgehen zu lassen.

»Er wohnt nicht weit von hier«, erläuterte sie und goß sich etwas Kaffee ein. »Möchtest du auch noch?«

»Nein, danke«, antwortete Maria. Sie wollte endlich alles hören.

»Dieser gute Freund«, fuhr sie fort, »ist Junggeselle. Er lebt mit seiner Schwester zusammen, die sich immer um ihn gekümmert hat, einer etwas altmodischen, einfachen Frau. Aber ihre Gesundheit ist ziemlich angegriffen. Ich glaube, daß in Wirklichkeit sie diejenige ist, die Unterstützung braucht. Der Herr wohnt hier im Nebenhaus. Er heißt Cesare Boldrani.«

»Der Bauunternehmer?« fragte Maria erstaunt. Sie hatte auf ihren Botengängen von diesem wichtigen Mann gehört, aber niemals die Schwelle seines Hauses überschritten. Maria erinnerte sich an die Klatschgeschichten, die sie vor Jahren gehört hatte, und sie erinnerte sich auch, daß man im Hutsalon und in den Häusern, die sie – wenn auch über die Hintertreppe – besuchte, von einem Verhältnis zwischen der reichen Genferin und dem bedeutenden Mailänder Bauunternehmer sprach.

»Genau der«, erwiderte Elisabetta. Sie schien zu ahnen, was für ein Reigen von Gedanken Maria durch den Kopf ging, aber es berührte sie nicht. »Das könnte etwas werden«, sagte sie und überlegte kurz. »Ruf mich morgen vormittag an.« Sie nahm einen Stift aus einer silbernen Dose und notierte vier Zahlen auf einem Notizblatt: 4715. »Das ist meine Telefonnummer«, erklärte sie lächelnd und reichte Maria den Zettel. »Ruf mich gegen neun Uhr an. Ich sage dir dann, an welchem Tag und um wieviel Uhr du dich bei Signor Boldrani vorstellen kannst.«

5

Maria stand vor dem repräsentativen Haus im Foro Bonaparte und musterte es von oben bis unten, als ob sie eine Rechnung zu begleichen hätte mit dem Gebäude, das jedoch, weil aus Stein, unbeeindruckt blieb. Es war ein solider, massiger Bau, der eine ganz eigene Eleganz besaß, typisch für das lombardische Bürgertum, dem das Sein wichtiger ist als der Schein.

Innerhalb von zwei Tagen hatte der Wind nachgelassen, und Nebel war aufgezogen, ein äußerst dichter Nebel, der Schwindel verursachte. In Mailand wurde sie vom Nebel aber nicht so depressiv wie in Modena, und vielleicht war das ein gutes Omen für diesen Augenblick, da sie offiziell die Haushälterin von Cesare Boldrani werden würde. Haushälterin zu sein war schon ein Erfolg; Haushälterin bei Cesare Boldrani zu sein war das Nonplusultra. »Der Lohn«, hatte Elisabetta Lémonnier ihr am Telefon mitgeteilt, »beträgt zweihundert Lire im Monat.« Das war weit mehr, als sie erwartet hatte.

Ein Kribbeln in der Hand und Schmerzen in der Schulter machten Maria darauf aufmerksam, daß sie noch immer ihren schweren Koffer hielt. Sie trug einen billigen, braunen Mantel mit Kaninchenfell am Kragen und gewöhnliche Schuhe mit flachen Absätzen. Ein Ledergürtel betonte die Taille und brachte ihren Busen und den Schwung ihrer Hüften zur Geltung. Die langen, schlanken Beine erinnerten an die Zeichnungen der Modejournale. Trotz ihres schrecklichen Mantels wirkte sie elegant.

Maria durchschritt die Eingangstüre und blieb an der Pförtnerloge stehen, aus der ein intensiver Geruch nach Eintopf drang, der gar nicht zur Würde des Hauses paßte. Sie nahm sich im stillen vor, das über kurz oder lang zu ändern.

»Was wollen Sie hier?« Ein Portier in Livree baute sich hochnäsig vor ihr auf. Er war groß und kräftig, dazu hatte er das Gesicht eines Schießhundes, der sich seiner Macht bewußt ist. In gewisser Weise hing die Ordnung des Hauses auch von ihm ab, von seiner untrüglichen Menschenkenntnis.

»Ich bin die neue Haushälterin von Signor Boldrani.« Maria ließ bei ihrer Vorstellung die Bedeutung dieser Position erkennen. »Signor Boldrani erwartet mich«, fügte sie hinzu.

Uniform und Rang mochten die Dünkelhaftigkeit des Mannes rechtfertigen, als er erklärte: »Durch den Hof rechts, erster Stock, über die Hintertreppe.«

Jetzt oder nie, dachte Maria und beschloß, für Klarheit zu sorgen. »Vielleicht habe ich mich nicht deutlich genug ausgedrückt«, entgegnete sie ruhig und fest, »Haushälterin habe ich gesagt, nicht Küchenmädchen.« Dann wurde ihr Ton schärfer: »Sie benützen die Hintertreppe, wenn man Sie wegen irgend etwas ruft. Aber ich bin die Haushälterin. Ich bin als einzige befugt, über die Vordertreppe zu gehen.« Elisabetta Lémonnier hatte ihr die grundlegenden Regeln genannt, und wie immer hatte sie jedes Wort begierig aufgenommen. Sie machte auf dem Absatz kehrt und begann, die breite Treppe aus hellem Marmor hinaufzusteigen, bevor der Mann sich von seiner Verblüffung erholen konnte.

Maria wurde bereits erwartet, der Portier hatte seine Pflicht getan, und bevor sie noch läuten konnte, wurde die Tür von einem kleinen Mann um die sechzig geöffnet, der eine heruntergekommene, schwarz-grüne Dienerlivree trug. Er hatte weißes Haar, große blaue Augen und eine von roten Äderchen überzogene Kartoffelnase. Sein offenes Lächeln verlieh ihm ein gutmütiges, vertrauenerweckendes Aussehen.

»Signora Maria, nicht wahr?« fragte er und ging ihr entgegen, bevor sie etwas sagen konnte. »Geben Sie mir Ihren Koffer«, fügte er hilfsbereit hinzu. »Ganz schön schwer. Willkommen, treten Sie ein. Wir haben Sie schon erwartet.« Er stellte den Koffer ab und half ihr aus dem Mantel. In seiner Stimme mit dem unverkennbaren Mailänder Akzent schwang menschliche Wärme und Herzlichkeit. Es war nichts von jener feindseligen oder neiderfüllten Haltung zu spüren, wie sie so oft unter Kollegen vorkommt.

»Ich bin Ambrogino. Seit die Schwester des Signore krank ist, mache alles ich.« Er redete wie ein Wasserfall und umkreiste sie dabei wie ein gutmütiger Kobold. Je länger sie ihn betrachtete, desto mehr erinnerte er sie an eine Figur aus einem amerikanischen Film, den sie mit Nemesio angeschaut hatte; ein alter Mann, der vom Himmel heruntergestiegen war, um Gutes zu tun. »Die Schwester von Signor Cesare«, plauderte er weiter und griff wieder nach ihrem Koffer, »heißt Giuseppina. Kommen Sie, kommen Sie mit in die Küche. Ich habe einen Kaffee gemacht; davon trinken Sie ein bißchen, das wärmt Sie wieder auf, und dann bringe ich Sie zu Signor Cesare. In der Zwischenzeit kann ich Ihnen alles erklären, was Sie wissen müssen.«

Er senkte seine Stimme. »Sehen Sie, Signor Cesare ist kein Mann von vielen Worten. Zu mir sagt er immer: Ambrogino, sprich halb so viel und schweig das Doppelte! Wenn er ja oder nein sagt, ist das schon viel. Aber er ist so ein guter Mensch. Er ist ganz offenherzig. Es wird Ihnen bestimmt gut bei uns gefallen, Signora Maria.«

Die Küche war riesengroß und trist, was vermutlich an den vergilbten Wänden lag. Alles war ein bißchen verkommen. Maria merkte, daß die flinke Hand und der ordnende Geist einer Hausfrau fehlten. Auf einem stattlichen, mit Majolika verkleideten Herd dampften Töpfe in verschiedenen Größen. Der Tisch war bereits gedeckt, auf der Platte aus grauweißem Marmor standen zwei Kaffeetassen, Zuckerdose und Milchkrug.

»Vielleicht sollte ich mich sofort bei Signor Cesare melden«, sorgte sich Maria. »Man läßt niemanden warten.« Zwei Dinge hatte sie von ihrer Mutter gelernt, die sie nie vergessen würde, sie war immer pünktlich und ließ nie Reste auf dem Teller.

»Signore Cesare telefoniert jetzt«, erklärte Ambrogino und zwang sie geradezu auf einen Stuhl. »Jeden Morgen telefoniert er von acht bis zehn. Er ist sehr häuslich. Wenn er nicht im Büro sitzt, ist er daheim. Und dabei arbeitet er die ganze Zeit, auch zu Hause. Sie können völlig beruhigt sein, Signora Maria, es dauert noch mindestens eine Stunde, bis er Zeit hat. Unterdessen können Sie die Zimmer anschauen. Sie sind übrigens sehr hübsch.«

»Das sind die Wohnungen von reichen Leuten immer«, meinte Maria, aber eigentlich hatte sie mehr erwartet. Sie war in weniger illustren Häusern gewesen, die vor Gold und Stuck strotzten, mit maßgefertigten Möbeln, eleganten Bediensteten und untadeligen Butlern. Bisher hatten sie im Haus des großen Cesare Boldrani nur das Ausmaß des Gebäudes und die Arroganz des Pförtners beeindruckt. »Die Wohnungen von reichen Leuten sind immer schön«, wiederholte sie nachdenklich.

»Aber was denken Sie, Signora Maria«, zwitscherte Ambrogino, »ich habe doch nicht das Haus gemeint, sondern Sie. Sie sind sehr hübsch, Sie erinnern mich an meine arme Frau. Sie war nicht ganz so groß wie sie, aber auch so hübsch. Nun ist sie schon seit vielen Jahren tot«, seufzte er wehmütig, »und ich bin alt. Was glauben Sie, wie alt ich bin?«

»Fünfzig«, schwindelte Maria. Sie fühlte sich wohl in der Gesellschaft dieses redseligen Alten.

»Sie wollen sich über mich lustig machen«, wehrte er ab, obwohl er sich geschmeichelt fühlte, »fünfzig Jahre!«

Auf einmal krächzte eine mißtönende Klingel, und auf der veralteten Schalttafel neben der Anrichte leuchtete ein rotes Licht auf. »Das ist Signorina Giuseppina«, sagte er und sprang eilfertig auf. »Ich werde nachsehen, was sie möchte.«

»Ich würde mich ihr gerne vorstellen«, schlug Maria vor. Vielleicht konnte sie wenigstens einen ihrer zukünftigen Padroni zu Gesicht bekommen.

»O nein, Signora Maria«, erwiderte der Hausdiener und machte eine abwehrende Handbewegung, »das wird Signor Cesare übernehmen. Denken Sie nur, Signora Maria, er war so besorgt. Ambrogino, hat er gesagt, meine Schwester darf auf keinen Fall erfahren, daß ich jemanden für sie eingestellt habe, das muß ich ihr selbst erklären. Sie müssen nämlich wissen, daß Signorina Giuseppina herzkrank ist und sich nicht mehr anstrengen darf. Wenn man ihr aber freie Hand ließe, säße sie keine Sekunde still. Das ist vielleicht eine, unsere Signorina Giuseppina.« Er schüttelte den Kopf. »Nun, Sie werden sie ja kennenlernen. Wenn Sie gestatten, gehe ich jetzt zu ihr.«

Maria sah sich zufrieden um, als sie allein war. Auch wenn es weniger Luxus und Annehmlichkeiten gab, als sie erwartet hatte, schien es eine gute Stelle zu sein. Sie hatte noch nicht ganz begriffen, warum dieser merkwürdige Kontrast bestand zwischen der herrschaftlichen Fassade und der übertrieben kärglichen Inneneinrichtung, als ob der Hausherr sich gar nicht für seine Umgebung interessierte. Abgesehen von diesen Überlegungen, die möglicherweise einem vorschnellen Urteil entsprangen, war sie überzeugt, es gut getroffen zu haben. Illusionen machte sie sich jedoch nicht. Ambrogino hatte sie zwar empfangen, als sei sie schon fest angestellt; von Elisabetta Lémonnier wußte sie aber, daß sie eine Probezeit von einem Monat überstehen mußte. Nun, wenn dieser Monat für sie eine Prüfung darstellte, dann würde sie sofort anfangen, dafür zu arbeiten. Sie betrachtete das Holzbrett, an dem

Töpfe und Pfannen hingen, und bemerkte, daß sie nicht glänzten. Sie mußte Ambrogino sagen, daß er sie in Essigwasser spülen sollte.

Dann schaute sie in die Töpfe, die auf dem Herd standen. In einem kochte Siedfleisch mit viel Gemüse. Maria prüfte den feinen, appetitlichen Geruch und stellte fest, daß Sellerie fehlte. Er mußte sofort hinein, solange das Fleisch noch das Aroma aufnehmen konnte. In einem Korb in dem riesigen Eisschrank aus dunklem Holz fand sie das Gemüse. Sie wählte zwei dicke, zartgrüne Stangen, zupfte die Blätter ab, wusch sie sorgfältig in dem Spülbecken aus Granit und legte sie in den Topf. So war es schon viel besser.

Sie fragte sich gerade, wie der gutmütige Ambrogino allein so vielen Pflichten nachkommen konnte, als die Tür aufsprang und ein seltsames Wesen hereinkam, eindeutig weiblichen Geschlechts, im Alter zwischen vierzig und sechzig, von ungewöhnlichem Aussehen.

»O ich Arme«, lamentierte sie, »ich arme Frau.« Sie redete unaufhörlich mit sich selbst. »Jetzt muß ich auch noch einkaufen, wo mir doch so schon der Rücken weh tut vom...« Plötzlich fiel ihr Blick auf Maria, sie blieb stehen und starrte sie aus farblosen, schielenden Augen an. Ihr Mund stand offen, und die Worte waren ihr im Hals steckengeblieben.

»Ich bin die neue Haushälterin«, stellte Maria sich vor, um sie zu beruhigen.

»Herr im Himmel, endlich sind Sie da!« Die Frau ließ ihre Einkaufstaschen los, die mitsamt dem Inhalt zu Boden fielen. »Wann sind Sie denn angekommen?«

»Heute morgen«, antwortete Maria, »das heißt, vor wenigen Minuten.«

»Ich bin Cecchina, Mädchen für alles, zu Ihren Diensten.« Sie machte ein paar Schritte, wobei man nicht wußte, ob sie die Hand geben, einen Knicks machen oder die Flucht ergreifen wollte. Obwohl sie fürchterlich schielte, eine große, kirschrote Nase hatte und einen schwarzen Flaum auf Kinn und Oberlippe, wirkte sie pfiffig und sympathisch. Ihr schwarzes Haar war struppig, und sie trug eine schlecht sitzende, blauweiß gewürfelte Schürze.

»Dann auf gute Zusammenarbeit«, rief Maria aus und reichte ihr die Hand.

»Ja, Signora…«, sagte Cecchina und berührte zaghaft Marias Fingerspitzen.

»Maria«, ergänzte sie, »ich heiße Maria.«

»Ja, Signora Maria«, wiederholte sie zufrieden, »ich werde mir Mühe geben. Wenn ich nicht immer alles schaffe, müssen Sie mir eben sagen, was ich tun soll. Stellen Sie sich vor, weil Ambrogino heute morgen im Haus bleiben sollte, um auf Sie zu warten, hat man mich zum Einkaufen geschickt.« Sie rückte einen Stuhl unter dem Tisch hervor und ließ sich mit einem Seufzer der Erleichterung darauf nieder. »Mit meinen wehen Füßen von einem Laden in den nächsten, das ist wirklich kein Vergnügen.« Sie schaute Maria bewundernd an. »So jung und schon Haushälterin.« In ihren Augen war diese Position der eines Generals ebenbürtig. »Wie sich die Zeiten ändern. Ich bin schon neunzehn Jahre in Signor Cesares Diensten.« Ein schiefes Lächeln, das ihre schlechten Zähne entblößte, unterstrich den kritischen Unterton.

»Neunzehn Jahre in diesem Haus?« fragte Maria so beiläufig wie möglich.

»Hat Ambrogino das nicht erzählt?« fragte Cecchina erstaunt zurück.

»Er hat über viele andere Dinge gesprochen«, erwiderte Maria.

»Das glaube ich gern«, ereiferte sie sich, »dieser Mann ist wie ein Sieb, er läßt alles laufen, ob beim Reden oder beim Pinkeln.« Erschrocken schlug sie sich auf den Mund, aber das unschöne Wort war ihr schon entschlüpft. »Bitte entschuldigen Sie«, murmelte sie ganz kleinlaut. »Aber Ambrogino ist wirklich keine Sekunde still. Also dann sage ich es Ihnen. Zuerst haben wir im Corso Buenos Aires gewohnt. Ziemlich bald sind wir dann hierher umgezogen, in den Foro Bonaparte. Das Haus ist ja sehr groß, deshalb hat Signorina Giuseppina auch Ambrogino eingestellt. Damals war er gerade Witwer geworden. Aber das hat er Ihnen sicherlich erzählt, oder irre ich mich? Er ist eine Seele von einem Menschen, aber er redet ohne Punkt und Komma.«

»Ja, das hat er in der Tat erzählt.« Maria war zu der Überzeugung gelangt, daß hier alle, außer der ihr noch unbekannten Herrschaft, nicht ungern redeten. Das störte sie nicht; da sie selbst wenig sprach, ließ sie sich gern vom Geplauder der anderen unterhalten.

»Haben Sie Signor Cesare schon gesehen?« Die Frau war unerbittlich. »Wohl nicht«, kam sie einer Antwort zuvor. »Um diese Uhrzeit sitzt er in seinem Büro an diesem Teufelsapparat von Telefon. Gestern abend, als er beim Essen saß, hat er mich und Ambrogino kommen lassen. Paßt mal auf, hat er gesagt, morgen kommt eine Haushälterin. Tut, was sie sagt, und vertragt euch mit ihr. Also, hier ist Cecchina und steht zu Ihrer Verfügung. Signora, ich bin bereit.« Als Cecchina ihren guten Willen erklärt hatte, lehnte sie sich zurück und seufzte erleichtert. Dann erhob sie sich wieder und begann jammernd, die Einkaufstaschen auszuräumen.

Da krächzte die Klingel erneut, und ein anderes rotes Licht blinkte auf der Tafel.

»O du lieber Gott«, rief Cecchina alarmiert, »Signor Cesare läutet, und Ambrogino ist nicht da. Aber«, schöpfte sie neue Hoffnung, »Sie sind ja da.«

»Selbstverständlich«, sagte Maria, die nur darauf gewartet hatte, »zeigen Sie mir den Weg.«

Cecchina führte sie durch einen langen, dunklen Korridor, deutete aus sicherer Entfernung auf eine geschlossene Tür und sagte: »Dort ist es.« Dann verschwand sie sofort wieder.

Maria klopfte zweimal diskret, und ohne eine Reaktion abzuwarten, öffnete sie leise die Tür. Cesare Boldrani saß hinter einem wuchtigen Schreibtisch. Es handelte sich um ein so ungewöhnliches Möbelstück, daß Maria für kurze Zeit darüber sogar die Anwesenheit des Hausherrn vergaß. Sein Palisanderfurnier wurde von breiten Bändern aus rötlich schimmerndem Holz unterbrochen und war mit klassizistischen Motiven eingelegt, wie Urnen und Laubwerk. Die natürlichen Farben der verschiedenen Hölzer bildeten lebhafte Kontraste. Goldfarbene Zierleisten unterteilten die Flächen in Paneele.

»Sie können mir ruhig ins Gesicht sehen«, sagte Cesare mit der entschiedenen Stimme eines Mannes, der keine Zeit vergeudet.

»Ich weiß nicht, was man Ihnen über mich berichtet hat, aber ich versichere Ihnen, daß ich vollkommen harmlos bin.« Er betrachtete das Mädchen im Türrahmen; sie war eher jünger und hübscher, als er vermutet hatte, doch das war völlig nebensächlich. Er würde ihr die nötige Aufmerksamkeit widmen, wie er das für jedes andere Problem dieses Tages auch tat.

»Ich sehe Sie ja an«, erwiderte Maria mit einem vorsichtigen Lächeln. Sie konnte schlecht zugeben, daß der Schreibtisch sie mehr in seinen Bann gezogen hatte als sein Besitzer. »Sie haben geläutet?« fragte sie dann sachlich.

»Ja, in der Tat«, antwortete er. »Allerdings hatte ich nicht Sie erwartet, sondern Ambrogino.«

»Er ist bei Signorina Giuseppina«, informierte sie ihn.

Das Arbeitszimmer von Cesare Boldrani war ein quadratischer Raum, der größte von allen. Die Wände waren bis unter die Decke mit Bücherregalen aus hellem Holz bedeckt, in denen ledergebundene, goldbedruckte Bände standen. Auf dem Boden lag ein riesiger, weicher, dichtgeknüpfter Teppich mit einem Muster aus weinroten und elfenbeinfarbenen Rauten.

»Treten Sie näher und nehmen Sie Platz«, forderte er sie auf und wies mit der Hand auf einen der zwei Sessel vor seinem Schreibtisch. Die Arbeitsfläche war gänzlich leer, nur das Telefon stand darauf. »Man hat mir versichert, daß Sie eine rasche Auffassungsgabe haben«, spielte er in knappen Worten auf die Auskünfte von Elisabetta Lémonnier an, »daher werde ich mich auf das Wichtigste beschränken. Ihre Bezahlung wurde geregelt?«

»Jawohl.«

»Zu Ihrer Zufriedenheit?«

»Jawohl.«

»Aber setzen Sie sich doch«, ließ er nicht locker.

»Jawohl.« Maria ließ sich auf die Kante des schwarzen Polstersessels sinken und schwieg. Sie war mehr vom Ruf dieses Mannes eingeschüchtert als von der Person, die vor ihr saß. Sie hätte nicht zu sagen vermocht, ob sie ihn für gut oder böse, für verständnisvoll oder arrogant halten sollte. Auf jeden Fall schien er aufrichtig zu sein.

»Hier leben meine Schwester und ich«, erläuterte er, »sowie die zwei Bediensteten, die Sie schon kennen. Sie sind vielleicht nicht so, wie Sie erwartet haben«, sagte er, als hätte er ihre Gedanken erraten, »aber ich wähle Menschen nicht danach aus, was sie scheinen. Ich wähle sie danach, was sie sind. Und diese beiden sind rechtschaffene, arbeitsame Leute.«

»Jawohl.«

»Meine Schwester ist herzkrank.« Sein Gesicht verdüsterte sich. »In letzter Zeit haben sich die Beschwerden verschlimmert. Wir hatten nie eine Haushälterin, weil meine Schwester sich immer um alles gekümmert hat. Der Haushalt war ihr ein und alles. Jetzt darf sie sich nicht mehr anstrengen. Ich will, daß Sie sie sehen. Auf der Stelle. Sie wird Ihnen alle notwendigen Auskünfte geben. Ich hoffe, Sie werden sich in diesem Haus wohl fühlen.«

Cesare erhob sich, und Maria, die ihm die ganze Zeit kopfnikkend zugehört hatte, tat es ihm gleich. Einen Moment standen sie sich gegenüber. Das Mädchen sah ihn vor sich stehen, aufrecht, stark, entschlossen. Er trug einen perfekt geschnittenen grauen Anzug, aus dem das blütenweiße Hemd und die blaue Krawatte hervorleuchteten. Auf der Weste hing eine glänzende Uhrkette. Cesare zog die silberne Taschenuhr hervor und schaute nach der Zeit. Die Uhr hatte ein Zifferblatt aus Email mit römischen Zahlen. In das Gehäuse war eine Figur eingraviert. Sie stellte eine weibliche Gestalt in einer Tunika dar, mit wallendem Haar und verbundenen Augen. Plötzlich erklang eine kleine Melodie, und Maria mußte unwillkürlich lächeln. »Gefällt sie Ihnen?« fragte er. Zum ersten Mal hatte sich seine Miene entspannt.

»O ja, wirklich... ich dachte...«, stotterte Maria.

»Kommen Sie«, bat er sie beinahe fröhlich und lächelte ihr zu, so daß sie seine weißen Zähne sehen konnte. Im ersten Moment war er Maria alt vorgekommen, und sie hatte überlegt, daß er mit seinen vierzig Jahren ihr Vater sein konnte. Dieses strahlende Lächeln jedoch, das seine Miene erhellte, und seine leuchtend blauen Augen verjüngten ihn sehr. Er sah ausgesprochen gut aus, und die helle Narbe auf der rechten Wange machte ihn noch anziehender, ebenso die grauen Schläfen.

Er führte sie durch den langen Korridor bis zu einer angelehnten Tür. »Was immer meine Schwester Ihnen gegenüber äußern sollte«, warnte er sie, »davon dürfen Sie sich nicht kränken lassen.«

»In Ordnung«, nickte Maria.

Er klopfte vorsichtig, wartete einen Augenblick und betrat dann, gefolgt von Maria, ein helles Zimmer, in dem alle Lampen brannten, um die Schatten des nebligen Wintermorgens zu vertreiben. Die Wände bedeckte eine nicht mehr ganz neue Tapete mit Blumenmuster. In einem großen Bett, dessen Gestell aus poliertem Messing war, saß eine zierliche Frau, den Rücken an viele Kissen gelehnt. Ihr Gesicht war durchscheinend und fein, und sie hatte tiefe Schatten unter den Augen. Sie war noch ziemlich jung, auch wenn Maria ihr genaues Alter nicht hätte nennen können. Das mochte aber an ihrer Krankheit liegen.

»Wer ist dieses Mädchen?« fragte Giuseppina argwöhnisch, bevor ihr Bruder ein Wort sagen konnte.

»Sie heißt Maria«, antwortete Cesare mit einem beruhigenden Lächeln. »Signora Elisabetta hat sie zu uns geschickt.«

»Und wozu?« Die Krankheit und die ausschließliche Beziehung zu ihrem Bruder hatten ihr eigentlich sanftes Wesen mit der Zeit mürrischer gemacht.

»Sie soll uns ein bißchen zur Hand gehen«, erwiderte Cesare und bewies sein mangelndes diplomatisches Geschick. »Natürlich nur, wenn du einverstanden bist.«

»Wenn es nach mir ginge, würde ich sofort aufstehen«, jammerte Giuseppina mit weinerlicher Stimme.

Cesare setzte sich neben sie auf das Bett und nahm ihre Hand. »Du solltest dich freuen, daß Madame Lémonnier so freundlich an uns denkt«, tadelte er sie zärtlich.

Giuseppina musterte Maria mit ihren großen Augen, in denen die Resignation vor der Krankheit abzulesen war. »Sie ist sehr jung«, bemerkte sie.

»Das ist kein Fehler«, erwiderte Cesare geduldig.

»Ob sie auch anständig ist?« Ihr früheres vertrauensvolles Wesen hatte sich durch Wohlstand und Alter gewandelt; jetzt sprach

Egoismus aus ihr, die eigenen Interessen waren ihr wichtiger als die Gefühle anderer Menschen.

»Elisabetta kennt sie gut«, hielt er dagegen, »darauf können wir uns verlassen, meinst du nicht?«

»Doch, doch«, behauptete sie, aber ihr Tonfall verriet genau das Gegenteil.

»Du brauchst Gesellschaft, Giuseppina«, versuchte er sie zu überreden. »Es ist nicht sehr unterhaltsam bei uns.«

»Aber reichen die beiden nicht?« Sie spielte auf Cecchina und Ambrogino an.

»Ein bißchen Jugend kann nicht schaden.« Keinem anderen Menschen auf der Welt hätte Cesare Boldrani soviel Zeit geopfert.

»Aber das wird teuer«, widersprach Giuseppina. Trotz des Wohlstands war der Preis für ein Kilo Brot ihr Maßstab geblieben.

»Wir können es uns leisten.«

»Glaubst du, sie wird sich einfügen?«

»Das hängt in erster Linie von dir ab.«

»Also nehmen wir sie«, entschied Giuseppina.

Äußerlich unbewegt, aber mit angespannten Nerven hatte Maria dieses Feilschen verfolgt. Jetzt seufzte sie erleichtert auf.

»Bis heute abend«, verabschiedete sich Cesare. An Maria gewandt, sagte er: »Meine Schwester hat Ihnen sicher einiges mitzuteilen. Ich lasse Sie jetzt allein.« Dann verließ er das Zimmer.

»Komm näher«, forderte Giuseppina sie auf, »setz dich her zu mir.«

»Ja, Signora«, antwortete Maria folgsam.

»Nenn mich Giuseppina«, korrigierte die Padrona sie, doch es war keine Zurechtweisung. »Sonst müßtest du Signorina sagen. Ich bin nämlich ledig, das heißt, mehr schon eine alte Jungfer.«

Sie sprach frei und natürlich, ohne die gekünstelte Kindlichkeit von vorher, als hätte sie diese Komödie nur für ihren Bruder aufgeführt. »Aber du mußt mich siezen. Es geht nicht an, daß die Schwester von Cesare Boldrani von ihrer Haushälterin geduzt wird.«

»Wie Sie wünschen, Giuseppina«, pflichtete Maria ihr bei. Sie hatte sich auf Cesares Platz neben dem Kopfkissen gesetzt.

»Wir müssen miteinander vertraut werden.« Die Stimme der Frau klang erschöpft und ihr Atem ging schwer.

»Ruhen Sie ein bißchen aus«, riet Maria und rückte ihr die Kissen zurecht.

»Ich dürfte nicht so viel sprechen, aber abgesehen von den Gebeten ist das meine einzige Abwechslung.« Etliche weiße Fäden durchzogen ihr im Nacken zusammengefaßtes Haar.

»Wir können später weitermachen.« Maria war zum ersten Mal mit einer Krankheit konfrontiert, die auch den Gedanken an den Tod einschloß. Die ungewohnte Rolle der Krankenschwester war ihr bisher erst einmal zugefallen, als sie zwei Patienten mit Mumps pflegen mußte: ihren Mann und ihren Sohn.

»Gib mir die Tropfen dort auf dem Nachttisch«, wies Giuseppina sie an und hob die magere Hand mit den schmalen Fingern. »Du mußt zehn abzählen und in Wasser auflösen.«

Maria gehorchte dienstfertig und half ihr, die Medizin einzunehmen.

»Es wird schon besser«, meinte Giuseppina, die sich zusehends erholte. »Ich habe immer das Gefühl, ein Mühlstein liegt auf meiner Brust. Diese Tropfen nehmen ihn weg und machen die Beschwerden erträglich. Zum Glück ist es nicht immer so schlimm. Aber ich höre ja gar nicht auf, dich mit meinen Sorgen zu belasten. Man merkt, daß ich nichts von meiner armen Mama gelernt habe. Sie hat uns ihr Leiden nie spüren lassen. Wahrscheinlich verändert der Wohlstand die Menschen. Aber dich interessiert das alles nicht. Wie ist es, hast du schon das ganze Haus besichtigt?«

»Noch nicht.« Maria stand hilflos vor diesem verzweifelten Mitteilungsbedürfnis.

»Dann mußt du mir beim Aufstehen helfen«, flüsterte Giuseppina verschwörerisch, »denn er ist jetzt weg, und bis Mittag sehen wir nichts von ihm. Zum Mittagessen kommt Pazienza. Du wirst ihn kennenlernen. Er ist ein ausgezeichneter Rechtsanwalt, ein talentierter junger Mann. Jetzt mußt du mir helfen«, bat sie, während sie sich erhob. »Wir besichtigen alles, und ich erkläre dir, was zu tun ist und auf welche Weise.«

6

»Wir betreiben eine Isolationspolitik und wollen autark sein, dabei haben wir nicht einmal die Luft zum Atmen«, schimpfte Cesare, während Maria den gelben Risotto auftrug. »Das genügt«, sagte er, als sie seinen Teller zur Hälfte gefüllt hatte. Im Speisezimmer duftete es nach Fleischbrühe und Safran.

»Aber wir haben den Krieg in Spanien gewonnen«, konstatierte Rechtsanwalt Mimmo Scaglia, mit Spitznamen Pazienza. Der Rechtsbeistand von Cesare Boldrani wußte nicht, wie er seine Aufmerksamkeit für das wichtige Arbeitsessen mit seinem Interesse für die attraktive junge Frau vereinbaren sollte. Die Unbekannte hatte ein frisches, hübsches Gesicht; ihr Haar war zu einem Knoten zusammengesteckt. Das leichte, schwarze Wollkleid, über dem sie eine weiße Schürze trug, zeichnete die weichen Linien ihres herausfordernden Körpers deutlich nach.

»Das ist Maria«, teilte Cesare ihm kurz und bündig mit und nahm sofort das Thema wieder auf. »Richtig, Valencia und Madrid haben sich ergeben, der Bürgerkrieg ist aus. Die Generalprobe für den nächsten Krieg war erfolgreich. Aber Spanien ist nicht die Welt. Und Ostafrika auch nicht. Mit unserer lächerlichen Waffenausstattung wären wir erbärmliche Verbündete, egal für wen.« Er füllte die Kristallgläser mit einem Barbaresco Jahrgang 1918 von Riccio, der mittlerweile sogar Lieferant des Königshauses geworden war. Die beiden Männer aßen an einem großen ovalen Tisch im Empirestil. Die Stühle, die aus der Werkstatt der Gebrüder Jacob stammten, hatten Rückenlehnen in Form von Säulen aus Ebenholz und Metall. Boldrani hielt sie für schön, weil man es ihm gesagt hatte; auf jeden Fall waren sie entsetzlich unbequem, das wußte er aus eigener Erfahrung.

»Es muß nicht unbedingt auf einen Krieg hinauslaufen«, widersprach Pazienza, der seine eigenen Ansichten hatte.

»Doch, sie werden Krieg führen«, prophezeite Cesare. Seine Stimme klang so unbeteiligt, als spreche er über eine Banalität. »Unsere Machthaber sind rigoros und erbarmungslos. Sie halten sich für den Mittelpunkt der Welt. Die Leute glauben ihnen, denn sie sind so, wie der kleine Mann gerne wäre. Sie sagen das, was die Leute hören wollen. Sie sind das männliche Prinzip, und die Masse ist das weibliche. Der Mann steht mit seinem großen Ding oben auf dem Podium, die weibliche Masse unten auf dem Platz blickt verzückt zu ihm auf, gedemütigt und befriedigt zugleich, weil er ihr Lust verschafft.«

Maria, die hin und her eilte, damit alles klappte, hatte die Zweideutigkeit des letzten Satzes erfaßt und errötete.

»Und solange diese Liebesbeziehung besteht«, dozierte der Hausherr weiter, »so lange können sie sich einigermaßen in Sicherheit wiegen. Aber wehe, wenn die Masse aufwacht und begreift, daß sie wie eine Nutte verkauft und mißbraucht worden ist. Dann wird sie sich erheben und den Mann auf dem Podium zerfetzen. Ja, mein lieber Pazienza, es wird Krieg geben, obwohl nicht einmal England daran glaubt, ja sogar zu günstigen Wirtschaftsabkommen bereit wäre.« Cesares Gast war überzeugt, daß die letzte Bemerkung auf gesicherten Informationen aus erster Hand beruhte; der Unternehmer ließ sich aber nur von seinem Instinkt leiten und den Weissagungen der Sibylle mit den hundert Leben, die er nach wie vor heimlich konsultierte, auch wenn das in Widerspruch zu seinem pragmatischen, vernünftigen Charakter stand.

»Krieg«, lenkte Pazienza das Gespräch auf sein eigenes Gebiet, »bedeutet Gruppeninteressen und Bürokratie.«

»Allerdings«, stimmte Cesare ihm zu, »denn die Unsitten der einen verstärken die Mängel der anderen.« Er kostete den Risotto mit Kennermiene, was er für gewöhnlich nicht tat. Das Gericht schmeckte anders als sonst, es war aromatischer. Ebenso fiel ihm auf, daß der Tisch mit besonderer Sorgfalt gedeckt war. »Andererseits«, kam er wieder zur Sache, »kommen wir nicht an Rom vorbei. Das Kreditwesen, der Handel, die ganze Wirtschaft – sie funktionieren nur, wenn auch das staatliche Räderwerk geschmiert wird. Und der Krieg rückt immer näher. Hitler marschiert auf Prag und schert sich nicht um Verträge. Und die Italiener vollführen arithmetische Kunststücke, bloß damit Mussolinis irrsinnige Gleichung aufgeht.«

Durch die beiden großen Fenster fiel die Sonne. Draußen ging ein stürmischer, warmer Wind, ein Bote des nahenden Frühlings. Maria räumte die Teller aus französischem Porzellan ab. Das Service aus Sèvres hatte unbenutzt in der Anrichte geschlummert.

»Ich gebe die Hoffnung nicht auf«, entgegnete Pazienza. Als Cesare von Mussolini sprach, hatte er unwillkürlich an die Trikolore mit den Rutenbündeln gefaßt, die er im Knopfloch trug. Er beneidete Boldrani, weil er zu den wenigen gehörte, die es sich erlauben konnten, das Parteiabzeichen zu verschmähen.

»Sicher«, meinte Cesare versöhnlich, »aber während die anderen nach Afrika schauen, versuchen wir, Europa und den Rest der Welt nicht aus den Augen zu verlieren. Die Politik von Crispi in Tripolis interessiert uns nicht.«

Auf einer großen Platte brachte Maria nun Hackfleischbällchen mit Kartoffelpüree, das so zart wie Schlagsahne war. Sie bewegte sich frei und selbstsicher, während sie servierte. Immer wieder kam die Sonne durch und fiel auf ein Bild aus dem 18. Jahrhundert, das Damen und Kavaliere bei einer Landpartie zeigte; oder sie spiegelte sich in einem Mahagonischränkchen, auf dem zwei bezaubernde kleine Körbe aus vergoldetem Porzellangeflecht standen. Ein paar Minuten aßen die Männer schweigend, und man hörte nur das Klappern des Silberbestecks auf den Tellern. Maria betrachtete zufrieden das Ergebnis ihrer Bemühungen. Auf der antiken englischen Anrichte, die sehr gut zu der übrigen Einrichtung paßte, thronte ein großer Strauß roter Rosen. Leider waren Vorhänge und Tapeten in einem jämmerlichen Zustand; außerdem fehlten Pflanzen und noch mehr Blumen, und die einzige Beleuchtung kam von einem Kronleuchter aus böhmischem Kristall, der völlig fehl am Platze war.

Cesare konnte davon ausgehen, daß sein treuester und klügster Mitarbeiter ihn nicht drängen würde, den wahren Grund für dieses Treffen zu enthüllen. Der Spitzname Pazienza – Geduld – kam schließlich nicht von ungefähr. Aber bevor er ihn informierte, wollte Cesare ihn noch zu einem Vorhaben befragen, das der an sich bedächtige Mimmo Scaglia seiner Meinung nach überstürzte. »Du willst also wirklich heiraten?« fragte Cesare.

Maria spitzte die Ohren: endlich sprachen sie einmal von verständlichen Dingen.

»Ich dachte, das hätte ich dir gesagt«, erwiderte er belustigt und unterließ es in seiner diplomatischen Art, Cesare daran zu erinnern, daß er ihm nicht einmal, sondern hundertmal von der bevorstehenden Hochzeit berichtet hatte.

»Wenn ich dir sage, daß du einen Fehler machst, wirst du mir vermutlich gar nicht zuhören«, unternahm Cesare noch einen Versuch.

»Völlig richtig«, bekräftigte Pazienza mit einer Entschiedenheit und Strenge, die er Cesare gegenüber sonst nicht an den Tag legte.

»Ich sage es trotzdem.« Er schenkte Wein nach.

»Das Problem ist, daß du mich nicht verstehen kannst«, begann der Rechtsanwalt zu erklären. Er sah alles andere als gut aus, und das wußte er. »Du hast alle Frauen gehabt, die dir gefielen. Du brauchst nur eine anzuschauen, und schon fällt sie dir um den Hals.« In Mimmo Scaglia vereinten sich aufgrund der verschiedenen Völkermischungen und kulturellen Einflüsse seiner Heimat Sizilien die Phantasie der Araber, die Willenskraft der Normannen und die Klugheit der Staufer in einer Person. In Mailand hatte er rasch die lombardische Tüchtigkeit angenommen. »Wenn auch mir auf den kleinsten Wink hin alle Frauen dieser Welt in die Arme sänken, dann würde ich wahrscheinlich nicht die erste heiraten, die behauptet, mich bis zum Wahnsinn zu lieben. Aber so...« Er war ehrlich.

Maria ging verwirrt in die Küche zurück; das hatte nichts mit der Nachricht zu tun, daß Rechtsanwalt Domenico Scaglia bald heiraten würde, sondern mit Cesare Boldranis Ruf als Schürzenjäger und faszinierendem Mann, der die schönsten Frauen von Mailand in seinen Armen hielt. Dieses Gerücht war ihr schon früher zu Ohren gekommen, aber wie viele Leute aus der ärmeren Schicht hatte sie die amourösen Erfolge des Bauunternehmers bislang seinem Reichtum zugeschrieben. Nun erfuhr sie, daß sie mit ihrer Annahme, Liebe sei käuflich, offensichtlich falsch lag, denn warum sonst heiratete ein so vermögender Mann wie der Rechtsanwalt Mimmo Scaglia eine Frau, nur weil sie ihm gesagt hatte:

»Ich liebe dich«? Maria betrachtete Pazienza ab diesem Augenblick mit liebevollem Mitleid und Cesare mit einer Art Scheu, die ihr eine Gänsehaut machte.

Sie fühlte, daß auch sie nicht völlig gegen die Faszination gefeit war, die von ihm ausging. Und das, dachte sie, obwohl er über vierzig ist und mein Vater sein könnte... Dennoch sah sie ihn jetzt in einem anderen Licht und stellte fest, daß von seinen blauen Augen, die je nach Beleuchtung ihren Farbton änderten, tatsächlich ein seltsamer Reiz ausging, wie auch von seiner strengen, entschlossenen Miene, die sich so schlagartig verjüngte, wenn er lachte. Aber zwischen dieser Feststellung und der Bereitschaft, ihm in die Arme zu sinken, lagen Welten.

Mit einem Teller *Canoli*, einem sizilianischen Gebäck, das sie extra für den Gast besorgt hatte, ging Maria in das Speisezimmer zurück. Dort war das Gespräch noch im Gange.

»Warum läßt du dir nicht noch ein bißchen Zeit?« schlug Cesare vor. »Im Grunde hast du sie doch erst dreimal gesehen: vor ein paar Monaten in diesem seichten Lustspiel in Neapel, dann in Cinecittà und schließlich gestern, hier in Mailand, im Teatro Dal Verme.«

»Sie ist lustig, Cesare«, schwärmte Pazienza, »sie unterhält mich. Wenn ich meine albernen Geschichten zum Besten gebe, ist sie die einzige, die darüber lacht. Das freut mich. Was kann man mehr von einer Frau verlangen?«

»Also dann heirate«, schloß Cesare resigniert. Im stillen dachte er: »Dann hol dich der Teufel.«

»Das Jawort ist schnell gesagt«, meinte Pazienza. Er nahm einen der *Canoli*, die Maria ihm anbot, und dankte ihr mit einem Lächeln. »Wie ich sehe, hast du dich meiner sizilianischen Herkunft erinnert«, fuhr er auf das Gebäck anspielend fort und sah Cesare an. »Das ist nett.«

»Nein, ich kann mir solche Dinge nicht merken«, gestand Cesare, »dafür mußt du dich bei ihr bedanken.« Er deutete auf Maria, die aus Verlegenheit beinahe über den Teppich gestolpert wäre, als Pazienza ein paar höfliche Worte an sie richtete.

»Das ist doch nicht der Rede wert«, brachte sie heraus.

»Du kommst natürlich nicht nach Neapel.« Der Anwalt wußte die Antwort schon.

»Natürlich nicht.« Damit war das Thema für Cesare erledigt. Er schlug einen völlig anderen Ton an. »In acht Tagen wirst du nach New York fahren«, informierte er ihn.

»Mit meiner Frau?« fragte Pazienza anstandshalber.

»Mit wem du willst«, erwiderte Cesare barsch, »vorausgesetzt, du fährst an diesem Tag. Ich habe bereits eine Kabine auf der *Conte di Savoia* buchen lassen.« Pazienza reiste nicht zum ersten Mal mit diesem Ozeandampfer, der als Wunderwerk des italienischen Schiffbaus galt.

»Einverstanden«, sagte er und wartete auf den zweiten und wichtigsten Teil der Unterredung. Die Überfahrt nach New York dauerte eine knappe Woche, und dieses Mal würde er den großen Saal, in dem die Bälle und Galadiners stattfanden, mit anderen Augen sehen. Allein hatte er sich dort zu Tode gelangweilt.

»Seit Jahren investieren wir in die Manhattan Central«, sprach Cesare weiter. »Jetzt ist der Zeitpunkt für eine Bestandsaufnahme gekommen. Ich will wissen, was tatsächlich im Netz hängengeblieben ist.«

»Der Fang dürfte gut sein«, erwiderte Pazienza überzeugt. »Seit William Kissam sich nach Frankreich zurückgezogen hat und Pierpont Morgan die Geschäfte weiterführt, haben sie ihre Chancen ungenutzt verstreichen lassen.«

»Die Vanderbilts«, urteilte Cesare, »leben in dem Glauben, sie könnten ihr Imperium erhalten, nur weil sie den Namen Vanderbilt tragen. Aber es gehört mehr dazu. Die anderen sind ihnen dicht auf den Fersen. Wir haben schon einen Fuß in der Tür; jetzt müssen wir ganz hineinkommen. Wir werden unseren eigenen Weg gehen, denn wir können die Köpfe in Rom nicht auswechseln. Die italienischen Truppen haben bereits Albanien besetzt. Und ich will dich wieder hier haben, bevor der große Knall kommt. Ich habe niemanden, der dich ersetzen könnte.«

Maria lauschte dem Gespräch der beiden Männer; sie verstand nicht alles, aber von verschiedenen Dingen hatte sie schon gehört. Sie war sehr aufgeregt, und manches konnte sie nicht einordnen, aber soviel hatte sie doch begriffen: der Krieg in Spanien war zu Ende (wie weit zurück lagen die phantastischen Erzählungen des überspannten Träumers Nemesio); ein neuer und schlimmerer Krieg stand vor der Tür; Pazienza heiratete; und – das verwirrte sie am meisten – ihr Arbeitgeber war ein faszinierender Mann, dessentwegen die schönsten Frauen den Kopf verloren. Um das zu erkennen, hatte der Rechtsanwalt Domenico Scaglia ihr erst die Augen öffnen müssen.

Mimmo Scaglia war durch und durch Sizilianer; er war klein, hatte gewelltes, schwarzes Haar mit einer Spur Brillantine, große, durchdringende schwarze Augen, eine bräunliche Haut und arabische Gesichtszüge. Er sprach vollkommen akzentfrei Italienisch, Französisch und Englisch. Cesare Boldrani hatte ihn ins Ausland geschickt und einen eleganten Herrn aus ihm gemacht, wozu auch die Künste seines Schneiders beitrugen, denn auf Scaglias Körper paßten Fischerhemd und zerlumpte Hosen besser als Zweireiher und Smoking. Boldrani war die Macht im Verborgenen, Mimmo Scaglia war das sichtbare Abbild dieser Macht.

Domenico Scaglia, Mimmo genannt oder auch Pazienza, stammte aus Trapani. Cesare und Giuseppina kannten ihn seit seiner Kindheit, als die beiden gleich nach dem Krieg von der Porta Ticinese in die Wohnung am Corso Buenos Aires gezogen waren. Der Junge lebte bei seiner Mutter, die einen kleinen Gemüseladen an der Ecke zur Via Melzo betrieb.

Der Spitzname Pazienza war ihm von Giuseppina verliehen worden, die gerne in dem kleinen Laden verweilte, um mit Assunta, der Mutter des kleinen Mimmo, zu plaudern. Der Junge ging noch in die Grundschule, und nachmittags fuhr er mit seinem Fahrrad die Bestellungen aus.

»Los, Mimmo, komm spielen«, riefen die Freunde oft.

»Ich kann nicht«, antwortete er in seinem sizilianischen Tonfall, den er damals noch nicht abgelegt hatte, »ich muß meiner Mutter helfen.«

»Du verpaßt aber etwas Einmaliges«, erwiderten die anderen.

»Pazienza, nur Geduld, da kann man nichts machen«, tröstete er sich.

Oder es kam vor, daß seine Mutter ihn bat: »Du mußt noch mal zu der Kundin fahren, bei der du gerade warst; ich habe die Petersilie für sie vergessen.«

»Pazienza, nur Geduld«, antwortete er dann.

Wenn Giuseppina ihn lobte, weil er gut in der Schule war und seiner Mutter im Laden half, sagte Mimmo: »Wir sind arm, Signora. Arme Leute müssen viel Geduld haben.«

Giuseppina gab ihm schließlich den Namen Pazienza, und auch Cesare, der ihn zur Zeit seiner beginnenden Karriere kennenlernte, begann ihn so zu nennen, wenn er ihm begegnete.

Mimmo Scaglia kam aus Trapani, wo sein Vater Salvatore Scaglia umgebracht worden war, bevor er gegen den Unternehmer Nicola Pennisi aussagen konnte. Es ging um zahlreiche Arbeitsunfälle, von denen drei tödlich verlaufen waren und die sich auf den Baustellen des sizilianischen Bauunternehmers ereignet hatten. Der Polier Salvatore Scaglia, Mimmos Vater, hätte über die Mängel an den Baugerüsten berichten sollen, über die hemmungslose Ausbeutung der Arbeiter zu Hungerlöhnen und die Repressalien gegen diejenigen, die zu protestieren wagten. Die mildeste Maßnahme war eine fristlose Entlassung. Und die Gewerkschaften, die den Faschisten nahestanden, wollten nicht dagegen vorgehen.

Salvator Scaglia wurde eines Abends an einer Wegbiegung nicht weit von der Stadt mit zwei tödlichen Gewehrschüssen ermordet, als er auf dem Heimweg von der Baustelle war. Dort fand ihn die Polizei und brachte seine Leiche zum gerichtsmedizinischen Institut. Assunta und Mimmo mußten den in ein Leintuch gehüllten Körper im Leichenschauhaus ansehen. Die Frau schluchzte verzweifelt, aber das Kind sagte kein Wort und weinte keine Träne.

Wenige Tage später wurde Assunta von einem entfernten Bekannten angesprochen, der ihr die beträchtliche Summe von fünfhundert Lire anbot.

»Warum?« fragte die Frau. Ihr Gesicht war von Leid und Schmerz gezeichnet. Sie war ganz in Schwarz gekleidet, ohne Hoffnung, ohne Zukunft.

»Ein gütiger Mensch«, erklärte der Mann, »hat von Ihrem Schicksal erfahren und möchte Ihnen helfen.«

»Mehr nicht?« argwöhnte die Frau, die den wahren Grund für das Angebot wohl ahnte.

»Dieser gütige Mensch findet, Sie sollten ein neues Leben anfangen. Wie sollen eine arme Witwe und ein Dreikäsehoch in einer kleinen Stadt auf einer kleinen Insel zurechtkommen? Hier, wo ein Leben keinen Schuß Pulver wert ist.«

»Und wo soll ich hin?« fragte sie fassungslos. Sie war über die engen Gassen ihres Stadtviertels noch nie hinausgekommen.

»Nach Mailand«, erwiderte der Mann mit einem Grinsen. »Dort können Sie und Ihr Sohn es weit bringen. Und wenn ich Ihnen einen Rat geben darf«, setzte er hinzu, »vergessen Sie das Unglück.«

Assunta hatte die Bedeutung der Anspielungen, der Gesten und unausgesprochenen Worte gut verstanden. Sie packte ein paar Sachen in zwei Pappkoffer, legte ihren schwarzen Schal um, nahm ihren Sohn bei der Hand und bestieg den Zug, der sie in die große Stadt am oberen Ende des Stiefels bringen sollte. Sie reisten einen Tag und eine Nacht, und am folgenden Tag erreichten sie Mailand, wo eine Menschenmenge den Radsportler Girardengo feierte, den Sieger des Giro d'Italia.

Der Junge erfuhr von ihr nie den wahren Grund für diesen Umzug. Assunta verlor auch nie ein Wort über die verdächtigen Umstände beim Tod ihres Mannes; aber in Mimmos Gedächtnis hatte sich der Name Nicola Pennisi unauslöschlich eingegraben.

Am Bahnhof wurde die Witwe Assunta Scaglia vom Freund eines Freundes aus Trapani in Empfang genommen. Offensichtlich wollte der gütige Mensch, der sich ihrer angenommen hatte, sichergehen, daß das Geld auch sinnvoll angelegt wurde. Für zwei Drittel der Summe überließ der Unbekannte ihr die Schlüssel zu dem Gemüseladen am Corso Buenos Aires.

Assunta war von Natur aus kein fröhlicher Mensch, und sie hatte auch jetzt keinen objektiven Grund zur Heiterkeit, daher war die verschlossene Miene bei ihr an der Tagesordnung. Auch beim Sprechen beschränkte sie sich auf das Notwendigste.

Mailand war nicht Trapani, aber auch hier gab es erschreckend viele Analphabeten. Ein Lehrer, der im selben Block wohnte und bei Assunta einkaufte, hatte ihr klargemacht, daß Mimmo ein aufgewecktes Kind war und in die Schule gehen mußte, wenn etwas aus ihm werden sollte. Also schickte Assunta ihn widerwillig zur Schule. Mimmo besaß wirklich einen wachen Verstand und absolvierte innerhalb von zwei Jahren die vier Schuljahre der Grundschule mit hervorragenden Zensuren. Er schien zum Lernen geboren zu sein, und der Lehrer redete auf Assunta ein, daß es sträflich wäre, ihn von der Schule zu nehmen und arbeiten zu lassen. Auch die Mittelschule war nicht angemessen, am besten sollte er ein Gymnasium besuchen. Bei Gymnasium fiel Assunta ein teures Internat ein, das von Söhnen aus reichem Hause in eleganten, blauen Uniformen besucht wurde. Wie sollte sie das Schulgeld aufbringen? Mimmo fand eine Lösung. Wenn die weltliche Gesellschaft die Türen ihrer Bildung vor ihm verschloß, warum konnte er sich dann nicht an die Kirche wenden? Die Kirche bot ihm eine kostenlose Möglichkeit, etwas aus seinen Fähigkeiten zu machen.

»Mama, ich werde in ein Priesterseminar eintreten«, teilte er ihr mit. Sein Entschluß stand fest.

Assunta hatte bisher bei ihrem Sohn keine Anzeichen für eine besondere Frömmigkeit oder eine Berufung wahrgenommen. Die Intelligenz des Jungen, sein Fleiß und seine Opferbereitschaft verschafften ihm jedoch Zugang zum Seminar von Venegono. Er bestand das Abitur mit der Bestnote und erhielt ein feierliches Lob. Anschließend wurde er im Seminar theologisch ausgebildet, aber er hatte die außergewöhnliche Erlaubnis bekommen, gleichzeitig an der katholischen Universität Mailand Jura zu studieren.

Cesare und Giuseppina Boldrani hatten den Jungen nie aus den Augen verloren. Trotz seines kometenhaften Aufstiegs nahm sich der Mann in seinem neuen Haus am Foro Bonaparte immer wieder Zeit für lange Gespräche mit Pazienza. Der Unternehmer hatte sich nie gefragt, aus welchen Gründen Pazienza die kirchliche Laufbahn eingeschlagen haben mochte; er war von einer echten Berufung ausgegangen.

Als schließlich der Zeitpunkt von Mimmos Priesterweihe gekommen war, vertraute der junge Mann ihm die Wahrheit an: »Ich wollte niemals Priester werden, ich wollte nur studieren.«

Cesare Boldrani sah ihn streng an. »Du hast dich schuldig gemacht«, hielt er ihm vor. »Mit der Religion treibt man keinen Scherz, die Kirche ist eine ernste Sache.«

»Das weiß ich doch.« Der Junge blickte ihn mit seinen dunklen Augen zerknirscht an.

»Du hättest mit mir darüber sprechen sollen«, sagte Cesare.

»Ich habe den Weg gewählt, der mir damals am einfachsten schien«, gestand er ganz offen. »Und nun?«

»Nun was?« gab Cesare zurück.

»Gib mir einen Rat«, bettelte er mit einem Ausdruck von Verzweiflung und Schlauheit in seinem arabischen Gesicht.

»Ehrlich währt am längsten«, antwortete Cesare.

»Wie?«

»Sprich mit deinem Bischof«, schlug er vor.

»Da müßte ich beim Direktor des Seminars einen Antrag stellen.«

»Dann stellst du einen Antrag.«

»Er wird mich nach dem Grund fragen. Er wird ihn ablehnen.«

»Du stellst ihn trotzdem.«

»Sie glauben, der Bischof...«

»Du sollst deinen Antrag stellen und auf Gott vertrauen. Das wirst du in all den Jahren im Seminar doch gelernt haben«, schloß Cesare.

Domenico Scaglia bat seinen Superior um die Erlaubnis für eine Unterredung mit Seiner Exzellenz, dem Bischof, die man ihm nach einer angemessenen Frist gewährte. Niemand erfuhr, was letztlich eine Stunde lang besprochen wurde zwischen Domenico Scaglia, Sohn eines armen, von der Mafia ermordeten Zimmermanns, und Seiner Exzellenz, dem Ehrwürdigen Bischof, der dem ältesten lombardischen Adel entstammte. Zweifellos erkannte der hohe Prälat die Qualitäten des vor ihm erschienenen jungen Mannes und verstand auch die Gründe seines Handelns.

Die einzige offizielle Verlautbarung erhielt der verblüffte Superior von Mimmos Seminar, als sich nach sechzig Minuten die Tür des bischöflichen Gemachs öffnete und sein Zögling niederkniete, um den Ring zu küssen.

»Unser Sohn«, sagte der Prälat zu ihm, »verläßt noch heute das Seminar.«

»Ja, Exzellenz«, schnappte der Priester nach Luft wie ein Fisch auf dem Trockenen.

»Er wird in das weltliche Leben hinausgehen«, fuhr der Bischof fort, »seine Berufung ist zu schwach, als daß er ein guter Hirte sein könnte. Er ist jedoch ein gläubiger Mensch, und sein Verstand und seine Redegewandtheit werden einen guten Juristen aus ihm machen. Eine höchst schätzenswerte Persönlichkeit, ein guter Christ und großer Gönner unserer Kirche, wird seine Ausbildung übernehmen.«

Am nächsten Tag begab sich der Sohn von Salvatore Scaglia, den einer von Nicola Pennisis Killern mit dem Gewehr erschossen hatte, zum Foro Bonaparte, wo Cesare Boldrani ihn bereits erwartete.

»Von nun an arbeitest du für mich«, bestätigte er und reichte ihm die Hand.

Pazienza nahm das Angebot gerne an und gab offen und ehrlich über alles Auskunft. Cesare Boldrani fragte ihn allerdings nie nach Nicola Pennisi, und der junge Mann war froh, ihm nicht die Wahrheit gestehen zu müssen – die Wahrheit, daß er eine tiefe Kränkung mit sich herumtrug, ein entsetzliches Gefühl der Beklemmung, von dem ihn nur die Blutrache befreien konnte.

7

Vera wirkte seit Marias »Verrat« gealtert und schwermütig. Sie war verbittert und lebte ausschließlich für den kleinen Giulio, an dem sie fast krankhaft hing. Wenn die Tochter sie besuchte und das Kind, nachdem es eine Weile auf Marias Arm gewesen war, seine Händchen nach der Großmutter ausstreckte, die im Grunde ja seine Mutter war, fühlte Vera sich wie im siebten Himmel.

»Komm zur Nonna, mein Kind«, sagte sie liebevoll und riß es förmlich aus den Armen ihrer Tochter.

Auch an diesem Tag brachte Maria Geld und leckere Sachen in

ihr altes Zuhause mit, aber Vera ließen die großzügigen Geschenke kalt; sie machte ihr bittere Vorwürfe.

»Und ich soll wohl noch stolz darauf sein«, klagte sie, »daß ich eine Tochter großgezogen habe, die ihren Ehemann sitzenläßt und Dienstmagd wird. Die Reichen«, verkündete sie, »sind alle gleich, angefangen mit dem, der deinen armen Papa unter die Erde gebracht hat. Sie sind auf der Welt, um den Armen Schaden zuzufügen. Und du dienst ihnen und betest sie an.«

Maria wollte antworten, daß es fast unmöglich war, völlig unabhängig zu sein. Man mußte sich entscheiden zwischen der Arbeit im biblischen Sinne, die ein Fluch ist, und der Arbeit, die man akzeptierte und die deshalb keine Zwangsarbeit war. In ihrer neuen Funktion fühlte sie sich wohl, und sie war überzeugt, daß dieser Weg sie noch weit voranbringen konnte. Von Nemesio hatte sie das Träumen gelernt, aber ihre Träume waren fest im Boden verankert; sie träumte nur von erreichbaren Dingen.

»Ich verdiene gut«, versuchte sie eine Rechtfertigung, »und man respektiert mich. Du hast recht, es war ein Fehler, daß ich von dir weggegangen bin, aber ich kann nichts rückgängig machen. Und außerdem würde es dann das Kind nicht geben.«

»Laß dieses arme Wurm aus dem Spiel.« Vera drückte es so fest an sich, daß es schrie. »Sich mit einem Hanswurst einzulassen! Nach allem, was ich für dich getan habe.« Dieser Gedanke war geradezu eine fixe Idee geworden.

»Ich gehe dann wieder.« Maria gab dem Kind einen Kuß, verabschiedete sich von ihrer Mutter und trat hinaus in die Sonne dieses warmen Frühlingstages. Sie atmete den frischen Duft ein und war genauso freudig erregt wie vor vielen Jahren, wenn die Schule endlich aus war. Ihr Sohn war gut aufgehoben, denn Vera erfüllte ihre Mission als Großmutter mit Stolz und zog »das arme Wurm« auf, wie es nicht besser sein konnte. Von Nemesio, der ihr anfangs noch täglich glühende Briefe geschrieben hatte, war seit über einem Monat gar nichts mehr zu hören. Keine Nachricht, gute Nachricht, tröstete sie sich und machte sich fröhlich auf den Weg zum Hause Boldrani.

»Kommen Sie, nehmen Sie Ihre Arznei«, redete Maria begütigend auf Giuseppina ein.

»Diese Tropfen sind gallenbitter«, widersetzte sich Giuseppina und zog eine Grimasse; dann trank sie aber doch.

»Den Teufel muß man mit Beelzebub austreiben«, zitierte Maria und stellte das Glas beiseite. »Sie ruhen jetzt aus, und ich mache rasch ein bißchen Ordnung«, fuhr sie geschäftig fort.

»Der Teufel«, flüsterte Giuseppina.

»Was haben Sie gesagt?« fragte Maria besorgt, als sie das entsetzte Gesicht der Frau bemerkte.

»Ach, nichts«, log Giuseppina. In ihren Augen spiegelte sich eine ferne Erinnerung. Die Sonne schien freundlich in das helle Zimmer.

»Sehen Sie nur, wie hübsch es hier ist«, ermunterte Maria sie.

Die Sonne und der Duft des Frühlings, den Giuseppina früher so geliebt hatte, verstärkten inzwischen nur die Angst vor der Dunkelheit, die ihr bevorstand. Ihre Beschwerden wurden immer heftiger, die Schmerzen kamen mit erschreckender Häufigkeit. Die bläulichen Lippen zeigten, daß das Blut nur unregelmäßig und langsam zirkulierte; meistens war der schwache Puls kaum zu spüren, dann wieder raste ihr Herz, daß ihr endlose Augenblicke lang der Atem stockte. Und der unsichtbare Mühlstein lastete ständig auf ihrer Brust.

Wäre nicht die Angst vor der Dunkelheit gewesen, die sie mehr als alles andere auf der Welt fürchtete, hätte die Vorstellung des Todes, dessen Nähe sie ahnte, sie nicht so bedrückt. Wenn sie an das ewige Leben dachte, das ihre Mutter Elvira und der gute Don Oreste – der mit siebzig Jahren wie ein Heiliger aus der Welt gegangen war – ihr immer versprochen hatten, dann löste sich das Dunkel auf, und die Aussicht, zu Elvira zu gelangen, erfüllte sie mit Zuversicht. Die ganzen Jahre über hatte sie nur für ihren Bruder gesorgt und auf diesen Augenblick gewartet. Sie war in Frieden mit Gott.

»Sehen Sie, daß ich recht habe?« unterbrach Maria ihre Gedanken, als sie sah, daß der leidende Ausdruck einer heiteren Ruhe gewichen war.

»Du hast immer recht«, bestätigte ihr Giuseppina. Diese Jugend, die ihr Zimmer erfüllte wie Sonne und frische Luft, war ein Stück Leben und ließ den Tod weniger grausam erscheinen. Sie schlief sanft ein und versank im Nebel der Vergangenheit, einem Nebel wie goldener Dunst im Sonnenlicht. Die Erinnerung an die in ihrer Mädchenzeit erlittene Schmach und an den Täter stieg in ihr auf; dann sah sie ihren guten, starken Vater vor sich; ihre liebevolle, an den Strapazen zerbrochene Mutter; die Geschwister, die die Spanische Grippe hinweggerafft hatte. Im Halbschlaf las sie in den magnetischen Augen des Priesters von Rattanà, der ihr Leid und ihr Blut gesehen hatte, die Prophezeiung des Racheengels. Er würde den lüsternen Teufel umbringen, der sie geschändet hatte. Dann trat die Gestalt des heiligen Georg mit dem Drachen in ihrem Traum auf. Der Heilige sah aus wie Cesare, aber der Drache hatte das Geiergesicht und die Wolfszähne des lüsternen Teufels, dem ihre Mädchenträume und ihre Ehre zum Opfer gefallen waren. Wie in einem Spiegelkabinett verwandelten sich plötzlich die Figuren: der Teufel war der heilige Georg und der heilige Georg der Teufel, so daß die Kranke nicht mehr wußte, welches der Dämon war.

»Giuseppina«, rief Marias besorgte Stimme, »antworten Sie mir! Geht es Ihnen nicht gut?« Das Mädchen hatte sich über sie gebeugt, da die Frau den Kopf hin und her drehte, schwer atmete und unzusammenhängendes Zeug faselte.

»Es ist nichts«, murmelte Giuseppina, als sie wieder zu sich kam, »ich habe nur geträumt.« Sie öffnete die Augen, sah den hellen Sonnenschein im Zimmer und lächelte. Ihr Atem ging wieder normal, und die Schmerzen ließen nach.

»Hier kommt Ihr Mittagessen«, sagte Maria.

»Was gibt es?« Ihre Augen suchten das Tablett, auf dem vermutlich die gleichen Dinge wie immer standen.

»Nudelsuppe und gekochtes Hühnerfleisch«, bestätigte Maria ihre Befürchtungen.

Die Kranke richtete sich unerwartet energisch im Bett auf. »Ich bin diesen Fraß leid«, schimpfte sie, »ich will eine anständige Polenta.«

»Aber Giuseppina.« Maria wollte sich mit den strengen ärztlichen Vorschriften herausreden.

»Hör mir auf mit dem Arzt und seinem Blödsinn«, rief sie aus. »Ich habe Polenta gesagt und meine Polenta. Denn weißt du, Maria«, erklärte sie, »wir sind früher sehr arm gewesen. Wir sind mit Polenta aufgezogen worden.«

Maria begriff, daß sie ihr den Gefallen tun mußte, und binnen einer Stunde hatte Cecchina eine Polenta zubereitet.

»Sieht wirklich gut aus«, lobte Giuseppina, »und wie sie duftet.« Aber kaum hatte sie die Gabel zum Mund geführt, ließ sie erschöpft den Arm sinken. »Sie schmeckt anders. Sie schmeckt nicht mehr wie früher. Aber vielleicht habe auch ich mich geändert«, gab sie schließlich zu.

Maria war seit einem Monat im Haus, und Giuseppina mochte sie nicht mehr missen. Sie mußte immer in ihrer Nähe bleiben, und Giuseppina sprach mit ihr, als redete sie mit sich selbst. Maria hatte die einfachen Regeln gelernt, nach denen der Haushalt funktionierte, sie hatte alles im Griff und verschönerte Schritt für Schritt die einzelnen Zimmer. Nur in Cesares Anwesenheit war sie ein bißchen gehemmt, weil er sie verunsicherte.

»Heute müssen die Postanweisungen aufgegeben werden«, sagte Giuseppina, die vom Bett aus die neue Haushälterin in ihre Pflichten einführte. »In der oberen linken Schublade meiner Kommode«, wies sie Maria an, »liegt die Liste mit den Empfängern. Ja, die ist es. Jetzt setz dich an den Schreibtisch.«

»Ich?« Maria war erfreut und erschrocken zugleich, da diese Aufgabe ihre sonstigen Kompetenzen weit überstieg.

»Das wirst du auch tun müssen, wenn ich einmal nicht mehr da bin«, ermahnte Giuseppina sie. »Es muß jeden Monat am siebenundzwanzigsten erledigt werden.«

Maria machte sich ans Werk. Sie mußte die Formulare ausfüllen, nur der Betrag blieb offen. Den setzte der Hausherr später ein. Bei ihrer Arbeit entdeckte Maria, daß Cesare jeden Monat Geld an Kirchengemeinden, Altersheime, Krankenhäuser, Waisenhäuser und Einzelpersonen überwies. Auf der Liste der Empfänger stolperte Maria über einen Namen: Memore Lovati.

»Memore, was für ein komischer Name«, sagte sie zu der Kranken.

»Hinter diesem Namen, der dir so komisch vorkommt, steckt eine Geschichte, die du noch nicht kennst. Wenn du willst, erzähle ich sie dir«, bot Giuseppina an.

Interessiert lauschte Maria der von Giuseppina mit schwacher, aber deutlicher Stimme vorgetragenen Geschichte der kleinen Memore, die sie in den Sommer des Jahres 1914 zurückversetzte. Cesare war noch ein Junge und hatte kaum den Schock über seine Entlassung aus der Grammophonfabrik überwunden; Maria sah ihn an jenem Abend vor sich, wie er bei Sonnenuntergang vor der *Osteria della Noce* stand, bei der Pergola mit den Marmortischen. Memore trat auf, die damals knapp acht Jahre alt war, ein wohlgenährtes Kind mit kurzem schwarzem Haar und Pony. Schwalben schossen durch den Abendhimmel, und kleine Fledermäuse, die aus einem Loch im Dachgestühl der Osteria kamen, flatterten im Zick-Zack-Flug durch die Luft. Auch wenn sie ihm nicht helfen konnte, drängte es Cesare, der kleinen Memore von seinem Mißgeschick zu berichten, daß man ihm nämlich das Fabriktor vor der Nase zugeschlagen hatte. Mit den Erwachsenen wollte er nicht sprechen, deshalb vertraute er sein Geheimnis dem fremden, kleinen Mädchen an. Sie hatte eine Puppe auf dem Schoß, die sie ihm entgegenstreckte, damit er sie besser sehen konnte. »Das ist Gisella«, sagte sie und wollte mit ihm spielen, aber er lehnte ab, weil er heimgehen mußte. Daraufhin drehte sich das Mädchen auf dem Absatz um und ließ ihn ohne ein Wort des Grußes einfach stehen, um hinter dem verwaschenen roten Vorhang der Osteria zu verschwinden. Cesare war ihr nicht böse gewesen, denn verwöhnte Kinder reicher Eltern benahmen sich nun einmal so, aber die kekken Stirnfransen über den forschenden dunklen Augen hatten es ihm trotzdem angetan. Kaum hatte er sich auf den Weg gemacht, zupfte ihn jemand am Ärmel. Es war Memore. »Da, nimm«, sagte sie und hielt ihm einen großen Laib duftendes Brot hin. »Das ist aber ein schönes Geschenk«, bedankte sich Cesare. »Wir haben so viele«, wehrte das Mädchen ab. »Ich heiße Cesare«, hatte er gesagt, »und ich werde mich immer an dich erinnern.«

»Die Jahre vergingen«, erzählte Giuseppina weiter, »und Cesare hatte es in seiner Karriere schon weit gebracht. Eines Tages kam ein Freund aus Kindertagen zu uns, der Weinhändler ist und den wir Riccio nennen. Er fragt: Cesare, erinnerst du dich an die *Osteria della Noce*? – Natürlich, sagt mein Bruder. – Ja, sagt er, ich werde sie nämlich kaufen. – Was, du kaufst sie? will mein Bruder wissen. – So ist es, sagt Riccio. Der Wirt ist gestorben, und seine Frau und die Tochter verstehen nichts vom Geschäft. Ich bekomme den Laden für ein Butterbrot, erzählt er erfreut. – Du bekommst das Lokal für den Preis, den ich bestimme, sagt Cesare. Er läßt alles stehen und liegen, nimmt das Auto und fährt mit seinem Freund zur Porta Ticinese. Dort trifft er Memore, die unterdessen eine junge Frau geworden ist. Sie erkennen sich gleich wieder. Schnell setzt er den Preis fest und erklärt Riccio, wieviel das Lokal wert ist. Riccio ist zwar mit allen Wassern gewaschen, aber er ist auch fair. Deshalb war er sofort einverstanden. Cesare schickt dem Mädchen jeden Monat eine Unterstützung, und sie schenkt ihm jedes Jahr zu Weihnachten Bettwäsche, die sie selbst bestickt hat. Sie ist nicht verheiratet; sie lebt bei ihrer Mutter und ist Stickerin.«

»Signor Cesare ist ein guter Mensch«, sagte Maria gerührt. Auch sie hätte in Notzeiten gerne einen Cesare Boldrani gehabt, der ihr beistand.

»Ja, er ist ein guter Mensch«, bestätigte Giuseppina, »aber ob er das immer ist, weiß Gott allein. Wenn jemand seine Hilfe braucht, steht er ihm bei. Wenn jemand ihm einen Gefallen tut, zeigt er sich erkenntlich. Er vergißt nicht, was man für ihn getan hat. Nur vergißt er leider auch nicht, wenn er von jemandem gekränkt worden ist, und das möge Gott ihm verzeihen.«

8

»Anwalt Pazienza fährt nach Neapel, um zu heiraten«, teilte Ambrogino ihr mit. »Sie werden nicht erraten, wen er heiratet«, fügte er hinzu, empört und geheimnistuerisch zugleich.

»Wen denn?« Maria tat überrascht.

»Eine Katastrophe«, fuhr Cecchina dazwischen, die nur auf eine Gelegenheit gewartet hatte. »Es gibt keinen Anstand mehr auf der Welt.«

»Stellen Sie sich vor«, wisperte Ambrogino ihr verschwörerisch zu, »Signor Cesare hat beim teuersten Juwelier von Mailand, bei Cusi, ein Brillantkollier für die Braut bestellt. Der reine Wahnsinn!«

»Rosetta«, drängte Cecchina sich dazwischen, »also das Zimmermädchen von Madame Lémonnier, die hat mir gesagt, daß auch ihre Signora mit Anwalt Pazienza zur Hochzeit fährt. Sie reisen mit dem Schlafwagen. Es könnte sein, ich sage, es könnte sein«, wiederholte sie zur Bekräftigung, »daß Madame Lémonnier den Blumenschmuck für die Kirche spendiert hat. Und wißt ihr, wo sie nachher wohnen? In dem kleinen Palazzo von Anwalt Pazienza in der Via Besana.«

Der kleine Palazzo in der Via Besana war in Wirklichkeit eine elegante Villa aus dem vergangenen Jahrhundert und gehörte Cesare Boldrani. Sie lag ganz in der Nähe des Gerichts und war ein Teil der Ausstattung für Rechtsanwalt Domenico Scaglia, die nach Meinung des Unternehmers angesichts der besonderen Stellung seines engsten Vertrauten unerläßlich war. Nach seinem Prädikatsexamen mit einer Arbeit über kirchenrechtliche Fragen, der Lehrzeit in einer renommierten Kanzlei und der bestandenen Anwaltsprüfung standen Pazienza alle Statussymbole zur Verfügung, auf die Cesare Boldrani für sich verzichten konnte: ein Auto vom Typ Isotta Fraschini, ein Kammerdiener, eine Köchin, ein Zimmermädchen, ein fester Tisch im teuersten Lokal von Mailand, eine Loge in der Scala, Dauerkarten für das Stadion und die Pferderennbahn.

Er war autorisiert, in fürstlichem Luxus zu leben, und hatte gelernt, die Macht, die ihm aus diesem Reichtum erwuchs, so einzusetzen, daß er auch die letzten Einzelheiten über das Leben derer erfuhr, die jemals in geschäftliche Beziehungen zu Cesare Boldrani traten. Er war Boldranis Außenminister und Chef seines Geheimdienstes. Rechtsanwalt Domenico Scaglia hatte mit der ihm eigenen Geduld ein unschätzbares Archiv zusammengetragen, dessen umfangreiche Dokumentation zahlreiche Unternehmer, Bankiers und sogar Politiker in die Klemme bringen konnte.

»Fährt Signor Cesare auch nach Neapel?« fragte Maria.

»Aber nein«, erwiderte Ambrogino sofort. »Wie können Sie so etwas annehmen?«

»Der Signor soll wegfahren?« stimmte Cecchina ein.

»Das wäre noch schöner«, sagte der Diener ironisch. »Signor Cesare hat in seinem ganzen Leben noch keine Reise gemacht. Nur einmal, beim Militär, ist er in Udine gewesen.«

»Du hast doch keine Ahnung«, fiel Cecchina über ihn her, »du vergißt alles. Weißt du nicht mehr, daß er mit Signorina Giuseppina in San Remo war, als sie ihren ersten Herzanfall hatte?«

»Richtig«, gab Ambrogino zu, »der Doktor hat ihr zu einer Luftveränderung geraten, sie sollte an die Riviera. Signor Cesare hat sie dorthin gebracht und hat ihr eine wunderschöne Villa gekauft. Seither ist er nicht mehr verreist.«

»Aber die Seeluft«, redete Cecchina dazwischen, »hat der Signorina richtig gut getan. Jetzt reist Anwalt Pazienza für ihn.«

»Denken Sie nur, Signora Maria«, ereiferte sich Ambrogino, »manchmal nimmt der Anwalt sogar ein Flugzeug. Kaum zu glauben, nicht? Er fliegt!« rief er und ahmte auf lächerliche Weise einen Vogel nach. »Der ist wirklich verrückt.«

»Freilich ist er verrückt«, sagte Cecchina, »sonst würde er so eine nicht heiraten.«

»Aber in drei Teufels Namen«, verlor Maria die Geduld, »wen heiratet er denn?«

»Das wissen Sie nicht?« wunderte sich Cecchina. Mit gesenkter Stimme und noch verdrehteren Augen als sonst sagte sie: »Eine Kokotte.« Sie schlug sich die Hände vors Gesicht.

»Doch keine Kokotte«, berichtigte Ambrogino sie. »Er heiratet eine Sängerin aus dem Tingeltangel. Eine, die ganz angemalt auf der Bühne steht und sich nicht darum kümmert, wie wenig sie anhat. Und dabei wollte er einmal Priester werden!«

»So sind die verhinderten Pfaffen«, setzte Cecchina noch eins drauf, »es gibt eben keinen Anstand mehr.«

Die Klingel neben der Anrichte krächzte, und das rote Lämpchen von Signora Giuseppinas Zimmer leuchtete auf. Maria verließ eilig die Küche, während die beiden alten Bediensteten, die an der bevorstehenden Hochzeit von Anwalt Pazienza großen Anteil nahmen, weiter diskutierten.

»Hier sind zwei Dinge«, eröffnete ihr die Kranke. »Eins ist für dich, eins für Pazienza.«

»Für mich?« staunte das Mädchen.

»Eigentlich ist es für deinen Sohn.« Giuseppina hielt ihr einen glänzenden Gegenstand hin. »Das ist eine echte Goldmünze. Es ist ja nicht viel, aber es kann ihm einmal nützen.«

»Das wäre aber nicht nötig gewesen«, sagte Maria aufrichtig. Sie hatte Giuseppina von ihrem Schicksal erzählt, und die Frau wußte fast alles über sie. Giuseppina hatte keinen Neid empfunden, denn dieses Gefühl war ihr fremd, aber sie hatte sich von der Geschichte mitreißen lassen. Vielleicht erkannte sie in dieser romantischen Affäre ihr eigenes unerfülltes Verlangen nach Liebe.

»Du mußt an die Zukunft denken«, mahnte sie. »Es liegt noch so vieles vor dir. Ich dagegen habe schon alles hinter mir.«

»Aber was reden Sie da«, schimpfte Maria sie freundlich.

»Du bist sehr großherzig«, lobte Giuseppina sie. »Dein Mann ist auch ein ehrlicher Mensch. Er ist wie der Wind, er ist ein Zigeuner. Du bist eine Mailänderin, du bist wie die Erde.« Das war treffend auf den Punkt gebracht und half Maria, die vorläufige Trennung von ihrem Mann zu rechtfertigen. Einen Moment hatte der Wind die Erde gestreichelt, und die Erde war erschauert. »Der Wind weht immer weiter«, sagte Giuseppina, »er hat kein Ziel. Die Erde bleibt, wo sie ist, und nährt ihre Wurzeln.«

»Ich danke Ihnen.« Mit diesen Worten steckte Maria die Münze ein, die für sie eher ein Talisman und ein Zeichen von Zuneigung war als ein Wertgegenstand.

»Und das hier ist mein Hochzeitsgeschenk für Pazienza.« Sie gab ihr ein Paket, das mit Goldfaden verschnürt war. »Bring es bitte noch vor seiner Abreise in die Via Besana.«

»In einer Stunde liegt es vor ihm«, sagte Maria und machte Anstalten aufzubrechen.

»Nein, geh noch nicht«, bat Giuseppina nachdrücklich, »setz dich noch ein bißchen zu mir.« Ihre Hände spielten mit der Bettdecke. »Er ist ein guter Kerl, unser Pazienza. Er hat sich immer bewährt. Und nun, mit dreißig, macht er solche Dummheiten.«

»Auch mir kommt er sehr besonnen vor«, entgegnete Maria lediglich, die sich bei diesem Thema aus gutem Grund zurückhielt.

»Das ist keine Frage«, pflichtete Giuseppina ihr bei. »Mich würde nur interessieren, warum ein so ernsthafter, nüchterner und vernünftiger junger Mann... Auch wenn er das Pech hatte, in Sizilien auf die Welt zu kommen«, erwog sie mit der nicht auszurottenden Überheblichkeit der alten Mailänder gegenüber dem Süden, »so ist er doch bei uns aufgewachsen. Er spricht dieselbe Sprache wie wir, er hat dieselben Qualitäten. Und dann heiratet er eine Neapolitanerin mit dem Namen Rosa Esposito. Eine Schauspielerin. Wenn es wenigstens Eleonora Duse wäre. Aber sie ist bloß eine bessere Statistin, die ohne ihn niemals in bestimmte Kreise vordringen könnte.«

»Wenn sie sich lieben«, meinte Maria salomonisch. Sie fühlte sich solidarisch mit jemandem, der den gleichen Fehler beging wie sie selbst. Auch sie hatte jemanden aus dem Süden geheiratet, wenngleich Modena nicht ganz so weit war wie Neapel, aber auf jeden Fall lag es südlich des Pos.

»Armer Pazienza«, bedauerte Giuseppina ihn, »Gott sei mit ihm. Als er sich gestern von mir verabschiedete, hatte er Tränen in den Augen. Ich habe ihn gefragt: Glaubst du, daß du das Richtige tust? Ich habe dich aufwachsen sehen; du bist ein erfolgreicher junger Mann. In Mailand hättest du so viele gute Partien machen können. – Und er: Du wirst sehen, Giuseppina, daß sie dir gefällt. Meine Rosa ist herzensgut. – Nachdem er weg war, hat mein Bruder gemeint, daß wir uns mit ihr abfinden müssen, wenn sie Pazienza gefällt. Aber ich kenne meinen Bruder, Maria. Er ist nicht überzeugt.«

»Es gibt trotzdem eine schöne Hochzeit«, urteilte Maria optimistisch. »Anwalt Pazienza ist reich. Und mit genügend Geld kann man vieles ausgleichen.« Die von Giuseppina skizzierten Ereignisse klangen für sie wie das Märchen von der Tänzerin, die einen Prinzen heiratet, und das war nicht zu vergleichen mit dem häßlichen Ende des Märchens von der Modistin und dem Gaukler.

»Du denkst an deinen Mann, nicht wahr?« sagte Giuseppina unvermittelt.

»Ja«, gestand Giuseppina betrübt.

»Du hast einen Windhund geheiratet. An seinem Wesen hätte auch viel Geld nichts geändert. Und du wärst genauso unglücklich.«

»So ist es eben. Ich will lieber an die Zukunft denken«, wurde sie rasch wieder zuversichtlich.

»Das klingt vernünftig.« Giuseppina winkte sie näher heran. »Paziena und seine Frau gehen nach Amerika auf Hochzeitsreise. Sie fahren mit einem Ozeandampfer. Er verbindet die Flitterwochen mit einigen Geschäften, die er dort für meinen Bruder zu erledigen hat. Wenn er zurückkehrt, bin ich möglicherweise nicht mehr unter euch.«

»Aber wie können Sie so etwas sagen«, schimpfte Maria lachend, um sie aufzumuntern und die Todesgedanken zu verscheuchen.

»Vielleicht behalte ich recht«, widersprach Giuseppina. »Wenn mein Bruder das Paar zu uns einlädt, mußt du dafür sorgen, daß es ein mustergültiges Essen wird. Du mußt meine Stelle einnehmen. Mittlerweile kennst du das Haus und unsere Gepflogenheiten, vor allem die von Signor Cesare.« Zum ersten Mal nannte sie ihn so.

»Aber es geht Ihnen doch gut«, sagte Maria. »Und mit der schönen Jahreszeit wird es Ihnen noch besser gehen. Sie werden die Gäste selbst empfangen. Ich bin nur ein armes Ding, das sich bei den Boldranis als Haushälterin aufspielt.«

»Nein, nein, du wirst mich ersetzen«, behauptete Giuseppina unbeirrt. »Du hast das Zeug dazu, du bist aus dem richtigen Holz geschnitzt.«

In dieser Nacht starb Giuseppina. Als Maria sie morgens fand, lehnte sie mit geschlossenen Augen im Kissen. Ihr Gesichtsausdruck war friedlich, als ob sie aus einem schönen Traum nicht mehr aufgewacht sei. Sie wurde auf dem Friedhof von Caravaggio im Familiengrab beigesetzt, das größer und prunkvoller war als das Grabmal, das sich die Familie Casati vor vielen Jahren hatte errichten lassen.

9

»Und du willst mir allen Ernstes etwas von Management erzählen?« spottete Cesare und dämpfte die Begeisterung seines Gesprächspartners.

»Das sind seriöse Untersuchungen«, verteidigte sich Pazienza, der voll Enthusiasmus aus den Vereinigten Staaten zurückgekommen war. Er steckte sich eine amerikanische Zigarette an, und ein ausgesprochen aromatischer Geruch verbreitete sich.

»Viel zu stark«, mäkelte Cesare und griff nach seiner Lieblingsmarke Macedonia mit dem goldenen Mundstück. »Die taugen nur für Amerikaner, genau wie die Vorträge über Management.« Er saß in einem bequemen Ledersessel hinter seinem prachtvollen Schreibtisch. Im Knopfloch des blauen Anzugs, den er trug, bemerkte Pazienza eigenartigerweise eine kleine Blume. »Wir sind keine Industriellen in dem Sinn, wie die Amerikaner, die Deutschen oder die Engländer das Wort verstehen. Wir sind Hersteller. Manche von uns stellen Schuhe her oder Stoffe. Andere machen Uniformen, wieder andere Kanonen. Wir zum Beispiel stellen Häuser her. Wir kaufen Grundstücke und verkaufen sie wieder. Wenn ich anfinge, die besten Materialien zu verwenden – abgesehen davon, daß wir die hier nicht bekommen – und die modernsten Methoden anzuwenden, könnte ich den Laden dichtmachen. Wenn ich erst ein Projekt für den Bebauungsplan einreichen muß, um ein Grundstück kaufen zu können, brauche ich die Arbeit gar nicht mehr anzufangen. Wir haben kein hochwertiges Material, die neuen Methoden verringern den Gewinn, und es gibt keine Projekte, geschweige denn eine Bauplanung.«

»Schon recht«, lenkte Pazienza ein und hob die Hände, als wolle er diese Flut von Worten eindämmen. »Ich habe verstanden.«

»Wir leben in einem System, das den Betrug am Staat fördert«, stellte Cesare fest. Er war wieder gelassen. »Unser Land lebt von Mittelsmännern und Aufsichtsbeamten, die das kontrollieren, was uns paßt. Wir haben das Geld, Pazienza. Sie brauchen unser Geld für ihre Aufmärsche und Kriegsspiele, und sie bekommen es von uns im Gegenzug für gewisse Vergünstigungen.«

»Morgen fahre ich nach Rom.« Der Anwalt kehrte zu praktischeren Dingen zurück.

»Sehr gut«, freute sich Cesare. »Wir benötigen eine Steuerbefreiung für das Gelände, auf dem wir die neue Stahlfabrik bauen wollen. Das meint doch der Duce mit seinen Reden von der ›Energie des Willens‹. Italiens Wissenschaft und Industrie sind aufgerufen, gemeinsam an der Verwirklichung der Autarkie zu arbeiten. Wir sollen Erdöl, Kohle und Stahl herbeizaubern. Aber wie auch immer«, beendete er die Unterredung mit einem Lächeln, »du hast in New York hervorragende Arbeit geleistet. Deine Erfolge dort werden uns einmal sehr nützlich sein. Bevor die Grenzen geschlossen werden, müssen wir unseren Partnern in London, Zürich und Paris noch entsprechende Anweisungen geben.«

Die beiden Männer hatten sich erhoben, und Cesare Boldrani, der seinen Mitarbeiter um einiges überragte, klopfte ihm freundschaftlich auf die Schulter, während er ihn zur Tür begleitete.

»Und wann soll ich fahren?«

»Gestern«, erwiderte Cesare, »und das wäre schon zu spät gewesen.«

Pazienza kannte den Humor seines Chefs, der an Persönlichkeit und Entscheidungskraft den amerikanischen Bossen mindestens ebenbürtig war. »In Ordnung«, nickte er.

»Deine Frau?« fragte Cesare zerstreut.

»Danke, alles bestens«, antwortete Pazienza knapp. Er wollte nicht schon wieder Kritik an seiner Entscheidung hören. »Und die Blume in deinem Knopfloch?« revanchierte er sich.

»Welche Blume?« gab Cesare erstaunt zurück und faßte unwillkürlich an das Revers seines Sakkos.

»Diese Blume hier«, stichelte Pazienza.

»Ach, was weiß ich«, wehrte er irritiert ab. »Sieh zu, daß du so schnell wie möglich wegkommst.«

»Selbstverständlich«, erwiderte Pazienza mit einem deutlich ironischen Unterton.

»Wenn du Lust hast«, lud er ihn ein, »komm doch in nächster Zeit einmal zum Essen. Natürlich mit deiner Gattin.« Sie schüttelten sich die Hand.

Als Pazienza weg war, verdüsterte sich Cesares Miene, dann wurde er wieder heiter und betrachtete sein Spiegelbild in der Glastür des Bücherschranks, um zu kontrollieren, wie sich die Blume am Revers machte. Befriedigt ging er an das riesige Radiogerät und schaltete es ein. Das Gesangstrio Lescano gab gerade ein schmalziges Lied zum besten, das von Tulpen handelte.

»Was für ein lustiges Lied«, sagte Maria von hinten.

»Seit wann kommst du herein, ohne anzuklopfen?« Er fühlte sich ertappt und drehte hastig das Radio ab.

»Die Tür stand offen«, verteidigte Maria sich gelassen. Das schlichte, blaue Baumwollkleid mit dem weißen Kragen machte sie besonders anziehend.

»Was gibt es?« brummte er und verschanzte sich hinter seinem Schreibtisch.

»Die Post, Signore«, antwortete Maria höflich. »Außerdem wollte ich fragen, ob der Signore heute mittag zu Hause speist.« Sie legte einen Stapel Briefe auf den Tisch.

Cesare riß den ersten Umschlag auf. »Ich weiß noch nicht«, sagte er, »ich gebe dir später Bescheid.« Er schaute vielsagend auf den schweren schwarzen Telefonapparat; die endlosen täglichen Gespräche lagen noch vor ihm.

»Und noch etwas«, fügte Maria hinzu. Sie zog zwei große Banknoten aus der Tasche. »In meiner Lohntüte waren zweihundert Lire mehr. Das muß ein Irrtum sein.«

Cesare blickte sie durchdringend an, aber die funkelnden braunen Augen des Mädchens hielten seinem Blick stand. »Das ist kein Irrtum«, stellte er klar, »das ist eine Gehaltserhöhung.«

»Aber, aber...«, stotterte sie. »Ich weiß nicht, ob das richtig ist.«

»Richtig?« fragte Cesare, ganz von seiner Korrespondenz in Anspruch genommen.

»Ich weiß nicht, ob ich das verdiene«, traute sich Maria schließlich einzuwenden. »Das ist wirklich zuviel.«

»Kauf dir ein paar Kleider.« Er schaute sie gar nicht mehr an; für ihn war die Sache bereits abgeschlossen. »Frauen mögen doch Kleider, oder?« setzte er ungeschickt hinzu.

Maria erkannte, daß sich hinter der sinnlosen Arroganz dieser Worte zum ersten Mal Unsicherheit verbarg, und überlegte, ob es etwas mit ihr zu tun haben könnte. »Dann möchte ich Ihnen danken«, sagte sie, um eine fruchtlose Diskussion zu vermeiden. Sie deutete einen Knicks an und verließ den Raum.

Er sah ihr nach, als sie durch die Tür ging. Ihr feines, sehr weibliches Parfüm hing noch in der Luft. Ich werde einfach nicht schlau aus diesem Mädchen, die so tut, als gehorche sie, während sie einfach macht, was sie will, dachte er und zündete sich eine Zigarette an.

Maria war zu einem wichtigen und unentbehrlichen Teil seines Lebens geworden, ihre Stimme, ihr Lächeln, die von ihr eingeführten Neuerungen im Tagesrhythmus. Wenn Cesare morgens aufstand, war das Bad eingelassen, der Anzug lag im Ankleidezimmer bereit, Krawatte und Socken waren perfekt aufeinander abgestimmt. Das Frühstück war inzwischen eine liebgewordene Gewohnheit, für die Maria wertvolles, altes Geschirr und Silber zu neuen Ehren hatte kommen lassen. Aber die wichtigste rituelle Geste des Tages war die Blume, je nach Jahreszeit eine Rose, eine Nelke, eine Margerite oder eine Narzisse, die Maria in einer schwedischen Kristallvase auf den Tisch stellte. War die Blüte nicht allzu groß, dann steckte Cesare sie gelegentlich an, so wie an diesem Tag.

Giuseppinas Tod hatte im Herzen des Mannes tiefe Trauer und eine große Leere hinterlassen; was aber den Haushalt betraf, fand er nie Anlaß zu dem Gedanken: Wenn meine Schwester noch lebte, wäre das nicht passiert. Viel öfter dachte er: Auf diese Idee wäre meine Schwester nicht gekommen.

Maria zeichnete sich durch lautlose Tüchtigkeit und absolute Diskretion aus. Die wenigen ausgewählten Besucher, die das Haus Boldrani von innen sahen, beneideten den Unternehmer nicht nur um seine Macht und seinen Reichtum, sondern auch um diese perfekte Haushälterin, die geradewegs einem alten, englischen Schloß entsprungen zu sein schien.

Das Schrillen des Telefons unterbrach seine Gedanken. »Ferngespräch aus Rom«, kündigte die Telefonistin an, »bitte warten Sie einen Moment.«

Die Straßenbahn fuhr in Richtung Porta Ticinese, und Cesare Boldrani sprang auf das Trittbrett, als sie sich gerade in Bewegung setzte. Er hatte die Wahl gehabt zwischen einer Aufsichtsratssitzung, der Börse, Elisabettas Schlafzimmer oder einem Abstecher in seinen Club; statt dessen sprang er auf die Straßenbahn und hörte sich geduldig das Murren des Schaffners an, der ihm seinen Fahrschein ausstellte.

Die Leute sprachen vom Krieg. Zwei junge Männer zeigten einander die Postkarten mit dem Stellungsbefehl. »Ich muß mich in neun Tagen in meinem Bezirk melden«, sagte der eine.

»Du hast es gut«, entgegnete der andere, »ich bin schon in einer Woche dran.«

»Wenn das Vaterland ruft«, mischte sich ein alter Mann ein, der auf dem Platz für Invalide und Kriegsversehrte saß, »gehorchen seine Söhne mit Begeisterung und trotzen allen Gefahren.«

Die beiden Jungen mit ihren Karten wirkten nicht so überzeugt.

»Meinst du, es gibt Krieg?« fragte der erste.

»Nein«, beruhigte ihn der zweite, der anscheinend wußte, wovon er sprach, »das ist nur ein Manöver. Italien ist neutral. Wir sind ein pazifistisches Land.«

»Aber wehe, wenn sie auf uns losgehen«, gab der martialische Alte wieder seinen Kommentar dazu, »das würden sie bereuen.«

Als Cesare zum ersten Mal mit seinem Vater Straßenbahn gefahren war, hatte er die freudige Erregung eines Forschers verspürt, der in das unbekannte Land kommt, das sein Ziel war. Jetzt aber hatte ihn dieser plötzliche Einfall deklassiert und mit den Normalbürgern auf eine Stufe gestellt. Ihm wurde klar, daß er sich, wie alle reichen Leute, verändert hatte und weit entfernt von diesem grauen Alltag lebte, zu dem er auch seinen Teil beitrug.

Im Vorbeifahren sah er in einem Blumenladen wunderschöne rote und gelbe Tulpen. Er läutete, stieg an der nächsten Haltestelle aus, ging zurück und betrat den Laden.

»Diese Blumen«, sagte er und zeigte mit dem Finger darauf.

»Die Tulpen?« vergewisserte sich der Händler, ein kleiner Mann in Hemdsärmeln.

»Ja, genau die«, bekräftigte Cesare verlegen.

»Wie viele?« Der Mann machte sich daran, die Blumen abzuzählen.

»Alle«, ordnete Cesare an.

»Alle?«

»Alle«, wiederholte Cesare.

Der verblüffte Blumenhändler besah sich seinen Kunden genauer, den eleganten Anzug, die goldene Uhrkette, die seriöse Erscheinung. Er kam zu dem Schluß, daß er zahlungskräftig war, und fing an, den größten Tulpenstrauß seiner Laufbahn zu binden.

Cesare fuhr mit einem Taxi nach Hause, eilte am Portier vorbei, der ihn beinahe mit einem Boten verwechselt hätte, und rannte die Treppe hinauf, immer zwei Stufen auf einmal nehmend. Im Grunde hatte er diese Blumen für Maria gekauft, aber als sie ihm nun die Tür öffnete und vor ihm stand, verließ ihn der Mut. Er lud den Strauß ab wie eine schwere Last, indem er ihr die Blumen hastig in die Hand drückte. Sie mußte schnell zugreifen, damit sie nicht auf den Boden fielen.

»Stell ein paar Blumen im Haus auf«, sagte er unwirsch, »schließlich ist Frühling.« Bevor sie etwas erwidern konnte, war er in seinem Arbeitszimmer verschwunden.

»Danke, Signor Cesare«, sagte Maria zu der leeren Diele, während Cecchina auftauchte, um sich mit eigenen Augen zu überzeugen.

»Die hat doch eben der Signore gebracht«, wollte sie wissen, »oder sehe ich nicht mehr gut?«

»Die hat eben der Signore gebracht«, bestätigte Maria, während sie von Cecchina gefolgt zur Küche ging.

»Dann kann ich meinen Augen wirklich nicht mehr trauen.«

Die Tatsache, daß der Signore Blumen nach Hause gebracht hatte, stellte für Cecchina ein übernatürliches Ereignis dar.

Maria hatte zu diesem Thema allerdings eine andere Meinung. Wenige Minuten später klopfte sie an die Tür von Cesare Boldranis Arbeitszimmer und brachte eine Kristallvase mit einem Teil der Blumen.

»Was gibt es?« fragte er in dem bärbeißigen Ton, der bei ihm ein Zeichen von Verlegenheit war.

»Ich führe Ihre Anordnungen aus«, gab Maria freundlich zurück.

»Es hat überall Platz.« Er machte eine weit ausholende Geste mit dem Arm.

»Ich mag Blumen sehr«, bekannte Maria und stellte die Vase auf dem Schreibtisch ab. »Am besten gefallen mir Narzissen: sie duften so schön und halten sich lange.«

»Also kauf dir Narzissen«, brummte er zustimmend, während er sich in einem ledergebundenen Heft Notizen machte.

»Signor Cesare«, versuchte Maria die Gelegenheit zu nutzen, »ich möchte Sie um Ihre Zustimmung bitten.«

»Meine Zustimmung?« Er blickte verwundert von seinen Notizen auf.

»Ich finde, die Räume hätten eine kleine Auffrischung nötig«, begann sie mit weiblichem Scharfsinn. »Viele Tapeten sind vergilbt, die Vorhänge müßten erneuert werden, und einige Sessel brauchen andere Bezüge. Man muß beschädigte Fliesen austauschen, die Wasserhähne sind alt...«

»Alt?« widersprach er heftig. Er teilte diese Auffassung keineswegs.

»Dann eben unmodern, Signore.« Maria legte ihm mit anderen Worten nochmals ihren Plan dar. Sie wollte seinen Widerstand gegen diese Maßnahmen überwinden, die ein altbewährtes Schema umstoßen würden. Cesare schätzte das langsame Vorgehen, mit dem Maria das Haus verschönerte, aber die Vorstellung von so jähen und umfassenden Veränderungen schreckte ihn ab.

»Erst sprichst du von Auffrischung«, monierte er, »und dann willst du hier die russische Revolution veranstalten.«

»Wenn wir jetzt etwas unternehmen«, argumentierte sie weitsichtig, »sparen wir Zeit und Geld.«

»Da hast du nicht ganz unrecht«, gab er widerstrebend nach. »Das ist zu überlegen. Laß dir zunächst einen Kostenvoranschlag machen.«

»Schon geschehen.« Sie hielt ihm einige Blätter hin.

Cesare wußte nicht, ob er weinen oder lachen sollte. Um sich keine Blöße zu geben, setzte er eine gleichmütige Miene auf und sagte: »In Ordnung. Tu, was du für richtig hältst.«

In dieser Nacht ging Cesare nicht wie sonst im Geiste die Verpflichtungen des nächsten Tages durch, sondern er dachte an Maria. Das war an sich schon ungewöhnlich, doch noch erstaunlicher war, daß sich ihr bildschönes Gesicht wie ein Kaleidoskop auflöste und nacheinander die Züge seiner Mutter, von Matilde und von Elisabetta annahm. Schließlich setzten sich die bunten Bruchstücke der Erinnerung wieder zu Marias vertrauter Physiognomie zusammen.

Seit seiner Rückkehr von der Front im Jahr 1919, als er mit der Unterstützung von Ingenieur Ferrari und der erzwungenen finanziellen Hilfe des alten Marchese Casati die ersten Schritte unternommen hatte, war er dank seiner Unerschrockenheit und seines Talents so weit nach oben gekommen, daß er auf seine Vorbilder, seine Ziele und seine Gegner von früher herabblicken konnte wie auf einen wimmelnden Ameisenhaufen.

Der alte Marchese Casati ruhte längst in seinem Grab auf dem Friedhof von Caravaggio, ganz in der Nähe von Cesares Mutter, aber bevor er starb, hatte er noch die ersten Säulen des Boldrani-Imperiums gesehen. Der besessene Spieler Ferrari war auf einer kurvigen Schwarzwaldstraße in den Tod gerast. Er kam von Baden-Baden, wo er einen Teil seines dank Boldrani verdienten Vermögens im Casino verspielt hatte, ähnlich wie Dostojewski, der dort auch ein häufiger Gast gewesen war.

Cesare brauchte ihn mittlerweile nicht mehr, da er enormen Einfluß gewonnen und sich politisch und wirtschaftlich einen anderen Horizont erschlossen hatte. Sein Unternehmen war grundsolide und allseits anerkannt, so daß er einen Teil der vierhundert Millionen Dollar erhielt (zehn waren an FIAT, zwanzig an Edison gegangen), die von den Vereinigten Staaten dem italienischen Staat und der italienischen Industrie zur Verfügung gestellt worden waren, um die Währung zu stützen.

Mit Domenico Scaglia als verlängertem Arm hatte Cesare Boldrani eine der erstaunlichsten Karrieren aller Zeiten gemacht, ohne es sich mit dem Regime zu verscherzen und ohne sich die Hände über Gebühr schmutzig zu machen. Er sprach kein Wort englisch, französisch oder deutsch, und doch machte er überall auf der Welt kolossale Geschäfte mit den mächtigsten Vertretern der Wirtschaft. Er war einmal, während des ersten Weltkriegs, im Gebirge gewesen, und einmal am Meer, als er seine Schwester nach San Remo brachte. Er hatte immer in Mailand gelebt, und doch waren sein Name und sein Firmenzeichen in allen Ländern ein Zeichen für Qualität.

Aber was veranlaßte ihn dazu, just in dieser Nacht Bilanz zu ziehen, ausgehend von dem Gesicht Marias, das wie in einem Kaleidoskop in die Gesichter seiner Mutter, Matildes, Elisabetta Lémonniers zerfiel, um sich schließlich wieder zu Marias entschlossen wirkendem Gesicht zusammenzusetzen? Dieses Gesicht, das beschwichtigend und herausfordernd zugleich war, resigniert und aggressiv, zurückhaltend und verführerisch, keusch und sinnlich, hatte die Spirale seiner Erinnerungen in Gang gesetzt, als sei es der Auslöser für eine Erkenntnis, die der große Cesare Boldrani nicht wahrhaben wollte.

Tagelang kamen sie mit der Überheblichkeit von Besatzern durch die Haustür, trampelten mit ihren schmutzigen Stiefeln durch die Korridore und nahmen alle Zimmer in Beschlag, sogar Cesare Boldranis Arbeitszimmer. Es war ein kleines Heer von Maurern, Stukkateuren, Malern, Schreinern, Fliesenlegern, Installateuren und Elektrikern, das von Maria energisch und unbekümmert befehligt wurde.

»Das ist kein Haus mehr, das ist ein Inferno«, brüllte Cesare am zweiten Tag des häuslichen Chaos. Er wies das Frühstück zurück, das Maria ihm trotz aller Widrigkeiten serviert hatte, schlug wütend die Tür hinter sich zu und verließ das Haus.

»Haben Sie das gesehen, Maria?« fragte Ambrogino verschüchtert. »Was sollen wir bloß tun?« Er faltete die Hände wie zum Gebet.

»Sie haben wohl vor gar nichts Angst, Signora Maria«, rief Cecchina erschrocken.

»Wenn die Wohnung erst fertig ist, wird er auch wieder zufrieden sein«, beruhigte Maria sie und nahm ihren Kommandoposten wieder ein, um alles zu überwachen.

Gegen elf rief Cesare vom Büro aus an. »Ich werde heute im Restaurant Savini essen«, teilte er ihr mit und versuchte, sie das schwere Opfer spüren zu lassen, das er ihretwegen auf sich nehmen mußte.

»In Ordnung, Signor Cesare«, erwiderte Maria, die völlig in ihren Renovierungsarbeiten aufging.

Der nächste war Pazienza. »Womit hast du ihn denn so in Rage gebracht?« wollte der Anwalt wissen.

»Ich?« Maria fiel aus allen Wolken, aber dann wurde sie böse. Seit sie beschlossen hatte, diese notwendigen Arbeiten durchzuführen, und sich mit ihrer ganzen Kraft und Phantasie dafür einsetzte, fielen alle über sie her und hatten etwas zu kommentieren, angefangen von Cesare bis hin zu Cecchina.

»Er hat mir erklärt, er sei genötigt, nach Caravaggio zu fliehen«, sagte Pazienza. »Er war ganz außer sich.«

Maria mußte trotz ihres Ärgers lachen. »Aber er hat es doch selbst angeordnet«, schrie sie in den Apparat, mit dem sie nicht sehr vertraut war. »Es sind natürlich viele Handwerker hier. Ich versuche, sein Haus ein bißchen zu verschönern, aber ich habe keinen Zauberstab. Der liebe Gott, und das können Sie ihm ruhig weitersagen, hat die Welt in sieben Tagen erschaffen. Ich bin nur eine Haushälterin, aber ich verspreche ihm, daß ich in derselben Zeit auch hier alles verwandeln werde.«

»In Ordnung.« Pazienza gab sich zufrieden, denn er kannte die Wutanfälle von Boldrani, wenn sich Außenstehende in sein Privatleben einmischten. »Er wird sich wieder beruhigen. Andererseits muß ich zugeben, daß diese Renovierung wirklich notwendig war. Ruf mich an, sowie das Theater vorbei ist. Ich sage ihm dann Bescheid, daß er wieder Herr im eigenen Haus ist.«

»Ich hoffe, er wird sich gnädigerweise von selbst melden«, meinte sie spitz. »Ist Caravaggio weit?«

»Fünfunddreißig Kilometer«, erwiderte Pazienza. »Mit dem Auto eine halbe Stunde.«

»Und fünf Tage lang will er morgens herein und abends hinausfahren?« fragte sie besorgt.

»Das ist kein Problem.«

»Dann bin ich beruhigt.« Aber der Gedanke, daß Cesare ganz allein in der großen, ihr unbekannten Villa saß, machte sie traurig.

»Ist die Villa in Caravaggio schön?« fragte Maria, als sie mit Cecchina und Ambrogino in der Küche beim Essen saß.

»Wundervoll ist sie«, antwortete Ambrogino, nachdem er hastig geschluckt hatte.

»Signor Cesare hat sie für ein Vermögen von Conte Benedetto Casati gekauft.« Cecchina mußte wie immer ihr Teil zum Gespräch beitragen.

»Du bist eine Hexe«, zeterte Ambrogino erbost, »niemals läßt du mich ausreden.«

»Ich habe nur meine Meinung gesagt«, schimpfte sie zurück und wischte sich mit der Serviette den Mund ab. »Ist das Reden denn verboten?«

»Natürlich nicht«, versuchte Maria die Streithähne zu beruhigen. Sie hätte gern mehr erfahren über diesen Besitz in Caravaggio, den Giuseppina nie auch nur erwähnt hatte.

»Signora Maria, wissen Sie, wer Conte Benedetto Casati ist?« erkundigte sich Ambrogino.

»Nun ja«, meinte Maria, »die Signorina hat mir von ihm erzählt.«

»Es war also folgendermaßen, daß der Conte diese Villa besaß, die immer mehr verfiel«, begann er seinen unbeholfenen Bericht, »und deshalb wollte er sie verkaufen...«

»Nur fand er keinen, der sie haben wollte«, platzte Cecchina dazwischen. Reumütig schloß sie schnell wieder den Mund.

»Dann«, fuhr Ambrogino resigniert fort, »man weiß nicht so genau, warum, steht plötzlich Signor Cesare da und kauft die verfallene Villa, allem Anschein nach für eine übertrieben hohe Summe.« Er feuchtete mit einem Schluck Wein seine Kehle an. »Und was er noch alles hineingesteckt hat, um das Haus innen und außen herzurichten. Wenn Sie mich fragen, hat sich Signorina Giuseppina ihre Krankheit dort geholt. Sie hat sich überanstrengt, als sie den Gemüsegarten, die Obstwiese und die Blumenbeete angelegt hat. Aber jetzt ist es wunderschön, Signora Maria.«

»Ambrogino hat Ihnen nicht alles gesagt«, behauptete Cecchina boshaft.

»Was habe ich vergessen?« fragte der Mann mit finsterem Gesicht.

»Du hättest die Geschichte erzählen sollen, die dahinter steckt«, erwiderte sie triumphierend.

»Ach was!« Ambrogino machte eine abwehrende Geste. »Märchen. Legenden. Geschichten von Weibern, die zuviel schwätzen.«

»Die Villa hat den Beinamen *la Silenziosa*, die Stille«, erklärte die Alte. »Signora Maria, wollen Sie nicht wissen, warum sie so heißt?«

»Du kannst es doch kaum erwarten, deine Geschichte loszuwerden«, zog Ambrogino sie auf.

»Also hören Sie zu, Signora Maria«, begann Cecchina. »Früher hieß das Haus Villa Carlotta, nach der alten Contessa Casati, der Mutter des Conte Cesare.« Auf der Suche nach der verlorenen Zeit fuchtelte Cecchina mit den Händen durch die Luft. »Das ist weit über fünfzig Jahre her, wahrscheinlich hundert«, überschlug sie kurz im Kopf. »In dieser Villa ist der Conte Cesare an gebrochenem Herzen gestorben. Er war ein herzensguter Mensch, aber sein eines Auge war mißgestaltet, es war ein Ochsenauge. Er ist an gebrochenem Herzen gestorben, weil er das Mädchen, das er liebte, nicht heiraten durfte, denn sie war aus dem Dorf. Damals hat man den Namen der Villa geändert in *la Silenziosa*. So ungefähr geht die Geschichte. Und anscheinend«, senkte Cecchina die Stimme und winkte die beiden anderen näher zu sich, »anscheinend kommen in bestimmten Nächten die Geister.« Sie bekreuzigte sich rasch und murmelte eine Zeile aus einem Gebet.

»So ein Quatsch«, widersprach Ambrogino, obwohl auch er einen leichten Schauder verspürt hatte. »Romano und Ausonia leben seit Jahren dort, und sie haben noch nie etwas gesehen.«

»Volkes Stimme, Gottes Stimme«, zitierte Cecchina und bekreuzigte sich noch einmal.

»Wir müssen noch ein bißchen aufräumen«, forderte Maria die beiden auf. Sie erhob sich, um die Unruhe zu verbergen, die das Gespräch in ihr ausgelöst hatte. »Morgen fallen die Barbaren ein«, spielte sie auf die Handwerker an. »Morgen früh um sechs müssen wir bereit stehen.«

Cesare war mit seinem alten Fiat Topolino nach Caravaggio hinausgefahren. Er hing an dem verbeulten, kleinen Fahrzeug, das ihm lieber war als der Rolls-Royce, der Isotta Fraschini und der Lancia, die ebenfalls in seiner Garage standen. Der Kofferraum war randvoll mit Blumenzwiebeln.

»Sind die für uns?« fragte der Gärtner.

Cesare nickte. »Es sind Narzissenzwiebeln«, erklärte er und begann, den Wagen zu entladen.

»Was für Zwiebeln?« erkundigte sich der Mann erstaunt, der bei seinem Hausherrn noch nie das geringste Interesse für die Bepflanzung bemerkt hatte.

»Narzissen«, wiederholte er nachdrücklich. »Spreche ich in Rätseln?«

»Nein, nein«, antwortete der Gärtner beflissen, »ich hatte es nicht verstanden.«

»Sie haben eine schöne Farbe«, dozierte Cesare, »sie duften gut, und sie halten sich lange. Am besten setzt du sie hinter dem Haus ein«, wies er ihn an, »auf dem Stück vom Hof bis zum Obstgarten. Ich will eine Wiese mit Narzissen, einen Narzissenteppich. Meinst du, es sind genug Zwiebeln?«

»Wenn sie nicht reichen, besorge ich noch mehr«, sagte der Gärtner, der den floristischen Plänen seines Arbeitgebers verwundert zugehört hatte, während der weiter auslud.

Am Abend läutete in der Villa Silenziosa das Telefon, was sehr selten vorkam. Cesare wollte gerade einen Löffel Minestrone zum Mund führen und sah mißtrauisch zu dem schwarzen Apparat auf der antiken Anrichte. Er schluckte beim Aufstehen den Bissen hinunter. »Hallo!« donnerte er in den Hörer.

»Hier spricht Maria«, kam die Antwort vom anderen Ende der Leitung.

Die volle, warme Stimme mit dem musikalischen Unterton wirkte jedoch nicht beruhigend, sondern machte ihn gereizt: »Seit wann telefonierst du hinter mir her?«

»Ich wollte Ihnen mitteilen, daß die Arbeiten beendet sind«, informierte sie ihn sachlich, aber mit fröhlicher Stimme. »Morgen bin ich nicht da, weil ich meine Mutter und das Kind besuche. Morgen ist Sonntag.«

»Du hast mich beim Essen gestört«, wies er sie zurecht, »und nur, um mir zu sagen, daß morgen Sonntag ist?«

Maria war vom Ergebnis der Renovierung so begeistert, daß sie sich nicht aus der Fassung bringen ließ. »Ich habe Sie gestört, weil ich morgen Ihr überraschtes Gesicht nicht sehen kann, wenn Sie nach Hause kommen und entdecken, wie schön die Wohnung geworden ist. Ich muß nur noch Ihr Arbeitszimmer fertigmachen.«

»Nun gut, aber...«, suchte er nach Worten für seinen Protest, doch sie ließ ihm keine Zeit.

»Schauen Sie sich erst alles an, bevor Sie schimpfen«, empfahl sie lachend. »Guten Abend, Signor Cesare.«

Mit einem Klicken am anderen Ende brach die Verbindung ab. Zu Beginn des Gesprächs hatte er einfach auflegen wollen, aber daß dieses unverschämte Mädchen ihm jetzt einfach zuvorgekommen war, ohne seine Antwort abzuwarten, paßte ihm noch weniger. Er knallte den Hörer auf die Gabel und ging in den Salon hinüber, während ihm Ausonia, obwohl sie um einiges jünger war als er, mütterliche Ermahnungen über richtige Ernährung zurief.

»Dieser Feldwebel«, fluchte er und ließ sich auf ein Sofa fallen. Sie hatte ihn aus dem Haus getrieben, und nun besaß sie die Dreistigkeit, seinen Frieden in Caravaggio zu stören und ihm spöttisch mitzuteilen, daß er wieder in seine eigenen vier Wände zurückkehren konnte. Morgen, überlegte er, warum morgen? Ihm wurde klar, daß er sich unvernünftig verhielt. War es etwa normal, wenn er, in seiner Position und in seinem Alter, Tulpen kaufte und Blumenzwiebeln, um einen Teppich aus Narzissen anzulegen? Ich habe es für sie getan, dachte er und legte die Zeitung beiseite, die er achtlos durchgeblättert hatte. Wann würde sie je nach Caravaggio kommen? Das war sein Refugium, sein privates Reich. Hier gab es eine Vergangenheit zu enträtseln, Beziehungen zu klären, Situationen aufzudecken. Vielleicht würde sie gar nicht lange für ihn arbeiten, überlegte er weiter. Sie war jung und attraktiv. Vielleicht fand sie einen Mann, der ihr gefiel, oder sie kehrte zu ihrem Ehemann zurück. War er der große Cesare Boldrani oder nicht? Er war es, aber das änderte nichts an seiner unbezwingbaren Sehnsucht, sie zu sehen.

»Ausonia«, befahl er, »sag Romano, er soll das Garagentor öffnen. Ich fahre nach Mailand.«

»Nach Mailand? Mitten in der Nacht? Mit dem Auto?« erschrak Ausonia. »O du lieber Gott, die vielen Kilometer, und alles in der Dunkelheit.«

Cesare hörte nicht einmal zu und reagierte auch kaum auf die ehrerbietige Verbeugung von Romano, der die Anweisung eilig befolgt hatte.

Eine dreiviertel Stunde später läutete er den Portier aus dem Bett. Seine Jacke hatte er in der Hast nur übergeworfen, als er endlich erschien, um zu öffnen. Maria, die gleich informiert worden war, erwartete ihn schon oben an der Tür.

»Guten Abend, Signor Cesare«, begrüßte sie ihn. »Wenn Sie mir Bescheid gesagt hätten...«

»Es gab nichts zu sagen«, erwiderte er gereizt, »oder muß ich mich jetzt anmelden, wenn ich mein eigenes Haus betrete?« Einen Moment glaubte er, sich in der Adresse getäuscht zu haben. Es herrschte eine besondere Atmosphäre, es roch anders, die Farben waren neu, alles schien verwandelt. Entgeistert blickte er sich um und suchte nach einem Zeichen seiner früheren Behausung, in der er mit Giuseppina so viele Jahre verbracht hatte. Tatsächlich sah er die vertrauten Möbelstücke, aber sie hatten sich verändert, sie leuchteten geradezu. Blumen und Pflanzen waren geschickt arrangiert, dazu kamen neue Tapeten in zarten Farben, irisierende Glasflächen, gut ausgeleuchtete Bilder.

»Gefällt es Ihnen?« fragte Maria bang, während der Hausherr ihr Werk begutachtete.

»Also«, murmelte er verblüfft, »ich weiß nicht recht. Insgesamt ist es nicht direkt häßlich.«

»Nicht direkt häßlich?« protestierte Maria. Sie hatte freilich keine Lobeshymnen erwartet, aber wenigstens eine gewisse Anerkennung.

»Was soll ich sonst sagen?« erwiderte Cesare und betrat schließlich sein Arbeitszimmer. Er war überwältigt von der ausgesuchten Harmonie der Einrichtung. Die große Deckenleuchte war durch einzelnen Lampen mit cremefarbenen Schirmen ersetzt worden, die in den Ecken des Raumes leuchteten. Die Vorhänge waren neu, die Bücherregale an den Wänden aufpoliert, der Teppich frisch gereinigt. Das große Radio thronte auf einem kleinen, antiken Beistelltisch neben dem Schreibtisch, damit er es in Reichweite hatte. In einer hübschen Kristallvase standen Narzissen.

»Wie Sie sehen, sind wir fertig«, verkündete sie.

»Das sehe ich«, war sein Kommentar. Er hatte die Veränderungen bemerkt, die Ordnung, den Glanz, sogar die Narzissen. Vor allem aber sah er sie in ihrem champagnerfarbenen Seidenkleid, ihr bildschönes Gesicht zwischen den rabenschwarzen Locken, ihre strahlenden, braunen Augen. Maria lächelte; die kleinen, blendend weißen Zähne blitzten, und dieses Lächeln brachte sein Blut in Wallung, so wie ihre Stimme seine Seele in Schwingung brachte.

»Gefällt es Ihnen denn gar nicht?« wollte Maria wissen.

Cesare schaute auf das weiße Telefon, das seinen alten schwarzen Apparat abgelöst hatte, und fand endlich einen Vorwand, um die unerträglich gewordene Spannung zu verringern. Es war eine irrationale und unangemessene Reaktion angesichts einer solchen Kleinigkeit, aber er mußte etwas tun, das ihn davon abhielt, diese Frau einfach in die Arme zu schließen, diese Frau, die jeden Tag unentbehrlicher für ihn wurde. Er war der schärfste Kritiker von

Pazienza, weil dieser eine Varietésängerin geheiratet hatte, und nun verlor ausgerechnet er den Kopf wegen eines Zimmermädchens.

»Dieses affige Telefon dulde ich nicht in meinem Zimmer«, brüllte er, griff nach dem Apparat und schleuderte ihn auf den Boden. Das Telefon zersprang in seine Einzelteile. Er starrte stumm auf die über den Boden verstreuten Reste und schämte sich seiner unbedachten Handlung, die ihn aber vor der Versuchung bewahrt hatte.

»Das hätten Sie nicht tun dürfen«, sagte Maria leise. Aus ihren ebenmäßigen Gesichtszügen sprach eine Härte, die kein Weinen und keinen Kompromiß zuließ. Die tiefe Gleichgültigkeit, mit der sie ihn ansah, traf ihn mehr als jede Beleidigung. »Sie hören dann, wohin mein noch ausstehender Lohn geschickt werden soll«, setzte sie in unpersönlichem Ton hinzu.

»Ich habe nur gesagt, daß ich dieses affige Telefon nicht haben will«, versuchte er einzulenken. »Alles andere ist in Ordnung.«

»Das freut mich, auch wenn ich nicht mehr für Sie arbeite«, entgegnete sie mit unverhohlener Verachtung.

»Bring mein altes Telefon wieder zurück«, wies er sie an.

Mit der ihr eigenen stolzen Bewegung warf sie den Kopf zurück. »Bitte wenden Sie sich an Ambrogino«, lautete ihre Antwort.

»Du lieber Himmel, ich bitte dich um Verzeihung«, explodierte er und packte sie an den Schultern. »Was willst du denn noch von mir?«

»Nichts mehr«, erwiderte die Frau leise, die plötzlich den tieferen Grund für seinen Wutanfall ahnte.

»Ich bin der Chef«, ermahnte er sie in ruhigem Ton. »Ich bestimme, wann jemand nicht mehr für mich arbeitet. Deine Arbeit in diesem Haus ist wichtig. Und ich muß dir zu dieser Verwandlung gratulieren.«

»Das freut mich.« Sie hatte sich entspannt, und ihr Zorn war verraucht. Es war ihr bewußt, daß sie nur die Hand auszustrecken brauchte, und unweigerlich würde er sie in seine Arme ziehen, sie küssen und lieben. Aber sie wollte nicht einer Sache Vorschub leisten, die so unabsehbare Folgen haben konnte. Sie trat so weit zurück, daß Cesare sie loslassen mußte. Zwischen ihnen lagen Welten. »Es freut mich, daß die Renovierung Ihren Beifall findet«, lächelte sie ihn versöhnlich an.

»Vielen Dank für die Narzissen«, sagte er. »Noch nie hat jemand Narzissen in mein Arbeitszimmer gestellt.« Er wußte, daß er Belanglosigkeiten von sich gab, während sein Herz von Zuneigung erfüllt war für dieses Mädchen, das er vor wenigen Monaten noch gar nicht gekannt hatte.

10

»Ja, meine Liebe«, sagte Elisabetta Lémonnier direkt an Maria gewandt, die für sie mittlerweile ein Familienmitglied war, mehr als eine Bekannte, fast eine Freundin, »morgen fahre ich nach Genf zurück.«

»Das Wetter ist gut«, meinte Maria, »das wird eine herrliche Reise.«

»Ich kehre für immer nach Genf zurück«, schockierte sie Elisabetta. Sie schaute auf Maria, die gerade eine Schokoladentorte servierte, dann auf Cesare, der ihr in dem neu gestalteten Speisezimmer gegenübersaß.

Um ein Haar wäre dem Mädchen das Tablett entglitten. »Für immer?« wiederholte sie ungläubig.

Cesare folgte dem Gespräch der beiden Frauen ohne erkennbare Anteilnahme. Die Tatsache, daß seine Geliebte eine unwiderrufliche Entscheidung getroffen hatte, schien keine große Bedeutung für ihn zu haben.

»Es herrschen schlimme Zeiten«, erklärte Elisabetta und lächelte dabei. »Mittlerweile glaubt doch niemand mehr Mussolinis Friedensbeteuerungen.« Sie trug ein lose fallendes, elfenbeinfarbenes Seidenkleid, dessen weite Ärmel an den Handgelenken von engen Manschetten gehalten wurden. Um den Hals und an den Ohren schimmerten Perlen. »Der Bankier versichert mir, daß es Krieg gibt«, gab sie die Meinung ihres Mannes wieder, von dem sie nur als dem Bankier sprach.

»Signore, stimmt es, daß es Krieg gibt?« fragte Maria Cesare.

»Uns stehen harte Zeiten bevor«, prophezeite Cesare, der das Gespräch nach wie vor nur am Rande verfolgte. »Italien und Deutschland haben den Stahlpakt unterzeichnet.«

»Was bedeutet das?« fragte Maria ängstlich.

»Das bedeutet«, legte Elisabetta dar, »daß Italien und Deutschland Verbündete sind. Und da Deutschland nach der Annektierung von Österreich und der Tschechoslowakei seinen Expansionskrieg fortsetzen will, wird auch Italien früher oder später in den Konflikt hineingezogen werden.«

»Das ist eine furchtbar komplizierte Angelegenheit«, gestand Maria. Sie begriff nur eines – die Leute mußten wieder in einen Krieg ziehen, den andere bezweckt hatten. »Madame«, sagte sie aufrichtig, »ich glaube, Sie werden uns sehr fehlen.« Sie sah zu Cesare und überlegte, wie er so distanziert sein konnte; immerhin war sie seine Geliebte.

»Auch du wirst mir fehlen«, erwiderte Elisabetta. »So vieles wird mir fehlen. Aber ich halte es für wichtig, im richtigen Moment die richtige Entscheidung zu treffen, nicht wahr, mein Lieber?« nahm sie den Hausherrn aufs Korn.

»Nun ja … mir ist klar …« Cesare fand keine passende Antwort und verhaspelte sich unter Elisabettas festem Blick, mit dem sie ihre sibyllinischen Worte begleitet hatte. Seine Beziehungen zu Frauen waren schon immer von Verlegenheit geprägt gewesen. »Auf jeden Fall«, fing er sich wieder, »zieht das deutsche Heer Panzer und schwere Artillerie an der polnischen Grenze zusammen.«

»Ach, mein Lieber», äußerte Elisabetta mit ihrem feinen ironischen Lächeln, »ich wollte weder eine Aufzählung der deutschen Kriegsmaschinerie noch eine Lektion in Strategie.« Sie legte die Kuchengabel auf den Teller zurück neben das unberührte Stück Kuchen. »Ich meinte eher die individuellen oder, genauer gesagt, meine persönlichen Entscheidungen. Wir müssen erkennen, wann unser Zug den Bahnhof erreicht hat.« Sie sprach in Rätseln, die für Maria unlösbar waren.

»Das ist eine sehr traurige Nachricht, die Sie uns da geben«, sagte Maria mit feuchten Augen. »Ich habe Ihnen sehr viel zu verdanken.«

»Es freut mich, wenn ich dir helfen konnte«, gab Elisabetta zurück, »aber ich bin überzeugt, daß du mich jetzt nicht mehr brauchst. Ich denke, auch Signor Boldrani wird es überleben«, mutmaßte sie hellsichtig. Sie war eine gebildete und verständnisvolle Frau, vernünftig und pragmatisch, mit einem Sinn für Fairplay. Sie hatte Cesare Boldrani geliebt, und wahrscheinlich liebte sie ihn noch immer, aber ihre Seelen hatten nie zueinander gefunden, um die erotische Spannung zu erhalten, an deren Stelle bei ihnen inzwischen eine Freundschaft nach Geschwisterart getreten war. Für eine große Leidenschaft kann man eine Ehe zerstören, ein Vermögen ausschlagen oder einen bevorstehenden Krieg mißachten, aber für eine Verbindung, die auf geschwisterlicher Zuneigung beruht, lohnen solche Opfer nicht. Um so weniger, dachte sie beim Anblick von Maria und Cesare, wenn gerade eine neue Liebe entsteht. Außerdem betete ihr Mann, der Bankier, sie an, und sie schätzte ihn sehr.

»Ich sollte dich jetzt nach Hause bringen.« Cesare hatte sich unvermittelt erhoben und sah auf die Uhr. »Es ist spät geworden.«

»O ja«, pflichtete Elisabetta ihm bei und stand auf. »Ich bin eine echte Dilettantin in puncto Abschiedsvorstellungen. Man sollte rasch von der Bühne verschwinden.«

»Kommst du?« Cesare hielt ihr die Türe auf.

»Geh ruhig schon voraus«, bat sie ihn. »Ich komme in einer Minute nach.«

»Ich warte in der Diele«, stimmte Cesare zu. Er hatte verstanden, daß sie noch mit Maria allein sein wollte.

»In Genf kannst du mich unter dieser Adresse erreichen«, erklärte sie und reichte ihr einen hellblauen Umschlag.

»In Genf?« wunderte sich Maria. »Als ob ich je nach Genf käme. Hoffen wir lieber, daß es keinen Krieg gibt und daß Sie bald wieder in Mailand sind.«

»Man kann nie wissen«, erwiderte Elisabetta optimistisch. »Ich wünsche dir alles Gute, du hast es verdient. Aber wenn du doch einmal Zuspruch brauchen solltest oder einen guten Rat, dann weißt du, wohin du dich wenden kannst, vorausgesetzt, Gott erhält mich bei guter Gesundheit.«

»Madame, Sie bringen mich ganz durcheinander.« Maria war den Tränen nahe.

»Nur keine Aufregung«, beschwichtigte sie Elisabetta, »das fehlte noch. Und keine Madame mehr. Wir sind Freundinnen geworden in dieser Zeit. Sag Elisabetta zu mir. Und solange du bei Cesare Boldrani bist, mußt du dir eines merken: Sei immer aufrichtig zu ihm. Du darfst ihn nie belügen. Er ist sehr gutherzig, aber er kann keine Unwahrheiten ertragen. Nun komm her.« Und sie verabschiedete sich mit einer Umarmung von ihr.

Nachdem Maria die Lichter im Speisezimmer gelöscht hatte, trat sie auf den Balkon hinaus. Das Foro Bonaparte lag still und verlassen da. Die laue Luft duftete nach Lindenblüten. Sie schaute nach unten und sah Cesare und Elisabetta, die gerade aus dem Haus gingen. Er blieb stehen, umarmte sie und küßte sie zärtlich. Maria kam es vor, als dauerte dieser Kuß eine Ewigkeit. Eine nie gekannte Erregung überfiel sie, eine Mischung aus Empörung, Verlangen, Peinlichkeit, Abscheu, Neid. Sie wußte nicht, wie sie das grausame Gefühl nennen sollte, das ihr Inneres zerriß, und mit einem Schlag fühlte sie sich elend, einsam und verzweifelt. Schnell ging sie wieder hinein und schloß die Balkontüren hinter sich.

In dieser Nacht schlief sie schlecht, und am nächsten Morgen brauchte sie keinen Wecker, um rechtzeitig aufzustehen. Sie zog sich an, dann bereitete sie das Bad für Signor Cesare vor. Vorsichtig klopfte sie bei ihm an, aber nichts rührte sich. Sie öffnete die Tür und sah das unberührte Bett. Cesare hatte, wie schon öfter, die Nacht bei Elisabetta verbracht. Dieselbe sonderbare Verstörtheit wie am Vorabend stellte sich wieder ein.

»Ist das Frühstück fertig?« fragte eine Stimme von hinten. Maria zuckte zusammen. Es war Cesare, der gerade frisch rasiert und nach Kölnisch Wasser duftend hereinkam.

»Sofort, Signore«, antwortete sie und eilte in die Küche.

In den folgenden Wochen lernte Maria einen gänzlich neuen Cesare kennen, obwohl er sein gewohntes Leben zwischen Büro und

Zuhause führte. Sie hörte, wie er angeregt mit Pazienza diskutierte oder am Telefon kurze Anweisungen gab. Ab und zu blieb er die Nacht über weg, und Maria fiel es nicht schwer, sich ihn im Bett einer schönen Frau vorzustellen. Auch am Telefon meldeten sich weibliche Stimmen, die durch den Tonfall und die Wortwahl ihre privilegierte Situation zu verstehen gaben, wenn sie ihn zu sprechen wünschten. Selten nur nahm Cesare diese Gespräche an, meistens ließ er sich durch Maria verleugnen. Und das schlechte Gefühl meldete sich immer wieder. Ganz neu war jedoch die Tatsache, daß abends nach dem Essen, wenn Ambrogino und Cecchina sich in ihre Dachkammern zurückgezogen hatten und Maria noch mit Näharbeiten oder ihrem Strickzeug im Wohnzimmer saß, Cesare hereinkam und sich zu ihr gesellte. Er ließ sich in seinem Lieblingssessel mit einem Buch nieder und begann zu lesen, aber bald schlug er das Buch zu, um mit ihr zu plaudern. Er fragte sie nach ihrem Sohn, ihrer Mutter und ihrem fernen Ehemann.

Für Maria waren das die schönsten Momente des Tages. Manchmal erzählte er auch Episoden aus seiner Kindheit und entwickelte eine ungewöhnliche Gesprächigkeit, die in krassem Gegensatz zu seinem sonst so verschlossenen Wesen stand. Bei diesen Geschichten, die den sozialen Unterschied zwischen ihnen aufhoben, erkannten der große, aus dem Nichts aufgestiegene Geschäftsmann und die Hausangestellte, daß sie die gleiche Sprache redeten, die gleichen Wurzeln hatten, die gleiche Mentalität und die gleiche Liebe zum Reichtum.

Kurz nach zehn stand er dann auf, wünschte ihr eine gute Nacht und zog sich entweder in sein Schlafzimmer oder in sein Arbeitszimmer zurück. Maria machte noch eine Runde durch das Haus und vergewisserte sich, daß alles in Ordnung war; danach ging auch sie in ihr Zimmer. Aber sie schlief wenig und schlecht, denn sie war zwanzig, sie hatte die Liebe kennengelernt, und eine brennende Begierde verzehrte sie, ein unerträgliches Verlangen, das sie sich vergebens auszureden versuchte. Auch wenn sie es sich nicht eingestand, so war doch dieses Gefühl, das sie austreiben wollte wie einen bösen Geist, einfach die Stimme ihrer Jugend. In ihren konfusen, schweren Träumen flog Maria mit dem Wind, stürzte in gähnende Abgründe und floh vor angreifenden Ungeheuern, bevor sie schweißgebadet aufwachte.

Manchmal hörte sie in der Nacht, daß die Türe von Cesares Zimmer aufging und die Schritte des Mannes sich auf dem Korridor näherten. Wenn die Schritte vor ihrer Tür stockten, hielt Maria für endlose Sekunden den Atem an, bis er zur Küche weiterging. Aber stand er wirklich vor ihrer Tür, oder bildete sie sich nur ein, was sie erhoffte? Auf jeden Fall waren es Augenblicke unerträglicher Spannung, denn sie fürchtete und wünschte zugleich, daß er die Tür aufmachte und hereinkam. Sie schämte sich für ihre Regungen und betete zu Gott, er möge sie von der Sünde erlösen. Denn sie war überzeugt, daß Cesare vor ihrer Tür nur deshalb langsamer ging oder stehenblieb, um sie nicht zu wecken. Elisabetta hatte zu ihr gesagt, er sei ein »umgänglicher Mensch«, und um nichts auf der Welt würde ein Mann wie Boldrani das tun, was sie fürchtete und vielleicht auch ersehnte.

11

Domenico Scaglia zeigte nichts von seiner üblichen Gelassenheit; er rutschte ständig auf dem Stuhl hin und her, der vor Cesares Schreibtisch stand. Die beiden Männer diskutierten die Wirtschaftslage und analysierten die aktuelle politische Situation, um einen Weg zu finden, wie sie die vor ihnen liegenden Klippen am besten umschiffen konnten. Sie sprachen über Immobilien, Aktien, Import und Export, Währungsgeschäfte auf nationaler und internationaler Ebene. Maria, die ihnen Kaffee und Cognac gebracht hatte, verstand eigentlich nur, daß die rechte Hand des Chefs wie von der Tarantel gestochen war.

»Jetzt aber heraus mit der Sprache«, sagte Cesare schließlich, »was ist los mit dir?«

»Das weißt du nur zu gut.« Pazienza zündete sich eine von seinen würzig duftenden amerikanischen Zigaretten an.

Cesare kannte den Grund für seine Nervosität genau, aber er sollte die bittere Wahrheit selbst aussprechen, um sich so davon zu befreien. »Ich will es von dir selbst hören, und zwar laut und deutlich«, fuhr er ihn ohne Mitleid an. »Punkt für Punkt. Du mußt den Tatsachen ins Auge sehen, wenn du mit ihnen fertig werden willst.«

»Es geht um Rosa.« Der Mann, der sonst in drei verschiedenen Sprachen mit Politikern und Geschäftsleuten verhandelte und über das Schicksal anderer Menschen entschied, war so gehemmt wie ein Klosterschüler.

Maria spitzte die Ohren und bezog eine Position, von wo aus sie dem Gespräch folgen konnte, in dem es endlich um verständliche Dinge ging.

»Sie vergißt, daß sie meine Frau ist«, gestand er und verzog sein arabisches Gesicht zu einer komischen Grimasse. »Aber das gehört wirklich nicht hierher, oder? Wir haben so viele andere Probleme.«

Cesare überlegte kurz, dann sagte er: »Es gibt kein größeres Problem als eines, das jeden Abend in deinem Bett liegt.«

Pazienza strich sich über das abgespannte, unrasierte Gesicht. »Nicht einmal das«, seufzte er. »Sie ist schlicht und ergreifend nie da.«

Cesares blaue Augen ruhten interessiert auf ihm. Er mußte ihn jetzt bis zu Ende anhören, ohne die Geduld zu verlieren. »Meinst du damit, daß sie nicht nach Hause kommt?« erkundigte er sich.

»Sie kommt schon nach Hause«, erläuterte Pazienza, »aber immer erst, nachdem sie im Theater war oder bei Freunden. Was unser Intimleben betrifft, so brauche ich dir bloß zu sagen, daß wir in getrennten Zimmern schlafen«, seufzte er. »Und neulich ist sie einfach für fünf Tage an die Côte d'Azur gefahren.«

»Auch mit diesen Freunden?«

»Mit diesen oder anderen, das ist doch egal.« Pazienza war wirklich in schlechter Verfassung. »Sie gibt ein Vermögen für Kleider und Schmuck aus. Und sie betrügt mich. Sie erniedrigt mich.«

»Du bist ein Idiot, Mimmo!« Cesare hob zum ersten Mal die Stimme, aber er wurde sofort wieder leiser. »Das ist nicht dein Problem, wenn sie dich betrügt, das ist ihr Problem. Auch Josephine hat Napoleon betrogen, aber das hat ihn nicht daran gehindert, Kaiser der Franzosen zu werden. Verstehst du, was ich meine? Und Napoleon ist nicht nach Sankt Helena gekommen, weil seine Frau ihn betrogen hat. Das hatte andere Gründe. Du als gebildeter Mensch weißt das noch besser als ich.«

Die Worte halfen Pazienza zwar über das Gefühl der Demütigung hinweg, aber im nächsten Augenblick bewirkten sie eine entgegengesetzte: »Ich bin mit meiner Geduld am Ende«, brach es aus ihm heraus, »ich werfe sie jetzt hinaus.«

Cesare stand auf, ging um seinen Schreibtisch herum und packte den jungen Anwalt an den Ohren, als wäre er ein ungehorsamer Bengel. »Ich würde dir diesen Kopf gerne abreißen«, drohte er gutmütig, »aber es ist zuviel Wichtiges drin. Hinauswerfen... was wären denn das für Methoden? Habe ich dir je vorgehalten, daß ich es gleich prophezeit hatte?«

»Nein, nie«, antwortete Mimmo und befreite sich von diesem Griff, der zwar liebevoll gemeint war, ihm aber dennoch fast den Unterkiefer ausrenkte. Zudem war es ihm peinlich.

Cesare goß einen Schluck Cognac aus der geschliffenen Kristallkaraffe in ein kleines Glas. Das tat er sonst nie. »Sieh mal, mein Freund«, nahm er den Faden wieder auf und schnupperte am Inhalt des Glases, »deine Geduld muß grenzenlos sein. Du wolltest eine Schmierenkomödiantin? Dann mach jetzt keinen Skandal. Du hast einen Fehler gemacht? Dann mußt du dafür zahlen.«

»Sie ist ein Flittchen«, verlor Pazienza endgültig die Fassung.

»Das war sie schon vorher«, bemerkte Cesare seelenruhig, während er die bernsteinfarbene Flüssigkeit in dem funkelnden Glas betrachtete. »Willst du einen Schluck?« bot er ihm den Cognac an. »Nein? Um so besser. Aber wir sprachen von Rosa«, kam er gleich wieder auf das Thema zurück. »Ein Flittchen war sie schon vorher. Manche kommen als Dichter auf die Welt und manche als Dirne. Sie ist eben als Dirne geboren. Aber sie kann nichts dafür, daß du sie geheiratet hast.« Seine Argumente waren klar und unwiderlegbar.

»Und wenn ich sie hinauswerfe?« beharrte Pazienza auf seiner Idee.

»Dann tust du genau das, was sie erwartet.« Cesare war sehr deutlich. »Sie wartet ja nur darauf, daß du sie hinauswirfst, damit sie dich erpressen kann. Solange sie die Möglichkeit hat, wird sie dich ausnehmen wie eine Weihnachtsgans, und das kann man ihr nicht einmal übelnehmen, wenn sie sich an einen gewissen Rahmen hält. Du mußt eine Auseinandersetzung vermeiden, die unausweichlich Haß und Rachegelüste nach sich zieht. Lieber eine schlechte Einigung als ein guter Streit.«

Pazienza legte den Kopf in die Hände, dann gab er auf. »Was soll ich tun?«

»Abwarten, mein Junge«, empfahl Cesare und legte ihm freundschaftlich die Hand auf die Schulter.

Dieser Zuspruch und diese Berührung taten ihm genauso gut wie die Sicherheit, die Cesare ausstrahlte. Pazienza war sich seiner Fähigkeiten bewußt, aber es war ihm auch klar, daß er ohne Cesare Boldrani nur einer der vielen erfolglosen Anwälte geworden wäre, die in den Gängen des Gerichtsgebäudes auf Mandantenjagd gingen. »Worauf soll ich warten?« fragte er.

»Du sollst warten, bis sie geht.« Cesare hatte sich umgedreht und einen Schatten hinter der Türe weghuschen sehen. Er lächelte in sich hinein, als er Marias Neugierde erriet.

»Und wenn sie nicht geht?« wandte er skeptisch ein.

»Früher, als du erwartest, wird sie mit jemandem durchbrennen«, versicherte er ihm.

Trotz allem versetzte diese Antwort Pazienza einen Schlag in den Magen. Rosa war die einzige Frau, mit der er jemals die Raserei der Sinne und die anschließende Befriedigung verspürt hatte. »Woher willst du das wissen?« Die Frage war rein rhetorisch, denn wenn Cesare etwas behauptete, war er seiner Sache sicher.

»Du kannst gleich morgen mit den Formalitäten für die Annullierung der Ehe beginnen«, sagte er. »Ich werde dafür sorgen, daß die Angelegenheit so rasch wie möglich erledigt werden kann. Wir werden alles ordnungsgemäß regeln, so daß die Dame keine weiteren Forderungen stellen kann.«

»Dann gehe ich jetzt an die Arbeit«, seufzte der Anwalt.

»Ein Keil treibt den anderen«, zitierte Cesare zum Abschluß.

Beim Hinausgehen traf Pazienza auf Maria. Sein Blick sagte ihr alles.

»Siehst du, Maria, wie die große Liebe endet?« vertraute er ihr wehmütig an. »Mit eingeschriebenen Briefen endet sie.«

»Trübsal zu blasen hat doch keinen Sinn«, ermunterte sie ihn. »Man kann auch die schlimmsten Dinge wieder vergessen, und man kann jeden Fehler wiedergutmachen.« Sie dachte an ihre eigenen Fehler, an Nemesio, an ihre gescheiterte Ehe, an die Niederlagen, die vielleicht noch vor ihr lagen. Wichtig war, daß man jedes Mal wieder Boden unter den Füße hatte, daß man wieder auf die Beine kam und weitermachte.

Maria brachte den Anwalt Domenico Scaglia zur Tür, dann schaute sie ihm vom Balkon aus nach, wie er unglücklich in seinem teuren Auto davonfuhr.

Eines Abends kamen auch Riccio und Miranda zum Essen. Maria hatte von Giuseppina schon viel über sie gehört; sie waren auch betrübt und in Schwarz gekleidet bei ihrer Beerdigung erschienen. Heute entsprachen sie jedoch dem Bild, das die arme Giuseppina so oft von ihnen gezeichnet hatte, sie waren laut und grell. Cesare zeigte sich ungewohnt fröhlich, weit weg von seinen alltäglichen Problemen genoß er die beinah familiäre Vertrautheit, auf die er so oft verzichten mußte, weil seine Position das nicht zuließ. Nur selten verließ er die Einsamkeit, die die Macht ihm auferlegte, um in die regenerierende Atmosphäre seiner Herkunft einzutauchen. Er hatte es sich auch nicht nehmen lassen, zu Maria in die Küche zu kommen und sie zu ermahnen, den Gästen nur das Beste vorzusetzen.

Das große Haus, in dem normalerweise eine von den diskreten Angestellten streng bewachte Ruhe herrschte, hatte sich in eine Jahrmarktbude verwandelt. Die drei Tischgenossen lachten, zogen einander mit derben Späßen auf und machten zweideutige Bemerkungen, die von Faustschlägen auf den Tisch begleitet wurden, während das Grammophon in voller Lautstärke dröhnte.

Riccio trug am kleinen Finger einen haselnußgroßen Diamanten und einen etwas kleineren an der Krawatte. Maria fiel auf, daß er teuer angezogen war, aber nicht wie ein Signore. Miranda erschien wie eine volkstümliche, aber nicht unsympathische Version der Madonna von Pompei: sie war über und über mit Schmuck behängt. Aber die offenen Gesichter der Gäste, ihre freimütige Art zu reden, ihr spontanes Gelächter freuten Maria. Sie steckten sie mit ihrer guten Laune an. Ihre ungekünstelte, natürliche Wesensart milderte die gelegentlich recht ordinären Ausdrücke. Miranda und Riccio brachten Cesare trotz aller Vertrautheit sehr viel Achtung entgegen; eine Ergebenheit ohne Unterwürfigkeit; einen bedingungslosen Respekt, der über seine gesellschaftliche Position hinausging und nur auf seine Person gerichtet war, auf seine angeborene Überlegenheit. Er war ihr Orientierungspunkt geblieben, auch wenn er die Außenbezirke verlassen hatte, um in den Geschäftsvierteln der Innenstadt sein Glück zu machen. Sie waren vom gleichen Schlag, und darauf waren sie stolz.

Maria erinnerte sich an Giuseppinas Erzählungen und sah das alte Bauernhaus vor sich, wo die Boldranis geboren und aufgewachsen waren, das Stadtviertel Porta Ticinese, die Via Vetraschi, die Diebe und Kriminellen, die armen Leute, Don Oreste, die Fabrikarbeiter und die Wäscherinnen. Die Stärke von Cesare und Riccio lag darin, daß sie ihre Herkunft nicht verleugneten. Als Maria das verstand, empfand sie große Bewunderung für die beiden.

12

»Endlich habe ich den Garten wiedergefunden, in dem die Schönheit blüht und die Poesie gedeiht.« Nemesio hatte sie wieder einmal verblüfft, als er wie ein Zauberer plötzlich aus dem Nichts vor ihr auftauchte. Es war ein heißer Julitag, und die Sonne stach vom Himmel.

»Nemesio!« Maria blieb stehen, ihr Herz blieb stehen, und ein magischer Moment des Verharrens mündete in eine endlose Stille. In der heftigen Umarmung verschmolzen sie zu einer einzigen Person.

Die Zeit blieb nicht lange stehen, aber dieser Augenblick grub sich beiden tief ins Gedächtnis. Die Straßenbahnen bimmelten wieder, die Autos rasten vorbei, die Leute gingen weiter. Die Wirklichkeit verdrängte die Illusion.

»Mein Herz«, sagte er mit zärtlicher Stimme, während er um sie herumging und sie hingebungsvoll ansah. »Du bist meine einzige, unglaubliche, große Liebe.« Die Passanten drehten sich belustigt nach diesem Schauspiel um.

»Zum Glück können sie uns vom Haus aus nicht sehen«, tröstete sich Maria, der es peinlich gewesen wäre, wenn Ambrogino, Cecchina oder gar Signor Cesare diesen improvisierten Zirkusauftritt von Nemesio mitbekommen hätten.

»Der Sklavenpalast«, rief Nemesio im anklagenden Ton eines Volkstribunen und wies mit dem Arm in die Richtung, wo das Haus Boldrani hinter Bäumen versteckt lag. Es war zu weit entfernt, um etwas erkennen zu können.

»Endlich bist du wieder da«, sagte Maria. Sie behielt ihn scharf im Auge, damit er sie nicht mit einem seiner beliebten Ablenkungsmanöver überfallen konnte. »Du hast also eine Stellung gefunden«, erinnerte sie ihn an die getroffene Vereinbarung.

»Eine Stellung, die aus dir eine internationale Persönlichkeit machen wird«, sagte er fest und entschlossen. Sie gingen in Richtung Innenstadt.

»Soviel verlange ich gar nicht«, erwiderte Maria, die bereits darüber nachdachte, wie sie diese Neuigkeit ihrer Mutter und Signor Cesare beibringen sollte. Vera würde auf jeden Fall wieder mit ihrer Litanei vom Bajazzo anfangen. Aber wie reagierte wohl Cesare Boldrani?

»Mein Gott, wie schön du bist«, drang seine Stimme sanft an ihr Ohr. Nemesio hatte offensichtlich ein bestimmtes Ziel im Sinn, zu dem er sie führte. Von Zeit zu Zeit drückte er sie fest an sich, und sie mußte gleichzeitig weinen und lachen. Sie war überwältigt von diesem Dämon, von der Sonne, von den Wallungen, die ihr das Blut zu Kopf steigen ließen. Sein Körper verströmte einen feinen, durchdringenden Duft, der sie verwirrte. Außerdem war es furchtbar heiß, und sie konnte nicht mehr klar denken.

»Ich muß ihnen auf alle Fälle frühzeitig Bescheid sagen.« Die praktische Seite ihres Wesens gewann wieder die Oberhand.

»Mit Ausbeutern verhandelt man nicht«, bestimmte er. »Morgen gehst du mit mir fort. Sie würden auch keine Sekunde zögern, dich fristlos an die Luft zu setzen.« Wie entschlossen, gutaussehend und stark er war! Er trug eine leichte, graue Hose und ein weißes Hemd mit offenem Kragen und hochgekrempelten Ärmeln. Über der Schulter hing die zusammengelegte Jacke, die er mit einer Hand hielt. Er hatte abgenommen, und seine Gesichtszüge waren weicher geworden; er sah jünger aus. In den fröhlichen grünen Augen spiegelten sich die goldenen Flammen der Sonne.

»Na gut«, ließ sie die Sache vorerst auf sich beruhen, »darüber können wir später sprechen. Wann bist du angekommen?«

»Es war noch dunkel«, deklamierte er in seiner unverbesserlichen Art, »ich habe den Sonnenaufgang gesehen und nur an dich gedacht. Ich bin vor deinem Haus gestanden, ich habe die Straßen nach dir abgesucht, ich habe Parks und Gärten durchforscht.«

»Wäre es nicht einfacher gewesen, mich da zu suchen, wo ich war?« holte sie ihn wieder auf den Boden zurück.

»Ich wollte mir nicht von deinen Herrschaften sagen lassen«, erklärte er finster, »daß den Bediensteten die Benutzung des Telefons nicht gestattet ist.«

»Aber Nemesio«, lachte sie ihn aus, »wir leben doch nicht in der Steinzeit.«

Unterdessen waren sie am Dom angekommen und gingen unter den Arkaden der Piazza del Duomo entlang. »Wie sind diese Leute, für die du arbeitest?« erkundigte er sich. »In deinen Briefen steht nichts darüber.«

»Zuerst waren es zwei Personen«, berichtete sie und hakte sich bei ihm unter, »Bruder und Schwester. Sie ist gestorben, und jetzt ist er allein.«

»Wie ist er?« Nemesio war plötzlich hellhörig geworden.

»Sehr reich«, antwortete Maria, »sehr einsam, sehr bedeutend.«

»Jung?« fragte er verdächtig gleichgültig.

»Eifersüchtig?« gab Maria kokett zurück.

»Ich achte dich zu sehr, um eifersüchtig zu sein«, erklärte er.

»Ich achte dich auch.« Maria sah keinen Zusammenhang zwischen Achtung und Eifersucht; auch wenn sie einen Mann achtete, hieß das nicht, daß sie ihm nicht trotzdem mißtraute.

»Ist er jung?« bohrte Nemesio weiter.

»Alt«, schwindelte sie scherzhaft, »dick und häßlich.« Sie hatte ein zwiespältiges Gefühl bei dieser Lüge.

»Alter und Aussehen sind nicht so wichtig.« Nemesio hatte die Antwort seiner Frau für bare Münze genommen, und sein männlicher Stolz war beruhigt.

Die beiden jungen Leute bogen in die Via Cappellari ein und bestiegen eine Straßenbahn der Linie vierundzwanzig. An der Endstation, dem Rondell der Via Ripamonti, stiegen sie aus.

»Warum hier?« fragte Maria überrascht.

»Warum nicht hier?« fragte Nemesio zurück. Sie gingen nach links an einer kleinen Kirche vorbei, dann durch eine enge Gasse, und plötzlich standen sie mitten im Grünen.

»Ist das nicht schön?« Er wußte, daß er ins Schwarze getroffen hatte.

»Es ist herrlich«, rief Maria aus. Sie sah einen alten Bauernhof, hinter dem ein kleiner Wasserlauf in der Sonne blitzte. Lange Pappelalleen säumten die Kanäle, in denen frisches, klares Wasser strömte. »Man bekommt richtig Lust zum Baden«, freute sie sich.

Am Horizont waren die Umrisse der Klosterkirche von Chiaravalle erkennbar. »Hinter dem Gehöft muß eine alte Osteria sein.«

Es war beinah Mittag, und Maria bemerkte plötzlich, wie schnell der Morgen vergangen war. »So spät ist es schon! Meine Mutter erwartet mich um zwölf.«

»Wenn du einmal zu spät kommst, wird davon die Welt nicht untergehen. Immerhin bist du mit deinem Ehemann unterwegs, nicht wahr?« Der Hinweis auf die Amtlichkeit ihrer Verbindung beruhigte sie wieder.

»Allerdings«, antwortete sie stolz, »du bist mein Mann. Warst du bei Giulio?« fragte sie dann.

»Nein, ich wollte ihn mit dir gemeinsam sehen.«

Maria glaubte ihm. »Er ist sehr gewachsen«, erzählte sie und drückte seinen Arm fest an sich. »Er wirkt wie ein einjähriges Kind. Obwohl du es nicht verdient hast, sieht er dir ähnlich.«

»Schau dich um, gefällt es dir hier?« Sie waren an einer alten Osteria mit einer Pergola angelangt. Eine mächtige Glyzinie rankte sich an der Front des ehemaligen Bauernhauses empor. Unter der Pergola fielen einzelne Sonnenstrahlen durch das Laub auf die Tische. Gutgelaunt aßen sie Brot mit Salami und tranken dazu einen leichten, perlenden Rotwein. Der Wein ließ ihre Augen glänzen und ihre Wangen brennen; er entfachte eine Erregung, die besser gedämpft worden wäre.

Nach dem Essen spazierten sie durch eine Pappelallee an einem Kanal entlang. Sie hielten sich an der Hand und sprachen nichts mehr; und jeder Gedanke verstärkte nur das Verlangen in ihnen. In diesem Verlangen waren sie eins mit der Natur, mit dem Summen der Insekten, dem Spiel der bunten Libellen, dem Fließen des Wassers und dem Geruch der Erde. Der Mann sah sie bittend an, und sie ließ sich ansehen, sie ließ sich küssen, sie ließ sich anfassen. Die Beklemmung aus ihrem Traum stieg wieder in ihr auf, aber dieses Mal gab es keine gähnenden Abgründe oder gräßlichen Ungeheuer, sondern nur Liebe, eine endlose, große Liebe, eine lange Vereinigung ihrer Körper auf dem warmen Gras, deren süße Erschöpfung sie kraftlos, leer und glücklich im Schatten der Pappeln ruhen ließ. Neben ihnen floß das klare Wasser des Kanals, und in der Ferne stand die mittelalterliche Silhouette des Klosters.

Maria fühlte sich rundum zufrieden, ihr Verlangen war gestillt. Eine warme Zärtlichkeit erfüllte sie – letztlich war er ihr Mann, ihr angetrauter Gatte. Er hatte recht. Wozu wollte sie in einem Haus arbeiten, das nicht ihres war, ein Leben organisieren, das auch nicht ihres war, von einer Zukunft träumen, die von Fremden abhing? Sie schmiegte sich enger an Nemesio. Ihre Wangen glühten, und auf ihren Lippen brannten noch die Küsse. Das langsame, aber unaufhaltsame Strömen des Wassers verzauberte sie. Es war immer gleich und doch immer verschieden, so wie die Lebensfreude und die Lust, die in einem verborgenen Schauer ihres bebenden Körpers schon wieder neu geweckt wurde vom Atem des Mannes, von seinem gierigen Mund, von seinem harten Geschlecht, so wie die sanfte Gewalt des Windes die Wolken über den Himmel treibt.

»Du wolltest mir sagen, daß wir für immer zusammenbleiben«, flüsterte sie mit ihrer weichen Stimme in sein Ohr. »Das war doch die Überraschung.«

»Ja, Maria.«Er zog sie in seine Arme und vergrub sich in den Duft ihrer schwarzen Locken. Die Mutterschaft hatte ihren Busen noch schöner gemacht, den er jetzt nackt auf seiner Brust spürte. »Ich verspreche dir, daß uns dieses Mal niemand mehr trennen kann.«

»Hast du eine Arbeit gefunden?« fragte sie gespannt. »In Modena? In Mailand? Hoffentlich in Mailand. Dann kann meine Mutter uns helfen und auf das Kind aufpassen. Ich scheue mich nicht vor der Arbeit, ich kann leicht eine andere passende Stelle finden.«

»Arbeit werden wir schon finden, Maria«, sagte er mit fester Stimme. Er nahm sie an den Schultern und schob sie ein Stück von sich weg, damit er ihr in die Augen sehen konnte. »Dafür werden die Genossen schon sorgen, wenn wir in Paris sind.«

Eine Wolke schob sich vor die Sonne, und auf Marias Gesicht drohte ein Unwetter. »Hast du Paris gesagt?« fragte sie mit unnatürlich ruhiger Stimme. »Kannst du mir erklären, wovon du sprichst?«

»Maria, ich muß nach Paris.«

»Du bist verrückt.« Das Rad der Gefühle drehte sich auf einmal in die entgegengesetzte Richtung; ihr Herz zuckte, und ihr Magen krampfte sich zusammen.

»Ich habe meinen Stellungsbefehl erhalten«, rückte er endlich mit der Wahrheit heraus, »und ich habe ihn nicht befolgt. Die Genossen sind mir beigestanden, und nun erwartet man mich in Paris.«

»Du bist also ein Deserteur.« Das Sperma des Mannes, das sich mit der warmen Flüssigkeit ihrer Lust vermischt hatte, war jetzt kalt und ekelhaft an ihren Schenkeln spürbar. Sie war beschämt, fassungslos und gekränkt angesichts dieser Wahrheit, die viel erbärmlicher war als jede Lüge und die alle ihre Hoffnungen zunichte machte.

»Ich bin keiner von denen, die für die Faschisten zu den Waffen greifen«, rechtfertigte er sich. Er wußte jedoch genau, daß Maria ihm nicht seine politische Gesinnung oder seine Abenteuerlust vorwarf, sondern die Tatsache, daß er ihr und dem Kind ein Leben zumuten wollte, das ihr feindlich und bedrohlich erschien.

»Es ist doch nur eine Wehrübung«, versuchte sie zu argumentieren. »Der Krieg hat noch nicht angefangen. Und vielleicht gibt es ja gar keinen Krieg.«

»Es ist keine Wehrübung«, widersprach Nemesio bestimmt. »Hitler hat den Krieg schon begonnen. Mussolini hält sich bereit. Im Moment versucht er, die Franzosen mit diesen Truppenübungen aufzuschrecken, damit sie ihre Divisionen an unseren Grenzen stehenlassen. Das ist natürlich eine Farce. Der Faschismus ist eine Farce. Trotzdem ziehen die Leute vergnügt in das Massaker. Für diese armen Teufel, die dem Befehl gefolgt sind, gibt es nichts zu essen, auch keine Kasernen und keine Uniformen. Sie müssen in den Wartesälen der Bahnhöfe übernachten oder auf Zeitungspapier in Viehwagen. In was für einer Welt lebst du eigentlich?«

»Warum wollt ihr aus der Emilia-Romagna eigentlich immer die Revolution?« wehrte sie sich empört.

»Du lebst im Haus eines raffgierigen Neureichen«, hielt er ihr vor, »und du schaust dich kein bißchen um, sonst wüßtest du, daß auch bei euch die Leute so denken.« Er stimmte die ersten Töne eines bekannten Liedes gegen den Krieg an. »Weißt du, wo das gesungen wird? Nein? Dann sage ich es dir. Das singen sie in deinem geliebten Mailand.«

»Von diesen Dingen weiß ich nichts, Nemesio«, gab sie versöhnlich zurück, »aber ich weiß, daß die Strafen der Militärgerichte schrecklich sind. Für Deserteure kann es sogar die Todesstrafe geben.«

»Das weiß ich auch«, sagte er und versuchte, die Gelegenheit zu nutzen, um sie umzustimmen, »und deshalb muß ich verschwinden. Ich habe auch einen Kampf auszufechten, den Kampf gegen die Faschisten. Hör zu, Maria, zunächst gehen wir in die Schweiz.

Ich weiß, wie wir das schaffen. Von dort fahren wir nach Frankreich, nach Paris, wo die Genossen mich schon erwarten.«

»Und Giulio?« fragte Maria unvermittelt. Die Hitze war mittlerweile unerträglich, die Geräusche der Natur wurden lästig, so wie die Fliegen, die sich ständig auf ihrer Stirn niederließen. Es ging nicht der leiseste Lufthauch, die Schwüle wurde drückender, und ihre schweißnassen Kleider klebten auf der Haut.

»Giulio bleibt bei deiner Mutter«, entschied Nemesio, als sei das selbstverständlich.

»Ich soll also unser Kind im Stich lassen?« Entrüstet stand Maria auf und versuchte, ihr Äußeres in Ordnung zu bringen. Die schwarzen Locken flogen im Rhythmus ihrer empörten Bewegungen.

»Wieso?« änderte er seine Taktik. »Was tust du denn jetzt? Giulio lebt bei deiner Mutter, und das ist für dich weder dramatisch noch störend. Wenn du mit mir weggehst, heißt das für dich, du läßt deinen Sohn im Stich. Was heißt es für dich, wenn du für Cesare Boldrani arbeitest?«

»Ich sehe Giulio jeden Sonntag«, verteidigte sich Maria energisch. »Wenn es etwas gibt, kann meine Mutter anrufen. Im Notfall bin ich ganz schnell bei ihm. Nein, Nemesio, darüber will ich nicht einmal diskutieren. Ich will auch nicht wieder mit dir streiten. Unsere Abmachung war eindeutig. Ich liebe dich, aber so ein unstetes Leben ertrage ich nicht. Wenn dir deine Ideologie wichtiger ist als deine Frau, in Ordnung. Aber dann laß mich gefälligst in Ruhe, anstatt mir Hoffnungen zu machen, die sich hinterher als blanker Unsinn entpuppen. Nemesio«, bot sie ihm eine letzte Chance, »Signor Boldrani ist ein sehr einflußreicher Mann. Er kennt so viele Leute, das kannst du dir gar nicht vorstellen. Wenn ich ihn bitte, dir zu helfen, wird er es tun. Vielleicht findet er sogar eine gute Stellung für dich. Wenn er denen vom Militär sagt, daß sie dich freisprechen sollen, werden sie dich freisprechen.«

»Du willst mich also nicht verstehen«, sagte der Mann und ging auf den Weg zurück.

»Nein, du verstehst mich nicht«, rief Maria. Sie lief ihm nach und baute sich vor ihm auf.

»Du hast keine Ahnung, weil du mit Scheuklappen herumläufst, aber ich liebe dich, Maria.« Er stand vor ihr und sah sie flehend an.

»Dann bleib bei mir«, sagte sie unnachgiebig.

»Ich liebe dich, Maria, aber in dieser Scheißwelt will ich nicht leben.« Das war sein letztes Wort.

»Du liebst eine Freiheit, die es nicht gibt«, attackierte Maria ihn. »Deine Ideale sind die Ideale der Zigeuner, der Vagabunden, der Narren. Aus dir wird nie ein guter Vater oder Ehemann. Ihr seid so wenige, was wollt ihr denn erreichen?«

»Trotzdem liebe ich dich.« Er setzte sein strahlendes Lächeln auf, und seine grünen Augen blitzten. »Und du liebst mich auch.«

»Ach, geh zur Hölle, du Vagabund.« Sie befanden sich wieder auf der Straße, und Maria rannte ihm davon, zur Haltestelle der Straßenbahn, die sie wieder ins Stadtzentrum zurückbringen würde. Sie rannte mit tränenblinden Augen, um eine möglichst große Entfernung zwischen sich und diesen Vagabunden zu bringen, den sie in ihrer grenzenlosen Einfalt geheiratet hatte.

Nemesio holte sie ein; er schloß sie fest und liebevoll in seine Arme, und an seiner Schulter ließ Maria ihren Tränen freien Lauf. Sie verabschiedeten sich mit einem langen Kuß, in den sich der Geschmack der Tränen mischte: So standen sie in der Sonnenglut mitten auf der Straße, ohne sich um die Leute zu kümmern, die sich verständnislos nach ihnen umdrehten.

»Seit Stunden warte ich auf dich«, zeterte Vera, als sie endlich zu Hause ankam. Aus seinem Kindersitz streckte Giulio ihr mit freudigen Lauten seine kleinen Hände entgegen. »Ich bin sogar in den Laden hinuntergegangen und habe bei deinem Dienstherrn angerufen. Sie haben gesagt, du seist heute morgen aufgebrochen, um hierher zu kommen. Wo warst du?«

Maria sah so mitgenommen aus, daß ihre Versuche, die erlebten Erschütterungen vor Vera zu verheimlichen, vergebens waren. »Bitte, Mama«, wehrte sie ab, »kein Polizeiverhör.«

»Schau dich doch an«, zankte sie weiter, »der Unterrock hängt heraus, die Bluse ist völlig zerknittert, und du hast Grashalme im

Haar. Man wird doch noch fragen dürfen, wo du dich herumgetrieben hast, anstatt zu deinem Kind und deiner Mutter nach Hause zu kommen.«

»Ich bin eine erwachsene Frau«, erwiderte sie hart. »Ich arbeite. Und ich bin niemandem Rechenschaft schuldig, wie ich meine Zeit verbringe.«

»Du bist ein Flittchen«, zischte Vera. »Ein echtes Flittchen. Wie die Tiere treibst du es in der freien Natur.« Sie hob die Arme empor und jammerte: »Was habe ich verbrochen, daß Gott der Herr mich mit einer solchen Tochter straft?«

»Ich habe gesagt, du sollst aufhören«, brüllte Maria. Sie scherte sich nicht darum, daß man ihre Stimme durch das offene Fenster bis auf die Straße hören konnte. »Ich bin eine verheiratete Frau.«

»Verheiratet?« schrie Vera zurück, der es jetzt auch nicht darauf ankam, was die Nachbarn denken konnten. »Deine Ehe ist kaputt.«

»Ich war mit meinem Mann unterwegs«, gab sie zu, um es kurz zu machen.

»Wertes Publikum«, spottete Vera, die sich nicht mehr beherrschen konnte, »der König der Gaukler ist zurückgekehrt.«

»Er ist mein Mann«, hielt Maria dagegen.

»Das stimmt«, pflichtete Vera ihr bei, »er ist der Mann, den du verdienst. Und es würde mich nicht wundern, wenn er dir noch ein Geschenk gemacht hätte zu dem Kind, das du schon hast. Du hast also deinen Mann getroffen, und er hatte es nicht einmal nötig, dieses arme Wesen zu besuchen.« Das arme Wesen schrie aus Leibeskräften, da die lauten und aggressiven Stimmen es erschreckt hatten.

»Er wollte Giulio einen Auftritt wie diesen ersparen«, erklärte sie, während sie das Kind auf den Arm nahm, um es zu beruhigen. »Er wollte die Begegnung mit dir vermeiden, weil sie unweigerlich in einer Szene geendet hätte.« Giulio schrie, Maria weinte still, und Vera verfluchte ihr Schicksal als betrogene Mutter. Maria wiegte ihr Kind in den Armen, und allmählich gelang es ihr, ihn zu beruhigen, bis er schließlich einschlief. Sie legte ihn vorsichtig in sein Bettchen und schaute ihm zu, wie er sich im Schlaf sacht bewegte. Er sah Nemesio verblüffend ähnlich. Sicherlich würde er als Erwachsener das gleiche Gesicht wie sein Vater haben, aber nicht den gleichen Charakter und nicht die gleichen Illusionen.

Am Montagmorgen hatte sie ihr Gleichgewicht noch nicht wiedererlangt; sie fühlte sich wie zerschlagen und beschloß, daß das Haus Boldrani heute auf sie verzichten konnte, während sie nicht ohne ihr Kind auskommen konnte, das sie an ihre verlorene Liebe erinnerte, die sie wiedergefunden und erneut verloren hatte. Das Kind war ein Teil jenes Mannes, den sie vielleicht nie wiedersehen würde. Wenn Giulio lachte, sah Maria das Lachen von Nemesio.

»Wieso gehst du heute nicht zur Arbeit?« fragte ihre Mutter. »Hat dein Mann dir seine Lohntüte dagelassen?«

»Du weißt ganz genau, daß ich von meinem Mann niemals Geld bekommen werde.« Sie fütterte das Kind, das vergnügt seine in Milch aufgeweichten Kekse aß. »Ich muß ein bißchen bei ihm bleiben«, fügte sie hinzu und deutete auf Giulio.

Vera hatte plötzlich Mitleid. »Ich möchte mich entschuldigen für das, was ich gestern abend gesagt habe.« Sie war aufrichtig, aber sie empfand keine Reue. »Ich habe manches gesagt, was ich denke, aber auch manches, was ich nicht glaube.«

»Wir sind beide sehr nervös.« Maria wollte das Thema nicht weiter vertiefen, und so erfuhr sie nicht, was ihre Mutter wirklich glaubte. »Nemesio wollte, daß ich mit ihm nach Paris gehe.«

Vera äußerte sich nicht dazu. Maria meinte aber zu verstehen, daß es ihr nicht besonders leid getan hätte, allein mit dem Kind zurückzubleiben.

»Zum Glück sind Sie wieder da«, begrüßte Ambrogino sie sichtbar erleichtert. »Wenn Sie wüßten, wie aufgebracht Signor Cesare war. Er hat alles auf den Kopf gestellt. Er hat nichts gefunden, und er ist zu spät zu einem Termin gekommen. Als ich ihm vorgeschlagen habe, ich würde zu Ihrer Mutter gehen und nach Ihnen fragen, hat er es mir verboten. Er hat getobt. Den ganzen Tag hat er Cecchina und mich herumgehetzt.«

»Das tut mir leid«, entschuldigte sich Maria, »aber mir ging es gestern überhaupt nicht gut.«

»Das wollte ich Signor Cesare auch erklären.« Der Hausdiener hielt immer zu ihr. Da krächzte die Klingel, und das Lämpchen von Signor Cesares Zimmer leuchtete auf.

»Geh du, Ambrogino«, schickte sie ihn als Vorhut voraus, »sag ihm, ich komme in einer Minute.«

Als Maria mit dem Frühstückstablett das Zimmer betrat, erwartete Cesare Boldrani sie in einem seidenen Morgenmantel.

»Ich möchte mich wegen gestern entschuldigen«, sagte sie und stellte das Tablett ab. Sie hatte auch die schwedische Kristallvase nicht vergessen, in der eine Rosenknospe steckte. »Ich konnte nicht kommen.« Am Vortag hatte sie praktisch nichts gegessen, dazu kamen die Aufregung und die vielen Tränen, so daß ihr blasses Gesicht fast durchsichtig schimmerte.

»Wir leben im Jahr neununddreißig«, bemerkte Cesare ruhig, »es gibt Telefone.« Nach einem ganzen Tag und einer halben Nacht vergeblichen Wartens hatte er die Hoffnung schon aufgegeben, dieses Mädchen je wiederzusehen, ohne das er anscheinend nicht leben konnte. Jetzt war er glücklich.

»Ich hatte Fieber«, log sie. »Ich war nicht in der Lage, aufzustehen und aus dem Haus zu gehen.«

»Ich werde mein Büro anweisen, in der Wohnung deiner Mutter ein Telefon zu installieren«, beschloß er.

»Vielen Dank, Signor Cesare.«

»Warum hast du nicht wie üblich im Speisezimmer serviert?« wollte er wissen und deutete auf das Tablett.

»Ich glaubte, Sie hätten diesen Wunsch geäußert.« Sie wandte sich zur Tür.

Cesare hatte sich niedergelassen und goß sich eine Tasse Kaffee ein. »Gestern haben wir dich alle sehr vermißt«, stellte er verdrossen fest. »Du bist anscheinend unentbehrlich in diesem Haus.«

»Das glaube ich nicht, Signore.« Sie sprach nur das Notwendigste, denn sie fürchtete, sich zu verraten: der Sturm in ihrem Inneren war noch nicht wieder abgeflaut.

»Nun sieh zu, daß du die verlorene Zeit wieder hereinholst«, forderte er sie auf. Zu sehr verwöhnen wollte er sie auch nicht.

»Ja, Signore.«

»Ja, Signore; nein, Signore!« platzte er heraus. »Fällt dir nichts anderes ein?« Er verstand ihre ungewohnte Wortkargheit nicht. Aber sie war wieder da, das war die Hauptsache; daher wollte er auch nicht zornig werden. »Diese Woche werde ich nach Caravaggio übersiedeln wie jedes Jahr im August. Du kommst mit.« Er sah sie fragend an.

»Soll ich den ganzen Monat in Caravaggio bleiben?« erkundigte sie sich.

»Ich werde dich jeden Sonntag nach Mailand bringen lassen«, beruhigte er sie, »es sei denn... Ach, nichts.« Beinahe wollte er ihr erlauben, das Kind mitzunehmen; dann hielt er es doch nicht für angebracht. Er versuchte zu erraten, was in ihr vorging. »Ist dir das recht?«

»Ja, Signore«, antwortete sie und verließ den Raum.

Am Samstag hatte Maria ihren freien Tag und ging nach Hause. Dort fand sie einen Brief von Nemesio aus Paris vor. Sie steckte ihn ungeöffnet ein, weil ihre Mutter, die ohne Unterlaß Kleidungsstücke stärkte und bügelte, sie nicht aus den Augen ließ.

»Ich verdiene jetzt so viel«, sagte Maria zu ihr, »daß du dich nicht mehr für fremde Leute abzurackern brauchst.« Sie hatte das Kind auf dem Arm, das mit ihren Haaren spielte und ihr in seiner unverständlichen Sprache etwas erzählte.

»Du weißt, wie ich darüber denke«, wies Vera das Angebot gelassen zurück. »Ich nehme von niemandem Geld an, nicht einmal von dir.«

Sie blieb den ganzen Tag bei Giulio, und abends kehrte sie zum Foro Bonaparte zurück. Ambrogino und Cecchina hatten sich schon in ihre Zimmer unter dem Dach zurückgezogen. Cesare Boldrani war nicht da. Alle Sessel und Diwane trugen Bezüge aus Segeltuch, das Silber war in Kisten verstaut, und die Teppiche hatte man eingelagert. Durch die offenen Fenster drang die unbewegte Luft der Augustnacht herein, ohne die schwüle Hitze zu lindern. Schweißtropfen rannen ihr den Rücken hinab, so daß die Kleider auf der Haut klebten. Sie zog sich alle Kleider vom Leib und ging in Giuseppinas früheres Badezimmer, um zu duschen. Sie setzte eine Gummikappe auf ihr Haar und seifte sich gründlich ein.

Dann stellte sie sich unter den lauwarmen, kräftigen Strahl und ließ das Wasser lange über ihren Rücken laufen, auch als längst keine Spur mehr von dem weißen Schaum sichtbar war. Danach fühlte sie sich wie neugeboren. Sie trocknete sich gründlich ab und streifte ein seidenes Negligé über, ein Geschenk von Elisabetta. Sie kehrte in ihr Zimmer zurück und legte sich hin, als ihr Nemesios Brief einfiel. Sie suchte ihn hervor, öffnete ihn und las:

»Mein Herz, ich bin gerade in Paris eingetroffen und will dir sofort schreiben. Die Reise war anstrengend und bedrückend, weil du nicht dabei warst. Du fehlst mir, Maria. Ich kann noch immer deinen Duft auf meiner Haut ahnen. Ich liebe dich, aber ich will dich bei mir haben, du sollst mir gehören. Ich werde dir nie genug danken können für das Geschenk deiner Liebe, das du mir gemacht hast, für die Wärme, die du mir gegeben hast an jenem Sommertag in Mailand. Für mich bist du wie jener Sommertag. Die Erinnerung an deine Zärtlichkeit und deine Küsse gibt mir Trost und Zuversicht.«

Die Tränen schossen ihr in die Augen, als sie den Brief zusammenfaltete und in die Schublade ihres Nachttischs steckte, und wie ein kleines Kind ließ sie ihnen freien Lauf. Warum hatte sie nichts von diesem unruhigen Wandergeist, der Nemesio nirgends Wurzeln schlagen ließ? War es nicht besser, Tag für Tag in den Armen eines Mannes zu liegen, der sie so lieben konnte, wie Nemesio sie geliebt hatte?

»Was ist los, Maria? Was hast du?« Eine starke, schützende Hand berührte ihre Schultern und eine volle Männerstimme tröstete sie. »Was hast du, Maria?« wiederholte er und nannte zärtlich ihren Namen.

Sie hob ihr hübsches, tränennasses Gesicht vom Kopfkissen und sah ihn vor sich stehen. Cesare schaute sie liebevoll und verstehend an. Ihr Kummer war stärker als ihre Selbstbeherrschung, sie mißachtete jedes Tabu und jedes Verbot. »Ich bin so verzweifelt«, gestand sie. Es war ihr gleichgültig, daß sie weinte, und es war ihr auch gleichgültig, daß das Negligé über ihre Schulter herabgerutscht war und ihren Busen enthüllte; es war, als stünde nicht der große Cesare Boldrani vor ihr, sondern ein guter Freund, dem sie sich rückhaltlos anvertrauen konnte.

»Bitte hör auf, ich will dir helfen«, sagte er leise und streichelte ihre Hand.

»Mir kann niemand helfen«, gab sie zurück. Sie stand auf, vielleicht, weil sie sich zusammennehmen wollte, aber sie landete in seinen Armen. Er küßte sie zärtlich, während das weiße Seidengewand auf den Boden glitt. Träumte sie nur, oder streichelte er sie wirklich, küßte sie und flüsterte ihr feurige Worte ins Ohr?

»Sag jetzt nichts, Maria«, murmelte er und legte sie wie eine Puppe auf das Bett, »sag gar nichts.« Cesares Hausmantel aus blauer Seide lag auf dem weißen Negligé, und der Körper des Mannes bedeckte ihre blendende Weiblichkeit. Maria schwieg, um den Zauber nicht zu brechen, denn es konnte nur ein Traum sein, das außerordentliche Geschlecht des Mannes, dieser Stachel, der sie samtweich und qualvoll zugleich durchbohrte, dieser brennende Mund, der den ihren suchte, um ihm das Siegel eines nie gekannten Glücks aufzudrücken. Sie fanden denselben Rhythmus, der Mann stieß wuchtig in sie hinein, und sie öffnete sich wie eine Blüte dieser neuen, unbekannten Lust. Maria weinte und lachte gleichzeitig, sie drängte ihn weg und zog ihn in sich hinein; sie schrie unbeherrscht um Gnade und zwang ihm ihren Willen auf. Am Ende erstrahlte die Nacht in einem funkelnden Schein, der den zuckenden Bewegungen ihrer Körper folgte. Auch als der helle Schein in einer farbigen Dämmerung ausklang, blieben sie noch vereint. Cesare küßte sie sacht auf die Augen, in die Mundwinkel; er strich über ihre Hüften, über die herrlichen Brüste mit den aufgerichteten Brustwarzen und die langen, schlanken Beine.

Als Cesare sprechen wollte, legte Maria ihm einen Finger auf den Mund. Die Lüge sollte noch dauern, der Traum durfte noch nicht enden, denn sie mußte eine Rechtfertigung finden für ihre Haltlosigkeit.

»Und ich hatte nicht verstanden«, murmelte Cesare, »daß auch du mich liebst und daß du meinetwegen gelitten hast.«

Die Welle der Lust war noch nicht ganz verebbt, und Maria versuchte, sie noch in sich zu behalten. Elisabettas Worte kamen ihr in den Sinn: »Du darfst ihn nie belügen.« Aber was sollte sie ihm sagen? Daß sie wegen Nemesio und ihrer verlorenen Liebe so verzweifelt war? Warum hatte sie sich dann Cesare hingegeben und diese Hingabe so genossen wie nie zuvor? Es gab nur eine Erklärung, und ihre Mutter hatte recht: sie war ein Flittchen. In der Tat fühlte sie sich so, denn in dieser Nacht hatte sie weder Cesare noch Nemesio begehrt, sondern einfach nur einen Mann, der mit seiner starken Männlichkeit ihr brennendes Verlangen befriedigte.

13

Je näher sie der Villa kamen, desto interessierter betrachtete Maria die Landschaft, mit beinahe fotografischer Genauigkeit. Die Villa Silenziosa lag in der Mitte der Ebene zwischen den Flüssen Adda und Serio; die Atmosphäre, die sie umgab, war verwunschen, magisch und geheimnisvoll. Cesare hatte den Fiat Topolino in Mailand gelassen, und sie fuhren in einem schwarzen, chromblitzenden Lancia Ardea, der von einem Chauffeur in Livree gesteuert wurde. Maria war zum ersten Mal mit Cesare unterwegs, sie fuhr zum ersten Mal nach Caravaggio, und zum ersten Mal lastete der Makel des Ehebruchs auf ihrem Gewissen.

»Bist du glücklich?« fragte Cesare und drückte ihre Hand. Sie saßen im Fond des Wagens, durch eine dicke Scheibe vom Chauffeur getrennt. Maria errötete bei dieser Vertraulichkeit. »Bitte nicht.« Verschämt zog sie ihre Hand zurück, aber dann mußte sie über ihre eigene Heuchelei lachen. »Ich gehe mit dir ins Bett, aber wenn du meine Hand nimmst, werde ich rot.«

»Ich habe dich gefragt, ob du glücklich bist«, wiederholte der Mann.

»Ich bin wie betäubt«, gab sie offen zu, »ich bin völlig durcheinander. Manchmal himmelhoch jauchzend, dann zu Tode betrübt. Wenn ich überlege, wo ich herkomme und wo ich jetzt bin, kann ich es nicht fassen. Ich bin verunsichert. Ich traue mich nicht einmal, deinen Namen auszusprechen. Soll ich dich siezen? Wie soll ich mich in der Öffentlichkeit verhalten? Bin ich die Haushälterin der Familie Boldrani, bin ich die Geliebte von Cesare Boldrani, oder bin ich eine Laune des Chefs? Soll ich immer daran denken, was geschehen ist, oder soll ich alles vergessen?« Sie hob die großen, braunen Augen zu ihm auf, in denen eine verzweifelte Unsicherheit stand. »Wofür werden die Leute mich jetzt halten? Für eine Frau oder ein Flittchen?«

Cesare nahm ihre beiden Hände und ermahnte sie streng: »So etwas darfst du nie mehr sagen. Du brauchst Zeit«, fügte er hinzu, »dich an deine neue Rolle zu gewöhnen. Ich werde dir dabei helfen. Jetzt schau aber hinaus.« Sie hatten Caravaggio hinter sich gelassen und waren auf dem Weg zum Landgut Boldrani.

Das Gebäude war in den Jahren 1858 bis 1868 von dem Architekten Michele Canzio errichtet worden. Er hatte es nach den Grundsätzen der Beständigkeit, aber auch des guten Geschmacks entworfen. Insgesamt war es ein harmonischer Bau ohne unnützen Zierat und zeugte von der Intelligenz und Geschäftstüchtigkeit seines Erbauers. Die jetzige Villa war auf den Resten einer älteren, bescheideneren Behausung entstanden, die die Bauern der Umgebung seit Jahrhunderten *Ca' de Cunt* genannt hatten, das Haus der Conti, da die Familie in diesem Gebiet Melonenfelder besaß sowie riesige Maulbeerplantagen, die der Seidenraupenzucht dienten. Als die Seidenweberei zu einem wichtigen Wirtschaftszweig geworden war und die adlige Unternehmerfamilie Casati damit gute Gewinne erzielt hatte, war auf Wunsch der Contessa Carlotta die nach ihr benannte Villa gebaut worden.

»Stimmt es, daß ein Conte Casati hier an gebrochenem Herzen gestorben ist?« fragte Maria.

»So heißt es«, gab Cesare lakonisch zurück. Er war blendender Laune und lachte.

»Das ist eine bewegende Geschichte, wenn sie tatsächlich so war, wie man mir berichtet hat.« Maria mußte unablässig an ihr neues Leben denken und redete, um sich abzulenken.

»Auch in den Bauerngehöften ereignen sich viele bewegende Geschichten«, gab Cesare zurück, »aber niemand spricht darüber, weil ihnen das Flair fehlt. Die große Liebe und das Elend passen in der Phantasie der Leute nicht zusammen. Meine Mutter hätte keine Zeit gehabt, aus Liebe zu sterben. Auch die hübsche Isolina ist nicht gestorben, sondern der Conte. Der Adel ist für Liebeskrankheiten empfänglicher.« In seiner Stimme schwang ein sarkastischer Unterton mit. Sie fuhren nun durch eine Lindenallee, neben der sich eine große Wiese erstreckte; dahinter lag ein Kastanienwäldchen und ein Grundstück mit vielen Obstbäumen.

Der elegante Wagen beschrieb einen langen Halbkreis und hielt dann auf dem sonnigen Platz vor der Villa. Romano eilte herbei und öffnete dem Hausherrn den Wagenschlag.

»Willkommen, Signor Cesare«, strahlte der Mann. Er war von mittlerer Statur, Gesicht und Arme von der Sonne verbrannt, und aus seinen kleinen, braunen Augen sprachen Stärke und Gelassenheit.

Cesare erwiderte den Gruß und umrundete das Auto, um Maria beim Aussteigen zu helfen, aber sie stand schon vor Ausonia, einer kleinen, untersetzten Frau mit einem breiten, platten Gesicht, die sie mißtrauisch ansah.

»Das ist Signora...« Cesare stockte. Selbst seine Souveränität konnte diese unsichtbaren Schranken nicht so leicht überwinden.

»Ich bin Maria«, half sie ihm aus der Verlegenheit und reichte Ausonia die Hand.

Das genügte; Ausonia war im Bilde, und die große, schwielige Hand, die sie Maria gab, ohne den Druck zu erwidern, zeigte die ganze Abneigung gegenüber dieser Fremden, die an der Seite des Hausherrn ihr Reich betrat, wie gewisse andere Frauen, die Signor Cesare verschiedentlich schon hier beherbergt hatte.

»Und ich Ausonia«, sagte sie mit leiser Stimme zu dieser Signora, die keine war und der sie von jetzt an gehorchen mußte.

»Endlich lernen wir uns kennen.« Marias Stimme klang übertrieben begeistert. »Ich möchte, daß wir Freundinnen werden.«

»Aber was denken Sie, Signora Maria«, wehrte die Frau ab, »ich bin nur eine einfache, ungebildete Landfrau.« Sie griff zwei Koffer und machte sich auf den Weg zum Eingang.

Die Villa hatte zwei Stockwerke; das untere, etwas erhöhte, erreichte man über eine kurze Treppe, die von dem kiesbestreuten rechteckigen Vorplatz hinaufführte. In diesem Geschoß befanden sich die Tagesräume, also der Speisesaal, die Salons, der Billardraum, die Bibliothek und das Arbeitszimmer. Im ersten Stock lagen die Schlafräume. Die Küche und die Hauswirtschaftsräume waren im Tiefparterre untergebracht.

»Geh mit Ausonia«, forderte Cesare sie auf, »sie wird dir das Haus zeigen.«

»Natürlich.« Maria fühlte sich befangen, als sie der Frau folgte. Er ließ sie allein in dieser zwiespältigen Situation, in der sie nicht wußte, wie sie sich verhalten sollte. Die neue Umgebung hatte sie vom ersten Augenblick an als feindselig empfunden. Von den Fenstern des Obergeschosses sah sie die uralten Bäume im rückwärtigen Teil des Gartens, Platanen, Ulmen, Linden, Buchen, Pinien und Zedern. Daneben lag eine blühende Wiese, die an einer Freitreppe und einer Balustrade aus Granit endete; dahinter öffnete sich ein kleiner Platz mit einem Brunnen in der Mitte. Als Brunnenfiguren dienten kleine Nixen, die das Wasser aus ihrem Mund sprudeln ließen.

»Das ist die Madonna von Caravaggio«, wies Ausonia auf eine Statue, die in einer Nische hinten im Garten stand. »Das heißt«, erläuterte sie, »es ist die gleiche Figur wie die echte Madonna von Caravaggio.«

»Sehr schön«, sagte Maria, um überhaupt etwas zu sagen. Die Madonna sah aus wie alle Madonnen, die Maria bisher zu Gesicht bekommen hatte – lieblich, leidend und verzückt, mit einem bläulichen Umhang und einem Heiligenschein aus kleinen Lampen, so stand sie mit geneigtem Kopf da und betete.

»Hier«, fuhr Ausonia fort, »hat früher die Contessa Casati ihre Familie und die Dienerschaft an den Sommerabenden zum Gebet versammelt.«

»Und heute?« fragte Maria, der jeder Vorwand recht war für ein Gespräch mit der Frau.

»Manchmal gehe ich dorthin und bete«, erwiderte sie wehmütig. »Die anderen sind alle sehr unchristlich, angefangen mit Romano bis hin zu den zehn Gärtnern, die im Park arbeiten.«

Als Cesare die Villa Silenziosa erwarb, weil er sich über seine

Blutsbande als rechtmäßiger Eigentümer fühlte, hatte er einen Teil der Einrichtung unverändert gelassen. Der Rest war sehr sorgfältig modernisiert worden. Die Räume im Obergeschoß hatte man verkleinert, um Platz zu gewinnen für die prachtvollen Marmorbäder, die von schneeweiß über rosa, hellblau, dunkelblau und grün in allen Farben schimmerten. Auch die Innenausstattung war erneuert worden, und Cesare hatte die Räume mit wertvollen Antiquitäten und außergewöhnlichen Gemälden geschmückt. Aller Prunk, der im Stadthaus am Foro Bonaparte fehlte, entfaltete sich in diesem Refugium, in dem Cesare sich zwar selten aufhielt, das er aber als seinen Stammsitz betrachtete, weil er in der mütterlichen Linie hier seinen Ursprung hatte. Elviras Vater, sein Großvater Colombo, war der uneheliche Sohn der armen Isolina und des Conte Cesare Casati, der demzufolge sein Urgroßvater war.

Bei diesem ersten Besuch in Caravaggio schaute Maria alles an, während sich draußen die Sonne zum Horizont neigte. Überdeutlich sah sie die Beweise für die Macht und den Reichtum des Mannes, der behauptete, sie zu lieben, und dem sie sich in einer Sommernacht hingegeben hatte, aus Schwäche, aus Begierde, aber auch aus Verzweiflung. Ihr Herz und ihre Zuneigung gehörten ihrem Mann, diesem unsteten und versponnenen Komödianten, den sie in diesem Moment noch mehr liebte als zuvor, weil sie vermutlich nie mehr den Mut finden würde, ihn wiederzusehen. Dieser ungeheure Reichtum flößte ihr Angst ein, er überstieg ihre Vorstellungskraft, er war sinnlos und überflüssig.

»Das ist Ihr Zimmer, Signora«, teilte Ausonia ihr kühl mit. »Signor Cesare hat mich gebeten, es für Sie herzurichten. Das ist der schönste Raum der Villa. Er war bisher noch nie bewohnt.« Ausonia versuchte, einen unpersönlichen Ton anzuschlagen, aber ihr abfälliges Urteil war nicht zu überhören.

»Das ist zuviel«, rief Maria überrascht aus, als sie die prächtige Einrichtung sah.

Das meine ich auch, dachte Ausonia. Laut sagte sie: »Ich führe nur meine Anweisungen aus, Signora. Wenn Sie gestatten, gehe ich wieder an meine Arbeit. Wenn Sie etwas brauchen, finden Sie dort eine Klingel.« Sie zeigte auf den Nachttisch.

Cesare hatte ihr das schönste Zimmer zugedacht, das ganz in Blau und Gold gehalten war. Über dem breiten Bett mit vergoldeten Intarsien hing ein duftiger Baldachin, der es zu einem lauschigen Alkoven machte. Ein dichter Teppich, dessen blauer Farbton von goldgelben Schattierungen durchzogen war, bedeckte fast den ganzen Boden. Im Bad glänzte hellblauer Marmor, die Wasserhähne waren mit Lapislazuli verziert, und an den Wänden liefen goldgerahmte Spiegel um den Raum.

Maria ließ sich in einen Sessel fallen und blieb regungslos sitzen. Sie wußte nicht, wie sie auf diese Wunderwelt reagieren sollte. Durch die hohe Balkontüre sah sie, wie es draußen dunkelte und die ersten Sterne am Himmel aufblitzten. Das Zirpen der Grillen vibrierte in der samtschwarzen Nacht, und eine leichte Brise bauschte die Vorhänge auf.

»Kommst du nicht zum Abendessen herunter?« schreckte Cesare sie auf. »Es ist alles bereit. Aber was ist los?« fragte er besorgt. »Fühlst du dich nicht gut?«

»Ich fühle mich beschämt«, antwortete sie. »Ich fühle mich wie eine Ware im Schaufenster, mit einem Preisschild dran. Diese Frau sieht mich an, als sei ich sonstwer.«

»Diese Frau wird dich wie eine Hausherrin behandeln«, entgegnete Cesare irritiert. Er wollte alles aus dem Weg räumen, was ihn an der Erfüllung seiner Wünsche hindern konnte.

»Es geht nicht um Gehorsam oder Rangstufen«, sträubte sie sich, »ich muß herausfinden, was ich bin. Ich weiß nicht mehr, was ich bin.« Sie ballte die Fäuste. »Das ist schrecklich.«

Cesare schloß die Balkontüre, zog die Vorhänge zu und knipste eine Lampe an, deren goldgelber Schirm ein weiches Licht verbreitete. Dann ging er zu Maria, zog sie hoch und nahm sie fest in die Arme. »Ich weiß nicht, wie man zu Frauen spricht«, begann er zärtlich. »Ich weiß auch nicht, ob ich morgen noch dasselbe für dich empfinde wie heute, wo ich jede Dummheit begehen würde. Ich hoffe es, denn du gibst mir soviel Freude; und gleichzeitig habe ich Angst, denn es würde mir sehr weh tun, wenn du mich verläßt. Willst du, daß ich dich heirate?« fragte er so ernst, wie er sonst über seine Geschäfte sprach.

»Ich bin verheiratet, das weißt du.« Der Gedanke an Nemesio verstärkte ihr Unbehagen und ihre Beschämung noch.

»Ich kann deine Ehe jederzeit auflösen lassen«, gab er zu bedenken. »Du mußt nur einwilligen.«

»Du kannst eben alles.« Sie hatte keine Widerstandskraft mehr und fühlte sich wie gelähmt.

»Nein, alles nicht«, korrigierte Cesare und sah sie verlangend an, »aber vieles. Ich kann deine Ehe auflösen lassen, wenn das der Grund dafür ist, daß du mir nicht ganz gehören kannst.«

»Man kann aber nicht trennen, was von Gott zusammengefügt wurde«, gab die junge Frau zurück. Sie wußte, daß der Hinweis auf die Unauflöslichkeit dieser Verbindung ein Punkt zu ihren Gunsten war. Denn Maria konnte die Ehe mit Giulios Vater nicht auslöschen. Sie trug die Spuren auf ihrem Fleisch und auf ihrer Seele; das Ereignis hatte ihre ganze Person betroffen, und niemand konnte erklären, es habe nie stattgefunden.

»Es gibt schwerwiegende Fakten, aus denen die Nichtigkeit einer Ehe folgen kann.« Cesare bot ihr einen weiteren Grund, in Wirklichkeit wollte er jedoch herausfinden, weshalb sie sich so widersetzte. »Giuseppina hat mir erzählt, daß dein Mann deinen guten Glauben getäuscht hat, daß er dich belogen hat.«

»Bitte nicht«, wehrte sie sich, »ich will nicht mehr darüber sprechen. Ich bin hier bei dir, das willst du doch, oder nicht?« Sie war in einer Märchenwelt mit einem Traummann, der ihr die Welt zu Füßen legen konnte, und sie wollte nicht von diesem kleinen Komödianten lassen, der nur Unsinn machte, der Luftschlösser baute, nach Paris fliehen mußte und nicht einmal genug Geld für ihr täglich Brot hatte. Aber in den Armen des unwiderstehlichen Verführers, der alle ihre Sinne entzündete, verblaßte das Bild des kleinen, verträumten Vagabunden, der eines Tages zurückkehren würde, um sie mit seiner seltsamen Poesie zu verzaubern.

»Komm«, flüsterte Cesare und hob sie hoch. Das war die selbstsichere und gelassene Stimme des Siegers. Er setzte sie vor einem venezianischen Spiegel ab und begann, sie langsam zu entkleiden. Stück für Stück zog er sie aus, bis sie nackt in dem wertvollen, vom Alter gezeichneten Rahmen stand. Das schimmernde Spiegelbild ihres unbekleideten Körpers wirkte wie ein unvergängliches Kunstwerk.

Maria wunderte sich über ihre Ruhe, aber sie hatte die Grenzen der Vorsicht überschritten und gab sich diesem schwindelnden Abgrund mit einem Schauer hin, in dem sich Glückseligkeit und Schrecken mischten.

Cesare stand hinter ihr und zog einen Gegenstand aus der Tasche, der in dem gedämpften Licht funkelte. Es war ein Collier aus Saphiren von seltener Reinheit, die in Gold gefaßt waren.

»Was ist das?« fragte Maria und machte große Augen.

»Jetzt bist du vollkommen«, sagte Cesare, nachdem er Maria die Kostbarkeit umgelegt hatte.

»Und wenn es Mitternacht schlägt«, dankte sie ihm mit einem bezaubernden Lächeln, »verwandelt sich jeder Edelstein in ein Maiskorn.« Sie war betroffen und überwältigt von dem Geschenk, dessen Wert sie wenigstens ungefähr ermessen konnte. Bei ihren Besuchen in reichen Häusern hatte sie unscheinbarere Juwelen gesehen, die so viel kosteten wie eine Wohnung. Wenn das stimmte, was sie dort gehört hatte, war das Collier so viel wert wie ein dreistöckiges Haus. Die Steine wogen plötzlich sehr schwer. Was konnte ein Mann noch mehr tun? Sie überließ sich einfach der Woge, und die Woge waren die Arme des Mannes, der sie auf das Bett legte, seine kräftigen Hände, die sie von Kopf bis Fuß streichelten, sein schlanker, muskulöser Körper, sein harter Stab, den sie zwischen ihren Brüsten spürte, während seine Lippen sich in ihren feuchten Schoß preßten und seine Zunge den zarten Blütenkelch durchforschte, dessen Blätter sich unter diesem drängenden Kuß öffneten. Maria mußte an sich halten, um nicht laut zu schreien. Ihr unruhiges Gewissen schwieg nun, es gab keine Ängste mehr, keine Zurückhaltung, keine Scham, nur lustvolle Seufzer und erregtes Stöhnen.

»Nimm mich«, brach es aus ihr heraus, »nimm mich, sonst sterbe ich.«

Cesare war zum Zerreißen gespannt und drang mit seiner außergewöhnlichen Männlichkeit in sie ein. Er erstickte den in ihr aufsteigenden Schrei mit einem Kuß, der die Leidenschaft dieser verbotenen Vereinigung noch steigerte. In ihrem Kopf flammten gleißende Lichter auf, und silberne Glocken läuteten. Und erst jetzt überströmte der Mann sie mit der Woge seiner Lust.

14

Als Ausonia im Laufe der Zeit die Fremde näher kennenlernte, änderte sie ihre Haltung und wurde eine getreue Dienerin. Der Sommer neigte sich seinem Ende zu, und man sprach vom Kofferpakken, vom Aufbruch zurück in die Stadt.

Im Grunde war sie gar nicht so schlecht, diese knapp zwanzigjährige junge Frau voller Ideen und Tatendrang, die so viele Geschichten wußte. Außerdem hatte Maria sich in den Ablauf des Haushalts nicht nachhaltig eingemischt.

Die beiden Frauen waren sich bald nähergekommen und hatten sich angefreundet, als Ausonia einsah, daß sie nichts zu befürchten hatte von Maria, die letztlich nicht so viel jünger war als sie selbst. Ausonia, noch keine dreißig, war sehr früh verwitwet; sie sah wesentlich älter aus, denn sie war ziemlich häßlich, zur Arbeit und zum Dienen geboren.

Ausonia brachte jedoch kein Verständnis auf für die Gründe, die eine Frau in das Bett eines Mannes trieben, mit dem sie nicht verheiratet war und von dem sie Lichtjahre trennten; und sie verstand nicht, wie eine Frau eine solche Beziehung, die schon bei klaren Verhältnissen peinlich und kompliziert war, unter den Vorzeichen des Ehebruchs eingehen konnte. Selbstverständlich lag in einem solchen Fall alle Schuld bei der Frau.

»Ich muß es dir sagen, auch wenn es mich nichts angeht.« Ausonia, die dazu übergegangen war, sie zu duzen, hielt es für ihre Pflicht, Maria vom Standpunkt der bäuerlichen Weisheit aus die Augen zu öffnen. »Du kannst meine Meinung natürlich in den Wind schlagen, aber ich muß dir ehrlich sagen, was ich denke. Bist du sicher, daß du das Richtige tust?«

Maria fühlte sich von der wenig älteren Frau ertappt und wurde rot. »Ich weiß es nicht.«

Ausonia betrachtete mit respektvoller Verwunderung dieses ungewöhnliche Wesen, das wie eine geschickte Schauspielerin von einer Rolle in die nächste wechselte, vom blauen Zimmer zur Küche. »Signor Cesare ist ein guter Mensch«, bemerkte sie, während sie am Herd hantierte, »aber er ist ein Herr. Die Herrschaften sollten unter sich bleiben.« Und die Untergebenen ebenfalls, ergänzte sie im Geist. Denn sonst geht es auf der Welt drunter und drüber.

»Und ich?« provozierte Maria sie, »was bin ich?«

»In neun von zehn Fällen«, wich Ausonia aus, »gehen solche Geschichten schief.«

»Aber in einem von zehn Fällen geht es gut.« Maria warf mit ihrer stolzen Geste das Haar zurück, und ein strahlendes Lächeln erhellte ihr Gesicht. Sie dachte an Nemesio, an das entbehrungsreiche Leben in Modena, an das große Mietshaus am Corso Vercelli, und zum ersten Mal fragte sie sich, ob sie wieder zurückfinden konnte. Würde sie wirklich die Kraft aufbringen, das blaue Zimmer und den Park von Caravaggio für immer zu verlassen? Innerhalb des Zauberkreises lebte sie in Ehrlosigkeit und mußte sich einem einzigen Mann beugen; außerhalb erwarteten sie die Armut und die grausamen Gesetze des Lebens. An eine Armut in Ungewißheit hatte Maria sich nie gewöhnen können; mit der Ehrlosigkeit im Wohlstand begann sie sich abzufinden.

»Signor Cesare ist ein guter Mensch«, verteidigte Ausonia ihn noch einmal. »Außerdem ist er ein Mann, und die Männer...«

»Männer sind Abenteurer«, führte Maria lachend den Satz zu Ende.

»Wenn der Mann aber auch noch der Chef ist«, legte Ausonia dar, »wird die Sache kompliziert. Ich meine es gut mir dir, Maria. Es stimmt, daß es in einem von zehn Fällen klappt. Diese Geschichten werden über Generationen weitererzählt wie Märchen. Manche Leute gewinnen im Lotto. Aber weißt du auch, wie viele leer ausgehen?«

»Ich bin heute so guter Laune, Ausonia«, wehrte Maria die Stimme des Gewissens ab, »kommt Zeit, kommt Rat.«

»Du darfst nicht warten, bis die Zeit deine Probleme löst. Das kann die falsche Lösung werden.«

»Das ist alles nicht so einfach, Ausonia.« In ihrem Blick war ihre ganze Verunsicherung zu lesen.

»Im Leben ist nichts einfach.« Ausonie wußte aus Erfahrung, daß jede Handlung ein Risiko bedeutete, und dieses Risiko stieg mit der Höhe des Einsatzes.

»Du willst mich warnen, und ich habe verstanden, was du meinst«, versicherte Maria ihr. »Trotzdem bin ich nicht in der Lage, eine Entscheidung zu treffen. Ob aus Feigheit oder aus anderen Gründen, das kann ich nicht sagen. Ich weiß nicht einmal«, fügte sie in einer Aufwallung von Ehrlichkeit hinzu, die Ausonia entsetzte, »ob aus Liebe oder aus Berechnung. Ich weiß nicht, was ich am meisten fürchte: den Verlust seiner Liebe, seines Reichtums oder seiner Macht.«

»Beruhige dich wieder«, mahnte Ausonia, der diese innere Zerrissenheit leid tat.

»Ich sage dir die Wahrheit«, erklärte Maria, »und diese Wahrheit kann ich verständlicherweise niemandem sonst anvertrauen, weder meiner Mutter noch meinem Mann noch Cesare. Ich habe doch nur Cesare und dich. Du bist meine einzige Freundin, meine einzige Vertraute.« Sie mußte sich beherrschen, um sie nicht vor Rührung zu umarmen. »Ich weiß, daß deine Ratschläge richtig sind und daß du aufrichtig bist. Aber im Moment habe ich nicht die Kraft, einen Entschluß zu fassen.«

Eines Tages, Cesare war zum Angeln gefahren, überfiel Maria förmlich die Gewißheit, schwanger zu sein. Sie erinnerte sich noch genau, wie es in Modena gewesen war. Ihre Periode war acht Tage ausgeblieben; der Gynäkologe wollte diese Tatsache nicht ernst nehmen, aber sie hatte es besser gewußt als der Spezialist und verkündet: »Ich bin schwanger.« Obwohl sie die Bücher gelesen hatte, die Nemesio ihr damals brachte, war sie im Innersten überzeugt, daß eine Frau früher und besser als ein Arzt wußte, wenn ein solches Ereignis eintrat. »Eine Frau«, pflegte sie zu sagen, »weiß, wann sie Mutter wird.« Ihr Monatszyklus war von jeher pünktlich und regelmäßig, und als sie Giulio erwartete, wußte sie von der Schwangerschaft bereits an dem Tag, an dem ihre Periode ausblieb. Seit ihrer ersten Vereinigung mit Nemesio hatte sie immer sehr sorgfältig einen Kalender geführt und während der Schwangerschaft aus den Büchern noch vieles gelernt.

Nach der Trennung von ihrem Mann war Maria nachlässig geworden, aber als Nemesio sie Ende Juli geliebt hatte, auf der Wiese beim Kloster Chiaravalle, war sie erschrocken zu der alten Gewohnheit zurückgekehrt. Der grausame Satz ihrer Mutter war ihr durch und durch gegangen: »Vielleicht hat dein Mann dir noch ein Geschenk gemacht zu dem Kind, das du schon hast.« Sie hatte im Geist bis zum ersten Tag des Zyklus zurückgezählt, das waren zehn Tage. Sie wußte noch aus den Büchern, daß bei Frauen mit normalem Zyklus – und dazu gehörte sie auf jeden Fall – der Eisprung zwischen dem dreizehnten und fünfzehnten Tag nach Beginn der Blutung erfolgt. Die Vereinigung mit Nemesio passierte am zehnten Tag, also war eine Schwangerschaft theoretisch nicht möglich. Andererseits schlief sie mit Cesare seit dem siebzehnten Tag des Zyklus. Ein ausgewogener Mechanismus – derselbe, der ihr die geradezu mathematische Sicherheit gab, schwanger zu sein – schloß auch im zweiten Fall eine Empfängnis aus. Wenn sich ihre Annahme bestätigte, mußte also ein Eisprung außerhalb der Norm stattgefunden haben, ein durchaus nicht seltener Fall. Und wenn es so war, konnte das sowohl früher als auch später geschehen sein. Wer war der Vater dieses entstehenden Lebens? Trug sie Nemesios Samen in sich oder den von Cesare? Niemand würde ihr diese Zweifel jemals nehmen, sie mußte sich allein im Dunkeln zurechtfinden. Nicht einmal auf Ausonia, ihre einzige Vertraute, konnte sie sich stützen.

Sie stand auf dem Balkon des blauen Zimmers, als es ihr plötzlich schlecht wurde; kalter Schweiß trat ihr auf die Stirn, der Kreislauf stockte, die Beine versagten ihren Dienst, und sie brach ohnmächtig zusammen.

Ausonia hatte sie vom Garten aus beobachtet und eilte zu ihr hinauf. Mit Hilfe von Essigwasser und leichten Schlägen auf die Wangen kam sie rasch wieder zu sich.

»Ich bin umgefallen wie ein Mehlsack.« Sie schämte sich ein wenig für ihre Schwäche.

»Vielleicht hast du zuviel Sonne erwischt«, diagnostizierte Ausonia aufs Geratewohl.

»Nein, das war nicht die Sonne«, murmelte Maria mit Tränen in den Augen.

»Aber dann...«, Ausonia wußte nicht, ob sie lachen oder weinen sollte, »dann erwartest du ein Kind.« Sie hatte sich immer ein Kind gewünscht, aber ihr Leib war wie unfruchtbares Land, auf dem kein Same Wurzeln schlagen würde. »Das hätte mir passieren sollen, damals. Bist du sicher?«

»Ja, Ausonia, ich bin wirklich schwanger.« Unwillkürlich faßte sie an ihre Brüste, die schwer und empfindlich geworden waren. Ihre großen, braunen Augen strahlten heller und weicher.

»Das war ja auch zu erwarten.« Das war keine verständnisvolle Antwort, aber im Moment fiel ihr nichts anderes ein. Statt dessen half sie Maria in einen Sessel. »Er, ich meine, der Signore, weiß er es schon?«

»Nein«, entgegnete sie, »bis gestern wußte ich es selbst noch nicht.« Sie strich sich mit einer Hand über das Haar.

»Ich glaube, er wird sich freuen«, sagte Ausonia aufmunternd. Dann machte sie ein unerwartetes Geständnis: »Ich habe noch nie einen Mann so verliebt gesehen. Der Gedanke, daß du ein Kind von ihm bekommst, wird ihn sicher sehr glücklich machen.«

»Deine Worte tun mir richtig gut.« So einfach war es also? Ausonia hatte keinerlei Bedenken geäußert, und auch Cesare würde keine Veranlassung zu Zweifeln sehen. Letztlich hatte sogar sie selbst keine absolute Gewißheit, daß Nemesio der Vater war; in diesem Fall hätte sie das Haus umgehend verlassen. Wieder fielen ihr die Worte von Elisabetta Lémonnier ein: »Du darfst ihn nie belügen.« Sie stand an einem Scheideweg: einerseits Ungewißheit und Armut, andererseits Zweifel und Wohlstand. Wie es ihrem Charakter entsprach, entschied sie sich blitzartig. Das Kind, das sie mit ihrem Blut nährte, sollte ein Boldrani sein, es sollte den Reichtum und die Macht des Vaters erben. Ihre eigene Vergangenheit wollte Maria um keinen Preis verleugnen, sie würde niemals einwilligen, daß die Kirche oder eine andere Institution ihre Verbindung zu Nemesio Milkovich annullierte, aber wenn sie nun ein zweites Kind zur Welt brachte, sollte es ein Boldrani werden und kein kleiner Vagabund.

»Wann wirst du es ihm sagen?« fragte Ausonia. Sie hatte eine tiefe Wandlung durchgemacht und hielt inzwischen unverbrüchlich zu der bewunderten Freundin, die schöner war und mehr Glück hatte.

»Vorläufig werde ich ihm noch nichts sagen«, versetzte sie Ausonia in Erstaunen.

»Wie bitte, du willst ein so wichtiges Ereignis verschweigen?« Der schmerzliche Blick machte ihr unschönes Gesicht ausdrucksvoll.

»Es ist nur eine instinktive Sicherheit«, legte Maria ihr dar. »Wenn es nun falscher Alarm ist? Wenn ich wirklich nur zu lange in der Sonne war? Ich sage lieber nichts, bis ich nicht ganz sicher sein kann. Du bist doch meine Freundin, Ausonia. Kannst du dieses Geheimnis für dich behalten?« Sie lächelte ihr bedeutungsvoll zu.

Ausonia ging auf sie zu, um das Versprechen zu besiegeln, und Maria erhob sich und umarmte sie. »Ich werde nicht einmal mit mir selbst darüber sprechen«, schwor Ausonia. »Aber du mußt mir Bescheid sagen«, fügte sie besorgt hinzu, »und du mußt mich sofort holen lassen, wenn du Hilfe brauchst.«

»Du bist doch meine einzige Freundin, meine einzige Vertraute.« Draußen war der Motor eines Autos zu hören. Cesare kam vom Angeln nach Hause.

Im September übertrug das Radio pausenlos die Meldungen von Hitlers Einmarsch in Polen. Als Frankreich und England dem Dritten Reich den Krieg erklärten, lernte die in Angst und Schrekken versetzte Welt ein neues Wort: Blitzkrieg. Der schönfärberische, verlogene Begriff, den die deutsche Arroganz nach den ersten raschen Kriegserfolgen geprägt hatte, spielte einen Konflikt herunter, dessen tatsächliche Dauer und dessen Umfang niemand abschätzen konnte. Maria, an die Ambrogino und Cecchina sich in allen Fragen hielten, stiftete viel Verwirrung und konnte weder sich noch den Bediensteten erklären, wie die russischen Bolschewiken mit den deutschen Nazis ein Abkommen schließen konnten. Molotow und Ribbentrop schüttelten sich – als Stellvertreter von Stalin und Hitler – die Hände, damit vollendete Tatsachen geschaffen wurden und sie Polen unter sich aufteilen konnten, während der Duce Benito Mussolini klar erkennen ließ, daß er nicht intervenieren würde.

»Aber sorgt euch nicht zu sehr«, zog Ambrogino das Fazit, »was immer auch geschieht, Signor Cesare bringt uns alle nach Caravaggio. Denn«, verkündete er mit großem Ernst, »kein Heer und keine Luftwaffe kommen gegen ihn an.«

Maria fürchtete den Krieg nicht sehr, da die Nachrichten des englischen Radios, die Rechtsanwalt Domenico Scaglia für Cesare Boldrani übersetzte, widerlegt wurden von den Zeitungsmeldungen über die Fortführung der Vorbereitungen für die Weltausstellung in Rom, die 1942 stattfinden sollte. Maria bereitete der mögliche Krieg weniger Kopfzerbrechen als die nunmehr feststehende Schwangerschaft, von der außer ihr und Ausonia niemand wußte. Sie hatte sich mit erstaunlicher Selbstverständlichkeit in die neue Situation gefügt; das werdende Leben nahm ihre ganze Kraft und Zuneigung in Anspruch und ließ sie die unglücklichen ersten Momente vergessen.

»Hast du genug von mir?« fragte Cesare, als sie sich wieder einmal in Caravaggio aufhielten und Maria auf seine Zärtlichkeiten sehr zurückhaltend, beinahe gleichgültig reagierte.

»Nein«, erwiderte sie, »ich habe dich lieb.« Sie beobachtete ihn forschend, als wolle sie einen günstigen Moment für ihre Neuigkeit abpassen.

»Aber?« Sie lagen auf dem weichen Bett im blauen Zimmer, und die goldgelbe Lampe verbreitete ihr weiches Licht.

»Aber du mußt von jetzt an sehr vorsichtig sein«, antwortete sie kokett. Ihre Zähne blitzten, ihr Körper hatte sich durch die Schwangerschaft gerundet, und ihre Haut schimmerte herrlich in dem gebrochenen Licht der großen Spiegel ringsum.

»Wieso?« fragte er mit rauher Stimme. Marias samtiger Blick und ihr einladender Körper weckten ein brennendes Verlangen in ihm, und das Blut pulsierte in seinem mächtigen Glied: Maria hatte nur in zwei Fällen Erfahrungen gesammelt, aber Cesares Attribut der Männlichkeit nahm in erigiertem Zustand beängstigende Ausmaße an und erfüllte sie mit Furcht und Faszination.

»Du darfst mir nicht weh tun.« Dieser versuchte Rückzug verstärkte seine Angriffslust noch, wie immer, wenn eine Frau ihr Verlangen hinter zweifelhaften Weigerungen verbarg.

»Ich habe dir noch nie weh getan.« Er war schon über ihr, und Maria half ihm, den Weg in ihren feuchten Schoß zu finden.

»Sei vorsichtig, ich bitte dich«, flüsterte sie und bremste ihn mit langen, erschöpfenden Bewegungen, die den Rhythmus verlangsamten, aber die Lust steigerten. Sein hartes Glied zuckte in ihr wie ein Lebewesen, und der warme Samen ergoß sich in ihren Körper.

»Und du?« fragte der Mann enttäuscht.

»Wie meinst du?« fragte Maria mit gespieltem Ernst zurück.

»Du bist nicht…« War es so schwierig, in Worte zu fassen, was ihre Körper so leicht erreichten? »Du bist nicht gekommen.«

»Nein«, bekräftigte sie, als sei das ganz natürlich. Dann gab sie es endlich zu: »Ich muß vorsichtig sein, denn ich erwarte ein Kind.«

Cesare zog sich ängstlich aus ihr zurück und betastete sie, als sei sie aus hauchdünnem Glas. »Ein Kind?« stammelte er. »Maria, zieh dir etwas über, du darfst nicht frieren, vielleicht willst du etwas essen…« Alle Gemeinplätze, die ihm in den Sinn kamen, sprudelte er heraus.

»Aber es ist wahnsinnig heiß«, wies Maria ihn sanft zurecht, »und wir haben erst vor einer Stunde gegessen.«

»Das ist egal.« Cesare drehte durch. »Wir müssen einen Arzt holen.«

»Genau«, machte sich Maria über ihn lustig, »und wir brauchen viele Töpfe mit kochendem Wasser, wie in den amerikanischen Filmen. So weit ist es noch nicht. Das Kind wird auf die Welt kommen, wenn seine Zeit da ist.«

»Wir werden deine Ehe annullieren lassen«, beschloß er, »und dann heiraten wir.«

»Das ist ein anderes Thema, Cesare«, widersetzte Maria sich. »Ich habe nicht gesagt, daß ich dich heirate. Ich will lediglich, daß unser Kind deinen Namen trägt.« Sie belog ihn so selbstverständlich, wie sie mit ihm schlief.

15

Im Mai fiel die Maginot-Linie, und mit ihrem Vormarsch in die Ardennen und nach Westfrankreich überrollten die deutschen Panzer die Schlachtpläne der westlichen Generalstäbe.

»Hitler hat dem Krieg starke Motoren untergeschnallt«, stellte Cesare fest. »Seine Panzer können sehr rasch vorrücken. Das ist das Geheimnis von ihrem... Wie nennen es die Deutschen?«

»Blitzkrieg«, ergänzte Pazienza. Sie saßen vor dem Kamin des Hauses am Foro Bonaparte, es war Abend, und das Feuer flakkerte.

Maria war mit einer Strickarbeit beschäftigt. Die fortgeschrittene Schwangerschaft verhüllte sie unter einem sehr weiten Kleid; ein Band war um ihr Haar geschlungen. »Werden sie bis Paris vorrücken?« fragte sie, ohne aufzusehen. Sie dachte an den kleinen fahrenden Komödianten, der sicher wieder bis zum Hals in Schwierigkeiten steckte und von dem sie seit jenem Brief nichts mehr gehört hatte.

Cesare verstand, aber er verzichtete darauf, sich mit Maria anzulegen; in ihrem Zustand wollte er sie schonen. »Vielleicht besetzen sie Paris schon bald«, antwortete er.

»Und bei uns?« Das von der Wolle gedämpfte Klappern der Nadeln mischte sich in das Knacken des Feuers im Kamin, den Ambrogino an den Frühlingsabenden noch anheizte, »damit Signora Maria es warm hat, und sie mag es auch so gern.«

Rechtsanwalt Domenico Pazienza wärmte sich dagegen am Feuer dieser Liebesgeschichte, die so anders verlief als seine gescheiterte Ehe. Wie von Cesare vorausgesehen, war Rosa durchgebrannt, und zwar in Begleitung eines Gigolos, in den sie sich verknallt hatte. »Die Aussichten sind nicht rosig«, erklärte Pazienza ihr. »Hitler und Mussolini haben sich am Brenner getroffen. Und entgegen seiner früheren Meinung hält der Duce jetzt, wo auch ihn ein Stück vom großen Kuchen lockt, Italiens Kriegseintritt für unvermeidlich.«

Maria beugte sich wieder über ihre Arbeit. Sie nahm an den Vorgängen im Haus und draußen in der Welt zwar Anteil, aber sie ließ nichts an sich herankommen. Sie konzentrierte sich ganz auf das heranwachsende Leben und sorgte instinktiv dafür, daß die Ruhezone um sie herum nicht verletzt wurde.

»In der Tat«, nahm Cesare das Gespräch wieder auf, »diese Idee, den Krieg auf Räder zu setzen, wird sie noch weit bringen. Aber sie begehen einen entscheidenden Irrtum, wenn sie die Amerikaner für betrunkene Affen halten. Außerdem hat der Nichtangriffspakt Rußland keineswegs ruhig gestellt. Sie glauben, das sei ein Riese mit tönernen Füßen, der aus Angst nachgibt, aber das ist ein echter Riese, der die Abkommen so schließt, wie es für ihn am besten ist.« Als musikalischer Hintergrund zu diesen ernsten Gesprächen ertönte aus dem Radio ein schlichtes Liedchen, das optimistisch das Glück von Braut und Bräutigam besang.

»Mussolini behauptet, es sei demütigend, untätig herumzusitzen, während die anderen Geschichte schreiben.« Pazienza rauchte eine seiner amerikanischen Zigaretten. »Und jetzt bereiten unsere Zeitungen das Volk auf den Krieg vor, einen Kampf Seite an Seite mit den verhaßten Deutschen, die nun die glorreichen nationalsozialistischen Verbündeten geworden sind.«

»Als der deutsche Botschafter Mackensen Mussolini von der bevorstehenden Invasion Norwegens durch die Nazis unterrichtete«, sprach Cesare weiter, »hat der Duce es ihm versprochen: Ich werde das italienische Volk und die Presse anweisen, der deutschen Aktion rückhaltlos zu applaudieren. Und die Presse gehorcht. Sie tanzen nach seiner Pfeife, aber gleichzeitig bewerfen sie ihn mit faulen Eiern. Ich will nichts sagen, um Gottes willen, aber man kann doch nicht aus den Näpfen des Regimes fressen und dabei seine Seele retten wollen durch ein paar Witze über Mussolini, vor dem alle kuschen. Die aufrechten Faschisten respektiere ich, und auch diejenigen, die den Faschismus konsequent bekämpfen.« Er sah zu Maria hinüber, die gleichgültig strickte, als höre sie gar nicht zu.

»Ist es dir langweilig?« Ihr Schweigen beunruhigte ihn.

»Nein, ich habe dem Radio zugehört.« Sie hob ihr hübsches Gesicht von der Handarbeit und lächelte ihn heiter an.

Dann stand sie auf, und auch die beiden Männer erhoben sich respektvoll. In ihrer Schönheit wirkte sie wie eine plastische Darstellung der Mutterschaft. »Laßt euch nicht stören«, forderte sie die beiden auf. Sie war eine perfekte, selbstsichere Hausherrin; mit dem verlegenen, unsicheren Mädchen, das sich ein Jahr zuvor im Haus am Foro Bonaparte vorgestellt hatte, verband sie nur noch die statuengleiche Schönheit. »Wenn ich zu lange warte«, entschuldigte sie sich, »finde ich keinen Schlaf mehr.« Cesare umarmte sie, und Pazienza küßte ihre Hand.

Die vier Männer, denen man die Geheimpolizei ansah, in Nadelstreifenanzügen, mit schwarzen Krawatten und Filzhüten, standen an einem windigen Tag vor der Tür. Gerade war eine Schar von Hitzköpfen in schwarzen Hemden vorbeigezogen, die Parolen gegen das gierige und egoistische England brüllten.

»Sie wünschen?« fragte Ambrogino, als er ihnen öffnete.

Ein Bursche mit einer kleinen Nase, Segelohren und schlechten Zähnen ergriff das Wort. »Arbeitet hier eine gewisse Maria Milkovich, geborene Martelli?«

»Wir haben unsere Signora Maria«, erklärte der Bedienstete, »aber ob sie diese vielen Namen trägt, weiß ich nicht.« Er konnte sich nicht dazu durchringen, die Türe ganz zu öffnen, sondern sprach durch einen kleinen Spalt wie der Türhüter in einem Kloster.

»Ist sie hier angestellt?« drängte der Besucher ungeduldig und geringschätzig.

»Signora Maria?« versuchte Ambrogino, Zeit zu gewinnen, denn bei solchen Leuten konnte man nie wissen.

»Hör mal, du Zwerg«, ging der Mann, der offensichtlich der Anführer war, auf ihn los, »du gehst mir auf die Nerven mit deiner Signora Maria.« Er stieß die Tür mit Gewalt auf, so daß Ambrogino gegen eine große Blumenvase flog.

»Was sind denn das für Manieren«, jammerte der Arme. In seinen eigenen vier Wänden hätte er nicht zu protestieren gewagt. »Wissen Sie überhaupt«, widersetzte er sich mutig, »in wessen Haus Sie sich befinden?«

Der gräßliche Kerl ließ drohend das Abzeichen der faschistischen Geheimpolizei vor Ambroginos Gesicht baumeln, während die anderen sich wachsam um ihren Anführer herum postierten. Es war wie in einem Gangsterfilm.

»Was ist das?« Ambrogino wußte von den Verflechtungen der Politik nur wenig.

»Polizei«, sagte der Mann mit einem unverkennbar süditalienischen Akzent.

»Aber was hat Signora Maria mit der Polizei zu schaffen?« Ambrogino blieb hartnäckig, denn er wollte seiner Signora den Anblick dieser Galgenvögel ersparen.

»Mach keine Geschichten, du Winzling«, schüchterte der andere ihn ein, »sondern bring uns jetzt diese Maria.«

»Hier bin ich«, sagte Maria aus dem Hintergrund. Sie stand in der Tür zum Wohnzimmer mit der stolzen, ungebärdigen Haltung einer mittelalterlichen Schloßherrin. Sie trug ein helles, weites Kleid, ihr Gesicht war von der Anspannung blaß, aber sie stand zur Verteidigung und notfalls auch zum Angriff bereit.

Angesichts von Marias Autorität bewies der Wortführer seine Unfähigkeit. »Verzeihen Sie, Signora«, entschuldigte er sich mit einem schmierigen Lächeln, »wir suchen eines Ihrer Dienstmädchen, eine gewisse Maria Milkovich, geborene Martelli.«

»Ich bin Maria Milkovich«, entgegnete sie würdevoll und ruhig.

»Aha.« Der Schurke starrte seine drei Gefolgsleute an, und sie starrten zurück. Mindestens zwei von den dreien genossen es, wie sich ihr Chef gerade lächerlich gemacht hatte.

»Also?« Maria blickte ihn gebieterisch an, ihre Augen funkelten.

»Ich muß Sie bitten, uns zu begleiten«, wies er sie an, aber er hatte nicht zu seiner vorherigen Arroganz zurückgefunden.

»Wohin?« Sie blieb unbeweglich stehen und hielt die Männer mit ihren Worten in Schach.

»Ins Präsidium«, informierte er sie. »Ich habe Anweisung, Sie ins Präsidium zu bringen.«

»Sind Sie sich über meinen Zustand im klaren?« In einem anderen Haus, vor anderen Personen hätten sich diese abgebrühten Burschen sicher anders verhalten.

»Wir haben unsere Anweisungen, Signora.« Sein strenger Unterton ließ durchblicken, daß das Maß voll war.

»In Ordnung«, kapitulierte Maria. »Ich gehe davon aus, daß Sie die Verantwortung für diese Rechtswidrigkeit übernehmen.« Sie konnte sich auf Protektion von ganz oben verlassen, und das sollte dieser Bulle ruhig wissen.

»Selbstverständlich.« Er deutete eine mißglückte Verbeugung an, aber er war seiner Sache durchaus nicht sicher. Man hatte ihn losgeschickt, um eine Bedienstete ins Präsidium zu bringen, die im Verdacht staatsfeindlicher Aktivitäten stand, weil sie die Ehefrau eines Staatsfeindes war. Nun hatte er eine Dame zu begleiten, die ausgesprochen schön und dazu hochschwanger war. Er machte seinen Zweifeln Luft, indem er noch einmal fragte. »Sie sind Maria Milkovich, geborene Martelli?« Beinahe hätte er hinzugefügt: »Oder Signora Boldrani?«, aber er wollte sich kein zweites Mal blamieren.

»Ich bin Signora Milkovich«, bestätigte sie und machte sich zum Aufbruch mit den Zivilbeamten bereit.

Stolz wie eine Königin schritt sie hinaus, mit den vier Männern im Gefolge, die auch in den elegantesten Anzügen noch Bullen geblieben wären. Im nächsten Moment war Ambrogino, den ein rascher Blick von Maria instruiert hatte, am Telefon und benachrichtigte Cesare Boldrani in seinem Büro.

Maria betrat den tristen Raum eines abgestumpften Beamten, der sie auf einem verschossenen Sessel Platz nehmen ließ. An den Wänden hingen die Fotografien von Mussolini und dem König sowie ein Kruzifix.

»Wenn Sie uns helfen, geht es ganz schnell«, sagte der Beamte. Er war mittleren Alters und dürr wie eine Zaunlatte. Sein tief gefurchtes, graues Gesicht mit der auffällig krummen Nase verriet den Magenkranken. Er schien eine Abneigung gegen alles zu haben, was ihn von seinen eigenen Leiden und Beschwerden ablenkte.

»Man hat mich ohne jede Vorwarnung aus dem Haus geschleppt«, beschwerte Maria sich, »und niemand hat mir einen Grund für diesen Rechtsbruch genannt.«

»Schon gut«, schnitt er ihr unwillig das Wort ab, als wolle er sagen, daß sie keine Ahnung von einem Rechtsbruch habe. »Sie sind die Frau von Nemesio Milkovich?«

»Ja, das bin ich«, bekräftigte sie stolz.

»Sie wissen, daß er sich in Frankreich aufhält?«

»Ja, das weiß ich.«

»Wo?« forschte er nach.

»In Paris.«

»Bei wem in Paris?«

»Ich weiß nicht, wo mein Mann untergekommen ist.«

»Dann haben Sie ihm nie geschrieben?«

»Doch, einmal.«

»Und wohin?«

»Postlagernd. Zwölftes Arrondissement.«

»Aha. Hat er Ihnen vor seiner Abreise nichts hinterlassen?«

»Er hat mir nichts hinterlassen.«

»Sie haben in Modena gelebt?«

»Ja.«

»Sicherlich kennen Sie die Freunde Ihres Mannes, Personen, die ihm nahestehen. Genossen Ihres Mannes«, präzisierte er.

»Ganz wenige.«

»Haben Sie Briefe aus Paris erhalten?«

»Einen.«

»Einen einzigen Brief?«

»Sonst nichts«, bestätigte Maria, die nicht mehr länger die Ruhe bewahren konnte. »Ist ihm etwas zugestoßen?« erkundigte sie sich ängstlich.

Der Beamte hatte nur auf diese Gelegenheit gewartet, um einen klassischen Satz aus seinem Repertoire anzubringen: »Hier stelle ich die Fragen«, sagte er hochbefriedigt. Dann setzte er in Anspielung auf ihre Mutterschaft hinzu: »In welchem Verhältnis stehen Sie zu Ihrem Mann?«

»Ich verstehe nicht.« Maria wurde rot vor Entrüstung.

Das Telefon begann zu läuten. Der Beamte ließ es ein paarmal klingeln, bevor er abhob und den Hörer ans Ohr nahm. »Hallo«, rief er und bereute im selben Augenblick seinen forschen Ton. »Jawohl, Exzellenz«, sagte er nach einer kleinen Weile, »nein, Exzellenz.« In den Gesprächspausen war am Blick seiner kleinen entzündeten Augen abzulesen, daß er Maria mit zunehmendem Respekt betrachtete. »Sie sitzt hier vor mir.« Was für einen Mist hatten ihm die Idioten von der Geheimpolizei bloß erzählt! Von wegen Dienstmädchen. »Zu Befehl, Exzellenz.«

Der Beamte legte den Hörer auf die Gabel, vergaß seine eigenen Leiden und versuchte, mit ein paar Handgriffen seinen Anzug zurechtzurücken, dann strich er sich über die spärlichen Haare auf seinem nahezu kahlen Kopf. »In der Tat«, räusperte er sich und stand auf, »haben meine Leute sozusagen übertrieben pflichteifrig gehandelt.« Er setzte ein gezwungenes Lächeln auf, was die Sache noch verschlimmerte, denn es enthüllte eine häßliche Brücke, die die Überreste seiner schlechten Zähne zusammenhielt.

»Eher übertrieben rüpelhaft«, korrigierte Maria ihn. Sie ahnte Cesare Boldranis langen Arm hinter dem Anruf des Unbekannten, den der Beamte unterwürfig als Exzellenz titulierte. Nemesio hätte sie darauf hingewiesen, daß die Kehrseite dieser Protektion ein totalitäres System war, aber Maria fand, daß ihr diese Rücksichtnahme zustand. Sie fühlte sich im Recht und hätte sich durch niemanden von dieser Meinung abbringen lassen.

»Natürlich werden wir Maßnahmen einleiten«, beeilte sich der Beamte zu versichern, da er irgend etwas sagen mußte, um den äußeren Schein zu wahren. In Wirklichkeit hätte er sie mit dem größten Vergnügen ins Gesicht geschlagen, denn die Revolutionäre erster Klasse waren für ihn die schlimmsten.

»Kann ich jetzt gehen?« fragte Maria.

»Ihr...«, er stockte, fing sich aber sofort wieder. »Sie werden gleich abgeholt. Es sind noch einige Formalitäten zu erledigen.« Er schwänzelte und tänzelte um sie herum.

Fünf Minuten nach diesem unwürdigen Menuett traf Cesare Boldrani ein, und der Beamte hörte gar nicht auf, sich zu entschuldigen. Aber der Geschäftsmann sah ihn nicht an, vielleicht hatte er ihn überhaupt nicht wahrgenommen. Er ging auf Maria zu und nahm ihre Hände. »Es ist alles gut«, sagte er. »Geh jetzt nach Hause. Das heißt, nicht nach Hause. Pazienza wartet draußen auf dich. Er wird dich direkt nach Caravaggio bringen. Du mußt ausruhen und dich erholen. Ich habe hier noch ein paar Dinge zu erledigen.«

»Ich bin ganz ruhig«, versicherte sie ihm lächelnd. Dieser selbstsichere, mächtige Mann, dem sich alle Türen öffneten und dem sich alle beugten, sicherte die Zukunft des Wesens, das sie in sich trug. Das Kind würde ein Boldrani sein und auf der Sonnenseite des Lebens stehen.

»Haben Sie dich schlecht behandelt?« fragte Pazienza auf dem Weg nach Caravaggio.

»Nein«, gab sie zurück, »dir würde ich es sagen. Sie waren arrogant und unhöflich, das ja. Aber warum haben sie mich abgeholt?«

»Sie glaubten, du wüßtest über die politischen Aktivitäten deines Mannes Bescheid.«

»Und sie haben mich für ein Dienstmädchen gehalten«, meinte sie finster.

»Ach woher. Das machen sie immer so«, log er.

Der luxuriöse Isotta Fraschini glitt durch die Allee und hielt vor dem Eingang der Villa.

»Wie kommt das?« fragte Ausonia erfreut und öffnete die Wagentür. Ohne eine Antwort abzuwarten, fuhr sie fort: »Laß dich anschauen. Du bist wirklich ansehnlich geworden. Wann ist es soweit?«

»In einem Monat«, rechnete sie nach, »vielleicht auch in drei Wochen.«

»Du hast gut daran getan herzukommen«, freute sie sich. »Wie lange bleibst du?« Sie hoffte auf eine möglichst lange Zeit.

»Ein paar Tage, denke ich. Aber das steht noch nicht fest.« Die

Sonne schien, die Luft war erfüllt von den Farben und dem Duft des Frühlings.

»Willst du dich ein bißchen ausruhen?« Sie hätte sich sämtliche Beine ausgerissen für Maria.

»Nein, ich will ein paar Schritte spazierengehen.« Sie machte Anstalten, den kiesbestreuten Weg hinunterzugehen.

»Ich werde dann in die Stadt zurückfahren«, warf der Anwalt höflich ein.

»Oh, entschuldige bitte, Mimmo«, sagte sie. »Mein Egoismus ist unverzeihlich. Ich denke nur an mich.«

»Bei Frauen in diesem Zustand ist das normal. Wie du siehst, habe ich mich informiert.« Eine solche Gattin, eine so stolze werdende Mutter hätte ihm auch gefallen.

»Kannst du nicht noch bleiben?« fragte Maria.

»Tut mir leid, aber ich habe in Mailand noch zu tun. Außerdem fahre ich heute abend nach Rom.«

»Ins Ausland«, scherzte sie.

»Leider.« Er liebte Rom, aber die Ministerien, mit denen er zwangsläufig zu tun hatte, waren ihm verhaßt.

Als Pazienzas Wagen am Ende der Allee verschwunden war, ging Maria hinein, zog sich um und verstaute ihre Sachen im blauen Zimmer. Dann unternahm sie mit Ausonia einen Rundgang durch das Haus, bevor sie hinausging auf die Wiese mit den Narzissen, die Romano gemäß den Instruktionen des Hausherrn angelegt hatte. Das Ergebnis hatte alle Erwartungen übertroffen. Marias hübsches Wollkleid setzte einen himmelblauen Tupfen in das duftende gelbgrüne Meer, über das ein warmer Windhauch strich.

So sah Cesare sie vor sich, als er aus der Stadt kam. Maria lief ihm entgegen, so gut es ihr Zustand erlaubte. Sie war so glücklich wie nie, sie genoß diesen sonnigen Frühlingstag zwischen den Narzissen, während der Wind in ihrem Haar spielte. Sie freute sich, daß sie diesem Mann ein Kind schenken konnte, denn mittlerweile hatte sie keine Zweifel mehr. Das Kind, das bald auf die Welt kommen würde, war von Cesare Boldrani.

Außer Atem warf sich Maria an seine Brust. »Wie gut, daß du

endlich da bist.« Obwohl sie schwer atmete, fühlte sie sich ungewöhnlich vital, ein positiver Strom lief durch ihren Körper, der jedoch in dem Moment abbrach, als sie Cesare berührte. Sie suchte nach seiner Wärme, aber sie fand nur eisige Abwehr.

»Was ist los?« fragte sie alarmiert.

»Warum hast du mir nicht gesagt, daß dein Mann im Juli in Mailand war?« antwortete er mit einer Frage, die sogar das Kind in ihrem Bauch aufschreckte. Es bewegte sich heftig, und Maria spürte angstvoll einen tiefen Schmerz.

»Weil du mich nicht danach gefragt hast«, verteidigte sie sich. Der Wind hatte aufgehört, die Narzissen verblaßten und verloren ihren Duft, im Westen zogen Wolken auf.

»Ich verabscheue Lügen, Maria.« Das Gesicht des Mannes war ausdruckslos, lediglich die Narbe schimmerte heller als sonst. Es war das Gesicht von Cesare Boldrani im Augenblick der Abrechnung.

»Ich habe dir immer die Wahrheit gesagt«, log sie und glaubte zum ersten Mal selbst an diese Lüge. Es gab keinen Weg zurück. Eine Hornisse brummte um ihren Kopf, aber sie rührte sich nicht.

»Vielleicht würde ich es verstanden haben, wenn du eingestanden hättest, daß du deinen Mann noch immer liebst.« Er sprach nur zu sich selbst, als wolle er eine Entscheidung erklären, die er im Inneren längst getroffen hatte.

»Da war nichts zu gestehen.« Der Instinkt gab ihr die Worte ein.

»Vielleicht«, er machte eine endlose Pause, »vielleicht hätte ich dich auch mit dem Kind eines anderen akzeptiert.«

»Das ist nicht wahr«, bestritt sie mit dem Mut der Verzweiflung.

»Was ist nicht wahr?« schrie er. »Ist es nicht wahr, daß ich dich auch mit dem Kind eines anderen genommen hätte, oder ist es nicht wahr, daß der andere der Vater deines Kindes ist?«

»Das ist ein Komplott«, heulte sie erbost auf wie ein Übeltäter, der im letzten Moment auf frischer Tat ertappt wird. Aber das traf eigentlich nicht zu, denn Maria glaubte inzwischen selbst, daß dieses Kind aus ihrer Beziehung zu Cesare stammte.

»Auch dieser Brief?« Cesare schwenkte ein Blatt, das mit der eleganten, leicht geneigten Schrift von Nemesio bedeckt war. »Der Anfang lautet: Mein geliebtes Herz«, las er mit fester Stimme vor. Dann sprach er sehr langsam weiter: »Er erwähnt Zeit, Ort und alle Einzelheiten eurer Intimitäten vom vergangenen Juli.« Er litt wie ein Tier unter der Eifersucht, einem Gefühl, das er noch nie zuvor verspürt hatte. Jetzt aber war er von einem Dienstmädchen und einem Gaukler in die Enge getrieben worden, ausgerechnet er, der bisher über alle Rivalen und Gegenspieler gesiegt hatte.

»Hör mich an, Cesare.« Maria suchte einen Ausweg. »Ich will nicht wissen, was in dem Brief steht, und ich will auch nicht wissen, wie du dazu kommst. Du hattest kein Recht, ihn zu lesen«, appellierte sie an seine Fairneß.

»Ich habe mich nicht um diese Informationen bemüht.« Boldranis blaue Augen funkelten eiskalt.

»Dann hör mich an, ich will dir alles erzählen«, versprach sie und klammerte sich mit aller Macht an ihn.

»Ich will nichts hören«, erwiderte er und schob sie an den Schultern weg, »und ich will dich auch nicht mehr sehen.«

»Ich beschwöre dich, Cesare, du mußt mich anhören, bevor du mich fortjagst.« Das Kind bewegte sich wieder, dann blieb es regungslos wie ein schwerer Stein liegen, und ein stechender Schmerz durchzuckte sie.

»Du hast dich benommen wie ein Straßenmädchen«, brüllte er und schüttelte sie hin und her. »Du hast dich sogar schlimmer benommen als eine Nutte.« Maria kannte ihn kaum wieder; aber sie hatte keine Angst, obwohl seine Miene vor Zorn und Eifersucht verzerrt war. »Der gute Geist des Hauses«, spottete er, »die nette Maria, die unvergleichliche Maria. Das unvergleichliche Flittchen! Ein berechnendes Drecksstück. Du hast diese lumpige Heuchelei angefangen, um mir deinen Bastard besser unterschieben zu können.«

»Cesare Boldrani«, schrie sie auf wie ein waidwundes Tier, »dieses Kind ist dein Kind!« Ein erneuter, stechender Schmerz, stärker noch als das erste Mal, gab ihr die Gewißheit, daß es jetzt, verfrüht wegen der Aufregungen und des Schocks, passieren würde.

Der Mann stieß sie brutal zurück, und sie fiel zwischen den Narzissen zu Boden. Sie fand noch die Kraft, sich auf die Ellenbogen aufzurichten. »Dieses Kind ist dein Kind«, röchelte sie dem Mann entgegen, der wie ein Rachegott hoch über ihr stand. »Es ist dein Kind, Cesare Boldrani. Meine Wahrheit steht gegen deine Ungewißheit. Niemand wird dir deine Unsicherheit nehmen können. Denn dieses Kind ist dein Kind. Du willst es nicht anerkennen, aber du hast keine Beweise, um es zurückzuweisen.« Immer heftigere Schmerzen durchzuckten ihren Unterleib, und Maria begriff, daß die Geburt, einen Monat zu früh, jetzt unmittelbar bevorstand. »Du mußt Hilfe holen«, flüsterte sie mit letzter Kraft, »dein Kind kommt auf die Welt.« In diesem Moment spürte sie, wie das Fruchtwasser austrat. »Dein Kind wird auf diesem Narzissenfeld geboren werden, aber du wirst es nicht zu deinem Ebenbild heranwachsen sehen. Ich werde es weit fortbringen, und es soll lernen, dich zu hassen für alles, was du uns angetan hast.«

Cesare war völlig durcheinander von den Geschehnissen der letzten Stunden. Außerdem hatte Marias Standhaftigkeit einen grausamen Zweifel in ihm geweckt. Er hastete zur Villa und rief Ausonia. »Maria bekommt gleich das Kind«, unterrichtete er sie. »Du mußt etwas unternehmen, alles veranlassen. Kümmere dich darum.« Dann stieg er in sein Auto, um sich so weit wie möglich von dieser Frau zu entfernen. Er wollte sie nie wieder sehen. Er mußte sie aus seinem Kopf und aus seinem Herzen verbannen.

Cesare hatte sich bei Riccio und Miranda verkrochen und jeden Kontakt zur Welt abgebrochen. Selbst Pazienza wußte zwei Tage lang nicht, wo er steckte. Nach diesen beiden Tagen gewannen sein Instinkt, sein Aberglaube, seine fatalistische Lebenshaltung die Oberhand. Es konnte nicht schaden, die Sibylle aufzusuchen, die so alt war wie die Zeit, die Prophetin mit den hundert Leben, die unsterbliche Hellseherin mit der bewegten Vergangenheit.

Unter dem Schutz der Verschwiegenheit seiner Jugendfreunde und früheren Nachbarn, die ihn auch jetzt noch als einen der Ihren betrachteten und bewunderten, kehrte Cesare Boldrani in den schmutzigen, mit Katzen bevölkerten Raum zurück, wo sich der

Gestank der tierischen Exkremente und der in einem bronzenen Stövchen glimmende Weihrauch mit dem Duft der Wasserpfeife mischten, die die Alte nicht aus der Hand legte. Der Anblick dieser Höhle war faszinierend, und die unsterbliche Sibylle, die mit gekreuzten Beinen auf ihren Seidenkissen saß, ähnelte immer mehr einer Mumie.

»Da bist du wieder, mein Junge«, sagte sie und strich über die bunten Tarockkarten, die ihre Augen nicht mehr erkannten. Ihre Finger konnten aber dennoch aus den Karten lesen. Sie nannte ihn Junge, wie damals, als er vor seinem Aufbruch in den Krieg bei ihr gewesen war.

»Sibylle, ich habe dir niemals Fragen gestellt«, begann er. In der Tat hatte sie immer erraten, was er wissen wollte, und ihm Antworten von bestürzender Wahrheit gegeben.

»Das stimmt«, bestätigte die Alte. So sehr sie sich auch bemühte, sie konnte mit ihren blinden Augen nicht einmal mehr die Umrisse des Mannes wahrnehmen.

»Ich bin nur gekommen, um dich zu besuchen.«

»Du bist hier, weil du vor Eifersucht krepierst«, krächzte sie mit ihrer rauhen Stimme.

»Warum sollte ich eifersüchtig sein?«

»Sinnlose und grausame Eifersucht, die dich zerfleischt. Vor zwei Tagen wurde dir eine Tochter geboren.«

»Ich habe keine Tochter«, widersprach Cesare.

»Du hast sie zurückgewiesen, nachdem du sie mit deinem Zorn vor der Zeit aus dem Mutterleib getrieben hast. Ich sehe eine Tochter zwischen Blumen. Blumen und Tränen. Liebe und Eifersucht. Dein Fleisch und Blut auf der nackten Erde.«

»Von welcher Tochter sprichst du?«

Die Alte lächelte liebevoll und zärtlich, während sie die Karten einsammelte. »Niemand berichtet der Sibylle«, sagte sie kopfschüttelnd. »Aber du weißt, daß ich von der Tochter spreche, die du vor der Zeit dem Schoß der Mutter entrissen hast.«

Er war sehr bedrückt. »Wenn eine Tochter geboren wurde«, räumte Cesare ein, »so ist sie das Kind einer Frau, die mich hintergangen hat. Es ist ihre Tochter, nicht meine.«

»Sie konnte dich nicht hintergehen, bevor du sie geliebt hast. Und es ist deine Tochter. Die Karten lügen nicht, und meine lichtlosen Augen sehen in die Ferne. Gott wird dich strafen für das, was du getan hast. Es werden Jahre vergehen, bevor du deine Tochter sehen kannst. Und du wirst darunter leiden. Das wird deine Buße sein.«

»Wenn es meine Tochter ist, will ich sie sehen«, beschloß der Mann.

»Erst wenn die Jahre um sind. Das ist der Preis, den du entrichten mußt für deine Eifersucht, die dich zu diesem Unrecht getrieben hat. Und nun geh, mein Junge. Wir werden uns nicht wiedersehen.«

Ausonia kam ihm auf dem Vorplatz der Villa entgegen. »Wie geht es ihr?« erkundigte Cesare sich.

»Gut, nehme ich an«, erwiderte die Frau. Auf ihrem breiten Bauerngesicht lag eine dumpfe Trauer.

Er blickte wohlwollend auf sie herab. »Wieso nimmst du es an?« fragte er. »Natürlich geht es ihr gut«, erklärte er zuversichtlich.

»Als sie abreiste, ging es ihr gut.« Tränen stiegen ihr in die Augen.

»Als sie abreiste?« Er wußte, daß Ausonia ihn nie belog, und das Herz klopfte ihm bis zum Hals.

»Sie ist mit der Kleinen fort.«

»Es ist ein Mädchen?« Die Worte der Sibylle mit den hundert Leben kamen ihm in den Sinn.

»Ein hübsches Mädchen«, bestätigte Ausonia.

»War ein Arzt dabei?« wollte Cesare wissen.

»Ja, und auch die Hebamme. Aber man konnte sie nicht mehr ins Haus bringen, deshalb ist das Mädchen auf dem Narzissenfeld zur Welt gekommen.«

Cesare wurde nervös. »Wie ist sie denn weggefahren?«

»Ein Mietauto hat sie abgeholt.«

»Aber ist es nicht gefährlich, in diesem Zustand zu reisen? Warum hat der Arzt das zugelassen?«

»Der Arzt war nicht da, als sie abfuhr.« Ausonia redete in einem Ton, als sei er der Schuldige.

»Und du«, tadelte er sie scharf, »konntest du sie nicht daran hindern? Konntest du sie nicht aufhalten?«

»Ich bin nur eine Dienstbotin«, fuhr sie beleidigt auf, »ich kann niemanden aufhalten. Und wenn eine Frau in dieser Situation fortgeht, hat sie ihre Gründe.«

»Sie wird bei ihrer Mutter sein«, sagte er leichthin, »wo sollte sie sonst hin?«

Die Frau verzog das Gesicht zu einer Grimasse, die nichts Gutes verhieß. »Nein, Signor Cesare«, antwortete sie ganz offen, »ich glaube nicht, daß sie bei ihrer Mutter ist. Ich glaube eher, daß Sie Maria nirgendwo finden werden.«

»Was macht dich da so sicher?«

»Ich habe eine Nachricht für Sie«, enthüllte sie ihm. »Maria hat mich gebeten, Ihnen auszurichten, daß Sie nicht nach ihr suchen sollen. Es wäre reine Zeitverschwendung.«

»Ich verstehe.« Es wurde ihm klar, daß er im Moment gar nichts tun konnte als abwarten.

Er ging in das blaue Zimmer hinauf, das Zimmer von Maria, das Zimmer ihrer Liebe. Die Träume schwebten noch in dem Raum. Maria hatte alles zurückgelassen, Kleider, Pelze, Schmuck und Geld. Er räumte das Saphircollier weg, das er ihr in der ersten Nacht in Caravaggio geschenkt hatte. Nicht einmal dieses symbolträchtige Stück hatte sie bei sich haben wollen. Er ging wieder hinunter und rief Pazienza an.

»Als ich aus Rom zurückkam, habe ich dich überall gesucht«, teilte der Anwalt ihm vorwurfsvoll und besorgt mit. »Wo hast du dich versteckt?«

Cesare beantwortete die Frage nicht. »Wann bist du zurückgekommen?« erkundigte er sich statt dessen.

»Vor ein paar Stunden. Den Bericht habe ich schon fertig.« Er merkte, daß Cesare nicht bei der Sache war.

»Ich muß mit dir über Maria sprechen.« Das war nicht der übliche kühle und gelassene Ton.

»Was ist denn passiert?«

»Maria hat ein Mädchen zur Welt gebracht.« Die Mitteilung klang sehr freudlos.

»Du bist Vater geworden! Warum sprichst du, als sei ein Unglück passiert?«

»Später werde ich dir erklären, wie alles zugegangen ist«, äußerte Cesare kurz und bündig, »im Moment kann ich dir nur sagen, daß Maria fort ist.«

»Habt ihr euch gestritten?« Pazienza wollte endlich wissen, was los war.

»Laß gut sein, Mimmo. Das erkläre ich dir später. Zunächst einmal mußt du sie finden«, ordnete er an. »Stell Detektive an, schalte die Polizei oder das Militär ein, aber finde sie, Mimmo, sonst drehe ich durch.«

Er knallte den Hörer auf die Gabel und lehnte sich im Sessel zurück. Ihm war etwas passiert, das normalerweise nur andere traf; ein Ereignis, über das die Leute mit einem süffisanten Lächeln redeten. Sollte er auf eine Tochter verzichten, deren Vater ebenso gut er sein konnte wie der andere? Vielleicht. Auf keinen Fall wollte er aber auf die einzige Frau verzichten, die er je geliebt hatte und die er so dringend brauchte wie die Luft zum Atmen. Er holte die Kopie des Briefes hervor, die der Geheimdienstler ihm ausgehändigt hatte. Der Gaukler schrieb von einem warmen Julitag. Seitdem waren genau neun Monate vergangen. Woher wollte diese Hexe von Sibylle wissen, daß das Mädchen durch seine Schuld zu früh geboren worden war? Und wenn die Hellseherin recht hatte? Ihm war alles gleichgültig. Er wollte nur Maria wieder bei sich haben.

Anna 1980

Anna begann langsam an dem Kaffee zu schlürfen, den Ausonia ihr gebracht hatte. Die treue Alte mit ihrem lieben Gesicht war wirklich unermüdlich. Ein aromatischer Dampf stieg aus der feinen, englischen Porzellantasse; er hatte eine andere Farbe als der Zigarettenrauch, der wie ein dünner, bläulicher Strich in der unbewegten Luft des Salons in der Villa Silenziosa hing.

»Hat dich der Mann aus den Fernsehnachrichten nervös gemacht?« Sie spielte auf den ehemaligen Ministerpräsidenten an, der kurz zuvor gegangen war.

»Es war ein aufreibender Tag«, gab Anna zur Antwort.

»Aber wenn er nicht hier gewesen wäre«, meinte Ausonia, »ginge es dir besser.«

»Wer weiß.« Sie fühlte sich müde und erschöpft; sie war betrübt über den Tod des Alten, und ihr Stolz hatte unter der Drohung des Ministers gelitten. »Sie«, hatte er zum Abschied gesagt, »sind die Tochter einer Dienstbotin und eines Jahrmarktkomödianten.« Eigentlich war damit zu rechnen gewesen, denn sie hatte ihm gedroht, den Skandal Pennisi an die Öffentlichkeit zu bringen. Was brachte sie dazu, im Interesse des Alten, der mittlerweile tot war, einen Krieg zu führen?

»Weißt du, was dein Vater immer gesagt hat?« fragte Ausonia, als hätte sie ihre Gedanken erraten.

»Ach, der hat so vieles gesagt«, gab Anna zurück. Und wer war überhaupt ihr Vater?

»Er sagte: wenn du ein Problem hast, darfst du nicht herumzappeln. Je wilder du dich auf dem Eis bewegst, desto eher fällst du hin. Wenn du die Ruhe bewahrst, kannst du im Gleichgewicht bleiben.«

»Er hatte auf alles eine Antwort.« Sie trank den letzten Schluck Kaffee und drückte ihre Zigarette in dem Kristallaschenbecher aus.

»Du solltest ins Bett gehen«, ermahnte Ausonia sie liebevoll.

»Stimmt.« Sie hatte recht. Wenn der Minister seinen Dolch zükken wollte, so konnte sie einfach die Schlinge zuziehen, die sie um seinen Hals gelegt hatte. Letzten Endes hing alles von ihr ab.

Sie war sehr müde und freute sich auf ihr Bett. Tiefe Stille lag über der Villa. Anna ging die breite, mit einem weichen, himmelblauen Läufer ausgelegte Treppe hinauf und den langen Korridor entlang bis in das blaue Zimmer, das früher einmal Marias Zimmer gewesen und dann ihres geworden war. Sie schaltete den Fernseher ein und sah gerade noch, wie ein gelangweilter Journalist die letzten Meldungen des Tages verlas: Die Roten Brigaden hatten einen bekannten Großindustriellen ermordet; ein Rädelsführer der Autonomen war verhaftet worden; die Angestellten im Luftverkehr streikten, und die Flughäfen erstickten im Chaos; die Müllabfuhr streikte ebenfalls; Drogentote waren zu verzeichnen; in der Nähe von Catania hatte es eine Schießerei der Mafia gegeben; bei der Geldübergabe in einem Entführungsfall war jemand ums Leben gekommen. Was war das bloß für ein Land! Sie schaltete das Gerät ab.

Im Ankleideraum zog sie ihren beigen Kaschmirrock und die farblich dazu passende Bluse aus schwerer Seide aus, warf sich einen Bademantel über und ging ins Bad. Sie öffnete die mit Lapislazuli verzierten Wasserhähne an der großen quadratischen, mitten im Raum aufgestellten Wanne und setzte sich vor den taghell beleuchteten Spiegel. Sie steckte mit ein paar Nadeln ihr Haar im Nacken zusammen und schminkte sich ab. Vor allem abends waren auf ihrem Gesicht die Spuren der Erschöpfung nicht zu übersehen. Sie beugte sich vor, um die feinen Falten um Mund und Augen besser erkennen zu können, und massierte die Stellen mit dem unverbesserlichen Optimismus, dem jede Frau erliegt, wenn die Geburtstage zunehmend Anlaß zu schlechter Laune geben. Keine Creme der Welt konnte das Fortschreiten des Alters aufhalten. Und war es denn so wichtig, das Alter zu bekämpfen? Der alte Cesare hatte sich mit über vierzig bis über beide Ohren in Maria verliebt, die dreiundzwanzig Jahre jünger war als er. Die einzigartige Maria: widerspenstig, verlogen, betrügerisch und stolz.

Anna sah sie in ihren letzten Lebenstagen vor sich. Sie war noch jung, gerade fünfzig, als ein unheilbares Leiden sie heimtückisch überfiel und in wenigen Wochen dahinraffte. Sie hatte gesagt: »Die von der *Apollo* fahren zum Mond, Barnard verpflanzt Herzen, und ich sterbe, weil eine kleine Zelle verrückt spielt. Es stimmt nicht, daß man mit Geld alles kaufen kann. Ich habe deinen Alten auf dem Gipfel seiner Macht leiden sehen wie ein Tier. Und nun schau deine alte Mutter an.«

Anfangs hatte sie mit aller Kraft gekämpft, aber als ihr bewußt geworden war, daß der unsichtbare Gegner das Spiel so oder so gewinnen würde, hatte sie aufgegeben wie ein Schiffbrüchiger, wenn das Bedürfnis nach Ruhe und Frieden den Selbsterhaltungstrieb überwiegt, vor allem wenn nur ein von Schmerzen gequältes Relikt übriggeblieben ist. Die große Maria hatte niemanden außer Anna an ihrem Bett geduldet, ihre kleine Anna mit den grünen Augen, die auf einer Wiese voller Narzissen zur Welt gekommen war. Sie wollte weder Nemesio sehen, der extra aus Brasilien gekommen war, wo er seit Jahren mit Giulio lebte, noch Giulio selbst oder ihren Schwiegersohn, Conte Arrigo Valli di Tavernengo, der die Welt auf den Kopf gestellt hätte, um ihre Rettung zu ermöglichen. Auch Cesare durfte nicht kommen, denn er sollte sie im Glanz ihrer Schönheit in Erinnerung behalten. Sie wollte nur Anna an ihrer Seite, damit sie ihre Hand halten konnte und damit sie endlich die Wahrheit hörte über ihre Geburt, über ihre schwierige Kindheit und über die Versöhnung mit Cesare.

»Dein Vater«, hatte sie ihr berichtet, »war sehr einflußreich. Das ist er heute noch mehr, aber auch damals gab es keinen Winkel, den sein langer Arm nicht hätte erreichen können.« Maria erzählte mit müder, aber durchaus nicht resignierter Stimme die lange Geschichte ihres Lebens. »Als ich mit dir aus Caravaggio verschwunden bin, wußte ich, wohin ich mich wenden konnte. Ich hatte eine Adresse und die Zusicherung von Hilfe. Also fuhr ich mit dem Zug nach Genf. Damals hatten nur wenige Italiener einen

Paß, aber Cesare hatte gewollt, daß ich mir einen ausstellen ließ. Er selbst besaß auch einen; er war zwar noch nie im Ausland gewesen, aber man konnte ja nie wissen, und er hatte wieder einmal recht behalten. In Genf habe ich alles Signora Elisabetta Lémonnier erzählt, die mich wie eine Schwester aufnahm.

Pazienza hat mich dort aufgespürt. Er sagte: Cesare bittet dich um Verzeihung. Er fleht dich an, nach Hause zu kommen. – Ich habe nein gesagt. Da ist er pathetisch geworden. – Du bist die einzige, die ihn je in die Knie gezwungen hat. Genügt dir das nicht? – Doch, das genügte mir, aber eigentlich interessierte es mich gar nicht. Mittlerweile kannte ich die Männer. An einem Tag begehren sie dich und legen dir die Welt zu Füßen, am nächsten Tag packt sie die Eifersucht auf die Vergangenheit, und sie tun so, als ob alle Bosheit der Welt in dir steckte. Dann bist du kein Mensch, der einen Fehler machen kann, sondern ein Flittchen. Nicht einmal der große Boldrani ist eine Ausnahme. Sie reden von der Wahrheit. Welche Wahrheit? Meine oder deine, die persönliche Wahrheit jedes einzelnen? Ich liebte einen Vagabunden, aber weil es dich gab, konnte ich nicht auf Cesare verzichten. Ich wollte nicht zu meiner Mutter zurück, Gott hab sie selig, denn das hätte neue Demütigungen und Kränkungen bedeutet. Aber du solltest eines Tages die unbestrittene Erbin seines Namens und seines Vermögens sein.

Um das zu erreichen, habe ich die Zähne zusammengebissen und durchgehalten, denn ich mußte ihn in der quälenden Unsicherheit lassen. Weißt du, was dein Vater tat? Immer hat er sich gebrüstet, daß er noch nie im Ausland war, nicht einmal in San Marino, weil die Welt zu ihm kam. Er ist nach Genf gefahren, um mich um Verzeihung zu bitten. Aber so viel er auch über Madame Lémonnier gebettelt hat, ich habe mich nicht erweichen lassen. Er durfte auch dich nicht sehen. Er hatte sich sogar einen Brief von Nemesio verschafft, in dem stand, daß er der Auflösung unserer Ehe zustimmen würde, wenn ich das wünschte.

Aber ich war Maria *Milkovich*! Ich war wahnsinnig in diesen fahrenden Komödianten verliebt gewesen, denn er war mein großes Abenteuer gewesen. Die Saphire und Brillanten, der Besitz, die

Macht, die Villa Silenziosa gehörten zu den mehr oder weniger vorhersehbaren Dingen des Lebens. Nemesio dagegen hat mich die Begeisterung über flüchtige Worte gelehrt, die Wonnen der Träume, die Wunder eines Märchens von einem Kuß und einem Lachen.«

Marias große braune Augen waren einen Moment wieder im alten Glanz erstrahlt. »Wenn wir uns eines Tages irgendwo wiederbegegnen«, hatte sie weitergesprochen, »werden wir uns hoffentlich nicht mehr streiten. Dann kann ich ihm endlich sagen, wie sehr ich ihn geliebt habe, trotz meines schlechten Charakters und trotz seines überspannten Wesens.

Fünf Jahre habe ich mich abgerackert, um dich durchzubringen, bevor ich Cesares Entschuldigung annahm. Und als ich die große Entscheidung endlich getroffen hatte, sagte er: Maria, ich habe keinerlei Zweifel, daß Anna meine Tochter ist. – Auch ich war in der Zwischenzeit zu einer Überzeugung gelangt, aber zu der entgegengesetzten, daß du nämlich die Tochter meines Ehemannes bist. Du hast die grünen Augen der Milkovichs, nicht die blauen Augen der Boldranis. Cesare wollte diesem deutlichen Indiz nie glauben; er hat dir seinen Namen gegeben und mich erneut gebeten, ihn zu heiraten. Aber ich habe abgelehnt. An jenem Tag auf der Narzissenwiese war ich plötzlich eine Hündin geworden, die sich mit einem streunenden Köter gepaart hatte, um einen Bastard zu zeugen. Einen Augenblick vorher war ich noch eine Madonna, für die er die Sterne vom Himmel herunterholen wollte.

In diesen Augenblicken ist etwas unwiderruflich in mir zerbrochen; meine Gefühle für ihn waren nicht mehr dieselben. Ohne dieses Ereignis hätte ich ihn bestimmt geheiratet. Cesare ist ein außergewöhnlicher Mensch. Außerdem war ich wütend auf meinen Mann, der wieder einmal aufgetaucht war, um mich mit nach Brasilien zu nehmen. Dort hatte er endlich einmal Erfolg gehabt. Kannst du dir vorstellen«, hatte sie dann mit einem verschmitzten Lächeln hinzugefügt, »daß diese kranke, alte Frau zwei der interessantesten Männer ihrer Zeit in Atem gehalten hat?«

Anna betrachtete ihre Augen in dem taghell angestrahlten Spiegel: das waren eindeutig nicht die Augen der Boldranis. Sie erhob sich, drehte die Hähne zu, streifte den Bademantel ab und glitt in die Wanne, wo sie sich der herrlichen Liebkosung des warmen, duftenden Wassers überließ.

»Grüne Augen und blaue Augen«, murmelte sie ärgerlich vor sich hin, »Milkovich und Boldrani. Der Narr und der König.« Sie schämte sich überhaupt nicht, einen sympathischen Vagabunden zum Vater zu haben, der wie die alten Ritter gekämpft hatte, ohne einen Lohn zu verlangen, aber sie hatte sich daran gewöhnt, die Erbin des großen Cesare Boldrani zu sein. Und nun, dachte sie, tritt ein Minister auf, der mit Immobilien, Kriegsschäden und Erdöl spekuliert, und droht, meinen Ruf auf Lebenszeit zu ruinieren wegen einer Sache, an der ich keinerlei Schuld trage. »Da hast du mir etwas Schönes eingebrockt, Mama«, sagte sie laut.

Ihr fiel Silvia wieder ein, wie sie nach der Trauerfeier in der Kirche San Babila zögernd, schüchtern wie ein kleines Mädchen, hinter einer Säule hervorgekommen und auf sie zugesteuert war. Silvia hatte demütig vor ihr gestanden und um Vergebung und Erlösung gefleht. Und sie hatte großherzig die früheren Kränkungen vergessen und ihr nach zwanzig Jahren Exil verziehen.

Wenn die Geschichte mit den zwei Vätern herauskam, überlegte Anna, konnte auch Silvia Rache nehmen. Und offen gestanden hätte sie nicht einmal unrecht. Aber sie wäre nicht die einzige, die eine solche Gelegenheit nutzen würde.

In diesem Moment gab das Telefon neben der Badewanne einen klangvollen Ton von sich. Anna streckte die Hand aus und nahm den Hörer ab. Es war Arrigo, der aus ihrer Villa in Rom anrief.

»Störe ich?« fragte er.

»Aber keineswegs«, erwiderte Anna, »ich bin in der Badewanne.« Dann fügte sie hinzu: »Es tut mir leid wegen heute nachmittag. Aber ich wollte einfach allein sein.«

»Das kann ich gut verstehen«, meinte er verständnisvoll. »Hätte ich dableiben sollen?«

»Nein«, sagte sie, »es war ganz richtig, daß du wieder nach Rom gefahren bist. Wie spät ist es?«

»Beinahe Mitternacht. Ich hatte gehofft, ich würde dich heute noch sehen.«

»Ich habe dir doch schon gesagt, daß es mir leid tut.«

»Auch die Kinder hätten dich gerne gesehen«, fuhr er beharrlich fort. »Was hast du jetzt vor?«

»Liebling, das weiß ich noch nicht. Vielleicht fahre ich morgen nach Mailand, vielleicht auch nicht. Ich würde auch gerne etwas mit den Kindern unternehmen, vorausgesetzt, *sie* wollen. Ich muß ein paar unangenehme Dinge erledigen und gründlich nachdenken.«

»Überlaß diese Probleme lieber den Anwälten und Aufsichtsräten.« Das war ein Ratschlag, hinter dem sich allerdings auch das mangelnde Vertrauen in ihre unternehmerischen Fähigkeiten verbarg.

»Wenn ich Hilfe brauche, werde ich es dir sagen. Jetzt bin ich schrecklich müde und möchte nicht riskieren, in der Badewanne einzuschlafen.«

»Ich glaube, Maria hat Probleme.« Wenn ein Gespräch zu erlahmen drohte, suchte er meistens Zuflucht bei diesem Thema. Maria, die von ihren beiden Kindern die unruhigere war, hatte nicht nur den Namen ihrer Großmutter geerbt, sondern auch das widerspenstige Wesen. Dazu kam die Neugier ihrer Mutter und die Wirrungen von Jugendlichen, die nicht zu sich selbst finden, auch wenn sie alles haben können, was ihnen einfällt. »Es wäre nicht schlecht, wenn du mit ihr reden würdest.«

»Ja, Liebling, natürlich.« Anna wünschte ihm eine gute Nacht und hängte ein.

Dann stieg sie mit einem resignierten Seufzer aus der Wanne, trocknete sich sorgfältig ab, streifte sich eine Tunika aus weißem Chenillesamt über, bürstete mit energischen Strichen ihr Haar und ging in das blaue Zimmer zurück. Das Bett war schon für die Nacht vorbereitet. Sie schlüpfte zwischen die Laken aus feinster Baumwolle, die sie in einer Florentiner Weberei anfertigen ließ, rückte sich bequem in den Kissen zurecht und schlief ein.

Anna 1944

1

»Ich bin kein Tolpatsch«, verteidigte Anna sich schmollend. Sie war klein, mit einem lebhaften, frechen Gesicht, einem niedlichen Näschen, strahlend grünen Augen und schwarzen, kurzgeschnittenen Haaren.

»Doch, du bist ein Tolpatsch«, schimpfte Giulio sie. Er war sechs, zwei Jahre älter als Anna, und hatte Marias große braune Augen und Nemesios kastanienbraunes Haar. Er war zierlich und mager, aber trotzdem kräftig. Von der Warte seiner Erfahrung herab fühlte er sich befugt, die Aktion zu leiten. »Die Kugeln, die du machst«, kritisierte er, »werden nie trocken.«

Anna stand auf, ging ein paar Schritte um ihren Bruder herum und baute sich dann vor ihm auf. Sie stemmte die Hände in die Hüften, wie sie es bei Nonna Vera oft gesehen hatte. »Ich bin kleiner und schwächer als du«, begann sie ihr Plädoyer. »Meine Hände sind kleiner, und deshalb sind auch meine Kugeln kleiner.«

»Aber im Reden bist du groß«, höhnte Giulio.

Anna ließ sich wieder neben ihrem Bruder auf dem Boden nieder. Sie hockten in der Küche der Wohnung im Corso Vercelli, unter dem vergitterten Fenster, und fischten aus einem alten Zinkeimer Zeitungspapier, das in Wasser aufgeweicht war. Daraus drehten sie Kugeln, die kräftig ausgepreßt werden mußten und, wenn sie einmal getrocknet waren, als Brennmaterial dienten. Es gab kaum noch Holz oder Kohlen, und wenn, so wurde es zu schwindelerregenden Preisen verkauft. Daher sammelten Giulio, Anna und die anderen Kinder Zeitungen, die sie unter den Abfällen aufstöberten, um den eh schon auf Sparflamme kochenden Herd wenigstens in Gang zu halten.

Nonna Vera war trotz der Kälte zur Messe gegangen. Es war Neujahr 1945, und der Schnee, der seit Mitte Dezember lag, glitzerte in der Sonne; der Himmel war klar, und die Luft schien aus Kristall zu sein.

»Macht euch nicht schmutzig«, ermahnte Maria die beiden. Wenn das Wetter gut war, zitterte sie vor Angst wegen der Luftangriffe; an das unheilvolle Geheul der Sirenen konnte sie sich einfach nicht gewöhnen. Die heftigen Bombenangriffe von 1942 und 1943 hatten die Stadt gezeichnet: die Scala, die Gemäldegalerie, die Via Gesù, der Corso Vittorio Emanuele und die Piazza San Babila waren getroffen worden. Auch die Verstrebungen des Doms hatten gelitten. Das schlimmste Unglück war passiert, als die Schule von Gorla zerstört worden war und dreihundert Kinder ums Leben kamen. Anna und Giulio sahen, daß die Leute weinten, wenn sie davon erzählten.

Maria bereitete eine Torte aus Brot, Marmelade und Trockenobst zu. Die Kinder hatten ein Recht, Neujahr zu feiern, so wie sie auch Weihnachten gefeiert hatten. Da waren sie am Heiligen Abend mit ihrer Großmutter auf den Weihnachtsmarkt in der Via Calatafimi gegangen, wo gebrauchtes Spielzeug verkauft wurde.

Maria setzte alles daran, um die Tradition aufrecht zu erhalten; sie hatte den Kindern sogar aus altem Stoff zwei neue Jäckchen genäht. Ob das neue Jahre aufgrund dieser Bemühungen besser werden würde, war schwer zu sagen, aber sie trug wenigstens ihr Teil dazu bei.

Zum Frühstück hatte es Weißbrot und eine große Kanne Kakao gegeben. Brot, Kakao und Marmelade waren Maria für die Feiertage von Ingenieur Vergani geschenkt worden, bei dem sie als Hausangestellte arbeitete. Elisabetta Lémonnier hatte sie dieser wohlhabenden Familie von Mailänder Freunden vermittelt, als Maria wenige Tage vor dem Kriegseintritt Italiens unbedingt nach Mailand zurückwollte, damit ihre Kinder nicht länger getrennt waren.

Cesare Boldrani hatte sie in vielfältiger Weise zu unterstützen versucht, vor allem während der schweren Bombenangriffe von 1943, als es den Kindern an allem fehlte: Nahrung, Kleidung, Schutz. »Wir könnten sie beide in die Schweiz schicken, dort wären sie sicher. Ich kann das arrangieren.« Maria war mehr als einmal versucht gewesen zuzustimmen, aber sie wollte nicht in das blaue Zimmer von Caravaggio oder in das Haus am Foro Bonaparte zurückkehren, um die Geliebte von Cesare Boldrani zu spielen.

»Erst mußt du das Mädchen anerkennen«, hatte sie gefordert, »dann können wir sehen, was sich machen läßt.« Cesare Boldrani, der alles getan hätte, um Maria zurückzugewinnen, konnte die erlittene Schmach nicht einfach auslöschen; er konnte nicht vorgeben, ein Kind zu lieben und ihm sogar noch seinen Namen zu geben, das er monatelang für sein eigenes gehalten hatte, bis ein detaillierter Brief mit Datum es ihm plötzlich geraubt hatte. Freilich gab es gewisse Zweifel, aber das kam überhaupt nicht in Frage. Sollte ein Boldrani etwa sagen: dieses Kind ist mit einer Wahrscheinlichkeit von zehn Prozent meine Tochter? Das war ganz ausgeschlossen. Er war bereit, das Kind zu dulden, aber nicht, es zu lieben. Er würde es ihr an nichts fehlen lassen im Leben, aber seinen Namen bekam sie nicht. Nach wie vor war es sein sehnlichster Wunsch, Maria zu heiraten, aber die stolze Maria hatte nicht die leiseste Absicht, Signora Boldrani zu werden. Maria wollte keine Almosen, sie wollte alles – aber nicht für sich selbst, sondern für ihre kleine Anna. Ihre Zeit würde schon noch kommen, daran hielt sie unerschütterlich fest.

Aus dem billigen kleinen Radio erklang die Stimme von Natalino Otto, der vom Orchester Kramer begleitet ein sentimentales Lied sang, dann redete der Sprecher vom Krieg, vom Opfergeist, von den Geheimwaffen, die London zerstören würden, und vom Endsieg. Die Worte des Duce ertönten wieder, der vor ein paar Wochen in Mailand eine Rede gehalten hatte: »Wir werden die Poebene mit Zähnen und Klauen verteidigen, und von Mailand muß und wird der Wille und das Signal für den Kampf ausgehen!«

»Wenn der Krieg aus ist«, erkundigte sich Giulio, »kommt dann mein Papa zurück?«

Maria war gerade mit der Torte fertig geworden und lächelte ihn an. »Natürlich kommt er zurück.« Es bedrückte sie jedesmal, wenn die Kinder das Wort Papa aussprachen. Meistens endete das mit einer Flut von peinlichen Fragen.

»Mama, warum kenne ich ihn nicht?« setzte er schon wieder zum Angriff an. Er drehte zwar weiterhin seine Kugeln, war aber ganz Ohr.

»Weil du noch sehr klein warst, als er fortgegangen ist.« Sie zog ein Stück Milchschokolade aus der Anrichte, das sie eigentlich für den Nachmittag aufheben wollte, brach es in zwei Teile und zahlte das Schweigegeld.

»Wenn ihr brav seid«, versprach sie ihnen, »dürft ihr heute abend Tombola spielen.«

Die Kinder strahlten, und die Vorfreude auf die Tombola, die sie sehr liebten, ließ das angeregte Gespräch zwar nicht verstummen, dämpfte die Lautstärke jedoch erheblich. Sie sprachen die Worte der Erwachsenen in kindlicher Unschuld nach, aber sie hatten auch gelernt, gewisse Dinge, die den Zorn der Erwachsenen erregten, zu übergehen.

»Weißt du, was die Papas von meinen Freunden machen?« flüsterte Giulio. »Sie schreiben Briefe von der Front. Mein Papa ist ein Staatsfeind, er ist in Paris und kann keine Briefe schicken. Aber wenn der Krieg aus ist, kommt er nach Hause und bringt mir so viele Geschenke mit, wie du noch nie gesehen hast.«

»Mein Papa ist so reich«, gab Anna zurück, »daß er mir ein Haus voller Spielzeug schenken kann, mit Torten und Autos.«

»Klar«, machte Giulio sich über sie lustig, »dein Papa ist ja auch der Sor Pampurio. Er ist so reich wie Sor Pampurio.« Sor Pampurio, das war eine Art Hanswurst aus dem Lieblingsbuch der Kinder.

»Mein Papa ist reicher als der Sor Pampurio«, behauptete Anna hartnäckig.

»Stimmt doch gar nicht!«

Tränen glänzten in Annas grünen Augen. »Ich lasse dich ins Gefängnis bringen«, schrie sie. »Ich telefoniere mit meinem Papa, und dann kommst du ins Gefängnis. Er ist nämlich reich und kann alles. Mama, er ist reich und kann alles, das stimmt doch?« Sie weinte in Marias Armen, gerade als Vera zur Tür hereinkam.

»Immer das alte Lied.« Sie sah Maria vorwurfsvoll an, dann zog sie rasch den Mantel aus und ging zu Giulio, der ihr Lieblingskind war. »Was hat man dir getan?«

»Nichts, Nonna«, antwortete er fröhlich. »Ich habe Anna ein bißchen geärgert«, verteidigte er sich, »da hat sie angefangen zu weinen. Das wollte ich aber nicht.«

»Mein Papa, dein Papa.« Die Frau zog das Kind an sich und schüttelte vorwurfsvoll den Kopf. »Du bist mein Unglück«, warf sie ihrer Tochter vor. »Das kann ich ja noch ertragen. Aber was sollen diese beiden Kinder einmal von dir denken, wenn du ihnen jetzt schon erzählst, daß sie zwei verschiedene Väter haben? Die Leute zeigen mit dem Finger auf dich. Erst eine weggelaufene Ehefrau, dann eine ausgehaltene Geliebte. Warum willst du diesem armen Kind, das – was Gott verhüten möge – aufwachsen wird wie du, denn einreden, daß ihr Vater ein Millionär ist? Das hier ist ihr Leben. Und sie kann von Glück sagen, wenn sie in diesem Haus bleibt und jeden Tag zu essen hat. Eine ehrbare Frau und ein arbeitsamer Mann, so soll es sein. Und du setzt ihr solche Flausen in den Kopf. Komm zu mir, Giulio«, sagte sie zu ihrem Enkel, »du bist ein guter Junge und hast deine Nonna lieb.«

»Die Nonna lügt«, rebellierte Anna. »Die Nonna ist alt und lügt.«

»Deine Mutter hat den Kopf voller Rosinen«, gab Vera zurück, »und du bist genau wie sie.«

Maria reagierte nicht darauf. »Die Torte ist so gut wie fertig«, sagte sie, »du mußt sie nur noch in den Ofen schieben. Ich gehe ein Weilchen weg.«

»Wohin willst du?« fragte Vera, die immer unruhig wurde, wenn ihre Tochter in dieser entschlossenen Art verkündete, daß sie aus dem Haus ging.

Maria drehte ihr den Rücken zu und beugte sich zu Anna hinunter. »Mein kleines Mädchen und ich«, sagte sie mit ihrem strahlendsten Lächeln, »ziehen uns jetzt warm an und gehen ein bißchen spazieren.«

»O ja, Mama.« Die Kleine klatschte in die Hände und hüpfte um sie herum.

»Und ich?« jammerte Giulio.

»Du bleibst bei der Nonna«, beruhigte Vera ihn sofort. »Die hat eine schöne Überraschung für dich.«

»Mama, wohin gehen wir?« Anna ließ sich in einen dicken Mantel packen, der aus einer braun eingefärbten Armeedecke genäht war.

»Wir schauen etwas Wunderschönes an, das eines Tages dir gehören wird.« Die große Maria mit dem statuenhaften Körper, dem bildhübschen Gesicht und den großen haselnußbraunen Augen trug schäbige Kleider, die sie geduldig aus Fetzen zusammengestückelt hatte.

Ein eisiger Wind war aufgekommen und trieb Wolken vor sich her, die unverkennbar nach Schnee rochen. Sie gingen den Corso Vercelli hinunter, fuhren mit der Straßenbahn bis zur Piazza Castello und stiegen dort in den Omnibus nach Caravaggio. Der Bus war fast leer, und Anna probierte begeistert alle Plätze durch; dieses neue Spiel faszinierte sie. Als der Bus in Caravaggio hielt, war der Reiz des Neuen schon verflogen. Anna stapfte hinter ihrer Mutter auf einem kleinen Pfad, der sich vom Ortsrand durch die Felder zu einer großen Villa schlängelte. Um ihren Kopf und Hals war ein dicker, gestreifter Schal aus Wollresten geschlungen.

Das Kind fror und bettelte: »Mama, ich will wieder heim.«

Die große Maria drückte die kleine Hand des Kindes so fest, als wolle sie ihre eigene Stärke und Entschlossenheit auf Anna übertragen. »Es dauert nur noch ein paar Minuten«, versprach sie dem Kind.

Anna kannte den Charakter ihrer Mutter und folgte ihr deshalb zu dem Ziel, das sie vorher so ersehnt hatte, das ihr jetzt aber gleichgültig war, denn sie fror und war am Rande der Erschöpfung. Maria blieb erst stehen, als sie den weitläufigen Vorplatz der Villa erreicht hatten. »Schau!« rief sie aus. In den großen, haselnußbraunen Augen funkelte die Vorahnung eines nahen Sieges.

Anna betrachtete gehorsam die elegante, blaßgelbe Fassade. Es war ein in seiner Schlichtheit erhabenes Bauwerk, aber das konnte das kleine Mädchen noch nicht begreifen. »Ich schaue ja«, sagte sie, um ihre Mutter zufriedenzustellen. Für sie war ein Vergnügungspark mit vielen Karussellen etwas Wunderbares, aber nicht ein verschneites, einsames Haus zwischen kahlen Bäumen.

Maria nahm ihre Tochter auf den Arm und zeigte auf das Gebäude vor ihnen: »Siehst du es gut?«

»Ja, ich sehe es, Mama.« Das Kind war den Tränen nahe.

»Es ist wunderschön, nicht wahr?« Sie lächelte gedankenverloren.

»Ja, Mama.« Anna konnte an nicht anderes denken als an ein warmes Zimmer mit einem heißen Ofen.

»Es ist viele Millionen Lire wert. Und eines Tages wird es dir gehören.« Sie sprach mehr zu sich selbst als zu dem Kind.

Anna starrte ihre Mutter mit tränengefüllten Augen an. »Ich will das Haus nicht«, sagte sie.

»Du willst es nicht?« rief ihre Mutter entsetzt aus, während ihre Gesichtszüge sich verhärteten.

»Ich will heim«, klagte Anna. »Bitte, Mama, bring mich wieder heim.«

Maria blickte sie hart und streng an. »Du mußt dieses Haus aber wollen«, drang sie erbarmungslos in das Kind. »Es steht dir nämlich zu. Du wirst nicht im Elend leben. Deine Mutter wird keine Mühe scheuen, um eine Königin aus dir zu machen.«

»Ja, Mama.« Sie war müde, verzagt und durchfroren. »Aber jetzt gehen wir nach Hause. Mama, bring mich bitte nach Hause.«

Das Latein des Gebetes *Angele Dei qui custos es mei* wurde in der nicht ganz korrekten Wiedergabe von Vera zu einem *Angele Dei chi costolesmei,* und Anna verstand nicht, was ihre Rippen, die *costole,* in diesem Abendgebet verloren hatten. Trotzdem sagte sie die verstümmelten, lateinischen Worte immer andächtig auf, bevor sie in das große Bett kroch, das sie mit Vera teilte, und die Decke über die Ohren zog, während die Nonna mit ihren Gebeten fortfuhr. Sie mochte das von der Wärmflasche wohlig warme Bett, die Geschichten der Großmutter, die sie ihr nach dem Beten erzählte, die Stimme ihrer Mutter, wenn sie ihr vor dem Einschlafen aus der Küche eine gute Nacht wünschte, wo sie neben Giulio auf einem Feldbett kampierte. Maria übernachtete selten bei ihnen, denn die Familie Vergani hatte sich nach Como zurückgezogen, und Maria mußte die Wohnung in Mailand hüten. Aber während der Feiertage wollte sie bei ihren Kindern sein. Die Türen dort waren fest und solide; Diebe würden in diesen Nächten vermutlich nicht kommen, und wenn doch, konnte sie auch nichts machen.

Anna hörte, wie Maria und Giulio lachten, und stellte sich vor, daß sie einander lustige Geschichten erzählten. »Nonna, darf ich auch in die Küche?« fragte sie.

»Du bist jetzt ruhig und schläfst«, ermahnte Vera sie. »Und zapple nicht so herum.« Anna warf sich im Bett hin und her, so daß jedesmal ein Schwall Kaltluft hereinkam, denn der Ofen brannte längst nicht mehr.

»Dort drüben lachen sie«, beschwerte sie sich. »Du bringst mich nie zum Lachen.«

»Das Lachen wird ihnen schon noch vergehen bei den Schwierigkeiten, die wir haben.«

»Mach dir keine Sorgen, Nonna. Eines Tages bin ich reich.«

»Ja, und ich gewinne im Lotto.«

»Aber ich werde wirklich reich. Dann schenke ich dir alles, was du dir wünschst, und du kannst immer lachen.« Sie glaubte an das schöne Märchen, und die Großmutter sollte ihr zuhören und sie ernst nehmen.

»Du hast ein gutes Herz«, meinte Vera gerührt, »so wie dein Bruder. Leider setzt dir deine Mutter diese Flausen in den Kopf. Aber das ist alles dummes Zeug. Du darfst ihr nicht glauben. Unser Leben spielt sich hier ab.«

»Mir gefällt es hier, Nonna. Aber ich glaube, was meine Mama sagt. Eine Mama lügt nie.«

»Das stimmt natürlich«, mußte Vera ihr zugestehen.

»Die Mama hat mir gesagt, daß mein Papa der reichste Mann auf der ganzen Welt ist. Eines Tages schenkt er mir ein Karussell mit weißen Pferden, so eines wie das vom Jahrmarkt.«

»Sei jetzt still und schlaf.« Die Alte freute sich an dem liebevollen Stimmchen neben ihr.

»Ja, Nonna. Aber die Mama erzählt keine Lügen.«

Am Himmel war das Brummen eines Motors zu hören. Das war Pippo, ein einzelnes Flugzeug, das jede Nacht über der Stadt kreiste, eine Bombe abwarf und wieder verschwand.

»Nonna, da ist Pippo!« Das kleine Mädchen klang fröhlich, als sie den nächtlichen Besucher ankündigte, der für sie keine Bedrohung darstellte – die Kinder hatten sich an den Krieg gewöhnt.

»Ich höre ihn«, seufzte Vera, »aber jetzt schlaf.« Sie strich ihr über das Haar.

»Auch heute abend«, gähnte Anna, »kommt er uns besuchen. Gute Nacht, Pippo«, verabschiedete sie sich auch von ihm, bevor sie einschlief.

Vera löschte das Licht und begann erneut zu beten. Sie betete für Maria, auch wenn sie ihr immer nur Unglück gebracht hatte, und für die unschuldigen Kinder. Die Flucht mit dem Gaukler hatte nicht genügt, es war auch noch die Geschichte mit ihrem Dienstherrn passiert. Als sie erfuhr, daß Maria wieder schwanger war, hatte sie keine Sekunde lang an Boldranis Vaterschaft geglaubt, sondern war immer überzeugt gewesen, daß Nemesio der Vater von Anna war. So tief konnte ihre Tochter nicht gesunken sein.

Als sie dann Annas wunderschöne, grüne Augen sah, fand sie ihre Vermutung bestätigt. Nemesio mochte alle erdenklichen Fehler haben, aber er war Marias rechtmäßiger Ehemann. Wenn es um die Ehre und die Zukunft der Kinder ging, mußten auch für Vera persönliche Gefühle zurückstehen.

Daher war sie entsetzt über Marias diabolischen Plan gegen Cesare Boldrani: einem verliebten, reichen Mann die Vaterschaft für ein Kind unterzuschieben, das nicht von ihm war, bedeutete eine Todsünde. Aber zum Glück war der Plan fehlgeschlagen, und für Mutter und Tochter war Schmalhans Küchenmeister, sie mußten sich die Lebensmittelmarken für Brot, Pasta und einundzwanzig Gramm Fleisch pro Woche einteilen. Vera und Maria verdienten recht gut, aber die Preise stiegen ständig. Die Zeitungen forderten die Bevölkerung auf, nicht immer neue Lohnerhöhungen, sondern Preissenkungen zu verlangen. Alle schwangen schöne Reden, alle riefen zum Kampf auf, um Arbeit und Brot vor der Inflation zu retten. Für die beiden Frauen, die jeden Centesimo zum Überleben brauchten, war Inflation nur ein schwieriges Wort, gegen das man nichts unternehmen konnte.

Cesare Boldrani schickte zwar laufend Geld oder Pakete, aber jedesmal mußte sie auf Marias strenge Anweisung alles wieder zurückschicken. Was wollte diese Irre eigentlich erreichen? Glaubte sie im Ernst, eines Tages würde dieser mächtige Mann seinen Namen einem Kind geben, das nicht von ihm war? Sie hatte mit Maria nie darüber gesprochen, denn ihre Tochter lehnte jede Diskussion zu diesem Thema ab. Vera hatte sich dazu durchgerungen, sie zu akzeptieren, wie sie war. Sie konnte lediglich beten, daß Gott ein gnädiges Auge auf diese mißratene Tochter und ihre unschuldigen Kinder hatte, um sie vor allen Gefahren »für Leib und Seele« zu bewahren; und in diesem Sinne betete sie, bis der Schlaf sie übermannte.

2

Maria bestieg das Fahrrad und strampelte quer durch die Stadt, sie wollte noch vor acht am Corso Indipendenza ankommen. Die Kälte schnitt ihr in Hände und Gesicht. Unter dem Pullover trug sie noch eine Zeitung auf der Brust, und am Lenker hatte sie zwei Packpapiertüten befestigt, um die Hände zu schützen. In der von Bombenangriffen, von blutigen Repressalien und Razzien gepeinigten Stadt war der Tod zu einer Gewohnheit geworden. Die schönen Läden hatten seit Monaten geschlossen, und der Schwarzmarkt blühte für diejenigen, die die Preise bezahlen konnten.

Die Straßenbahnen fuhren nur sporadisch, sie kreischten düster, und Trauben von armen Teufeln klammerten sich außen fest. Ein Plakat zeigte einen Zug voller Männer und Frauen aus Italien, die auf dem Weg nach Deutschland waren. Der Text erklärte, daß es diesen Menschen durch die Arbeit in Deutschland besser ging und sie ihre Lieben daheim ordentlich unterstützen konnten. Andere Aushänge, denen niemand mehr glaubte, bejubelten den Endsieg; sie ordneten an, alle Hennen abzuliefern, oder sie gaben ein Verzeichnis der verschiedenen Suppenküchen, in denen die Kosten für eine »Speisung« zwischen vier und siebzehn Lire schwankten.

Maria sah die Häuserwände der Stadt, in denen sich immer wieder eine von den Bomben geschlagene Lücke öffnete, wie durch einen Regenvorhang, denn ihre Augen tränten stark und schmerzhaft.

Vor dem Hauseingang der Familie Vergani am Corso Indipendenza stand ein luxuriöses Fahrzeug, ein Alfa Romeo 2500. Als sie näher kam, kurbelte der Fahrer das Fenster herunter und rief: »Maria!« Ein freundschaftlicher Ton lag in seiner Stimme.

Maria stieg vom Fahrrad und blieb bei dem Wagen stehen, während der Mann die Tür öffnete und eilig ausstieg.

»Maria«, wiederholte er, »begrüßt man so einen alten Freund?«

»Mimmo!« rief sie, als sie Pazienzas vergnügtes Arabergesicht erkannte. Sie betrachtete den eleganten Herrn neben dem Luxusauto und verglich ihn mit ihrer ärmlichen Erscheinung. »Ich sehe schrecklich aus, nicht?« meinte sie und versuchte, ihre Verlegenheit hinter einem Lächeln zu verbergen.

»So schlimm ist es gar nicht«, tröstete Pazienza sie. »Und du bist nicht die einzige. Abgesehen von den wenigen Privilegierten, haben alle Leute hart zu kämpfen. Es ist Krieg.«

Die Frau hielt mit einer Hand den Lenker und fischte mit der anderen ein Taschentuch aus der Manteltasche, trocknete sich die Augen und putzte geräuschvoll die Nase. »Ich kann mir nicht vorstellen, daß du hergekommen bist, um mit mir über den Krieg und die Probleme der Leute zu sprechen.«

»Gibst du mir nicht einmal die Hand?« fragte er beleidigt.

Maria spürte seine weiche, warme Hand, sie drückte sie herzlich, dann umarmte sie den Mann. »Ich bin so müde, Mimmo. Ich kann nicht mehr.« Sie roch seinen Duft nach Lavendel, neuen Kleidern, teurer Seife und den Duft von Holz, Leder und Tabak, der aus dem Auto stieg – es war der Duft der Vergangenheit, den sie nicht einen Moment lang vergessen hatte. Sie fühlte den unwiderstehlichen Bann eines Zauberkreises.

»Es ist vorbei, Maria.« Er blinzelte, und in seinen schwarzen Augen war die Rührung zu erkennen.

»Was ist vorbei?« Marias Hände und Füße schmerzten vor Kälte, aber sie spürte es nicht.

»Alles ist vorüber, Maria«, freute sich Pazienza, »die Armut, die Entbehrungen, die Anstrengungen.«

»Langsam, Mimmo«, sagte Maria, »soll das heißen…?«

»Cesare ist bereit, dem Mädchen seinen Namen zu geben.« Er hörte den Klang seiner Worte und wartete auf eine Reaktion.

»Aber warum? Und so plötzlich? Wieso heute und nicht vor fünf Jahren?« Sie stampfte mit den Füßen, um sich zu vergewissern, daß sie stand, und schaute sich um, ob das auch die Wirklichkeit war.

»Er hat die Gewißheit gewonnen, daß Anna seine Tochter ist«, erklärte er.

»Hat ihm das die Hellseherin mitgeteilt?« Maria schwankte zwischen Verzweiflung, Ungläubigkeit und Lachen.

»Nein. Eine Hellseherin hat es ihm schon vor fünf Jahren gesagt, aber damals glaubte er ihr nicht.« Rechtsanwalt Domenico Scaglia sprach vollkommen ernsthaft. »Er wollte exakte Beweise. Die hat er nun bekommen.«

Tränen rannen über Marias Gesicht, aber dieses Mal nicht von der Kälte. »Was muß ich jetzt tun?«

»Die Papiere sind vorbereitet«, informierte er sie. »Du mußt nur noch unterschreiben.«

»Wann?« Sie konnte es immer noch nicht fassen.

»Wann du willst. Auch jetzt, gleich heute morgen.«

»Ich muß meinen Dienstherren Bescheid sagen, daß ich nicht mehr für sie arbeiten werde, aber ich kann sie nicht so plötzlich im Stich lassen. Ich muß ihnen wenigstens die Zeit geben, ein anderes Dienstmädchen zu finden.« Sie sagte absichtlich Dienstmädchen, um den Abgrund zu betonen, der zwischen ihnen lag, und um Cesare zu verletzen, auch wenn er es nicht hören konnte.

»Er hat auch gelitten«, nahm ihn Pazienza in Schutz, »mehr als du denkst. Aber es ist ihm bewußt, daß es nicht genügen wird, dich um Verzeihung zu bitten, um die Qualen dieser Jahre auszulöschen.«

»Er hat die Wahrheit mißachtet, solange sie von mir kam. Warum sollte ich ihn jetzt anders behandeln?« machte sie einen Rückzieher.

Pazienza fand, daß ein professioneller Ton am besten geeignet war, die Sache ein für allemal zu klären. »Niemand will dich in deiner Entscheidung beeinflussen. Du kannst annehmen oder ablehnen. Aber du mußt dich sofort entscheiden.«

Marias Herz wollte zerspringen vor Erregung. Sie dachte an die kleine Anna, an ihr gestriges Versprechen, an die beleidigende Skepsis ihrer Mutter; sie dachte an die Opfer, die sie, getragen von ihrer unerschütterlichen Zuversicht, gebracht hatte. »Ich bin einverstanden, weil es richtig ist, daß Anna den Namen ihres Vaters trägt.« Sie glaubte ehrlich an die Worte, die sie sprach.

»Er hat nicht vergessen, was er dir angetan hat. Er wird dich gut behandeln. Aber auch du mußt ihm entgegenkommen.«

Maria lächelte und strich mit ihrer roten, von der Arbeit rissigen Hand über seine glattrasierte, duftende Wange. »Das werde ich«, stimmte sie ihm zu. Sie wollte lachen, weinen, vor Freude tanzen, obwohl Krieg war und der Hauch des Todes in der Luft lag.

Eine blasse Wintersonne erwärmte die Morgenluft und machte den beißenden Frost erträglicher. Nonna Vera hatte das Fenster weit geöffnet, aber Anna räkelte sich noch unter der warmen Decke und ließ sich von der frischen Luft im Gesicht kitzeln. Giulio war gerade in die Schule aufgebrochen; er hatte ein Kohlenbekken dabei, um in den unbeheizten Klassenräumen nicht vor Kälte zu erstarren.

Plötzlich stand Musetto, der große Tigerkater mit den grauen Augen, auf dem Fensterbrett. Aus der Küche, wo Vera das Frühstück zubereitete, zog der Duft von gerösteter Polenta und warmer Milch herüber.

Die Kleine lockte den Kater. »Komm her, Musetto«, rief sie und klopfte auf die Bettdecke.

Mit einem großen Satz sprang das stattliche Tier zu ihr aufs Bett; er war warm und schnurrte. Dann stolzierte er hin und her, und seine Pfoten hinterließen auf der Bettdecke und auf dem geblümten Flanellnachthemd des Mädchens dunkelrote Abdrücke, die auch Spuren von Sägemehl enthielten.

»Nonna, Nonna«, kreischte Anna, »komm schnell!« Als Vera erschien, zeigte Anna ihr die auffälligen Flecken auf Laken und Nachthemd. »Schau mal, Nonna, was ist das?«

Vera besah die Abdrücke der Katzenpfoten, starrte Musetto an und stieß einen Schrei aus. Das erschrockene Tier verschwand wie der Blitz durch das Fenster, und die Frau zog ihr sofort das Nachthemd aus. »Anna«, mahnte sie das Kind streng, »du darfst dir auf keinen Fall ins Gesicht fassen.« Sie trug sie in die Küche, nahm den gefüllten Wasserkessel vom Herd und wusch ihre Enkelin mit einer Sorgfalt, die Anna übertrieben vorkam. Nebenbei murmelte sie unaufhörlich: »O du lieber Gott, mußte auch das noch passieren! Was soll ich nur tun! O Herr, hilf du uns. Wenn wenigstens deine Mutter im Haus wäre.«

Anna verstand ihre Aufregung nicht, aber sie begriff, daß sich etwas ereignet hatte, das vielleicht noch gefährlicher war als die Bomben. »Nonna, warum bist du so aufgeregt?« fragte sie.

Unterdessen hatte Vera sie gewaschen, abgetrocknet und ihr frische Kleider angezogen. »Das waren Blutflecken auf deinem Hemd«, erklärte sie, obwohl das Kind noch zu klein war, um zu verstehen, aber solange sie sprach, fühlte sie sich weniger einsam.

»Ist der arme Musetto krank?« sorgte sich Anna.

»Nein, aber Signor Leone, unser Nachbar.« Vera sah sie scharf an und versuchte sich zu erinnern, wie der Vorfall sich abgespielt hatte. Die Bettwäsche und das Nachthemd zeigten Flecken, aber das Kind hatte nirgendwo hingefaßt und auch nicht die Finger in den Mund gesteckt.

»Ist Signor Leone krank?« fragte Anna hartnäckig weiter.

»Heute nacht hat er einen Blutsturz gehabt. Er hat sehr viel Blut verloren. Vor einer Stunde haben sie ihn auf einer Bahre ins Krankenhaus gebracht. Die Katze ist in seiner Wohnung gewesen und danach mit den schmutzigen Pfoten auf dein Bett gesprungen. Ach herrje«, jammerte sie wieder. »Und nun trink deine Milch.« Sie stellte die dampfende Tasse vor das Kind, dazu eine Scheibe geröstete Polenta. »Jetzt muß ich die Bettwäsche und das Nachthemd auskochen.«

»Mußt du mich auch auskochen?« fragte Anna mit ungewollter Komik.

»Bitte, Anna, mach mich nicht verrückt!« rief sie händeringend aus. »Beeil dich mit dem Frühstück, damit wir hinuntergehen und telefonieren können. Wir müssen deine Mutter benachrichtigen.«

Vera drückte das Kind an sich, als wolle sie es so vor der möglichen Ansteckung schützen, nahm es auf den Arm und ging zum Bäcker hinunter, der ein Telefon hatte. Sie rief bei Ingenieur Vergani an, wo Maria gerade gründlich aufräumte, bevor sie dieses Haus endgültig verließ.

»Bring sie gleich zu mir«, sagte Maria, ohne die Ruhe zu verlieren, »um alles andere kümmere ich mich.«

Der Bäckergeselle erbot sich, die beiden auf seinem Dreiradwagen, mit dem er normalerweise die Mehlsäcke transportierte, zum Corso Indipendenza zu bringen. Vera dankte dem Jungen von Herzen, der froh war, sich nützlich machen zu können.

Maria erwartete sie vor dem Haus der Familie Vergani, und während Vera ihr noch die Einzelheiten des Vorfalls schilderte, fuhr ein großes Auto vor, dessen Fahrer nach Maria fragte.

»In Ordnung, Mama«, sagte Maria, »und vielen Dank.« Sie schob Anna zu dem Auto, und das Kind stieg ohne Fragen zu stellen ein, wie Aschenputtel in die prächtige Kutsche des Prinzen.

»Wem gehört das Auto?« wollte Vera wissen.

»Cesare Boldrani. Von heute an ändert sich unser Leben. Die Plackerei und das Elend sind vorbei. Die Kinder haben genug durchgemacht und wir beide auch. Heute wird Anna ihren Vater kennenlernen. Er selbst hat sich darum bemüht.«

»Denk jetzt zuerst an deine Tochter«, gab Vera bitter zurück. »Sie muß untersucht werden, und wenn sie krank ist, muß sie auch behandelt werden. Danach kannst du tun und lassen, was dein Starrsinn dir eingibt.«

Von dem aufgeregten Wortwechsel bekam Anna nur einen Satz

mit: »Heute wird das Kind seinen Vater kennenlernen.« Daher verknüpfte sie innerlich die Krankheit von Signor Leone und die blutigen Pfotenabdrücke von Musetto mit der in der Wintersonne aufgekeimten Aussicht auf einen Vater, der reicher war als Sor Pampurio.

Die Frau und das Kind stiegen langsam die breite Marmortreppe des Hauses am Foro Bonaparte hinauf. Anna war angesichts dieser stolzen Pracht verstummt; zum ersten Mal war ihr Mundwerk ins Stocken geraten. Zu viele Dinge waren an diesem Vormittag geschehen: zuerst der Kater, dann die Aufregung ihrer Großmutter, die Fahrt mit dem Dreirad, und schließlich das Auto, das noch schöner und vergnüglicher war als das Karussell mit den weißen Pferden, auf dem sie einmal gesessen hatte.

Maria hatte ganz ruhig mit ihr gesprochen. »Du lernst jetzt deinen Vater kennen«, kündigte sie ihr an. Sie wollte sie auch ermahnen, sich anständig zu benehmen, aber dann ließ sie es doch. »Wir werden in einem riesigen Haus wohnen mit einem großen Badezimmer und ganz viel warmem Wasser.«

»Kann ich dort auch spielen?« hatte sie sich besorgt erkundigt. »Und darf Giulio auch mitkommen?«

»Natürlich kannst du dort spielen, und Giulio darfst du auch mitbringen. Auch die Nonna, wenn sie kommen möchte.«

Anna hatte sich gefreut, daß sie in ein schönes großes Haus ziehen würde, zu einem Papa, der so reich war wie Sor Pampurio, und wo sie mit Giulio und der Nonna spielen durfte; aber sie war besonders stolz, daß sie eine Mutter hatte, die keine Lügen erzählte.

Maria brauchte nicht zu läuten. Ambrogino stand schon mit ausgebreiteten Armen vor der Tür. »Signora Maria«, begrüßte er sie tief bewegt. »Cecchina«, rief er dann hinein, »komm her und schau. Signora Maria ist wieder da. Sie ist mit ihrem kleinen Mädchen gekommen.«

»Sie ist immer noch so schön, die Signora Maria.« Cecchina mit ihrem Silberblick und ihrer pfiffigen Miene war zu Tränen gerührt.

»Ihr seid so lieb«, gab Maria zurück, »und ihr habt euch gar nicht verändert. Das kann ich von mir leider nicht behaupten.« In der Tat unterschied sie sich von dem eleganten, blühenden jungen Mädchen, das vor fünf Jahren dieses Haus verlassen hatte. Sie war dünner geworden, ihre Wangen wirkten eingefallen, aber die Blässe stand ihr gut. Um die schwarzen Haare hatte sie einen rauhen Wollschal geschlungen, der Mantel war an mehreren Stellen völlig abgewetzt, und ihre schönen Beine steckten in derben, dunklen Wollstrümpfen.

»Und das ist das Kind?« fragte Ambrogino und nahm Anna auf den Arm. »Wie die Jahre vergehen, Signora Maria«, fügte er hinzu und sah das Kind bewundernd an. »Und was für ein hübsches kleines Fräulein Sie uns gebracht haben.«

»Ein wunderhübsches Fräulein«, echote Cecchina, die Annas Hand streichelte.

»Kommen Sie doch herein«, forderte Ambrogino sie auf. Er war ganz der alte, ein bißchen weniger schwatzhaft vielleicht, ein bißchen trauriger. »Kommen Sie herein und legen Sie ab.«

»Was Signor Cesare für ein Gesicht machen wird, wenn er hört, daß Sie da sind«, meinte Cecchina. »Ambrogino, geh und sag ihm Bescheid.«

»Halt, einen Moment noch«, bat Maria. »Ich will wenigstens den Mantel ausziehen, und das Kind muß auch ordentlich aussehen.«

»Aber ihr seid doch wunderschön«, sagte Cesare, der plötzlich in der Diele stand. »Anna und Maria«, murmelte er vor sich hin. Er war elegant wie immer und wirkte kräftiger und stattlicher, seit sie ihn das letzte Mal gesehen hatte. Auf seiner für die anderen undurchdringlichen Miene entdeckte Maria einen besonders harten Zug, mit dem er die Verlegenheit überspielen wollte, die seine blauen Augen glänzen ließ. Auch die Narbe schien ihr ausgeprägter als üblich, ein weiteres Zeichen für seine Anspannung. Das Silber an seinen Schläfen hatte sich verstärkt. Die Jacke seines karierten englischen Anzugs stand offen, und man sah die goldene Uhrkette quer über der Weste.

Die Frau und das Kind verharrten regungslos und stumm. Ambrogino und Cecchina zogen sich gerührt in den Hintergrund zurück, um die Szene zu beobachten. Die Hausangestellte betupfte mit einem Taschentuch ihre Augen. Mit der für ihn typischen langsamen Bewegung zog Cesare Boldrani seine silberne Taschenuhr mit dem Emailzifferblatt und den römischen Zahlen heraus. Er ging vor dem Kind in die Knie und fragte: »Gefällt sie dir?«

Anna betrachtete aufmerksam das Uhrgehäuse, auf dem eine Frauengestalt in einer Tunika abgebildet war, mit wallendem Haar und verbundenen Augen. »Ja, sie gefällt mir. Ist das die Mama?«

»Nein«, erwiderte er, »das ist nicht die Mama, aber sie sieht ihr ähnlich. Das ist die Göttin Fortuna.« Der Mann drückte einen Knopf, der Deckel sprang auf, und eine kleine Spieluhr ließ die ersten Noten von Mozarts *Türkischem Marsch* ertönen.

Anna sah verzückt zu ihrer Mutter empor. »Hörst du, Mama?« Dann wandte sie sich an Cesare: »Papa, schenkst du mir das?«

Der Mann erhob sich wieder. »Eines Tages«, sagte er und mußte sich Mühe geben, seine Stimme normal klingen zu lassen, »eines Tages wird auch diese Uhr dir gehören.« Er schaute in die grünen Augen von Anna; er dachte an die braunen von Maria und seine eigenen blauen und kam zu dem Schluß, daß sich in den Augen seiner Tochter die beiden Farben zu diesem herrlichen Smaragdgrün vermischt hatten. Er gab Anna und Maria einen Kuß, dann sagte er: »Willkommen in eurem Heim.«

Maria war unruhig. »Anna hat etwas Dummes angestellt.« Dann brach sie das Eis und berichtete den Zwischenfall.

»Musetto hat etwas Dummes gemacht«, stellte Anna richtig.

Cesare beruhigte sie. »Es gibt wenig dumme Sachen, die man nicht wieder in Ordnung bringen kann.« Wenn er ihren leichten Atem und ihren zarten Kindergeruch schon früher gespürt und ihren unschuldigen Blick schon früher gesehen hätte, wäre er vermutlich auch ohne die entscheidenden Beweise zu der Überzeugung gelangt, daß sie seine Tochter war. Er konnte der Versuchung nicht widerstehen und zog sie fest an sich. Als Anna die Arme des Mannes spürte, von dem sie lange geträumt und den sie sich anders vorgestellt hatte, weniger streng, weniger alt und einschüchternd, da brach sie in Tränen aus. Sie wand sich los und versteckte sich hinter dem Rock ihrer Mutter. »Das tut mir leid«, sagte Cesare enttäuscht.

Maria lächelte. »Du mußt ihr Zeit lassen. Und du mußt ihr sehr viel Liebe geben. Das braucht Anna am meisten.«

»Sie wird beides bekommen«, versicherte der Mann. »Und nun gehen wir zu Professor Gandini. Er erwartet uns bereits.«

Cesare öffnete die Tür zu der Praxis des Professors und ließ Maria mit Anna in den großen, halbdunklen Raum vorausgehen, in dem schwere alte Möbel und viele ausgestopfte Tiere standen. Anna erblickte einen ungeheuren Hund mit dichtem, langem Fell und riesigen Augen, in dessen halboffenem Maul sie spitze Zähne sehen konnte. Auf einem Podest hockte eine Eule, die sie durchdringend anstarrte. Von einer anderen Ecke des Zimmers schien sich ein Falke mit gespreizten Flügeln und scharfen Krallen auf sie stürzen zu wollen.

Maria spürte, wie dem Kind das Herz bis zum Halse schlug. »Du brauchst keine Angst zu haben«, sagte sie, »das sind nur ausgestopfte Tiere; die sind nicht echt.«

»Wie Puppen?«

»Ganz genau so.«

Maria kannte Professor Gandini gut. Der Wissenschaftler, eine außergewöhnliche Persönlichkeit, hatte sie während ihrer Schwangerschaft betreut und war Cesares Vertrauensarzt. Seine antifaschistische Gesinnung hatte ihn seinen Lehrstuhl gekostet, aber er ließ nie zu, daß Cesare sich für ihn einsetzte.

Der Arzt bat sie gleich in sein Sprechzimmer und hörte sich den Bericht von Cesare und Maria aufmerksam an, dann ließ er Anna ihre Kleider ablegen und untersuchte sie.

Auch Professor Gandini war in Annas Augen alt, dazu lachte er nie. Trotzdem fühlte sie sich bei diesem ernsthaften alten Herrn wohl. Seine großen, warmen, fürsorglichen Hände flößten ihr Vertrauen ein.

»Nun?« fragte Maria, die gern eine sofortige Gewißheit gehabt hätte.

»Nun«, erwiderte der Arzt, »wir müssen abwarten. Man kann jetzt noch nicht sagen, ob das Kind angesteckt worden ist. Das läßt sich unter Umständen in einem Jahr feststellen, in zwei oder in zehn Jahren. Nach allem, was Sie mir geschildert haben, ist eine Ansteckung ziemlich sicher auszuschließen. Soweit ich es beurteilen kann, ist Anna ein gesundes Kind. Herz, Lunge, Bauch scheinen ganz in Ordnung. Ich würde allerdings eine eiweißreichere Ernährung empfehlen. Sie ist recht blaß. Aber ganz abgesehen vom Krieg ist der Winter in Mailand für Kinder sowieso nicht gut.«

»Ist die Riviera besser?« schlug Cesare vor.

»Das wäre genau das Richtige«, bestätigte der Arzt.

Eine Woche später befand sich Anna mit ihrer Mutter und Giulio in der Villa, die Cesare Boldrani für seine Schwester Giuseppina gekauft hatte, als sie herzkrank wurde.

In der »Villa Azzurra«, die zwischen duftenden Pinien und Oleanderbüschen direkt am Meer lag, begann das neue Leben von Anna Boldrani. Die alte Wohnung, die Armut und der Krieg gehörten zu einer Vergangenheit, die nicht mehr zählte.

3

»Miss Anna, please! You cannot stay there.« Die schrille, durchdringende Stimme von Miss Dickson riß sie jäh aus ihren Träumen. Anna war es wieder einmal gelungen, der Aufsicht ihrer Hauslehrerin zu entwischen; sie war über den Zaun des terrassenförmig zum Meer abfallenden Gartens geklettert und saß auf einem Felsvorsprung, der steil über den Wellen aufragte.

»Oh, my God! It's terrible!« Miss Dickson war ihr auf allen Vieren nachgekrochen, packte sie fest am Arm und überließ den Rest dem lieben Gott. »Oh, my God! My gracious God!«

»Siehst du, das kommt davon«, meinte Anna schadenfroh, aber als sie die Frau so unsicher schwanken sah, bekam sie Mitleid. Sie gab ihr die Hand und half ihr von der Klippe, bis sie wieder den gepflasterten Weg erreichten, der quer durch den Garten zu einem Swimmingpool führte.

Als sie wieder sicheren Boden unter den Füßen hatten, lief ein Zittern durch Miss Angela, und sie stieß einen tiefen Seufzer aus. »Sie bringen mich noch um, Miss Anna«, tadelte sie mit ihrer distanzierten Höflichkeit.

»Warum sagst du eigentlich Sie zu mir wie zu einer Großen?« gab Anna widerspenstig zurück. »Warum nimmst du immer Worte, die ich nicht verstehe? Wenn du endlich so sprichst wie ich, werde ich auch auf dich hören.« Das kleine Mädchen drehte sich mit hoch erhobenem Kopf um. Anna verstand sich im Prinzip mit allen, und sie wäre auch mit diesem Wachhund im grauen Kostüm zurechtgekommen. Miss Dickson war rundlich wie eine Puppe, weich wie ein Hefekuchen und ziemlich groß. Sie hatte rotes Haar, das Gesicht voller Sommersprossen und helle Augen; und sie wäre nicht unsympathisch gewesen, wenn sie in Annas Augen nicht die Tyrannei verkörpert hätte.

»Jeden Tag«, erklärte Miss Dickson in ihrer übergenauen Art, »werde ich Ihnen ein Vorbild sein für das Benehmen, das die Gesetze des menschlichen Zusammenlebens von jeder sozialen Klasse verlangen. All das«, fuhr sie fort, während Anna wartete, wo der übliche Haken an der Sache kam, »was Ihnen jetzt unangenehm und schwierig vorkommt, wird Ihnen eines Tages märchenhaft leicht fallen, auch die Worte, die Sie jetzt verweigern.«

Miss Dickson war Irin, ungefähr fünfunddreißig und streng katholisch. Der Kriegsausbruch hatte sie in Italien überrascht, und sie war einer Internierung nur entgangen, weil sie unter der Protektion eines großen Reeders aus Genua stand, der sie als Gesellschafterin für seine englische Gattin engagiert hatte. Die Frau war bald danach gestorben, und der Reeder hatte die Irin gerne an Cesare Boldrani vermittelt, der sie als Gouvernante für Anna einstellte.

»Wir können ja morgen damit anfangen«, heuchelte Anna Bereitwilligkeit, um den Beginn dieses unliebsamen Unterrichts zu verschieben. »Außerdem kommt da meine Mama«, rief sie fröhlich und rannte Maria entgegen, die auf dem sonnigen Gartenweg erschienen war. Sie trug das himmelblaue Kleid, das sie auch am Tag von Annas Geburt auf dem Narzissenfeld getragen hatte und das für ihre wieder schlanke Figur geändert worden war. Das dichte, schwarze Haar flog im Wind, und ihre großen, braunen Augen glänzten verdächtig. In ihren nächtlichen Träumen kehrten Armut, Entbehrung und Ungewißheit noch oft zurück. Dann betrachtete sie immer die unterschriebenen, abgestempelten Dokumente und beruhigte sich wieder, wenn sie sah, daß Anna wirklich die Erbin von Cesare Boldrani war.

»Der Krieg ist aus«, verkündete Maria strahlend und aufgeregt.

Miss Dickson sperrte Mund und Nase auf und sank auf die Knie, wobei sie darauf achtete, auf dem weichen Gras zu landen. »Oh, my God! My gracious God!« dankte sie dem Herrn mit gefalteten Händen und begann zu beten.

»Der Krieg ist aus?« fragte Anna traurig, als ob sie eine schlechte Nachricht erhalten hätte.

»Es ist alles vorüber.« Maria nahm sie in den Arm. »Denk daran, heute ist der fünfundzwanzigste April. Der Krieg ist zu Ende.«

»Kommen die Flugzeuge nicht mehr?« erkundigte sich Anna. »Explodieren keine Bomben mehr? Müssen wir nicht mehr in den Luftschutzkeller? Und Pippo? Kommt Pippo dann auch nicht mehr zu uns?«

»Nein, mein Kind, es ist alles vorbei. Freust du dich nicht?«

»Nein.« Sie war ganz traurig geworden.

»Warum nicht?« wunderte sich ihre Mutter. In der Ferne sangen Leute, und eine Musikkapelle spielte.

»Ich meine, ich weiß nicht, wie es ohne Krieg ist«, verbesserte sie sich. »Ich kenne doch nur den Krieg.«

»An schöne Dinge gewöhnt man sich sehr schnell«, sagte Maria, nahm sie an der Hand und ging mit ihr zum Haus, während Miss Dickson mit ihren Dankgebeten fortfuhr.

Maria war klar, daß Annas scheinbare Launen Signale waren, die sie deuten mußte. Es hatte in ihrem kurzen Leben zu viele Umwälzungen gegeben. Vera war nicht mitgekommen nach San Remo, sie hatte sich verbittert abgekapselt; Giulio war trotz der vielen Neuheiten niedergedrückt, denn er hatte Sehnsucht nach seiner Großmutter, die für ihn mehr wie eine Mutter war. In den

Augen der Kinder hatte sich auch Maria sehr verändert, sie war jetzt elegant, gut frisiert, trug Schmuck und duftete nach Parfüm; aber den beruhigenden Geruch der Mutter von früher hatte sie verloren.

Anna war sozusagen über Nacht in ein Schlaraffenland gekommen; sie konnte zweimal am Tag neue Kleider anziehen, sie wohnte in einer fürstlichen Villa und hatte einen bedeutenden Vater, der jeden Samstag mit Geschenken beladen ankam und sie zärtlich liebte. Das war alles wunderbar, aber es war zuviel.

Außerdem gab es für Anna auch schlimme Seiten an diesem neuen Leben. Dazu gehörte Miss Dickson (der Rotfuchs – das Wort kannte sie von der Nonna), die von ihr verlangte, daß sie sich jeden Tag wusch, und zwar nicht nur Gesicht und Hände, sondern sie sollte ein richtiges Bad nehmen. Sie verlangte auch, daß Anna allein in einem eigenen Zimmer schlief, in dem die Dunkelheit nicht so samtweich war wie im Corso Vercelli, wo die Nonna neben ihr lag und betete oder Geschichten erzählte. Die tiefe Dunkelheit des neuen Zimmers in der großen Villa von San Remo rief ihr die Gespenstergeschichten der Großmutter ins Gedächtnis zurück, aber es fehlten ihre Stimme und ihre Nähe, um die Angst zu vertreiben. Der erste Eindruck, den sie vom Reichtum gewann, war der einer großen Einsamkeit. Die anderen neuen Eindrücke, die sie nie mehr vergessen würde, waren die Stimme und der Geruch des Meeres.

Anna stellte sich vor, das Meer sei das blaue Herz der Welt und sein Geruch der Atem. Deshalb lauschte sie glücklich, wie die Wellen ans Ufer schlugen, besonders wenn es ihr wieder einmal gelungen war, der Gouvernante zu entwischen, und sie auf dem Felsvorsprung hoch über dem Wasser saß.

Miss Dickson war weder bösartig noch gehässig, aber der missionarische Eifer, mit dem sie Annas Erziehung betrieb, nahm gelegentlich übertriebene Formen an. Seit sie an der Riviera war, hatte Anna nicht ein einziges Mal in Ruhe gegessen, sondern war ständig mit den guten Manieren traktiert worden. Sie hatte in den fünf Jahren ihres Lebens andere Manieren gelernt, die sie für ebenso gut befand.

Dann gab es noch eine Sache, die sehr zu ihrer Verwirrung beitrug, nämlich die Gespräche ihrer Eltern über Nemesio, den Vater von Giulio. Eines Tages war dieser Nemesio mit einem Jeep gekommen, in einer amerikanischen Uniform, und er sah aus wie einer dieser großen, blonden, gutgekleideten Soldaten, die überall zu sehen waren und Bonbons, Schokolade und Kaugummi verschenkten. Auch Nemesio hatte den Kindern Bonbons, Schokolade und Kaugummi gebracht und versprochen, er würde wiederkommen und Maria mit nach Amerika nehmen, wenn sie das wollte. Maria war also die Frau von Nemesio, der aber bloß der Papa von Giulio war, denn sie war die Tochter von Cesare Boldrani. »Mama, warum haben Giulio und ich zwei verschiedene Väter?« hatte sie eines Tages gefragt. »Andere Geschwister haben alle die gleichen Väter.«

»Das erkläre ich dir später einmal«, versprach Maria.

Auch als der Sommer kam, hatte Anna sich noch nicht ganz an das neue Leben gewöhnt. Die »Villa Azzurra«, die Cesare Boldrani viele Jahre zuvor für seine Schwester Giuseppina gekauft hatte, war den veränderten Bedürfnissen einer Familie angepaßt worden. Es gab ein Spielzimmer, einen Gymnastikraum und ein Schwimmbad, in dem Anna und Giulio unter der Aufsicht eines Sportlehrers schwimmen lernten.

Von der nahegelegenen Klosterschule der Ursulinerinnen kam jeden Tag Mademoiselle Josephine für den Französischunterricht. Giulio war fügsam und hatte sich rasch eingeordnet, aber Anna ertrug keine Belehrung, sie reagierte auf jede Methode mit Widerspenstigkeit und Wut. In Mademoiselle Josephines Augen war Anna eine *petite sauvage,* eine kleine Wilde, mit der man nichts Vernünftiges anfangen konnte. Anna verweigerte Unterricht und Spiele, sie war lieber im Garten und wühlte in der Erde, tollte auf dem Rasen herum, pflückte Blumen oder lauschte dem Atem des Meeres, dem Pulsieren des blauen Herzens. Wenn sie nachts verängstigt aufwachte, stand sie auf und suchte bei ihrer Mutter Zuflucht, die sie der Ordnung halber tadelte, dann aber zärtlich in ihrem Bett aufnahm.

Maria machte sich Sorgen, und sie war erleichtert, als Cesare im Herbst beschloß, seine Tochter solle ab jetzt als externe Schülerin die Klosterschule der Ursulinerinnen besuchen.

»Sie muß sich unbedingt an andere Menschen gewöhnen«, sagte Cesare. »Sie muß auf das gesellschaftliche Leben vorbereitet werden. Der beste Weg ist durch das Vorbild der anderen. Wenn sie die anderen Mädchen sieht, wird sie mit der Zeit das Verhalten lernen, das ihrer sozialen Stellung entspricht.«

Es wurde eine Katastrophe. Nach Annas Aussagen waren die Klosterfrauen böse, die Schulkameradinnen hochnäsig und die Lehrerinnen gemein. Alle machten sich über sie lustig, weil sie sich die Nase am Ärmel der weißen Schuluniform putzte und ihr Pausenbrot so heißhungrig verschlang, als sei es die letzte Mahlzeit ihres Lebens, anstatt mit kleinen Bissen zu essen wie die anderen Mädchen. Alle schimpften mit ihr, weil sie es nicht schaffte, ihre hübschen bestickten Samtkleidchen länger als zwei Stunden sauberzuhalten. Außerdem konnte sie nicht mit Messer und Gabel umgehen und benutzte drastische, dialektale Wendungen. Alles, was früher normal gewesen war, wurde jetzt beanstandet. Sie war nicht besser oder schlechter als ihre Mitschülerinnen, sie war einfach anders, deshalb wurde sie von den meisten abgelehnt. Aber der Inbegriff des Schreckens war Silvia de Carolis, die schon elf Jahre alt war und in eine höhere Klasse ging. Während der Freistunden im Park mußten die älteren Mädchen auf die jüngeren aufpassen, und Silvia de Carolis, der einzigen Tochter eines Mailänder Verlegers, hatte man eine Gruppe zugeteilt, in der sich auch Anna befand.

Silvia war ein reizendes, selbstbewußtes kleines Ding; sie sprach fließend Italienisch, Französisch und Englisch und hatte in allen Sportarten Erfolg, aber ihre Passion war die Niedertracht, eine Empfindung, die sie im Kreis der Freundinnen ihrer Mutter kennengelernt hatte und die zu ihrem entscheidenden Wesenszug geworden war. Silvias Mutter stammte aus Genua und zählte so berühmte Familien wie die Fiescos und die Dorias zu ihren Ahnen. Als sie erfuhr, daß sich unter den Mitschülerinnen ihrer Tochter auch das Adoptivkind befand, das Boldrani mit einer Dienstbotin hatte, wurde dieses Thema sofort heftig diskutiert. Auf Annas plebejischer Herkunft, die von den hauptberuflichen Klatschweibern im Salon ihrer Mutter gründlich durchleuchtet worden war, baute Silvia ihre Hetzjagd auf.

»Verdufte jetzt! Zieh ab!« beschimpfte Anna sie in ihrer derben Art.

»Wie schön du sprichst«, gab Silvia zurück. »Wo hast du das gelernt? Bei deiner Mutter?«

»Nein«, entgegnete die Kleine, »bei meiner Nonna Vera. Und jetzt ist Sense mit dem Ärgern!«

Silvia brach in ein schrilles, gekünsteltes Lachen aus und rief ihre Freundinnen. »Kommt her«, forderte sie sie auf, »und hört euch an, wie Anna Boldrani spricht. Los, Anna«, stachelte die Schlange sie auf, »zeig allen, was du kannst.«

Anna tappte in die Falle und antwortete wütend: »Wenn ich einmal groß bin, dann wirst du kalte Füße kriegen. Dann gibt's Senge, du blöde Kuh!«

Die Mädchen kicherten und stichelten. »Silvia sagt, deine Mutter ist eine Küchenmagd. Stimmt das?«

Anna hatte die Beleidigungen und Verhöhnungen monatelang ertragen und auf ihre Weise, vor Wut heulend, mit Fausthieben nach allen Seiten beantwortet.

»Mama«, fragte sie eines Tages, »warum sagen sie zu mir, ich bin die Tochter einer Küchenmagd?«

»Weil sie dich ärgern wollen.« Marias schönes Gesicht war blaß vor Zorn.

»Mama, bin ich denn die Tochter einer Küchenmagd?« Sie wollte eine befriedigende Antwort.

»Du bist die Tochter von Cesare Boldrani, von dem großen Cesare Boldrani«, erklärte Maria.

»Und du, Mama? Was bist du?«

»Ich bin deine Mutter. Und du bist meine Königin.« Anna gab sich mit dieser Antwort zufrieden.

Maria wurde klar, daß die Stempel und Unterschriften auf den Papieren nicht ausreichten, um Anna den Übergang von der einen Welt in die andere zu ermöglichen. Diese Silvia de Carolis zerstörte Annas Seelenfrieden, und außerdem war sie klatschsüchtig. Andererseits konnte sie nicht alle Personen, die sich abfällig über sie äußerten, zum Schweigen bringen; seit der Krieg aus war, hatten die Leute vor gar nichts mehr Respekt. Man mußte abwarten. Bald kehrten sie wieder nach Mailand zurück, Anna würde größer werden, alles erfahren und verstehen, und bei ihrem Charakter würde sie rasch lernen, sich selbst zu verteidigen. Dann konnte sie entscheiden, ob es eine Schande war, die Tochter einer Hausangestellten zu sein. Maria überredete Cesare, die Übersiedlung nach Mailand möglichst früh vorzunehmen. Das Kind war gesund und kräftig, es gab keinen Grund, das ganze Jahr an der Riviera zu bleiben.

Wenige Tage vor dem Aufbruch, als das Frühjahr schon nahte, holten Silvia und ihre Bande noch einmal zum Schlag gegen »das Kind der Magd« aus.

Anna stand bitterernst vor ihnen und stemmte die Hände in die Hüften wie ihre Nonna Vera. »Ich habe deine Mutter noch nie schlecht gemacht«, hielt sie Silvia vor, »und ich weiß auch nicht, wer dein Vater ist. Aber ich weiß, wer mein Vater ist, und eines Tages zahle ich dir alles heim.«

»Ja, ja«, gab Silvia zurück, »jetzt rennst du zu deinem Papa, alte Petze! Hast du das Petzen auch von deiner Mutter gelernt?«

»Du bist eine Petze! Ich verpetze niemanden«, wehrte sich Anna. »Jetzt bin ich noch klein, aber eines Tages bekommst du alles zurück, Silvia de Carolis! Vielleicht bringe ich dich eines Tages um.«

Die Mädchen standen stumm da, und Silvia de Carolis bekam Angst, denn sie las in Annas grünen Augen schreckliche Rachegedanken.

Anna 1953

Der Amerikaner sprach ununterbrochen von Korea, wo er als Freiwilliger im Einsatz gewesen war. »Nach den Verhandlungen von Panmunjom wird es endlich einen Waffenstillstand geben.« Er hatte das energische, sympathische Gesicht eines Cowboys, kurzgeschorene Haare, und sein offener Blick verriet den netten amerikanischen Jungen aus gutem Hause. Er hieß Hilary, kam aus Atlanta, Georgia, und spielte traumhaft Tennis. Aber seine Gedanken kreisten ständig um den Krieg. »Es war gräßlich.«

»Natürlich«, pflichtete sein Freund ihm bei, der offensichtlich nicht auf der gleichen Wellenlänge lag, »jeder Krieg ist gräßlich.«

»Was weißt denn du, Arrigo«, sagte der Amerikaner eigensinnig. Sie saßen im exklusivsten Tennisclub von Monza, im Schatten einer uralten Eiche, die sie vor der heißen Junisonne schützte, schlürften Chivas Regal on the Rocks und unterhielten sich auf englisch.

»Auch wir haben unseren kleinen Krieg gehabt«, bemerkte Conte Arrigo Valli di Tavernengo mit einem dünnen Lächeln. Er war ein paar Jahre älter als sein Freund aus Amerika, der gerade bei ihm zu Gast war, und entstammte einer alten Bologneser Familie mit napoleonischen Vorfahren.

»Du hörst mir doch gar nicht zu«, rief der Amerikaner entrüstet aus.

»Wie kommst du darauf? Ich habe dir sogar eine Antwort gegeben.« Er sprach zu dem jungen Mann neben ihm, aber seine feurigen, dunklen Augen mit den langen Wimpern wurden magnetisch von einem reizenden jungen Mädchen angezogen, das auf dem nächstgelegenen Platz ein vollendetes und kämpferisches Tennismatch lieferte. Aber Arrigo war gar nicht so sehr von ihrem Spiel hingerissen oder von ihrer Figur mit den langen schlanken Beinen, der schmalen Taille und der noch unentwickelten Brust. Er war fasziniert von dem Blitzen ihrer grünen Augen, die seinen Blick zu erwidern schienen, wenn die Spielerin sich beim Aufschlag auf die Seite drehen mußte, wo die beiden saßen.

»Jetzt ist mir alles klar.« Der Amerikaner schlug sich mit der flachen Hand an die Stirn. »Und ich Dummkopf wollte ein ernstes Gespräch mit dir führen.«

»Wir können gern über Stalins Ende und die Ermordung seines Geheimdienstchefs diskutieren«, schlug Arrigo ironisch vor.

»Du kannst einfach nicht ernst bleiben«, seufzte Hilary. »Hoffentlich denkst du wenigstens daran, daß wir nächste Woche in Rom bei Clara Boothe eingeladen sind.«

»Dieses Datum ist in meinem Kalender rot angestrichen«, beruhigte Arrigo ihn. Er legte die Hand auf sein Herz, wie es die amerikanischen Präsidenten tun, wenn sie der Nationalhymne lauschen. Aber er freute sich wirklich darauf, die konvertierte Katholikin Clara Boothe Luce kennenzulernen, die Präsident Eisenhower zur Botschafterin der Vereinigten Staaten in Italien ernannt hatte.

»Aber im Moment interessierst du dich nur für deine knackige Minderjährige«, sagte Hilary ihm offen ins Gesicht.

»Ja, sie ist eine echte Augenweide«, gab Arrigo zu. »Trotzdem liebäugle ich nur mit dem Schatten eines Traumes.«

»Shakespeare?«

»Nein, Arrigo Valli di Tavernengo.« Beim Sprechen suchte er wieder den Blick ihrer unvergleichlichen grünen Augen. »Wenn man ihn als Mann betrachtet und nicht als großen Dichter, war Shakespeare zweifellos poetischer als ich; aber auch skrupelloser. Julia und Ophelia hatten so in etwa das Alter dieses Mädchen, als sie aus Liebe sterben mußten.«

»Wenn sie sich ranhält, könnte sie eine Zukunft als Tennisprofi haben«, urteilte der Amerikaner sachkundig.

»Ich glaube, man hat ihr bereits eine andere Zukunft zugedacht«, meinte Arrigo bedeutungsvoll.

Der Amerikaner nahm einen Schluck Whisky. »Willst du mir

nicht endlich das Inkognito dieser Königin enthüllen? Du kannst es doch kaum erwarten.«

»Das ist Anna Boldrani.«

»Die Tochter des großen Unsichtbaren?«

»Genau.«

»Dann wird sie ein kleines Flittchen werden wie alle Mädchen aus reichem Hause.«

Anna spielte nicht sehr engagiert; sie richtete es so ein, daß sie die beiden jungen Männer, die unter der Eiche Whisky tranken und plauderten, nicht aus den Augen verlor. Auch wenn die Ballwechsel sie zum Wegschauen zwangen, spürte sie auf ihrem Körper den Blick der großen, feurigen, schwarzen Augen mit den langen Wimpern von dem Mann, der Tyrone Power ähnlich sah.

Als Anna nach dem Spiel an Hilary und Arrigo vorbei zu den Duschen ging, war ihre Haltung unnatürlich steif, und sie fühlte sich immer mehr gefangen von diesem verlangenden Blick, der ein ganz neues Gefühl von Unruhe in ihr hinterließ. Als sie unter dem Wasserstrahl stand, überlief ein Schauer, eine geheimnisvolle Erregung ihren schlanken, straffen Körper. Sie zog sich an, aber die sanfte Irritation blieb zurück, die Erinnerung an eine Aufmerksamkeit, die sie gleichermaßen anzog und abstieß.

Eigentlich hatte sie sich mittlerweile an forschende Blicke gewöhnt und konnte auch die Kommentare erraten, die gemacht wurden, sobald sie vorüberging. Die niedere Herkunft von Anna Boldrani war kein Geheimnis; dennoch hätte niemand die gehässigen Bemerkungen, die hinter ihrem Rücken fielen, offen zugegeben. Freilich stand die Tochter von Cesare Boldrani zu hoch, um sich mit solchem Klatsch abzugeben. Sie war vor etlichen Monaten dreizehn geworden, wirkte aber wesentlich reifer. Obwohl sie von den Prominenten, mit denen sie verkehrte, hofiert wurde und ihr die Bedeutung ihrer Person auch in den exklusivsten Kreisen bewußt war, verleugnete sie ihre Herkunft nicht und war stolz auf ihre Mutter, die ganz bescheiden lebte und damit zufrieden war, den Aufstieg ihrer Tochter aus der Ferne zu verfolgen.

Als sie aus den Umkleidekabinen kam, stand »Glutauge« vor ihr, und an seinen Arm klammerte sich ein auffallend hübsches

Mädchen in teurer Kleidung und mit tadellosem Make-up. Sie erkannte ihre Stimme sofort wieder, auch wenn sie nicht mehr so schrill und quäkend war wie damals, als Anna während der Pausen im Hof der Klosterschule von ihr gehänselt wurde.

»Kneif mich bitte in den Arm, Arrigo«, sagte das Mädchen verblüfft, »damit ich weiß, ob ich träume oder ob dieses kleine Fräulein tatsächlich meine Schulkameradin Anna Boldrani ist.«

Anna lächelte freundlich und reichte ihr die Hand. »Und du bist unverkennbar Silvia de Carolis«, erwiderte sie ungezwungen und distinguiert. Sie hatte sich sehr verändert. Hervorragende Lehrkräfte und der passende gesellschaftliche Umgang hatten ein Mädchen von Klasse aus ihr gemacht, das im rechten Moment jedoch das Kind des Volkes aufblitzen lassen konnte. In den Sommerferien besuchte sie regelmäßig Kurse an teuren Instituten in England und Frankreich.

»Wer hätte das gedacht«, meinte Silvia gedehnt, »daß aus dieser Puppe ein so hübscher Schmetterling schlüpfen würde.«

Anna behielt ihr Urteil über den abgegriffenen Ausdruck für sich. »Dafür hast du dich überhaupt nicht verändert«, gab sie zurück. »Es gibt Leute, die immer gleich bleiben, auch wenn sie anders aussehen.« Während sie mit Silvia sprach, spürte sie auf ihrer Haut die feurigen Augen und den magischen Blick des Mannes, der Tyrone Power ähnelte und an dessen Arm ihre einstige Peinigerin hing.

»Du bist wirklich in glänzender Verfassung«, sagte Silvia, ohne auf Annas Provokation einzugehen.

»Und beim Sprechen mache ich auch weniger Fehler«, schoß Anna zurück.

Silvia suchte in ihrer Tasche herum, um ihre Verlegenheit zu überspielen. »Ich würde dich gerne treffen«, schlug sie vor, »nicht nur so zwischen Tür und Angel, auch wenn es nett ist, daß wir uns hier begegnet sind.«

»Das Vergnügen wäre ganz meinerseits«, sagte Anna spontan. »Du wirst es nicht glauben, aber meine Tage sind verdammt vollgestopft. Ich habe nicht einmal Zeit für meine Schulfreundinnen.« Wenn Anna tatsächlich keine Lust gehabt hätte, wäre sie auch offen dazu gestanden; sie log fast nie. Ihre Freizeit war tatsächlich sehr eingeschränkt durch Schule, Klavierstunden, Reiten, Schwimmen und Tennis.

»Sie führen wirklich ein Höllenleben«, sagte »Glutauge« zu ihr. »Ich bin Arrigo«, fügte er unbefangen hinzu.

»Anna, entschuldige bitte«, rief Silvia aus, »vor lauter Freude und Überraschung habe ich vergessen, dir meinen Verlobten vorzustellen, Conte Arrigo Valli di Tavernengo.« Sie sprach absichtlich langsam und deutlich Namen und Titel aus, um Eindruck zu schinden.

»Das klingt nach einer Figur aus einem Ritterroman«, bemerkte Anna ironisch. Vielleicht wollte sie die Aufmerksamkeit der beiden von der plötzlichen Röte ablenken, die ihre Wangen in dem Moment überzog, als »Glutauge« ihr die Hand drückte.

»Leider Gottes haben der Verfall der Sitten und die Tage der Republik den alten Wappen ihren Glanz geraubt.« Er hatte einen bemerkenswerten Sinn für Humor, den er mit einem feinen Lächeln unterstrich. »Anna Boldrani – damit verbinden sich ganz andere Vorstellungen und Perspektiven. Der Adel, meine Liebe, hat seine besten Zeiten hinter sich.«

»Blaues Blut übt immer einen romantischen Reiz aus.« Ein heiterer Dialog, fernab von den Anstrengungen des gesellschaftlichen Scheins, hatte sich entsponnen.

»Du bist ganz schön frech geworden«, warf Silvia ein. Sie fühlte sich von diesem Wortwechsel ausgeschlossen. »Du hast mir noch nichts von deinem Vater erzählt.«

»Du hast mich auch nicht gefragt«, schmetterte sie den Einwurf ab. »Aber Gott sei Dank geht es ihm gut. Wenn es dich interessiert«, griff sie mit weiteren familiären Informationen an, »kann ich dir auch berichten, wie es meinem Bruder geht. Ach richtig, du kennst ihn ja gar nicht. Aber du hast sicher schon von ihm gehört, auch wenn er nicht der Sohn von Cesare Boldrani ist und Milkovich heißt, Giulio Milkovich. Unsere Familiengeschichte, lieber Conte«, wandte sie sich Arrigo zu, »ist spannender als ein Roman. Wenn sie es nicht schon getan hat, so bitten Sie Silvia, Ihnen alles zu erzählen. Silvia könnte ein Buch darüber schreiben.«

»Bist du mir immer noch böse wegen der alten Geschichte?« Silvia sah Annas rachedurstige Kinderaugen wieder vor sich.

»Wirke ich wie ein nachtragendes kleines Mädchen auf dich?« fragte sie mit dem düsteren Gesicht eines nachtragenden kleinen Mädchens.

Silvia war überzeugt, daß Anna sie mit einem Blick oder einem bösen Wunsch getötet hätte, wenn das möglich gewesen wäre. Sie fand aber nicht den Mut, diesen Gedanken zu äußern, sondern sagte: »Wenn du willst, könnten wir Freundinnen sein.«

»Du bist eine Frau, Silvia«, wehrte sie ab, »ich bin fast noch ein Kind.«

»Kann ich dich anrufen?« Silvia gab nicht auf.

»Ich fahre in den nächsten Tagen nach Österreich. Ferienkurse natürlich.« Das stimmte. Ihr Vater hatte eine österreichische Lehrerin für sie angestellt und in Lech ein wundervolles Chalet gekauft, das mit Tiroler Antiquitäten ausgestattet worden war.

»Dann ruf du mich eben an«, sagte sie resigniert. »Wann immer du Lust hast.«

Sie verabschiedeten sich, und Anna empfand wieder die leichte Unruhe von vorhin, als sie die Kraft und die Wärme spürte, die von dem behutsamen Händedruck des jungen Mannes ausging.

Anna entfernte sich zum Vorplatz des Tennisclubs, wo der Chauffeur neben der offenen Wagentür auf sie wartete. Sie drehte sich nochmals um und sah, wie Silvia mit einem harten Ausdruck im Gesicht heftig auf ihren Verlobten einredete. Offensichtlich erzählte sie ihm gerade die erste Folge der Boldrani-Saga.

Anna begrüßte freundlich den livrierten Mann und setzte sich neben ihn auf den Vordersitz. Für viele Clubgäste war das Mädchen uninteressant, aber bei den Leuten, die wirklich zählten, erregte ihr Name Bewunderung oder Neid, Liebe oder Haß, aber nie Gleichgültigkeit. Sie spielte sich nie in den Vordergrund. Ihre angeborene Zurückhaltung und die väterlichen Ratschläge machten sie zu einer extrem diskreten Person. Sie hatte wenige Bekannte und keine Freundin. Die Schulkameradinnen akzeptierten ihre Leistungen, aber sie hielten sie für unsympathisch, weil sie Annas Reserviertheit mit Hochmut verwechselten.

»Nach Hause bitte, Giovanni«, sagte sie zum Chauffeur. Auf der Konsole zwischen den Sitzen lag eine bunte Ansichtskarte mit dem Christus von Corcovado, dem Erlöser, der die gesamte Bucht von Rio zu umarmen schien. Die Karte war von Giulio, der immer seltener schrieb, seit er bei seinem Vater auf der anderen Seite des Ozeans lebte. Der romantische Weltenbummler Nemesio hatte einen Beruf gefunden und eine beachtliche Position errungen; er baute italienische Möbel aus brasilianischen Hölzern.

Ihre Mutter Maria hatte beschlossen, bei ihr zu bleiben, im Hintergrund, als ob sie durch Annas soziale Anerkennung ihren eigenen Traum von der Macht unbewußt verwirklichen wollte. Anna dachte an ihren Bruder und ihre Mutter, aber sie sah nur die dunklen, feurigen Augen eines faszinierenden Fremden vor sich, dem sie vielleicht nie wieder begegnen würde. Aber durch ihn hatte sie die erste heftige Erregung ihres Lebens verspürt.

Ein Diener in Jackett und weißen Handschuhen hielt das Silbertablett vor Anna, auf dem wie im Schaufenster eines Metzgers dicke Scheiben Roastbeef aufgereiht lagen. Mit einem Lächeln schüttelte sie dankend den Kopf, und der Bedienstete ging weiter.

Maria, die aus alter Gewohnheit während der Mahlzeiten zwischen Küche und Speisezimmer hin und her pendelte, auch wenn die anderen bei Tisch saßen, wurde sofort unruhig. »Ist dir nicht gut? Was ist los, mein Schatz?« Sie gehörte zu einer Generation, für die mangelndes Interesse am Essen ein Zeichen für schlechte Gesundheit ist.

»Nichts, Mama«, antwortete das Mädchen.

»Möchtest du etwas anderes?« fragte sie eilfertig.

Anna schaute sie freundlich an. »Ich kann mich nicht in ein Faß ohne Boden verwandeln, nur um dir eine Freude zu machen.«

»Wie du meinst«, murmelte Maria skeptisch. Mit ihren dreiunddreißig Jahren war sie noch immer schön, aber sie besaß nicht mehr den strahlenden Teint von früher, als ob sie einen Teil ihrer Vitalität eingebüßt oder in den harten Kriegsjahren zu viel Energie verbraucht hätte. »Du siehst blaß aus.« So schnell gab sie nicht auf.

»Aber nein, Mama. Ich bin in glänzender Verfassung.« Dieser Ausdruck war untypisch für sie.

»Wer sagt das?« fragte Cesare, der ahnte, daß dieser Satz nicht von ihr stammte.

»Eine alte Freundin.« Sie trank einen Schluck Mineralwasser und spiegelte sich mit einer kindlichen Geste in der Wölbung eines Silberlöffels, der ihr deformiertes Abbild zeigte. Es war Abend, die Fenster standen offen, und vom Foro Bonaparte drang der Verkehrslärm herein, der in den letzten Jahren stark zugenommen hatte.

»In deinem Alter«, spöttelte Cesare wohlwollend, »trifft man bestimmt massenhaft alte Freundinnen.«

»Alt im übertragenen Sinne«, gab Anna zurück, die über sprachliches Feingefühl verfügte und auch ihrem Vater selten eine Antwort schuldig blieb. »Wir haben nicht den ganzen Krieg gemeinsam an der Front gestanden, aber wir haben Partisanenkämpfe geführt. Eine gegen die andere, logischerweise.«

»Kenne ich sie?« Cesare hielt mit einer kaum merklichen Bewegung den Diener auf, der ihm Wein nachschenken wollte. Er haßte es, wenn in Gläsern oder auf Tellern Reste blieben.

»Sie heißt Silvia de Carolis.« Anna erwähnte den Namen ganz beiläufig.

»Diese Nervensäge, die dich immer zum Weinen gebracht hat?« Seine blauen Augen funkelten einen Moment hart, dann trat ein gütiges Lächeln auf sein Gesicht. »Nach acht Jahren dürfte das Schnee von gestern sein.«

»Dummheit und Niedertracht, Papa, sind wie Diamanten – unvergänglich. Und im Lauf der Zeit werden sie immer beständiger.« Die Formulierung gefiel ihr gut.

»Das hast du von mir übernommen.« In seiner Stimme schwang der Vorwurf des Plagiats, aber auch eine gute Dosis Selbstgefälligkeit.

»Ich zitiere die Klassiker, also kann ich auch meinen Vater zitieren.«

»Aber zur Sache«, siegte sein lombardischer Pragmatismus, »was willst du sagen?«

Annas grüne Augen blitzten vor Neugier. »Papa, wie bedeutend ist die Familie de Carolis in Mailand?« Ab einer gewissen Höhe gab es nur noch ein Maß für Menschen oder Dinge: Macht und Ansehen. Und das eine hing vom anderen ab.

Cesare hob sein Kristallglas hoch und betrachtete den letzten Schluck Wein im Gegenlicht, dann trank er. »Silvias Vater ist ein hervorragender Verleger, aber ein erbärmlicher Manager.«

»Was heißt das?« Dieses Thema fesselte sie immer stärker.

»Was das heißt?« wiederholte Cesare. »Das heißt, daß er seine Grenzen nicht kennt. Er arbeitet nur für die Kunst und für die Nachwelt, und das ist mit wirtschaftlichem Erfolg nur schlecht vereinbar.«

»Aber seine Bücher sind großartig.« Anna kannte die kostbaren Kunstbände. Eine ganze Serie über Malerei zierte auch die hauseigene Bibliothek.

»Die Leute kaufen nicht etwas, weil es großartig ist, sondern weil es ihnen gefällt. Häuser, Möbel, Urlaub, Autos, Bücher: entweder triffst du den Geschmack der Leute, oder du hast Pech.«

»Besitzen sie nicht auch eine Zeitung?« erkundigte sie sich, obwohl sie die Antwort kannte.

»Ja, eine Frauenzeitschrift. Ich glaube, sie heißt *Personalità*. Du wirst doch nicht etwa im Sinn haben, Journalistin zu werden?« fragte er beunruhigt.

»Nein, Papa. Aber du, warum kaufst du keine Zeitung?« Anna tupfte ein paar Krümel auf und schob sie in den Mund.

»Für jemanden, der nicht aus der Branche kommt, ist es billiger, einzelne Journalisten zu kaufen. Da gibt es immer welche, die Geld brauchen. Die Position des Verlegers erfordert Talent, aber vor allem Sachwissen und Bescheidenheit. Und Glück. Sonst erstickt man in den Schulden.«

»Wie de Carolis?« Sie nahm eine Narzisse aus dem Bukett auf dem Tisch und roch daran.

»Ja, ungefähr.« Die Neugier seiner Tochter wurde ihm allmählich verdächtig.

»Bist du ganz sicher, daß sie verschuldet sind?«

»Sie stehen bei unserer Bank in den roten Zahlen, aber bisher haben sie sich sehr korrekt verhalten. Das sind keine Hasardeure. Seine Frau ist eine geborene Siniscalchi. Sie besitzen ein herrliches Landgut in der Gegend von Vercelli. Zufrieden?« Cesare erhob sich.

»Ganz und gar, Euer Ehren«, flachste Anna zurück.

Maria war unterdessen in der Küche verschwunden und hatte den beiden Akteuren den Ring überlassen. »Ich wollte nur dahinterkommen, warum diese Silvia so eingebildet ist.« Silvias Vater hatte Schulden bei ihrem, und der hätte ihn ruinieren können.

»Papa«, hielt sie ihn auf, als er ins Wohnzimmer gehen wollte, wo Maria üblicherweise den Kaffee servierte.

»Was gibt es denn noch?« fragte er mit gespielter Ungeduld.

»Hast du schon einmal von einer Familie Valli di sowieso gehört?«

»Valli di was?«

»Das habe ich vergessen.«

»Wenn du Valli di Tavernengo meinst«, sagte Cesare, »die sind im Spirituosengeschäft. Eine berühmte Familie. Und ein solides Vermögen.«

»Aha.« Sie beneidete Silvia, die, obwohl sie so gehässig war, einen bedeutenden reichen Mann heiratete, dessen feurige, dunkle Augen sie nachhaltig erschüttert hatten.

»Was heißt hier aha?«

»Arrigo Valli di Tavernengo ist mit Silvia verlobt«, gestand sie.

»Da kann man ihr nur gratulieren«, sagte Cesare und sah sie mit hintergründiger Ironie an. »Oder nicht?«

»Mir ist das doch egal«, wehrte sie ab. Sie hakte ihn liebevoll unter und ging an seiner Seite ins Wohnzimmer. »Ich war einfach neugierig.«

»Am besten fragst du Pazienza«, schlug er vor. »Es gibt keine Affäre, sei sie nun öffentlich bekannt oder heimlich, offiziell oder privat, die er nicht kennt. Wie er es schafft, sich all diese Liebesgeschichten anzuhören und gleichzeitig seine Geschäfte zu erledigen, wird mir immer ein Rätsel bleiben.«

Anna 1959

1

»*Stanis, ça suffit*«, fuhr Anna blitzartig zu dem Mann herum und funkelte ihn mit ihren riesigen grünen Augen so eisig an, als wolle sie ihn töten. »Dein Verhalten ist unerträglich.« Mit ihren neunzehn Jahren war sie eine faszinierende, unnahbare Schönheit, ein Vulkan unter einer Eisschicht.

Der Mann lächelte sie an. Er schaute melancholisch drein, wie ein Tier in der Brunft; er war resigniert, aber er gab sich nicht geschlagen vor den grausamen Frustrationen, denen Anna ihn ständig aussetzte. »Du bist so hübsch, wenn du dich ärgerst.« Auch seine heisere Stimme zitterte vor Verlangen.

Sie waren alle beide erhitzt von einem Ritt durch die Heide im Hinterland von Schloß Thomasin, das im Loiretal lag. Zwischen den Büschen blühte Erika, und in der Ferne sah man das elegante Gebäude aus dem siebzehnten Jahrhundert, das der Familie von Baron Stanis de la Rochefoucauld gehörte.

»Ich kann es nicht ändern«, murmelte sie liebevoll und strich ihm über die Wange. Sie trug enganliegende grüne Segeltuchhosen und eine weiße Seidenbluse im Herrenstil, die ihre Figur hervorragend zur Geltung brachte. Ihre Füße steckten in braunen Lederstiefeln.

»Ich lasse mich dadurch nicht entmutigen«, sagte der Mann.

Sie saßen wieder auf und kehrten im Trab zum Schloß zurück. Ein Reitknecht nahm ihnen die Pferde ab.

In einer Ecke der Stallungen versuchte Stanis erneut, sie zu umarmen. Diese Schneekönigin mit dem Herzen aus Lava, wie er sie zu definieren pflegte, machte ihn verrückt.

»Genug jetzt.« Annas Stimme und ihr Blick reichten nicht aus, ihn zur Ordnung zu rufen. Er zog sie fester an sich, preßte seine Lippen auf ihren Mund, suchte ihre Zunge und schob seine Hand unter ihre Bluse.

Anna befreite sich wütend und schlug ihm die Reitpeitsche ins Gesicht. Sie war außer sich vor Scham und Empörung. Ein violetter Fleck wurde auf seiner Wange sichtbar, den er unwillkürlich mit der Hand verdeckte.

»Mach das nie wieder«, fuhr sie ihn verächtlich an. »Solche Freiheiten kannst du dir mit deinen kleinen Freundinnen herausnehmen, aber nicht mit mir.«

Es war das erste Mal, seit sie mit Stanis de la Rochefoucauld verlobt war, daß Anna so rabiat reagierte, aber der Mann hatte sich ihr auch noch nie so ungestüm genähert. »Vergiß nicht, wer ich bin«, zischte sie.

»Une sale putain!« machte er seinem Herzen Luft, als Anna außer Hörweite war. Er hätte sie mit demselben Vergnügen brutal ermordet oder zärtlich geliebt. Er lebte nur noch für sie und durch sie, er war verhext von dem unerträglichen Hin und Her, das ihn zur Verzweiflung brachte. Er sehnte sich danach, ihre glatte Haut zu streicheln, ihren warmen und nachgiebigen Körper zu spüren, dessen weibliche Ausstrahlung ihre eiskalte, formelle Haltung Lügen strafte.

Stanis de la Rochefoucauld war ein gutaussehender Mann um die dreißig, er hatte ein liebenswürdiges Gesicht, eine aristokratische Haltung und einen wachen Verstand. Er stammte von Herzog François IV. de la Rochefoucauld ab, an dem er vieles bewunderte – seine geistreichen Maximen, den Einsatz für die Fronde und die frühreife Sexualität; letztere schätzte Anna freilich überhaupt nicht. Die Erbin fand es skandalös, daß der Vorfahre ihres Verlobten schon mit fünfzehn hatte heiraten müssen.

Anna und Stanis hatten sich im vorigen Winter in Gstaad auf der Vidmanetpiste kennengelernt, wo das Mädchen, mit dessen Skikünsten es nicht weit her war, manchmal in dramatischer Weise die Abfahrt beendete, zum Glück immer, ohne ernsthaft Schaden zu nehmen. Beim letzten Mal war Stanis ihr nach einem spektakulären, aber ungefährlichen Sturz zu Hilfe geeilt, obwohl sein Eingreifen nicht erforderlich gewesen wäre, denn Anna hatte sich schon selbst wieder aufgerappelt. Der junge Mann, der ihr so ritterlich seine Hilfe anbot, war ihr zunächst nicht sehr attraktiv vorgekommen, aber er wirkte nett, mit lustigen Augen, und sein Englisch hatte einen wundervollen französischen Akzent.

»Ich heiße Stanis«, stellte er sich vor, nachdem er seine Handschuhe ausgezogen hatte.

»Nur Stanis?« fragte das Mädchen, während sie ihren Skianzug – ein Sonderangebot aus dem Kaufhaus – abklopfte.

»Ich trage einen Namen, der mir zu groß ist«, gestand der junge Mann. Er war fasziniert von Annas grünen Augen, von ihrer Jugend, aber vor allem von ihrer bescheidenen Sportkleidung, die auf diesem Tummelplatz von Millionären hervorstach.

»Sie machen mich neugierig«, meinte Anna, die zwischen den teuren Skianzügen aus den neuesten Kollektionen wie eine Landpomeranze wirkte.

»Dann will ich ihnen meinen Nachnamen verraten«, beschloß er. »Ich bin Stanis de la Rochefoucauld.«

»Der von den *Maximen*?« brüstete sie sich mit ihrem Wissen. »Und das Alter?« fragte sie dann.

»Neunundzwanzig.« Die Frage war zwar ungewöhnlich, aber er antwortete trotzdem.

»Ich meine doch nicht Sie«, lachte Anna hell heraus, »ich meine Ihr illustres Geschlecht.«

»Reichen Ihnen vierhundert Jahre?« Diese Antwort machte Eindruck, und das wußte der junge Mann.

»Wenn mir jemand mit so historischen Wurzeln den Hof machte, könnte ich glatt schwach werden.« Lachend ließ sie den Schnee aufstieben und fuhr davon.

Das Gespräch wurde dann an der Bar des Palace Hotels bei einem dampfenden Grog fortgesetzt. Dabei entdeckte Anna, daß Stanis nicht nur ein vollendeter Gentleman war, sondern einen exquisiten Geschmack und einen Sinn für Diskretion besaß. Er war das genaue Gegenteil der jungen Partylöwen aus Mailands besseren Kreisen, die alle an Provinzialismus litten.

In Gstaad bewohnte Anna ein niedliches Chalet, zusammen mit einer Freundin aus Boston, Meredith Stanley, der Tochter eines mit Cesare befreundeten Bankiers. Diese bewunderte Fidel Castro, unterstützte die indianischen Minderheiten und war in jeder Hinsicht sehr eng an einen Professor von Harvard gebunden. So sehr sich Meredith auch bemühte, als durchgeistigte Intellektuelle zu erscheinen, blieb sie doch, was sie war: eine reizvolle Verlockung für alle männlichen Wesen um sie herum, die von ihren weichen Lippen und ihrem abwesenden Blick angezogen wurden. Sie klagte, daß die Amerikaner allein für die Verpackung ihrer Produkte mehr Geld aufwendeten als die Indianer für ihre gesamten Lebensmittel, und dabei schwenkte sie die Hüften wie Mae West und betonte deren Üppigkeit mit enganliegenden Seidenhosen. Sie zitierte Herbert Marcuse, den die anderen für einen Hollywoodschauspieler hielten, und in ihrem fabelhaften Gedächtnis hatte sie sogar alle Daten von interessanten Heiratskandidaten in Europa und Amerika gespeichert. Sie kannte Stanis, weil er ihr vorgestellt worden war, und sie wußte alles über ihn und seine Familie, die aus uraltem Hochadel stammte, aber nicht sehr vermögend war. Sie besaßen Ländereien in der Normandie, die bescheidene Erträge abwarfen, und einige Schlösser an der Loire, die alles verschlangen. Bedeutend war die Schmucksammlung seiner Mutter, in die aber die Bedürfnisse der Familie erschreckende Lücken gerissen hatten. Stanis, ein unwiderstehlicher Herzensbrecher, brachte in Gstaad die letzten Reserven des Hauses Rochefoucauld durch.

»Gestern abend hat er sich gnadenlos an mich herangemacht«, berichtete Anna. »Heute morgen hat er das Chalet mit Blumen überschwemmt. Er sagt, er sei verliebt.« Ein Zustand leichter Erregung hatte sie befallen, und sie lächelte rätselhaft in die randvolle Kaffeetasse, die sie gerade zum Mund führte.

»Er ist von Natur aus verliebt«, informierte sie Meredith. Ihr ansehnlicher Busen kämpfte erfolgreich gegen den dünnen Stoff eines weißen T-Shirts. »Er ist so geboren; dieses Verliebtsein ist in seinem genetischen Code enthalten. Du dagegen...«, fügte sie beziehungsvoll hinzu.

»Ich finde ihn nett«, gab Anna zu und spielte weiter mit der dampfenden Tasse, »geistreich, aber ehrlich gesagt, ich weiß nicht...« Sie war jetzt, mit über achtzehn, zu dem Schluß gekommen, daß Liebe und Leidenschaft entweder von Dichtern erfundene Gefühlsregungen oder einfach Vorwände gegen Langeweile waren. Es hatte ihr nicht an Gelegenheiten gefehlt, aber sie hatte sich noch nie ernsthaft verliebt. Die jungen Männer, die sich für sie interessierten, riefen keine besonderen Gefühle in ihr hervor. Sie glaubte allmählich, daß bei ihr etwas nicht stimmte. Und nun war dieser phantastische Stanis mit der ruhmreichen Vergangenheit samt den *Maximen* angekommen und hatte ein kribbelndes Feuer in ihr entfacht.

Meredith lächelte maliziös. »Deine Jungfräulichkeit ist in Gefahr.«

Anna errötete. Wenn dieses Thema zur Sprache kam, wurde sie immer nervös. Sie war eine der wenigen Achtzehnjährigen, von denen Doktor Kinsey und seine Mitarbeiter enttäuscht gewesen wären, wenn sie ihr Sexualverhalten getestet hätten. Sie hatte keinerlei Erfahrung mit Petting, hatte noch nie masturbiert, war noch nie von perversen Gelüsten auch nur gestreift worden; und an ihre Träume, die vielleicht den Schlüssel für ihre Andersartigkeit liefern würden, konnte sie sich nie erinnern. Die Vorstellung, daß ein Mann sie mit seinen Händen berühren könnte, erfüllte sie mit Abscheu und Schrecken.

Meredith, die Psychoanalyse wie einen Sport betrieb, hatte ihr schon einen ganzen Cocktail serviert, gemixt aus Elektra, Ödipus, dem Unterbewußtsein, Ich und Über-Ich, Transfer, Kommunikationsfluß und Verdrängung.

»Du hast dich verknallt, oder?« fragte Meredith, die die Selbstvergessenheit der Freundin auf ihre Weise auslegte.

»Wie?« Sie blickte auf. »Nein, ich glaube nicht.«

»Vielleicht bist du aber auf dem richtigen Weg«, ermunterte Meredith sie.

Als Stanis sie an diesem Abend mit dem Auto nach Hause brachte, ließ sie sich küssen. Es war der erste Kuß ihres Lebens, aber keine Lichter blitzten auf, und keine goldenen Harfen erklangen. Trotzdem war es auch nicht so ekelhaft gewesen, wie sie es sich vorgestellt hatte; vielleicht war sie ja wirklich auf dem richtigen Weg. Nach einer gewissen Zeit jedoch vergaß der junge Mann seine Fairneß und seine Versprechen; er ging zum Angriff über, der schließlich in dem blutigen Zwischenfall mit der Reitpeitsche gipfelte.

Sie hatten gemeinsam in Brüssel an der Hochzeitsfeier von Paola Ruffo di Calabria und Albert von Belgien teilgenommen, und sie waren auch zur Hochzeit von Farah Diba mit dem Schah von Persien eingeladen, die im Dezember stattfinden sollte.

Die Verbindung und dieser Umgang mißfielen Cesare Boldrani nicht, auch wenn er die »dünkelhaften Franzosen, die sich für den Nabel der Welt halten«, nicht sonderlich mochte. Der Franzose war von Adel, sicher, aber floß in seinen Adern und in denen seiner Tochter nicht auch das Blut der Grafen Casati aus Caravaggio? Die Enkelin von Angelo Boldrani und Elvira Colombo hatte es wirklich weit gebracht. Maria war außer sich vor Begeisterung.

All diese Gedanken schwirrten Anna durch den Kopf, als sie auf Schloß Thomasin an der Loire nach dem Umkleiden vor der Zimmertür ihres Verlobten stand, den sie schwer gekränkt hatte, und klopfte.

»Verzeih mir, wenn du kannst«, sagte sie zerknirscht.

»Natürlich verzeihe ich dir«, antwortete er mit einem liebenswürdigen, aber nicht sehr überzeugenden Lächeln.

»Das meine ich nicht«, versuchte sie eine Erklärung. »Ich glaube, ich empfinde keinerlei körperliche Anziehungskraft dir gegenüber. Ich glaube, ich empfinde bei gar keinem Mann eine körperliche Anziehungskraft.«

Sie erkannte, daß sie unbewußt gelogen hatte. Vor sechs Jahren, als sie fast noch ein Kind war, hatte ein Unbekannter mit feurigen, dunklen Augen sie sehr erregt. »Vielleicht liebe ich dich nicht«, sagte sie kameradschaftlich. »Vielleicht sollten wir alles noch einmal überdenken, was meinst du?«

»Besser eine gute Freundschaft als eine schlechte Liebe«, gab der Mann zurück, der den Schlag wie ein echter Gentleman eingesteckt hatte. Er spielte hoch, aber er konnte auch verlieren.

»Du wirst eine der schönsten Erinnerungen in meinem Leben sein«, waren Annas letzte Worte für den Mann, den sie im kommenden Jahr hätte heiraten sollen.

Am gleichen Tag noch verließ Anna Boldrani Schloß Thomasin an der Loire und flog nach Brasilien. Sie wollte eine Weile bei Nemesio und Giulio sein, die nie peinliche Fragen stellten, anstatt ihrem Vater und ihrer Mutter gegenüberzutreten, die zweifellos eine Erklärung verlangt hätten.

2

Die DC-6 der Alitalia aus Rio de Janeiro flog eine weite Kurve, dann legte sie sich wieder gerade, und zehn Minuten später rollte sie nach einer perfekten Landung über die Piste des Flughafens von Espargo auf der Insel Sal, die zum Archipel der Kapverdischen Inseln vor der Küste Westafrikas gehört. Die Passagiere applaudierten.

»Alles okay?« fragte der Co-Pilot fürsorglich, der gerade aus der Kanzel herauskam. Er war jung und dunkelhaarig, mittelgroß, mit einem gutmütigen, freundlichen Gesicht.

Anna löste den Sicherheitsgurt und schenkte ihm einen Blick aus ihren herrlichen grünen Augen. »Ein vollendetes Manöver«, meinte sie anerkennend. Das Flugzeug rollte immer noch über den Asphalt.

»Dann gehe ich wieder auf meinen Platz«, sagte er befriedigt. »Wir sehen uns nachher im *Hotel do Atlantico*; der Kapitän kommt auch.« Die wenigen Passagiere der ersten Klasse wunderten sich über das ungewöhnliche Zeremoniell.

Anna hatte noch die kleinen Erdhäufchen im Meer vor Augen, die sie vom Flugzeug aus gesehen hatte. Diese winzigen Punkte auf der Landkarte waren Klippen mit einer illustren Vergangenheit, die im Lauf der Zeit vergessen worden war. Als Papst Alexander VI., ein Borgia, den Neuen Kontinent zwischen Spanien und Portugal aufgeteilt hatte, war auf einer Weltkarte die Grenze eingetragen worden, die hundert Seemeilen westlich der Azoren und der

Kapverdischen Inseln verlief. Seitdem war die politische Geographie durch die Geschichte präzisiert worden, und nun lag hundert Seemeilen von dieser imaginären Teilungslinie entfernt das Refugium von Anna Boldrani, ihr *Monpracem,* ihre Schatzinsel.

Als sie die grünen Lichter des Kontrollturms sah, fühlte sie sich sofort wie ein neuer Mensch. Jedesmal, wenn sie von Italien nach Brasilien oder zurück flog, freute sie sich wie ein Kind auf die Zwischenlandung in Sal, dem einzigen Ort der Welt, wo sie als menschliches Wesen betrachtet und nicht wie ein Millionenpaket neiderfüllt oder bewundernd angestarrt wurde. Oft verpaßte sie absichtlich den Weiterflug, blieb einige Tage und nahm dann das nächste Flugzeug Richtung Italien. Die Zwischenlandungen für die Strecke zwischen Mailand und Rio waren Rom, Dakar und Sal.

Auf diesem riesigen, windumbrausten Felsbrocken im Atlantik, der von Ziegen und halbwilden Hunden wimmelte, besaß Anna ein paar treue Freunde, mit denen sie nächtelang Karten spielte und tagsüber beim Fischen von Muränen, Kraken und Krebsen wetteiferte. Sie kannte die schönsten versteckten Buchten der Insel, und es fand sich immer jemand, der sie mit dem alten Jeep nach Burracona, Joachim Petinha, Ramo de Junto, Palmeira oder Caletinha brachte. Ihre Freunde waren der Flughafenleiter, dessen Namen Anna nicht wußte, weil er von allen nur der Philosoph genannt wurde; die Kellner des *Hotel do Atlantico,* Manolo und Ribeira; und Pater Antonio, der Missionar, der seine Ziege mit den Zeitungen fütterte, die ihm die Flugzeugcrews schenkten. Die Ziege gab köstliche Milch.

Es war November, und es regnete. Zum ersten Mal sah Anna die Insel im Regen. Zusammen mit den anderen Passagieren ging sie zu Fuß zum *Hotel do Atlantico,* einem Holzbau im Kolonialstil, der seinem großartigen Namen nicht ganz gerecht wurde. Hier war das Nachtlager aller Flugzeugbesatzungen und Passagiere während dieser technisch bedingten Zwischenlandung auf den Südamerikarouten. Der Hoteldirektor, ein großer, schlaksiger Portugiese mit einem freundlichen Windhundgesicht, begrüßte sie mit einem formvollendeten Handkuß.

»*Benvinda seja*! Wie geht es Ihnen?« Das war mehr als nur eine konventionelle Phrase.

»Ich hoffe, ich bin in Form, Pedro«, antwortete Anna. Sie hatte das Gefühl, als käme sie endlich nach Hause.

»Sie wollten uns wohl überraschen.« Er war ein bißchen nervös. Normalerweise bereitete er für Annas Ankunft nämlich in ihrem Zimmer einen Strauß aus wilden Blumen vor, die er in einem windgeschützten Garten hinter dem Hotel selbst zog. Auf diesem dürren Stück Land war das ein kostbares, gefühlvolles Geschenk, bei dem auch immer eine altmodische Grußkarte lag.

In weißem Jackett und schwarzer Hose empfing Manolo sie im Speisesaal und geleitete sie höflich an ihren Tisch. Anna sah sich zufrieden um. Gerade betrat die Flugzeugbesatzung den Raum, und der Kommandant kam mit dem Leiter des Flughafens zu ihr, um sie zu begrüßen.

Anna bat sie alle an ihren Tisch. Der Kommandant, der mehr einem Seeräuber als einem Luftkapitän glich, zog die dichten Brauen zusammen und schlug scherzhaft die Hacken aneinander.

»Zu Befehl«, sagte er und lächelte unter seinem Piratenschnurrbart.

Der Leiter des Flughafens, der Philosoph, blieb seinem Spitznamen getreu vollkommen gleichmütig.

Manolo und Ribeira servierten fangfrische Langusten und einen portugiesischen Weißwein, der seit einem Monat hier lagerte und so trocken war wie der Wind über dem Atlantik. Für den Flughafendirektor, die Besatzungsmitglieder und die vereinzelten Tiefseetaucher war Anna lediglich eine reiche und exzentrische, aber dabei ausgesprochen nette Touristin. Auf Sal würde niemand von ihrer geplatzten Verlobung mit Stanis sprechen, deren Nachricht bereits durch die Klatschspalten der Weltpresse geisterte.

»Bleiben Sie eine Weile bei uns?« fragte der Philosoph.

»Ich fliege mit dem nächsten Flugzeug weiter«, antwortete sie. »Ich bin seit vier Monaten unterwegs. Ich muß nach Hause.«

»Dieses Mal habe ich Sie aber nicht nach Brasilien gebracht«, meinte der Kommandant. Sein Genueser Akzent verstärkte den seeräuberhaften Eindruck noch. Dabei liebte er sein Flugzeug über alles, die Motoren, das Fliegen, die Luft. Er deutete die unmerklichen Bewegungen der Sterne und sprach mit den Winden. Nur wegen einer biologischen Ungerechtigkeit besaß er selbst keine Flügel.

»Nein. Ich bin im August von Paris nach New York geflogen. Ich war auf einen Sprung bei einer Freundin in Boston. Dann in Rio. Aber die nördliche Route ist langweilig«, sagte sie, um dem Flugkapitän eine Freude zu machen.

Sie aß die frischen Langusten, trank den spritzigen portugiesischen Wein, sprach von verschiedenen Dingen, aber in Wirklichkeit dachte sie an den Brief, den sie ihrem Vater auf dem Flug in die Vereinigten Staaten geschrieben hatte. Sie hatte ihm das Ende einer Liebe auf eine Weise schildern wollen, die er verstehen konnte.

In ihrem New Yorker Hotel, dem *Hotel Pierre,* hatte sie dann ein Anruf von Pazienza erreicht. Cesare war offenbar nicht in der Stimmung für ein inniges Gespräch. Er hatte seine Prinzipien; er kam aus einfachen Verhältnissen, war der Sohn eines Hilfsarbeiters und einer Wäscherin aus dem letzten Jahrhundert; der Gefühlsfreiheit einer Frau – niemals hätte er von sexueller Freiheit gesprochen – waren bestimmte unüberschreitbare Grenzen gesetzt. Onkel Mimmo mit seiner Biographie als gescheiterter Priester war dagegen toleranter, so daß Anna es relativ leicht hatte, ihm die Situation zu erklären. Sie brachte ihn so weit, daß er sich für sie einsetzte und der Alte ihren langen Urlaub in Südamerika schluckte. Aber wieder einmal war der Ortswechsel zwecklos gewesen, denn auch auf der anderen Seite der Welt konnte sie sich selbst und ihrer Unruhe nicht entkommen.

Mit Giulio und Nemesio hatte sie unbeschwerte Tage verlebt; sie hatte sich von Samba und Macumba verzaubern lassen, hatte Vinicius, den schwärzesten unter den Weißen Amerikas, kennengelernt und seinen Liedern gelauscht. Als sie Ipanema, Gloria und Botofago verließ, war ihr Herz von der Musik des Landes, vom *Canto de Osannha,* erfüllt, der sie aufforderte zu lieben, auch wenn sich die Liebe hinter Leiden verbirgt, und zu leben, auch wenn die Augen tränenverschleiert sind.

Am Tisch um sie herum herrschte Stimmengewirr und Gelächter, sprudelten Wein und Worte, während Anna von der *saudade* befallen war, jener melancholischen Sehnsucht, die unter Tränen lächelt und der Liebe gleicht, von der die Dichter erzählen. Anna blieb ihren Tischgenossen keine Antwort schuldig, sie nahm an den Diskussionen teil, aber irgend etwas drängte sie zu neuen Horizonten.

Wie in der Wehmut der *saudade* fühlte sie Fröhlichkeit neben Schmerzen, einen Schauder und eine Erinnerung, die ihr Blut in Wallung brachten. Es war der Widerschein jener hemmungslosen, geheimnisvollen und unmöglichen Leidenschaften, die im Leben nur einmal vorkommen.

Manolo hatte den Plattenspieler in Gang gesetzt, und der Anfang eines Songs von Elvis Presley ertönte: *Are you lonesome tonight?* Auch sie war heute abend schrecklich alleine, während das glühende Band des Begehrens sie zum ersten Mal umfing. War es Manolos trockener Weißwein, oder kündigte sich ein unvorhersehbares Ereignis an? Vor den Fenstern und der Veranda, die um das ganze Hotel lief, fiel unablässig ein weicher Regen. Aber sie wurde nicht vom Regen angezogen, der Magnetismus ging von der anderen Seite des Saales aus, von zwei feurigen, dunklen Augen mit langen Wimpern. Wo hatte sie diese wundervolle Irritation, diese verwirrende Anziehung schon einmal gespürt? Monza. Tennisclub. »Glutauge« Arrigo Valli di Tavernengo. Silvia.

Anna wurde es heiß und kalt; sie fingerte hektisch an ihrer Kette aus schwarzen Korallen. War das wirklich, oder war das nur ein Trugbild, das ihre Erinnerungen an die brasilianische Musik, die Stimme von Elvis Presley, der von Manolo servierte Weißwein heraufbeschworen? Wenn er das ist, dann sieht er jetzt noch besser aus, dachte sie. Annas grüne Augen fotografierten ganz ungeniert das eckige Gesicht mit den hohen Wangenknochen, den unergründlichen Augen, der sanft gebogenen Nase, dem schönen Mund und dem unwiderstehlichen Grübchen auf dem runden Kinn, das nur leicht hervorsprang. Neben ihm saß eine atemberaubende, pantherhafte Schönheit, eine geschmeidige Raubkatze mit langem blauschwarzem Haar über dem kleinen Gesicht, dessen Züge sehr fein, aber gleichzeitig auch sehr entschlossen waren.

»Sie müssen mich entschuldigen«, sagte sie zu den Freunden, »heute abend bin ich besonders müde.« Sie erhob sich, der stummen Bitte von »Glutauge« nachgebend, und durchquerte unter den bewundernden Blicken der Männer den Raum. In dem schlichten, weißen Baumwollkleid, das sie auf einem Markt in Rio erstanden hatte, schritt sie elegant und selbstsicher wie eine Königin hinaus. Mit fraulicher Sensibilität spürte Anna diese bewundernden Blicke, aber nur einer davon verwirrte sie.

Sie ging in ihr Zimmer, ihr angestammtes Zimmer, das einzige mit einem großen Bett. Die Einrichtung war einfach und auf das Notwendigste beschränkt: Nachttisch, zwei Stühle, ein Schrank. Das Bad mit Dusche war geräumig und tadellos sauber. Auf dem Nachttisch erwartete sie Pedros gewohnter Blumengruß. Sie öffnete die Glastür zu der Veranda, die um das ganze Hotel lief, um das Hausinnere besser vor der Hitze zu schützen. Der Regen fiel nicht mehr so heftig. Manolo hatte wieder die Platte von Presley aufgelegt, und die Worte vermischten sich mit dem Regen zu einem zärtlichen Raunen in Annas Ohren.

Die Erinnerung an den *Canto de Osannha* drängte sie zu etwas Unbekanntem. Anna trat hinaus und sog die milde Nachtluft tief ein. Von einer der Stewardessen wußte sie, daß es in Mailand kalt war. Sie haßte die eisigen Winter von Mailand.

»Ein paar warme Tage noch«, sagte sie vor sich hin und nahm die Seeluft und den intensiven Geruch der nassen Erde in sich auf. Sie lehnte sich gegen eine der kleinen Holzsäulen, die Hände auf dem Rücken verschränkt, und die Nacht war für sie wie eine geheimnisvolle Wandtafel, auf der sie ihre Träume entwerfen konnte.

»Hallo, Tausendschön«, begrüßte sie eine warme Stimme halblaut. Seine Worte waren wie samtweiche Berührungen auf ihrem bebenden Körper. Und diese dunklen Augen mit den langen Wimpern besaßen Hände, um sie zu streicheln, und Lippen, um sie zu küssen.

»Hallo, Glutauge.« Ein brennender Schauder überlief Anna.

»Du bist groß geworden, Tausendschön.« Der Regen rauschte wieder stärker.

»Dafür siehst du jünger aus.« Der *Canto de Osannha* war eine Aufforderung zur Liebe, die dunklen Augen des Mannes sprachen von Liebe, sein heißer Atem und sein Duft nach Lavendel und Zigaretten verströmten Liebe. »Und deine schwarze Raubkatze?« murmelte Anna.

»Sie gehört nicht zu mir«, sagte er ruhig und aufrichtig. »Du bist fast erschreckend schön«, fügte er hinzu. »Die Fotos von dir, die man in diesen Schundblättern sieht, werden dir nicht gerecht.«

»Aber sie ist mit dir zusammen«, beharrte Anna auf ihrer Frage. Der Wind vom Atlantik brachte Regenböen, die ihre erhitzten Wangen benetzten.

»Sie taucht und fischt gerne. Hier gibt es traumhafte Buchten und jede Menge Fische. Sonst keine Verbindung zwischen mir und der Raubkatze. Eine gute Freundin. Ende der Durchsage. Und du, Tausendschön?« Ihre Lippen waren ganz nah, ihre Blicke versanken ineinander.

»Eigentlich müßte ich weglaufen, Arrigo.« Es gab keine Prinzipien und keine Sorgen mehr, nur noch einen Mann und eine Frau auf der Veranda eines alten Hotels, das Rieseln des Regens und den Seewind vom Atlantik, der über ihre Körper strich und ihre Lust vereinte.

»Und ich müßte dich wegschicken.« Der Mann war unbeweglich wie die Luft kurz vor Ausbruch eines Unwetters. Der Regen ließ wieder nach, der Wind legte sich. Ein merkwürdiger Duft vermischte sich mit dem Geruch von Erde und Luft, der wilde Duft, der von ihren angespannten Körpern ausging.

»Warum küßt du mich nicht einfach?« Vom Speisesaal hörte man Stimmen und den Song von Elvis Presley, aber der Text hatte jetzt eine andere Bedeutung. Nach diesen Augenblicken würde es keine Einsamkeit mehr geben, denn Angst und Scham waren nun gebannt.

Der Mann legte einen Arm um ihre Schultern, mit dem anderen faßte er sie um die Taille und küßte sie, langsam zuerst, äußerst behutsam; ihre trockenen, gespannten Lippen berührten sich, ihre Zungen suchten sich, und Anna erlebte den ersten leidenschaftlichen Kuß der Menschheit, und sie hörte ein ganzes Konzert goldener Harfen, und ihr natürliches Liebesbedürfnis verwandelte sich in einen Energiestrom, der vom Blut in alle Organe und dann ins Gehirn floß. Ob sie diesen Wirbelsturm überleben würde, der sie bis in die tiefste Seele durchrüttelte? Annas Augen füllten sich mit Tränen.

»Ich bin glücklich und muß weinen.« Die grünen Augen von Anna funkelten grüner, ihr Lächeln war weicher.

»Eine Liebe ohne Tränen ist keine richtige Liebe«, flüsterte der Mann, während er sie auf den Hals und die Ohren küßte.

Annas leichtes Kleid aus weißer Baumwolle fiel vor dem Bett aus Intarsienholz zu Boden, und im schwachen Schein der Nachttischlampe stand Arrigo dem schönsten Frauenleib gegenüber, den er je gesehen hatte.

»Ist das die Liebe?« fragte Anna. Sie war überrascht, daß es ihr gelang, sich an diesem Ritual zu beteiligen, das sie immer von sich gewiesen hatte. Die Liebe, die *saudade*, die Musik – das alles wirbelte in ihr durcheinander. »O mein Gott.« Die Zunge des Mannes streifte ihre hochgestellten Brustwarzen, und zum ersten Mal spürte sie die Feuchtigkeit und fühlte sich glücklich. Inmitten dieses Orkans von Emotionen knöpfte sie mit ruhiger Hand sein Hemd auf. Sie wollte den Mann sehen, sie wollte dem Dämon ins Gesicht blicken, der sie vor Scham erröten und vor Lust zerfließen ließ und dem sie sich endlich aus freien Stücken hingeben konnte.

Arrigo war die Schlange der Versuchung und ließ sich von der unschuldigen Leidenschaft der Frau verführen. Anna drängte sich an ihn, und seine pochende Männlichkeit drückte auf ihren weichen Bauch. Arrigos warme, trockene Lippen senkten sich auf die ihren und schenkten ihr endlose Küsse, die sie mit Leben erfüllten und das Blut an den Wurzeln der Lust aufrührten.

»Willst du mich?« fragte er.

»Und ob ich dich will!« Sie hielt ihn fest umschlungen und spürte seine Muskeln unter ihren Händen zucken. Sie zog ihn über sich, und er hielt sie, während er sich mit einer Hand auf dem Bett abstützte. Wie hatte die Welt bestehen können, bevor sie die Liebe entdeckte? Arrigos Küsse und seine zärtlichen Lippen auf ihren Brüsten lösten blitzende Funkenregen aus, die in tausend Farben langsam wie in einem Traum über ihr niedergingen. Vorsichtig schob er seine warme feste Hand zwischen Annas Oberschenkel und verstärkte das Pulsieren und den Fluß der warmen Feuchtigkeit.

Zuerst waren seine Bewegungen sanft, dann spürte sie einen kurzen stechenden Schmerz, als er entschlossen in sie eindrang, doch gleich herrschte die Lust wieder vor bei den langsamen Stößen des Mannes, die kraftvoll und beständig waren wie Wellen, die sich zurückziehen und dann wieder auf den Strand schlagen. Als sie glaubte, Himmel und Erde explodierten in ihr wie ein Feuerwerk, wurde auch Arrigo von einem Beben durchzuckt.

Der Mann und die Frau lagen ruhig da; es herrschte erschöpfte Stille wie nach jedem Unwetter. Bevor über der Insel Sal wieder die Sonne aufging, erlebten sie noch weitere Regenbogen.

Anna erwachte jäh vom Dröhnen einer DC-6, das so laut war, als rollte das Flugzeug zur Verandatür herein. Alle streunenden Hunde der Insel begannen zu kläffen. Das Hotel war ihr Stützpunkt, es war der einzige Ort, wo Hoffnung auf ein bißchen Futter bestand.

Das Rollfeld von Espargo war so ausgerichtet, daß die Flugzeuge direkt über dem *Hotel do Atlantico* starten und landen mußten. Sie hätten zwar in größerer Höhe fliegen können, aber die Piloten machten sich scheinbar einen Spaß daraus, diesen Heidenlärm zu veranstalten und das fürchterliche Gebell auszulösen. Sie flogen so tief, daß sie über kurz oder lang einmal das Hoteldach abdecken würden.

»Verdammte Mistkerle«, fluchte Anna fröhlich. »Eines Tages platzen uns die Trommelfelle.«

Arrigo stützte sich auf die Ellenbogen und küßte sie sanft, als sei das ganz natürlich, daß sie neben ihm lag. »Hast du gut geschlafen?«

»Ich glaube, ich habe noch nie in meinem Leben so wenig geschlafen. Aber es geht mir ausgezeichnet.« Nackt, wie sie war, stand sie auf und betrachtete sich aufmerksam im Spiegel. »Habe ich mich verändert?« fragte sie ihn. Sie nahm die Haare nach hinten und drehte ihren Oberkörper zur Seite, dann stellte sie sich wieder gerade hin. Sie sah aus wie ein Modell im Atelier eines Malers, das die vom Künstler gewünschte Pose sucht.

»Natürlich hast du dich verändert.« Arrigo antwortete ernsthaft, auch wenn er noch nicht wußte, worauf sie hinauswollte.

»Dann stimmt es also«, rief sie aus. »Dann stimmt es, daß sich etwas ändert, wenn eine Frau zur Frau wird.« Ihre Perlenzähne blitzten in der Sonne, die durch die halbgeschlossenen Läden hereinfiel.

»Natürlich«, pflichtete Arrigo ihr bei. »Sie wird schöner. Und sie vertreibt den Regen. Ein Wunder geschieht.«

»Das ist nicht wahr«, schmollte sie. »Du nimmst mich auf den Arm.«

»Aber die Sonne scheint wieder.« Der Mann reichte ihr eine Blume aus Pedros kunstvollem Bukett, eine scharlachrote Blume.

Anna gab ihm einen Kuß und steckte sich die Blüte ins Haar. »Ich bin genau wie gestern«, sagte sie. »Aber dazu habe ich ein fröhliches Herz und eine rote Blüte im Haar. Ich dachte, eine Frau verändert sich nach dem ersten Mal ein bißchen. Und ich bin wirklich anders geworden, nur sieht man es nicht.«

Arrigo warf ihr einen Morgenmantel um die Schultern, während er sagte: »Komm und sieh dir das an.« Er führte sie zur Veranda und öffnete die Tür. Der Anblick, der sich Anna bot, überwältigte und rührte sie. Mit glänzenden Augen sah sie abwechselnd auf den Mann und auf die von der Tür eingerahmte Landschaft. Sie kam sich vor, als hätte sie eine Märchenwelt betreten.

»Aber wo sind wir hier?« fragte sie schließlich ungläubig.

»Auf Sal logischerweise. Archipel der Kapverdischen Inseln. Atlantischer Ozean.«

Da Anna bei ihren Zwischenlandungen noch nie Regen erlebt hatte, konnte sie nichts davon wissen.

»Das kann doch nicht sein«, rief sie und schlug die Hände zusammen. »Hier sieht es aus wie in Irland, in Schottland oder in Tirol. Oder vielleicht träume ich noch. Und wenn ich aufwache«, sagte sie leise und traurig, »gehst auch du dorthin zurück, wo die verbotenen Träume hingehören.« Sie war den Tränen nahe.

Arrigo nahm sie in den Arm und suchte ihre Lippen. »Es ist alles Wirklichkeit«, flüsterte er und drückte sie fest an sich, »ich, du, unsere Liebe und das, was du vor dir siehst.« Die Insel, die Anna immer als ein felsiges, dürres und wildes Stück Land erlebt hatte, ohne Blumen und ohne Bäume, war durch eines jener Wunder, wie nur die Natur sie vollbringen kann, zu einer weiten Grünfläche geworden, ein Zwischending aus einem riesigen Golfplatz und Annas Vorstellung vom irdischen Paradies. Die Morgenbrise brachte den Geruch des Meeres und den Duft des frischen Grüns zu ihnen.

»Heute nacht hat jemand einen Teppich ausgelegt, der die Farbe deiner Augen trägt.« Ein Hund hüpfte auf die Veranda, er bettelte jaulend und schwanzwedelnd um ein paar Brocken. Arrigo verscheuchte ihn, denn sonst hätten sich im Nu alle anderen Hunde hier versammelt.

»Aber wie ist das geschehen?« Es war schwer zu begreifen, wie sich eine wilde Felsklippe binnen weniger Stunden in ein grünes Kleid hüllen konnte.

Arrigo blickte sie an und lächelte. »Gestern abend hat es geregnet. Heute nacht ist das Gras gewachsen, und bis zum Abend läßt die Sonne es wieder verdorren.«

Ein Schatten überflog Annas Gesicht. »Wie eine Metapher für das Leben. Oder ein Gedicht auf den Menschen. Es regnet«, deklamierte sie, »das Gras wächst, du kannst gerade seinen Duft wahrnehmen, und schon ist es wieder Staub. Staub und Felsen, dem Wind des Atlantischen Ozeans ausgesetzt.«

»Aber heute gehört die Insel uns«, gab Arrigo optimistisch zurück. »Das Leben gehört uns. Anna«, er legte seine Arme um sie und sah ihr fest in die Augen, »du darfst nicht an die Dauerhaftigkeit des Glücks glauben.« Sie waren verliebt, ein Mann und eine Frau, und sie waren wie alle Verliebten glücklich und traurig zugleich. Denn wenn man einen Schatz besitzt, wird man auch von der Furcht gequält, ihn zu verlieren. »Das Glück«, sprach er weiter, »ist ein Spannungszustand, ein Verlangen, eine Hingabe, ein Ort wie dieser, an dem man sich sagen kann, ich liebe dich. Wenn sich zwei Personen mit dem Mund, mit dem Herzen, mit der Lust sagen, ich liebe dich, geht ein Stern am Himmel auf. Und wenn eine Liebe stirbt, erlischt ein Stern. Aus diesem Auf und Ab von Leben und Tod entsteht der Herzschlag des Universums, das Funkeln am Firmament. Solange dort die Sterne stehen, ist das ein Zeichen dafür, daß die Liebe und das Leben siegen.«

»Ist das von dir?« Anna lächelte gerührt.

»Nein«, behauptete Arrigo mit tiefernster Miene, »das ist das Ergebnis einer neuen Studie des Massachusetts Institute of Technology. Mit ihren Tricks finden sie alles heraus.«

»Ich glaube, daß es ein Wunder ist.« Annas romantisches und ein bißchen naives Wesen gewann die Oberhand. »Ich glaube an Wunder. Und du?«

»Ich komme auf eine Insel, um während einer Zwischenlandung ein bißchen zu tauchen, dort begegne ich dir, Tausendschön, und da sollte ich nicht an Wunder glauben?«

Es wurden unvergeßliche Tage auf dieser Insel von sechs Kilometern Länge und anderthalb Kilometern Breite, auf diesem nackten Felsbrocken, der lediglich in der Bucht Joaquim Petinha zwei Palmen besaß sowie die wenigen Blumen, die in einer windgeschützten Ecke im Garten hinter dem Haus des Hoteldirektors wuchsen. Die Bewohner, in deren Adern das Blut von Afrikanern, Portugiesen und Mestizen floß, waren zwar ausnehmend häßlich, aber sehr freundlich. Dennoch gab es für die Flugkapitäne und ihre Mannschaften nichts Schöneres als die Zwischenlandung auf Sal. Von ihnen hatte Anna gelernt, diese winzige Einöde zu lieben, dank ihnen war sie Arrigo begegnet und konnte das Wunder des über Nacht, nach dem Regen entstandenen grünen Rasens miterleben.

Alle Buchten waren paradiesisch, aber Anna bevorzugte Burracona, wo die Wellen des Atlantiks mit erschreckendem Donnern anbrandeten; sie erhoben sich zu schaumigen Drachen in schwindelnde Höhe und brachen sich dann mit lautem Krachen am Ufer. Im verstecktesten Winkel der Bucht hatte der Ozean zwischen den Felsen aus Vulkangestein ein natürliches Schwimmbecken geschaffen, etwa dreißig Meter lang und sechs Meter breit, wo Anna während ihrer kurzen Aufenthalte immer schwimmen ging. Bei

Ebbe bildeten sich am Ufer Pfützen, in denen rote Krebse wimmelten und auf der Suche nach einem Ausweg mit ihren Scheren zuckten.

»Wenn deine Freunde vom Massachusetts Institute of Technology behaupteten, das Leben hätte seinen Ursprung hier«, meinte Anna, »dann würde ich ihnen glauben.«

»Und seit dem Schöpfungstag scheint sich nichts geändert zu haben«, ergänzte Arrigo.

Es gab andere herrliche Buchten, aber Burracona war Annas Lieblingsort, und deshalb brachte sie an diesem Morgen, an dem sich das Blau des Himmels und das Grün der Rasenfläche am Horizont verloren, Arrigo mit einem vorsintflutlichen Jeep dorthin. Sie genossen dieses irdische Paradies ganz ohne Kleider, sie schwammen in dem warmen Schoß der Erde und ließen sich in dem klaren Wasser der Urzeiten treiben.

Anna und Arrigo maßen die Zeit an der Intensität ihrer Gefühle; daher hatten sie keinen genauen Zeitbegriff. Und so wunderten sie sich, als sie eines Tages heimkamen und feststellten, daß sie die einzigen Gäste im Hotel waren. Die DC-6 nach Dakar war abgeflogen, und die Maschine aus Rio würde bald ankommen.

Weiße und gelbe Margeriten schmückten den Frühstückstisch in dem Raum neben dem Speisesaal. Pedros kleiner Garten war dafür geplündert worden. Vielleicht hatten Manolo und Ribeira mit der typischen Komplizenhaftigkeit schlichter Gemüter die Blumen in der Form eines Herzens arrangieren wollen, aber es war bei dem Vorsatz geblieben, die Umsetzung war nicht ganz gelungen. Die tiefsitzende Ergebenheit gegenüber besonderen Gästen, aber auch die Aussicht auf ein dickes Trinkgeld standen dahinter. Das eine schloß das andere nicht aus; im Gegenteil, der Umfang von letzterem wirkte sich stark auf diese Ergebenheit aus. Eine nicht sehr geheimnisvolle Hand setzte den Plattenspieler in Gang: *»Are you lonesome to-night?«* sang Elvis Presley, begleitet von den Kratzern, die dem häufigen Gebrauch der Platte zuzuschreiben waren.

»Aber dann wissen sie alles«, sagte Anna verwundert.

»Auf einer Insel, die nur anderthalb Kilometer breit ist und auf der man wie in einer Mormonengemeinde lebt, läßt sich kaum vermeiden, daß es alle erfahren.« Seine Argumentation war zutreffend. »Nachdem die Mannschaft also weitergeflogen ist...« Die andere Seite der Realität verfinsterte in diesem Moment Annas schöne Stirn.

»Hast du Angst, daß die Sache in Italien bekannt wird?« fragte Arrigo. Ein Sandkorn war in das perfekte Getriebe geraten, und ein häßliches Knirschen hatte sich in der Hintergrundmusik ihres Liebesurlaubs festgesetzt.

»Es täte mir sehr leid, wenn mein Vater es aus den Klatschspalten der Zeitungen erfährt, die von einer gewissen Dame gedruckt werden.« Sie hatte nichts gegen die Journalisten, die ihren Job machten, aber sie sorgte sich ernsthaft um Cesare. »Vielleicht passiert auch nichts«, schloß sie und fuhr sich mit der Zungenspitze über die Lippen.

»Das bezweifle ich«, erwiderte Arrigo vergnügt. »Ich bin überzeugt, daß unsere tiefen Seufzer in den vergangenen Nächten von allen gehört wurden. Womöglich hat sie sogar jemand aufgenommen.«

»Das darfst du nicht einmal im Spaß sagen«, rief sie erschrokken aus.

Sie saßen am Tisch und konnten die Augen nicht voneinander abwenden, während eine Welle des Verlangens in ihnen aufstieg und die Sorgen mit sich wegtrug.

»Schämst du dich?« wollte Arrigo wissen.

Anna sah sich verstohlen nach allen Seiten um, dann beugte sie sich vor. »Willst du die Wahrheit hören?« Ihre grünen Augen blitzten ironisch.

»Nichts als die Wahrheit«, verlangte der Mann und beugte sich ebenfalls vor, bis ihre Lippen sich berührten.

»Ich bin glücklich«, flüsterte sie.

Arrigo gab ihr einen Kuß. »Wer weiß, wofür du mich hältst«, sagte er und warf ihr einen scheinbar verzweifelten Blick zu.

»Mein Gott, nein«, ging sie auf den Scherz ein, »du hast mir die Pointe gestohlen.«

Manolo und Ribeira brachten eine Flasche Taittinger in einem

Sektkühler aus billigem Metall, das sie schamhaft für Silber ausgaben. Sie waren zwei Kellner von Klasse. In ihren Augen stand die heitere Fügsamkeit, wie sie sich für einen Maître von internationalem Rang geziemt. Altmodische Kelche wurden gebracht, und der Champagner funkelte in den Kristallgläsern. Auf eine freundliche Bitte hin hätten sie die Nationalhymne oder ein Geburtstagsständchen angestimmt. Um das Schlimmste zu verhindern, entfernte Arrigo sie mit einem Trinkgeld, während Anna an einem Knopf ihrer Bluse zupfte.

Sie rauchten, tranken Champagner, sahen sich in die Augen und hörten unermüdlich *Are you lonesome to-night?*, als fänden sie darin die Kultur ihrer Epoche konzentriert, während es doch nur ein nettes Lied war, das einem nach öfterem Hören bald auf die Nerven ging. Wenn sie zu Beginn ihrer Liebe ein Volkslied gehört hätten, von einem Inselbewohner gepfiffen, wäre der Effekt derselbe gewesen.

»Findest du es korrekt, mit einem Glas Champagner zu frühstücken?« fragte Anna streng und hob das Glas an die Lippen.

»Ich finde es sogar empfehlenswert«, er sah sich vorsichtig um, »es ist mir nämlich gelungen, dir den Kopf zu verdrehen.«

»Du bist unausstehlich, du nimmst mich gar nicht ernst.« Sie war untätig und passiv geworden, sogar die Worte kosteten sie Anstrengung.

»Die Art, wie du Champagner trinkst, ist wahnsinnig erregend«, schmeichelte er.

»Wenn du meinen Vater kennen würdest, dann wärst du nicht so gelassen«, versuchte sie ihn zu beunruhigen.

»Was ist mit deinem Vater?« fragte Arrigo, ohne sie allzu ernst zu nehmen.

»Er ist zu allem fähig«, antwortete Anna drohend.

»Auch ich bin zu allem fähig«, gab Arrigo zurück. »Das kannst du bezeugen.«

»Bitte, Arrigo.« Anna wollte ihm die andere Seite der Wirklichkeit vor Augen führen, die ab und zu sichtbar wurde. »Stell dir vor, wenn er erfährt, daß seine einzige Tochter, sein Augapfel, die Verlobung mit einem Vertreter der illustersten Familie Frankreichs gelöst und sich mit einem verheirateten Mann eingelassen hat.«

»Aber auch mit einem großen Namen«, erwiderte er mit unbeirrbarem Optimismus. »Arrigo Valli di Tavernengo. Klingt das etwa nicht gut? Und ich habe napoleonische Vorfahren.«

»Stammst du vom Kaiser ab?« fragte Anna aufgeregt.

»Nein«, dämpfte er ihre Erwartungen, »von seinem Cognaclieferanten, der nach Italien ging, eine Ururgroßmutter oder so heiratete, die eine Tochter bekam, die wiederum einen Adligen heiratete. Du weißt doch, wie das so geht.«

»Nein.« Anna kannte ganz andere Geschichten und Gerüchte.

»Eben. Aber so geht das.« Sie lachten und faßten sich über den Tisch an den Händen. »Abgesehen davon«, fuhr er fort, »ist der Vertreter der illustersten Familie Frankreichs ein Habenichts. Das trifft auf mich nicht zu. Wenn es stimmt, was über deinen Vater erzählt wird, dürfte dieser Umstand für ihn nicht unbedeutend sein.«

»Ein Habenichts, aber ein Junggeselle. Du bist verheiratet.« Das war weniger eine Feststellung als eine Anklage.

»Ich lasse mich scheiden und heirate dich«, beschloß er spontan. »Hör auf, Arrigo«, wies sie ihn zurecht. »Scheidungen gibt es bei uns nicht.«

»Also muß ich eine Annullierung beantragen«, erwiderte er ohne zu zögern. »Dieser Annullierung steht nichts im Weg. Dann heirate ich dich in der Kirche, mit Orgel, Hochzeitsmarsch und Glockenläuten. Danach heirate ich dich wieder und wieder, nach allen Riten der verschiedenen Kirchen der Welt. Und auch alle heidnischen Zeremonien machen wir mit. Wir gehen zu den Pygmäen, den Rothäuten und zu den Eskimos.«

Das Staunen und die Zärtlichkeit auf Annas Gesicht wichen offenem Zorn. »Wie kommt es, daß ein Mann wie du ein so niederträchtiges Stück wie Silvia heiraten konnte?« fuhr sie ihn scharf an. »Kannst du mir das sagen?«

»Weil sie gut aussieht und mir maßlos gefiel«, antwortete er offen und ehrlich.

»Aber sie ist niederträchtig und gemein.«

»Das habe ich erst hinterher gemerkt.«

»Und du hast weiterhin mit ihr zusammengelebt«, setzte Anna ihr Verhör unerbittlich fort. »Konntest du die Ehe nicht schon längst auflösen lassen?«

»Bis gestern hatte ich keinen Grund für eine Trennung oder eine Scheidung. Und ich kann dir nur wiederholen«, hob er die Stimme, »daß Silvia mir gefallen hat.«

»Auch ich gefalle dir heute und morgen vielleicht nicht mehr.«

»Dir hat dein französischer Baron auch gefallen, und jetzt hast du schon vergessen, daß er jemals existiert hat.«

In ihrem Ärger glich Anna der großen Maria. Stolz schüttelte sie den Kopf und warf das Haar zurück. »Ich bin mit dem Baron kein einziges Mal ins Bett gegangen«, nagelte sie ihn fest.

»Ich auch nicht. Das schwöre ich bei meiner Ehre«, beteuerte er und hob mit einer theatralischen Geste seine Hand.

»Spiel nicht den Clown, Arrigo«, bat sie ihn um ein Mindestmaß an Ernst. »Natürlich hast du nicht mit Stanis geschlafen. Ich spreche von Silvia.«

»In dieser Hinsicht ist es zwischen mir und Silvia seit Jahren zu Ende.« Das stimmte. Seine Beziehung zu Silvia war wenige Monate nach der Eheschließung kläglich gescheitert. Silvia hatte ein Abenteuer nach dem anderen und gefiel sich in der Rolle als internationaler Star des Jet-Set. Ihre Affären mit dem Reeder Elias Karasalis und dem amerikanischen Milliardär James C. Morris waren ein offenes Geheimnis und trugen noch zu ihrem legendären Ruf bei. Die Heirat mit Arrigo hatte ihr den Zutritt zu diesen Kreisen ermöglicht, in denen sie nun als Protagonistin auftrat.

»Ich weiß«, seufzte Anna melancholisch. »Zwischen euch herrscht das, was man ein *gentlemen's agreement* nennt.« In weniger illustren Verhältnissen hätte man von einem betrogenen Ehemann gesprochen, der sich aus Bequemlichkeit mit seinem Los abfindet. Aber mein Vater will für seine Tochter keinen Mann aus zweiter Hand«, sagte sie düster. »Wenn er es erfährt, und er wird es erfahren, stehen uns harte Zeiten bevor. Aber es hat keinen Sinn, jetzt darüber nachzudenken.« Sie ergriff seine großen Hände und küßte sie hingebungsvoll. »Ich will zufrieden sein, wenn ich dich ab und zu sehen kann, vielleicht auf dieser Insel, nach einer Regennacht, wenn die Erde plötzlich grün ist.« Draußen vor den Hotelfenstern war die Landschaft wieder von der Sonne und dem trockenen Seewind ausgedörrt. »Es soll unser Geheimnis bleiben. Bist du einverstanden?«

»Ich bin mit allem einverstanden, was du vorschlägst.« Er beugte sich vor und küßte sie auf den Mund.

Die Tage vergingen, Flugzeuge landeten und starteten auf der Piste von Espargo. Jedes Mal feierten Anna und Arrigo Abschied und wollten sich trennen. Sie wollten ihrem Schicksal folgen und tranken Champagner zum Frühstück in dem kleinen Raum, den Manolo und Ribeira mit den Blumen aus Pedros Garten schmückten. Die Piper Apache von Arrigo war mindestens fünfmal zum Start vorbereitet worden, und ebenso oft hatte Anna ihre Buchungen wieder storniert. Aus den ursprünglich geplanten vier Tagen ihres Aufenthalts waren mittlerweile zwei Wochen geworden.

Sie waren berauscht von Liebe, Sonne, Meer und Wind; sie erlebten eine kurze Saison der Ewigkeit, ein Zwischenspiel ohne Zweifel und Ängste, ohne Sorgen und Verdächtigungen.

»Das Wetter ist herrlich«, sagten Manolo und Ribeira, wenn sie das Frühstück brachten. Eine vertraute Stimme, ein Lächeln, der Duft des Kaffees und der frischen Hörnchen, das feine Klirren der Tassen bildeten den Hintergrund für Annas Liebreiz und Arrigos fröhliche Vitalität. Dann wieder Liebe, Sonne, Meer, Wind und die abgedroschenen Worte einer alten Schallplatte: *Are you lonesome to-night?* Auf dieser winzigen Insel im Atlantik hatten sie sich einen eigenen, irrealen Lebensstil geschaffen.

»Mein *Monpracem*«, wiederholte Anna oft.

An diesem Vormittag waren sie beim Schwimmen und Fischen gewesen, sie hatten geredet und geschwiegen, aber vor allem hatten sie unablässig geträumt. Anna parkte den alten Jeep vor dem Hotel. Arrigo stieg aus und nahm eine Kunststoffkiste voller Krebse vom Rücksitz. Anna ging die wenigen Stufen zum Hoteleingang hinauf, da sah sie ihn im Schatten der Veranda stehen.

»*How are you?*« Der Mann begrüßte sie auf englisch; sein lächelndes Arabergesicht und seine klugen Augen strahlten.

»*Hello*«, ging Anna auf das Spiel ein.

»Was hast du nur wieder angestellt!« Er trug wie üblich einen dunklen Anzug, rauchte eine seiner amerikanischen Zigaretten, und aus seinem unverwechselbaren Gesicht mit den arabischen Zügen sprach die ganze Zuneigung, die er für sie empfand.

»Pazienza«, sagte das Mädchen, »ich bin so schrecklich verliebt.«

»Das weiß vermutlich schon die ganze Welt.« Domenico Scaglia war mittlerweile fünfzig, und durch sein pechschwarzes Haar zogen sich Silberfäden, was ihn sehr seriös aussehen ließ.

»Ich glaube, ich habe den Bogen überspannt«, gab sie zu. »Aber du ahnst nicht, wie ich mich freue, dich zu sehen.« Sie schloß ihn in die Arme.

»Doch, das ahne ich«, widersprach er, »ich bin nämlich ein Spezialist für Blitze aus heiterem Himmel, wie du dich erinnern kannst. Allerdings«, fügte er hinzu, »heiße ich nicht Anna Boldrani.«

Arrigo stand mit der schweren Kiste voller Krebse daneben und sah ihnen ein bißchen verlegen zu.

»Kennst du Arrigo Valli?« In dieser Situation kam er ihr verändert vor, sein hübsches Gesicht war unsicher und sein Blick betroffen.

»Ich kenne Ihren Vater«, antwortete Pazienza und nickte ihm zu.

»Dann will ich Ihnen den Anblick seiner mittelmäßigen Imitation ersparen.« Arrigo hatte seine gewohnte Selbstsicherheit zurückgewonnen. »Solange Sie etwas zu besprechen haben, werde ich unseren täglichen Fang versorgen.« Er entfernte sich diskret.

»Gefällt er dir?« fragte Anna, die ein enthusiastisches Urteil erwartete.

»Das ist eine schwierige Frage, meine Kleine.« Er wollte die heikle Lage nicht noch durch sein persönliches Urteil erschweren.

Anna lehnte sich mit finsterem Gesicht an das hölzerne Geländer. »Er hat dich geschickt, nicht wahr?« Sie spielte auf den Alten an, der wahrscheinlich vor Wut tobte.

Pazienza zog an seiner amerikanischen Zigarette und blies den

Rauch hoch in die Luft. »Du weißt, wie gern ich dich habe, du kennst mich lange genug«, begann er ohne weitere Umschweife. »Ich freue mich immer auf eine Begegnung mit dir, aber ich hätte niemals diese scheußliche Felsklippe aufgesucht, die von schrecklichen Menschen bewohnt wird und wo jeder Komfort fehlt, nur um dich ein paar Tage eher zu sehen.«

Anna wurde traurig. »Danke für deine Ehrlichkeit.« Die Sonne brannte vom Himmel, und obwohl eine leichte Brise vom Ozean die Hitze milderte, blieb ihre Wirkung trotzdem spürbar.

Pazienza ging, von Anna gefolgt, die Stufen hinunter zu dem Jeep und holte zwei Strohhüte heraus. Er stülpte sich einen auf den Kopf und reichte den anderen dem Mädchen. »Laß uns ein paar Schritte gehen«, schlug er vor, dabei können wir weiterreden.«

Sie spazierten zum Rollfeld von Espargo und gaben ein seltsames Paar ab: ein Mädchen in Hosen und kariertem Hemd und ein distinguierter Herr in einem dunklen Maßanzug mit einem bäuerlichen Sonnenhut aus Strohgeflecht auf dem Kopf.

»Was will der Alte?« erkundigte sich Anna.

»Du sollst nach Hause kommen«, sagte er ruhig und bestimmt. Es war völlig klar, daß er nicht ohne sie zurückfliegen würde.

»Und du spielst den Apportierhund.« Sie biß sich auf die Lippen, weil ihr diese bösartige Bemerkung herausgerutscht war.

»Ich spiele auch den Apportierhund«, sagte er mit unbewegter Miene. Er sah sie an, wie er es früher zu tun pflegte, wenn sie als kleines Mädchen etwas angestellt hatte.

»Du weißt schon, daß ich dich nicht beleidigen wollte«, entschuldigte Anna sich.

Pazienza ging nicht näher darauf ein. »Ich mache viele Dinge«, meinte er. »Und ich schäme mich nicht unbedingt dafür. Bei genauerer Betrachtung bin ich kein so übler Vertreter der menschlichen Spezies, obwohl ich mich auch nicht für ein leuchtendes Vorbild halte.«

»Ich wollte dich nicht kränken«, wiederholte Anna mit aufrichtigem Bedauern. »Ich bin eine dumme Gans.«

»Ich muß dich nach Hause bringen«, sagte der Mann, ohne auf sie zu achten.

»Wann?« Sie hatte sich schon damit abgefunden; dennoch versuchte sie, Zeit zu gewinnen.

»Sofort.« Bei der Ausübung seiner Pflichten verlor er niemals viele Worte, wenn auch eines genügte.

»Ist er krank?« Zum ersten Mal machte sie sich Sorgen um ihren Vater.

»Es geht ihm prächtig. Auch deiner Mutter geht es gut. Uns allen geht es gut. Es wird uns aber noch besser gehen, wenn dieses Problem gelöst ist.« Sonne und Wind brannten auf ihren Gesichtern.

»Wie hat er es erfahren?« Der Rausch von Liebe, Sonne und Wind verflog allmählich; die kurze Saison der Ewigkeit war vorbei – Zweifel, Ängste und Sorgen kamen wieder zutage.

»Ich denke, das will er dir selbst sagen«, erwiderte Pazienza.

»Ist er sauer?« fragte sie, nur scheinbar unbeteiligt.

»Ich glaube schon, so wie ich ihn kenne.« Mittlerweile hatten sie die Rollbahn erreicht, die im Sonnenlicht flimmerte. Anna liebte den Geruch von Asphalt und Kerosin, der in der Luft hing.

»Eigentlich sollte die ganze Geschichte ein Geheimnis bleiben, auch für meinen Vater.« Sie schaute hoffnungsvoll zum Hotel hinüber, ob Arrigo zu sehen war.

»Du weißt genau, daß es für Cesare Boldrani keine Geheimnisse gibt.«

Annas grüne Augen glänzten in der Sonne. »Ich liebe ihn doch«, brach es rückhaltlos aus ihr heraus. »Ich liebe ihn doch so sehr.« Sie lag in den Armen des Mannes, der für sie wie ein Vater war.

»Weine nur, das tut dir gut«, tröstete er sie, »aber du mußt dich entscheiden. Du kennst die Ansichten des Alten zu bestimmten Dingen. Der Junge ist in Ordnung, aber er ist verheiratet.« Das war ein gefundenes Fressen für die Skandalblätter: *Ehemann aus zweiter Hand für Anna Boldrani.* »Seine Frau mimt die Verzweifelte«, sprach er weiter, »sie fordert Entschädigungen und würzt eure Geschichte mit ihren Gemeinheiten. Schau her.« Er zog einen Zeitungsausschnitt aus der Tasche und reichte ihn Anna. Man sah eine Fotografie von Arrigo und ihr, wie sie sich an einem Strand der Insel küßten.

Anna rieb sich nachdenklich die Lippen, und der alte Haß trat wieder in ihre Augen. »Hat er das gesehen?«

»Ja, und er hat noch so manches andere gesehen und gehört. Jetzt wollte er dich persönlich sehen und anhören.«

Anna kuschelte sich an ihn. »Also gehen wir«, beschloß sie.

»Willst du ihn nicht noch einmal sehen?« spielte er auf Arrigo an.

»Nein. Wenn er das nicht versteht, habe ich mich sowieso in ihm getäuscht.« Wie hätte sie auch in Minuten oder Stunden zusammenfassen können, was für ein Tumult an Eindrücken und Gefühlen in ihr herrschte. Die Konventionen der Menschen und Silvias Niedertracht hatten ihren Traum zerstört.

Das Privatflugzeug von Cesare Boldrani stand neben dem Flughafengebäude bereit. Der Kommandant und der Co-Pilot warteten an Bord.

»Dann sollten wir einsteigen«, schlug Pazienza vor. Er gab ein Zeichen, und die Motoren begannen zu laufen.

»Kannst du dir vorstellen, daß sich diese Insel über Nacht in einen Rasenteppich verwandelt?« fragte Anna, aber das Dröhnen der Maschine wirbelte die Gedanken und die Worte des Mädchens durcheinander.

»Was hast du gesagt?« brüllte Pazienza, als sie schon auf der Gangway standen.

»Nichts«, erwiderte Anna, »nichts von Bedeutung.«

Der Atlantikwind trocknete ein paar Tränen von ihrem traurigen Gesicht.

Arrigo Valli saß am üblichen Tisch mit den üblichen Blumen, und Manolo und Ribeira zeigten ihre übliche augenzwinkernde Komplizenschaft, die in dieser Situation unnatürlich und grotesk wirkte.

»Darf ich Champagner servieren?« fragte Manolo zögernd.

»Warum nicht?« antwortete Arrigo mit meisterlich gespieltem Gleichmut.

»Champagner zum Frühstück«, sagte der Kellner mit bemühter Fröhlichkeit, als er mit der Flasche und dem Sektkühler kam.

»Bitte auch ein Glas für die Signora«, ordnete Arrigo an.

Die Signora war nicht hier. Sie hatte zu dieser Stunde schon Dakar erreicht und befand sich auf dem Weiterflug nach Rom; dennoch eilte der Portugiese nach einem Glas. »Darf ich Ihnen sonst noch etwas bringen, Signore?«

»Nein.« Er lächelte, und Manolo entfernte sich schweigend. Arrigo goß Champagner in beide Gläser, schaute auf Annas Glas, in dem lustige Perlen aufstiegen, und leerte sein Glas mit einem Zug. »*Felicidad,* alles Gute«, sagte er. Irgendwo lief die alte Platte von Elvis Presley.

Er verließ das Hotel, setzte sich in den alten Jeep und fuhr denselben Weg, den er in den vergangenen Tagen so oft mit Anna gefahren war, bis zu ihrer Bucht. Die Flut hatte unterdessen alle Spuren im Sand ausgelöscht, es gab nichts mehr, was an ihre Anwesenheit erinnerte, sondern nur das klare Wasser, den unberührten Sand mit seinen goldenen Reflexen, und die Wasserlachen, in denen die hellroten, kleinen Krebse herumpaddelten. Er streckte sich auf dem Sand aus, verschränkte die Arme hinter dem Kopf und überließ sich der warmen Sonne und dem Seewind. In dieser unermeßlichen Einsamkeit fühlte er sich Anna wieder nahe. Der Ruf des Playboys, der ihm anhaftete, war vollkommen unverdient. Er war vor kurzem dreißig geworden und der letzte Erbe einer begüterten Familie, deren Ursprung bis ins Mittelalter zurückreichte. Die Vallis herrschten damals über weite Teile der Emilia, und ihre Besitzungen reichten bis in die Romagna hinein. Als intelligente und auf ihre Weise aufgeklärte Feudalherren hatten sich Arrigos Vorfahren mit den Scaligern und den Este verwandschaftlich verbunden, so daß sie die politischen und wirtschaftlichen Voraussetzungen besaßen, um alle sozialen Veränderungen zu überstehen. Diese Umwälzungen hatten andere illustre Familien, die nur über Grundbesitz verfügten, in schwere Krisen gestürzt. Zu Beginn des neunzehnten Jahrhunderts verbanden sich die Vallis mit den Taverniers, einer französischen Familie von der Charente, die im Spirituosengeschäft erfolgreich tätig war.

Jean Baptiste Tavernier war Lieferant am Kaiserhof, und Napoleon ehrte ihn mit seiner Freundschaft. Als der mächtige Korse seinen Niedergang erlebte, war auch der unternehmungslustige Tavernier betroffen, weshalb er sich einen Ortswechsel verordnete. Er überquerte die Alpen und gelangte mit seiner Frau und seiner bildhübschen Tochter Josette nach Italien.

Das ideale Gelände für den Anbau seiner Rebstöcke, die er von der Charente mitgebracht hatte und die den Grundstoff für seine Destillate lieferten, fand Jean Baptiste schließlich in den Hügeln, die der Familie Valli gehörten.

Gondrano Valli war damals ein junger Gutsherr, der sich um die Verwaltung seiner Ländereien kümmerte, ohne die politischen und wirtschaftlichen Verhältnisse aus den Augen zu verlieren, die um 1820 besonders verworren und schwierig waren. Als er mit dem französischen Branntweinhersteller wegen der Pachtbedingungen für seinen Besitz verhandelte, lernte er dessen Tochter kennen und heiratete sie. Nicht einmal Gondrano selbst hätte mit Bestimmtheit zu sagen vermocht, ob er sich in den Pariser Charme und die Liebenswürdigkeit des jungen Mädchens verliebt hatte oder ob auch die Aussicht auf eine Verbindung mit dem berühmten Spirituosenhändler dazu beitrug. Eine solche Zusammenarbeit konnte den Finanzen der Familie Valli nur gut tun, und so war es auch gekommen. Vielleicht waren verschiedene Dinge zusammengetroffen, jedenfalls erschienen im Lauf weniger Jahre die Weine und Spirituosen mit dem Etikett Valli-Tavernier an allen europäischen Höfen. Dann verschwand der Name Tavernier, und die Kellereien hießen Valli di Tavernengo.

Arrigo war der letzte schwerreiche Erbe dieses Imperiums mit Brennereien in ganz Italien, fünftausend Angestellten, umfangreichen Exporten in die ganze Welt und riesigen Gewinnen. In diesem Augenblick jedoch, da er die grünen Augen von Anna verloren hatte, nützten ihm sein Adel und sein Reichtum gar nichts.

3

Annas bloße Gegenwart genügte, um die Sorgen ihres Vaters zu zerstreuen und ihn alle Vorsätze der Strenge, alle Schwüre einer unerbittlichen Bestrafung vergessen zu lassen. Der Alte hing mit blinder Liebe an ihr; er betrachtete sie als Fortsetzung seiner selbst, und sie weckte unerklärliche Gefühle in ihm, die zu der anderen, der irrealen, vielleicht absurden Seite seiner Persönlichkeit gehörten. Steckte hinter dieser beharrlichen Zuneigung und der zärtlichen Leidenschaft, die Annas grüne Augen in ihm auslösten, vielleicht die Angst vor der Einsamkeit?

»Endlich«, sagte Cesare und sah sie mit seinen strahlend blauen Augen an, in denen ein Lächeln blitzte.

»Ciao, bellissimo.« Anna durchquerte mit kleinen Schritten sein Arbeitszimmer am Foro Bonaparte. Sie hatte die Hände auf dem Rücken verschränkt und blickte ihn schelmisch an. »Störe ich?«

»Du störst mich seit Monaten mit deinen Verrücktheiten.« Eigentlich hatte er sie streng zurechtweisen wollen, aber in seiner Stimme war kein Tadel zu hören.

»Papa«, schmollte sie. Ihre Schönheit war geradezu beängstigend. Einen Moment fühlte Cesare sich in die Vergangenheit zurückversetzt und sah die große Maria in ihrer Glanzzeit vor sich. Anna war wie ihre Mutter, nur noch reizvoller und ungewöhnlicher.

»Papa, Papa – fällt dir nichts anderes ein?« Er steckte sich eine seiner Zigaretten mit dem goldenen Mundstück an, die mittlerweile nur noch für ihn persönlich hergestellt wurden.

»Bitte, Papa, beglücke mich mit deinem charmanten Lächeln.« Sie ließ sich auf das breite, mit Samt bezogene Sofa fallen, wobei sich ihr Schottenrock hob und in einem Kreis um sie herumlegte, so daß sie wie eine Puppe dasaß.

Cesare wäre beinahe schwach geworden, aber er wollte nicht nachgeben. »Angesichts deiner Heldentaten sehe ich keinen Grund zu einem Lächeln. Seit vier Monaten bist du unterwegs wie eine Zigeunerin. Erst läßt du deinen Verlobten sitzen, dann fährst du nach Amerika, und auf dem Rückweg fängst du diese unwürdige Geschichte an.« Was für einen Sinn hatte diese Predigt? Mit seinen sechzig Jahren war Cesare Boldrani ein Mann wie ein Filmheld, gutaussehend, sportlich, kerzengerade. Seine offene Miene, die gebieterische Nase, die feinen Fältchen in den Augenwinkeln machten ihn noch anziehender und verstärkten seinen Ruf als unersättlicher Frauenheld. Anna fand es nicht erstaunlich, daß auch junge, attraktive Frauen bei ihm das Abenteuer suchten.

»Ich habe immer an dich gedacht«, sagte Anna. Sie besaß dieselbe Entschlossenheit wie ihre Mutter: um ihre Ziele durchzusetzen, konnte sie sich in eine Dampfwalze verwandeln.

Cesare erhob sich vom Schreibtisch und kam mit elastischen Schritten zum Sofa. »Du hast etwas Schlimmes angestellt«, warf er ihr vor, »ich hoffe, du siehst das wenigstens ein.«

»Wie geht es Mama?« wich sie der Auseinandersetzung erst einmal aus und fuhr in kameradschaftlichem Ton fort: »Warum setzt du dich nicht zu mir?«

»Ihr geht es gut«, erwiderte er und hing einer fernen Erinnerung nach, einer unwiderruflich vergangenen Sache. Seit ungefähr einem Jahr bewohnte Maria, die große Maria, eine Penthousewohnung mit großer Terrasse, Schwimmbad und Dachgarten in einem Palazzo am Corso Matteotti, der Cesare gehörte. Eines Tages hatte sie ihre Schlafzimmertür vor ihm verschlossen. Sie trug eine Wehmut mit sich herum, die wie eine Patina auf den Saiten ihrer Sinnlichkeit lag, so daß sie nicht mehr vibrierten. In dem feinen psychosomatischen Gleichgewicht war etwas aus den Fugen geraten, und sie fühlte das Ende herannahen. Diese neue Situation störte sie nicht, denn in Anna hatte sie alle ihre Träume verwirklicht, und zwanzig Jahre der Anspannung gaben ihr das Recht, müde zu sein und dem Bedürfnis nach der Liebkosung des Schlafs nachzugeben. Die Vorstellung, daß Cesare ihren körperlichen Verfall miterleben könnte, irritierte sie. Er sollte lieber eine Erinnerung verehren, als den Resten ihres früheren Glanzes gegenüber Gefühle zu heucheln. Mit schmerzlicher Ironie sagte sie ihm, daß er für seine Gymnastik junge Frauen brauche; er solle aber bei der

Auswahl darauf achten, daß diese weder Anna noch sie selbst in den Schatten stellten.

»Deiner Mutter geht es gut«, wiederholte Cesare melancholisch und setzte sich neben seine Tochter. »Oft essen wir gemeinsam zu Mittag«, fügte er mit einem Lächeln hinzu, »und plaudern wie alte Freunde.« Manchmal kam auch Pazienza dazu, und dann entstand in der Dachwohnung am Corso Matteotti die Vertrautheit früherer Zeiten, als Maria mit Anna schwanger war und im Wohnzimmer am Foro Bonaparte strickte, während Cesare und Pazienza über Geschäfte und Politik sprachen. Die Atmosphäre war jedoch anders, die Leidenschaft und die ängstliche Ungewißheit von damals waren einer heiteren Ruhe gewichen. Zwanzig Jahre. Zwanzig Jahre waren vergangen, seit er Maria kennengelernt hatte. Und vierzig Jahre seit dem Beginn seines Aufstiegs. Ein halbes Jahrhundert war verstrichen, seit er aus dem Bauernhaus hinter der Porta Ticinese weggezogen war. Hatte er sich seine Zukunft so vorgestellt? Was für Worte müßte er finden, wenn er seinem Vater, dem gutmütigen Riesen, und der armen Elvira seinen Erfolg beschreiben wollte? Was bedeutete es, ganze Stadtviertel zu besitzen, dazu Aktienpakete, Beteiligungen an großen Banken und Einfluß bei mächtigen Finanzierungsgesellschaften? Was konnte das für schlichte Gemüter bedeuten, für die das höchste Glück der Duft von frischem Brot war? Er beherrschte sein Reich vom Zentrum bis in die äußersten Randbezirke, immer von seinem heftigen Siegeswillen getrieben und von dem Zwang, neue Hindernisse zu überwinden. Aber was mußte er denn noch überwinden außer seiner eigenen Angst? Er hatte immer im Gleichgewicht gelebt zwischen dem Drang zum Leben und der Angst vor dem Tod, aber nun spürte er zum ersten Mal, daß der Abgrund ihn verschlingen konnte. Stehenbleiben hieß sterben, denn ein Mann – jeder Mann – muß Hindernisse überwinden und siegen, aber nach jedem Hindernis muß es auch einen Preis geben, ein Ergebnis, ein Lächeln und eine zärtliche Geste. Bisher hatte der Alte immer etwas gefunden, was ihm den Kampf lohnend erscheinen ließ und ihm neue Energie gab. Nun jedoch fühlte er sich ängstlich wie ein Kind vor einer verschlossenen Tür. Und er mußte sie öffnen.

»Ich habe dir viele Briefe geschrieben«, sagte Anna. »Hast du sie bekommen?«

Der Alte fuhr sich mit der Hand durch das graue Haar, als wolle er die trüben Gedanken verscheuchen. »Ja, ich habe sie bekommen«, antwortete er.

»Dann weißt du ja alles«, murmelte sie erleichtert. Sie merkte, daß sein Zorn verraucht war und sie nur gestreift hatte. Vielleicht war es auch nur eine Einbildung ihres schlechten Gewissens gewesen.

»Warum hast du diesen Adligen verlassen?« fragte Cesare ruhig.

»Tja, warum?« wiederholte Anna zu sich selbst. »Wir lagen nicht auf der gleichen Wellenlänge. Wie soll ich das erklären? Ich konnte ihn doch nicht heiraten, wenn mich jede Berührung von ihm angeekelt hat.«

»Und auf der Insel Sal?« In den Augen des Alten funkelte Eifersucht. Die Vorstellung von seiner Tochter in den Armen eines anderen Mannes war ihm unerträglich.

»Auf der Insel Sal ist etwas geschehen«, sagte Anna lächelnd.

»Und genau dieses Etwas gefällt mir ganz und gar nicht«, gab Cesare zurück und drückte seine Zigarette in einem Kristallaschenbecher aus.

Anna schmiegte sich mit kindlicher Koketterie in die Sofaecke. »Papa, ich liebe ihn.«

»Ich liebe ihn«, wiederholte der Alte sarkastisch. »Sie sieht einen, der ihr schöne Augen macht, und schon beschließt sie, daß sie ihn liebt.« Unvermittelt sprang er auf. »Er ist verheiratet!« Seine Stimme wurde leise und drohend. »Hast du wenigstens das kapiert?«

Anna ging zum Gegenangriff über. »Auch du hast dich in eine verheiratete Frau verliebt. Aber niemand hat dich daran gehindert, sie zu lieben.«

Die Narbe auf Cesares Wange trat deutlich hervor. »Da hast du etwas sehr Dummes gesagt.« Der Blick seiner blauen Augen wurde aggressiv. Er war doppelt verletzt, in seinem Stolz und in seiner Eifersucht.

»Wir schreiben das Jahr neunzehnhundertsechzig, Papa«, protestierte Anna wohlerzogen. Zwei Kriege hatten stattgefunden, die Welt ging besseren Zeiten entgegen, und alle Probleme waren lösbar geworden. Die Wissenschaft behauptete, daß man in zwanzig Jahren auch die schlimmsten Geißeln der Menschheit heilen und das Schreckgespenst des Hungers bannen könne. Die Sexualität war freizügig geworden, der Pegel des Wohlstands stieg unaufhaltsam, und ihr Vater attackierte sie, weil sie sich in einen verheirateten Mann verliebt hatte.

»Dummheiten haben nichts mit der Jahreszahl zu tun.« Cesare war von einer Hartnäckigkeit, die Anna in ihrem jugendlichen Überschwang nicht begreifen konnte. Eine Frau bleibt eine Frau, dachte er und erinnerte sich an ihre Mutter. »Es gibt Prinzipien, die eingehalten werden müssen«, sagte er, »egal, ob du die Welt verändern willst oder nur dein Leben. Ohne diese Prinzipien wird alles bedeutungslos, dann gelten nur deine persönlichen Beweggründe.«

»Das habe ich gewußt«, fuhr Anna zornig auf, »das habe ich gleich gewußt. Du lebst in einer erbarmungslosen Welt, aber wenn es um deine Tochter geht, träumst du immer noch von einem Märchenprinzen, von einer Hochzeit in Weiß und so fort.«

Cesare schüttelte den Kopf. »Die Hochzeit in Weiß ist nicht das Entscheidende. Ehen werden geschlossen und wieder aufgelöst. Aber es muß einen Grund geben, ein echtes Motiv. Wegen einer Laune löst man gar nichts auf.«

»Hör zu, Papa«, erwiderte Anna. »Es ist richtig, daß ich mich in einen verheirateten Mann verliebt habe, aber sicher nicht absichtlich. Es ist passiert, und ich kann nichts dagegen tun.«

»Das ist nicht so einfach, wie du vielleicht glaubst.« Er wirkte unbefangen, aber selbst wenn ihn dieser Anschein Mühe kostete, so hätte Anna das niemals von ihm erfahren; sie sah einen gelassenen Mann vor sich, aber sie wußte, daß ihre Worte keinen Einfluß hatten auf die Entscheidung, die er treffen würde. »Ich sage ja nicht, daß du nie mehr an diesen Mann denken sollst. Ich sage nur, daß du eine Zeitlang nicht an ihn denken sollst. Wir müssen wissen, ob das alles nur ein Spiel war.«

»Papa, ich liebe Arrigo. Das kannst du nicht von mir verlangen.« In ihren Augen stand die Erinnerung an einen über Nacht gewachsenen grünen Teppich.

»Und ich liebe dich«, sagte Cesare.

»Und deine Prinzipien«, hielt sie ihm vor.

»Und meine Prinzipien«, gab der Alte zu.

Anna erhob sich und ging zum Fenster, durch das die Sonne hereinfiel. »Wenn Silvia nicht so viel Staub aufgewirbelt hätte, würde niemand etwas erfahren haben.« Sie weinte still und gefaßt die Tränen ihres ersten Liebeskummers.

Am liebsten hätte er sie in den Arm genommen, um sie zu beschützen, aber er konnte die Rechte der anderen nicht ignorieren. »Was soll denn deiner Meinung nach eine Ehefrau tun?« versuchte er sie zur Einsicht zu bewegen. »Soll sie dir sagen, bitte schön, hier ist mein Mann?« Er hatte sich neben Anna gestellt, um sie zu beruhigen.

»Arrigo selbst bedeutet ihr gar nichts, nur sein Titel und seine Position. Außerdem ist sie eine Nutte«, erklärte sie rundheraus.

Das war für Cesare keine Rechtfertigung, und angesichts der Situation wollte er das Thema nicht vertiefen. »Das ändert nichts«, erwiderte er deshalb.

»Silvia de Carolis ist eine Schlange«, beharrte Anna auf ihrer Meinung.

»Silvia de Carolis ist bis zum Beweis des Gegenteils die Contessa Valli di Tavernengo«, erinnerte sie der Alte, der sich von seinem Standpunkt nicht abbringen ließ.

»Silvia haßt mich. Sie hat mich von jeher gehaßt. Sie hat mir immer meine Herkunft vorgehalten, sie und ihre sauberen Freundinnen.« Anna kochte vor Zorn. »Und jetzt hast du solche Skrupel wegen ihr.«

»Ich habe keine Skrupel wegen ihr«, stellte er richtig, »sondern ich mache mir Sorgen um dich. Du darfst keinen Fehler begehen.«

»Willst du lieber zulassen, daß man mich beleidigt?« Anna probierte es mit der Taktik der gekränkten Ehre.

»Man kann Wölfe nur von Hunden unterscheiden, wenn man sie heulen läßt«, bemerkte er. »Und man kann Geier nur von Adlern unterscheiden, wenn man sie fliegen sieht. Diejenigen, die schweigen, sind viel gefährlicher als die Klatschmäuler. Du kannst nicht erfolgreich sein, ohne Neider zu haben.« Cesare war unnachgiebig.

»Du willst mir also wirklich nicht helfen«, murmelte Anna resigniert.

Cesare drückte sie an sich. »Das darfst du nicht sagen«, mahnte er sie. »Du weißt, daß das nicht stimmt. Aber ich möchte nicht, daß du diesen Mann ohne meine Zustimmung wiedersiehst.«

Widerspruch war zwecklos. Anna trocknete ihre Tränen, gab ihrem Vater einen Kuß und ging hinaus.

4

Silvias Schönheit wies einen Zug von Arroganz und Perversion auf, und Cesare staunte über ihren schmachtenden Blick und die ausgeprägte Sinnlichkeit, die in ihren tiefschwarzen Samtaugen stand. Sie sprachen mit verschiedenen Worten und von unterschiedlichen Standpunkten aus über dasselbe Thema, aber beide dachten an etwas anderes. Die junge Frau konnte sich der Faszination des reifen Mannes nicht entziehen; der Alte war neugierig, was tatsächlich an der erotischen Legende war, die sich um dieses feingeschnittene Gesicht mit dem vollendet geformten Mund rankte. Sie trug ihr Haar streng zurückgekämmt und im Nacken zusammengefaßt, und das war genau einstudiert, um den zierlichen Hals, ihre durchscheinenden kleinen Ohren und den wertvollen Schmuck zu betonen, den sie trug.

»Ich hoffe, Sie sind mit einem Friedensangebot gekommen«, sagte Cesare, während er ihr eine Champagnerflöte reichte. Er lächelte ihr gewinnend zu und vergaß fast den Grund für dieses von ihm veranlaßte Treffen.

»Ich verteidige meine Familie und meinen Namen«, erwiderte sie übermäßig ernst. Sie machte ein paar Schritte zur Terrasse, wo der Butler für das Abendessen gedeckt hatte. Dabei bewegte sie sich wie ein Mannequin und stellte ihre langen Beine zur Schau, ihre Hüften, ihre schmale Taille und die provozierenden Brüste. Sie trug ein leuchtend blaues Jerseykleid, dem man den Namen Dior von weitem ansah. Ein heller Mond stand am Aprilhimmel, und die Sterne blinkten.

»Ich verstehe«, sagte der Alte und stellte sein Glas auf dem blankpolierten Flügel ab. »Und ich suche nach einem vernünftigen Ausweg für alle. Für Sie, Silvia, für meine Tochter und für Ihren Mann.« Er bat sie, auf dem Sofa Platz zu nehmen, wo sie sich niederließ und die Beine ungezwungen übereinanderschlug.

»Ich glaube, es gibt nur einen einzigen Weg, um dieses Ziel zu erreichen«, bekräftigte Silvia entschlossen. Sie nippte an ihrem Glas und warf dem Alten einen verstohlenen Blick zu.

Es war ein aufregendes Spiel, eine gefährliche Partie zwischen zwei Spielern, von denen jeder glaubte, den Trumpf in der Hand zu haben. »Ich habe drei Monate gewartet, bevor ich Sie zu mir einlud«, schlug Cesare einen diplomatischen Ton an. »Und ich denke, ich habe alles unternommen, was in meiner Macht stand, um Anna zum Aufgeben zu bewegen. Aber ich kann Ihren Gatten nicht daran hindern, die Formalitäten zur Annullierung Ihrer Ehe voranzutreiben.«

»Sie unterschätzen sich, Signor Boldrani«, schmeichelte sie ihm, »es gibt nichts auf der Welt, was dem großen Boldrani nicht gelingen würde.« Sie sah ihn aus ihren berechnenden Augen an, während sie das Doppelspiel fortführte, bei dem der Aspekt der Verführung keineswegs zweitrangig war. Vielleicht würde es nur ein flüchtiges Abenteuer werden, aber sie wollte diesen Mann aus Eisen haben, und sei es nur, um einmal seine gewaltige Manneskraft zu erleben, die allgemein bekannt war und die schon viele weibliche Blicke hatte schwach werden lassen.

»Ich fürchte, meine Teuerste, daß wir uns irgendwie damit abfinden müssen.« Cesare sprach zu Silvia, wie um ihr eine unabänderliche Tatsache mitzuteilen.

»Dann soll ich also meinen Namen verlieren?« fragte sie verwirrt und bestürzt.

»Aber nicht Ihre Rolle als Primadonna«, versuchte er sie zu trösten. »In weiten Teilen der Welt erglänzen die Salons, wenn Sie auftreten. Außerdem«, fügte er strahlend hinzu, »können Sie auf neue Freundschaften zählen. Auf meine zum Beispiel.« Und er lächelte sie an.

Silvias Gesichtsausdruck änderte sich, ihr hübscher Mund nahm einen harten Zug an, ihre kleine Nase bebte, und ihr Blick wurde starr wie der einer Puppe. »Dann haben wir uns gründlich mißverstanden«, sagte sie in einem Ton, als hätte er sie verraten. »Ich dachte, daß Sie... Ich dachte, Sie stünden auf meiner Seite.« Die sanfte, frische Stimme bekam einen metallischen Klang, sie wurde schrill und unangenehm feindselig.

»Laß uns Klartext reden, Mädchen«, begann Cesare sie plötzlich zu duzen. Er kümmerte sich nicht länger um Formalitäten. »Ich war auf deiner Seite, obwohl ich wußte, daß dir dein Mann überhaupt nichts mehr bedeutet. Ich war auf deiner Seite, weil ich für meine Tochter keinen Mann aus zweiter Hand wollte. Ich war es trotz der Klatschgeschichten, die du über uns verbreitest. Ich war es, obwohl ich wußte, daß du dich seit Jahren wie eine läufige Hündin auf den Sofas, in den Schlafzimmern und auf den Yachten deiner Freunde wälzest. Ich war auf deiner Seite, weil ich meine Prinzipien habe.«

Silvias Puppengesicht loderte glutrot. »Noch niemals hat man mich so beleidigt«, stammelte sie und schlug die Hände vor die Augen.

»Dann war es höchste Zeit«, erwiderte Cesare grob.

»Aber ich werde nicht nachgeben.« Sie erhob sich und nahm die Reste ihres Stolzes zusammen. Sie war wirklich schön, so gekünstelt, daß es beinahe schon wieder echt wirkte, verstört und pervers auch in ihrer Erregung.

»Das ist dein Recht«, gestand Cesare ihr zu. »Das ist deine Entscheidung. Ich kann dir lediglich einen Ratschlag geben. Was du tust, ist allein deine Sache.«

»Also?« Sie kämpfte mit den Tränen.

»Gib nach. Wenn man keinerlei Aussicht auf einen Sieg hat, kann auch Aufgeben schon ein Erfolg sein. Du hattest wesentlich weniger, bevor du Arrigo geheiratet hast. Außerdem«, wiederholte er, »biete ich dir meine Freundschaft an.«

Silvia hörte gar nicht hin. »Ich dulde nicht, daß eine Frau über mich triumphiert«, stieß sie hervor, »nicht einmal die Tochter von Cesare Boldrani.«

»Aber Anna würde sich auf jeden Fall durchsetzen.« Cesare appellierte an die Vernunft. »Sie wird sich auch ohne mich durchsetzen. Sie hat sich schon gegen meinen Willen durchgesetzt.«

»Sie verstehen das nicht«, murmelte Silvia und fing endlich an zu weinen.

»Und warum nicht?« Cesare faßte sie tröstend bei den Schultern.

»Weil Sie ein Mann sind«, erwiderte sie schluchzend.

»Jetzt trockne erst einmal dein hübsches Gesicht«, sagte er und reichte ihr ein Taschentuch aus weißem Batist.

»Die Annullierung der Ehe wäre für mich ein Unrecht, das ich nicht hinnehmen kann.« Sie war ganz ehrlich.

»Es gibt keine Alternative, mein Kind. Du findest dich besser damit ab.« Er strich ihr über die Wange. »Anna und Arrigo lieben sich, oder sie glauben, sich zu lieben, was letztlich dasselbe ist. Für dich war Arrigo lediglich ein Mittel zum Zweck. Du verlierst den einen Laufsteg, und ich biete dir einen anderen.«

»Ich hätte mir denken können, daß Sie mich nicht verstehen. Erst waren Sie auf meiner Seite, jetzt sind Sie gegen mich. Es stimmt, ich liebe Arrigo nicht. Und ich weiß auch, daß er mich nicht liebt. Aber das passiert in allen Ehen, die ich kenne und die Sie kennen. Wenn Liebe das wichtigste Bindeglied wäre, gäbe es keine Familien mehr. Ich verzichte nicht auf meine Rechte. Ich werde mit allen Mitteln kämpfen, die mir zur Verfügung stehen.«

Auf Cesares Gesicht waren keinerlei Regungen mehr zu erkennen. »Ich hatte gehofft, du seist in friedlicher Absicht gekommen.« Er nahm eine Zigarette aus seinem Silberetui, zündete sie an und blies eine blaue Wolke in Silvias Richtung.

Die Frau sah ihn herausfordernd an. »Ich sage es nicht gerne«, begann sie vorsichtig, »aber notfalls werde ich auch vor einem Skandal nicht zurückscheuen.«

»Ich nehme an, daß du auf deine Zeitungen anspielst«, bemerkte er unbeteiligt.

»Ich spiele in der Tat auf meine Zeitungen an«, bestätigte sie nachdrücklich.

»Nicht einmal die Meldung von der Heirat zwischen Margaret von England und dem Fotografen Tony Armstrong Jones erregt noch Aufsehen«, gab Cesare skeptisch zurück. »Wen soll da ein Ehebruch interessieren?«

»Wenn Sie Ihre Tochter nicht an der Heirat mit Arrigo hindern«, drohte sie, »werde ich gewisse Briefe, die Ihnen nicht unbekannt sein dürften, veröffentlichen lassen.«

»Was für Briefe?« Cesare konnte sich die Antwort denken, die ihm aus den Tiefen der Vergangenheit heraus einige der qualvollsten Monate seines Lebens in Erinnerung brachte.

»Die Briefe von Nemesio Milkovich an Maria…«

»Genug«, gebot er ihr Einhalt. Die Narbe auf seiner Wange war deutlich hervorgetreten, aber es dauerte nur einen Moment. »Du bist ganz schön mutig.« Ein eisiges Lächeln strafte seinen umgänglichen Ton Lügen.

»Sie lassen mir keine andere Wahl.« Silvia spürte, wie ihre Handflächen schweißnaß wurden.

»Du bist noch verzweifelter, als ich dachte«, meinte Cesare zynisch. »Und du mußt hervorragende Bluthunde bei deinem Schmierblatt haben, wenn sie es geschafft haben, in den alten Archiven der faschistischen Geheimpolizei zwei oder drei unbedeutende Briefe aufzuspüren.«

»Das sind Dokumente, die einen Skandal auslösen können bei der ohnehin undurchsichtigen Geschichte Ihrer Familie«, beharrte sie hochmütig auf ihrer Drohung.

»Du bist in der Tat zu allem bereit«, stellte Cesare fest. Er fühlte ein unbezwingbares Verlangen, sie zu verprügeln, aber gleichzeitig begehrte er sie. Er war unglaublich erregt von diesem skrupellosen Geschöpf, das sich wie ein brünstiges Tier vor ihm wand.

»Zu allem«, flüsterte sie ihm mit plötzlich rauher Stimme zu. Sie hatte das Aufwallen der Begierde in seinen Augen gelesen.

»Dann zieh dich aus!«

Silvia lächelte ihn an und begann, ein Kleidungsstück nach dem anderen abzulegen, als hätte sie nur auf diesen Augenblick gewartet. Sie entkleidete sich unter seinen Blicken und wurde dabei immer schutzloser, bis zur blendenden Verwundbarkeit ihres völlig nackten Körpers. »So?« fragte sie, nachdem sie noch die hochhakkigen Schuhe von den Füßen geschleudert hatte. Ihr Schmuck bildete ein glitzerndes Häufchen auf einem kleinen Elfenbeintisch. Ohne den Schutzschirm der Kleidung war sie klein, wehrlos und vulgär. Ihre Nacktheit war schamvoll und mitleiderregend; eine Nacktheit, der Cesare schon einmal im Bordell von Udine begegnet war. Wie in einem blitzartigen Rückblick sah er das dunkelhaarige, kurzgelockte Mädchen vor sich und hörte sie sagen: »Komm, mein hübscher Soldat«, und er wurde noch mehr an sie erinnert durch Silvias schwere Brüste, die runden Hüften, die langen, schlanken Beine.

»Wenn du willst, kannst du dich wieder anziehen«, sagte er gleichgültig.

Silvias hübsches Gesicht brannte vor Zorn. »Was du mir antust, ist unglaublich«, rief sie unter Tränen und stürzte sich auf ihre Kleider, die sie hastig und ungeschickt überstreifte. »Du wolltest mich demütigen«, beschuldigte sie ihn.

»Nein«, erwiderte er, »ich habe es mir einfach anders überlegt.«

»Vielleicht schaffst du es nicht mehr«, zischte sie.

»Wenn dich der Gedanke tröstet, darfst du das gerne glauben«, sagte er versöhnlich. »Aber die Wahrheit liegt woanders. Vor vielen Jahren war ich einmal in einem Bordell. Das war das einzige Mal, daß ich auf die käufliche Liebe zurückgegriffen habe. Ich habe nichts gegen Nutten. Damals traf ich eine, die mir leid tat. Heute ist mir eine begegnet, die sogar sympathisch sein kann. Aber die Vorstellung, mit Hilfe einer anderen Person zu masturbieren, widert mich an.«

»Ich finde dich zum Kotzen«, brüllte sie.

»Das ist dein gutes Recht.« Er wandte sich von ihr ab und fischte eine Zigarette aus dem silbernen Etui.

»Ich werde diese Briefe veröffentlichen, und wenn es mich mein Leben kosten sollte«, gelobte sie, während sie ihr Kleid geradezuziehen versuchte. »So wie du dich heute verhalten hast, wundert es mich nicht, daß Anna nicht dein Kind ist.«

»Es gibt Dinge, Contessa Valli«, entgegnete er lächelnd, »die ein Vater nur sich selbst beweisen muß.« Er hatte wieder einen geschäftsmäßigen Ton angenommen. »Ich weiß, was ich wissen muß. Ich brauche keine Beweise und fürchte kein Dementi und keine skandalträchtigen Enthüllungen. Sie, Contessa, sind mir nicht unsympathisch. Ich muß sagen, daß Ihre Entschlossenheit bis zu einem gewissen Grad sogar bewunderungswürdig ist. Aber ich verabscheue Erpressungen. Außerdem hasse ich diese Briefe, aber aus anderen Gründen, als Sie vermuten.« Cesare fühlte sich mit einem Schlag alt und verbraucht; die dunklen Jahre des Zweifels und der Trennung von Maria standen wieder vor ihm. »Sie werden diese Briefe nicht veröffentlichen, denn wenn Sie zu dieser Tür hinausgehen, haben Sie keine Macht mehr über Ihre Zeitungen – Sie gehören Ihnen nicht mehr.« Binnen weniger Sekunden hatte er die Entscheidung getroffen. Er kam näher, um sich von der Frau zu verabschieden, ruhig und heiter lächelnd.

»Wollen Sie mich einschüchtern?« fragte sie mit zitternden Lippen.

»Nein, Contessa Valli«, antwortete Cesare langsam. »Ich verkünde Ihnen Ihre Gegenwart und Ihre Zukunft. Die Vergangenheit kennen Sie ja. Wir beide werden uns nie mehr wiedersehen. Es ist Ihnen freigestellt, alle Ecken und Enden der Welt zu durchstreifen. Aber Mailand, meine eigene Stadt, werden Sie erst nach meinem Tod wieder betreten. Und nur mit Annas Erlaubnis.«

»Wenn es Ihnen um die Briefe geht«, sagte sie leise, als sie allmählich ihre Lage begriff, »bin ich bereit, sie Ihnen zu überlassen.« Wie hatte sie die Stärke dieses Mannes nur so unterschätzen können?

»Nein«, gab er zur Antwort, »die Briefe sind vollkommen wertlos. Sie sind wertlos, weil sie nichts aussagen. Aber selbst wenn etwas darinstünde, wären sie wertlos, denn Sie würden niemanden finden, der zu einer Veröffentlichung bereit wäre.«

»Und die Zeitungen, die meinem Vater gehören?«

»Die Zeitungen haben einmal Ihrem Vater gehört. Ab morgen ist eine Firmengruppe die neue Besitzerin. Schauen Sie morgen in eine Tageszeitung, dann finden Sie die Meldung.«

Silvia wurde klar, daß die Waffe, die sie gegen Cesare Boldrani einsetzen wollte, sich gegen sie selbst gerichtet hatte. Sie hatte die Sünde der Anmaßung und des Hochmuts begangen, wie Luzifer. Und ihre Hölle war das lebenslängliche Exil.

Ein Jahr später wurde Anna Boldrani die Contessa Valli di Tavernengo.

Anna 1980

1

Anna erwachte nach einer unruhigen Nacht von Alpträumen, an die sie sich aber nicht erinnern konnte; sie fand diese Sorte am schlimmsten: die Träume, die das Gedächtnis verdrängt und die dennoch in den Tiefen des Unterbewußtseins hängen bleiben. Im schwachen Schein eines Nachtlichts über dem Kopfende des Bettes konnte sie das Emailzifferblatt der Uhr mit den römischen Zahlen erkennen, die ihrem Vater gehört hatte. Sie zeigte acht Uhr.

Sie drückte den Klingelknopf; gleich darauf ging die Zimmertür auf, und Ausonia kam eilfertig und vergnügt herein, als hätte sie wie ein treuer Hund auf der Türschwelle gelauert, bis Anna endlich erwachte.

»Guten Morgen, mein Kind«, sagte sie liebevoll. Anna genoß die wohlige Wärme, die Ausonias vertraute Gegenwart noch angenehmer machte.

»Wie ist das Wetter?« fragte sie. Das war ein unverzichtbares Ritual. Diese Frau, die zusehends alterte, war der letzte greifbare Bezugspunkt jener Vergangenheit, in der ihre Wurzeln lagen.

»Frostig und schön«, antwortete Ausonia. »Eis und Schnee, und darüber strahlender Sonnenschein.«

Der warme Duft des Frühstücks nach Milch und Honig, das Aroma des Kaffees und der Geruch von frisch getoastetem Brot durchzogen den Raum. Als Ausonia das Tablett auf den Nachttisch stellte, klirrten das Silber und das Porzellan. Diese Seite des Wohlstands gab ihr innere Kraft.

Die Haushälterin ging zum Balkon, um die Läden zu öffnen. Sie lehnte Schalter und ähnliches automatisches Teufelszeug ab, denn sie machte lieber die Fenster auf und ließ frische Luft herein. Ein kalter Windstoß fegte ins Zimmer, und der Widerschein des gleißenden Sonnenlichts auf dem Schnee drang herein. Anna schloß geblendet die Augen und zog sich die Decke bis ans Kinn. In solchen Momenten wurde sie wieder zu einem kleinen Mädchen und fühlte sich plötzlich heiter. Ausonia schloß die Fenster und ging lautlos ins Badezimmer. Sie kannte die Gewohnheiten »ihres lieben Kindes« ganz genau, auch wenn Anna sich nicht so oft in Caravaggio aufhielt, wie sie es gern gesehen hätte. In einen Becher goß sie Malvenextrakt zum Gurgeln, dann ließ sie heißes Wasser in die Wanne einlaufen, warf eine Handvoll Reisstärke hinein, legte auf dem verchromten Handtuchhalter den Bademantel zurecht und stellte in der Mitte des Raumes die Pantoffeln aus Frottee bereit.

Neben seinem Duft und dem feinen Geschmack besaß das Frühstück auch eigene magische Farben: die zauberhafte Transparenz des Porzellans, das Blinken des Silbers, das Topasgelb der Marmelade. Anna genoß das vertraute Ritual; es war eine angenehme Art, die Alpträume in das finstere Verließ ihrer nächtlichen Ängste zurückzudrängen, auch wenn sie wußte, daß sie über kurz oder lang zurückkommen würden. Anna stand auf, ging zum Balkon und sah hinaus. Kurt und Hermann, ihre Leibwächter, liefen in Trainingsanzügen durch den Park, gefolgt von den wilden Dobermännern, die sich bei ihnen lammfromm und verspielt gebärdeten. Kurt und Hermann waren Profis; wenn sie keinen Wachdienst hatten, unterzogen sie sich jeden Tag einem strengen Trainingsprogramm mit Gymnastik, Kampfsport, Laufen und Schießen. Sie verdienten sich wahrhaftig das stattliche Gehalt, das Arrigo ihnen bezahlte.

Arrigo, dachte sie zärtlich. Was war er für sie? Ein zuvorkommender, liebevoller Mann, der ihr jeden Wunsch erfüllte. Und weiter? Das Gleißen der Sonne auf dem weißen Schnee blendete Anna, und auf einmal entstand das Bild der Piste von Espargo, von der Sonne durchglüht und vom Atlantikwind gepeitscht. Sie sah das Rasenmeer vor sich, das nach einer Regennacht auf der Insel

Sal zum Vorschein kam; sie erinnerte sich an ein glückliches Paar auf dieser Grünfläche. Ihr *Monpracem.* Anna und Arrigo. Liebesgefühle. Neue Worte für das Glück: eine Spannung, ein Begehren, eine Hingabe, ein Ort, um sich die Liebe zu gestehen. Wo waren sie, die zärtliche Leidenschaft von einst und die Worte, an die man glaubt, wenn man verliebt ist? Die Jahre vergingen, die Kinder waren auf die Welt gekommen, die neuen Flugzeuge mußten nicht mehr auf Sal zwischenlanden. Die Menschen hatten den Weltraum erobert, waren auf dem Mond gelandet, sie hatten John F. Kennedy gewählt und ihn ermordet, man hatte das Wirtschaftswunder und die Rezession erlebt, die großen Protestbewegungen und den Terrorismus. Maria und der Alte waren gegangen, und Annas Seele hatte einen Sprung bekommen, sie hatte zu sterben begonnen, und der Gedanke an das Älterwerden bohrte sich wie ein Stachel in ihr Gehirn. Die große Furcht vor der Dunkelheit, vor dem Unbekannten, vor dem Verfall erfüllte sie, und ab und zu überfiel sie die Sehnsucht nach dem *Canto de Osannha* mit seiner Botschaft von Liebe und Leid.

Sie wurde älter, und die Musik alterte mit ihr: Vinicius war tot, Elvis war tot. Die Worte *Are you lonesome to-night?* hatten sich im Lauf der Zeit abgenutzt, sie waren so alt, daß sie nostalgische Gefühle weckten. Die Furcht vor dem Alter hatte sie in die Arme eines jungen Mannes getrieben, eines gehorsamen Zuchthengstes, der ihr vorübergehend die Illusion gab, sie könne die Zeit aufhalten. Aus Angst vor dem Tod war sie zunächst einem Gefühl von Lebendigkeit nachgejagt; es war ein Versuch, die Leere auszufüllen oder ihren Schock über die verrinnende Zeit zu maskieren. Die Tatsache, daß sie die Geliebte eines verheirateten Mannes war und in gewisser Weise zur Auflösung einer – allerdings schon vorher zerrütteten – Familie beitrug, erschreckte sie eigentlich. Und es gab eine ganze Reihe von Verlusten: die Mutter, den Vater, die Liebe, die Jugend, die Lebensfreude, das zarte Gefühl der Ehre, über das sie leichtfertig gespottet hatte. Sie kam sich vor, als tappe sie im Dunkeln und fände sich in ihrem eigenen Zimmer nicht mehr zurecht, weil die Bezugspunkte fehlten.

Sie mußte Licht in ihr Leben bringen, festen Halt finden und den

Mut aufbringen, der tristen Bettgeschichte mit Gianfranco Masci die strahlende Liebesgeschichte zwischen ihr und Arrigo entgegenzusetzen. Seit einigen Jahren lebte sie in einem absurden und sinnlosen Rahmen. Ob der Alte gewußt hatte, daß sich seine kleine Anna eine außereheliche Ablenkung gönnte? Aber natürlich hatte er es gewußt. Und Arrigo? Vielleicht wußte er es auch und schwieg. Und alle warteten, daß das Abenteuer endlich aufhörte. Allmählich verklang das Echo der alten Lieder, legte sich der Seewind vom Atlantik, verschwanden der glühende Asphalt von Espargo und der smaragdgrüne Rasen der Insel Sal.

»Das Bad ist bereit«, sagte Ausonia liebevoll und sah sie bewundernd an.

»Was für ein herrlicher Tag«, meinte Anna und ließ sie auch hinausschauen.

»Hoffentlich hält das Wetter«, erwiderte Ausonia mit bäuerlichem Pragmatismus.

Nach dem Bad fühlte sich Anna wieder munter und zufrieden. Sie hatte ihre depressive Stimmung überwunden und sah mit mehr Zuversicht ihrem reichhaltigen Tagesprogramm entgegen. Sie mußte Pazienza treffen, mit Arrigo telefonieren und ihre Rolle als verständnisvolle und doch strenge Mutter erfüllen. Der finsterste Gedanke, der noch zwischen der Erinnerung und den unbewußten Tiefen des Vergessens hing, ohne seine Sprengkraft zu verlieren, war die Drohung des Ministers. Anna konnte es nicht fassen, daß sie an diesem Punkt, auf dem Gipfel ihrer Macht, noch ein Vergehen fürchten sollte, das eigentlich kein Vergehen war, das sie jedenfalls nicht zu verantworten hatte und das sich auf ihr Leben nur am Rande auswirken konnte.

Sie zog einen blaugrünen Schottenrock an, eine blaue Bluse und einen grünen Kaschmirpullover. Dazu wählte sie eine schwere Kette von Bulgari, die aus englischen Pfundmünzen bestand. An den kleinen Finger steckte sie einen Diamantring, dessen Stein die Form eines Halbmondes hatte – das war ihr Lieblingsring. Sie wollte nach einer Armbanduhr greifen, einem Weihnachtsgeschenk, aber dann ließ sie sie auf dem Tisch liegen und nahm statt dessen die Uhr des Alten. Sie drehte sie in den Händen und spürte das kostbare Stück, den Talisman, wie ein warmes, lebendiges Wesen. Sie betrachtete das emaillierte Zifferblatt, die römischen Zahlen und die weibliche Figur mit Tunika, wallendem Haar und verbundenen Augen auf dem Gehäuse. Noch nie hatte Anna den Beistand der Göttin so dringend gebraucht. Sie drückte einen Knopf, der Deckel sprang auf, und die Spieluhr begann mit den ersten Tönen von Mozarts *Türkischem Marsch*. Eine Gravierung war erkennbar: »Genève 1880«. Darunter sah Anna Zeichen, die sie noch nie wahrgenommen hatte, ein ungelenk eingeritztes Wort, einen Namen, den man mühsam entziffern konnte: Dolores. Und daneben eine Zahl: 1914. Nur der Alte konnte den Namen und die Zahl geschrieben haben. Aber weshalb war ihr dieser Schriftzug nie zuvor aufgefallen? Wie sie ihren Vater kannte – und sie kannte ihn schon ein wenig –, mußten diese Zeichen auf dem Familientotem von größter Bedeutung sein. Ein Geheimnis also, aber was für eines? Wie viele Geheimnisse hatte der Alte in seinem Herzen verschlossen? Sie klappte den Uhrdeckel zu und schob die Uhr in die Tasche ihres Rocks. Für Anna war das alte Ding mehr als nur ein Amulett, fast eine Schutzgottheit, ein Teil von Cesare Boldrani, und es hätte sie nicht gewundert, wenn sich in diesem Räderwerk fundamentale Wahrheiten verborgen hielten. Sie tastete nach der Uhr, mit derselben Geste, wie es ihr Vater zu tun pflegte; sie glaubte, seine Nähe zu spüren, und fühlte sich weniger einsam.

2

»Du hast vollkommen recht, Anna«, bekräftigte Pazienza, »der Minister hat den Hals in der Schlinge. Er weiß, daß die Schlinge bereits zugezogen wurde, und er schlägt wahllos um sich wie alle Verzweifelten.«

»Nicht ganz so wahllos«, stellte Anna richtig. »Er hat mir ordentlich zugesetzt mit dieser verdammten Vaterschaftsgeschichte.«

Wie es oft geschieht bei Männern, die nie richtig gutaussehend waren, machte Pazienza mit siebzig Jahren nun den Eindruck eines feierlichen Patriarchen. Sein Haar war duftig und weiß wie Schnee, und die dichten, ebenfalls weißen Augenbrauen verliehen seinem Arabergesicht eine außergewöhnliche Würde.

»Du wirst sehen, daß sich alles in Luft auflöst«, versicherte er.

»Für uns oder für ihn?« versuchte Anna einen Scherz.

»Warum bist du so nervös, Anna?« Er hielt eine erloschene Zigarette zwischen den Lippen – das Rauchen hatte er aufgegeben. Aus Angst vor Krankheiten war er ein sympathischer Hypochonder geworden. Er befolgte sorgfältig die Prinzipien der makrobiotischen Diät, machte Yoga und lebte mit einer indischen Wunderheilerin und Kräuterhexe zusammen.

»Vielleicht ist der Schlag noch zu frisch«, rechtfertigte sich Anna mit dem Hinweis auf den Verlust ihres Vaters. »Vielleicht muß ich das erst noch verarbeiten.«

»Das müssen wir alle«, stimmte der Anwalt ihr zu. »Und ich, in meinem zarten Alter, könnte auch etwas Ruhe gebrauchen.«

»Statt dessen mußt du dir diese Nervensäge anhören«, ergänzte sie.

»Du weißt, daß man mich dafür bezahlt«, wehrte Pazienza ab, »und außerdem habe ich die moralische Verpflichtung, dir die hungrigsten Wölfe aus dem Rudel einzeln zu benennen.« Seit einigen Jahren gehörte es neben seiner Verwaltungstätigkeit auch zu seinen Aufgaben, Anna über die Vermögenslage auf dem laufenden zu halten. Das tat er auf Cesares Anordnung, aber auch aus seiner Überzeugung heraus, daß er Anna gut schulen mußte, da das Vermögen des Alten sonst binnen kürzester Zeit den Geiern zur Beute fallen würde.

»Leider habe ich den Eindruck«, gestand Anna, »daß ich nicht genügend vorbereitet bin für die Aufgaben, die vor mir liegen. Die Finanzunternehmen, die Politik, die Kinder. Und nun diese Sache mit der Vaterschaft, die mir wie ein Fluch anhängt.« Sie sehnte sich nach Rio und nach ihrem Appartement in der Fifth Avenue in New York.

»Macht erfordert einen übermenschlichen Einsatz, Anna«, ermahnte er sie streng. »Entweder genügen dir die Emotionen, die du im Gegenzug erhältst, oder du bist verloren. Mächtig zu sein bedeutet nicht, glücklich zu sein. Macht ist eine Droge, eine Krankheit. Glück und Macht sind niemals Synonyme. Ganze Bibliotheken wurden schon zu diesem Thema gefüllt, aber es ist keine endgültige Erkenntnis dabei herausgekommen. In den primitiven Gesellschaften zahlten die Häuptlinge mit ihrem Leben für ihre Fehler. Heute läßt man sie fallen oder drängt sie an den Rand. Oder sie sind Gefangene ihres Erfolgs, denn jenseits einer bestimmten Grenze bleibt nur der Traum von der Allmacht. Und das ist fatal.«

»Willst du mir Angst machen?« fragte Anna.

»Nein. Ich habe nur versucht, dir etwas zu erklären, was ich selbst noch nicht ganz verstanden habe.«

»Ich hatte das Gefühl, du willst mich davon abbringen, das Werk des Alten weiterzuführen«, bekannte Anna. Sie sah ihm zögernd zu, wie er sich ein Glas Wasser aus einer Kristallkaraffe in einem Silberkorb eingoß.

»Nein. Es ist meine Pflicht, dir keine Märchen zu erzählen. Das heißt aber auch nicht, daß ich dir die ganze Wahrheit sage.« Es war Zeit für seine Wundertropfen, die ihm die berühmte Vertreterin der östlichen Medizin verordnete. Pazienza zählte penibel dreizehn Tropfen ab und leerte dann lustvoll sein Glas.

»Schmeckt es?« fragte Anna mit einer Grimasse.

»Wie Ambrosia«, erklärte Pazienza mit geheimnisvollem Lächeln. »Sie stellen das psychophysische Gleichgewicht wieder her. Der Hypothalamus hier im Gehirn«, er tippte an seinen Kopf, »registriert die verschiedenen Empfindungen von Freude oder Unbehagen und leitet sie an die Hypophyse weiter, den Hormoncomputer. Wenn wir ausgeglichen sind, gehen positive Eindrücke an die Zellen, wenn wir nicht ausgeglichen sind, werden negative Gefühle weitergeleitet. Wenn wir unglücklich oder frustriert sind, riskieren wir ständig einen Zusammenbruch.«

»Du bist doch nicht frustriert«, sagte Anna, die von Pazienzas Ansprache überrascht war.

»Aber ich bin sehr unglücklich gewesen«, gab er zurück. »Obwohl ich einen Beruf hatte, der mir alles in allem gefällt. Man muß seine Tätigkeit lieben. Vielleicht wollte ich dir vorhin das sagen. Man kann glücklich sein als Gärtner oder als Industriekapitän. Wenn du etwas gegen deinen Willen tust, wird das Leben zu einem Kreuzweg, mit Angst, Krankheit und Tod.«

Sie betrachtete ihn mit zärtlicher Bewunderung. »Du steckst voller Überraschungen«, sagte sie. Draußen vor dem großen Fenster schien eine bleiche Wintersonne durch die Nebelschwaden.

»Ach woher«, wehrte er ab. »Die indische Philosophie sagt, daß wir unsere Energie in erster Linie aus unserem Wohlbefinden schöpfen. Ich versuche nur, der Natur ein bißchen nachzuhelfen. Du jedoch machst dir große Sorgen.«

Anna war perplex. »Ich befinde mich in einer Sackgasse«, sagte sie. »Ich möchte sicher sein, daß der Schachzug des Ministers folgenlos bleibt.«

»Der Minister ist ein Großmaul. Laß ihn doch reden.« Pazienza schien dieser Sache gar keine Bedeutung beizumessen.

»Soll ich mich verunglimpfen lassen?« Anna vergaß ihre guten Manieren und wurde laut. »Soll ich das wirklich?«

»Er blufft nur.« Pazienza schob das Thema mit einer Handbewegung zur Seite.

»Und wenn ich dir sage, daß er recht hat?« widersprach sie.

»Du bist die Tochter von Cesare.« Einen Moment verlor er seine sprichwörtliche Ruhe. »Du bist die einzige Tochter von Cesare Boldrani. Niemand kann das Gegenteil beweisen. Außerdem ist es schwierig, etwas zu beweisen, was nicht der Fall ist.«

Anna war bereit, dem alten Freund alles zu gestehen.

»Er lügt nicht, Pazienza«, bekräftigte sie. »Meine Mutter hat es mir vor ihrem Tod gestanden. Nemesio ist mein Vater.«

»Maria«, sagte Pazienza versonnen lächelnd, »wenn Maria sich etwas in den Kopf gesetzt hatte... Auf zwei Dinge war sie stolz: daß sie dich an die Spitze eines riesigen Vermögens gesetzt hatte und daß sie über den Begründer dieses Vermögens triumphieren konnte. Wenn du es wirklich wissen willst – Maria war die einzige Person, die den Alten je zum Weinen gebracht hat.«

»Aber meine Mutter hat nicht gelogen.« Anna blieb beharrlich. »Sie war ganz klar, hat sich an alles erinnert. Seit zehn Jahren trage ich dieses Geheimnis mit mir herum. Ehrlich gesagt hat es mich nie sehr belastet. Ich habe erkannt, daß die Vaterschaft keine biologische Tatsache ist. Cesare Boldrani war mein Vater. Ich habe ihn als Vater geliebt. Er war der wichtigste Mensch in meinem Leben, er hat mich großgezogen; ich wußte, daß ich seinen Namen tragen würde, noch bevor ich ihn kannte. Mama hat mich in einem Boldrani-Kult aufwachsen lassen. Er war mir nahe. Ich habe ihm gegenüber die Liebe und Hingabe einer echten Tochter empfunden. Nemesio ist ein netter Mensch, der eine Zeitlang mit meiner Mutter verheiratet war. Und Giulios Vater. Daher war ich nicht sonderlich beeindruckt, als Mama mir ihr großes Geheimnis eröffnete. Die Stimme des Blutes blieb stumm. Aber jetzt, wo die Sache öffentlich zu werden droht, ändert sich die Lage.«

Pazienza runzelte die Stirn, seine arabischen Gesichtszüge wurden hart. »Ich weiß nicht, was Maria dir gesagt hat«, stellt er entschieden fest, »aber ich weiß mit Sicherheit, daß du Cesare Boldranis Tochter bist. Nemesio hat nichts damit zu tun. Und der Minister verfügt bestenfalls über zwei oder drei Briefe, die seit vierzig Jahren zirkulieren, aber überhaupt keine Beweise enthalten.«

»Was für Briefe?« Also gab es doch etwas, das sie nicht wußte, gab es Dokumente. Der Minister war zu klug, um ohne Fallschirm abzuspringen.

»Briefe von Nemesio an deine Mutter. Sie stammen aus den Archiven der faschistischen Geheimpolizei. Zu der Zeit war Nemesio im Untergrund.«

»Jetzt meine ich aber doch, daß du mir eine Erklärung schuldest«, rief Anna aufgeregt.

»Wenn du mir Vorwürfe machst, weil ich dich nicht früher informiert habe«, er hob ratlos die Arme, »so hast du nicht ganz unrecht. Aber ich dachte mir, schlafende Hunde soll man nicht wekken.«

»Ich mache dir keine Vorwürfe«, sagte Anna, »ich will lediglich alles wissen.«

»Also machen wir es uns bequem, denn das wird ein langes Gespräch. Ich fürchte«, setzte er mit echtem Bedauern hinzu, »daß ich heute auf Meditation und Gymnastik verzichten muß.«

»Das tut mir leid«, schwindelte Anna. In diesem Moment war ihr Pazienzas Gesundheit vollkommen gleichgültig.

»Bevor ich von deinem Vater und dem Minister spreche«, begann er resigniert, »muß ich auch von mir erzählen.«

»Was hast du mit der Frage zu tun, wer mein Vater ist?« unterbrach sie ihn neugierig.

»Gar nichts, logischerweise. Aber ich werde ganz von vorne anfangen. Du willst wissen, ob der Minister tatsächlich einen Trumpf im Ärmel hat, und ich werde dir erklären, wie sich die Sache verhält. Natürlich kenne ich nicht immer die letzten Details«, gab er zu und lehnte sich gegen die Rückenlehne seines Stuhls, »denn einige Geheimnisse hat dein Vater für sich behalten. Auch ich selbst, der ich immer wie ein offenes Buch für ihn war, habe ihm ein paar Seiten unterschlagen. In seinem Leben und in meinem gibt es Vorgänge, über die wir nie sprechen wollten. Ich glaube jedoch, daß ich die Einzelheiten erraten habe; und er hat ganz sicher gewisse Dinge geahnt, die mich betreffen.

Es wird dir merkwürdig vorkommen«, fuhr Pazienza fort, »aber die Erpressung des Ministers hat ihren Ursprung ganz woanders. Die Vergangenheit, liebe Anna, ist eine unversöhnliche Bestie, die in jeder Generation wieder erwacht. Die beste Vergebung, sagte dein Vater immer, ist die Rache. Aber die Rache, die ohne die Justiz stattfindet, führt zur Fehde, zur Vergeltung, zur Erpressung.

Jetzt bin ich siebzig, und ich war acht, als mein Vater umgebracht wurde. Dieser alte Mann«, spielt er auf sich selbst an, »gepeinigt vom Gedanken an den Tod, der an Gott glaubt, an die Heiligen und an alle Religionen des Universums, hat zweiundsechzig Jahre auf seine Rache gewartet. Die Rache, hieß es in der Antike, ist das Vergnügen der Götter.«

Auch Anna hatte sie ausgekostet, als ihr Vater Silvia de Carolis mit dem Bann belegt hatte, aber je mehr Einsicht sie in die Problematik gewann, desto klarer wurde ihr, daß diese archaische Rechtsform ein Instrument der Mächtigen war, die es der erbarmungslosen Hand von Terroristen überließen. Anna hatte Silvia vor wenigen Tagen in der Kirche von San Babila verziehen, weil sie ihr nicht mehr gefährlich werden konnte.

»Der Mann, der dem Mörder meines Vaters die Waffe in die Hand gab«, nahm Pazienza seinen Bericht wieder auf, »hieß Nicola Pennisi. Ich sehe es noch vor mir, Anna, das von einem Gewehrschuß zerfetzte Gesicht meines Vaters. Er war ein guter Mensch, der nichts weiter verlangte als die Gewähr für sein täglich Brot. Das ist die Wahrheit. Ich habe zugeschaut, wie meine Mutter alle ihre Tränen weinte. Dann habe ich jahrelang ihrem verzweifelten Schweigen gelauscht. Ich wußte nicht, wie, aber ich wußte, daß ich mich rächen würde. Und als ich in Mailand Cesare Boldrani kennenlernte, war ich sicher, daß ich mir eines Tages Gerechtigkeit verschaffen konnte.«

»Es war doch mein Vater, der dich entdeckt und gefördert hat«, warf Anna ein.

Pazienzas müde Augen funkelten listig. »Ich habe ihn immer in diesem Glauben gelassen«, grinste er ironisch. »In Wirklichkeit habe ich ihn ausgewählt. Ich hielt mich immer im Gemüseladen meiner Mutter auf, brachte die Lieferungen weg und machte meine Hausaufgaben. Deine Tante, Cesares Schwester Giuseppina, die du nicht mehr kanntest, hatte eine Schwäche für die ehrbaren Unglücklichen und Armen im Geist. Ich hielt mich für einen ehrbaren Unglücksraben, wenn auch nicht gerade für naiv und tat alles, um von ihr beachtet zu werden. Ich hatte keinen genauen Plan, aber ich wollte ihren Bruder kennenlernen, ich wollte die Aufmerksamkeit jenes Mannes auf mich lenken, der damals zwanzig war, den Krieg mitgemacht hatte und gerade seinen Aufstieg begann.

Man sagt, daß ich in der Schule durch meine Begabung auffiel und daß der Lehrer meiner Mutter in den Ohren lag, damit sie mich weiterlernen ließ. Heutzutage werden Gemüsehändler an der Börse notiert, aber damals war man schon zufrieden, wenn man sich halbwegs durchschlagen konnte. Ich hatte also zwei Möglichkeiten. Entweder konnte ich Nicola Pennisi um Hilfe bitten; er hatte uns im Norden untergebracht, und er wäre bereit gewesen, dem Sohn seines Opfers zu helfen, sofern meine Mutter einverstanden war. Oder ich konnte mich an Cesare Boldrani wenden, der sich mir gegenüber bereits wohlwollend zeigte.

Ich habe beides verworfen. Ich wollte vermeiden, daß Pennisis Wohltätigkeit die Schmach mindern und mich um das barbarische Vergnügen der Rache bringen könnte, aber ich wollte auch Boldrani um nichts bitten. Er sollte sich aus freien Stücken für mich entscheiden, nicht aus Gnade oder Großzügigkeit. Deshalb habe ich einen Weg gewählt, der alle irritiert hat, der aber für mich richtig war: das Priesterseminar. Auch heute bietet die Kirche begabten Leuten gute Möglichkeiten.«

»Aber nicht ganz uneigennützig«, kommentierte Anna.

»Glaub nur nicht, daß sich andere Institutionen durch ihre Freigebigkeit auszeichnen«, erwiderte der alte Advokat.

»Meine Mutter hat an deine Berufung geglaubt«, wunderte sich die Frau.

»Deine Mutter«, erinnerte Pazienza sie, »glaubte an ihre eigenen Ideen.«

»Und du hast niemals den Zorn vom lieben Gott gefürchtet?« Anna hielt einen Moment inne und sah ihren Gesprächspartner fest an.

Pazienza schüttelte das weiße Haupt. »Ich glaube, Gott hat andere Sorgen, aber selbst wenn er sich mit mir kleinem Licht abgibt, dürfte es ihm nichts ausmachen, mir durch die Lehre in seinem Namen zu einer würdigen Existenz verholfen zu haben.«

»Und das Problem der Rache?« provozierte sie ihn.

»Du wirst doch nicht mit einem gescheiterten Priester streiten wollen«, rief er aus. »Auge um Auge, Zahn um Zahn, sagt die Bibel. Wenn man einmal vom lieben Gott absieht – ich glaube, niemand hat meinen Entschluß besser verstanden als Cesare Boldrani. Und er hat ihn akzeptiert, denn er hat mich unter seine Fittiche genommen und immer in seiner Nähe behalten. Dein Vater hat im rechten Moment eingegriffen. Was soll ich dir viel erzählen von den gemeinsamen Jahren, von meiner Verehrung für ihn und von seiner liebevollen Achtung mir gegenüber.«

»Ich weiß«, sagte Anna.

»Ich habe aktiv an den Projekten deines Vaters mitgearbeitet, ich habe mich dem Aufbau seines Imperiums gewidmet, aber es gelang mir nicht, das entstellte Gesicht meines toten Vaters zu vergessen. Es schien mir, als werde er keine Ruhe finden, solange ich ihn nicht gerächt hatte. Zu Beginn der fünfziger Jahre verlagerte Nicola Pennisi seine Tätigkeiten von Sizilien nach Rom. Er hatte Glück gehabt, und die Geschäfte liefen gut. Zwei Jahre nach der Ermordung meines Vaters hatte Nicola Pennisi die Tochter eines Politikers aus Palermo geheiratet. Sie bekamen einen Sohn: Vito. Jahre später war ich in Rom, um eine Baustelle zu besichtigen. Dort stand ein auffälliges Schild: Bauunternehmung Nicola Pennisi und Sohn. Aber der Junge war mißraten, ein Spieler und Wüstling, ständig in billige Affären verstrickt. Don Nicola war zwar schon fast siebzig, aber noch rüstig und regierte mit fester Hand.«

»Und der Minister?« wollte Anna wissen.

»Der Minister betrat Ende der fünfziger Jahre die Szene. Damals war er noch Staatssekretär. Bei einem jener trostlosen Treffen, die sich Arbeitsessen nennen, hat er deinem Vater die Sanierung einer Papierfabrik im Süden vorgeschlagen. Nicht aus reiner Wohltätigkeit. Man hätte dadurch die Kontrolle über die Tageszeitung *La Cronaca* bekommen. Boldrani ließ sich Zeit; in der Folge habe ich dann die Operation durchgeführt. Dem Politiker ging es letztlich darum, daß sich der Alte ihm einmal erkenntlich zeigen sollte.

Dein Vater verteilte seine Zuwendungen auf alle, entsprechend den zu erwartenden Gegenleistungen. Aber der zukünftige Minister wollte eine besondere Unterstützung für seinen persönlichen Fall. Er war dabei, sich selbständig zu machen. Die Intervention von Boldrani erlaubte ihm, Geld und Stimmen zu bekommen sowie die ewige Dankbarkeit der Wahlmänner in seinem Bezirk.

Als die Transaktion erfolgreich abgeschlossen war, hat der Minister gemeinsam mit einem Kollegen von der Finanzbehörde eine Untersuchung am schwächsten Punkt unserer Organisation angestrengt. Die Absicht war eindeutig: er wollte den Alten in Schwierigkeiten bringen, um ihm dann großzügig wieder herauszuhelfen. Damit wären sie quitt gewesen. Aber es war schon immer unsere Stärke, die Dinge fünf Minuten früher als die anderen zu wissen. Deshalb ging die Untersuchung ohne Probleme vonstatten. Dieser Minister ist ein Idiot, sagte der Alte. Und die Idioten sind doppelt gefährlich. Wir müssen ihn im Zaum halten. Wir müssen über genügend Material verfügen, um ihn jederzeit unschädlich machen zu können. Das kam mir natürlich wie gerufen.«

Während Anna diesem Roman folgte, suchte sie bei jeder Wendung nach einem Zusammenhang mit ihrer eigenen Geschichte. »Entschuldige, Pazienza, das ist alles sehr interessant, aber was habe ich damit zu tun?« Sie wußte, daß der Anwalt sich sonst sehr knapp und prägnant ausdrückte, und wunderte sich über seinen weitschweifigen Bericht.

»Es hat mit dir zu tun, mein Kind, ganz bestimmt«, versicherte er ihr. »Wenn du endlich Klarheit willst, mußt du die Güte haben, mich anzuhören.«

»Ja, Mimmo«, sagte sie mit entschuldigender Miene.

»Seit Don Nicola beim großen Spiel mitmischte«, nahm Pazienza den Faden wieder auf, »ließ er mir immer wieder Botschaften zukommen. Ich gab ihm über dieselben Kanäle zu verstehen, daß ich die Möglichkeit eines Treffens mit ihm nicht ausschloß. Ich war damals ziemlich begehrt. Viele wollten mir goldene Brükken bauen. Es stimmt nicht, daß man nur Geld in einen Umschlag zu stecken braucht, um die Türen der Macht zu öffnen. Man braucht Geld und die richtigen Leute. Einer davon war ich. Pennisis politische Kontakte genügten seinen Anforderungen nicht mehr, und er hätte seine Seele verkauft für unseren Politiker, der inzwischen Minister geworden war. Also signalisierte ich ihm meine Bereitschaft, ihm zu helfen.«

»Weshalb sollte er auf ein so ungewöhnliches Angebot eingehen«, fragte Anna zweifelnd, »wo er doch wußte, was er deiner Familie angetan hatte?«

»Don Nicola war sicher nicht unbedarft, aber für ihn sah alles so aus, als hätte meine Mutter das schreckliche Geheimnis mit ins Grab genommen. Das ist eine naheliegende Annahme. Versetz dich einmal in die Lage dieser armen Frau. In der Logik der Mafia hatte mein Vater eine Verfehlung begangen. Man darf um einen persönlichen Gefallen bitten, aber man darf nicht Gerechtigkeit für alle fordern. Das ist ein Affront. Deshalb mußte er mit seinem Leben bezahlen. Aber die gleiche Hand, die meinen Vater gefällt hatte, half dem Sohn. Ich weiß, daß das für dich nicht leicht zu verstehen ist.«

»Nein«, gestand sie, »das ist schwierig.« Sie war bestürzt über diese grausame Wirklichkeit, die Pazienza ihr beschrieb.

»Zudem hatten der Alte und ich falsche Gerüchte über unser Verhältnis in Umlauf gesetzt.«

»Es gab tatsächlich eine Zeit«, erinnerte sich Anna, »als man von Unstimmigkeiten sprach.«

»Es wurde noch Schlimmeres verbreitet«, erklärte Mimmo Scaglia. »Als ich zu Pennisi nach Rom fuhr, war er überzeugt, daß ich mich mit ihm traf, um deinem Vater eins auszuwischen. Außerdem nahm er an, ich wollte mich dafür erkenntlich zeigen, daß er meiner Mutter viele Jahre zuvor geholfen hatte. Don Nicola war schon für die lange Reise ins Jenseits bereit; sein Gesundheitszustand war sehr schlecht. Trotzdem behielt die menschliche Gier die Oberhand, obwohl der Tod schon vor der Tür stand. Der Gedanke, daß er die Gunst des Ministers erringen konnte, wirkte auf ihn wie ein Herzmittel. Indem ich den Politiker in die Geschäfte von Pennisi verwickelte, habe ich das Ende von beiden besiegelt. Ihnen fehlte das nötige Geld für die Expansion. Also bildete ich das Bindeglied zwischen Boldranis Banken und dem Baugeschäft. Ich habe den Minister dazu gebracht, seine Schmiergelder zu einem besonderen Zinssatz auf eine kleine Bank in der Schweiz zu transferieren. In zwei Tagen wird diese Bank in Konkurs gehen. Und der Minister wird mit leeren Händen dastehen.«

»Habe ich das richtig verstanden?« erkundigte Anna sich.

»Das hast du ganz richtig verstanden. Den Plan hat dein Vater entworfen, und ich habe ihn ausgearbeitet. Wir haben dem Minister das Unternehmen Pennisi angehängt, das pleite ist, wie du ja weißt. Wir haben unsere Rache sogar finanziert, denn die Schmiergelder, die von Pennisi gezahlt wurden, sind in unserer Kasse, zusammen mit den Beweisen für die Bestechlichkeit des Ministers.«

Anna war verblüfft. »Ein wirklich ausgeklügelter Plan«, lobte sie. »Aber sobald der Minister erfährt, daß er nicht nur die Beweise für seine Schuld geliefert, sondern auch sein gesamtes Vermögen verloren hat, wird er toben wie ein wildes Tier, vor allem, wenn er beweisen kann, daß der Alte nicht mein Vater ist.«

»Möglicherweise wird er toben, daran kann ihn niemand hindern«, sagte Pazienza. »Aber er wird lediglich Staub aufwirbeln.«

»Und die bewußten Briefe?« Das war der springende Punkt.

»Das sind Briefe, die Nemesio 1939 aus Frankreich an Maria geschrieben hat. Die Zensur hat sie abgefangen und dem faschistischen Geheimdienst übergeben. Irgendein Spitzel hat Kopien von ihnen angefertigt. Einige davon waren in die Hände von Silvia de Carolis gelangt, die versuchte, den Alten damit zu erpressen. Deshalb hat er sie verbannt«, antwortete Pazienza.

Anna sandte der Seele ihres Vaters einen ergebenen Dankesseufzer. »Jetzt weiß ich endlich, warum er seine Meinung über die Unauflöslichkeit der Ehe geändert hat.« Sie war freudig überrascht. »Aber was steht in diesen verfluchten Briefen drin, die außer mir mittlerweile wohl jeder kennt?«

Rechtsanwalt Mimmo Scaglia konnte seine Verlegenheit nicht verbergen. Er rutschte auf dem Stuhl herum, nahm die kleine Flasche mit der Wundermedizin in die Hand, stellte sie wieder ab, zog eine Zigarette aus einem Kristallbehälter und schnupperte an dem aromatischen Tabak. »Rauchen zu können«, sagte er mit tiefstem Bedauern, »war eine große psychologische Wohltat.«

Anna sah ihn strafend an. »Onkel Mimmo«, tadelte sie ihn liebevoll, »du sollst mich nicht an der Nase herumführen.«

Der Mann schlug die Beine übereinander, legte die verschränkten Hände auf die Knie und beugte sich nach vorn. »Wir haben ein sehr vertrautes Verhältnis«, begann er, »aber was ich dir berichten muß, ist äußerst delikat. Es ist die Geschichte von intimen Beziehungen, und es geht um deine Mutter.«

»Gab es andere Männer außer Nemesio und dem Alten?« fragte Anna beunruhigt.

»Nein, nein«, gab er zurück, »was denkst du nur?«

»Dann tu mir bitte einen Gefallen und sei deutlich. Wenn mein Vater und meine Mutter mich gezeugt haben, müssen sie miteinander geschlafen haben.« Eine lange Pause folgte. »Willst du mir nun sagen, was in drei Teufels Namen in diesen Briefen steht?«

»Dort steht«, murmelte der Anwalt und nahm seinen ganzen Mut zusammen, »daß im Juli 1939, eben als du gezeugt wurdest, Nemesio und deine Mutter ein, äh, intimes Verhältnis hatten.«

»Das ist doch der Beweis, daß ich nicht Cesare Boldranis Tochter bin«, folgerte Anna ärgerlich.

»Nun, nein«, erwiderte Pazienza.

»Aber warum nicht?« Anna verzweifelte am Starrsinn dieses Mannes, der die Tatsachen leugnen wollte.

»Weil in derselben Zeit deine Mutter...«

»Meine Mutter?« drängte Anna, die endlich die ganze Wahrheit hören wollte.

»Weil deine Mutter auch mit Cesare zusammen war.«

Eine ratlose Traurigkeit legte sich auf Annas Miene. »Das ist schlimmer, als ich dachte«, stellte sie fest. »Er kann nicht beweisen, daß ich die Tochter von Nemesio bin, und auch nicht, daß ich die Tochter von Cesare Boldrani bin. Aber er kann ganz unzweifelhaft beweisen, daß ich die Tochter einer...«

»Halt, sprich nicht weiter«, unterbrach Pazienza sie und erstickte die bösen Worte.

»Du hast recht, entschuldige bitte«, sagte sie leise. Beinahe hätte sie sich vom Zorn hinreißen lassen, der plötzlich in ihr aufloderte. Nun war sie blaß, und das Herz schlug ihr bis zum Hals. »Onkel Mimmo«, flehte sie ihn an, »wer ist mein Vater?«

»Dein Vater ist Cesare Boldrani«, gab er restlos überzeugt zurück.

»Aber wer kann das beweisen?« fragte sie ängstlich.

»Ich kann dir nur eines sagen, Anna: Solange der Alte keinen schlüssigen Beweis hatte, daß du sein Fleisch und Blut bist, hat er sich geweigert, dir seinen Namen zu geben.«

»Sein Fleisch und Blut«, sagte Anna gedankenverloren, »ich habe Blutgruppe Null positiv. Auch Cesare war Null positiv. Also?« Ein Hoffnungsschimmer keimte in ihr auf.

»So läßt sich das Problem nicht lösen«, ernüchterte Mimmo Scaglia sie. »Auch ich wollte einen definitiven Beweis finden und habe deshalb Nachforschungen angestellt: Nemesio gehört auch zur Blutgruppe Null positiv. Millionen Menschen gehören dazu.«

»Nun sind wir wieder am Ausgangspunkt«, verzagte Anna.

»Ich bin überzeugt, daß es irgendwo Beweise für die Vaterschaft des Alten gibt«, wiederholte er.

»Dann müssen wir sie finden«, ereiferte Anna sich händeringend.

»Für dich oder für den Minister?« wollte er wissen.

»Der Minister soll sich zum Teufel scheren«, sagte sie mit einer Kälte, die an den Alten erinnerte. »Er kann soviel Staub aufwirbeln, wie er mag. Aber ich will jetzt wissen, wer ich bin. Andernfalls werde ich verrückt.«

Die bleiche Wintersonne verschwand im Nebel, und es begann zu dämmern.

3

In der über zwei Ebenen verteilten Wohnung am Corso Matteotti fand Anna keines ihrer Kinder vor. Sie ging durch die langen Zimmerfluchten, die an eine alte, sizilianische Villa erinnerten, und trat auf die Terrasse hinaus. Die Madonnina auf dem höchsten der vielen Türmchen des Doms glänzte in der blassen Januarsonne wie ein ekstatischer Wachtposten über der unruhigen Stadt. Anna wurde mit einem Male von heftiger Sehnsucht nach ihrer Trauminsel, nach ihrem *Monpracem*, überkommen.

Man hatte ihr erzählt, daß das *Hotel do Atlantico* verfiel, seit die Flugzeuge auf den Südamerikarouten keine Zwischenlandung auf der Insel Sal mehr machen mußten. Ob sich das Phänomen des Regens, der über Nacht das Gras wachsen läßt, wohl noch öfter ereignet hatte? Und war sie tatsächlich das junge Mädchen gewesen, das wie eine Saite unter den Liebkosungen eines Mannes vibriert hatte, dem es zum zweiten Mal im Leben begegnete? Wer weiß, ob Arrigo mich noch liebt, dachte sie.

Sie hatte märchenhafte Reisen mit ihm unternommen, wundervolle Geschenke bekommen, zwei Kinder waren auf die Welt gekommen, aber das Wunder jener Nacht hatte sich nicht wiederholt. Der Kristall der Leidenschaft war unmerklich, wie die Zeit vergeht, trübe geworden, und ihre Verliebtheit hatte sich, ohne daß etwas Bestimmtes vorgefallen wäre, verflüchtigt, um einem monotonen, immer gleichen Ritual zu weichen.

Der Liebesakt war eine langweilige Pflicht geworden, eine lästige Mühe. Es war wie Appetitlosigkeit: Sie empfand einfach keinen Anreiz mehr. »Du liebst mich nicht mehr«, hatte Arrigo im Spaß zu ihr gesagt, »während ich in dich verliebt bin wie am ersten Tag. Sich gemeinsam zu verlieben ist herrlich, Anna, aber wenn bei einem die Flamme erlischt, fühlt sich der andere wie ein Stück Treibgut.« Damals war ihr der Ausspruch dumm und banal vorgekommen, aber jetzt machte sie sich Gedanken über die Worte ihres Mannes.

Nach einigen Jahren lustlosen Zusammenlebens hatte sie den Sprung über die Mauer gewagt und war in den Armen von Gianfranco Masci gelandet, einem aufregenden Mann, der wieder ihre weiblichen Empfindungen weckte, mehr aber nicht. Die Verbindung mit dem herrlich effizienten und auf raffinierte Weise brutalen Liebhaber war eine reine Bettgeschichte ohne Beteiligung des Gefühls. Es war kein neues Kapitel in ihrem Leben, sondern ein Zwischenspiel, das sie jederzeit beenden konnte.

Anna öffnete die Tür der Glaskuppel, die das beheizte Schwimmbad überwölbte. Das Becken stammte noch aus der Zeit Marias. Arrigo hatte dann die Überdachung veranlaßt, damit man auch im Winter schwimmen konnte. Sie entkleidete sich, setzte eine Plastikhaube auf und sprang in das klare Wasser, das von einer perfekten Heizanlage ständig bei achtundzwanzig Grad gehalten wurde. Ihr biegsamer Körper, der noch die Sonnenbräune von Rio zeigte, glitt über das farbige Mosaik am Grund, bevor er neben einer der weißen Leitern wieder auftauchte.

»Du solltest dich immer so kleiden«, sagte eine männliche Stimme hinter ihrem Rücken.

Anna fuhr herum; sie empfand die gleiche peinliche Verlegenheit, wie wenn man träumt, daß man nackt in der Menge steht. Der entscheidende Unterschied lag jedoch darin, daß sie tatsächlich nackt vor einem Fremden stand.

»Wer sind Sie?« versuchte sie zu reagieren, aber was immer sie sagte oder tat, hätte die Peinlichkeit der Situation und ihre Beschämung noch schlimmer gemacht.

»Ein begeisterter Zuschauer, wie du siehst.« Der Typ hatte ein plumpes, vulgäres Gesicht und einen dreisten Blick. Er trug eine weite Baumwollhose, mochte vierundzwanzig sein und beobachtete sie vom Rand des Schwimmbeckens aus. Er war einfach widerlich.

»Hau ab!« rief sie mit schriller Stimme, was die peinliche Situation nur verstärkte.

»Vierzig, sinnlich und bildschön«, zitierte er das aktuelle Titelblatt eines in der Schickeria weit verbreiteten Wochenmagazins. »Du hast dich gut gehalten«, fügte er halblaut und in unverschämtem Ton hinzu.

Gegen diesen Primaten ohne Sinn für Feinheiten hätte wohl nur das Gewehr eines Großwildjägers geholfen. »Wolltest du hier übernachten?« fragte sie betont gelassen und versuchte, sich im Wasser so klein wie möglich zu machen. Die Situation war äußerst schmachvoll.

»Das war eigentlich meine Absicht«, gab er zu, »aber die moralischen Anwandlungen von Maria hindern mich daran.«

Bestimmt war das der Typ, mit dem ihre Tochter Maria seit einiger Zeit liiert war, und sie fand ihn noch abstoßender. »Nun«, wechselte sie den Tonfall, »willst du weiterhin den mutigen Paladin spielen, oder verziehst du dich gnädigerweise und läßt mich aus dem Wasser?«

»Wenn du willst, kann ich ja so tun, als drehe ich mich um, wie in den amerikanischen Filmen aus deiner Jugend.«

»Ich möchte jetzt alleingelassen werden.« Da verfügte sie über zwei hochdotierte Leibwächter, die auf der Straße warteten, einen Butler, zwei Diener, eine Garderobiere sowie eine Köchin und mußte sich die Unverschämtheiten dieses Lümmels gefallen lassen, der es genoß, eine Frau in die Enge zu treiben.

»Darf ich dir helfen?« fragte er höhnisch.

»Aber gern«, wurde Anna plötzlich umgänglich.

»Siehst du, wie gut sich zwei wohlerzogene Menschen verstehen können«, meinte der Primat.

Anna ergriff die Hand, die der junge Mann ihr entgegenstreckte, stemmte die Füße gegen den Beckenrand und zog mit aller Kraft, so daß der Junge mit einem mißglückten Salto kopfüber ins Wasser fiel. Anna kletterte gewandt heraus, während der Primat in seinen Kleidern wie wild zappelte und platschte. Sie zog einen Bademantel aus weichem Frottee über und rief in das Mikrophon der Sprechanlage: »Kurt, kommen Sie sofort her!« Die Anlage war mit dem Fahrzeug der Leibwache verbunden. Dann drückte sie den Klingelknopf, und der Butler erschien. Inzwischen stieg der Primat unter Prusten und Fluchen schwerfällig aus dem Wasser.

»Damit hätte ich rechnen müssen«, maulte er dümmlich.

»Zu spät«, gab sie kalt lächelnd zurück, »jetzt mußt du mit anderem rechnen.«

Kurt kam herein, mit dem kühlen, ausdruckslosen Blick eines Profikillers, die Hände zum Zupacken bereit. »Was soll ich tun?« fragte er auf deutsch. Er sah aus wie ein Dobermann in Lauerstellung.

»Lad ihn vor dem Dom ab, und zwar so, wie er ist«, ordnete Anna in derselben Sprache an.

»Und was soll ich machen, wenn er sich wehrt?« Das Gespräch fand weiterhin auf deutsch statt.

»Das überlasse ich Ihnen«, erwiderte sie lächelnd. »Allerdings darf es nicht irreparabel sein und sollte keine Spuren hinterlassen.«

»Du blöde Nutte!« brüllte der Primat. Er hatte das Gespräch zwar nicht verstanden, aber er ahnte den Sinn.

Kurt sah Anna fragend an, und die nickte mit dem Kopf. Der Junge merkte, wie ihn zwischen Hals und Kiefer ein Schlag traf, woraufhin er mit ausgebreiteten Armen rückwärts in den Pool fiel. Das Wasser brachte ihn wieder zu sich, und er sah Kurt vor sich, der ihm die Hand entgegenhielt. Noch ganz benommen klammerte er sich an diese schwache Hoffnung.

»Mach's gut, Idiot«, verabschiedete sie sich von ihm. Zu ihrem Butler sagte sie: »Laß das Wasser wechseln, aber zuerst muß das ganze Becken gründlich desinfiziert werden.« Dann schritt sie barfuß, aber feierlich wie eine altrömische Matrone über den Korridor, der zu ihrem Zimmer führte.

Im Gegensatz zu vielen anderen, auch weniger reichen Menschen hatte Anna nie eine persönliche Dienerin beschäftigt. Der Sinn für das Maßhalten, wie es der Alte ihr immer eingeschärft hatte, überwog bei ihr. Aber sie hatte eine Garderobiere, die sich um ihre Kleidung kümmerte und auch andere Aufgaben wahrnahm. Anna rief sie über die Sprechanlage: »Ich möchte meine Tochter sehen, und zwar sofort.«

»Die Signorina Maria ist außer Haus«, wurde ihr geantwortet.

»Dann schick mir Giacomo«, rief sie entnervt.

Sie zog gerade einen dunkelroten Tweedpullover zu einem grauen Rock an, als der Butler erschien.

»Was hatte dieser Kerl in meinem Haus verloren?« fuhr sie ihn streng an.

»Er hat gewartet, daß Signorina Maria zurückkommt. Wissen Sie, dieser junge Mann...« Giacomo gehorchte der alten Regel, nach der die gute Erziehung nicht darin besteht, keine Flecken auf der Tischdecke zu machen, sondern es zu übersehen, wenn die anderen Flecken machen.

Anna wußte jedoch im Moment solche Feinheiten nicht zu schätzen und wurde immer nervöser. Sie fühlte sich wie das Opfer einer Vergewaltigung. »Der Conte bezahlt Leibwächter und ein Heer von Hausangestellten, damit ich ein wenig Ruhe habe, und dann überrascht mich ein Fremder im Schwimmbad. Wo sind wir denn? Ich werfe euch alle hinaus«, drohte sie. Der Butler war an ganz andere Unwetter gewöhnt und bewahrte seine unerschütterliche Ruhe. »Wenn die Signora mir gestattet, möchte ich gerne daran erinnern, daß der junge Mann...«

»Es interessiert mich nicht, wer er ist«, unterbrach sie ihn erneut. »Ich will keine Leute von diesem Schlag in meinem Haus. Habe ich mich klar ausgedrückt?«

»Jawohl, die Signora hat sich sehr klar ausgedrückt«, erwiderte Giacomo.

In diesem Moment kam Maria herein. Schlank und anmutig, wie sie war, bot sie einen erfreulichen Anblick; sie trug noch ihr

»Amazonenkostüm« und hielt eine Gerte in der Hand, denn sie kam gerade vom Reitunterricht.

»Ciao, Mama«, begrüßte sie Anna, »ich habe dich toben gehört. Kann ich dir vielleicht helfen?«

»Wer ist dieser Idiot mit dem schwachsinnigen Triebtätergesicht, der hier auf dich gewartet hat?«

Maria mußte lachen. »Mama, du bist umwerfend«, sagte sie. »Manchmal übertriffst du sogar noch Großvater an Freundlichkeit. Du hast den Armen wirklich hart bestraft. Ihn einfach ins Wasser zu werfen und ihm keine Möglichkeit zum Umziehen zu geben.«

»Hat er dir das erzählt?« Der Himmel draußen vor dem Fenster war verhangen, und der Abend dämmerte schon.

»Nein. Offensichtlich geniert er sich. Kurt hat es mir berichtet, während er ihn wegbrachte. Er sah wirklich mitleiderregend aus. Kannst du mir erklären, warum du ihn ins Wasser geworfen hast?«

»Er hat mich belauert, während ich gebadet habe.« Sie spürte immer noch die Beschämung.

»Das tut mir leid«, murmelte Maria düster.

»Vergiß es«, erwiderte Anna. »Klär mich lieber auf, wer das ist.«

»Franco.«

»Franco wer?«

»Der jüngste Sohn des Ministers«, informierte Maria sie in verschwörerischem Ton.

Anna ließ sich in einen Sessel fallen, breitete die Arme aus und lachte hell heraus. »Der Sohn des Ministers!« rief sie. »Aber klar! Franco! Ich habe ihn ein paarmal gesehen, als er noch ein Kind war. Papas Freunde nannten ihn den Dämlack. Und er war wirklich ein Trottel.« Sie sah sich mit einem heiteren Lächeln um und war wieder vollkommen entspannt. »Und ich dachte, er sei der Typ, mit dem du... Na ja, mit dem du seit einiger Zeit liiert bist.«

»Das ist er auch, Mama«, bestätigte das Mädchen.

Damit war der Spaß zu Ende. »Wie lange geht diese Geschichte schon?« fragte Anna matt.

»Ein paar Monate«, erklärte das Mädchen. »Aber ist das wichtig?«

Anna ließ sie ohne Antwort stehen und ging in ihr Arbeitszimmer, einen gemütlichen kleinen Raum, der mit rosafarbenen Möbeln aus der Zeit Louis Philippes eingerichtet war. Ein kleines, venezianisches Bild aus dem achtzehnten Jahrhundert hing dort, das Longhi zugeschrieben wurde und die »Mittagsruhe einer Dame« darstellte. Das Bild war vor dem Ersten Weltkrieg aus der Sammlung der Grafen Spada entwendet worden, in Paris bei der Polizei wieder aufgetaucht und bei Sotheby in London versteigert worden. Ein Mittelsmann von Boldrani hatte es sich für dreihunderttausend Pfund gesichert. Anna bekam es als ganz junges Mädchen geschenkt und hing besonders daran. Sie setzte sich an den Schreibtisch und betrachtete das Bild, das eine beruhigende, heitere Atmosphäre ausstrahlte, wie eines der schönen Märchen, die Anna so liebte.

Maria ließ sich auf dem Sofa nieder und schmollte angesichts des bevorstehenden Verhörs.

»Von allen Trotteln hast du dir den schlimmsten geangelt«, warf ihre Mutter ihr vor.

Maria versuchte, die Sache ins Lächerliche zu ziehen. »Du weißt doch, Mama, daß in unserer Familie keine halben Sachen gemacht werden«, bemerkte sie. »Wir suchen immer nach dem Besten. Bei mir war es eben der größte Trottel.«

»Er taugt noch weniger als sein Vater«, stellt Anna befriedigt fest. »Ich habe gehört, daß er nicht bei seiner Familie lebt.«

»Nein, er lebt nicht bei seiner Familie.«

»Und wenn mich meine Erinnerung nicht trügt, hat er mit einer rechtsextremen Bewegung zu tun. Oder täusche ich mich?«

»Wenn wir zusammen sind, haben wir etwas Besseres zu tun, als über Politik zu diskutieren.«

Maria milderte ihre vulgäre Antwort durch ein gewinnendes Lächeln.

»Bitte erspare mir die Einzelheiten«, rief Anna verärgert.

»Und du erspare mir deine Verhöre wie beim Geheimdienst«, gab das Mädchen zurück.

»Das Verhör ist schon beendet«, verkündete Anna. »Du kannst gehen und dich umziehen. Ich habe jetzt zu tun.« Als Maria draußen war, griff Anna zum Telefon und wählte die Durchwahl von Gianfranco Masci.

»Wie geht es dir?« fragte der Mann.

»Schlecht«, meinte Anna.

»Ich stehe zur Verfügung«, sagte der Journalist, der das sprunghafte Wesen der Frau kannte.

»Ich will, daß sich zwei Spürhunde an die Fersen von Franco R. heften.«

»Dem Sohn des berühmten Herrn?«

»Genau. Ich glaube, er kämpft in einem Terrorkommando.«

»Bezugspunkte?«

»Setz dich mit Pazienza in Verbindung, etwa in einer Stunde. Ich werde ihm Bescheid sagen. Wenn im Trüben gefischt werden muß, wird er das übernehmen.«

»Und wenn Beweise auftauchen, oder auch nur Indizien?«

»Dann hängst du alles an die große Glocke. Ich will diesem Bastard seinen Ruf versauen.«

Sie hängte grußlos ein und lehnte sich befriedigt in ihren Bürosessel zurück. Sie hatte wieder einen Pfeil abgeschossen; die Tage des Ministers waren gezählt.

Wenn er mich nun mit seinen verdammten Briefen erpressen will, dachte sie, bitte schön. Aber auch nach der langen Unterredung mit Pazienza verspürte sie immer noch das dringende Verlangen, das Geheimnis um ihre Abstammung zu enthüllen. Eine weitere Vergeltung konnte ihr Problem nicht lösen.

»Also, was hattest du heute abend vor? Was hattest du geplant, bevor ich als Spielverderber aufgetreten bin?« Anna war wieder verständnisvoll und zärtlich zu ihrer, wie sie sagte, leicht verrückten, aber anbetungswürdigen Tochter.

»Ich wäre mit Franco und anderen Freunden ausgegangen«, antwortete Maria mit vollem Mund. Sie waren am Ende des Essens angelangt.

»Du wirst dich auf die anderen Freunde beschränken müssen«,

meinte Anna. Sie saßen im »Refektorium«. So hatte der Architekt Mauro Sabelli Contini das Speisezimmer genannt, das er für Anna Boldrani entworfen hatte. In dem blendend weißen Raum stand ein langer, dunkler Nußbaumtisch aus dem siebzehnten Jahrhundert und um ihn herum lederbezogene Stühle mit harten, geraden Rückenlehnen. Der einzige Schmuck an den fleckenlos weißen Wänden war ein Christus aus der umbrischen Schule. Insgesamt wirkte der Raum streng und doch zart. Viele hatten versucht, die Idee zu kopieren, aber niemandem war es gelungen, dieselbe Ausgewogenheit von Farben und Formen zu erreichen.

»Lippy ist auch mit von der Partie«, sagte Maria.

»Das grenzt ja an ein Wunder«, erwiderte Anna. Die wenigen Male, die sich ihr Sohn in Mailand aufhielt, blieb er für sich und gab sich nicht mit seiner Schwester ab, die ihm zu oberflächlich war.

»Ich glaube, er ist verliebt«, meinte Maria.

»Hat er dir das gesagt?« erkundigte Anna sich neugierig. Sie hatte Filippo noch gar nicht gesehen.

»Sogar noch mehr«, berichtete Maria. Sie beugte sich vor, und ihr Gesicht nahm einen boshaften Ausdruck an. »Heute morgen ist er in mein Zimmer gekommen, als ich gerade gefrühstückt habe, und hat mir einen wunderschönen, goldenen Skarabäus gezeigt. Er schaut mich an und fragt: Glaubst du, so eine Brosche würde einem Mädchen gefallen? Erst dachte ich, die Brosche sei für mich, aber ich bekam sofort einen Dämpfer. Pfoten weg, kreischt er, das Stück habe ich bei Buccellati entdeckt; ich fand es schön, und es sah so aus, als würde es nicht gleich ein Vermögen kosten.«

»Und das Mädchen?« fragte Anna auffordernd.

»Wir haben gelacht«, sprach Maria weiter, »er ist richtig aufgetaut. Ich habe gemerkt, daß er darauf brannte, es mir zu erzählen. Er hat von einer Freundin gesprochen, die er auf dem College kennengelernt hat. Ich habe ihm von Franco und mir erzählt. Zum ersten Mal sind deine beiden Kinder sich nähergekommen. Dann habe ich ihm vorgeschlagen, mit uns ins *Primadonna* zu gehen.«

»Was ist das?«

»Ein etwas schräges Lokal für Schwule.«

»Das hätte ich mir denken können«, meinte Anna enttäuscht.

»Genau das hat dein Sohn auch gesagt.« Unterdessen hatte der Bedienstete einen farbenprächtigen Obstkorb aufgetragen: Kirschen, Aprikosen, Pfirsiche und Trauben mit Beeren, so groß wie Walnüsse. Ringsum waren Schalen mit Erdbeeren drapiert. Die Früchte des Sommers mitten im Winter.

Maria griff mit beiden Händen in die kunstvolle Komposition und häufte ihren Teller voll. »War es nicht das Obst außerhalb der Saison, was den Großvater zur Weißglut bringen konnte?« fragte sie.

»Du hast vollkommen recht«, bestätigte Anna. Sie empfand die Eßlust ihrer Tochter als ein bedenkliches Symptom, das man nicht unterschätzen durfte. »Aber dein Bruder«, wechselte sie das Thema, »geht er nun mit in dieses Lokal?«

»Um keinen Preis. Er schlägt ganz seiner Mutter nach«, sagte Maria und fiel erneut über das Obst her. »Er hat vorgeschlagen, wir sollten statt dessen mit ihm zu einem Zigeunerfest gehen.«

»Wie bitte?« Anna runzelte die Stirn.

»Ganz recht: zu einem Zigeunerfest. Genauer gesagt, es ist ein Fest der Manuschs – das sind böhmische Zigeuner, die hauptsächlich als Zirkusartisten arbeiten.«

»Stammt das alles von dir?« fragte Anna ironisch.

»Nein, das sind Lippys Forschungsergebnisse«, erwiderte Maria und griff nach einer Schale Erdbeeren. »Alle zehn Jahre organisieren sie das Fest an einem anderen Ort. Dieses Mal findet es in Fino Mornasco statt, ganz in der Nähe von Como. Eine junge Zigeunerin wird in den Tanz mit dem Bären eingeführt. Dein kluger Sohn behauptet, das sei eine uralte Tradition und eine sehr stimmungsvolle Zeremonie.«

»Wieso interessiert sich Lippy für solche Dinge?«

»Da steckt seine amerikanische Freundin dahinter. So weit ich weiß, studiert sie Ethnologie oder so und schreibt ihre Abschlußarbeit über diese Zigeunergruppe, die Manuschs und die Kalderaschs... so heißen übrigens auch die Gebiete, aus denen diese Nomaden stammen.«

»Das finde ich richtig spannend«, begeisterte sich Anna.

»Warum kommst du nicht einfach mit?«

»Eine ausgezeichnete Idee«, stimmte Anna zu. »Dann sind wir einmal alle drei beieinander.«

4

Ein riesiges Lagerfeuer brannte im Hof der verlassenen Villa; der rötliche Widerschein der Flammen huschte über die Fassade, auf der noch ein Hauch ihres einstigen Glanzes lag, und über die hohe Gartenmauer. Unter einem Zeltdach, das an den Zirkus erinnerte, aber auch an ein pompöses Tataren-Feldlager, saß auf einem grellbunten Thronsessel die Zigeunerkönigin, eine priesterliche Gestalt ohne Alter, eine Persönlichkeit außerhalb der Zeit, über und über mit Schmuck und Brokat behängt. Geigenspiel ertönte, und die auf dichtgewebten Perserteppichen zusammengekauerten Zigeuner hatten eine melancholische Weise in einer fremden Sprache angestimmt. Der Schein des Feuers reichte bis in das Zelt und beleuchtete das Gesicht der alten Königin.

Anna hatte befürchtet, in den üblichen Nepp für Luxustouristen zu geraten, aber nun beobachtete sie staunend und gespannt das Ritual, dessen Faszination und religiöse Feierlichkeit sie tief beeindruckten. Maria, Lippy und die wenigen Freunde der beiden waren verstummt.

Die Töne des traurigen Liedes verklangen, als sich der Kreis um die Königin öffnete und ein Mädchen durchließ, dem ein riesiger, brauner Bär folgte. Anna bewunderte das bildschöne Gesicht der jungen Zigeunerin, die schwarzen Augen, die wohlgeformte kleine Nase, die samtigen Wangen und die feinen Ohren, die mit Gehängen aus feinen Goldmünzen geschmückt waren. Der mächtige Bär bewegte sich unbeholfen an ihrer Seite. Er schüttelte den enormen Kopf und ließ die Silberglöckchen an seinem Halsband klirren. Die hübsche Zigeunerin und das wilde Tier näherten sich dem Thron, und die Königin reichte ihr die ausgemergelte, reich geschmückte Hand zum Kuß. Auf eine Bewegung des Mädchens hin verneigte sich auch der Bär. Dann folgte ein mitreißender Tanz im Zelt und davor, zwischen dem Thron und dem großen Feuer. Die Schöne und das Biest verfolgten einander in einer irren Sarabande, die sich immer wieder zu gefühlvollen Passagen verlangsamte. Es war ein Schauspiel von Anmut und Wildheit, von übermenschlicher Kraft und bezaubernder Grazie. Die scharfen Krallen der Bestie, die ein Pferd aufschlitzen konnten, strichen über die samtigen Wangen des Mädchens, das mit akrobatischer Leichtfüßigkeit seine Kreise zog, begleitet von dem Geklingel der Silberglöckchen an ihrem bändergeschmückten Tamburin.

Anna spürte fremde Augen auf sich ruhen; sie wußte, wer sie betrachtete. Sie wandte ihr Gesicht zu dem Thron und begegnete dem Stolz eines scheinbar erloschenen Blickes: es war die Königin. Vielleicht um ihre Verlegenheit zu überspielen, oder nur ganz instinktiv, machte sie eine Geste, die für Cesare Boldrani typisch gewesen war und die alle wichtigen Momente seines Lebens charakterisiert hatte. Sie zog die Uhr mit dem Emailzifferblatt und den römischen Zahlen aus der Tasche, strich über das Relief auf dem Deckel und setzte die Spieluhr in Gang. Die Melodie von Mozarts *Türkischem Marsch* erklang in diesem Bannkreis merkwürdig laut. Sie zuckte zusammen und schloß ihre Hand fest um die Uhr. Aber das Signal war bereits ertönt. Sie schaute sich betroffen um, als hätte sie ein teures Stück Porzellan zerbrochen, doch sie bemerkte, daß alles unverändert war. Die Zigeunerin und der Bär tanzten, und alle sahen aufmerksam zu. Nur die Königin hatte das Signal aufgefangen; sie hob ihre dürre Hand, deutete auf Anna und flüsterte einem Mann neben ihr etwas zu. Der Tanz wurde unterbrochen, der Kreis der Zigeuner öffnete sich, um Anna durchzulassen, die unter den hypnotisierenden Blicken der Königin mit langsamen, festen Schritten auf den Thron zuging.

Auf eine Geste der Königin setzte sich Anna auf einen mit scharlachroter Seide bespannten Diwan. Ein Duft von Weihrauch und Myrrhe hing in dem Tatarenzelt, das mit wertvollen Damaststoffen und antiken Ikonen von unschätzbarem Wert vollgestopft war. Die Alte verließ ihren Thron und nahm auf einem bequemen Samtstuhl ihrem Gast gegenüber Platz. Neben ihr stand ein niedriger, orientalischer Tisch mit hellen und dunklen Intarsien und einem eingelegten Kranz aus Perlmuttblättern. Die kleine Zigeunerin, die mit dem Bären getanzt hatte, hockte sich zu Füßen der Königin auf den Boden.

»Ich will noch einmal die Musik deiner Uhr hören«, gebot die Zigeunerkönigin. Das war eine knappe, zwingende Anweisung, die keinen Aufschub duldete.

Anna, die sonst selbst Anweisungen gab, gehorchte widerspruchslos. Als in dem von schweren Düften durchzogenen Zelt die Melodie der Spieluhr ertönte, trat ein rätselhaftes Lächeln auf das feierliche Gesicht der Königin. Die Alte streckte ihre gierige Hand nach der Uhr aus, und Anna gab sie ihr, wobei sie das auf dem Gehäuse eingeritzte Wort laut las: Dolores.

»Ja«, bestätigte die Zigeunerin, »ich bin Dolores.« Sie las auf dem silbernen Uhrdeckel ihre eigene Vergangenheit. »Ich war zwölf Jahre alt, als ich deinem Vater begegnet bin, 1914, richtig. Denn du bist Cesares Tochter.« Es war klar, daß allein sie sprach. »Hast du dich je gefragt, oder hat er dir je gesagt, wie er zu dieser Uhr kam? Nein, du hast dich nie gefragt, und er hat es dir nie gesagt. Nun muß er tot sein, wenn du diese Uhr hast.« Sie hielt die Uhr fest in ihrer Hand und lächelte.

»Wer bist du, Dolores?« fragte Anna.

»Eine Königin«, antwortete sie, »wie du. Nur etwas älter und wahrscheinlich, aber nicht sicher, etwas weiser.«

»Wie kannst du sicher sein, daß mein Vater der Mann war, der diese Uhr besaß?«

»Wenige Dinge sind es, die ich sicher weiß«, erklärte die alte Zigeunerin, »doch das ist eines. Du willst wissen, was ich bin? Ich kann dir nur sagen, was ich nicht bin«, deklamierte sie, »ich bin nicht der Atem, ich bin nicht der Körper, weder Fleisch noch Blut. Ich bin nicht der Verstand und nicht das Gefühl. Ich bin das, was hinter dem Atem steht, hinter dem Körper, dem Verstand, dem Gefühl. Bald werden sich leuchtende Helligkeiten und Himmel ewigen Glücks vor mir auftun.« Sie legte eine Hand auf die dichten Locken des Mädchens, das zu ihren Füßen kauerte. »Ich war diese kleine Tänzerin«, sagte sie ohne Wehmut, »die soviel Mut und

Zärtlichkeit hat, um eine gefährliche Bestie zu zähmen, die ihr allein gehorcht. Wenn meine Seele in den endlosen Raum der Freude einzieht, wird sie meinen Weg weitergehen, so wie du den Weg deines Vaters weitergehst. Ich war sie, als ich Cesare begegnete, in einem fernen Sommer.«

»Hast du mich gerufen, um mir das zu sagen?« fragte Anna.

»Nicht ich habe dich gerufen«, erwiderte die Königin. »Dein Vater hat uns zusammentreffen lassen.«

Alles war von einer unerträglichen Absurdität, und doch glaubte Anna daran. »Ich verstehe es nicht«, gestand sie.

»Weil du die Lektion der Befreiung nicht gelernt hast«, tadelte die Alte sie.

Anna war erschöpft von den Aufregungen des Tages und dem Übermaß an Emotionen. »Willst du mir gar nichts sagen?« fragte sie mit sanftem Vorwurf.

»Dein Geist ist unruhig«, erwiderte die Zigeunerin, »deshalb kannst du nicht verstehen. Die Zweifel quälen dich, und ich kann sie nicht für dich auflösen, obwohl ich in deiner Seele lese. Ich bin jenseits von allem«, verfiel sie wieder in ihren deklamatorischen Ton, »ich bin das lachende Herz der Welt, die Heiterkeit der Seelen, der Duft der Blumen.«

Sie mußte sich von diesem zermürbenden Zauber befreien, der sie in Bann hielt. Es gab zu viele Geheimnisse um Cesare, die sie nicht kannte. Wie kam es, daß dieser Mann auch mit der Königin der Zigeuner in Verbindung stand? »Was geschah zwischen Cesare und Dolores?« erkundigte sie sich vorsichtig.

Die Alte lächelte wieder. »Nicht das, was du vermutest«, antwortete sie. »Auch wenn wir jung waren und uns vielleicht einen kurzen Moment mit Blicken geliebt haben.«

»Warum dann diese Verbindung?« fragte sie bittend.

Die Alte hatte wieder jenen heißen, schwülen Augustabend vor Augen. Die Basilika von San Lorenzo. Die verwinkelten, alten Häuser. Ihr bodenlanges Kleid aus gelber Seide mit der breiten, braunglänzenden Schärpe um ihre Taille. Dann das Gewitter, das schöne, wilde Tier, das unruhig war, der Klang der Spieluhr – dieser Spieluhr; später die Flucht mit dem Karren durch die Nacht, neuen Zielen entgegen. Und sie, noch ein halbes Kind, ihre tränenverschleierten Augen, in denen das stolze, klare Gesicht eines jungen Mannes stand, der die schlummernde Erinnerung an Unsterblichkeit in ihr geweckt hatte. »Was zwischen uns vorgefallen ist«, wiederholte sie mit großem Ernst, »ist ein Geheimnis, das ich selbst vergessen habe. Aber deine Seele wird von einem schrecklichen Zweifel geplagt.« Sie hatte Annas Hand ergriffen und las aufmerksam darin.

»Welcher Zweifel?« fragte Anna überrascht.

»Das weißt du selbst«, bekräftigte die Königin, ohne aufzusehen. »Ich weiß, daß sich zwischen dir und deinen Zweifeln ein Ozean erstreckt. Ich weiß, daß jenseits dieses Ozeans jene Wahrheit liegt, die du erfahren möchtest. Sehr oft in deinem Leben hast du diese Wasserfläche überquert, aber das waren zwecklose Reisen. Jetzt wirst du eine Reise antreten, die deinen Geist öffnen und deine Zweifel aufklären wird. Mehr kann ich dir nicht sagen, denn mehr weiß ich nicht.« Die Zigeunerin schloß die Augen, als sei sie eingeschlafen, und Anna erkannte, daß die Unterredung zu Ende war. Einer der Männer entlockte seiner Geige traurige Töne. Das Zigeunermädchen legte seinen Kopf auf die Knie der Alten und schien ebenfalls zu schlafen.

Anna wollte die Uhr wieder an sich nehmen, die in der offenen Hand der Alten lag. Die Königin schloß ihre Hand. »Sie gehört mir«, sagte sie und schlug die Augen auf. »Du brauchst sie nicht mehr. Sie mußte unsere Geschicke zusammentreffen lassen. Jetzt gehört sie mir.«

Anna spürte in diesem Augenblick, daß die Uhr mit dem Emailzifferblatt, den römischen Zahlen, der Göttin Fortuna und der Spieluhr tatsächlich für Dolores bestimmt war. Die Uhr war das Siegel über einem fernen Geheimnis, das nur der Alte und die Königin der Zigeuner kannten.

Sie verließ langsam und mühevoll das Zelt, als sei sie aus einem prophetischen Traum erwacht.

Maria und Lippy warteten beim Feuer auf sie.

»Fühlst du dich nicht wohl?« Maria war besorgt, als sie bemerkte, wie blaß und verstört Anna war.

»Nein, ich bin nur müde. Ich will nach Hause. Morgen fliege ich nach Rio.«

5

Die DC-10 der Alitalia setzte sanft auf der zentralen Landebahn des internationalen Flughafens von Guanabara in Rio de Janeiro auf. Es war ein ruhiger, sonniger Vormittag, der einunddreißigste Januar. Anna erschien an der Passagiertür, die den Reisenden der ersten Klasse vorbehalten war. Unten an der Gangway warteten Nemesio und Giulio sowie ein Angestellter des Flughafens. Anna trug ein glänzendes Seidenkleid in der Farbe ihrer Augen. Giulio und Nemesio umarmten sie herzlich; der Beamte küßte ihr ehrerbietig die Hand.

»Wie schön, dich zu sehen, kleine Schwester«, begrüßte Giulio sie. Er war ein gutaussehender Mann mit kastanienbraunem Haar und einem freundlichen, offenen Gesicht.

»Immer über dem Ozean unterwegs, unsere Anna«, lachte Nemesio. Anna hatte ihm erzählt, sie wolle Urlaub machen.

»Ihr beide seid eben unwiderstehlich«, sagte sie.

»Du siehst müde aus«, stellte Nemesio besorgt fest. Der fahrende Komödiant und Vagabund, der Narr von Guadalajara und Guernica war gesetzter geworden, und sein Haar hatte sich gelichtet. Ursus, der Herausforderer des Publikums, der Mann aus den rauhen serbischen Bergen, der ungewöhnlich hübsche Junge, mehr Turner als Gewichtheber, der strahlende blonde Prinz war ein korpulenter Herr geworden, friedlich und bedächtig, dennoch elegant und charmant. Das Feuer der Revolution loderte nicht mehr in seinen Augen.

»Das ist die Reise«, log Anna, »und die Jahre, die vergehen«, fügte sie melancholisch hinzu.

Sie erledigten rasch die Zollformalitäten in dem für VIP-Gäste reservierten Bereich, dann bestiegen sie den weißen, überlangen Mercedes, der sie nach Maricà brachte, wo Nemesio lebte.

»Ich möchte über Ipanema fahren«, bat Anna, »ist das möglich?«

»*Saudade?*« fragte Nemesio leise.

»Die Sehnsucht nach der Vergangenheit, die einen packt, wenn man über dreißig ist«, erklärte Anna.

In Ipanema gibt es eine Bar, in der Vinicius und Antonio Carlos Jobim das Mädchen aus ihrem bekannten Lied so hübsch und graziös vorbeigehen sahen und wo Baden Powell sein *Tempo de Amor* komponiert hat. Vor Jahren war sie mit Arrigo hier gewesen und hatte den Gedichten von Vinicius gelauscht, in einer Übersetzung von Ungaretti und vorgetragen von einer fröhlichen, warmen und intelligenten Stimme, der von Leone. Die Lieder hatten sich geändert: *Que pena* sang Gal Costa nun. Die *favelas,* die Slums, zogen sich jedoch unverändert wie ein breiter Gürtel über das Land. Aus einem übelriechenden Dschungel von Hütten, der *favela* von Catacumba, strömten leuchtende Züge von Musik hinunter in die reicheren Gegenden von Rio, in den magischen, verzweifelten, leidenschaftlichen Wahnsinn des *carnaval.*

»Das mit deinem Vater tut mir leid«, sagte Nemesio. Anna hätte eigentlich mehr erwartet von diesem Mann, der nach Meinung ihrer Mutter eine Epoche verkörperte. Aber angesichts des Todes klingen auch die feierlichsten Worte banal.

Giulio küßte sie zärtlich auf die Wange. »Du hättest ruhig die Kinder mitbringen können«, meinte er, denn er hing sehr an seiner Nichte und seinem Neffen.

Als sie die Bar hinter sich gelassen hatten, wo dereinst auch das Mädchen von Vinicius und Jobim vorbeigekommen war, erreichten sie schließlich die Villa. Eine Gruppe von Bediensteten empfing Anna mit spontanen Freudenrufen. Wie immer hatte man für sie den Westflügel des Gebäudes vorbereitet, der auf halbem Weg zwischen den Hügeln und dem Meer lag. Man sah den Christus von Corcovado und den Zuckerhut. Ringsum wucherte dichte Vegetation, die einen betäubenden Duft verströmte. Von San Corrado trug der Wind den Trommelklang der Macumbas herunter.

Während sich die Dienstboten um ihr Gepäck kümmerten und Giulio rasch ein paar Dinge erledigte, nutzte Anna die Gelegenheit, um sich mit Nemesio zurückzuziehen.

»Ich habe dich angelogen«, gestand sie freimütig.

»Inwiefern?« wunderte er sich.

»Wegen meines Urlaubs.« Anna gab sich keine Mühe mehr, ihre Erregung zu unterdrücken. »Ich bin nicht gekommen, um mich zu erholen.«

»Willst du unserer Möbelfabrikation Konkurrenz machen?«

»Nein, Nemesio. Warum hast du mir nicht gesagt, daß du mein Vater bist?«

Ein ungläubiges Lächeln malte sich auf seinem Gesicht. »Oh, das ist aber ein Ding«, rief er aus. »Ich soll dein Vater sein! Und das fragst du mich jetzt?«

»Früher war es mir nicht so wichtig.« Anna berichtete von den Absichten des Ministers.

»Nein«, bekräftigte Nemesio, »dieser Mann hat unrecht: ich bin nicht dein Vater.«

»Hör zu, Nemesio«, sagte Anna nachdrücklich, »ich will kein Ehrenwort. Ich will nicht, daß ein Mann von fünfundsechzig Jahren bei der Bibel oder dem Grab seiner Ahnen beschwört, daß er nicht mein Vater ist. Ich bin im Juli 1939 gezeugt worden. Deine Briefe beweisen, daß du in jenem Monat mit meiner Mutter... nun, jedenfalls hattet ihr eine intime Beziehung.«

»Oder auch zwei.« Nemesios Gesicht verzog sich zu einem breiten Lächeln. Vierzig Jahre waren seither vergangen, aber das Bild stand klar und deutlich vor seinem inneren Auge: die alte Osteria mit der Pergola, die riesige Glyzinie, das Summen über der Landschaft im Schatten der Pappeln, das klare Wasser des Kanals und die mittelalterliche Silhouette der Abtei vor dem Sommerhimmel.

»Das ist nicht der richtige Moment für Witze«, stellte Anna verärgert fest. »Ich brauche einen unanfechtbaren Beweis, Nemesio«, fuhr sie in bittendem Ton fort, »keine Antwort, die immer noch Raum läßt für Zweifel. In der ganzen verunsichernden Angelegenheit ist die Aussage meiner Mutter der einzige konkrete Anhaltspunkt. Während alle, mich eingeschlossen, davon überzeugt waren, ich sei die Tochter von Cesare Boldrani, hat sie mir offenbart, daß du mein Vater bist.«

»Maria«, murmelte Nemesio versonnen, »was für eine außergewöhnliche Frau! Ich ahnte nicht, daß sie das dachte.«

»Das ändert doch nichts«, verzweifelte Anna, die immer mehr den Eindruck gewann, daß sie auch diese letzte Reise vergebens gemacht hatte. Eigentlich war sie selbst die Dumme, denn trotz allem glaubte sie immer noch an die Weissagungen von Zigeunern.

»Mich persönlich«, bemerkte Nemesio, »macht das, wie du dir vorstellen kannst, sehr stolz.«

»Wenn du irgendeine Gewißheit hast«, schnitt die Frau ihm das Wort ab, »dann solltest du es mir sagen. Laß mich ganz offen sein, Nemesio, ich habe dich gern, und ich achte dich, aber ich bin hergekommen, um eine Antwort zu finden, und hoffentlich meinen Wünschen entsprechend. Aber wie auch immer, ich will die Sache endgültig abschließen.«

Die Sonne des brasilianischen Sommers verfing sich im Gewirr der tropischen Vegetation des Gartens, der von Vogelstimmen und dem Plätschern der Brunnen erfüllt war.

»Paß mal auf, du große Dame«, sagte Nemesio und sah ihr fest in die Augen. »Wenn du wirklich meine Tochter wärest, glaubst du, ich hätte es dann hingenommen, fern von dir zu leben? Glaubst du wirklich, daß jemand wie ich für ein paar Tausender oder ein paar Pfennige sein eigen Fleisch und Blut an einen reichen Geschäftsmann verkauft hätte wie in einem Roman aus dem letzten Jahrhundert?«

»Wenn Maria es von dir verlangt hätte, dann hättest du alles getan.« Anna sprach den grausamen Satz sehr kühl aus. »Du und Cesare, ihr wart Wachs in ihren Händen. Ihr habt sie euer Leben lang wahnsinnig geliebt.«

»Eigentlich bist du nur eine verwöhnte Göre«, fiel er erbarmungslos über sie her, »und manchmal bist du auch noch borniert und anmaßend.«

Anna rieb sich die Wange, als sei sie geohrfeigt worden. »Ich wollte dich nicht kränken«, sagte sie.

»Ich dich schon«, gab Nemesio zurück. »Ich lasse mich nicht gern von jemandem aburteilen, der mich nicht kennt. Ich verstehe deine Aufregung, aber ich kann die Panik nicht nachvollziehen, wie du alles besser wissen willst. Denn du kennst mich nicht, und du kennst Cesare nicht.«

»Meine Mutter hat mir dieses Geheimnis kurz vor ihrem Tod anvertraut«, erklärte Anna.

»Deine Mutter hat dir das anvertraut, was sie zu wissen glaubte.« Er sah die Tote wieder vor sich, die er so sehr geliebt hatte, die einzige Frau, in die er je richtig verliebt gewesen war. »Jedenfalls hat sie dir nicht die Wahrheit gesagt. Und da du mir nun die Pistole auf die Brust gesetzt hast, werde ich dir beweisen müssen, daß ich, obwohl ich vor vierzig Jahren in jenem herrlichen Juli mit deiner Mutter zusammen war, sie nicht befruchtet haben kann. Meine Virilität hat ein Ereignis von erstaunlicher Banalität überstanden, meine biologische Zeugungskraft war jedoch für immer dahin. Deine Mutter«, fuhr er fort, »hat mich am einunddreißigsten Januar verlassen. Man beachte, wie genau die Historie arbeitet. Auch heute ist der einunddreißigste Januar. Also sind einundvierzig und nicht vierzig Jahre vergangen. Es war das Fest von San Geminiano.« Der langsam fallende Schnee fiel ihm wieder ein; die blauen Augen seiner Mutter, die vor Freude strahlten; der fröhliche Lärm von Pfeifen, Trompeten, Okarinen; die Taubenschwärme über den Dächern; das gutmütige Gesicht von Perfédia. »Wie haben wir uns verändert«, sagte er.

Anna wollte Nemesio nicht bedrängen, andererseits konnte sie nicht vor der letzten Tür haltmachen, die sie aus dem Labyrinth führen würde. »Entschuldige, Nemesio, aber wie kann ein Mann seine Zeugungsfähigkeit verlieren?« fragte sie.

»Ich sagte gerade«, nahm er die Erzählung wieder auf, »daß Maria mich am einunddreißigsten Januar verlassen hat. Ich war an jenem Abend erst spät nach Hause gekommen. Meine Mutter, die uns wie immer etwas zu essen gebracht hatte, war schon gegangen. Ich trug einen Strohhut, der die Kopfbedeckung eines mexikanischen Revolutionärs darstellen sollte, eine Pappnase und blies auf einer dieser Papierpfeifen, die sich aufrollen und wieder zusammenschnappen.« Er lächelte wehmütig.

»Und Mama ist wütend geworden?«

»Sie ist wütend geworden, aber nicht deshalb. Sie ist wütend geworden, weil ich mit einem blauen Auge und verschwollenen Lippen kam.«

»Du hattest dich geprügelt?« Sie kannte sein streitbares Temperament.

»Ich hatte mich freudig in eine Schlägerei gestürzt«, gab er kopfschüttelnd zu. »Dabei hatte ich deiner Mutter versprochen, daß ich mich ordentlich betragen würde. Dann haben wir bemerkt, daß das Kind, also dein Bruder Giulio, ein geschwollenes Gesicht bekam. Wir haben einen Arzt geholt, der Mumps festgestellt und uns beruhigt hat. Am nächsten Tag war auch mein Gesicht furchtbar dick. Offensichtlich hatte ich die Krankheit als Kind nicht gehabt. Du mußt nämlich wissen«, dozierte er mit dem Schwung früherer Zeiten, »daß diese banale ansteckende Infektionskrankheit verschiedene Drüsen anschwellen läßt, normalerweise die Speicheldrüsen. Nur ganz selten sind auch die Hoden betroffen. Bei mir hat die negative Lotterie funktioniert, und sie waren betroffen. So habe ich unwiderruflich die Möglichkeit eingebüßt, nochmals Vater zu werden, aber ich habe die Überzeugung gewonnen, daß man keine Krankheit für banal halten sollte. Daher«, schloß er in der Pose des hochtrabenden Gelehrten, »verfüge ich über den zweifelsfreien Beweis, daß ich nicht dein Vater sein kann und auch nicht Vater irgendeines anderen Kindes nach dem einunddreißigsten Januar 1939. Du bist im Juli gezeugt worden.«

Anna lachte und weinte gleichzeitig und umarmte ihn stürmisch. »Nemesio, ich bete dich an!« rief sie und überhäufte ihn mit Küssen.

»Noch nie ist jemand so glücklich gewesen, nicht mein Kind zu sein.« Er hielt sie fest und sah sie an: »Du bist schön, Anna, aber deine Mutter war prachtvoll. Du siehst ihr lediglich ähnlich«, sagte er tief bewegt.

6

»Und wenn die Illusionen von Kindheit und Jugend verflogen sind«, fragte Anna, »was bleibt dann?«

»Das Bedürfnis zusammenzubleiben«, antwortete Arrigo, »an einem Ort, wo man die Liebe Tag für Tag neu erringen muß.«

Anna sah ihn mit einer gewissen Skepsis an. »Und die Wirrungen der Leidenschaft?« meinte sie halb im Scherz.

Arrigo, dem man seine fünfzig Jahre nicht ansah, verzichtete seit den Zeiten von Sal auf romantische Anwandlungen, während Anna immer noch an das Märchen von Dornröschen zu glauben schien, das von seinem Prinzen wachgeküßt wird. »Diese Wirrungen sind der Ausgangspunkt«, sagte er, »die Liebe ist die Suche. Man muß nach der Liebe wie nach dem Glück streben: die Ekstase der ersten Begegnung ist nicht wiederholbar, man kann das Absolute nicht erringen, aber schon der Versuch könnte dem Leben einen Sinn geben und Raum lassen für die Phantasie.«

»Hast du etwa die Formel für das Glück entdeckt?« fragte Anna.

»Ich weiß es nicht«, antwortete er zweifelnd, »aber das könnte eine Möglichkeit sein, die Liebe dauerhafter zu machen.«

»Soll das eine Liebeserklärung sein?« Die Frau wurde zärtlich. Sie streichelte sein schönes, markantes Gesicht, auf dem die Jahre noch keine Spuren hinterlassen hatten.

»Ich habe dir immer Liebeserklärungen gemacht.« Ein leichter Vorwurf war in seiner Stimme zu hören.

»Willst du damit sagen, daß ich das nie bemerkt habe?«

»Vielleicht war ich auch nie besonders überzeugend«, nahm er sie in Schutz. »Oder vielleicht hattest du andere Dinge im Kopf.« Aus seinem Blick sprach keine packende Leidenschaft, sondern die Reife einer tiefen und starken Liebe.

»Ja, andere Dinge«, gestand Anna, »negative Schwingungen.« Sie standen auf dem Balkon des blauen Zimmers in Caravaggio. Die Sonne schien auf die Wiese mit den Narzissen; es waren die gleichen Blumen, die der Alte vor einundvierzig Jahren hatte setzen lassen, weil sie gelb und weiß waren, dufteten und Maria sie liebte. »Vielen Dank, daß du zu meinem Geburtstag hergekommen bist.«

»Selbstverständlich wäre ich nicht gekommen, wenn du es vorgezogen hättest, allein zu sein«, bekannte der Mann.

»Du bist so gut«, murmelte sie gerührt.

»Nein«, widersprach er, »ich liebe dich einfach.«

Seit Cesare Boldranis Tod waren nun drei Monate vergangen. Auf den Schnee war Regen gefolgt, dann hatte die Frühlingssonne die Narzissen hervorgelockt. Der Minister war zurückgetreten, bevor die Untersuchungskommission sich zu den Bestechungsvorwürfen äußern konnte, und dann hatte man ihn aus Mangel an Beweisen freigesprochen. In einem einzigen Punkt war er allerdings ehrlich gewesen: mit seinen politischen Aktivitäten hatte er keinen Pfennig verdient. In der Tat waren die enormen Schmiergelder von Pennisi in die Kassen der *Finmida* geflossen. Das war das Werk von Domenico Scaglia, dem letzten großen Zauberkünstler der internationalen Hochfinanz. Der Sohn des Ministers, Franco, wartete im Ausland auf bessere Zeiten, nachdem Gianfranco Mascis Zeitschrift ihn der Mitgliedschaft in einer Terrorgruppe bezichtigt hatte.

Vito Pennisi, der Sohn von Nicola Pennisi, der in den Vereinigten Staaten die kläglichen Reste des Vermögens durchbrachte, schickte von dort Meldungen an alle Zeitungen und spuckte Gift und Galle gegen die Politiker, die ihn hereingelegt hatten.

Seit Silvia de Carolis wieder in Mailand lebte, versuchte sie verzweifelt, Anschluß an ihre früheren Kreise zu finden, aber der Erfolg war gering, denn zuviel hatte sich in der Zwischenzeit geändert.

Auf dem Balkon des blauen Zimmers von Caravaggio, mit Blick auf die Narzissenwiese, suchten Anna und Arrigo nach einer Verbindung zwischen Vergangenheit und Gegenwart.

»Glaubst du, Arrigo, wir beide haben noch eine Chance?« fragte Anna.

»Ich weiß, daß es banal klingt«, entschuldigte er sich, »aber das hängt von uns beiden ab. Die Welt braucht Liebe, und die Liebe ist kein Vorrecht der Jüngeren.«

»Die Frucht, die immer Saison hat?« meinte Anna eher skeptisch.

»Wenn du darauf wartest, daß über Nacht grüner Rasen wächst, liegst du falsch«, ermahnte er sie. »Das ist romantisch, utopisch. Glück ist weniger eine alltägliche Situation als vielmehr ein Ziel. Trotzdem gibt es die Liebe im täglichen Leben, zwar nicht die große Leidenschaft, aber die Art von Liebe, die man sich Tag für Tag gemeinsam erarbeitet.«

»Ich höre dir wirklich gerne zu, auch wenn du mir das Recht auf die grandiose Versuchung streitig machst«, gab Anna halb bewundernd, halb vorwurfsvoll zurück.

»Die Leidenschaft hat nichts Revolutionäres«, fuhr Arrigo weise fort. »Die wahre Revolution liegt in der Entdeckung von uns selbst, in einem viel zu oft herabgewürdigten und vergessenen Alltag.«

In diesem Augenblick schob Ausonia den Servierwagen mit dem Frühstück herein. »Guten Morgen«, sagte sie liebevoll, »und herzlichen Glückwunsch zum Geburtstag, mein Kind.«

Anna umarmte sie, und die alte Haushälterin trocknete sich gerührt die nassen Augen. »Hier ist ein Geschenk für dich.« Ausonia zeigte auf ein goldfarbenes Päckchen, das neben einem Narzissenstrauß auf dem Wagen lag.

»Was ist das?« fragte Anna in kindlichem Erstaunen.

»Ein Geschenk von deinem Vater.«

»Von meinem Vater?« wunderte sich Anna.

»Er hat es mir gegeben, bevor er krank wurde«, erklärte Ausonia. »Er hat gemeint: Vielleicht bin ich nicht mehr da, wenn Anna vierzig wird. Das ist mein Geschenk für sie. Vergiß nicht, es ihr zu geben. Wie du siehst, habe ich es nicht vergessen.«

Ein Schauer rieselte Anna über den Rücken, und sie spürte die Gegenwart des Alten. Mit zitternden Fingern öffnete sie das Päckchen. In einem Lederetui, das mit blauer Seide ausgeschlagen war, lag eine kleine, goldene, reich geschmückte Tabaksdose. Sie öffnete den Deckel und fand einen zusammengefalteten, vergilbten Zeitungsausschnitt, auf dessen Rand der Alte mit seiner energischen Schrift ein Datum vermerkt hatte: Mailand 1914. Der Titel sprach für sich: *Arsène Lupin im Hause Spada*. Der Chronist berichtete in altmodischem Stil von einem rauschenden Fest, beschrieb Aussehen und Vermögen der geladenen Gäste und erging sich ausführlich über die Persönlichkeit des Einbrechers, bei dem es sich mit Sicherheit um einen Nacheiferer Arsène Lupins handeln mußte, um einen Dieb mit weißen Handschuhen. Mehrere

Damen waren angeblich von einem Unbekannten mit mysteriösem Blick in Bann geschlagen worden. »Der Übeltäter muß sich jedenfalls bestens in dem Palazzo ausgekannt und genau gewußt haben, was er suchte«, präzisierte der Verfasser des Artikels. »Aus dem Arbeitszimmer des Mailänder Adligen sind nämlich die beiden kleinsten und zugleich wertvollsten Gegenstände entwendet worden: ein venezianisches Gemälde aus dem achtzehnten Jahrhundert, das dem Maler Longhi zugeschrieben wird und den Titel *Mittagsruhe einer Dame* trägt, sowie eine kostbare goldene Tabaksdose, die mit Emailintarsien und Diamanten von höchster Reinheit verziert ist und ein Meisterwerk des berühmten französischen Juweliers Charles Ouzille darstellt. Die Dose ist mit der Signatur des Künstlers und dem Datum 1760 versehen und das wertvollste Element einer Sammlung von vierzig Stücken, die Napoleon Bonaparte seinem Sohn vermacht hat...«

Anna war völlig überwältigt und sah sprachlos ihren Mann an. Welchen Sinn mochte dieses fürstliche Geschenk haben? Und was hatte der Longhi in ihrem Arbeitszimmer mit der Tabaksdose und dem Diebstahl im Palazzo Spada zu tun?

»Siehst du«, sagte Arrigo, »kaum glaubst du, eine Antwort auf alle Fragen gefunden zu haben, da taucht schon das nächste Geheimnis auf.«

Anna sah das Gesicht des Alten vor sich. »Danke, Papa«, sagte sie leise. »Das ist es, was uns bleibt, wenn die Illusionen der Jugend verflogen sind: das große Abenteuer des Lebens.«

»Und das Bedürfnis zusammenzubleiben«, ergänzte Arrigo und schloß sie in die Arme, »an einem Ort, wo man sagen kann, ich liebe dich.«

»Ohne die Wirrungen der Leidenschaft«, meinte Anna und küßte ihn. »In unserem Alter«, fügte sie hinzu und blickte auf die Narzissen im Sonnenlicht, »reden wir wieder von Liebe.«

»Die Liebe«, erwiderte Arrigo leise, »ist wahrscheinlich unsere einzige Gewinnchance. Und die einzige Möglichkeit zu überleben.«

Anna schien überzeugt. »Du mußt viel Geduld haben mit der kleinen Verrückten, die vor der Zeit auf einer Narzissenwiese zur

Welt kommen wollte.« Sie hörte keine silbernen Glöckchen und sah keinen Regenbogen. Zum ersten Mal in ihrem Leben wurde ihr klar, daß sie keinen Ozean zu überqueren brauchte, um neue Emotionen zu spüren. Und zum ersten Mal fühlte sie sich zutiefst heiter und gelassen.

Sveva Casati Modignani

Anna mit den grünen Augen
496 Seiten, ISBN 3 522 70920 9

Der letzte Baron
512 Seiten, ISBN 3 522 70910 1

Diamantenregen
448 Seiten, ISBN 3 522 70810 5

Donna d'onore
380 Seiten, ISBN 3 522 70630 7

Giulia
440 Seiten, ISBN 3 522 70740 0

Glanz des Lebens (Giulia II)
390 Seiten, ISBN 3 522 70880 6

Mistral
400 Seiten, ISBN 3 522 71870 4

Der schwarze Schwan
448 Seiten, ISBN 3 522 71400 8

Wie Sterne am Himmel
448 Seiten, ISBN 3 522 71330 3

Saulinas Talisman
448 Seiten, ISBN 3 522 70900 4

Weitbrecht